沖縄復帰50周年を記念した新刊と書籍

写真：琉球新報社提供

沖縄人の魂を感じるには、又吉栄喜を読めばいい

全４巻紅型イラスト　吉田誠子

未刊行小説44編を完全収録した
又吉栄喜小説コレクション全4巻

小説コレクション１　日も暮れよ鐘も鳴れ
（368頁）解説：与那覇恵子

小説コレクション２　ターナーの耳
（392頁）解説：大城貞俊

小説コレクション３　歌う人
（384頁）解説：村上陽子

小説コレクション４　松明綱引き
（368頁）解説：八重洋一郎

造本　四六判／ハードカバー
各巻本体価格　2,750円（税込）

全４巻セット価格 11,000円（税込）

第114回芥川賞受賞作家
又吉栄喜 小説『仏陀の小石』

四六判448頁・
並製本・1,980円
装画／我如古真子

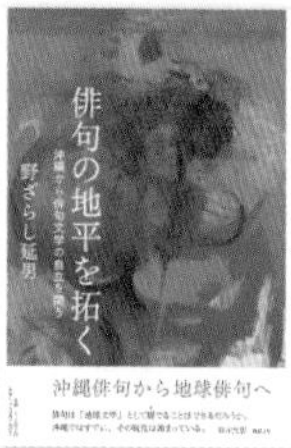

最新刊
野ざらし延男 評論集
『俳句の地平を拓く
―沖縄から俳句文学の自立を問う』

A5判・496頁・
上製本・2,200円
解説文／鈴木光影

大城静子 小説
『黒い記憶
― 戦場の摩文仁に在りし九歳の ―』

四六判112頁・
上製本・2,200円
帯文／又吉栄喜
解説文／鈴木比佐雄

沖縄タイムス芸術選賞

玉木一兵 小説集
『敗者の空
―沖縄の精神医療の現場から』

四六判変型320頁・
並製本・2,200円
解説文／鈴木比佐雄

今林直樹
『沖縄の地域文化を訪ねる
―波照間島から伊是名島まで』

四六判352頁・
並製本・2,200円

神谷毅 詩集
『焔の大地』

A5判160頁・
並製本・1,650円
解説文／鈴木比佐雄

高柴三聞 詩集
『ガジュマルの木から
降って来た』

A5判192頁・並製本・
1,650円　解説文／鈴木比佐雄

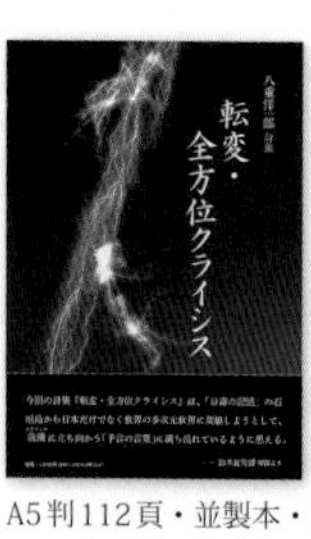

『転変・全方位
クライシス』

A5判112頁・並製本・1,650円
解説文／鈴木比佐雄

『血債の言葉は
何度でも甦る』

A5判120頁・並製本・1,650円
解説文／鈴木比佐雄

八重洋一郎 詩集
『日毒』

重版

A５判112頁・並製本・
1,650円　解説文／鈴木比佐雄

沖縄文学　小説・評論・詩集・歌集・句集など

ローゼル川田
『随筆と水彩画
よみがえる沖縄風景詩』
B5判64頁・並製本・1,980円
序文／又吉栄喜

玉城洋子 歌集
『儒艮《ザン》』
沖縄タイムス芸術選賞
四六判184頁・
上製本・2,200円
解説文／鈴木比佐雄

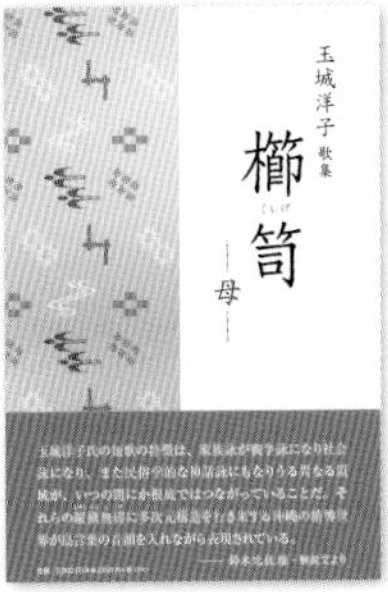

玉城洋子 歌集
『櫛笥 ―母―』
四六判・192頁・上製本・
2,200円　解説文／鈴木比佐雄

おおしろ房 句集
『霊力《セジ》の微粒子』
四六判204頁・
並製本・1,650円
解説文／鈴木比佐雄

『記憶は罪ではない』
四六判192頁・
並製本・1,980円
解説文／鈴木比佐雄

『抗（あらが）いと創造
沖縄文学の内部風景』
A5判360頁・並製本・
1,980円　装画／野津唯市
解説文／鈴木比佐雄

大城貞俊 評論集
『多様性と再生力
―沖縄戦後小説の現在と可能性』
A5判464頁・
並製本・2,200円
装画／高島彦志

平敷武蕉 句集
『島中の修羅』
四六判184頁・
並製本・1,650円
解説文／鈴木光影

第41回沖縄タイムス出版文化賞正賞
平敷武蕉 評論集
『修羅と豊饒　沖縄文学の深層を照らす』
四六判384頁・
並製本・2,200円
装画／野津唯市
解説文／鈴木比佐雄

伊良波盛男 小説
『神歌《カンヌアーグ》が聴こえる』
四六判280頁・
並製本・1,870円
解説文／鈴木比佐雄

平得壯市 俳句・短歌集
『飛んで行きたや　沖縄愛楽園より』
四六判208頁・
並製本・1,650円
装画／野津唯市
解説文／大城貞俊

与那覇恵子 評論集
『沖縄の怒り
政治的リテラシーを問う』
重版
四六判160頁・並製本・
1,650円　解説文／平敷武蕉

第33回福田正夫賞
与那覇恵子 詩集
『沖縄から 見えるもの』
A5判176頁・並製本・
1,650円　解説文／鈴木比佐雄

元澤一樹 詩集
『マリンスノーの
降り積もる部屋で』
A５判120頁・並製本・
1,650円　解説文／大城貞俊

かわかみまさと 詩集
『仏桑華《アカバナ》の涙』
A5判160頁・上製本・
1,980円　解説文／鈴木比佐雄

2023年最新刊句集

飯田マユミ 句集『沈黙の函』

四六判192頁・
上製本・2,200円
序／橋本榮治

最新刊 鹿野佳子 句集『かはひらこ』

四六判216頁・
上製本・2,200円
跋／橋本榮治

照井翠 句集文庫新装版『龍宮』

文庫判264頁・
並製本・1,100円
写真／照井翠
解説文／池澤夏樹・玄侑宗久

照井翠 句集『泥天使』

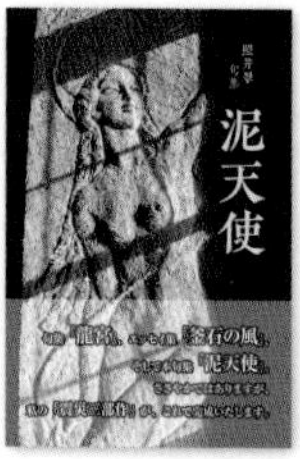

四六判232頁・
上製本・1,980円
写真／照井翠

第74回現代俳句協会賞『橋朧 ふくしま記』

A6判272頁・
上製本・1,650円
解説文／鈴木比佐雄

永瀬十悟 句集『三日月湖』

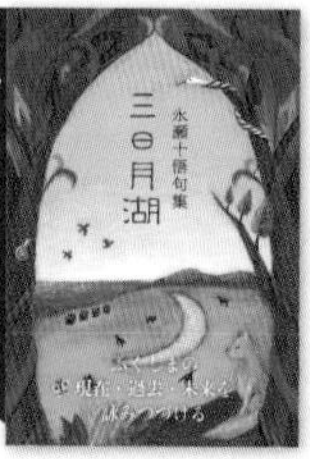

文庫判256頁・上製本・1,650円
装画／澁谷瑠璃　解説文／鈴木光影

俳句関係

大畑善昭 句集『寒星』

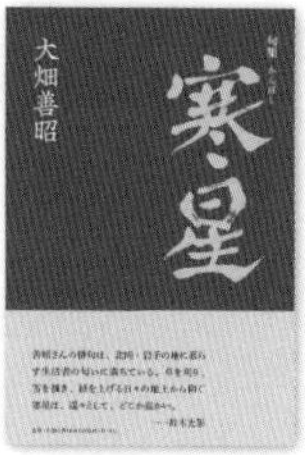

四六判208頁・
上製本・2,200円
帯文／鈴木光影

太田土男『季語深耕 田んぼの科学 ―驚きの里山の生物多様性―』

四六判192頁・
並製本・2,200円

渡辺誠一郎 紀行文集『俳句旅枕 みちの奥へ』

四六判304頁・
上製本・2,200円

日野百草『評伝 赤城さかえ ―楸邨・波郷・兜太に愛された魂の俳人』

四六判264頁・
上製本・2,200円
帯文／齋藤愼爾

江藤文子 句集『しづかなる森』

四六判224頁・
上製本・2,200円
序句／森川光郎
跋／永瀬十悟

上田玲子 句集『母あかり』

四六判224頁・
上製本・2,200円
序／能村研三
跋／森岡正作

銀河俳句叢書

四六判・並製本・1,650円
現代俳句の個性が競演する、
洗練された装丁の句集シリーズ

1 齊藤保志 句集

『花投ぐ日』
192頁　装画／戸田勝久
解説文／鈴木光影

2 乾佐伎 句集

『未来一滴』
128頁　帯文／鈴木比佐雄
解説文／鈴木光影

3 齊藤實 句集

『百鬼の目玉』
180頁　序／能村研三
跋／森岡正作

4 河野美千代 句集

『国東塔』
192頁　序／能村研三
跋／田邊博充

5 鈴木光影 句集

『青水草』
176頁　装画／藤原佳恵
帯文／齋藤愼爾

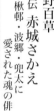

短歌関係

今井正和 歌論集
『猛獣を宿す歌人達』

四六判280頁・
上製本・2,200円
解説文／鈴木比佐雄

原詩夏至 評論集
『鉄火場の批評
―現代定型詩の創作現場から』

四六判352頁・
並製本・1,980円

林 博通
『『万葉集』を歌う
― 名歌一三四撰 ―』

A5判224頁・並製本・1,980円
装画／鈴木靖将
解説文／鈴木比佐雄

秋野沙夜子『母の小言』

四六判96頁・
並製本・1,650円
解説文／鈴木比佐雄

望月孝一 歌集
『風祭』

四六判224頁・
上製本・2,200円

谷光順晏 歌集
『あぢさゐは海』

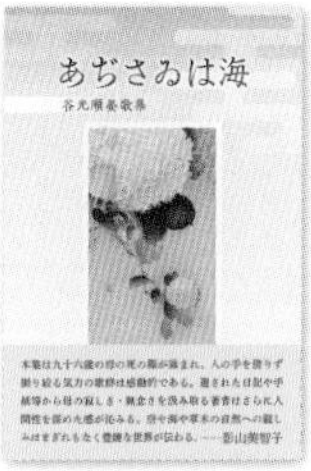

四六判176頁・
上製本・2,200円

高橋公子 歌集
『萌黄の風』

四六判182頁・
上製本・2,200円
解説文／春日いづみ

『新城貞夫全歌集』

A5判528頁・上製本・3,500円
解説文／仲程昌徳・松村由利子・
鈴木比佐雄

銀河短歌叢書

四六判・並製本・1,650円

9 岡田美幸 歌集
『現代鳥獣戯画』
128頁
装画／もの久保

8 原ひろし 歌集
『紫紺の海』
224頁
解説文／原詩夏至

7 安井高志 歌集
『サトゥルヌス菓子店』
256頁　解説文／依田仁美・
原詩夏至・清水らくは

6 糸田ともよ 歌集
『しろいゆりいす』
176頁
解説文／鈴木比佐雄

平成30年度 日本歌人クラブ
南関東ブロック優良歌集賞
第14回 日本詩歌句随筆評論大賞
短歌部門大賞

5 奥山恵 歌集
『窓辺のふくろう』
192頁　装画／北見葉胡
解説文／松村由利子

1 原 詩夏至 歌集
『ワルキューレ』
160頁
解説文／鈴木比佐雄

第13回日本詩歌句随筆評論大賞
短歌部門・優秀賞

2 福田淑子 歌集
『ショパンの孤独』 重版
176頁　装画／持田翼
解説文／鈴木比佐雄

3 森水晶 歌集
『羽』
144頁　装画／石川幸雄
解説文／鈴木比佐雄

4 望月孝一 歌集
『チェーホフの背骨』
192頁
解説文／影山美智子

2023年前期最新刊　詩集・歌集・評論集・エッセイ集

万里小路譲 詩集
『永遠の思いやり
チャーリー・ブラウンとスヌーピーと仲間たち』

四六判336頁・
並製本・2,200円
解説文／鈴木比佐雄

生井利幸
『賢者となる言葉 三〇〇篇』

四六判192頁・
上製本・2,200円
解説文／鈴木比佐雄

天瀬裕康 詩集
『閃光から明日への想い
―我がヒロシマ年代記
My Hiroshima Chronicle』

四六判・192頁・
並製本・1,760円
解説文／鈴木比佐雄

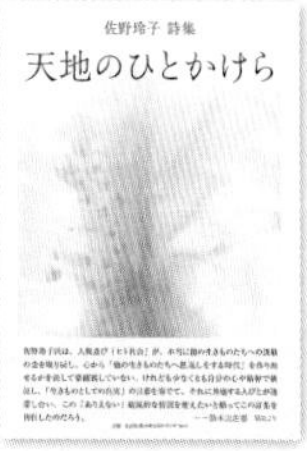

佐野玲子 詩集
『天地のひとかけら』

A5判・160頁・
上製本・2,200円
解説文／鈴木比佐雄

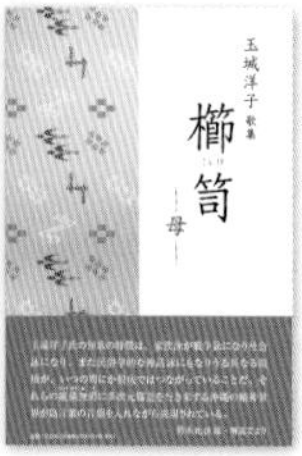

玉城洋子 歌集
『櫛笥 ―母―』

四六判・192頁・上製本・
2,200円　解説文／鈴木比佐雄

大関博美
『極限状況を刻む俳句
―ソ連抑留者・満州引揚げ者の証言に学ぶ』

四六判336頁・上製本・
2,200円　解説文／鈴木比佐雄

鈴木比佐雄 評論集
『沖縄・福島・東北の
先駆的構想力
―詩的反復力Ⅵ（2016-2022）』

A5判464頁・
並製本・2,200円

藤田博 詩集
『億万の聖霊よ』

B5判変型・函入り192頁・上製本・
2,750円　解説文／鈴木比佐雄

おくやまなおこ 詩集
『存在の海より
―四つの試みの為のエチュード』

A5判176頁・
上製本・2,200円

高畠まり子 詩集・エッセイ集
『小姑気質』

四六判・304頁・
上製本・2,200円
解説文／鈴木比佐雄

髙橋宗司 詩集
『芭蕉の背中』

A5判160頁・
上製本・2,200円
解説文／鈴木比佐雄

松本高直 詩集
『クラインの壺』

A5判160頁・
上製本・2,200円
解説文／鈴木比佐雄

世界に発信する英日詩集シリーズ

コールサック社HP英語版で海外からも購入できます！

日本語版HP右上の
＞ENGLISH をクリック！

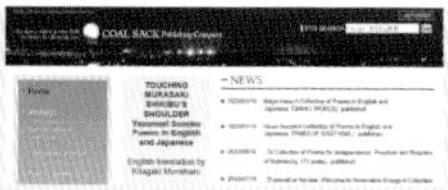

安森ソノ子英日詩集
『TOUCHING MURASAKI
SHIKIBU'S SHOULDER
紫式部の肩に触れ』

A5判218頁・上製本・2,200円
訳・序文／北垣宗治

井上摩耶英日詩集
『SMALL WORLD
スモールワールド』

A5判144頁・並製本・2,200円
訳／与那覇恵子
解説文／鈴木比佐雄

ヒューズのアメリカ精神が現代に蘇る翻訳

ラングストン・ヒューズ
英日選詩集
水崎野里子 翻訳
『友愛・自由・
夢屑・霊歌
For Brotherly
Love, Freedom,
Dream Dust, and
Spirituals』

四六判280頁・
並製本・2,200円
解説文／鈴木比佐雄

岩保木《いわぼっき》水門の夕陽

宮川　達二

眼つむればシラルトロ湖もトーロ湖も
　溶けて釧路のはなしのぶ色
　　　　齋藤史『秋天瑠璃』―一滴―一九九三年

北海道東部の別海《べっかい》から標茶《しべちゃ》へと車で南下
白鳥の飛来するシラルトロ湖
菱《ペカンペ》の花咲く塘路《とうろ》湖を通り抜けた
大陸的な北海道の光景には
アイヌ語の名こそふさわしい
歌人齋藤史が釧路湿原を詠んだ歌に
登場するアイヌ語の二つの湖
私はこの歌に促されてここまで来た
彼女が十代の少女の頃に住んだ北海道
過去を巡るこの旅で彼女は
最後に道東の広大な釧路湿原を訪ねる
七十八歳の晩年の彼女に鮮やかな湖面が
青紫色のはなしのぶの花の色として甦る
晩夏の釧路湿原の空を
丹頂鶴、オジロワシ、アオサギが飛ぶ
さらに南下すると達古武《たっこぶ》沼に着いた
湖畔にはカヌーが繋留され
藻類のマリモが生息している
さらに西へと進むと岩保木《いわぼっき》水門に至る
新釧路川と釧路川流路との分岐点
アイヌ語で「イワ・ボキ」（山の下）
これが、この地の語源である
旧水門は、約百年前に設置され
全幅二十メートル、高さ五メートル
愛すべき姿を今もここに残し
蛇行する釧路川の畔に佇む
湿原の西の方向に
次第に夕陽が落ちてゆく
北西には雄阿寒岳、雌阿寒岳《めあかんだけ》の
勇壮なシルエットが臨まれる
私は、秋に故郷北海道を去る
記憶の底に止めたい釧路湿原の光景
いつしか、私の心の眼に
釧路の「はなしのぶ色」は浮かぶだろうか

コールサック（石炭袋）116号 目次

小説

書評

評論・呼びかけ文　鈴木比佐雄

特集1　関悦史が聞く俳人の証言シリーズ（4）

関悦史が聞く昭和・平成俳人の証言(4)
池田澄子——俳句の熱い日々

日　時　二〇二三年六月二十七日十四時〜十八時
場　所　池田澄子氏宅

（記録）鈴木光影

幼少期は転居また転居

印象が、断片的なのね。オレンジ色の花が庭にいっぱいあった。よそはね、もっと赤い花なのに、うちはオレンジ色で。ヒメオウギズイセンだったのかな…。そういうことは覚えてる。でも、どうしてそこに暮らしてたのかがわからない。父を迎えに田んぼの中ずっと遊びながら迎えに行ったなとか、そういう、全てこう断片的で。

小さい頃のことをあまりにも覚えていなくて、週刊誌で、家の履歴書とかいうので来てくださったんですけど。私、わかんなくて、それで調べて、そしたら、これはわからないわけだと思った。引っ越しが多かったどころじゃないんですよ。

生まれた時は母の実家の、別荘みたいなところが鎌倉にあって、産院からそこに帰って、だから、生まれたのは鎌倉ということになるんですけれども。

昔は割に引っ越しっていうのを、こっちが都合がいいからって、パッと引っ越しちゃうっていうのが、結構多かったらしいですね。で、普通に何回か引っ越して、それが、おかしいんですよ。私、生まれたのが一九三六年三月です。で、九月に東京の杉並区の大宮前っていうところに移ったらしいんですね。まだ、一歳になっていないんですよ。

今も、私、覚えてる景色があるの。家に入ってきて、廊下をこう、部屋に入ると、濡れ縁があって、その庭が今も見えるんですね。そこに大きい真っ赤な石があった。そして、雨が降ってきて、私が、「赤い石が濡れる」って言って泣いたんですよ。で、その廊下を行くと、ぐっと入ったとこから母が出てきて、大丈夫大丈夫って。今でも映像が見えるんですよ。それで、どこの家がそういう家だったたって聞いたらば、一歳ちょっと前まで住んでいた家、やっと歩けた頃の家だって言うんですよ。母に、私、子供の時は言ってないですからね。母はもう忘れちゃってるんだけど、生後最初の記憶で、一歳にまだなってない、だから、母はすっごいびっくりして。確かにそういう家だったって。

そのすぐ後に、日中戦争が始まるんですよ。それで父は応召して、中支に派遣されたんですね。で、割とすぐ帰ってきて、とかっていうことを繰り返して。父はそれまでは赤十字病院に勤めていた医者だったんだけど、昭和十六年、私が五歳の時に荒川区で医院を開業しました。

そこで幼稚園に入ったんだけども、幼稚園の記憶がね、お弁当の時にウナギが入ってたんですね、その頃はご馳走じゃないんですって、安いもの。それでね、どうしても私が食べられなかったの。全部食べなきゃいけなかったんですよ。そしたら、先生がね、骨があるからしょうがないわねっておっしゃったの。

それだけ覚えていて。どのくらい行ってたのか覚えがない、友達もいた覚えがないんですよね。どうしてかと思ったらば、五ヶ月かな。父は応召で、国内の、どこかに軍医として招集された。だからやっとつくった病院、開業して五ヶ月経ったら人手に渡してるんです。覚えてます。私、その診察室。

その後、父が応召した後は新潟県村上町の父の生家に転居します。それで真珠湾攻撃があって、昭和十七年四月、村上町の小学校に入って五日間通学したら、岩沼町に、社宅みたいなのがあるからっていうことで、またそっちに行ってるんですよ。

さらに今度は福島県の郡山に移転。そのたびに、兵隊さんではないから、社宅がつくもんで、子供と家族がついていくわけです。その後福島からまた新潟に戻ります。

繰り返しですね。そんなふうな時代に生まれちゃったんですね。これは別にうちの父がものすごい珍しかったわけじゃないと思うのよ。それが銃後ですね。

応召した父の死、その弟が新しい父になった

父は昭和十九年の、ちょうど敗戦の一年前に亡くなったんです。亡くなる前は満州で、割と優雅に、家族も本当は連れて行けば、社宅があって。だけど、やっぱり危ないと思って、家族は置いていったんですよね、

で、死んでから遺骨と遺品が帰ってきました。病院だったもんだから。帰ってきたんだけども、お骨は船と一緒に沈んじゃったんです。遺品の船は沈まなくて、遺品は帰ってきたんですね、そこにね、日記が残ってた。三冊あった。汚いわら半紙のノートで、ちょうど三冊が終わったところで、もうノートが買えないって。どうして日記を書いたかって言うと、いつも横文字しか書かないでしょ、お医者さん。縦の字が書きたいって言って。で、これから漢口に行かなきゃいけないんで、どうもこれは半端じゃない、よっぽど心していかないとダメだって言ったとこでそのノートが終わって、行ってもう何カ月か後に死んでるんです。大変だったのは、その病院でチフスが蔓延してたんですって。そこに飛び込んで行って、もう患者さんみんな助からなかったんでしょう。で、自分もいって、割とすぐ死んでしまったんですね。

その後、村上にいたんですけども、敗戦後応召していた父の弟がラバウルから帰ってきた。そしたら、都会の憧れのお姉さんだった人が未亡人になって、子供三人いて、父の実家にいたんで、可哀そうだったんじゃない。で、二十七歳だったんだけど、結婚してくれたわけですよ。家を継ぐためにってよくあるでしょ。長男が亡くなったから、次男が家を継ぐっていうんで、そういう再婚の仕方ね。でも、これはそうじゃなくって、むしろ父の父親なんかは、あんまりそういう状況を歓迎してなかったんだけども、ともかく、僕が育てるからって、二十七歳で、母と結婚してくれて、子供が三人、私が小学生で弟が二人いました。

それまでね、すごい馴染んでたの。帰ってきた時、勝《まさる》って言うんですけど、勝ちゃん、勝ちゃんっていって、もう、ベタベタして遊んでたんですけど、結婚して父になるでしょう。大

変で、二十七歳の男が、だから、ちょっと反抗したりね。急にお父ちゃまと呼んでっていわれても、昨日まで、勝ちゃんから、急にお父ちゃまって言えない。半分照れちゃって。一生懸命やってくれましたよね。で、きっと貧しかったです。大変だったろうと思いますよ。

ただ、世の中が貧しかったっていうか、お金持ちの人も貧乏な人も、あんまり見てもわかんないんですよね。例えば、お金持ちの子は、いい洋服着て、貧乏な子は、ボロ着てるわけじゃないんですよ。お金持ちの子も洋服持ってないので。私は母が器用で、洋裁なんかもできたから、割とおしゃれさせてもらってて、そういう情けなさは味わったことがなかったけど、でも、必死だったと思いますよ、父は。

建設省勤務の建築士で、オリンピックの競技場の監督なんかに単身赴任で来てました。この家も父が設計してくれたんだけど、父はおおきいのしか作ったことがないわけ。病院とか、役所とかを作るもんだから、こう細々と三角になったり丸くなったりが頭になくて、お父さんの設計図はみんな四角とか言われて。でも、帰ってきてから、皮膚が黄色くなる病気。戦地でマラリアに感染して。あれがね、時々出るんですね。

池田澄子
（山本紫黄からもらった栞を首飾りに）

先生がまとめてくれた詩集の題が気に入らなくて

私は父の代わりにお医者さんになろうと思って、高校に入った時はそう決心したんですけど、どうも医学部無理だなっていう感じがわかって。

そんな少女期。だから、もうちょっと英語が勉強したいから、家庭教師つけてとか、それ無理だなって、もう私もわかってたしね。医者にならないなら、別に他の何の勉強したいってことはないから、大学は行かないで、高校でやめました。中学校は、新潟市の白新中学校。

最初、白山小学校っていうのがね、信濃川の橋を渡るんですよ。昭和橋っていう、萬代橋って有名ですよね、大きい橋があるのね、虚子の句碑があります。〈千二百七十歩なり露の橋〉。で、何歩で歩いたとかよく言うけどね、その下流の昭和橋ってのは壊れたままなんですよ。何しろ戦後から、間近いから。でね、ダメなところがあって、ただの板が渡ってたりするのよ。あの頃の親は平気でそこ、子供一人で学校行かせるのよね。それで、中学生だったか、その橋から落っこちた子がいる。ふざけて後ろ向いて歩けるって言って、こんな細いこんな板の所よ。その橋を後ろ向いて歩いて落っこちた。で、そしたら、下になんか舟がいて、その舟に乗ってたおじさんに助けられたんだけどね、そんなことがある時代。

それから、白新中学の一年生の時、最初の担任が美術の先生だったんですよ。美術史の授業を初めて聞いて、すっごい心が踊ったの。どういう風にって言われるとちょっと困っちゃうんだけどね。それまでは、小学生の時は、自分が勝手に物思いにふけるとか、おセンチになるとかはあっても他者となかなか繋がらないと思うんだけど、だから、芸術っていうんですか、そういったもので、ときめいた最初が、白新中学の一年生の時の、山田夏男という絵の先生だったの。カラーじゃなかったでしょうけど、建物とか色々の写真を見せてくださって。自分の暮しとは直接関係ない、もういつだかわかんないような、そういうものにときめいた最初。

それで、今度二年生になったら、理科の先生だったんですけど、授業終わってお掃除してると、その間に黒板にね、短歌を書いてくんですよ。私、それ、びっくりして覚えてうちに帰って、先生がね、こういう短歌作ったみたい。え、それは、石川啄木よ、って母が言うわけで。啄木とか与謝野晶子とかの短歌をそこで知って、それで、目覚めた。その、先生の一学期が終わって、建設省の官舎ができて、そこへ移ったんです。だから、もう、ほんとに、転校転校でお友達できないんですよね。その時の友達も覚えてない、中学の友達でも、中学の二年生の一学期で、違う学校に行ってるから。でもね、その中学で美術と、それから二年生の一学期に文芸に目覚めた。

二年生の二学期から、関屋中学っていうところへ行ったんです。転校になったんですね。その本当に貧しい建設省の官舎でしたよ。で、松林の中にあるの、まるで。家を出たら、もう砂っぽくって、長い砂丘があって、海があって、佐渡が見えるっていうね、そういうところで、おセンチになってたのね。で、なんかこう書いたものをね、この間、友達に会って笑われたんだけど、ちょっと綺麗なノートに詩のようなものを書いて、教室に置いておくと、誰か見るんですよ、男の子なんかが。先生がね、その書いたもの、みんな持って来なさいって言ってくださって。持っていったら、それをガリ版で切って、なんか表紙つけて、詩集を作ってくださったの。で、その題がね、「物思う心」って題だったんですよ。その題と、「序詞」が気に入らなくてね。この国語の先生にすごく反抗しちゃって、卒業するまで先生の顔見なかったの。なんか違うよと思って。申し訳ないことをしました。とってあったけどね。この家に来てから、もしもどっかでなんかで漏れると恥ずかしいから、俳句関係以外は全て捨てたの。ちょっともったいないかなとも思ったけど。俳句に辿りつくまでのモノを全部、少しずつ捨てました。

夫となる人と高校二年で出逢う

それで、高校二年生の時に、ある男に会ったのね、(現在の住まいの)「表札」の方。ま、会って、別にすごくときめくほどハンサムではないし、特別話をしたわけでもないけど、なんか、「あ、この人。」と思っちゃって。その人は、六ヶ月間だけ、新潟にいたんですね。新潟支局っていうところに。毎日新聞の記者で入社すると六か月間地方転勤なの。でも、会ったのがもう何ヶ月目だったかは私もよくわからなくて。で、東京帰っちゃったんですよ。電話ないでしょ。携帯どころか電話もなかった、うちに。で、彼のうちにも電話もなかったし、だから、毎日手紙書いてた。親しくなる暇もなく、帰っちゃったでしょ。帰っちゃう時に、私、ハンカチをあげたんですよ。そしたら、そのハンカチありがとうとかっていう手紙でも来たのかな。それで、なんか文通が始まってしまった。だから、一緒になんかするっていうのがなくて、半年に一遍とか会いに来るんですよ。来ても、最初恥ずかしくて喋れないの。

来るって言ったって、せいぜい二、三日ですよね。社会人なんだからね。別に親戚がいるわけじゃない。どこに泊まってたんだろう。やっと慣れて、喋れるようになると、三日ぐらい経つと帰っちゃう。また、しょうがないって手紙を書くの。だから、書いてることが生きてることみたいになっちゃったのね。私は銀行に勤めてね。そこで、同人誌の詩をやってるグループがあったんで、そこで書いたり。生意気にペンネームなんかつけてやってたんで、池田澄子ではないわけだからね。そんなことがありました。

母がね、母がっていうか、母の年代の人は、みんな短歌を書くじゃないですか。もう、女学校行ったら書くんだ。見せてくれたりするんですよ。でも、恥ずかしかったの、私が見ると、短歌って。

そうだ。それで、一回書いたことがあるの。言っていい？

天皇巡幸について短歌一首

戦後ね、天皇がね、全国を回られたの。御巡幸で、小学校の校庭にいらして、町民がみんな集まったんですよ。一番前に、遺族の人たち。私たちは小学生だから、後ろの方に。で、天皇陛下、ご挨拶なさってましたよ。壇に登って、なんかお話ちょっとなさった。それで帽子振って、壇から降りて、車に乗って帰ってらした。で、みんな、ワーって、道の方に行って、それを見送ったんですよ。

そのあと、クラスで文集を作ったんですね。それがね、〈万歳の嵐の中を天皇は静かに帽子振られて去りぬ〉っていうのね。四年生ですからね、ちょっと出来過ぎですね。その時に、遺族のところでは、天皇が挨拶なさるの。それで「天皇陛下万歳」って、死んだ人の家族、遺族がですよ。私、「天皇陛下、気の毒だな」と思ったの。「恥ずかしくないかな」って。そんなことを思って、その短歌を書いたんだけど。きっとね、宿題かなんかで、母が直したかもしれない。初めて書いたにしては、よくできてる、じゃなくて、短歌になっちゃってるもんね。でも、それは最初の短歌ですね。敗戦の次の年、そんなことがありました。でも、短歌の方には行かなかったですね。

話が飛んじゃいますけど、今の上皇のご成婚パレード見ましたよ。私の何カ月か後だったんですよ。

それで、結婚して、横浜に引っ越したんですね。新山下町団地っていう、中区で氷川丸なんか見える、いいとこなんですよ。港の見える丘公園の下の方でね、そこでうちは四階だったのね、そしたら、五階にやっぱり新聞社に勤めてる方、朝日新聞の方が一人いて、その奥様と、私、友達になったの。そしたら、もう一人、そのご主人の朝日の人が、親しくしている人に折笠さんっていう人がいて、その人も新聞記者だったんです。綺麗な奥さんでね、おふたりとも、新聞記者で、隣同士親しくしてらっしゃるなって、ただまあそう思って。

俳句開始、「観念ね」と評された

横浜で、初めて日本家屋じゃないところに住んだんですよ、水洗トイレで、ダイニングキッチンで。それで、子供が生まれたりして、夫が北九州に、西部本社に転勤になって、家族一緒に行きました。そこではちょっと木彫りなんか始めて。私、根気いいんですよ。黙ってごしゃごしゃやってんのが飽きない人で、木彫りはそこからかなり続けてやったんですね。

で、また転勤になった、東京にまた夫が戻ってきて、横浜の保土ヶ谷区の団地に越したんです。いろんなことをやる団地だったんですけれども、そこで友達が、「一日俳句教室」をやるからいらっしゃいって言って。その日、ちょうど私は行けなかったんですね。それが終わってから、みんなで俳句作って、前にかなりやっていたというおばあさんがいらして、その人に見てもらうからって呼ばれたんです。じゃあ、作ってみようかなと思って作ったの。そしたら、五七五って、いくら作っても作ってもできるの。五七五っていうのは、やっぱり作れちゃうのね。いい悪いは別よ。でも、五七五で、なんか一応筋は通るわけ。作って、歳時記なんて見たことないから、その友達に借りて、初めての一句目に作ったのと、あと二三句覚えてるんだけど、初めて作ったのが、〈死ぬ気などなくて死にざま思う秋〉っていうのよ。で、もっと先になって、三橋先生がね、なんかの時に、「おすみちゃんね、ほんとの処女作覚えてる?」って仰るから、こういう句でしたって言ったらね、にたっと笑って、「あ、やっぱりね、風流韻事じゃなかったんだね」って、先生、半分嬉しいような顔していらっしゃいました。

それが最初。それからね、「シクラメンを篝火草とも言う」っていうのが、歳時記に書いてあったわけ。でね、〈陽の中へ篝火草をうつしけり〉っていうのよ。出来てるでしょ? そんなのとね、これが生意気、句またがり。〈落ち葉歩道をおろおろ土にかえれずに〉っていうの。そしたら、それはちょっと後だったんで、その教えて下さったおばあさんが、これは現代俳句だわって褒めて下さって。で、そのおばあさんに、〈死ぬ気などなくて死にざま思う秋〉などを、書いて持ってきましたよ。そしたらね、その方が、みんなの時は、さらさら直してたのよ。そしたら私のを見て「観念ね」って仰ったの。で、私、びっくりしたの、物書くっていうのは、私は観念を書きたいから、物書くんだと思ったわけ、それまで。それが「観念ね」っていうのが、これは褒めてないってのはわかった。これは否定されてるんだなと思って、びっくりしちゃって。次の日か、その日の夕方か、本屋さんに行きましたよ。そしたら、たまたま

「俳句研究」が売ってたの。で、それが、ちょっと日にちが違えば、「俳句」が売ってたよね。ちょうど「俳句研究」が平積みになってた。そしたら、何句かわかんないけど、二十句ぐらい載っていたのが阿部完市だったの。またびっくりしちゃって、これも俳句ですかって。もうそれから書きっぱなし。

阿部完市は、やっぱりね、「これは危ない」と思った。ここで、「あ、この句素敵だから、この人に習おうかな」とは思わなかった。これはこの人の俳句だなって思った。えらかったね、それ。これに近づいて書こうとしたらダメなんだなっていうのは、なんだか知らないけど、わかったの。だからね、阿部完市さんとお話ししたことありますよね。パーティーなんかで。でもね、お互いに何にも言わなかった。

ふらんす堂の本の裏表紙の略歴に、阿部完市の俳句に驚き俳句を始めた、みたいに書いてあるから、阿部さん、たぶん見ていらっしゃると思うの。

句会参加、「もうちょっと地獄が見たいぜ」

見せるところがあるわけでもないのに俳句書いてましたよ。その頃、私は木彫りをやってたんですよ。杉並区の家に転居して、そうしたら俳句をあまり語れないわけよね。で、どこか、どうしようかなって「俳句研究」の後ろに結社の広告が入ってるじゃないですか。あれを見てたら、うちのすぐ近く、青梅街道のすぐのところが発行所の「群島」って出ていた。それで、ちょっと見本を送っていただけますかって言ったら、送ってくださって、あ、なんかちょうどいいと思ったの。コチコチの伝統派でもないし、阿部完市でもないし、私にはちょうどいいかもしれないなと思って、そこに入れていただいたんですよ。そしたら句会がこの辺でやるのかなと思ったら、目黒だったの。ほんとに楽しかったですね。句会っていうものも。

句会は二十、二十五人ぐらいだったかな。そんな大結社じゃないです。互選でやって、最後に主宰が講評する。私には、好きに書きなさいって。皆さんはそれこそ有季定型だし、もちろんね、私も原則的にはもちろん有季定型だけど。新かなも旧かなもあって、それはどうでもいいんです、この先生(堀井鶏)は。「思ったように書きなさい、ダメだったら言うから」っていう風に言われて、どういうのを書くようになるのかなと思ってくださったんですよね。そしたら、亡くなっちゃったんですよ。

で、その、「群島」はなくなってしまったんですけどね。この会、私は気に入ってたし、みんな本当に俳句が好きっていう、気持ちのいい人ばっかりで、とっても楽しいんだけど、私、もうちょっとこう、本気っていうか、「もうちょっと地獄が見たいぜ」みたいな気分になってた。じゃ、どうしようかなと思ってね。

「俳句研究」で、俳人特集がずっと続いた時期があったの。で、誰に習おうかなって。藤田湘子あたりでちょっと引っかかりそうになってね、どうかなと思ったり。能村登四郎もね、和服で、確か正座してる写真で、ちょっと惹かれたんですね。で、そんなことがあったりして、そしたら、三橋敏雄特集(昭和五十二年十一月号）があって。なんか違うんですね、私から見ると、なんか普通の俳人じゃなく思えちゃって。この先生に習おうかなと。この人がどこか結社持っていれば、その結社入れてくださいって、発行所なんかに電話すればすぐ入れるんだけど、何もないじゃないですか。だから、手紙書くしかないですよね。会ったこともない、どんな顔してる人だか、写真はあるけどわかんないし。でも、毎日毎日手紙書こう手紙書こうって思ったら、四年ぐらい経っちゃった。そしたら、「俳句研究」の三橋敏雄論特集（昭和五十七年二月号）ってのが出ちゃったんですよ。で、もう四年経ってるし、ここで私動かなかったらもうこのまま一生動かないなと思ったんで、よし、絶対手紙を書きますと思って、そしたら、また一年近く経っちゃって、十一月になっちゃった。で、もうしょうがない。句を見ていただけませんかって手紙を書いたんですよ。そうしたら、じゃあいついついらっしゃいって返事がきて、もうね、二週間あったのね。約束してから二週間の間、私、緊張で下痢だったの（笑）。

これ、私が見ていただきたいって手紙を出したののお返事。「俳句は誰かに教えてもらうものではありません。すべて自己啓発にかかっています」。

どんな初心者だかわかんないのに、これ、まさに三橋敏雄。それでね、それも五十句ぐらいお見せくだされば、思わしくない点を指摘できるかと思いますって。うん、見てあげますじゃないのよ。それで、持っていきましたよ。丸つかないんだよ。でね、面白いの。一句読むでしょ。そうするとね、棒つけるの。うん。一句の上に赤ペンで、こう。はい全部ひととおり読みま

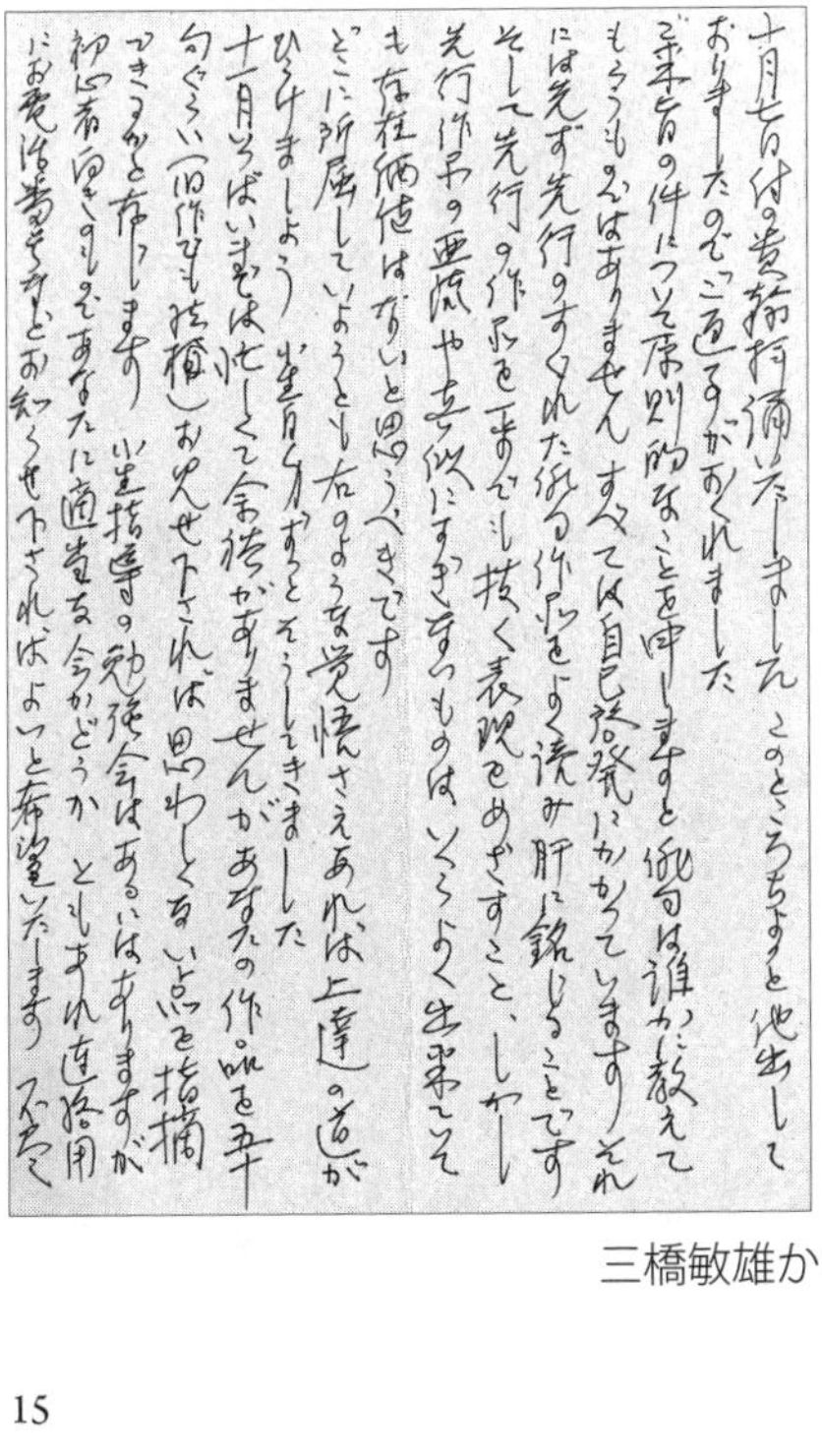

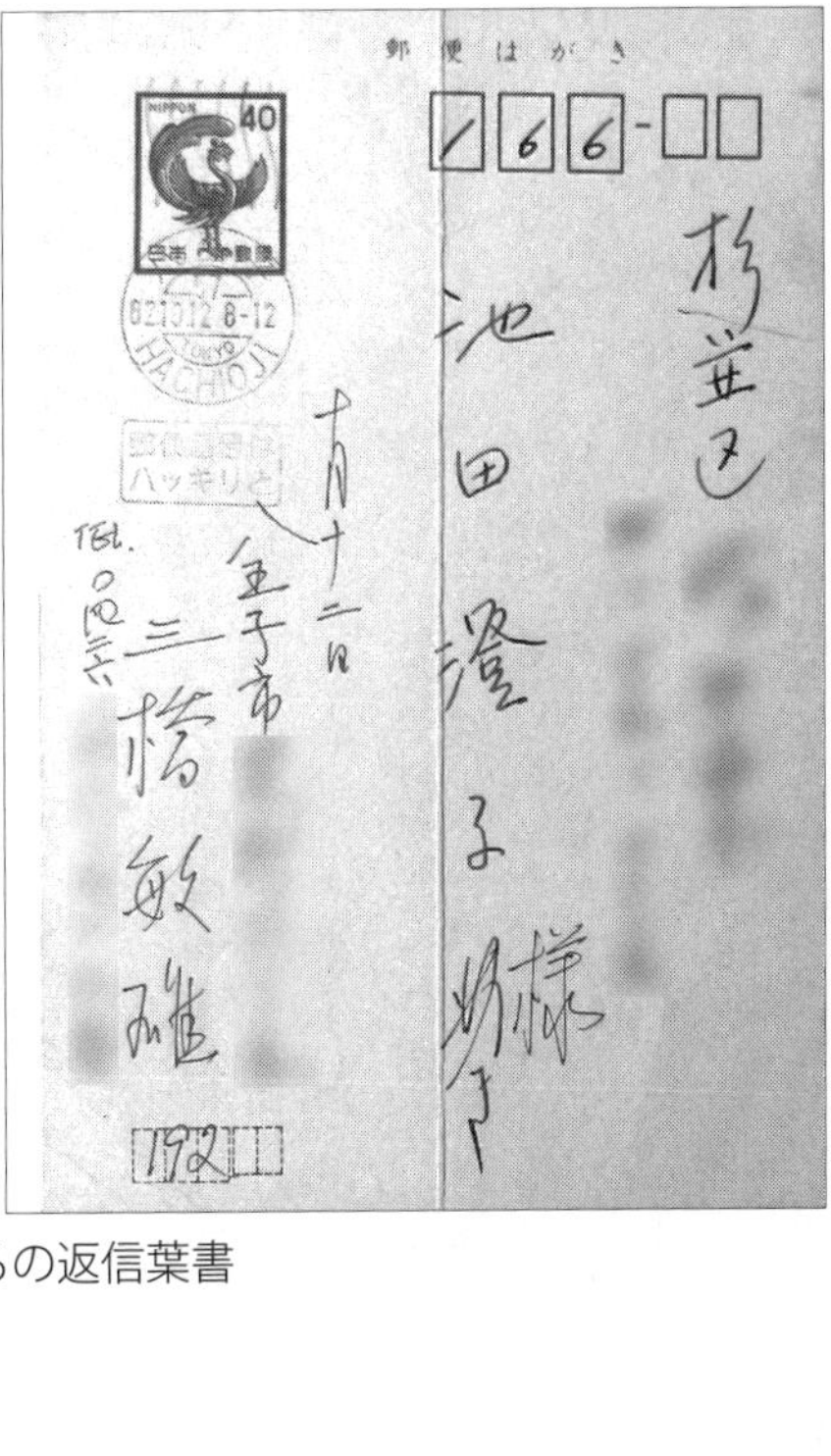

三橋敏雄からの返信葉書

した。じゃ、また読む。はい、これいいですね。と言ったら丸つけるの。で、なんかそれが合点なんだって。それで、これはこうだからダメでしょっていう話をされる。「せっかく来てるんだから、少し褒めてもいかがですか」なんて思っちゃいましたけど（笑）。全然褒めないで、辛うじて五句ですよ。丸がついたの。それで、これで来ないんなら、来ないでいいんだ。先生は別に自分の結社に、呼びたいわけじゃないんだからね。先生は、市民講座みたいのを誰かから引き継がざるを得なくて、やってる教室が二つあったんだけれども、でも「俳句評論」の句会があって自分も行ってるから、行きたければそこに紹介してあげるよと言ってくださって、それ荻窪だったんですよ。そこに行きました。だから、ここから私は全然変わったんです。そもう本当にすごい人たちばっかりで、胃が痛くなるような思いで行きましたけどね、

「俳句評論」の句会へ

一応、句会の前の日に、高柳重信の家にご挨拶にだけ行っときなさいって言われて、行きましたよ。そしたらね、愛想いいのよ、思ったのと違って。「あ、いらっしゃい、あがりますか」なんて言われて、で、「イエイエ、イエイエ」って帰ってきたんだけども。で、私、「俳句評論」なんて見たこともないからね。「「俳句評論」は読んでるんですか」とか聞かれて。いや、「全然読んでません」って言って、ちょっと決まり悪かったけど、ま、それで、帰ってきて、その数日後に句会に行きままました。

で、奥の方に、重信さんいらっしゃるし、重信さんと、三橋先生と、中村苑子さんとかいらっしゃるから、行って、ご挨拶したら、とんでもないの、重信。え、この間の笑顔は何なのっていうぐらいにね、ふんふんっていう感じで、面白かった。その時、受付にね、福田葉子さんがいらしたの。ほんとに救われたの、あの人、にこやかで。その時の葉子さんの姿は私、今でも覚えてます。

で、始まってね、「俳句評論」の女性たちが、カッコいいんですよ、松岡貞子、太田紫苑、ほんとにカッコいい。私は「俳句評論」は読んでないけど、五十句競作で読んでた、その人たちが、バーっといるわけじゃない。俳句評論の句会に行くと、本当に眩しくて。それで、じゃあ、私の出番は、このかっこいい俳句にはないなと思ったわけ。それは、かっこいいの、私、好きなのよ。でもそっちに行くとやっぱりもう模倣になってしまうから、どこに行くかなっていう。それで、かっこ悪い方に行こうと思ったわけ。でね、〈窓も句集も四角なりけり暑気中り〉それができた時に、あ、こっち方面かな、〈恋猫がうしろ忘れているうしろ〉とか、かっこいい方に行かないように、一生懸命自分の作風を探った。で、仁平勝さんもいたんですね。澤好摩ももちろんいて、澤好摩も偉かったんですよ、あの頃、大変だったんです。句会、やってるでしょ。でね、澤好摩がね、遅れてきたの。入ってきた途端に重信がね、澤くん、どう思う、ってその句の締めくくりをさせたからね。あ、この人、重信は澤さんを信用してるんだなって、その時は思ったんですけどね。仁平勝も、この時一回目だったんだって、句会の、それ

知らないから、先輩だと思ってた。そうしたら、すぐに重信が亡くなっちゃったのよ。半年もしないで。それで、「俳句評論」はもちろんなくなって、その句会で集まってた人たちが、その後句会を一年間続けたの。そこにはもちろん三橋先生も、中村苑子もいらしたんですよね。高屋窓秋もいらした。それから桑原三郎、もう句会ごとに高点句なのよ。それで、みんなにね、高点句に名句なしとかって、からかわれていましたけどね。

重信は元気そうではなかったわよ。全く不健康な感じの方でしたよ。髪の毛、こんなでしょ。確かね、お腹も腹水がたまってたんじゃないですか。ほんと、半年行かないのよ。三、四回行ったんですかね。そうしたら、まだ発表にならない時に、夕刊の死亡欄に出たのかな。で、夫から電話が来ました、重信亡くなったよって。もう、びっくりしちゃって。お葬式みたいな時も、私は、表に出ないで中でお茶碗洗ってました。本当にがっかりしました。その後、ずっとこの辺が、私、俳句の批評の仕方とか、もちろん批評を聞いてどういう句を書くかってことがあるわけだけど、一番学んだ。だから三橋先生がここで「俳句評論」を紹介してくださる時に、かなり決心がいったと思うもの。先生も、連れていっちゃっていいのかなって思ったと思うけど、本当にここから私の俳句人生がすごく充実しましたよね。

池田澄子と三橋敏雄
（1986年4月2日、八王子城山城址吟行にて）

「俳句評論」って、誰がいるか、私、知らないで行ってるもんね、きっと。でも、ま、「俳句研究」読んでたから、そしたら、俳句研究でも書いてた人たち、評論やなんかも、夏石番矢さんとか、澤好摩さんとか、そういう名前。林桂さんはここにはいないか、バーっと出てくるわけですよ、阿部鬼九男とか。高橋龍もいましたね、あんまり出てこないけど。それから、山本紫黄。山本紫黄はね、三橋敏雄が好きでね、もうほんとに三橋敏雄を愛してて。で、三橋敏雄の弟子だから、すっごいよくしていただいた。でもね、私、俳人として、紫黄さんは好きよ。本当にもう、俳句だけだから。俳句で有名になろうなんて気毛頭ないんだから。だけど、下手な句書く人を、「あ、これダメ」ってものすごい怖いのね。だからすごい尊敬してたけど、あんまりよくしていただいて、なんかちょっと、私は及び腰でしたけどね。今日首飾りにつけているこれね、紫黄さんがくださったの。名人がいるじゃないですか、こういう職人さんの、なんかそういう人が作った、羽織の紐かな。これだけもらった。こういうものをね、くださるの、いつも。これ。栞にでもしてって言われたので、でもちょっとこれくっつけたの。栞じゃもったいない。

「俳句研究」はね、十一月号っていうのは五十句競作だったの、毎年。私もそのうちにね、ここへ出したかったの。あー、ここが目標だったな。その頃、カッコいいんだもん、みんな。摂津さんも、そこで知りました。

「俳句空間」もみんなの熱気がありましたね。高山れおな、「俳句空間」に一生懸命出して。それができた頃に、私、攝津幸彦さんに会ってるらしいのよ。私はもう知らない人ばっかりだからね、なんかの時に言われたの。その頃、「俳句空間」の集いとか、そういうのが割と盛んで、そういう時にいろんな人に会いましたね。宗田安正さんとかね。宗田さんは、自分も俳句もちろん書いてらしたけども、いろんな本、俳句関係の本を作っていらした。アンソロジーとかも作ってくださっていて、宗田さんは、齋藤愼爾さんとは違った俳句との付き合い方して、あんまり表に、僕は僕はって、出ないで、尽力してくださっていたっていう気がするんですよね。

三橋敏雄のもとで作った句が第一句集に

その頃始まったのが、三橋敏雄は「壚坶《ローム》」、あの関東ローム層の漢字ですね。なんかすごい、ま、立派な本作ってしまったもんで、ちょっと経費がかかって大変だったんですけどね。先生も出す。句を出す時はお金払って。木版画の表紙なんかを使って、一人何万かかかったんですよ、あそこに出すのにね。その「壚坶」の二号に、私、五十句出した時に、正木ゆう子から電話があって、句集あったら読みたいって。「句集、ありません」って言って、それで友達になったんです。その頃に、やっぱりその「壚坶」で、五十句、五十句って、まー、かなり緊張して作ったのがベースになって、第一句集を作ったんですね。第一句集を作ってる時に、「群島」の堀井鶏先生が亡くなって。私はその時、「未定」に入って、で、未定もみんな本当に勇ましくてね、面白かったですよ。熱い。その熱い心が作品にいいのか悪いのかわかんないけど、熱い人たちばっかりで、なんか同志っていう気分、すごく味わいましたね。それでこれはね、(三橋敏雄自筆の)序文よ。こんな綺麗な原稿。これはね、自慢したくて。序文の原稿。なおすのも綺麗にちゃんとなおしてるじゃない。最後まで乱れないね。字は句会で急いで書いてもこうでした。先生はパソコン、ワープロはできなかった。

三橋敏雄は西東三鬼をね、師として、敬ってというか、慕っているけど、俳句の先生として特に学んでいるとは思えないんだけど。あ、違う？　むしろ、なんか、助けてあげたみたいな気持ちがするのよ。ただ、いろんなところに連れて行ってもらったらしいね。あの、貿易商で三鬼は働いてたんでしょ。良い職場の東京堂にいて、三鬼に習えばいいじゃないの。なのに東京堂を辞めちゃってその貿易の会社にいくんだよ。で、三鬼を車に乗せて、あっちこっちに運んで、その代わり、いろんな人にあったりできたらしいけどね。だと思いますよね。あんまり私、三鬼はね、三橋敏雄の先生っていう感じはしてないんですよ。

上の階に住んでいた「折笠さん」との再会

折笠美秋さんね。「俳句評論」の。本当に悲劇の方。また、かっこいいもんね、俳句も。だけど私は俳人として、折笠さんに会ってないんだ。もう出てこられなかった。私が「俳句評論」に入った時は、すでにもう寝込んでてしまったから、話だけで。で、あ、そんな方がいらっしゃるんだなと思って。筋萎縮性側索硬化症で動けなかったのね、何年も。それでね、たまたま桑原三郎と、二人でね、なんかの帰りで歩いてたんですよ。私、突然、こう、漫画だと、こう、電気がぴょこってなるんだけど、ぱって気がついて。ねえねえって、東京新聞の折笠さんっていう人が、私、前住んでた家の五階に住んでたんだけど、あの折笠さんかなって言ったらさ、東京新聞で折笠っていう名前だったら、間違いないでしょって桑原さんが言って、びっくりして。新宿のね、駅の外歩いてたの、小田急の横あたり。えっと思って、こういう人わたし、昔知ってるんだけど、あの折笠さんかなって。そうに決まってるでしょって三郎さん、冷静に言うのよ。それで、句集をお送りしたの。『空の庭』を作った時に。で、実は以前下の階に住んでいましたって書いて。そしたら、なんか息をふうふうだか、目をパチパチだかで打ったお礼状を下さったの。それで、そのお礼状に対してお礼を言いに、三橋先生夫妻と私と三人でお見舞いに行ったの。

折笠さんの闘病は、その頃テレビドラマになったりしてたんですよね。阿部鬼九男とか周りの人たちが、折笠さんの口を見て、あの難しい句を、ほら、花咲いて綺麗だとかじゃないからさ。難しいじゃない。思いがけない言葉が出てくるわけだから、それをみんなでちゃんと書いてあげて。例えば片仮名で書き写すぐらいまではできても、それを漢字に変換するっていう、音だけではわからないような俳句じゃない、それをみんながやってあげてたのよね。あんなの若い奥さんには、とってもできないじゃない。だから、せめてカタカナでなり平仮名でこう書いておいたのを、どういう漢字だろうっていうのを入れて、仲間がやってあげてた。熱かった。ほんとに、私の周りが熱かった。もうありがたかったわ。ああいう日があったっていうのが。

最初にね、なんかの集まりの時に、お箸を落としたんですって。お箸だかスプーンだかを。で、それを最初に見つけたのが葉子さんだって。おかしいって思ったんだって。それが始まりだった。残酷な病気だわね。長いんだもん。

高屋窓秋の嫌いなもの

『空の庭』が、たまたま、現代俳句協会賞をいただいて、そしたら、高屋窓秋からお電話があって、色紙を書いてあげますって、お祝いに。それで、書いてくださった、小さい、こういう、ポチポチっていう字で。

高屋窓秋と川名大の対談っていうのがあって、これ、「俳句空間」だったかな。池田さん、その場にいるのもいいでしょとか言われて、震えながらお茶番して確か、帰り、二人で帰ったのかな。電車で緊張しちゃったね。どういう時も静かなの、あの方。高屋窓秋ちょっと俳壇ではっていうよりも、人間の男の中で、あんなにこう、すーっと、しずかなハンサムいないんじゃないかしら。

なんかの時にね、会合の時に隣に座った。みんな食べて、お酒飲んで喋ってる。で、「私は物を食べるのは嫌いです」「人と喋ることが嫌いです」もう一つ、なんかおっしゃったんだよね。ちょっと忘れちゃったんだけど、「お酒を飲むのが嫌いです」って、言ったかな、なんかそんなで、そういう集まりで、面白いでしょ。静かにおっしゃるの。でも、それが似合うの。さもありなんと思うわけ。高屋窓秋を囲む会とかいうのを「未定」でやったこともあったのね。その時に、どういう言葉が好きですか。っていう質問あって、それがね、私、忘れちゃったのよ。嫌いな言葉は、「奴隷っていう言葉は嫌い」って。ああ窓秋さんらしいなと思ったのね。

その頃八田木枯さんが、人集めて。台風でやられてもう俳句どころではなくなってしまったわけよ。それで、俳句から遠ざかってたでしょ。今度、経済的にもゆとりができて、その、お花見がね、飯田橋の堤のところで、場所取りして、会費はいくらとか言わないのよ。ただ、そこで煮物かなんか作ったりしてて、みんなお花見に行きたい人は行きたい時間に行った。おしゃれだったわね。本当に俳句の好きなおじ様でしたね。会うでしょ。と。すぐね、こうやって抱いてね、なんかダンスすんのよ。俳句が本当に上手な俳人でした。そういう人だった。

「船団」入会前後

平成に入る辺りで、「船団」に入ってるんですよね。でね、どうして「船団」に入ったかっていうとね、「俳句研究」に、よく広告がね、なんか現代俳句っていう広告が出てて、面白そうな、私はなんか本かなと思ったんだけど、心がそこに引きつけられていたら、それが終わっちゃったの。私が動く前に。なんだかわかんないのよ、本じゃなかったみたいなんだ。終わって、そしたら、どうしたのか知らないけど、坪内稔典さんから、「船団」っていうのを作るから入りませんかってお誘いがあったのよ。それで、あれの坪内さんなのかと思って。あ、桑原さんに相談したんだ。そして関西の女性がいっぱいいるし、いいんじゃないですかなんて言われて、入ったんだけど、東京は女性もパラパラだったから、あんまりその船団に入って何をしたってことは全くないの。でも最後まで居ました。

現代俳句協会賞のお祝いをしてくれた面々

現代俳句協会賞のお祝いっていうのは山田耕司くんなんかが働いてくれて、三橋先生が頼んで下さったんじゃないかな。で、澤さん、それから、糸大八。うん、あの、糸大八っていうのがね、ほんとに、あの人の存在はね、みんなをまとめる。俳句ものすごい上手いのよ、お手本にしていて、その崩れ具合がうまいんだよ。北海道の人なんだけど、絵描きさんで、花の絵を描く人で、旅館の息子さんで、伊藤なんとかさんなんだ。だから俳号が糸なの。それで、住所が大通り八だかなんだかで、大八なんだって。あの人がいると、みんなが険悪になりそうになると、まああじゃないけど、場が和んで、本当にそういう人で、もったいなかったのよ。五十句競作で重信が亡くなってから、三橋敏雄が選をやってたのね。それで、大八さんは、トップの賞もらってんの。

中村屋で、協会賞もらった時のお祝いをしてくださったんですよ、みんなでね。糸さんが司会して、もう本当にもう、糸さんがいりゃいいんだから、そういう会はね。なんかまとまっちゃうの、感じよく。

その時ね、松崎豊っていう人も、スピーチしてくれたんだけど、松崎豊って知らないよね。で、もうね、右向いたら一句。はい、左向いて一句っていうね、書ける人なのよ。で、電車の中だと、はい一句って書いて、それができたからなんなの。とか言われてるおじ様だったんだけど、でも、三橋先生を大好きで、私と師匠と一緒にいれば幸せみたいな人だったの。そしたらね喉頭癌で、この時にその話してくれたのよ。スピーチをしてくれたのにね。それがね、声が出せた一番最後なの。それで、私、それテープに入れといたから、先生にね、これ、松崎さんに、松崎さんの声が入ってるから、あげた方がいいでしょうか、どうでしょうって言ったら、まあいいよ、あげないでおきなさいって言われたけどね、それが最後で。

十二月に会をしてもらって、二月にお見舞いに行ってるからね、その時はもう声出ない。とっちゃったから。で、筆談。すっごいお喋りなの、絶え間なく喋ってる人なの。筆談すると、三橋先生、もう先生は声で喋ればいいわけじゃん。だけど、彼がもうやたら書くわけよ。てーって書くもんだから、先生も一緒になって筆談してね。帰る時にどうして僕は筆談したんだ？　って、笑ってたけど。その辺のおじさま、面白かったな。

それで、間もなく折笠さんも亡くなったんですよ。「未定」で毎年同人総会やってたのかな。写真も探せばあるんだけど、部屋に一人が寝る部屋に、泊まる部屋に、みんなびっしりで、おしゃべりしてて、夜中までね、「未定」はもう元気が良くって、本当、私はこの時代が一番俳句に燃えて、楽しかったですね。で、その頃、「俳句空間」で、新鋭作品の選ぶ欄があって、で、そこに、攝津さんと私、同じ時で、すごい変わった、珍しい句とか色々ぶっ飛んだ句もあって、大変でした。

なぜか推してくれた田中裕明

田中裕明は会ったことなかったのね。冬野虹さんはなんかで会ったかもしれないんだけど。どうして田中裕明がいるところに、私いるんだろうって、ちょっと不思議みたいなところに呼ばれて吟行したんですよ。四ッ谷龍のお誘いで。どこかの喫茶店で、句会やって。そしたらね、これ、自慢話みたいですけども。亡くなる前ね。「俳句」かな、「俳句研究」かな、今年の一番推しは誰ですか。みたいなことを書く欄があったんですよ。そこでね、三年間続けて田中裕明が私を書いてたの。もう全然前に、「ゆう」で、なんか作品評をしてくださいって言われたことはあったんだけど、「ちょっと今忙しくて」とかって、断ったりしていて、接点なかったんだけど、入れてくださってたの。だから、とっても変な言い方なんだけど。え、偉いって思っちゃったの。私は今、客観的に言ってるつもりなんだけど、これはちょっと活字にすると私が喜んでうぬぼれてるみたいだけど。びっくりしますよね。

だから、褒められたのが嬉しいとか、そういうんじゃなくって。え、この人どういう人だったんだろうって、なんかね、思ったですよ、あれは。でも最後の句集はびっくりしたわね。亡くなった時。『夜の客人』。訃報と一緒だった。

永末恵子、正木ゆう子とのファックス袋回し三昧

『いつしか人に生まれて』の後の頃ね、手紙でやってたのかな。最初連句やって、永末恵子っていうのが、連句のできる人だったので、私たちは全然知らなくて、もう言われるまま、こういうのをこういう風に書けって。やって楽しかった。これが、もっと先に行くと、ちょうど、うちでもファックスを買ったころ。まだ、あんまり、各家に必ずファックスがあるって、じゃない頃にね。ファックスで、袋回しみたいに、一人が五題出すんですね。永末恵子と正木ゆう子と私と三人で、五題出すと、十五題になるじゃない。それで、何回でもいいから、作って、ファックスするの。それがね、ひどい時、七回ぐらい続けたの。家族めちゃめちゃですよ。お夕飯食べさせながら作ってたりして。そしてね、ファックスの紙がいっぱい、書き損じとか、受信した紙とかがこの辺散らばってて。永末恵子がそれを踏んで転んだの。テーブルの上にサボテンがあったところに転んでね、サボテンつかんじゃって。そうすると、サボテンをつかんだ絵が入って、ファックスが来るの（笑）。

すごい時はほんとに七回ぐらいやったかなあって。面白かったよ。楽しかった。本当に私、いい人生やってた。友に恵まれて。

阪神淡路大震災の時はね、永末恵子がうちに泊まりに来てたの。あの人ね、神戸の人なの。来て、何人かで、阿佐ヶ谷で、飲むというか、集まることになってて、あれは朝だっけ。次の日、帰ろうったって、帰るものがなくて、二泊し、もうほとんどテレビ見て、あそこ知ってる知ってるとか、あそこの道いつも通るとかで、眺めていました。永末恵子の家は無事だった。マンションの入口が少しひびが入ったか、なんかそんな感じで。

二〇〇四年に亡くなった攝津幸彦と桂信子と

一九五九年頃に私、攝津幸彦さんに会ってるらしいんですよ。で、私はあまり意識がなかった。後で言われたの。あの時会ったんだよって。

私が「豈」にかな、攝津さんのことを書いたんですよ、句集のことを。そしたらね、うまいっていうの。それでね、おかしいのよ。お宅のご主人は新聞記者だよねって、見てもらったの？　って。でも、言う？　そういうこと。おかしいでしょ。見てもらったって、うちの、俳句なんかわかんないからさ。そ

の後でね、今度違う雑誌でね、違う句集の、なんか批評を書いたの。そしたらね、何にも言わないから、おかしいなと思ったのね。褒めすぎ。今度のはダメ、褒めすぎって言われたの。

最後にね、肝臓が悪いっていうことで、何回も検査入院してるんですよね。で、今度も検査入院するのかと思ったのよ。検査入院どころじゃなかったのね。私、ちょうど電話したのね、なんか本当はしんどかったらしいの。寝ててもしんどいんだって、一番最後に言われちゃったんだけどさ。それで、私のその養父も、まだ生きてたんだけど肝臓が悪くて、だけど、元気よ。みたいなことをなんか言ったら、彼は癌だとも思ってるし、そう言われたのかどうか、もうダメみたいで、また検査に入るんだって言うから、検査に入るのかと思ったのよ。じゃあ、もう今度出てきたら、仕事のことは二の次にして休みなさいよとかって長話して、で、切ったの。

そうしたら、その何日か後に、男性だけがお見舞いに行ったらしいのよ。私も言ってくれれば行ったのにさ。男性だけがなんか四、五人で行ったっていう話を聞いたので、えーなんて思ってたら、宗田安正からある日電話が来て、出版業だからね、だから業界に回ったらしくて、攝津さん死んだよって、言われて。誰も知らないからね。で、私が電話して、みんなに。その日、みんなで集まって、いろんなとこに連絡入れて。

私、協会賞取った時に、桂信子は反対だったんですよ。こういう句は見たことがあるっていう感じだった。それで、私は、まあ、桂さんもいいっていうように書きたいと思っていたわよ。そしたらね、二〇〇四年の一月なんだけど、毎日芸術賞の授与式ってのが東京であって、桂さんがいらしてたのね。確かね、車椅子だったのかな、椅子に座ってました。私もそこに居たから、ただおじきしました。そしたらね、あんたの俳句は面白いねっておっしゃったの。私ね、びっくりして、先生に「これでいい」って言われるような俳句を書きたいと思っていましたって言ったの。でね、あの人は私のに入れなかったことを覚えてたと思う。「そう、そんな思いながら作ってたの」って言われてね、そう思って作ってたんですって言ったら、「いや、今あんたの句は面白いよ」って言って下さったの。私、今、ざわざわしてるの。

エッセイを連載し始める

二〇〇六年に、「俳句」でね『あさがや草紙』ってエッセイの連載があった。かなり分量のある、一ページとかじゃなくて、四ページ、もっとあったのかな。その時は海野謙四郎さんが編集長でね、海野さんに書くように言われてやったの。私はそれまでは名簿にも載ってなかった。一年経って、これで終わりかなと思ったら、もう一年続けましょうっていうんで、嫌だし、とてもこれもう書くことないですよ、責任持てないわみたいなこと言ったら、責任は編集長が取るんですよ、なんてかっこいいこと言って、それで、それをまとめたのが、『あさがや草紙』っていうエッセイ集。

海野さんが私に色々、やらせてくださって。その前の編集長が鈴木豊一さんだったのかしら。豊一さんはすごい悔しがって。

豊一さんはその後で、「俳句生活」とかいうね、別冊があったの、「俳句」で、そこで私を一生懸命使ってくださった。それ書かせられなかったら、エッセイ、そんな長いのは書けなかった。

テレビに映った父の写真と生没年

「NHK俳句」の一コーナーで、こう何分かは人の言葉っていうのがあって、そこでね、私、なんか呼ばれたわけ。どういうの録ったか全然覚えないんだけど、そこで、父の話が。きっとその、父が死んだことの俳句をあげて話してんのかもしれない。父のね、生きてるつったって、本当に前のよ、写真がちょっと横っちょにこう出て、それで生年月日が出て、それ見た時に私、この人、本当に生きてた時があったんだと思って。なんかね、それまでは、ちょっと違ったの。当たり前だけどさ。全く当たり前だけど。え、何年から何年、この人生きてた人なんだって思ってね。すっごい嬉しかったの。そんなことがありました。

だから、変な時にね、そういうことを思う人は思うんだなと思って、自分が思ったことにびっくりした。そんな言われなくたって、生きてたの知ってるよ、私。だけど、画面にそういう風になったら、あ、ほんとにこの人、世の中にいたんだなと、思ったりしました。

その時に、多分、〈戦場に近眼鏡はいくつ飛んだ〉っていう私の句があって、その写真が載ったような気がするんだけどね。日本人はね、兵隊も眼鏡が多かったんだってね。

あの戦争で、その、どういう戦争って、三橋先生の句で〈射ち来たる弾道見えずとも低し〉とか、色々あるけども、いわゆる戦火想望俳句の中で、私がね、あ、いいなと思うのは、〈支那兵が銃を構へて来り泣く〉支那兵が銃構えて近づいてくんだけど、泣いてんのよ。で、そういう一連の句がそこに入ってんの。で、そういうのはすごく胸にこたえる。同じ人間なんだよね。で、あっちも怖がって、こっちも怖がってるから。あと〈鉄条網これの前後に血流れたり〉とかだ。我も人、彼も人っていう視線が、私は先生のあれだなと。それからね、先生、怖がってんの。〈若き兵その身かぐわし戦の前〉とか。勇ましくない。

戦争には恨みがあるもんね。それで恨みがあって、それで終わってよ。うん。その後、人間が改心して戦争しないならわかるわ。でも、するのよ。本当に。だって、誰も得しないんだよ。やった方が気持ちよくないよね。

だけど、数としては、そういう、思い入れを俳句にするっていうのも、本当に難しくって。

新型コロナウイルス禍と新句集『月と書く』

変な時代。ちょうどなんか、えっ、こういう時代に生きてたの、みたいな時代なんで。私ちょうど沖縄に行っててね。で、その行く時からちょっと怪しい雲行きになったの。それで飛行機でマスクしてたかな、なんか。それで、帰ってきたらもうそれ以来、コロナ禍。それで今度ロシアがウクライナに侵攻して戦争まで始まったでしょ。もうすっごい大変。

私、前の句集の『此処』からまだ三年なのよね。まだちょっと早いんだよ『月と書く』は。いつもは五年は空いてんのよね。でも、ここでまとめないとね。ここからあと二年の句を入れて、五年分の句を作ると世界ができない。あまりにも特異で。同じ句集の中に、これからの普通の日々と、この始まったここのところを一緒に混ぜられない。どうなるかね。あまりにも特異で、

関悦史と池田澄子（書棚の上には三橋敏雄揮毫の辞世句の色紙）

なんか自分がこう、普通の暮らしじゃないのよ、気持ちも。だからなんかもう、ここだけで、この狂った私をもう葬っちゃうっていう、そんな感じ。
それで、ほら、いつ豹変するかわかんないでしょ、例えば若い人の句だってさ、たまたま自分で、え、書けちゃったとかね。そうじゃなくて、二、三日すると変わっちゃったりもするんだけど、それだけだよね、喜びは。
木彫だって、気持ちいいよ。あ、もう時間だけかかんのよ。で、楽しいんだけど、物ができちゃうの。で、最初は人にあげたりして。もらった人が困るのよ。夫が言ってたもん。君は俳句やってなかったら何してたんだろうねって。でも、木彫をやってたと思うけど、木彫をやってたら、ものが増えすぎちゃって、そんな、いつまでも教えられないしわかんない。

＊池田澄子略歴

一九三六年、鎌倉に生まれ、多く新潟で育つ。三十歳代後半に俳句に出会い、一九七五年「群島」入会のち同人。主宰・堀井鶏逝去により「群島」終刊。一九八三年より三橋敏雄に私淑、のち師事。三橋敏雄の勧めで「俳句評論」入会、「面」句会に参加。高柳重信逝去により「俳句評論」終刊、その後、三橋敏雄指導「檣の会」に通う。一九八八年「未定」「船団」、一九九五年「豈」入会。二〇〇一年十二月、三橋敏雄逝去。二〇二〇年「船団」散在、同人誌「トイ」創刊に参加。二〇二一年、現

代俳句大賞受賞。句集に『空の庭』（現代俳句協会賞）『いつしか人に生まれて』『現代俳句文庫29・池田澄子句集』『たましいの話』（宗左近俳句大賞）『拝復』『思ってます』『此処』（読売文学賞詩歌俳句賞、俳句四季大賞）『月と書く』。対談集に『金子兜太×池田澄子　兜太百句を読む』。散文集に『あさがや草紙』『休むに似たり』『本当は逢いたし』『三橋敏雄の百句』ほか。現在、「豈」「トイ」同人。

＊池田澄子　自選三十句

じゃんけんで負けて蛍に生まれたの　『空の庭』
生きるの大好き冬のはじめが春に似て
ピーマン切って中を明るくしてあげた
砂糖醤油しみて鰈はさびしかろ　『いつしか人に生まれて』
ＴＶ画面のバンザイ岬いつも夏　『ゆく船』
八月十五日真幸《まさき》く贅肉あり
青嵐神社があったので拝む
前へススメ前へススミテ還ラザル　『たましいの話』
目覚めるといつも私が居て遺憾
人類の旬の土偶のおっぱいよ
茄子焼いて冷やしてたましいの話
人が人を愛したりして青菜に虫　『拝復』
初明り地球に人も寝て起きて
彼の世も小春日和か郵便局あるか
春寒の灯を消す思ってます思ってます　『思ってます』
此処あったかいよとコンビニエンスストアの灯
死んでいて月下や居なくなれぬ蛇
夕凪や寄港のたびに船古び
わが句あり秋の素足に似て恥ずかし
私生きてる春キャベツ嵩張る　『此処』
猫の子の抱き方プルトニュームの捨て方
春寒き街を焼くとは人を焼く　『月と書く』
焼き尽くさば消ゆる戦火や霾晦
蝶よ川の向こうの蝶は邪魔ですか
夕風や桜を見上げ合えば朋
葉桜の隙間隙間や光は愛
幸あれよ薔薇の葉裏に棲む虫も
水澄むと書くとワタクシ澄んでしまう
逢いたいと書いてはならぬ月と書く
狭霧隠れの家々人々亡き人々

特集2 『多様性が育む地域文化詩歌集――異質なものとの関係を豊かに言語化する』

『多様性が育む地域文化詩歌集――異質なものとの関係を豊かに言語化する』多様性の海へ漕ぎ出すこと

高橋　英司

全体の中のごく一部、特定の商業詩誌だけを読んでいると、現代詩の世界はこんなもの、と見くびったり、視野狭窄的なオタクに成り下がったりしてしまう。地方においては尚更、地元の情報しか入らなかったら、外部からの視点を見失ってしまう。狭い地域に権威者が出現したり、在京の詩人を貴種のように崇める風潮を生み出してしまう。これは、海外の詩を知らず、日本語詩の独善に陥ってしまう場合も同じだろう。

そんな時、ガツンと一発、とは言わないが、こういう詩歌もあるんだよ、と脇腹を突くように注意を与えてくれる一冊は有難い。多様性の豊かな海へ漕ぎ出す機会に恵まれる。個人の能力も時間も限られているから、アンソロジーの企画は有難く、利便性もあり、読者として視野が拡がる。

本書の目次を開いて、直ちに気づくことは、現存の寄稿者以外に、戦前に活動した詩人や物故した現代詩人、俳句では芭蕉、蕪村、一茶、短歌では与謝野晶子や森鷗外までもが収録されていることだろう。筆者は、あの中島敦が短歌をやっていたことなどつゆ知らなかったから、少々驚いた。「シュトラウスのワルツをどれば踊り子の髪はさ揺れつゆたにたゆたに」。「ゆたにたゆたに」という擬態語に惹きつけられた。編集者の目配り、選歌に感激した。

このように、一般教養として知っている詩歌とは異なる作品選出の意外性は、本書を企画した編集部の努力と眼力に負う。芭蕉を例に取れば、「古池や〜」や「閑さや〜」といった人口に膾炙した句は見当たらず、「いざさらば雪見にころぶ所迄」というような、筆者の目を丸くするような句だった。同じように、短歌では、斎藤茂吉の歌集『赤光』は読んだことはあっても、『小園』となると全くの初読み、「おほよそに過ぎ来つるごと年老いてわれの見てゐる蔵王の山」、その筋では知られ、筆者が知らなかっただけかもしれないが、へえ、茂吉にこんな歌があったんだと感慨深い思いになった。

詩人では、久し振りに金子光晴の詩を読んだ。

「戦争がはじまつてから男たちは、放蕩ものがうまれかはつたやうに戻ってきた。／敷島のやまとごころへ。（中略）さくらよ。／だまされるな。／あすのたくはへなしといふ／さくらよ。忘れても、／世の俗説にのせられて／烈婦節婦となるなかれ。／ちり際よしとおだてられて、／女のほこり、女のよろこびを、／かなぐりすてることなかれ。／バケツやはし子をもつなかれ。／きたないもんぺをはくなかれ。」（「さくら」一より）

金子光晴ファン以外の者には、このような詩を読む機会は滅多にないだろうと思う。市井の立場からの反戦詩である。一般のアンソロジーからは外れるだろう詩を選出した点に、編集部の強い意思が感じられる。だから、本書の企画編集の上で、巻頭に沖縄を扱い、八重洋一郎「手文庫」や若松丈太郎「土人からヤマトへもの申す」を掲げたことも頷ける。

八重洋一郎の詩は、ある程度知られているだろうから引用を略すが、「手文庫」の最終行「茶褐色の色紙が一枚『日毒』と血書されていたという」に記された「日毒」の一語が、沖縄県民の怨念が凝縮されているように感じさせる。薩摩藩の支配にはじまり、琉球処分、先の戦争では捨て石にされた沖縄戦、戦後は米軍基地が重く圧し掛かる。沖縄の歴史は、琉球処分に限らず、本土から犠牲を強いられた歴史であることを、改めて思い知らされる。本アンソロジーでなければ、広く紹介されることもなかっただろうと思う。

若松丈太郎は、反原発の代表的詩人だが、沖縄に対して連帯の思いを表明する。「米軍基地建設に抗議するウチナンチューに／ヤマトから派遣された警官のひとりが／『土人！』と罵声をあびせた／／ウチナンチューが土人だば／おらだも土人でがす／そでがす　おら土着のニンゲンでがす／生れてこのかた白河以南さ住んだことぁねぇ／〈東北の土人〉〈地人の夷狄〉でがす」と書いた。根底にあるのは、差別意識である。東日本大震災が東北だからまだ良かった、などと発言した大臣がいたが、東京に住んでいる人は、東北を下に見る感覚を持っていないか。筆者は、「化外の民」意識は寸分も抱いていないものの、終戦時、ソ連が東北・北海道を占領していたら、どうなったものかと想像してしまう。

現代詩は、東京周辺あるいは都市部だけで書かれているのではない。数の上で勝る東京あるいはミニ東京が、あたかも中心部であると思い込んでいるに過ぎないと思う。地方には地方の思いがあり、喜びも悲しみもある。根底にあるのは人口減。成田豊人（秋田）は、その辺の実際を、「鷹巣・銀座通り商店街異景」と題して書いている。

「秋の空気がよそよそしさを増す頃／朝霧が屋根も通りも空き地も／シャッターを閉ざしたままの店々をも湿らす／古びたアーケードの下／歩いて学校や勤めに向かう人々が／たまに通り過ぎる／駅舎前で客待ちをしていたタクシーは／空車のまま車庫に戻り／霧はまだ商店街を彷徨っている」

寂しい風景である。かつては何とか銀座と称した通りはシャッター通りと化し、親達は老い、跡継ぎはなく、売地が増え、人々の物語は消えて行く。「過去だけが本物のように思える」作者の心中を察すると、嘆いてばかりではいられないとも思う。

都市部に居住していたって、問題がないわけではない。勝嶋啓太（東京）は、「ぼくの隣りの人がすっごい震えているんだけど」と題して、声かけ運動が含む問題点を衝いている。やさしさの実践が半ば強要されるかのように圧を感じる今日、老人や妊婦には席を譲れ、何か困っている人を見かけたら、お困りですかと声をかけるキャンペーン。皆が皆、一様に困っているはずはないので、判断に苦しむ。作者は、意欲的に声かけしようとするが、状況によっては、ちょっとひるむ。体が震えているからといっても、それはその人の日常、普通のことかもしれない。だから、「ぼくがやってあげられることがあるとすれば／無関心で　無表情な／都会の群集のひとりとして／彼の邪魔にならないように／通り過ぎていくことだけだ」という気がしてくる。皮肉な表現とはいえ、人間関係のポイントを衝いた詩であると思う。

現今、多様性という言葉が広まり、当たり前の感覚になりつつあるが、声高に叫ぶと逆に、現代詩の本流から外れる感もある。しかし、本流などは実は存在しないのだ。多様性の海へ漕ぎ出すことが、詩作の営みを豊かにするのだと信じる。

『多様性が育む地域文化詩歌集――異質なものとの関係を豊かに言語化する』

「個人個人の記憶と体験の中にある『根源』を掘り下げる作品群

高細　玄一

「多様性が育む地域文化詩歌集」は鈴木比佐雄氏の解説の中で「日本という国は、自らの国の成り立ちやその在りようなどを冷静に見つめてきただろうか」という問いかけにある通り、個人個人の記憶の中に深く彫りこまれた、あるいは封じ込められた体験によって形作られた「根源的な」「マイカントリー」（国家と故郷の両面を持つ）への問いかけを持つ作品群です。それは同時にこの「国」が持つ地域性や風土、戦争と抑圧、原発と貧困、性差別、沖縄差別の在りようを否応なく明らかにするものになっています。さらにこうした作品群は個人の体験と深く絡まることで人間の在り方を問うものになっています。

伊藤久美子「山里」は冒頭で柳田邦男の講演録を引用し、《明治時代の日本人は寡黙で／百語と続けた話を生涯しなかった人が全国民の九割いた／（中略）祖母とのくらしのなかにラジオはなく／朝は神棚のまえの祝詞ではじまり／（中略）柿　栗　梅　茱萸は季節の楽しみ／会話はほぼなかったけれど　濃密な沈黙と静寂があった》と続きます。おそらく数世代前までの日本人はこうした「寡黙」を生きる基本形にしていたと思います。それはある意味、そうすることでしか生きられない中で生まれた「価値観」でした。この「郷愁」の感覚は「根源的」な価値観の一端をなしてきました。しかし、資本主義の暴力的な破壊を伴う開発と都市への人口集中、過疎地への原発立地の推進などによって、地域は無残に破壊されていきました。その一方で、地方の過疎化、高齢化は急速に進み、地域社会の崩壊が「限界集落」を産んでいます。

前田新「会津彼岸獅子舞幻想」は、《一揆のはてにさらされ／いまもなお野に漂白する／死者の遺恨を／弔う村の彼岸の獅子よ／／（略）／おお、虚仮脅かしの仮面の獅子よ／瀕死の村を鼓舞して／彼岸の暮らしに春を呼べ》と、為すすべもなく毎年活力を失っていく「瀕死」の村に対して痛烈な反語を突き付けています。私たちのなかにある「根源的な」「始祖的な」ものへの感覚、それを単なる「郷愁」の感覚にとどめず、「一揆」から繋がる「歴史の中のひとりの変革者」の視点が貫かれています。

小熊秀雄「人生の雑種として」は、《どうせ私は殖民地生れ／混血児なんだ》と「国籍」という視点をまず否定し《日本的現実も／ソビエット的現実も／私にとっては区別がない》と言い切る。国家をあげて戦争へと突入する思想がまん延する中で、《右に左に千鳥足／私は思想のタテヨコと／反吐をもって／さんざん汚すばかりだ》と、拒絶の意思を「反吐をもって」示す。「国家」的なものは「郷里」や「地縁血縁」という「しがらみ」を絡ませて沈黙させようとしてくる。小熊の「国籍拒絶」の思想は今日的な「地球市民」につながる発想でもあります。民衆の本音を民衆の側から民衆の言葉であけすけに語るという特性が魅力です。

橋爪さち子「つばさ」。《遠い日の貧しさの／稀にぜんざいを煮る母を見上げると／母は私と弟の幼い手をくぼませ／砂糖をひと匙ずつそそいでくれた》と、母の姿を回想しています。母の「優しい雫の集積」によって、支えられ、生きてきた自分。その母も今、「獰猛な翼を持つ何者か」のように老いている。貧しかった時の母の記憶を「原点」として生きてきた作者。この体験はある時期の日本人の「母親像」に共通するものがあります。作者はそこから「激しく執着した今生の日々」を棄てた「母」の生き方をさらりと深く描いています。日本の戦後史の中で戦争と貧困、男尊女卑の風土、それを当たり前とみる社会の仕組みの中で、女性がどんな境遇を生きてきたかをこの一言が連想させます。

谷口典子「鬼」は《天明・天保・享保　度重なる飢餓は多くの命を奪い／大津波はすべてをさらっていった／みちのくはいつも　都からはずれ／あらゆるものの供給地でしかなかった》と、鬼の「怒り」の根源を手繰り寄せる。「鬼」としての「怒り」はしかし、「つぎつぎと平定され」「一匹もいなくなってしまった」。《私の住処にはまだ　鬼の骨が／たくさん散らばっている／私はその骨をそっと集め／漆喰の闇に　ひとりむさぼる／／鬼の発する　やさしい悲しみの音を聞きながら》のようにパレスチナのガザでは今も多くの女性や子どもが戦火の犠牲になっている。東北でもパレスチナでもきっと多くの鬼が現れては骨になり、その骨を集めてむさぼる者たちがまた現れるだろう。この長い長い連鎖。この悲しみを終わらせるために何をしなければならないのか。そういう問いかけにも聞こえます。

宮内洋子「女納棺士」。《女達のしがらみに／がんじがらめの男は／息絶えたが／女納棺士によって／処置してもらえた／きれいに体中を拭き取ってもらえた／男は／女好きだったが故に／口もとをゆるませた／素手に感じる男の肌のぬくもりを／納棺士はもち帰った》

この作品は男という存在の「根源」の「性的願望」を「ぬくもり」という言葉で見事に言い当てています。男と女のここではある意味、対等な関係があり、「死ぬまで世話になったな、ありがとう」という男の声が聞こえてくる感じのする作品です。色気さえ感じる男の最期。死んだ後の処理ではなく、生の最期としての扱いに「尊厳」という言葉が浮かびます。「どう死ぬか」はもう一つの「根源」的な問いかけではないでしょうか。

個人の体験の中にそれぞれの歴史があり、それぞれの問いかけの中にそれぞれの答えがある。

それが集積したものがこの「多様性が育む地域文化詩歌集」であり、まさしく、日本という国の「成り立ち」に対する民衆の側の回答ではないでしょうか。

素晴らしい作品があまりにも多く、あれもこれも取り上げて書きたいところですが、紙面の都合上こうなりました。第二回があれば、もっと書きたいと思います。

『多様性が育む地域文化詩歌集――異質なものとの関係を豊かに言語化する』
多様性が育む地域文化詩歌集について

安　俊暉

装画について

アンソロジーについての感想を述べるにあたり、まずは装画についてお話したいと思います。

鈴木比佐雄氏が、あることで沖縄を訪ねた折に、海岸で道に迷ってしまい、たどり着いた浜辺で、祈っている一人のシャーマン（ユタ）に出会う。

そのことは、鈴木氏の詩集「千年後のあなたへ」の中の「生きているアマキヨミ」に実にドラマティックに、神秘的に描き語られている。

原文では「いつのまにか迷子になってしまい」とあり、さらに神秘的である。

彼は、運命的にその場に導かれ、その人に出会い、そしてこの本の装画となる絵を委託され持ち帰ることになったのである。この絵が装画となるいきさつには、これだけの秘話があったのである。

そこにはすでに、場所と人との出会いと関係性の意味が、アンソロジーの意味として暗示されているかのように思われる。

実は、以上のことは何も知らず、この本が送られて来て、その装画を一見した時、私は思わず意表をつかれたように感じたのであった。

私は、このような土俗的な感じのものを予想していなかったのである。

私はかつてディルタイの生の哲学を学んでいたことがあって、歴史的精神的生の高度の発展の理想像として、私の意識中には、ラファエロの「アテネの学堂」があったのである。

中央に哲学を語り合い、それぞれに天と地を指しているプラトンとアリストテレスがおり、周辺には様々な天才たちが、人類の代表のように群れをなしていたのである。

ディルタイの「世界観の研究」によって、その三つの類型の一つに、カントがおり、もう一つの類型にゲーテがおり、そして第三の類型にはガリレオのような自然科学者がいるというように、その理想像が、いつのまにか既成観念となって私の心に定着していたのであった。

しかしこのアンソロジーの本を手に取り、否応なく何度も見ている内に、私の胸中に変化が起こり、この絵に不思議な魅力と愛着を覚えるようになったのである。

そして、その理想像から出て、この書と共にその地に私も降り立ち歩いてみようと思ったのである。

アンソロジーの編集について

編集は、私が知る限り他に類を見ない画期的なものである。

著名な古典的な詩人を前に、そして比較的有名な現代の詩人をそのあとにと常識的に配置するのが普通かと思うが、ここでは、すべての詩人を古今有名無名にかかわりなく、編集者の視点によって選び分類し、まったく平等に扱っている。

そして、詩のみならず、俳句、短歌も加え、実に豊富な内容となっている。

考えてみれば、著名な詩人といえどもその当初は無名であったのであり、また著名な詩人が書き残した作品全てが優れたものということもなく、現代の無名な詩人の中にも優れた詩を書いている詩人もいるはずである。

ただ一篇の優れた詩を書いただけで、世に知られることもなくその生を終える詩人もいるのである。

この編集には、そのような無名の詩人にも平等に対応した配慮がうかがえる。

また、アンソロジーが八重洋一郎の詩「手文庫」を初めとした沖縄の詩人から始まっていることは注目に値する。

鈴木氏は、ここから歴史的過去、現在そして未来へと反復的に批判的視点を持って、しかも多様性を包括しつつ北上してゆくのである。

そもそもこの本のタイトルは「多様性が育む地域文化詩歌集」となっており、そして「異質なものとの関係を豊かに言語化する」とも付されている。

そこには、従来の常識的なアンソロジーとは異なった鈴木氏をはじめとする編集者の並々ならぬ意欲と今後の展望が予告的に示されていると思われる。

鈴木比佐雄氏の哲学的理念について

鈴木氏は、巻末の評論の中で、アドルノの「否定の弁証法」から多くの貴重なことを学んだと言う。

弁証法とは難解な哲学用語であるが、私なりの理解では、平たく言えば、否定を克服した上での肯定ということであるかと思われる。

それは、鈴木氏の中で異質なものとの関係性という主題につながり、さらに多様性を豊かに言語化する試みにつながってゆくのである。

その理念が彼を駆り立ててさらに導き、今回のアンソロジーの詩特集へと導き、沖縄から東北へと日本列島を北上して行ったのであろう。

彼を駆り立てるこのパワーは一体どこから来るのであろうか。古代朝鮮の騎馬民族の末裔のものからかと思ったりする。

彼を理解するためにと、今度、彼から送られてきた資料の中にふと目にした個所に、彼の家系に舟大工があり、また稲作を伝えながら東北の地に移り住んだというくだりがあった。

確かに、鈴木氏には、騎馬民族の激しい戦闘的な闘志があり、航海者の冒険家の野望があり、また農耕民族的な優しい視野があると思われる。

最後に、鈴木氏が法政大学の哲学科の出であることを知っておくことは必要なことと思われる。

彼はつとに、キルケゴールの実存主義の「単独者」に出会ったが、同時にカント哲学の「現象界」の探求を学び、それを発展させたフッサールの「現象学」を踏まえて、ハイデガーの「存在論」や「詩論」から生涯の課題を見出し、そして今回のアドルノの否定の弁証法にまで到達していったように考えられる。その哲学的思索の道は今に続き、出版社の社主として、詩人として、評論家としてなお哲学的理念の大切さを語る理由の淵源はそこにあると思われるのである。

「多様性が育む地域文化」が尊重されない沖縄の現状報告――離島住民の危機意識を中心に――

八重　洋一郎

去った九月四日、最高裁判所は辺野古における米軍新基地工事を停止せよという沖縄の訴えをまたも退けた。保守行政と裁判所が「ぐる」になった不当判決である。辺野古の大浦湾の軟弱基盤が発見されると、政府は地盤改良と称して、百メートルに及ぶポールを一万本近く打ち込むという。しかもその工事が終了するまでに十二年かかり、それが成功するかどうかも分からない。

　この判決が降《くだ》るや否や、新・防衛大臣はこの南西諸島に、もっと基地に適する土地はないかと調査に訪れる。島々には何万人と人々が居住しているのである。住民の挙げる声は一切《いっさい》聞かず、ひたすら基地建設に邁進しようとする。そして沖縄県に設計変更を認めろという。玉城デニー県知事はそれを拒否し、政府は沖縄県を裁判所に訴える。県はそれに応訴し、政府と県は係争することとなった。

　以上を含めて岸田改造内閣が成立してからの日々を追ってみよう。

　改造前の浜田防衛大臣は盛《さか》んに台湾危機、台湾有事をとなえ、台湾有事は即ち日本有事であり、台湾に近い南西諸島はまさに危機一髪、大型シェルター、（昔風《むかしふう》に言えば防空壕）をつくれと言う。島の人々約五万人が生活できるような大シェルターを!!新内閣の若い行動派を自認する木原・新防衛大臣は、早速米国へ出かけ、オースティン米国国防長官と会見し、無人機の日本国への配備を承知して帰国する。

　実際は米国国防長官に呼びつけられて無人機をおしつけられたのではないか。無人機は現在、三機だがやがて八機《はっき》になるという。本人はその経緯《いきさつ》を日本国の機密だからと言う以外沈黙している。彼はまた、現在閉鎖されている波照間空港を再開し、それを自衛隊の訓練基地にしたいという。波照間住民にとってはまさに寝耳に水の事態である。当然のことながら危機感を覚える者もいれば、空港再開だと喜ぶ者もいる。住民の間には明らかに断絶が生じつつある。この現象を見込んで木原防衛大臣は計画を立てたに違いない。現に与那国島が同じような経過の後《のち》に自衛隊基地の島となっている。住民大半はどこかに移住してしまい、与那国島はまるっきり基地化されたのであり、小さな与那国島馬だけが頑張って基地に反対して、大きな声で嘶《いなな》いている。

　さて、先日松野博一官房長官が南島の島々を訪れていたが、彼は浜田・前防衛大臣がとなえた大型シェルターではなく、住民全《すべ》てを航空機や大型船舶で九州・熊本や鹿児島へ運ぶと言い、熊本・鹿児島の両県知事は「積極的に支援する」と答える。これはまず不可能、机上の空論にすぎないことを大真面目《おおまじめ》に演じていることはコッケイでさえある。しかし島民の我々にはたまったものではない。南西諸島の軍事化はこのように超スピードで進み、つい先日には米海軍佐世保基地所属の〝パイオニア〟が石垣港に寄港した。沖縄、特に台湾に近い南西諸島には軍事負担が増すばかりである。

続いて「レゾリュート・ドラゴン」と称する陸上自衛隊と米海兵隊の大規模実動訓練が始まった。

沖縄を含む、熊本、大分、宮崎、鹿児島、更に北海道の自衛隊施設、そして新垣島空港、与那国空港など、輸送訓練や兵站《へいたん》訓練が行《おこな》われた。敵部隊との戦闘、基地警備、実弾を使った射撃訓練など。前述したが、沖縄の軍事負担は増し、特に離島での演習は、住民の声を一切《いっさい》聞かずに行われた。我々離島住民はいったい何が起こるか戦戦恐々である。

日米共同訓練の最後は陸自オスプレイが〝日の丸〟印もくっきりと新石垣空港に着陸。陸上自衛隊のトップ、森下泰臣幕僚長は、島しょ部へ迅速な輸送能力の向上を獲得できたと得意げに、訓練の意義を強調する。

考えてみるに、そもそも機体構造そのものに問題があるという欠陥機オスプレイや、無人機を配備させることや、机上の空論にすぎない住民移送、こういう事態になることそのものが敗北の兆《きざし》ではないか。こういう状況に追い込まれることは最も避けるべきことなのではないか。日本国政府の無責任のゆえに我々は難民とならなければならないのか。根こそぎ剝《は》がされて、誰も知らないところへ移住させられるのか。ところで我々沖縄住民、特に離島住民は何故《なにゆえ》にかかる理不尽にあわなければならないのか。これは離島住民の悲鳴であるが、二重三重に保護された中央の権力者や富裕層（こんな嫌な言葉は使いたくないが）は、昔から他人の苦しみを無視し続けるのだ。

大東亜戦争で、広島・長崎に原爆が落ちる前、沖縄戦が始まる前に戦争を止《や》めることは可能であった。近衛《このえ》公の「これ以上戦《いくさ》を続けることは無理です」という提言もあったが、当時の昭和天皇の、今一度、敵に打撃を与えてからという判断の誤りにより日本国は無条件降伏となったのである。

敗戦後、沖縄住民が塗炭《とたん》の苦しみにある時、昭和天皇は自《みずか》らの生命《いのち》を救うために、敵将マッカーサー元帥に、沖縄本島及びその周辺の島々を軍事基地として占領を続け、日本国（実は自分自身）をお守りくださいと何十万住民の生命《いのち》を捧げたのである。そしてそのメッセージを出したことを隠していた。現在も隠し続けている。

私はよく思う。あの自由を求めての日本国への復帰運動が盛《さか》んであった時、その天皇のメッセージがあることを知っていたならば、もっと意味ある運動を繰り広げられたのではないかと。その大半は無駄なエネルギーとなって流れ去ったのである。

沖縄戦から学ぶことは多い。まず第一に「軍隊は住民を守らない」ということ。そして最も重大なことは住民や土地の収奪を目的とする強大な保守勢力がそれに関わっていること、それを徹底的に知らなければならない。それ故にこそ軍隊は高慢で横柄で傍若無人《ぼうじゃくぶじん》の〝体質〟となっている。更に加えると、あのシベリアから真っ先に逃げ出した関東軍の無責任さを思えばそれは歴然としている。

このような軍隊（自衛隊）が、またもや我が島に住みついてしまう。これは住民やその土地を収奪するためであるから、少しばかりの抵抗では防ぎきれない。我々離島住民は、いったいどうすればいいのか。

我々は腰を定めて、収奪なき階層《クラス》なき、そして中央と辺境の区別なき世界の到来を期する以外にない。

『多様性が育む地域文化詩歌集――異質なものとの関係を豊かに言語化する』
「温羅伝説」が物語る歴史の深層

中川　貴夫

わがふるさと岡山は、〝桃太郎の鬼退治〟でよく知られている。岡山駅の中央広場には、犬、猿、雉を従えた若く、端正な桃太郎が、はるか彼方を見はるかすかのような表情をして佇んでいる。

このお伽話は、私たちが幼い頃から慣れ親しんできた。しかし地元では、別の物語が古くから語り伝えらえている。それが「温羅《うら》伝説」と呼ばれるものである。

先日、コールサック社の鈴木比佐雄代表より『多様性が育む地域文化詩歌集――異質なものとの関係を豊かに言語化する』の書評を依頼された。岡山で生まれ育った私は、この「温羅伝説」をひもとくことにより、その書評にかえたいと思う。

古代、私たちの地方は〝吉備《きび》の国〟と呼ばれていた。当時、朝鮮半島ではヤマト政権が力を注いだ百済《くだら》国が、高句麗《こうくり》に敗れ、亡命者として王族の血を引いた温羅一族が、船で吉備の港に入った。それを地元の人達はあたたかく迎えたという。

彼等渡来人は、日本にないさまざまな技術を持っていた。砂鉄から鉄を作る製鉄、農耕、製塩、航海術……。それらの技術により、たちまち吉備は豊かな国となった。

平安朝期に編纂された『古今和歌集』、その中に

「真金吹く吉備の中山帯にせる　細谷川の音のさやけさ」

との句がある。

〝真金《まがね》吹く〟とは〝吉備の中山〟にかかる枕詞で、真金は鉄だといわれている。そして〝真金吹く〟は金属をふいごで溶解し、精錬するという、古代における最先端の技術をあらわしたほめ言葉であった。

温暖な風土に恵まれ、陸路、海路ともに交通の要衝の地であった吉備王国は、備前、備中、備後、美作と領土を広げ隆盛をきわめた。それは、全国第四位と第八位の大きさの前方後円墳がある事でも、理解いただけると思う。

温羅は、朝鮮式山城〝鬼ノ城《きのじょう》〟を本拠とし、山のふもとにある阿曾郷の神宮の娘、〝阿曾媛《あぞめ》〟を妻とした。しかし、この平和な暮らしは、長く続く事はなかった。

吉備の持つ製鉄技術に目をつけた時のヤマト政権は、四道将軍の一人〝五十狭芹彦命《いさせりひこのみこと》〟を総大将にし、これに三人の部将をつけ（犬、猿、雉の原型となった）、多くの軍勢とともに、吉備の地へなだれこんだ。国境の山々には次々と狼火が上がり、ヤマトと吉備の壮絶な戦いの火ぶたが、切っておとされた。

戦闘の記憶は今もなお、地名として吉備野のあちこちに残されている。命《みこと》が矢を放ち、温羅が投げた岩とぶつかって落ちた場所『矢喰岩』。命が二本の矢を放ち、一本が温羅の左目をうがち、血潮が川のように流れた『血吸川』。赤く染まった浜『赤浜』。おいつめられた温羅が鯉になり、川命は鵜となって鯉に喰らいついた『鯉喰

神社』。

長い戦いの末、温羅は捕らえられ、その首を刎ねられた。

ヤマトは吉備を支配し、〝五十狭芹彦命〟は温羅の別名であった。〝吉備冠者《きびのかじゃ》〟の名を奪い、〝吉備津彦命《きびつひこのみこと》〟と名のった。そして、ヤマト軍の本陣に〝吉備津神社〟を建て、ヤマト政権から遣わされ、この地を鎮めた〝神〟となった。

一方温羅は、身の丈四、二メートル。燃えるように赤い頭髪をふりみだし、村人を苦しめ、悪行のかぎりを尽くした容貌怪異な〝鬼〟となった。ここに桃太郎のお伽話のあらすじが誕生した。


刎ねられた温羅の首は、岩の上に置かれ見せしめとしてさらされた。（岡山市首部《こうべ》）しかし討たれてもなお、首は生気があり、時折目を見開き、叫び声を上げた。その声は山々に木霊し、命《みこと》の寝所へも響き渡ったという。

不気味に思った命は、配下の者に命じ、首を犬に喰わせた。しかし骨となった髑髏はなお、大きく口を開けて叫び、静まる事はなかった。

命は次に、吉備津宮の釜殿、かまどの地中深く骨を埋めた。が、十三年間うなり声はなりやまず、命を悩ませ続けた。

ある夜、命の夢枕に温羅が立ち現れ、「わが妻　阿曾媛に釜殿の神饌《みけ》を炊《かし》がしめよ。もし世の中に事あれば、かまどの前に参りたまへ。幸あらば豊かに鳴り、わざわいあらば荒らかに鳴ると。」

お告げ通りにすると、温羅のうなり声は静まり、こうして吉備津神社の〝鳴釜《なるかま》の神事〟が始まった。

吉備の民は、温羅の善政をいつまでも忘れる事はなかった。そして彼の血を引いた一族が、吉備津彦の軍を十数年に渡り、苦しめていたのではないか。

温羅の妻　阿曾媛と彼の首を祀る事により、吉備の民草の心は、ようやく安らいだのであろう。


詩を書くようになり、私は時折、吉備津神社の回廊を渡り、御釜殿《おかまでん》へと行く。

社殿の中は、かまどのススでまっ黒に光沢を放ち、真冬、凍るような冷気の中に身をあずけ、かまどの炎を見つめていると、時を超え、何かが語りかけてくるように思える。

この度、『多様性が育む地域文化詩歌集――異質なものとの関係を豊かに言語化する』の書評にかえて、「温羅伝説」をとり上げた。日本は各所にいろいろな歴史、文化があり、また世界とのかかわりの中で、歴史、文化が新しく育まれている。

お互いの文化の成り立ちを知り、尊重してこそ、お互いを人間として理解する事ができる。その手段としての『文学』が、より有効なものとなってくるだろう。

最後に、この本を編集された鈴木代表、編集者の皆様に、心よりの拍手をお送りしたいと思う。

『多様性が育む地域文化詩歌集――異質なものとの関係を豊かに言語化する』
『多様性が育む地域文化詩歌集』を読む

山﨑　夏代

冒頭は沖縄編、八重洋一郎「手文庫」からこの詩集は始まる。沖縄、いや、琉球という武器を持たず、独自の美しい文化を育てた夢のような小王国を、薩摩藩と江戸幕府は詐術や脅迫、甘言、暴力によって日本の従属国にした。そして、明治政府。『琉球処分』という、おぞましい言葉を正史に残して、詐欺のように日本の国土に組み入れた。八重氏の曾祖父の「手文庫」から見つかった文書。『紙魚に食われた湿気に汚れ　今にも崩れ落ちそうな／茶色の色紙が一枚　「日毒」と血書されていたという』。

征服者は従属するものは使役し、反抗するものは暴力や虐待、虐殺によって排除する。うえざとりえこも琉球処分を『琉球は言葉を刈り取られ／琉球松の芽を摘み取られ（沖縄からOKINAWA）』と、祖国を蹂躙され、消滅されたものの嘆きを聞かせる。

沖縄だけではない、と若松丈太郎は叫ぶ。『ウチナンチューが土人だば／おらだも土人でがす（土人からヤマトへもの申す）』。

そう、沖縄だけではない、世界の歴史は、無残なほどに人間の残酷さの歴史でもあるのだ。弱肉強食の。いや、今現在、世界のあちこちで起きている人間の集団による、人間の集団への暴虐や排除、殺戮という現実。歴史は、現実、そして、未来の鏡でもある。

アイヌ、平和で人を疑うことを知らなかった北国の住人、もまた明治政府が消滅させようとした民族。獣を狩る大地を奪われ、言葉を刈り取られた。反抗するものは虐殺され、服従するものを、あてがい扶持の地に閉じ込めた。淺山泰美の「カムイの涙」は哀切である。朝鮮も日本という覇権主義国家に蹂躙された。石川逸子の「最前線」は、この詩集の白眉だ。朝鮮から徴用されてきた少女の物語であり、今現在の人間の現実である。

夜ごと
少女の胸にたまる涙を
騙された口惜しさを
ああ　夜ごと袋に詰めたら
この地球いっぱいに満ちて　はじけてしまうだろうに

この少女の涙は、いまなお、地球を揺るがす。戦果の世界に住む、自分を、ありのままの自分を、生きられなくなった少女の涙。いまの地球の異常気象は人間の集団の、肥大させた欲望や武力の果てしない行使とは無縁ではないはずだ。地球の、自然界の均衡は、人間の行いが崩している。

いったい、人間の集団はどうして、このように排他的になり異質のものを押し潰そうとするようになったのだろう。故郷のアフリカを後にしたチンパンジーとさして変わらぬささやかな集団は、はじめから同質のものか集まり、新開地を求めたのだろうか。

詩集のサブタイトルは、《異質のものとの関係を豊かに言語化する》。異質のものとは何?

人の集団は異質のものを恐れた、無視しようとし、嫌悪し、排斥した。反面、異質のものへのあこがれ羨望、自分のものにしたい欲望。異質とのせめぎ合い、破局、戦争。弱い者は滅ぼされた。滅ぼされた者は消えうせたか、いや、滅ぼされたものの無念と、滅ぼしたもののひそかに抱いていた畏怖の念が、地霊となって立ち上がる。人間の文化、音楽や地域の暮らしの諸相に、敗者の息吹は残る。鬼や異形のものの伝説、祭りにも。征服したものは必ずしも文化の勝者ではない。勝者も敗者も地域文化の中でいつの間にか共生してしまう。

谷口典子は、東北には鬼がたくさんいると、その詩「鬼」に『私は見た/大声で脅す「なまはげ」の目が/月の光にうるんでいるのを』鬼とは征服された者のまつろわぬ魂。

日本各地に伝わる祭りの中には、その地に根付いていたものの魂の叫びがある。祭りの詩は、宮沢賢治のあの名作『原体剣舞連』や前田新の『会津彼岸獅子舞幻想』などいくつも掲載されているが、永山絹枝の『豪州研修の旅』のアボリジニの火祭りは日本の火祭りとイメージかダブっておもしろい。アボリジニも征服され追い詰められて辛うじて生き残った民族である。

地霊。わたしはここで、若松丈太郎の、おらだも土人でがすという言葉が頭に浮かんで離れなくなった。日本列島のあちこちの痕跡を残しながら消え去った縄文のひとびと。ヤマトタケルの東征によって制圧され、鬼となり、伝説の中に消えたのであろう縄文人の叫びは、祭りとして伝説として、あるいはさまざまな工芸や音楽や芸術に姿を変えてなお色濃くこの日本に受け継がれている。

この詩集の中でも、とりわけ、好きだと思った作品を紹介する。河原修吾の「火」。『ろうそくの火が重なると生まれる/明るさとその影は/言葉が重なると生まれる/崇高さとその毒にどこか似ています/火が重なると生まれる/存在とその不条理にどこか似ています』。

異質のものを排斥しながら、いつの間にか、とりいれ、あるいは理解し共感し、いつの間にか共生する。異質のものとのかわりあいが、人間の文化を多彩で豊かなものにしてきた。やまもとさいみの「わたしとあなた」は文化と他文化との出会いである。『脈々と進化を遂げて/それぞれの道/それぞれか今/ここにいる/　互いを失わないように/ぎりぎりの温度で/愛しあう』。

ぎりぎりの温度で愛しあうことによって、ここ、という地点があり、いまという時間に立っていることができる。

この豊饒なアンソロジーについて、わたしには語り尽くす力かない。ただ、なんと多くのことを考えさせてくれたことか。優れたひとつひとつの作品が共鳴して交響曲となっている詩集だ。

わたしはここでは詩集の編成を無視して、わたしの思いだけをつたなく語ったが、編集の苦心と成果はこのアンソロジーを手にするすべての人に伝わることと信じている。

『多様性が育む地域文化詩歌集──異質なものとの関係を豊かに言語化する』多様性の中に開花した俳句

加瀬　みづき

『多様性が育む地域文化詩歌集』の中から、私を含め22人の俳句について、感想を述べたい。

首里城の焼跡にはや蘇鉄の芽　石田慶子

首里城は、沖縄県民の心のよりどころだろう。焼失時の喪失感はいかばかりか。その焼跡に蘇鉄の芽を見た喜び。

亀の子や黒潮に乗り大洋へ　吉田英子

孵化したばかりの亀の子はたった一匹で、海辺にたどり着き、黒潮に乗り大洋へ、無事に育って欲しい祈りである。

天高しお大師さまの飛白文字　藤岡値衣

弘法大師は作者の住む、徳島の生まれ。空海の書は、大振りでどっしりしている。空の高さに匹敵しうるのだ。

国籍を違ふる双子さくらんぼ　向瀬美音

両親の国籍が違うので、双子のそれぞれが国籍も異なっている事実。さくらんぼも、二つでる。この取り合わせとてもいい。

俳諧は国境を越え渡り鳥　向瀬美音

俳句は、日本の国境を越えて、今は世界に広がっている。HAIKUである。これは反対の人もあるが私はいいと思う。作者もそうなのだ。正に何万キロの渡りをする鳥のように。

かたつむりつひに脱げざる己が殻　宮内泰次

言われてみると、かたつむりは自身の殻が脱げない。つひに作者自身の姿も重なる。ペーソスのある一句。

母国語がつたなくなつて小鳥来る　蒔草馬

在日外国人の作者は、日本語を使う毎日で、母国語が曖昧になってきた。その悲しみに、爽やかに小鳥が来るのである。

ふくしまや桃梨林檎次々咲く　永瀬十悟

原発事故に見舞われたふくしまの春。次々と果樹の花が咲く。復興への喜びと事故の終息しない問題。でも、春は嬉しい。

十津川村から高野山へ
木の国の木を伐る仕事秋深し　井口時男

十津川村は山岳地帯の林業の村。高野山へは山道を行く。木を伐る仕事に矜持をもって、秋の深い山にいる。

春潮へ生活の脚深く挿す　大河原真青

春の柔かい潮に膝を深く挿す、生活の賛辞がとても句に効いている。日常を大切に送る姿が見えてくる。

ページ操るみどりの匂ふ夜なりけり　江藤文子

本のページを操る度に、みどりの匂いがしてくる。新緑の頃の心の弾みと、夜にみどりを感じた作者の感受性が素晴らしい。

草笛の子等が遊ぶや登下校　香焼美矢子

草笛を吹きながらの生徒たちの登下校の様子が活写され、楽しい一句。

ひな壇の真緋《まひ》なまなまとおそろしき　つつみ眞乃

雛人形を飾る段に引かれた皮毛氈の緋色を、作者はなまなまとみている、その様子をおそろしきと感じる繊細な感性が同感できた。

近寄れば背中向ける子春きざす　吉田林檎

思春期の繊細な子の様子が見えてきた。親を厭う年頃である。母親が近づくと、背中を向ける、母としてはやるせない気持ちだ。春きざす中に、少しづつ成長していく姿がみえる。

寒林や微かにしかと羽搏つ音　髙橋純子

木々の葉が落ちて、裸木が並ぶ。そん森を歩いていて、遥かだが羽搏つ音を作者はきいた。作者の耳にはしかと届いた。微妙な一瞬を切り取っている。

迷いなき一輪挿しや牽牛花　木幡忠文

牽牛花とは、朝顔の別名。茶室に客を迎えるために、心を尽くして、迷いなく選んだ花が牽牛花。これは、紺朝顔だ。深い紺色がその日の茶会を清々しいものにしただろう。

プールより鋼鉄の肌現れる　有村次夫

プールから何が現れると思ったら、鋼鉄の肌の人。鋼鉄のように日焼けした人だろう。鋼鉄の肌と捉えたところが素晴らしい。

秋彼岸母の名のある鯨尺　今宿節也

私の母も、和裁に鯨尺を使っていた。その木片に黒字の名前をかいていた。作者の御母堂もそうなのだろう。秋彼岸の母恋の一句。

牧開き牧夫たるわれ小さしよ　鈴木牛後

北国の冬が終わり、春が巡ってきて、牧場に牛を放つ。牛たちを見ながら、作者は牧夫たるわれは小さいう。命の営みの中、人間の存在もまた小さい。

クリスマス両手塞がる君津駅　牧野新

君津駅は千葉県にある内房線の駅。クリスマスに東京で沢山のクリスマスプレゼントを買ったのだろう。妻にはこれ、子供達にはあれと、両手が塞がって駅につく。少しの疲れと、プレゼントを渡す喜びが伝わってくる。

石切唄のまぼろし鶯の声しきり　飯田史朗

鋸山は、石を切り出した山。かつては労働唄の石切唄も朗々と響き、石工たちが石を切り出していた。それも、今はまぼろし、山に鶯の声が途切れがないほど鳴いている。

上野不忍池　流燈会

手放せば風の生まるる流燈会　鈴木光影

盂蘭盆の灯篭流し、灯篭を手放すとするすると流れていく。その姿を風がうまれて流していく捉えた作者の慧眼に拍手したい。上野戦争のあった不忍池のというのが良い。

口中に慈しむごと鰆食ぶ　加瀬みづき

早春の北鎌倉に一人吟行をした。昼食を鉢の木というお店でとった。その焼き魚御膳に鰆の焼魚がでた。春をかみしめて、慈しむように頂いた。

以上、22人の句をみてきた。本当に様々な句があった。各作者の20句の中から、私の好みの句だけをを選んだが、ここにあげた23句からも、作者の個性と生活のバックグラウンドが見えてくる。正に多様性の世界である。名前も知らなかった方がほとんどで、作品からお姿のご様子を拝察した。住んでいる場所も日本各地にわたっていた。住んでいる場所、生活から詠まれた俳句作品はどれも素晴らしくて、一句を選ぶのに時間がかかりました。良い作品を短い言葉で語って、語りつくしてはいないのをお詫びして、筆をおきます。

『多様性が育む地域文化詩歌集——異質なものとの関係を豊かに言語化する』思いを言葉にして紡ぐ喜び

髙橋　純子

もともと言葉は、他へ自分の考えや心情を伝えるための働きかけである。この『多様性が育む地域文化詩歌集——異質なものとの関係を豊かに言語化する』は、その前提の上に、人間の叡智と詩情を溢れるほどに盛り込んだ一集である。読み進めば、全身の感受性のバルブが緩やかに開かれてゆく感覚に心地良く浸ることができる。

筆者も加わっている俳句について述べさせていただこう。よく知られた俳人と並び掲載されるという贅は、参加者の大きな喜びであると確信している。

なお著名俳人については割愛、一般参加作品より抄出させていただいた。

「敗戦日」と言い放ち父は屁を放つ　おおしろ健
収骨に捧げしひと世仏桑花　石田慶子
イボイモリ体に反骨の魂《たま》つけて　おおしろ房
オスプレイ去れば波音燕来る　前原啓子

沖縄の歴史を知ってはいても、人々の真の思いや怒りを理解しそれを維持し続けることはなかなか難しい。非常に残念ではあるのだが。だからこそこれらの作品の貴重さを思う。彼らの悲しみ憤りが鋭く胸を突き、何度も読み返した。季語斡旋の難しさについても、却ってそれは未知の世界を知る魅力となっている。観光地として脚光を浴びる沖縄の影を、私達は決して忘れてはならない。

苔の花原始の森の水の音　古田英子

もし人類が滅亡したら、都市は数年で植物に覆われてしまうという。太陽と水に恵まれた原始の森のとこしなえを願う。

ひとつ捨て一つあきらめ秋遍路　藤岡値衣

なにを捨てなにをあきらめるのか、春の遍路とは違う秋遍路の厳しさが見える。

しろがねの蟬時雨なり法隆寺　向瀬美音

蟬の声を「しろがね」と捉えた感覚の鋭さ。確かに金属的な声である。法隆寺の「ほうりゅう」の音もその感覚を高める。

自由詩のごと春雨に濡れ渋谷　董振華

春雨の中、目的もなく歩く自分は、心のままに呟く言葉のように自由だ。人込みの渋谷ならなおのこと。

蝶悲し重たき絵具を纏ひつつ　宮内泰次

美しい蝶の紋様を、作者は重いだろうと憐れんでいる。他にも小さなものへの慈しみに溢れた一篇である。

飼はれたる犬にも犬の九月かな　蒋草馬

野性味を失った犬にとっても夏が過ぎる感慨があるという。優しさとおかしみと繊細な美意識を感じる一句である。

川内村・平伏沼

心平の森青蛙ぷくぷくぷくぷく　永瀬十悟

草野心平の世界に読者もぷくぷくと引き込まれてゆく。表題の「ふくしま」が存分に描かれていて心が展がる。

十津川村から高野山へ

木の国の木を伐る仕事秋深し　井口時男

和歌山県から奈良県の、あの豊かな森林を思う。まこと「木の国」である。冬になる前の森の仕事が多くあるのだろう。秋の深さをしみじみと感じることである。

列島は胎児のかたちして凍る　大河原真青

小松左京『日本沈没』を読んで以来、日本列島は竜のかたちと思っていた。しかしなるほど、胎児のかたちにも見える。寒い寒い時であればなお……。

長靴の中のくらがり夏の山　江藤文子

この長靴は、山を歩く長靴なのだ。山仕事や茸取りの人の長靴なら、中のくらがりは確かに夏山の樹林のくらさだろう。

夜行バス郷へ近づく盆の月　香焼美矢子

夜行バスが休憩所で停まる時のブレーキ音を思い出す。眠っていても目が覚め、その度にふるさとへ近づく思いに心が逸る。窓のカーテンの隙間から盆の月が明るい。

絡まりてゆく三人官女の立ち咄《ばなし》　つつみ眞乃

女三人寄れば、である。「絡まりてゆく」がおかしく、真に迫る。

コート着る着ない無理やり着せにけり　吉田林檎

「コート」の解釈の新しさ。着せるのは子どもなのかパートナーなのか、世話を焼く人と焼かれる人との朝ごとの戦いで、「コートあるある」である。

寒星のまたたくに露地しづまらん　木幡忠文

茶の湯の幽玄の世界。触れれば切られる程に寒星が鋭く輝く。

芋煮えて兄弟姉妹未だ来ず　有村次夫

「煮えたかどうだか食べてみよう～まだ煮えない」子ども達の声が聞こえてくる。きょうだい多く育った作者は幸せなのである。

夜祭の闇のふかさや木漏れ星　今宿節也

父は「むこう横丁のお稲荷さんへ～」とよく歌っていた。東京下町の言葉や空気感が懐かしい。「木漏れ星」とは美しい言葉と思う。

羊水ごと仔牛どるんと生《あ》れて春　鈴木牛後

牧夫であればこその喜びが余すなく詠まれ、ともに喜びたくなる一句。出産の瞬間、確かに「どるん」だったと思い出しつつ……人間も。

春の山房総語る土産かな　牧野新

房総の山々は低く特徴が少いが、その分桜も芽吹きも身近にある。房総出身の作者のふるさと讃歌。

水草生ふ人類地球新参者　加瀬みづき

まことその通り。ホモ・サピエンスはたった20～30万年前に誕生したばかり。少しおとなしくしていてくれないか。

車力女《しゃりきめ》の荒息おぼろ轍痕　飯田史朗

鋸山から切り出した石を運んだのが車力女。一本80kgの房州石三本を猫車で下ろした。汗と涙の浸みた轍痕なのである。

上野不忍池　流燈会
手放せば風の生まるる流燈会　鈴木光影

「手放せば」に込められた刹那の美しさ。手放す人の思いがゆらゆらと漂ってゆく流燈である。

一般参加者の住まいは北海道から沖縄まで、生年は一九二八年から一九八六年までと、多様性は地域ばかりでなく年代にも顕著であることが解りうれしく思う。俳句表現の幅広さにも、もう驚かない。言葉や環境の変化はあっても、思いを言葉にして紡ぐ喜びは人に欠かせないものであるのだから。

『多様性が育む地域文化詩歌集――異質なものとの関係を豊かに言語化する』
産土の地、遥かなる地

岡田　美幸

様々な土地や文化と、詩歌句を融合させたアンソロジーの一冊『多様性が育む地域文化詩歌集』は稀有な企画かつ書籍である。色々なバックボーンを持つ歌人たちが、各人にしか書くことの出来ない作品を収載している。

この試みは過去や出生を持たないＡＩが進歩しつつある昨今において非常に挑戦的である。なおかつ、過去や出生を持つ「人」が作者だからこそ可能な、創作者の可能性の発露と言えよう。

そんな一冊から、現代を生きる歌人たちの各人の連作から一首を紹介したい。

まれびとのさびしき情にみてあればおとめのごとし少年の舞　馬場あき子

舞が神々しいために、性別を超越しているようにすら感じられた。そんな一瞬を短歌に結晶させた、映像が浮かぶ一首。

親《ウヤ》ガナシ吾親《ワウヤ》ガナシふるさとの愛しき鳥ら空歌ひゆく　玉城洋子

「～ガナシ」は沖縄の方言かつ尊敬語だという。方言にも尊敬語があるという事を再認識し、方言の生む独特のリズムにも注目した。

アメリカンカウボーイになり損ねたるジーンズの男が那覇の街ゆく　新城貞夫

生まれた土地について軽やかに詠まれている。カウボーイへの憧れや、「なり損ねた」とは言いつつも那覇の街を颯爽と歩く作者の姿が浮かぶ。沖縄は米軍基地が多い点もこの短歌を更に深読みさせる。

春雨の濡らせる駅はほそながき舟になりたり鳩を乗せつつ　吉川宏志

タイトルは「コリアタウン」のため、コリアタウンがある駅と読んだ。鳩は平和の象徴である事を踏まえた暗喩だとすれば意味深だが、実直な風景描写としても読める。

ふくしまに初冬の来て軒下は幾千本の大根を抱く　本田一弘

冬場の大根干しの景と読んだ。みちのくの連作の最初の一首で、その後の展開への期待感を生む効果もあるように思った。

「ハイサーイ」「ハイターイ」と挨拶する明るい笑顔で君も私も　謝花秀子

連作の二首目。何気ない一首のようだが、一首目で沖縄県の方言禁止の歴史の一首がある。「方言札」掛けて禁止せる言葉「沖縄語」は我らの宝それを踏まえると、気軽に自由な言葉で挨拶を交わし合える日常は尊い。

水よりもさらに揺れいる血をいだき遠き花火と越えてゆく夏　有村ミカ子

臨場感と喩が良い一首で、読者もその場にいるかのような気持ちになる。明記されていないが、血のせいか赤い遠花火に思えた。
手袋で缶珈琲くるみ父偲ぶ。あ、グラウンドゼロに初雪　橘まゆ
原爆や平和についての連作の一首。グラウンドゼロにいてその場で初雪を感じたと読んだ。被害者遺族としての苦悩に呼応するかのような不意の初雪が印象的だと思った。
見上ぐれば巨きなおおきなビル聳ゆ　わたしら通ひし小学校跡　池田祥子
北九州市が舞台の連作。北九州市も開発があり、学校跡地がビルに変わった。時代の移り変わりや少子化問題を思わせる一首。ビルの大きさが重ねて強調されており、さぞ立派なビルが建ったのだろう。
遍路終え鳴門海峡越えるなり眼下の渦の来し方思わす　園田昭夫
「遍路を終え」た作者と、鳴門の渦潮が重ねられているように思えた。渦を見て「さて、お遍路の旅は終わった。今後どうしようか」と考えている景が浮かぶ。「この渦潮も今後どうなるのだろう」と景に思いを寄せる事で、様々な事をはっきり言わなくても含みで伝わる巧さがある。
源平の合戦の屋島風なかの堤に眺めしとほきふるさと　影山美智子
古戦場とふるさととの取り合わせが、動と静のコントラストを生んでいる。物理的な景と意味内容に「奥行き」が生まれた。
行基さんをちょっと見上げて気がついた見たことあるよな老人の顔　小谷博泰
「行基さん」への親しみを、「見たことあるよな老人」とした点が良い。歴史の偉人への人間的側面に注目した一首。
夕陽落つるかなたにありてふるさとはいつもまつ赤にゆふぐれてゐる　谷光順晏
望郷の念が夕陽により荘厳されている一首。「いつもまつ赤」とあり、思い出の景が夕陽の場面なのではないかと思った。
少女舞う「恋の踊り」はいにしえの御霊《ごりょう》招きの仕草にありぬ　望月孝一
地元の文化についてよく調べると思いがけないルーツや伝説に辿り着く事がある。「恋の踊り」と「御霊招き」の温度差が面白く、生者と死者の区別があやふやになるかのような不思議さがある。
春なればうぐひの婚の始まりて赤き線見せ瀬瀬走りゆく　高橋公子
「うぐい」は釣りの釣果としても数えられる魚のようだ。調べてみたところ紅葉のように燃え立つような色の「赤い線」が確かにある。土地土地に季節の風物詩はあるが、この「うぐひの婚」は躍動感があり見応えがありそうだ。
地図に消え二本の鉄路《レール》すでになし〈雨竜炭鉱〉は今ダムの底　荒川源吾
地名と内容の組み合わせが良い。「雨竜」という、雨を降らせてくれそうな竜がいるような地名の場所が、今や水底とは皮肉な巡り合わせだと思う。また、炭鉱という水の無い場所がダムに沈むというのも、人工物が人工物で沈められるかなしみが

ある。

文字持たぬアイヌはひとへに言霊《ことだま》を信じて篤くこころや伝へむ　　樋口忠夫

アイヌの民族文化はたくさんの踊りや口伝があると聞いたことがある。歌と踊りが発展した事と、「文字を持たぬ」事の関連性は文化人類学や言語学的で興味深い。

ドイツ語のできぬを言へば音楽に言葉はいらぬ　大使諭せり　　福田淑子

山田貢氏がドイツ大使館へ行った時の話を歌にした一首。音楽は国境を越えるとよく言われるが、それを実感したという面白みと深さがある。

ソプラノの声澄みわたる教会の窓辺を廻り赤蜻蛉飛ぶ　　服部えい子

「ソプラノ」や「教会」などの異国情緒や洋風なものと「赤蜻蛉」の取り合わせが目を引いた。赤蜻蛉の赤さが映える。ソプラノの歌声に呼ばれて赤蜻蛉が来たと読むのは考えすぎだろうか。

雷走り俄かに空のかき曇る　そののちは江戸〈大はしあたけ〉　　髙橋淑子

歌川広重に「大はしあたけの夕立」という絵がある。大きな橋に雨が降っている構図で、この短歌の上句、中句の内容に合う。現代で驟雨に見舞われた様子から絵を思い出したのかもしれない。

わが育ちし柏はかつて軍都にて首都防衛の駒たりし町　　奥山恵

この柏は、千葉県柏市の事。昨今では柏市は住み良い町のイメージがあるが、こういった歴史的な側面があるとは勉強になる。

歴代のあるじを模すか鳩たちは古家の屋根に胸張り並ぶ　　座馬寛彦

前書きに「二階堂」とある。鎌倉が舞台の連作で各所の特色を取り上げた意欲的な構成が印象的。鳩の鳩胸から、胸を張って生きたであろう「歴代のあるじ」まで発想を飛ばして、一首で繋げた巧みさがある。

以上の作品を鑑賞し、収載されている短歌について二つに大別出来ると思った。一つめは「産土の地」すなわち出生地である。二つめは「遥かなる地」で、旅先や観光地である。

いずれについて詠まれた短歌作品でも、題材となった土地へ心を寄せているように読んだ。そしてそれこそがＡＩには出来ない「人間技」だと思う。

話題の本のご紹介

新発見の 95 篇を収録！

村上昭夫著作集　下

未発表詩 95 篇・『動物哀歌』初版本・英訳詩 37 篇

北畑光男・編　2020 年 12 月 10 日刊
文庫判　320 頁　並製本　1,000 円＋税
解説：鈴木比佐雄／大村孝子／冨長覚梁／渡辺めぐみ／スコット・ワトソン（水崎野里子訳）／北畑光男

宮沢賢治の後継者と評された村上昭夫がＨ氏賞、土井晩翠賞を受賞した詩集『動物哀歌』。編集時に割愛された幻の詩 95 篇、初版本全篇、英訳詩 37 篇、5 人による書下しの解説・論考を収録。村上昭夫の実像と精神史が明らかになる。

「石川啄木、宮沢賢治に続く詩人」と評された村上昭夫の小説・俳句・散文にその詩想の源を見る

村上昭夫著作集　上

小説・俳句・エッセイ他

北畑光男・編　2018 年 10 月 11 日刊
文庫判　256 頁　並製本　1,000 円＋税

第一詩集『動物哀歌』でＨ氏賞、土井晩翠賞を受賞し、「石川啄木、宮沢賢治に続く詩人」と評されながらも早逝した村上昭夫。敗戦直後の満州を舞台に、人間心理を追求した小説「浮情」の他、童話、詩劇、俳句、詩論等、未発表の作品を数多く含む作品集。

詩
Ⅰ

こどもを殺すな

高細　玄一

こどもを殺すな　こどもを殺さないでくれ
こどもを殺すな　こどもが死んでいく
こどもが殺されていく
こどもを正義の名前で殺すな
こどもを殺すな 理由がどうあろうとなかろうと
もうこどもを殺すな
平気でこどもの上に爆弾もミサイルも撃つな
こどもを殺すな　こどもたちが震えている
こどもを殺すな　こどもが殺される
もうやめてくれ
もうこどもを殺さないくれ
それくらいはわかるだろう
こどもが殺されたらおとなたちはまた憎悪をつのらせる
こどもはいのちだ
こどもを殺すなどんな理由があっても
どんな正義があっても
こどもを殺すな
こどもを殺さないでくれ
もう復讐をやめろ
宗教者たちなぜ神はこんなことを許すのか説明しろ
政治家たち口だけで平和というな

こどもを殺さないでくれ
もうこどもを殺さないでくれ
もうこどもを殺さないでくれ
もうこどもを殺さないでくれ
もう正気に戻ってくれ
こどもをもう殺さないでくれ
頼むから理性を保ってくれ
もうやめにしてくれ
こどもを殺すな

安寧秩序

「不安にかられて」人は人を「殺す」
「恐怖にかられて」人は人を「殺す」
殺人者は「不明」　記録のない殺人者たち
一九二三年九月の横浜
殺された人は「名前」「性別」「年齢」「国籍」「住所」どれもわ
からない　朝鮮人だったのかもしれないし　中国人だったのか
もしれない　あるいは　日本人だったかもしれない
横浜市では一か所で四十二人が殺害された　横浜市内だけで百
二十六人が殺された
何歳くらいだったのだろう
どんな顔立ちだったのだろう
子どもと一緒の母親も　いたのだろうか

武装した自警団は　震災からやっとの思いで逃げてきた避難民
に「朝鮮人が暴動を起こそうとしている」といいがかりをつけ
ひとりひとりたたき起こし「十五円五十銭」と発音できない
者はその場で日本刀を振り下ろし　鳶口で突き刺し　めった刺
しにし

なぜ　殺されたのか　小池知事　あなたは
「自然災害」であるという
「亡くなった方々すべてに哀悼の意を表している」という

いったい誰が
「不逞鮮人」「反日的な朝鮮人」は殺しても構わないと「合
意」するように仕向けたのか
その扇動を発し容認し実行したのは誰なのか
「殺しても構わない」という「合意」はどうしてできたのか
少なくとも　あなたは知ろうとするべきではないのか

「我々は朝鮮人を殺しに来た！」「殺せ　殺せ　朝鮮人！」
「よい韓国人も悪い韓国人もどちらも殺せ！」
と叫ぶヘイトスピーチが　いまも毎日のようにあるこの国
いまも政府は「朝鮮人虐殺はなかった」
と言い続けている
いまも「名前」「性別」「年齢」「国籍」「住所」そのどれも
「不明」のまま「自然災害」のまま
隠蔽されたままのこの国

その上に僕らの変な「安寧秩序」が
グラグラグラグラ
揺れながら　建っている

諸戸の月の下で

綺麗な満月が　海に浮かんでいる
夜の海は　青黒い波が生き物のように
誰もいない砂浜に　跡を残す
引きずられ　沈んでいく
暗い方へ　持ち去っていく　その上を
無垢な月が　何も知らないかのように
秘め事を隠すように
波を照らす

福島県浪江町　請戸海水浴場
かつては美しい砂浜が続き
夏休みになれば大勢の家族連れがやってきた
サーフィンに適した波が打ち寄せる海岸としても有名だった
いまは　見渡す限りの空き地が続く

請戸地区
津波で一二七人が死亡　二十七人が行方不明
原発事故による放射能で救出は阻まれた
見殺しにするしかなかった
街は消えてなくなった
いや　　け・さ・れ・た

空き地に慰霊施設が作られた
その下には震災で流された墓石など約四〇〇基が埋まる
二〇二二年三月一一日
海岸では警察や消防の捜索隊約五十人が一列に並び
熊手を手に砂の中で遺骨がないか確かめた

あの日から時々風に乗って
白い布のようなものが海岸に飛んできて　波に浮かび漂ってい
る
その白いものは少しずつ大きくなり　やがて顔かたちが出来て
目鼻がそなわり　かすかに声を発する
友を呼ぶかのように
その声に応じて
たちまち数十の幽鬼らが遠近に出没
かつては仲の良かった者たちは
いまもあきらめきれずにいるのだろう
何かを伝えたいのであろう
癒されない魂たちは月光の下で
もはや語れない哀しさを　語り続ける

水に流す

山﨑　夏代

いらだちも
悪意も敵意も
欺きも脅迫も
水に流す
きれいさっぱり　ないものにする

《在る》を《ない》にするなんて
できないのです　ほんとうは

現実の存在を　いくら水で薄めたって
質量ともにかわりゃしない
《在る》ものが　原子の段階のものなら
いよいよ　どうにも　変わらない

水は異質をかかえこむ
溶け合わない　交ざり合わない
異質とともに　水はどこへ行くのでしょう
海へ　大きな大きな　水のかたまりの中へ
それでも《在る》は異質です
海の中で水たちは　海のながれに身をゆだねる
抱えた異質を　どうしましょう

どこかの海底の　片隅に
そうっと解き放っていくでしょう

水から離れた《在る》たちが
吹きだまって
しずかにつもって
《在る》の群れをつくっていく

南極の氷から
ぷるとにゅうむが検出されました
人間が　ないものを　ある　にかえ
あるべからざるところに
ないはずのものを出現させる

人間て
人間て
なに？

銀河の一粒

あべ　和かこ

ほの明るい蛍をひとつ
掌にそっと包んで愛おしむ
手の暖かさで蛍の命を損なわないようにと
川辺に咲く
白いホタルブクロのなかで光らせる
暗闇の奥に広がるのは
ほの明るい蛍の光の無限の銀河だ
掌で包む幸せを
数えられる数の七つ星が見つめている

藤原定家の日記「明月記」には
天文の記述が多くみられる
見知らぬ天文現象は不吉の前兆とされる
たとえば蟹星雲を生んだ超新星爆発では
突如としてオリオン座の方角に
見たこともない星が輝き出し
それは木星ほどの大きく輝く天体となる
古より夜空の星や月は
種蒔きや収穫などの農耕期を知らせ
漁業の時期の目安となる重要な指針とされた
そんな夜空を間近にした時代

この不思議な天文現象に人々は
とてつもない凶兆を感じ恐れおののいたことだろう

小惑星探査機「はやぶさ」が
宇宙を駆けるこの時代
天文への感情も捉え方も
大きく転換したにちがいない

けれども

私たちが命を灯すこの地球は
蛍の光のように愛おしむべき
銀河の一粒であることにはかわりがない

水の星

梅雨の晴れ間を歩いていると
私は水の星
そして水の国に生きているのだと実感する
水を含んだ洗い立ての景色は
目に見える全てのものが
太陽の光を心ゆくまでに撥ね返している
水の星の奇跡の輝き
生命の煌めき

あのとき
入口を締めていたはずの自分という扉が
激しい揺れに外れて隙間が出来た
その隙間に引きずり込まれて
忍び来る抗うことのできない力に敗けて
気持ちが他所《よそ》へ不時着し呑みこまれそうだった

おそらく私だけではなかった
この不可抗の力に取り憑かれたのは
地下より噴出する力に感応したのは

そんなとき
学齢のわが子たちが
遠くの給水場までポリタンクをもってゆき
赤らんだ顔で懸命に水を運んで来てくれた

北極星が雨上がりの夜空に
鮮やかに見えた

突然に襲い来た景色のなか
砂漠で井戸を見つけてもらった私は
ごくごくと命の水を飲んだ

大地が大きく激震した早春のこと

うねり　命

東梅　洋子

グループホームの一日

夏祭りの午後
神社の木陰に
よりそいて
白髪のその人は
頬を赤く染め
最後を
楽しむように

揺れ動く火

もう吸い飲みも
ただの置物
かぼそいうでに
点滴の針
細く光る命の水
聞こえてか
口が笑って見えた
なんといったか
最後の声

福島常磐線沿い

車窓に写る町
打ちつける雨
主の居ない住まい
3・11時の記憶が
巻き戻る
庭ではない　そこ
屋根に届く蔦
絡み合い
道をも塞ぐ

うねり　命のつぶやき

あの東日本大震災より　もうすぐ13年　福島に行く　まだ癒《い》える事のない東北の町　車窓から見える海　怒りが納まってはいないと、大声を発しているように　荒荒しく笑っているかの様に。

人は逃げ　ペット　家畜　野生動物これも命　だが被曝した動物達は　排池物の飛散を懸念し駆除の対象になったと聞いた。置き去りにされ　ただ人間のペットとして　ただ人間の為ミルクに　ステーキに　猪鍋に　捨てられた動物達　命は人間だけにあらず　全てに宿る　改めて考えさせられました。

温暖化がもたらす日本の美しい四節　秋をもう少し楽しみたかった思いと　季節はずれの桜を見る事もできました。

戦争反対　平和を命を守れ

棄民の郷愁

ふるさとに戻って　もう三年目
同じ行政区内に　顔見知りは二人だけ
後続の帰還者は　一人もいない
周りの家々は解体され　居住者は何処へ
心の拠り所　小中校舎は　跡形もない
わすれ得ぬ　無念の粉砕音と振動
闇夜の明かりは　通学路の防犯灯だけ

立春が過ぎて　日ごとに若葉が萌える
ドウダンツツジ、エゴノキ、ヤマフジ
柿、紫陽花、モッコウバラ等々
ボケ、アザミ、ユスラウメは　既に花咲く
桜は　観測史上最速で開花　三月末満開
山桜、グミ、ハナミズキは　咲き始め
残されている自然の息吹に　癒される

モノクロのふるさとが　色鮮やかに甦る
「ふるさとは　遠きにありて　思ふもの」
それなのに
ふるさとのど真ん中で
郷愁に駆られるとは……
〈核災棄民〉の　摩訶不思議

鈴木　正一

待ちわびた解除

二〇二三年　三月三一日　午前一〇時
帰還困難区域の　ほんの一部が
　待ちに待った　避難指示の解除
津島、室原、末ノ森の　三復興拠点
ほとんどの帰還困難区域　町の八〇%は
除染もされず　そのまま残された

「どこが復興なの」
「あきらめざるを得ない人が　ほとんど」
「戻っても　どうなるのか不安」
テレビの取材に答える　帰還予定者
今後の課題は
　まちづくりの　担い手呼び込みとか

六年前解除された　街中の帰還者は
未だに　二〇〇〇人未満（約九%）
三復興拠点の　住民登録は
　三二八世帯　八七九人
準備宿泊は　二一世帯　二二人
担い手呼び込みが　叶うことを切に願う

はたして
私は　生きているのだろうか

ことば

人類の最大の遺産は　ことば
想いを伝える唯一の手段である

理論の裏づけのない実践は　無謀
　実践の伴わない理論は　無力
理論と実践の統一の媒介は
感性と悟性と理性
直感の感性と範疇《はんちゅう》の悟性による
それらの連関を理性的言語《ことば》が統合し
　個人を自律させ　実効ある実践に
　導く力を持っている

原始共産制から現代まで
　社会体制変遷の原動力は
　生産力の発展だった　それは
　産業革命以降　地球環境を破壊し
　自然の修復を不可能にした

現代は　個人がネットで結びつき
　世界中で　組織されていない
　大集団の出現を可能にし
　共通の目的のために　自発的に
　協同行動できる　時代になった
地球環境の保全はもとより
反核・反原発・護憲・人権保護
ジェンダー平等・ＬＧＢＴ等々
多くの困難も混在しているが
自律した市民運動を展開している

いつの世も
　存在が意識を規定していた
しかし　現代は
　無限に繰り返される
　存在と意識の相互作用の後に
　意識の反作用が
　存在条件そのものを改革できる
　時代になった
次世代の社会は　自然と共生し
　生きる喜びを共有できる
　生きるに値する　社会でありたい

紡いだことばには　自己変革と
自律した市民運動を実現する
　潜勢力がある
ことばは　有史以来なかった
　歴史的な役割を有した
ことばに　未来の希望が託された

忘却の譜

酒井　力

(三) 鴻巣

鴻巣宿は
江戸初期に誕生したという

古道に寄り添う
街並みに
雛人形の館が建っている

「ひなの里」に入ると
整然と居並ぶ人形たちが
いっせいにこちらを見ている

　おまえの厄は
　おれたちが引き受けるからな

だれもが災厄にもあわず
すくすく
育ってほしい

雛人形の子どもが
背中にうぶさっていても
おまえは　気づかない

「場末の子」で知られる詩人※はつぶやく

　おじいさんは山へ芝刈りに
　行かなくなった
　おばあさんは川へ洗濯に
　行かなくなった……

かすかに聞こえるつぶやきを
車のエンジン音が
かき消していく

願いも祈りも
この街に寄せる期待も
すべて　消え

——真昼の陽射しのなか
列をつくって　歩く　歩く

※詩人 大木実　第十四詩集『柴の折戸』から

（四）深田久弥山の文化館

門をくぐると
右側に並び建つ二つの句碑がある

　雪嶺に向かひて町を行きつくす　　九山
　白山を吊り上ぐるかや寒の月　　　宏

深田久弥と同郷だった作家*は
この地で育ち
小諸・藤村文学賞の選考委員長を
初回から終生務めた人だ
日本海文学賞小説部門の選考委員長として勤しむなか
山の文化館館長として活躍

小諸での表彰式の後
「今日は大聖寺へ行きます」
嬉しそうに
顔をほころばせていた

芭蕉と曾良が別れた山中温泉
「同行二人」と書いた笠に
四カ月の旅の重さがにじむ
——元禄二年の夏

加賀百万石の支藩だった
大聖寺藩はこの時七万石
北陸の城下町　大聖寺
歴史・文学の地に育つ少年は
やがてこの地から世界にはばたいた

ある日　彼は静かに語った
『おくのほそ道』は
随筆の高みにたつものである　と
　月日は百代《はくたい》の過客《くわかく》にして、行きかふ年
　もまた旅人なり。

＊作家 高田宏　小諸・藤村文学賞本選考委員長。
筆者は二〇〇七年～二〇一五年の九年間事務局長を務め世話になる。記録帳に「十一月二十四日午後五時頃大田区の病院にて逝去83歳」と記す。「九山」は深田久弥の俳号で高濱虚子直門下生。

子どもの頃、砲台の中を歩いた

狭間　孝

真っ暗なトンネルの向こうに
四角い出口がある
手前では運転席の前にエンジン部分の突き出た
ボンネットバスが停まり
降りた乗客が暗がりの中へ歩いている

暗がりの先は白波が立ち潮の流れが見え
無数の伝馬船がわかめを採っている
そして岬の突端では
遠足にきたのだろう
女子中学生が弁当を食べている

野水正朔《のみずまさあき》さんが撮った
昭和三十年代の淡路島
懐かしの写真館の中にある
モノクロの写真二枚に
心ひかれてしまった

子どもの頃　鳴門岬へ遠足に行った時
確か真っ暗なトンネルの中を歩いた
ぼんやりとした記憶がある
それは何だったのか

モノクロ写真を見るまで分からなかった

あのトンネルはどこへ行ったのだろう
鳴門岬へ行くたびに
恋人の時も
妻になった時も
あなたに幻のような話をしていた

六十年以上過ぎた今年の夏
老朽した道の駅うずしお（旧みさき荘）建て替え工事で
地下から門崎《とざき》砲台が姿を現した
色褪せたドーム状砲台の四角い射撃口から
鳴門海峡が見えていた

おぼろげだった子どもの頃の記憶
僕は　砲台の中を歩いた
コンクリートむき出しの崩れかけた砲台の写真と
モノクロの二枚の写真を見比べ
探していた記憶は地下に隠れていた

門崎《とざき》砲台跡、一般公開前に

一八九九年（明治三十二年）
どのような出来事があったのだろうか
どのように時代は変わっていくのだろうか
一九〇四年（明治三十七年）二月四日
緊急御前会議があり日露戦争開戦が決まった

百二十四年前に
播磨灘《はりまなだ》への敵国侵入を防ぐため
鳴門岬に築かれた
ドーム状の砲台が見つかったという新聞報道がされた
けれど　地元の高齢者は子どもの頃から知っていた

鳴門岬に観光施設ができる前は
バスを降りた所に要塞跡があり
薄暗いトンネルを歩いていくと
鳴門岬の突端に出て渦潮が遠くに見えていた
僕が覚えているのはここまでだった

細長い岬に続く細長い半島に
今でも行者ヶ嶽砲台が残っている
雑木に覆われているが
赤煉瓦の砲台跡や弾薬庫を
撮影したけれど

二〇二三年八月
見たこともない砲台跡を
一般公開で見ることができる
そして公開が終わると今のところ
老朽化のため取り壊す計画だという

関心ある者の中には
戦争跡を未来に残すことが大切だと
保存を訴え署名活動を行う人もいた
淡路島に残っている戦争跡地は
放置され朽ちて崩れかけている

道の駅うずしおを取り壊し
地下を掘り
現れた門崎砲台
その先に見える鳴門大橋
アンバランスな戦争遺物と現代

子どもの頃　遠足で訪れたこともあった
アルバムに残っている家族写真
薄暗いトンネルを歩いた　あれは何だったのだろう
ぼんやりとした記憶が
はっきりと鮮やかに蘇ることを楽しみにしている

加齢症例　――花粉とコロナウイルスと膝関節

小山　修一

ジーンズの尻ポケットに
異物感があったので
まさぐってみると
ティッシュが紙粘土のようなかたまりになっていて
裏地の縫い目にも
パウダー状になってひっついていました。

花粉大量飛散予報が流れた春先の朝
尻ポケットにティッシュを入れて外出し
まんま使わなかったので
すっかり忘れ
うっかり洗濯して
タンスに吊るしていたジーンズだったのです。

インターネットの花粉症情報によれば
高齢になればなるほど
軽症者が多くなり
ほとんど症状が出なくなる例もあって
原因は加齢による免疫系の衰えといいます。
そういう歴然としたデータがある、と
歴然と記されています。

僕はこれから散歩に出掛けます。
ここ二、三年のあいだ
花粉症にならなかったのは
二重マスク着用の効果で
年齢は関係ないかも知れませんが
加齢による免疫系の衰えを気にしつつ
コロナ感染予防目的のマスクを着け
杖に手を伸ばします。
変形性膝関節痛悪化のため
今の僕には
杖が必需品になっています。

解凍　――氷と水筒と社会

5個目の氷が
水筒の口許に引っ掛かったので
つまんで角度を変えてみたのですが
すべって跳ねて
足もとに落ちてしまいました
冷凍庫の氷は
ドアを開け閉めしているうちに

溶けたり
凍ったりして
いつの間にか変形してしまうのです

氷のように
自由な子どもたちを
四角四面の教室に押し込め
氷皿のような教育を徹底する

氷のように
不自由になったオトナたちを
待ち受けているのは
口許のせまい水筒のような社会

溶けて変形したオトナのうちの一員である僕は
落とした氷を水道水で洗い
口に含み
目を閉じて味わい
氷と水筒と社会について
こんなことを
ふと考えている次第です

言葉の日

言葉の「葉」は
木の葉
みたいに
いっぱいある
という意味とのことです。

五月十八日は言葉の日。
五と十と八で
コトバと読ませるとは
かなり強引な語呂合わせですが
言葉のしなやかさや
複雑さの証明かも知れません。

言葉の里山
言葉の草原
言葉の大海原にいて
言葉とともに
暮らしているのに
言葉の日に思う
言葉の貧しさ乏しさ。

時として
僕のコトノハは、木っ端
木っ端微塵の木っ端です。

飢饉飢餓

水崎　野里子

北畑さんの飢饉の詩について
エッセイを書きました
アイルランドの飢饉
日本の飢饉　天明　天保
戦時の食糧難
そんなこと　聞いたり
本で読んだりして
知っているつもりでした

でもわたしは飢えを知らないのです
戦後　たった四年後に生まれたのですが
飢えを知らない　しあわせな女なのです
だけど　飢えを知らない哀れな女なのです
今までは
これからも　そう願います

大地震　大火事　台風　戦争　竜巻
やって来ないとは限らない
わたしの上にも　わたしのところにも
家族を巻き込んで　みんな飢える

それがないとは言えないです

食糧が冷蔵庫に詰め込んであります
夫が買って来ます
東北大地震を経験したんです
暇があると　食糧を買いに出かけます
わたしより多く買った来ます
大地震の後　飢えたかどうかは
聞きません　並んだり大変だったと
思いますから　勇気を出して聞くと
日本中から食糧は
送ってくれたんだと答えます

山火事やミサイル攻撃　地震で
世界中　家族がいなくなったり
一人ぽっちの子供が歩いて行ったり
しています　報道は彼らに満足に
食べ物があるか知らせてくれません
心配です

飢える事はないように
飢餓がなくなるように
この世のすべての人々から
地球上から
祈ります　祈るしかわたしには
出来ませんから

ちゃんちきおけさ

朝テレビでちゃんちきおけさを
久しぶりに聞いた
月か明るい路地裏　屋台　知らぬ同士が
皿を叩いて
おけさを歌う
即興のおけさ　酒飲み歌とのこと

明るい庶民の歌
三波晴夫の演歌歌唱
慣れ親しんだ歌唱
だが彼はもういない
歌っていたのは
結構この頃よくテレビで見る歌手
でも　悪いけど三波晴夫並みの
豪華な着物しか記憶にない

三波晴夫　村田英雄
浪花節からでた歌手だ
日本の演歌は英語生まれの
ロックに押されて
だんだん中央から消えていく
三波晴夫の歌を歌っていた若い
歌手の名も　忘れてしまったけど

ネットで作詞者をサーチ
門井という男　知らなかった
東京音頭は作詞　西條八十　彼は有名
でも　たくさんの演歌作者が　無名のまま
若い歌手の脚光の中に生きる

東京から消えていく　路地裏
屋台　皿叩き　ニホンの庶民文化
古いと消すな　浪花節を唸れ　伝えろ

茗荷の子

みうら　ひろこ

夏茗荷の苗をもらった
翌年の夏
長いこと子宝に恵まれなかった夫婦に
ひょっこり子が出来たように
茗荷の子が顔を出した
私はありがたくその子を摘み
ソーメンのつけ汁の具に刻んだ
久しぶりに帰って来た息子が
うまいを連発し浪江の味がすると
残ったソーメンのつけ汁を飲み干した

彼の故郷は浪江町
原発避難している老いた両親
ふるさとへの帰還を恋うた父は逝き
一人残った母はカラ元気
息子もあのやんちゃな面影も失せ
職場ではチームのリーダー格の初老の重鎮
その二人が故郷の浪江へ
いっきに思いを馳せた
杉林の居久根の前に広がった
茗荷の畑から

ザルに採りきれないほどの収穫
初秋の懐かしい光景だ
小さな茗荷の子は
慎ましく食卓を囲んだ老母と息子に
しんみりとした思い出を
もたらしてくれたのだった

いくつもの爆発音

植松　晃一

海外ニュースが急を告げる
午後8時半
ドン
ドドン
窓外に響く
ディズニーランドの花火

ドン
そこでは歓声があがっているだろう
ドン
でも　あそこでは悲鳴があがっている
ドン
そこでは笑顔がはじけているだろう
ドン
でも　あそこでは人間がはじけている

ここと　そこと　あそこ
交差するいくつもの爆発音

ドン
そこには手を振る子どもたちがいる

ドン
あそこには赤黒い子どもたちの塊《かたまり》がある
ドン
そこでは恋人たちが肩を抱き合い
ドン
あそこでは吹き飛んだ母親の欠片《かけら》を拾っている
ドン
そこでは愛や希望が育ち
ドン
あそこでは――

ドン
ドドン
夢の国の花火
ドン
ドドン
悪夢のミサイル

どちらも腹にこたえる

ドン
ドドン
ドン
ドドン
ドン

Aquaの沁みてくる時間

鈴木　比佐雄

心の奥がぱさぱさに乾いていてしまって
どうしようもないほど潤いを失くして
地球との関係が絶たれてしまう直前に
巡り合った里山の十二単の陰に隠れている
いっぱいの湧水を両手で飲み干すように
身体が欲してしまう音楽がある
私の三十七兆もの細胞を目覚めさせるように
貴方の指先が細胞を一つ一つ叩き始める
すると一つ一つがお喋りをし出して
いつしか私の身体が地球のような球体になって
宇宙のただなかに浮かんでいるのだ
そんな私の球体の身体を眺めている
貴方の瞳が宇宙の果てから注がれていて
私の身体は藍緑色の水を振りまきながら
銀河を転がり始めている
貴方は賢治の星めぐりの歌のように
夜空の鍵盤を弾き始めている
地球の球体の私の細胞の隅々に潤いを与えて
藍緑色のAquaの滴が宇宙に零れ満ちてくる
私の細胞の隅々までが合唱しだす
そんな坂本龍一のAquaの沁みてくる
時間を飲み干している

吊り革

座馬　寛彦

揺られている吊り革たちがけなげに
誰かの手を待っているように見えた
長椅子に沿って並んだ一つを摑むと
プラスチック性なのに
柔らかな妙な感触があった
電車は徐々にスピードを上げた
車輪がレールをこすり叩く音
鼓動のように高鳴る衝撃音
モーターが唸りを上げる音によって
車内の物音が一切聞こえなくなった
ちょっと速すぎるのではと思った
やがて走行音が均質になってゆき
かえって耳を遠のいていった
心許ない浮遊感
そのまましばらく走ると電車は
ちいさな悲鳴をあげてやや速度を緩めた
長いカーブに入ったのだ
車体が大きく傾く
つんのめりそうになりながら
身を固着させようと吊り革に取り付いた
そのとき自分は貨物と何ら変わりない
という感じがした
傾きは元に戻った
ふと吊り革を持つ右手を裏返すと
一瞬手首から何かがどどっと流れ落ち
消えた気がした
手首には紫の血管が透けて見えた
それは生を受けてからこれまでの
血液の流跡を想わせた
干上がった未来から眺めるようだった

志田昌教氏を偲んで

鈴木 比佐雄

長崎県島原市に暮らし「コールサック」や多くのアンソロジーにも寄稿された志田昌教氏は、二〇二三年七月下旬に他界された。今年秋に刊行した『多様性が育む地域文化詩歌集』にも寄稿して下さった。その刊行の九月下旬まで志田氏の命は待ってくれなかった。心よりお悔やみ申し上げたい。参加された詩「横瀬浦の混血児」を再録させて頂き、志田氏のご冥福を心より祈念致します。

横瀬浦の混血児　　志田昌教

生まれたときから肌が白く
女の子みたいだといわれてきたことに
成長したわたしはふと疑問を抱き
母方の祖先を辿ってみた
すると横瀬浦港に南蛮人が残した
混血児の一人に行き着いてしまった

あまり知られていないのだが
平戸を追われた南蛮船が長崎に移る前に
キリシタン大名大村純忠の要請で
佐世保湾外港の横瀬浦に
新たな港を開いた
しかし僅か一年後
弟の後藤貴明の反乱で
跡形もなく焼き払われてしまったが・・・

そして南蛮人が去ったあと
持て成しをさせられた娘たちの間から
大勢の混血児が生まれ出た
その子たちは一か所に集められて育てられ
異人部落と呼ばれる集落をつくった
しかし禁教下でも密やかに
領主の保護を受けていたらしい
その血が四百年の時を遡り
先祖帰りと呼ばれる現象で
わたしの肌を白くしたのだろう
ついでながらわたしの白髪も
仄かに金髪がかっている

しかし長崎にはわたしだけでなく
知らぬ間に異人の血を受け継いでいる者が
恐らく大勢いるのだろう
長崎ゆかりの芸術家が異彩を放つのは
そのためではないかとふと思う

詩

Ⅱ

兵隊人形

日野　笙子

冬の海辺に
人形が横たわっていた
兵隊の形をした人形がころがっていた
人形は眠りながら
静かに泣いているようだった
生きていくには何かをしなければならない
それがなんだかもうおっくうなように眠っていた

水平線のかなたから
遠い海戦の響きを聞き
雲間にのぞく低い太陽を見上げてはまどろみ
水平線がいつの日か晴れ渡り
先へと進むことができると
夢を見て眠っていた

かつてこんな冬の海があった
たったひとりのあなたにわかればいいと
ボクは志願兵にはならない
ボクは兵隊じゃない
軍隊が人ならばボクは人をやめて
人形になるさ

一瞬を海に刻んだ兵隊人形
ある日逃亡に疲れ
追い詰められるように彼は船を降りたのだ
けれど遺された者はどこでどうしたものか
時の流れは波のうねりのようだった
海の揺籃は静かにうつろった
人形は長い冬の時代の
空と海の輝きのなかで
次第に清らかな姿になっていった

羅針盤の針がピーンと極を指した
長い旅をしても探せなかった人形がころがっていた
気弱なドンキホーテみたいねと泣き笑いした
あぁ　今日は雲の流れがやけに速い
この波の行き着く先にいったい何があるのだろう
私の心はむしろ静かな愉しみでいっぱいだ
つい今しがた人形と別れて今というこの刻に
まるで大自然の約束ごとのように
空と水平線の裂け目から太陽が顔を出した
そうして波間から
無数の素粒子ほどの欠片《かけら》が飛来すると
人形のからだを突き抜けた
人形はどんどん透明になっていった
抜け上がった冬の青空に

（「非戦を貫く三〇〇人詩集」改筆再掲）

橋

高柴　三聞
橋の真ん中に女が立っている
両手をだらり体の前に垂らして
漆黒の闇のような黒髪は顔を覆っている
真っ白な服から覗く肌はその服より白い
陽光は凶悪に地面を焼き熱気を生み出す
陽炎は女の姿をユラユラと歪める
だんだん歩を進めていくと
直感的に女の顔を見てはいけない気がして
私はうつむいたまま女の横を通り過ぎた
足元に落ちているサビた釘が変に気になる
折れて曲がったそれは
死んだ飛蝗の取れた脚を思い起こさせた
女の姿と折れた釘が私の頭を
くるくると輪舞を踊りながら
私を苛んでくる
とうとう橋を渡り
やや離れた場所までたどり着いたとき
私は強い衝動に駆られて思わず振り返った
女は先ほど私が橋を渡る時と同じ姿勢で
私の方を向いていた
私は恐ろしくなって必死で奔って逃げた
もう何十年も前の話だけれど
いまでも人とすれ違って
振りむこうとすると
私は相当な恐怖に襲われる
なれる事の無い性分として
私の意識にずっとこびりついている

妖怪図鑑「見越し入道」

勝嶋　啓太

最近　家に引きこもってばかりいるので
たまには気分転換しようと思い
散歩に出た
ぼんやり歩いていたら　いつの間にか
新宿に来てしまった
新宿の街は
久しぶりに来たせいか
なんか　ひたすら
ビルが　高く　高く　聳え立っていて
しかも　その高い高いビルの群れが
敷き詰められるように　ひしめき合うように
並んでいて
その足もとでは
人間が　アリンコのように　うじゃうじゃしていて
鬱陶しかった
でも　まあ
せっかく新宿に来たし
たまには紀伊國屋書店にでも行って
詩人っぽく　立ち読みでもしようかと　歩いていると
向こうから
小柄なお坊さんみたいにみえる奴　が歩いてくるのが見えた
こんなところで　まずい奴に会ったな
あいつ　きっと　見越し入道　だぞ
見越し入道　というのは
見ていると　どんどん身体が大きくなっていく　という妖怪だ
ただ　でかくなっていくだけなら
どうぞご勝手に　という感じだが
奴が悪質なのは　妖力か魔力か知らんが
一度　奴と目が合うと　目をそらすことができなくなって
だけど　奴の背はどんどん高くなっていくから
目線がどんどん上がっていくわけで
だから　こっちは　結局　ひっくり返ってしまう　という
恥ずかしいことになるわけだ
しかも　ここは新宿　大勢の人が往き来する中で
スッテンコロリン　尻もちつくのは　かなり恥ずかしい
頼む　こっちを見ないでくれ　と思いつつ
見越し入道の様子を窺うと
信じられないぐらい　こっちを真っ直ぐ見てるじゃん！
で　結局　バッチリ　目が合ってしまった
イカン！　どんどん身体がでっかくなり始めたぞ！
どうしよう～……
あっ　たしか以前　自称・妖怪研究家の友人が
見越し入道と出会った場合の対処法を教えてくれたことがあったぞ
その時は興味もなかったから　「へえ～」って聞き流したが
今こそ　それを使う時だ　というか　今使わないで　いつ使う？
思い出すんだ！　えーっと……友人曰く

大声で「見越し入道　見越した！」と三回叫べば
見越し入道はビビって姿を消すそうだ
……新宿の　この大勢の人が往き来する中で？
そりゃあ　ハズいって！　完全に　俺　ヘンな人じゃん！
しかも　その時はもう　見越し入道は消えてるわけでしょ
いや　無理無理無理……　なんて思ってるうちに
見越し入道　こっちに向かって　歩いてきてる！
しかも　どんどんデカくなってるから　遠近感がバグる！
さあ！　どうする？
新宿の大通りのど真ん中　人が大勢いる中で
このまま　スッテンコロリン　尻もちをつくのか？
大声で「見越し入道　見越した！」と叫んで
ヘンな人あつかいされるのか？
カツシマ　一世一代の大ピンチ！
……と　焦ってたんだけど　あれっ？
目の前に来たら　見越し入道　そんなに大きくなかった……
いや　決して小さくはないんですけどね
3メートル半……いや　4メートルぐらい？
でっかいはでっかいんだけど
ひっくり返るとか　そういう感じではなかった……
どうも　はじめまして　見越し入道と申します
しかも　結構　礼儀正しい……
この度は　気づいてくださり　ありがとうございます
最近は　こんなにたくさん人が歩いていても
人と目が合うことが　なかなか　なくてですね

大きくなる機会すら滅多になかった上に
たまに目があって　こちらが大きくなって見せても
今は　あんまり驚かれないんですよ
昔は　この大きさでも　みんなビックリして
尻もちをついたり　逃げ出したりしてくれたんですがね
ビルなんかが　どんどん高くなってしまって　皆さん
大きいものをたくさん見慣れてしまったせいですかね
私ぐらいの大きさだと　皆さん　「ふーん」って感じで
無視して通り過ぎていってしまわれるもので……
妖怪にとって
無視されるのほど　つらいことはないもんですから
そうなんですか　見越し入道さんも苦労されてるんですね
ですから　私を見て
驚いてパニックになっている　あなたを見て
久しぶりに　ちょっと嬉しくなってしまったので
お声をかけさせていただきました
どうも　ありがとうございました
いや　そんな　お礼を言われるようなことでは……
では　私はこれで
ごきげんよう　さようなら
そう言って　見越し入道さんは　去って行った
ぼくは　見越し入道さんを見送ったんだけど
すぐに　街の風景の中に溶け込んでしまって
どこにいるのか
わからなくなってしまった

妖怪図鑑「見越し入道」

熊谷　直樹

実家の整理をしているが片づけがなかなかはかどらない
思いもよらない物が出てきては　いちいちひっかかるからだ
新宿武蔵野館の「八甲田山」のチケットの半券とか
新宿末広亭のチケットの半券とか
いつのだかわからない黄ばんだ古い地図だとか
その地図と一緒に出てきた花園神社のおみくじだとか……
こんな調子であまりにも全くはかどらないのでイヤになって
なかば現実逃避とばかりに外へ出る
古いおみくじには「北東の方角に縁あり」とある
「北東の方角」とは「艮《うしとら》の方角」だ
鬼門の方角に縁ありとはどういうことだ？
と思いながら五日市街道を歩いて行くと　いつのまにやら
馬橋を通り　梅里を過ぎると　大法寺で青梅街道に出る
高円寺を左手にしながら進んで行くと
露地からふいに海坊主が出てきた
こいつは以前にどこかで出逢ったことのあるやつだが
一体　何でこんなところに？
海坊主はこちらには気づかずに青梅街道を歩いて行くので
とりあえず後をついて行く
海坊主は左手で杖を突いていたので
すぐに追いついてしまうかと
蚕糸試験場のレンガ造りの門の陰に隠れたが
海坊主は驚くほど速い足取りですたすたと歩いて行く
あわてて追いかけるが　追いつくどころか
どんどん離されていく
見失うまいと　なかば小走りに足を進めて行くと
鍋屋横丁に差しかかったが　街並が何だか少しヘンだ
商店街のアーケードに電飾の提灯がぶら下がっているが
とは言え　あまりにも昔のままの風景だ
道端に　笠をかぶって皿を持った小僧がいた
こいつも確か　以前どこかで逢ったことがある気がする
オイ　ちょっとたずねるが　ここはどこだい？　と聞くと
ハイ　ここは鍋屋横丁です　と言う
フム　で　一体　今はいつだい？　と聞くと
サア……　と言う
「サア……」じゃぁない　いつなんだい？　とたたみかけると
時間と場所とを同時に特定することは出来ませんからね　と
小僧さん　何だか不気味なことを言う
こっちは丸ノ内線に乗っているわけじゃぁあるまいし
時間と場所とを同時に特定出来ないとはどういうことだ？
気味の悪い小僧はもうそれ以上　相手にしないことにして
海坊主の後を追いかける
宝仙寺を左に見て　長い坂を下って行き　十二社を過ぎると
もう淀橋だが　あたりは突然　高層ビルの街並に変わった
キツネにつままれたような気分で前を見ると
向こうの方から新宿駅を背中にして

見越し入道がこちらの方に向かって歩いてくる
見越し入道はまっすぐに前を向いて
大きく眼を見開いて　歯をくいしばって　唇をかみしめて
まっすぐに歩いてくる
どんどん　どんどん距離が縮んできて　アッと思ったら
見越し入道と海坊主がすれ違った
すれ違った後で海坊主は　後ろをふり返って
何度も首をかしげていたが　何度目かに首をかしげた時
グギッ　と確かに小さく鈍い音がして
その瞬間に海坊主は首筋を押さえて
アダダッ　と小さく呻き声を上げた
見越し入道はそのまま　まっすぐ前を見つめて
方南町の方へ歩いて消えて行ってしまった
ふと気がつくと
どこへ行ったのやら　首筋を押さえた海坊主の姿も
もう新宿駅の向こうへと姿を消していた

な？　不思議な話だろう？　と
帰って来て　さっそく我が家の化け猫に報告すると
化け猫は
ふーむ……　切ないですね　と言う
切ない　って　何がだい？　と聞くと　猫は
見越し入道の身の丈はどれ位でしたか？　と言う
え……？　どれ位って……
うーん……　どれ位だっただろう？

そう言えばそんなに大きくはなかったな　ひょっとすると
海坊主と　そんなに違わなかったぐらいじゃないかな
それを聞いた猫は　やっぱりね　と言う
やっぱり　って何だい？　と聞くと
昔　見越し入道はもっと大きかったんですよ
で　海坊主は見越し入道を見上げた時に　思わずのけぞって
そのはずみで腰と首を悪くしてしまったんです
で　海坊主はそれ以来
杖を突くようになってしまったんですが……
高い建物ばかりが出来るようになってしまって
もう見越し入道は大きくなれなくなってしまったんです
見越し入道は悔しいんです　悔しくて寂しいんです
それをじっと我慢して歯をくいしばっていたんです
そう言うと猫は小さくため息をついた
でも海坊主は　今度は見越し入道を見上げるのではなくて
どうして彼はもっと大きくならないのかと首をひねって
首のひねりすぎで
今度も首筋を痛めてしまったんですね
そう言うと猫は
あなたも気をつけてくださいよ　とこちらに向かって言う
何がだい？　と聞くと
あなた　眠る時　いつもうつ伏せで寝ているでしょ？
気をつけないと　あなたも首筋を痛めますからね
そう言うと猫は少し笑って片目をつぶった

何よりも自分らしく

井上　摩耶

戦うことを恐れたから
結ぶことを恐れたから
進むことを拒んだから
私は今此処に居る

人は人無しでは生きてはゆけないから
大切な人は守りたいから
大事な人とは結ばれたいから
努力することを拒ばないように

そう教わったのに
逃げて　隠れて　ズルをして
逃げ込んだ所
それが今の私

確かに知っていた
確かに導かれた
何より自分らしく生きて来た
つもり…だった

誰を守るのか
誰と結ばれるのか
努力とは何であるか
問うてしまった

確実に感じてはいるのに
疑わない心で感じて来たのに
私はまた敗北した
無惨な姿で

それでもわかっているのだ
これが私の生きる道だと
私の生き様だと
堂々と足を引きずって歩く姿を見よと

一握りの幸福
一瞬で消えてしまうものもある
それでも確かにあったことに変わりはない
私に残された感情は
感謝だけなのだ

教わったこと何一つできなかったとしても
言いつけを守れなかったとしても
私は私のやり方で
生きて　生きて
書いている

励ましのバレリーナ

何人ものバレリーナが踊っている
くるくると円を描きながら
片足をピンと上げ
もう片方は垂直に地面に付けて

らんららんと歌っている
言葉にならない歌を皆で
動きを止めずに
くるくると

いつの間にか私の周りをバレリーナが囲んでいて
私はその円の中で丸まっていた
足腰の痛み　痺れ　残暑が残す疲労
季節が変わろうとする時
らんららんと歌う声が聞こえた

遠い夏だった
あの頃私もらんららんと歌っていたかもしれない
誰かを囲みながら
踊っていたかもしれない

丸くなる私を励ますように
バレリーナは踊る　歌う

片足をピンと上げて…
らんららんと歌いながら

支援する側から
支援される側になった
今日、それがはっきりとわかった
ウチに大量のパンが届いたのだ

手帳も持っている
国からの援助金も貰っている
そんな私が一番嬉しかった支援
顔を合わせて　運んで来てくれて
手渡ししてくれて

きっと今
私の周りでは
沢山の人たちが歌っている
踊っている
願っている
祈っている

導かれた人生に文句なんて一つもないよね？

私は丸くなった身体を少し起こして
心で
らんららんと呟いてみた

メメントモリ

藤谷　恵一郎

メメントモリ
遥かな旅路になると思えたのに
なんと儚く拙い旅路だったのだろう

メメントモリ
卓上に
欲と不安と虚無の三つの暗い穴の髑髏《しゃれこうべ》より
一輪挿しに花卉《かき》を
一本のペンと白い紙を

続・メメントモリ

死よ　錨となるな
死よ　白き帆となれ
羅針盤を消された海に
死よ　星となれ　星座となれ
航路を
生き抜くために

鳥籠

小鳥のいない鳥籠の寂しさ
わが心の庭を鳥籠にしたくはなかった　大空へ
だが情けないことに私が大空へ飛べない
あたかも囚われ人のように

受粉の使者

ひらひら　紋白蝶
ひらりと　揚羽蝶
わが庭の賓客
小さきままに　可憐なままに
蜜を楽しみ
命を遊び喜ぶ
強くなろうとはしない
大きくなろうとはしない
受粉の使者

億年の時のなかで

薔薇の声

〈寄り添わせて〉
生垣の前のベンチに
腰を下ろしていた回想癖の老人
思わず振り向くと
細枝先の薔薇一輪
風に揺れていた

女神と美を競う神々の庭にではなく
妖精や神獣の憩う森の外れにではなく
百本の薔薇を抱く貴婦人の豊満な胸にではなく
死すべきものの命の温みに
死すべきものの命の愛に寄り添いたいのだ

老人は薔薇の孤独を想って立ち上がった
本人は悠々自適の足取りなのだが
心ある人ならば思わず声をかけたくなる頼りない足取りで
〈大丈夫ですか〉

木霊——薔薇の言葉

子どもが心の奥に沈めている言葉を
突き離され凍てついたままの言葉を
その健気さを受け止めてもらえなかった言葉を
ベンチの背後の生垣の薔薇の花が
託されたように囁いてくる

一晩中ためらっていた言葉を
十年二十年彷徨っていた言葉を
百年旅していたかもしれない言葉を
思いがけない自然さで囁く
——寄り添わせていて

私は腰を上げた
命と深意識の現場の不思議を思いつつ

アラーム

風守

明け方
アラームが鳴り目が覚める
目覚まし時計の音ではない
音のする方向を見ると
壁にあるディスプレイが自動的に点き
そこからアラーム音が鳴り響いている
画面上には
『ミサイル着弾まであと2分』
『これは訓練ではありません』
の赤い文字が点滅し音声でも告げている
私はぼうとした脳を急いで起動させ
ベッドから飛び起きる
クローゼットを開いて上着を纏いズボンに履き替え
スニーカーを履く
枕もとにある貴重品を含む非常用リュックサックを背負う
ここまでは先日自主訓練したとおりだ
『着弾まであと1分』
音声は冷徹に残された時間を告げる
私はドアを開けて階段を駆け足で降りる
1階リビングルームの奥にあるドアを開ける
地下へ続く階段を一気に降りる
シェルター室の頑丈な分厚いドアを開ける
自動的に室内の電気が点く
私は急いでドアを閉める
シェルター室内のディスプレイが自動的に点き
『着弾まであと10秒』
と告げている
閉めた後に私はシェルター室の奥に行く
カウントダウンの音声が室内に轟く
『5、4、3、……』
私は身を屈めて衝撃に備える
『0』
その瞬間
建物全体を揺るがす衝撃があり
私は目を瞑る
どのくらい経っただろうか
衝撃は過ぎ去り
私はゆっくり目を開ける
デスプレイにはミサイル着弾後の街が映されている
全ての建物は破壊されている
もちろん私の地上の建物も無いであろう
遠方にはキノコ雲も見える
地上は放射能で汚染されており当分出られない
救援がくるまでこのシェルター内で暮らさねばならない
もう『平和』な世は来ないのだろうか

消失点

『正義』
昔テレビで「〇〇仮面」や「□□マン」といった
正義のヒーローが活躍する番組があった
弱きを助け強きを挫くその姿に
多くの子供たちが共感し歓声を上げた
その子供たちが大人になった時
現実社会では不正義がはびこり
正義を訴える者は迫害されることを知った
会社組織内で内部通報制度はできたが
実際に通報した者の多くは左遷されるか解雇された
正義はテレビの中だけにあったのだ

『平等』
男と女　大人と子供　健常者と障害者
様々な人々について平等が言われているが
実際は不平等が世界をおおっている
まず生まれた時に裕福な家か貧乏な家かで
その人の将来がほぼ決まってしまう
就学　就職　結婚　……
あらゆる場面で不平等があり
出自の呪縛から容易には抜け出せないのだ
平等は憲法でうたわれているが
人々の意識の根底には不平等が張り付いている

『寛容』
貧富の格差は拡大し
人々は余裕を失い
自分の事だけで精一杯
自分と異なる意見や思想には聴く耳を持たず
徹底的に攻撃をする
社会の分断化は進み
ますます窮屈な世の中になっている
電車　バス　航空機内で
赤ん坊が泣いている時に
他の乗客から苦情を言われた母親は多い
私の母が若い時
赤ん坊の私が泣いていると
「うるさい　だまらせろ　仕事に差し障る」と
近所の者から苦情を言われ
母はこう言い返したそうだ
「赤ん坊は泣くのが仕事なのよ」
私は懐の深い人間にはなれそうにないが
せめて赤ん坊の泣き声については寛容でいよう
『子供叱るな来た道だもの
　年寄り笑うな行く道だもの』*

（＊永六輔『大往生』より）

重力

原　詩夏至

丸い地球の
重力のおかげで
どんなに真っ直ぐ進んだつもりでも
気がついたら
球面上を一周回ってまた
振り出しに戻っている
おまえの道。

だったら
そんな丸さも重さも
皆ばっさり
後ろに振り捨てて行かねばならないのに。

宇宙旅行には
ほんとは昼夜も上下も前後も左右も
何にもない。
（さよなら、太陽）
（こんにちは、もう一つの太陽）
その繰り返しが
あの
遠く弧を描く水平線からの
優しく暑苦しい
日の出と日の入りに
替わるんだ。

だから
どうしても行けとは言わない。
だが
どうしても帰れとも言わない。

ただ
最低限
行くなら分かって行け
それくらいは。

坂道

買い物帰りの地球と
仕事に遅れそうな巨大彗星が
出会いがしらに衝突して

そこから
昔のドラマみたいに
始まる（かもしれない）
宇宙の恋。

（ちょっと！　気をつけなさいよ！）
（そっちこそ、どこ見て歩いてんだよ！）

そしてそのどちらが自分を
拾いに来るのか
それともどちらも来ないのか
考え込みながら
転がり落ちていくのだ
人間という紙袋のりんごは
美しい
宇宙の坂道を。

報道

一匹残らずゴリラが死んだ森の
最後のゴリラの
形見の
食いかけの
食いかけのまま腐った
青りんご。

報道によれば
これが
最近発見されたばかりの
エデンの園の真実なんだそうだ。

では、と
女性の突撃リポーターが
その
夭折したりんごに
手を伸ばす。

樹上からまだ
何かが
一行を
見つめているようだが
気にせず
とりあえず。

拈華微笑《ねんげみしょう》の柳沢友子さん

青木　善保

真夏の早朝　長いスカート姿で
自転車を颯爽と走らせる
暑にも負けず　寒にも負けず
自分を勘定に入れず
他人様のこと熱心に世話を焼く

町の人　協力一致『城東館』新築誕生
町の諸会合　趣味の集まりが生まれる
柳沢友子さんを中心に「ひまわりの会」が始まる
男性も入って『生きるって素晴らしい』（信濃毎日新聞社刊）
一節ずつ読み　感想を発表し合う
日野原重明さんの「体と心に良い習慣」が心に残っている
女性が多くなり　手芸作品作りが多くなる
材料集め試作に苦労
秋の文化祭に展示参加　好評を得る

若い力の『城東夏祭り!!』
裏方の料理作り熱心な柳沢友子さんの姿があった

働きながら城東公民館役員の活動
家々を廻ると　家の人との話より
先に庭の花たちに　声をかけている
四季咲きのバラが咲いている
柳沢友子さんに会えるかな

国譲りの深慮

神代のこと　根ノ国の大平原を必死に走る若者（オオナムチ）
は背に国王スサノウの
娘スセリ姫を負い　右手に国王愛用の生太刀　左手に生弓矢を
にぎる
国境を目前に王スサノウは大声で叫んだ
　オオナムチよ　我が娘婿よ　出雲に立ち帰り　生太刀　生弓
矢で
　兄たちを滅ぼし「大国」を築け　葦原ノ中ツ国に!!
時を経て　高天原のアマテラスが「大国」に国譲りの使者を五
度さしむけた　一、二、三の使者は『大国』に住み　高天原に
帰らなかった　五度目の使者が　武に秀れたタケミカヅチに対
した　大国主の子タケミナカタは敗れて信濃諏訪に籠ったと古
書に国譲りを記す
国譲りは大国主の深慮によるのではないか
「大国主」を祀る　農業の神（稲作）農具（鋤）の神
　水の神（灌漑川水、水路）
　・諏訪御柱祭木オトシ
　・八岐大蛇《ヤマタノオロチ》　伝説には河川治水の伝承か
「猿田彦」を祀る　道祖神　稲荷信仰（倉稲魂）・木曽　御輿
　コロガシの先導

　・異国人か　大国主の協力者か
『大国』の全貌はつかめないが　東南アジアの稲作を取り入れ
て葦原ノ中ツ国に時をかけて広まった　通路、水路の整備には
専門の知識技術が必要であったろう　人口の少ない中の稲作拡
大は容易ではないことが想像される
「国譲り」を深慮する「大国主」
人間の深慮奥に内在する攻撃因子（戦争）と共生（平和）の葛
藤の末　武力対決は回避し共生の道を選んだと信じる
現代の国譲りは
　猛暑の八月広島　長崎の被爆者慰霊の鐘の音
　七八年目　核兵器廃絶　戦争なき平和な世界の実現
　七八年目　終戦の日　不戦を誓う深い祷《いの》り
暈《かさ》の下戦後の国となって七八年　軍事強化して戦前の国へ「国
譲り」するのか

やすらぎと諦《あきら》め

坂本　悟朗

諦《あきら》め
の
二つの意味

諦める
思い切る
断念する
捨てる
放つ
離れる

諦める
明らかにする
つまびらかにする
真相を示す

仏教では
「諦」は
真理・まことの意

煩悩の

自己中心的な欲望は
断念を
なかなか肯んじない
盲目的に
その充足へ
突っ走ろうとする

煩悩は
諦（真相）を見る目を
曇らせる
奪う

諦とは連関
人を含めた
事物のつながり
盲目は
それを見ないこと
見えないこと

断念すれば
諦が浮き上がる
真相が顕われる

やすらぎは
その中にある

詩 Ⅲ

小鳥たち

晴れた夏の日
おしゃべりをしながら
小さく微笑む小鳥たちは
花咲く木々の間を飛びまわり
くちばしを巧みにうごかしている

雪の降りしきる冬の日
空気の重みを感じて
歩くのをためらっていると
小鳥たちが先頭だって
雪道を案内してくれる

季節の移ろいの中で
恵みをもたらしてくれる小鳥たちは
庭先に集い
次の役割を果たす時を心待ちにしている

方　良里

ある街角で

ある街角で　あの人は待っていた
　来るはずのない　あなたを

焼けつく太陽のもと
　通りすぎる人々を　茫然と眺めながら

あの人は　待っていた
　来るはずのない　あなたを

犬を連れた一人の女性が　通りすぎる
　あの人は　犬に微笑みかけ
　　それから　飼い主の女性にも微笑みかけ――

人々は　足早に通りすぎる
　街路樹のあいだを　少しうつむきながら

あの人は　待っていた
　来るはずのない　あなたを――

冬の詩

淺山　泰美

この窓の雪のむこうに
ずっとわたくしが
見ようとしていたものは
何だったのだろう
遠く
その先の道で
灰色の目の犬が待ちつづけていたものは
何だったのだろう

答えるものはいない　夕方になっても。

秋に実った花梨が転がっている庭へ
靴下も穿かずに
やって来る子ども。
さっきまで泣いていたような
さまようまなざし。
おいで　こちらへ　と

呼びかけると　消えてしまう
ちいさなあしおとだけを残して。

秋

近藤　八重子

秋の夕暮れは
死を前にする老いの人生に似て
静かで厳《おごそ》かだ

老いて死ぬということ
葉が枯れて落ちるということは
自然の摂理（神のはからい　神の意志）
親より先に死ぬ
死ぬという順番を間違えると
人は悲しみのどん底に突き落とされる
若葉も落ち葉になる前に枯れれば
親である木は
悲しみを抱えたまま朽ちる

地面を覆う落葉樹の葉たち
精一杯生きた証　を
それぞれの個性の色で染めぬいて
新しく生まれる葉たちに望みを託して
落下する
健気に生きぬいた落ち葉
人の世の働き盛りの逞しさに似ている

人の働き盛りの華やかさも短く儚いという
槿花《きんか》一日の栄という諺《ことわざ》に似ている
人も花も木の葉も短い命だから美しい

星の寿命に比べれば
人の人生なんて一瞬の輝き
なのに侵攻という愚劣な行為をする軍国主義の政治家
民主主義という幸せな国の若者たちは
宇宙を旅する希望に向かって進んでいる
老いた者にとって宇宙を旅するなんて
夢の夢であった

晩秋の夜には
無限の頭脳の輝きを放《はな》つ若者たちの星
明るい未来の星を観たい

イルミネーション

師走に入れば
街灯の明るさと月の明りしかない高知の山里
イルミネーションの輝きで賑やかになる
幼稚園で公園で個人宅で
キラキラ　チカチカ　光が踊り始める
今年一年の締め括りを光の玉が彩り始める
そして今年も私の好きな言葉たちが
イルミネーションの奏でる光と共に寄り添う
小中高にして学べば
社会に出て為すことあり
大人になって学べば
老いても人生を楽しむ道が開ける
老いて学べば
死んでも朽ちることはない
学びの心は
人生を楽しくさせ諦めの心を遠去けてくれる

暮れに入れば
一年の無事確認の年賀状を書こう
同級生から
もう年賀状を書く気力もなくなったみたい
そんな弱音が年を重ねる度に多くなる寂しさ

青春を共に過ごした友よ
体は老いても心は青春でいてほしい
日々豊かに心を動かせば
小さな幸せたちが微笑んでくれる

老いも　辛い日も　忙しい日も
イルミネーションの輝きが一瞬忘れさせてくれる
星空の下の輝きは
今年一年の締め括りを華やかにしてくれる

地球家族

青柳　晶子

日本の国土
一位は森林　減少している
二位は農地
三位は道路　どんどん増えていく
車さえあれば海でも山でも行ける
海辺を埋め立て　山を削り
川の流れる道も変えられる
国そのものの形を変えられる

熊や鹿の食害がひどく住宅地にも出没する
以前は彼らの住処であった地域を
ぎりぎりまで家や道路をつくり
山には杉や桧ばかり植えて
食べ物の実がなくなった
被害者はたくさんの動物たち

山百合の咲く山　キノコの生える山
気象が荒れて　地すべりや土石流
痩せた山は恵みを失くした
潮の流れも変わって魚類もどこかに移動し
美しかった海が　地上のたくさんのゴミを
飲みこまされてひそかに沈めている

国と国がいさかって戦争が勃発し
いつまでも止めることができない
たくさんの犠牲者と地雷原
領地を奪って立派な建物を造っても
ほんのひとときの愉悦のため
古い神と新しい神が入りまじって戦いあう
信仰は心の中にあるものだから
得たものはすべて荒れた地球に残したまま

ヒトの時代は一筋の地層となって残るだろうか
便利と快楽と贅沢を求めている科学
この生活をもう誰も手離せない
希望のない薄っぺらな太陽がまた昇る

「夕映」の階段

石川　樹林

本棚の精霊
陽を受けながら
香木の香りのように
おとなしく
夕方の人を待っている

古びた背表紙
価値はないと
背を向けられても
古本屋のなか
不動に迎えを待っている

この狭い通路には
ここを歩いた詩人と
仲間たちの気配がある

戦時下　鬱屈のまま
「囚人」*の詩を
戦後も解けぬまま
「荒地」*に立ったひと

あれからどれだけ
時間がすぎたのだろう

街路にでれば　オレンジの光
急に一羽の黒い小鳥が
私の目を見つめた
さっきの　詩の使者からだろうか
ガラスの球体は透明で
茜色の雲のさざなみに
金色の海が照らされていた

空を仰げば
美しい八王子の「夕映」*
空の階段が　果てしなく続く
闇から　青　茜　金色へ
「囚人」から「希望」へ

時間の階段を降りていきたい
悩みきることをいとわない
文字になる前の入り口まで
沈みゆく夕陽　この前夜に

*三好豊一郎　八王子出身の詩人　「囚人」「夕映」「希望」等戦後詩誌「荒地」に尽力した

エデンの外で

石川　啓

密やかに闇は黄昏に溶け込み　人の心も侵蝕する
かつては邪気がなく　あっけらかんとしていた君
エデンのリンゴを食べてから　人を疑う事を覚えた
人生の中でそれなりの出来事があったせいだが
人の心の底には
良心といえるものが存在しているのはまだ信じている
自分の良心が曇った事を哀しく思う
不審な出来事の収束のしかたを誤ったと思っている
正攻法で行くべきだったのだ
君はまだ十九歳
思考は遥かに老熟しているが
人生の現実の機微には長けてはいない
経験不足は大いなる痛手だ
斜に構えて物を見ていた思春期
斜が次々とズレていって
頭は一回りしてまた正面に戻った
だから揺るぎなく真っ直ぐ前を見る
　ＫＩＤ　君の見方は間違ってはいないよ
　ＫＩＤ　自信を持って進んでいいよ
　ＫＩＤ　迷った時には心の底に灯る灯を見つめて
君が今までの人生の中で得た大切な拠り所《ホーム》
失くさないでこの先も持っているといいよ
虹の橋を渡れない事を知ったけれども
虹の美しさは変わらない事も知ったのだ
それに二重の虹を見て感嘆したね
二十歳を過ぎると人生は急速に加速する
人生は長すぎると嘆くことはないよ
曇った心を磨く時も訪れる
今は少しへコんでいても
ネガティヴをポジティヴに組み換えられるから
落ちこんだ時は落ちこんだままでいい
心の底に着いたならそれ以上落ちる事はない
哀しみを我慢する事もない
感情表現が苦手なら心の底で哀しむといい
いつかは癒える日が来るから

闇は傷口を隠してくれるから
そうそう悪いものばかりではない
ヒンヤリとした冷気は傷の熱を柔らげてくれる
　ＫＩＤ　肯づいて少し微笑ったね
　ＫＩＤ　心の迷いが猫の毛玉のように咳と共に出るといいね
　ＫＩＤ　泣くのは恥ではないよ
涙には哀しみを溶かす成分があるから
「男は泣いてはいけない」なんて道徳は一蹴するといい
君が人の為に流した涙には痛くて胸が詰まった

君の涙は人知れず養殖していた真珠の涙
零れて零れて誰かの胸元を飾るだろう
誰かが君の涙に連鎖し心の中で哭くだろう
君を悲しませない為にはどうすれば良いのか考えるだろう
何もかもが全部君の負担になってしまっていたんだ
「闘う時には加勢するよ」と言っていたのに
君が闘っている最中には気づかずにいた
君の辛さも苦しさも判らずに日常を送っていた
あの時に舞い戻って味方をしたい
イニシャルで気づかなかった愚鈍さを詫びる
アンテナの精度は当てにならないのに気づいた

君の若さとエネルギーが物事を解決していく
君の聡明さと敏捷さが解決策を講じ乗り越えていく
永遠の十九歳
もしかするともっと過敏で過激な十六歳
それが君の大きな強み　空に飛び立つジャンプ台
でも敏感さは時には自分で自分を傷つけてしまうけれど
「GOOD　LUCK」は嫌いだったね
ホールデンと同じように似非《エセ》臭さと安易さを見抜いている
君が確立した自己を取り零しませんように
でも場数を踏んで足場を固めた今は余計な心配かもしれない
仲間や友人に囲まれて笑っている
未来を語って弾んでいる
上昇気流に乗ったグライダー

華を咲かせている現在に「おめでとう」を言う
君が君らしくいることで摑んだ人生を祝福する
若々しいまま齢《とし》を重ねるだろう
人は「死」に怯《おび》えるのではなく
「老いる」事に怯えるものだから

そうして闇をも味方につけ　時々無邪気な笑いも取り戻す
もう大人として成長し　ＫＩＤは心の中に棲む
このままで　――いやまだまだ発展していくだろう
君のインナースペースは充実して広いから
可能性の限界　など考えてはいない
実践して見い出したキィポイント
驚くのはどんなにトーンダウンした時もそれを諦めなかった
一枚ずつ脱皮して大きくなって人を魅きつける
「才能がある男は優しい」
今年他界された坂本龍一さんが昔ラジオで語った
「優しくなければ生きている資格がない」
フィリップ・マーロウに云わせたチャンドラー
弱った人を力づけてくれる君の優しさ
君と出会った時から変わらない真っ直ぐな気性
エデンの園を出てから人は「死」を迎えるようになったけれど
君は君のままで健康で長生きしてくれますように――
「神様」或いは「宇宙のエネルギー」に本気で祈っている

二〇二三年七月二三・二五日

声のこと

植木　信子

地と血は、重なって地続きに広がっている
陽はカンカン照りつけ
道端の枯れる野花の赤や黄に白く陽が溜まっている
はじめは六月の真夏日のことだった
私たちは列をなし黒い礼服で黙して歩いた
カンカン太陽は照り立ち止まり汗を吹き太陽を見た
暑さはつづき、九月や十月にも黒い礼服を取り出しては歩いた
建物の中は、ひんやりとしていたが人が少なくなっていった
私たちが歩く地には血が流れている
血は黒っぽく地と同じくなっていくが絶えず湧き出る血を
椀に受けて流した　どの地にも血は流れ地の色と同じかった
呪術からの耳の慣習なのか
抑揚ある滑らかな言葉に抵抗を無くして精神が溶け込んでいく
（一人、女が浜辺を彷徨っている
　海原が耀いて腰下半分がぼやけている
　風や波によろけ、みだれ歩いていく
人は生きた後には狂人になるのだ
まとうに死んで生きるのかもしれなかった
（悪意のない白無垢の純白の服で
　小さなお花畑で貝や青い池の水と遊び
　爪のような貝を私たちにぶつける
火、火が燃える
ぎらぎら射る太陽の熱！
廃れ一粒の種が残れば再び樹系を作り、枯れ、作る
滅んでいく庭、枯れる木々、こわばる緑の草、山
懐かしんでおこうよ
暑い日々がいった後に夏を懐かしむように
病葉の黄が混じり、ひっそり佇む家々に木々は陰影を引き
黄土色と枯れる緑のパッチワークが蒼い山並みに続いている
森陰の沼に白い藻が散らばり雲のように漂っている
静かに平和に衰弱していくのだと
カンカン鐘を鳴らすのは鐘たたき虫、私の内の鼓を打つ
もうすぐ叢に風が起き道ができるだろう
道は白くて歩いていけるだろう
（あなたは石碑に不滅の思い出をしるし
　わたしはかたりかけうたいそよぐ
調べがして、涼やかな気配の声が石の扉をすり抜けていく

彼らにも

村上　久江
彼らにも　一途に生きる
姿の在り
景の在り

わが家の門をくぐり
飼い猫のように縁側に座り
ひとときを憩う
咎《とが》められれば　すごすごと
隣り家のほうへ抜けていく

それから何処へいくのだろう
あてどころのない身ながらも
ニャーニャーと己を発しながら
いつか野宿のように棲家としている
どこだろう
どこかのひと隅までひと散歩して
帰っていくのだろうか

彼らの語る言葉は
わたしには解らないが
一心にみのらせた思いのようなもの
語る目があり　口があり
わたしの心のやわらかい部分にそっと入りこむ

また　彼らにも
一瞬のきらめきの叫びがある
人が活動を止め
金色の月がやさしくまたたく
夜の暗がり
彼らは張り合うのだ
己の強さ逞しさを全身にみなぎらせ
たたかいを挑むのだ
恋の相手に

６５７０日

千葉　孝司

これは
生まれてから
18歳になるまでの日数
今が5歳なら
残りは
４７４５日
今が10歳なら
残りは
２９２０日

いつか訪れる
巣立ちの日
肩の荷を下ろしながら
胸にせまる寂しさで
ため息をつく
やがて訪れる
その日
こんな日が来るなんて
せつなさの中
心のアルバムの
ページをめくる

数えきれないほど
笑わせてもらって
天使のような笑顔になれた
数えきれないほど
腹を立てて
鬼のような形相の時もあった
悲しくて心配で
眠れない夜もあった
何もかも
うまくいかずに
自分を責めたときもあった
つらいときに
そっと励ましてくれた人もいた
そんな日は
二度と戻ってこない

だから今
惜しみなく耳を傾けよう
子どもの心がわかるまで
だから今

惜しみなく抱きしめよう
あなたの心が伝わるまで
子どもを愛していたつもりでも
愛されていたのは
あなた自身だ

雪原

子どもが雪原を歩いている
その足どりに迷いはない
温かな日差し　足　跡　が　続　く
突然
強固な地面かと思っていたそれは
傾き、冷たい水をあふれさせた
凍り付いた沼の表面を歩いていたのだ
足は沼に沈み
長靴の中に
冷たい水が入り込む
一緒にいた子どもがあわてて手をひっぱる
確かだと思っていたものが
残酷なまでに
確かではなかったものへ

無邪気に
駆け回っていた子どもは
恐る恐る
足をすべらせながら進むようになる

やがて
何もかも信じられないと
アスファルトの上に座り込む

世界が嘘をついたわけではない
世界が変転することを知らなかっただけ

子どもが雪原を歩いている
その足どりに嘘はない

世界水泳福岡　２０２３

夏には水泳が似合う
復帰から三年
十三レースに出場した
池江選手の健闘があった

白血病という難病から復活して
池江璃花子選手が活躍している
私も悪性リンパ腫を克服したので
身近かに彼女が感じられて
感動しながら声援している
世界各国から
新怪物の登場に盛り上がっている

阪神タイガースの
原口選手も癌から復帰して
活躍している
多くの癌患者や経験者に
勇気を与えているだろう

外村　文象

新しい生活

海外十六年の生活から帰国して
東京都調布市に住む
家具はほとんど持ち帰らなかったので
新しく買い求めねばならない

孫娘は新しい小学校に通う
これまで日本人の子供達に
あまり接してこなかったので
うまく輪の中に入って行けるだろうか

二女は今年五十歳
人生の折り返し地点
これからはゆるやかに下り坂

関東の気風になじみながら
わが道を見つけねばならない
英語力を生かせる生活ができれば良い

天の采配

最近は
天の采配ということを
思うようになった

生かすも
殺すも
天の采配次第ということ

自分の力で
生きているようだが
背後に大きな力がある

その大きな力とは
天の采配と気付く

あとしばらく
天の采配のままに
生き続ける

阪神タイガース十八年ぶりの優勝

阪神タイガースが
十八年ぶりの優勝

岡田監督が復帰して
秀れた采配を見せた

順調に勝ち進んで
九月十四日
甲子園の巨人戦に三連勝して
見事に優勝した

私は入院中の病院のベッドで
その歓喜の瞬間を味わった

次の目標は
日本一をめざして
大阪対決が待っている

太陽が見守ってくれる

柏原　充侍

こころに不安をいだき迷っていた
一本の　人生という名の途
夏の暑いさかりに　歩いていた
あの　終戦記念日は　あの日はどうだったろう
子供たちは　お外で元気に遊んでいる
哀しみの〈いのち〉
かっての　おじいさんは衛生兵だった
戦争で　人生の半分ついやした
見上げれば　夏のおおぞら
美しき　蒼き空
こころに　良いことを想えば
あなたは　守ってれる
太陽が見守ってくれる
決して　あきらめないで
もうじき　秋がやってくれば
あなたは愛を覚えてるから

秋の日

秋の日に見た夢
どこまでも　つづく　人生という名の途
暑かった夏　不思議だった
理由もなく　殺し合う人々
秋の日は　戦争をつれてやってくる
なぜなら　あの原爆の夏を知っているから蟲の声
夏に詩う蟲　秋の恋ごころに詩う蟲
命の日　それは必ず　やってくる
暗につつまれた　天の空
空につつまれて　風はさわやかだ
かつての丸めがねのおばあさん
海を　じいっと　眺めては
かっての若かりし　終戦の日
秋の風に吹かれては
こころが　胸が暑くなる
あなたの眼差しは　永遠の平和をみていた

哀しみの冬

こころが寒い　冬の風　冬の海
哀しみの冬はいつも雪を待っている
天から　美しい　雪という名の宝石が
舞いおりる　舞いおりる
二人で冬の街　冬の途を歩いていた
人生という名の途は　どこまでも
告別　別れ　さようなら
はなれたくない　そばにいて下さい
親を知らない子供たち
親とわかれた　子供たち
今年も冬がやってくる
こころに〈命〉という名の志
さわり……さわり……はら……はら……
雪がふってくる　淋しい　淋しい
そう側にいてくれたのは
お父さんとお母さん
「あなたは　今どこにいますか」
遠い冬の空を眺めていた

白い雀

ただ　歩いていた
冬の空は清らかだ　そして
僕のこころは　希望にみちている
誰にもゆずれない　自分だけの人生
街の雀たち　いとおしかった
「ないよ　なんにも　ないよ」
あるとき　公園のベンチに座っていた
すると　美しい白い雀がとんできた
平和の証　白き鳩にもまけないくらい
渡り鳥だったのだろうか
冬の途を歩いて　白い吐息
今日もどこかで　男と女は愛し合い
いつくしみ合い　希望の空からは……
かつて青春の白に別れて
また　愛し　愛され　それでも
また　別れ
白き雀は　詩いつづけた

年末のパーティーで言葉を飲み込む為に、
ドリンクを手に取った彼の唄。

羽島　貝

その中華料理の元の味が、僕にはもうわからない。

怒った彼女にグラスの中身を
引っ掛けられた時
僕は思ったね。

ああこれは烏龍茶だ
（ペリエでもなけりゃハイボールでもない）
正真正銘　福建省の
まさしく高級烏龍茶
（だってここは某有名中華大飯店）

赤い回転円卓《ターンテーブル》に並んだ
数々の料理の皿
ひとつひとつに
君は僕への
不平不満を振りかけて
僕の前へと廻して寄越す

前髪から滴る烏龍茶の
何とも言えない馨《かぐわ》しい香り
（ペリエでもなけりゃハイボールでもない）

それでもまだ君が
席をたたないって事は
「ねえ、僕はまだ愛されてる？」
すると君はおもむろに
にっこり微笑んで
二杯目の烏龍茶を、オーダーしたんだ。

ティーカップとは本当に受け皿へと戻されるべきなのか。

君のその
実に
エキセントリックな
紅茶の飲み方は

（三月兎も帽子屋だって、
そんな飲み方出来っこない。
ましてや眠り鼠になど！）

連日の残業で
消耗し切った僕の缶コーヒーの
飲み方にまでも
影響を与える斬新さで。

（パレードよりも華やかに？）

ましてや

テーブルいっぱいに広がった
とりどりの料理。
湯気の立つ熱いスープさえも
エキセントリックに召し上がれと

君は蠱惑的に誘うのだ。

（ああ、なんてことだ僕は猫舌！）

終幕

パーティーの終わりに
空になりきれなかったグラスと
転がるボトル

酔った頭で思う
来年だって今日の延長

（けれど心のどこかが期待している）

降り始めた雪に
家路を急ぐ。

（この願いも何もかも）

――適うなら、どうか世界よ良い年に。

About five hudred miners were killed and
Over eitht hundred workers suffered from the carbon monoxide poisoning.
The smoke of the explosion rose up to the sky, wriggling like a snake.

It passed over half a centurey since the explosion.
It passed twenty five years since closing of the coal mines.
Those coal miners are staying in the hospital even now.
Memories are still circuling around that time,
But from the city the footprints of coal miners go vanishing,
Away one after another.

Yes, the legendary Big Snake was cut by the scissors of a strong Crab,
And turned into three ponds to be linked with the Ariake Sea.
The beginning of Miike, meaning three ponds, was a tale of a long ago.

*This poem was first printed in *Poems On Japoanse Placs and Their Names.*
(Published by Coal Sack Publishing Company)

On Miike : The Three Ponds

Jun Hataraki (Japan/Fukuoka/Omuta)
English Translator : Noriko Mizusaki

There is a story on "A Legend of a Japanese Mitten Crab."
Long ago a big snake was rampaging wildly in the village.
It was so large even to swallow down a cow or a horse.
Then at a time it tried to attack a princess called Tamahime.

No sooner the crab came over and fought with the snake.
The crab cut the snake with its two scissors.
When the snake was split into three parts, it crawled around
In agony and finally turned into the three ponds.
Since then they call the village Miike, 三池,
The name means three ponds in English.

In the east of Omuta City, where once there was the Miike coalmine,
A mountain stands called Mt.Miike.
On the top there are even now three ponds.
They say the water goes linking to the Ariake Sea,
In the depths of underground.

In summer in Miike city, people enjoys "The Big Snake Mountain Festival."
The part between its head and its tail was rnade into a festival car,
On which musicians ride and play pipes, drums and bells so loud.
The snake parades around the city with flames out from the mouth.

Once they had Miike disputes against the shakeout of the coal mining company.
Since the labor union divided into two groups, theyw also disputed so much harder against each other.
At the time, the festival had started.
During it, they all had no disputes and danced together with shouts.
For the ritual they put children into a mouth of the snake figure, made for a festival,
Calling it "bitten," they prayed for no desease with safety for all the citizenes.

The next year, there occurred a historical coal dusts' explosion.

三つの池

『日本の地名詩集』（二〇二一年コールサック社刊）より

働　淳（日本・福岡・大牟田）

「ツガニの伝説」という話がある
むかし大蛇が村で暴れていた
ウシや馬をひと呑みにするほど大きなヘビだ
そのうち大蛇は玉姫という姫様を襲おうとする
そこにツガニが現れて大蛇とツガニは争った
カニが二つのハサミで切ると
大蛇は三つの体に分かれてのたうち三つの池となった
それから村を三池と呼ぶようになった

三池炭鉱のあった大牟田市の東に三池山という山がある
その山頂には今でも三つの池があり
池の水は地下深く有明海の海とつながっているという

夏になると三池の街は「大蛇山まつり」で賑わう
大蛇の頭と尻尾に分かれた間の部分は
お囃子が乗った山車となり
笛や太鼓や半鐘の音を響かせ
口から火を吹きながら街を練り歩く

かつて会社の合理化に反対して三池争議があった
組合も二つに分かれて労働者同士の争いも激しくなった

そんな頃に「大蛇山まつり」は始まった
まつりの間は争いもおさまり
人々は掛け声をあげて踊る
大蛇の口の中に子どもたちを入れ
「かませ」と言って無病息災を祈った

次の年、大きな炭塵爆発が起こり
五百人近い死者と
八百人を超える一酸化炭素中毒者が出た
爆発の煙は龍のように大蛇のように
のたうって大空へと昇って行った

あの爆発から半世紀以上がたち
炭鉱も閉山して二十数年になる
今も入院しているあの炭鉱マンたち
記憶はあの頃をめぐっているが
町からは炭鉱の足跡が次々に消えていく

そう、大蛇はツガニのハサミで切られ
三つの池になって有明海とつながった
三池の始まりは、むかし昔の話だった

俳句・川柳・短歌・狂歌・作詞

逢うことと書くこと
池田澄子句集『月と書く』を読む

鈴木　光影

新型コロナウイルスのパンデミックの始まりからもうすぐ丸四年が経とうとしている。自粛されていた人と人との対面も解かれ、それ以前の日常が戻りつつあるように見える。しかし、その間に起きたロシアのウクライナ侵攻、さらにイスラエル・ガザ戦争も進行中で、地球上に暗い霧がかかっているような時代の空気は今も続いているように思われる。

二〇二三年六月の奥付で刊行された池田澄子氏の第八句集『月と書く』（朔出版）は、このコロナ禍中での俳句を纏められた。後記には次のような心情が吐露されている。

前句集『此処』を纏めたあとのコロナウイルス出現以来、人が人に逢えなくなった。更に信じがたい戦争。他の動物は爆撃などしない。戦争は駄目、と、嘆く日々が続いている。

その心の飢えを抱えながら、逢いたい逢いたいと書いていた日々を、過去のことにして出直したい気持ちが体内に満ち溢れてしまったらしい。

逢いたい人に逢えて、あぁ世の中に戦争などない暮らしに戻らないことには、人心地がしない。その口惜しさが飽和状態になったらしい。

などと、他人を見るように自分を眺めながら更に、第一句集を纏めた頃の自分、見守ってくださる先生のいらした、あの、ひたすら未来に向いていた日々に戻りたくなった。そして今、錯覚にしろ私は、確かに第一句集以前に戻っている。

この後記で私が注目したのは、次の三点である。

一つ。これは当然と言えば当然なのだが、池田氏の俳句作品は、疫病や戦争という平和な日常を脅かす社会情勢の影響を受けている。

二つ。本句集には、コロナ禍の期間の池田氏の「心の飢え」と「逢いたい」という気持ちが書かれている。

三つ。俳句を纏めて句集を刊行するということは、単なる句集というモノ作りではなく、作者が「未来に向」いて生まれ変わろうとする行為である。そこまで池田氏が積み上げてきたものを一度真っさらにして「第一句集以前」という過去に戻って「出直す」という内面的な時間をめぐる動機が語られている。ここには、未来とは過去に戻りつつ創られていくものであるという逆説的な真理もうかがえる。

さて、句集は「朋」「露」「光」「水」「星」「霧」「蝶」の七章に分かれている。句集題が取られた次の句には「逢いたい」という言葉がそのまま使われている。

逢いたいと書いてはならぬ月と書く　「霧」

「書く」は手紙だろうか。恋文かもしれないし、家族や大切な友人宛かもしれない。私自身、「コロナが収まったら、またお会いできるのを楽しみにしています」など、メールや手紙で幾度も書いたことを思い起こした。「書いてはならぬ」は感染症蔓延を抑えこもうとする社会的な制約と自粛の思いによる〝禁止〟の「ならぬ」であろう。コロナ禍中では相手に積極的に逢いたいと伝えることがはばかられた。掲句ではその代わりに、隠語のように「月」と書き、その一語に「逢いたい」気持ちを込めた。

夏目漱石が、英語の「I love you」は日本語では直訳せずに「月がきれいですね」とでも訳しておけ、などと言ったというエピソードが頭によぎった。

また、単なる「会」ではなく「逢」という漢字が選ばれていることも、一句の詩情に深みと広がりを与えている。「会う」は、基本的に既知の人と人との面会である。一方の「逢う」は、「めぐり逢い」であり、いまだ見ぬ新たな人との邂逅も含む。既知の人同士であっても、この世に生まれ落ちて、同じ時間と空間を共有できた一つの奇跡の感がこもる。〈此の世から花の便りをどう出すか　「露」〉という句もあるが、今は亡き故人と再びどこかでめぐり逢いたいという、叶わなくとも切なる願望、という読みもできそうだ。宛先は、池田氏の俳句の師・三橋敏雄であろうか。

もうひとつ、掲句において特徴的だと思うのは「言う」ではなく「書く」が選ばれているところだ。〈逢いたいと言ってはならぬ月と言う〉ならば、先ほどの漱石の逸話に近く、ドラマや小説のワンシーンのように、相手の耳へとその話し言葉が直接に伝わっていく。

しかし「書く」であると、書かれた時点ではその言葉はまだ作者の手元にとどまったままだ。しかも書かれた言葉は、テクストとしてどのように読まれるか、何が伝わるかは保証されない。「月」の一語を読んで「逢いたい」と感じてもらえるとは限らない。たとえそうだとしても、今宵の空に見上げているそれと同じ月を、「逢いたい」人も眺めていることを願い、「月」と書き付ける。

このような「書く」ことの強調は、池田氏が書き言葉の俳句を表現手段として自覚的に選び取っているという証しだと思われる。また掲句から、「書く」という行為自体、「いまここ」にはいない（いまだ出逢わぬ）読者への、孤独にも思える呼び掛けであり、祈りであることも感じられた。

水澄むと書くとワタクシ澄んでしまう　「水」

ここでも「言う」ではなく「書く」だ。秋になって池や川の水が透明に澄んでいく現象があり、それを季語として一般化した言葉が「水澄む」である。その語を「書く」と、おのずから、「私」や「わたくし」だった我が「ワタクシ」へと「澄んでしまう」。池田氏にとって俳句を書くという行為は、人や自然物を含む森羅万象と出逢って、それらと共に澄んでいくことではないだろうか。〈健やかなれ我を朋とす夜の蜘蛛　「星」〉。人に限らず蜘蛛や虫に向かっても「朋」と言い、共に健やかであろうと呼びかける。「友」ではなく月が二つ寄り添う「朋」は、この世界における異質な存在と共存していく姿を天体の「月」が見守っているようでもある。池田氏は「書く」ことによって、自らの身体や世界の認識を更新していく。

早春と言うたび唇がとがる　「朋」
はるかぜと声にだしたりして体　「朋」
ハツユキと言葉にだして寝てしまう　「露」
ひめむかしよもぎと言ってみてしあわせ　「光」
明けましてあぁ唇が荒れている　「水」

ここであえて「言う」「声」「言葉にだ」す句を抜いてみた。これらの句で声に出された言葉は、誰か特定の相手へ意味を伝達するように発せられたのではないようだ。「唇」が動き、声帯が振動し、自分の体と空気を伝って音を耳が聞く。自らの身体を確認する営為であり、意味伝達性とは離れた言葉の使用である。そのような話し言葉が発せられたとき、身体は心地の良い眠りを得、「しあわせ」を感じる。

つづれさせこおろぎと言いながら書く　「水」

「つーづーれーさーせ・こーおーろーぎ！」というような声が聞こえてきそうだ。「つづれさせ」は「綴れさせ」と漢字を当てれば、声に出すことが文字を書くことを手助けしているように思えてくる。「言いながら書く」は、もしかしたら、池田氏の俳句の極意なのかもしれない。池田氏の多くの俳句に愛唱性が高いのは、言うように書いているからではないだろうか。池田氏にとって言うことは自分の体を確かめる「しあわせ」な行為であるならば、言うように書くとは、体を通して、体を喜ばせながら書くということである。

お久しぶり！と手を握ったわ過去の秋　「朋」

「おひさしぶり！」も「握ったわ」も、話し言葉の再現である。だが下五句の「過去の秋」を読むやいなや、「手を握った」のは比喩であることがわかる。過去の秋を思い返して、その時に旧友と再会したとも読めなくはないが、コロナ禍以前の「過去の秋」を擬人化して、まるで旧友に対してするかのように「過去の秋」と手を握ったと読みたい。もしくは、平穏な秋を楽しむ、コロナ禍以前の自分との再会なのかもしれない。
またさらに作者は、「握ったわ」と、その感動を書かれた俳句の前の読者とも共有しようとする。池田氏の俳句は常に読者に開かれている。掲句を読むことで、何となく池田氏と手を握ったように感じてしまったのは私だけだろうか。

蝶よ川の向こうの蝶は邪魔ですか　「蝶」

人は蝶とは違うだろうか。確かに、政治や宗教の区別によって、人と人は殺し合う。一方、蝶は戦争をしない。川向こうの蝶を「邪魔」とみなして攻撃したりしない。人間から見れば、ただ本能のままに舞っている蝶は平和で美しい。掲句は人間である作者が「蝶」に呼びかけている。しかし、それと共に、反語的に人間にも呼びかけている。「人よ、川の向こうの人は邪魔ですか」と。この世界に一つの命として共に生きている人間と蝶に、いったい何の違いがあるだろうか。

よい月夜よい知恵の出ぬ者同士　「水」

今もウクライナやパレスチナのガザ地区で止むことのない戦争。それを解決する実行的な「よい知恵」は、この人類中で誰も思いついていないようである。日々インターネットやテレビや新聞から届けられてくる戦地のニュースに、地球上の多くの人々が愕然と佇むしかない思いでいるだろう。「よい知恵の出ぬ者同士」は、未だ出逢わぬ人間の同胞たちかもしれない。「川の向こうの蝶」かもしれない。一人一人としては弱くて無知な存在だとしても、同じく美しい「蝶」であり、共存可能であるはずだと、同じ月に祈る。「よい月夜」は人間たちが主体的に創り上げることができるはずだ。

逢いたいという恥ずかしき言葉若葉　「露」
日々彼を思うとはかぎらねど涼し　「露」
通りすがりという佳い言葉月見草　「星」
とどくとはかぎらぬことば夏百夜　「霧」

「逢いたい」という言葉を発することは「恥ずかし」い。相手から望ましい応答はなく、ひとりよがりの願望に終わるかもしれないから。また、常に「彼」を思っているつもりでも自分の気持ちがそれを裏切って途切れることもある。この世界におけるもっとも身近な他者は自分自身である。「逢いたい」などと言葉で伝えずに「通りすがり」で逢いたい人に出逢えたら、なんて素敵なんだろう。恥ずかしい思いもせずに済んでスマートだ。特に書き言葉は「とどくとはかぎらぬ」。それでも俳句の言葉を書き続ける。

池田氏の俳句の深奥には、書き言葉によって他者と出逢い結びつくことの困難を自覚しつつ、それでも言葉によって他者を志向していこうとするポジティブな運動性に満ちている。それは、身体を通過して外界に発信される話し言葉のように書かれる。書かれた俳句は読者と出逢い、その読者の身体を活性化するように働きかけてくる。

「私は」と書き恥ずかしや月は何処　「蝶」

俳句は基本的に「私」を書かずに事物や季語に私の思いや感情を託す。ゆえに、「私は」と直接的に自分自身を書き言葉に表すことに「恥ずかし」さを感じる。掲句で「月」は、俳句という詩型のありようであり、その題材としての風物との出逢いであろう。コロナ禍によって制限されていた出逢いを求めて、「月は何処」と好奇心旺盛に探しに出る、池田氏の俳人としての姿勢が表れているようだ。

俳人・池田澄子は、困難な社会的状況下であっても、人と逢うことを諦めない。恥ずかしくても「逢いたい」と言い、書くことをやめない。現実に絶望せず、未来を志向しようとする俳人の、軽やかな書き言葉が綴られた一集である。

賢治祭

今宿　節也

遠野にて
座敷ぼこ炬燵サあだれよくおでんした
綾とりや川舟橋とくるりんぱ
どこまでも行ける切符の春遍路
むんむんと凪なまぬるく猫の恋
鏡花讃
滝昏き譚はじまりもさりげなく
顔歪むほど踏んづけよ邪鬼の夏
ちいかわてふ人気グッズも炎天下
家訓あるを始めて知りぬ夏座敷
池を巡り息整へし糸蜻蛉
延びるを熄《や》めし朝顔あとなにを
痩せ猫も肥えたる蚕を育てたり
ぬるぬるで面目ないとなめくぢら
束の間の平和のごとくやがて秋
なにか忘れてゐたやうな夏終る
鬼灯や銀河の隅に置き忘れ
鬼灯五つそれぞれに霊籠る
水菓子と言ひき母なり送り盆
喋らずば秋思佳人で伍すものを
長き夜や夢で常連未知のひと
浪江町梨園の端に海を置く
賢治九十年祭二句
ちびっ子の翔平もゐて賢治祭
旧居跡爽籟を聞く晨《あした》かな

海馬の海

松本　高直

不如帰《ほととぎす》積み木の街に夏告げる
花火果て闇夜に輝く一等星
閑庭で羽を繕う黒鳥の群れ
樹の洞を覗けば鬼女に睨まれる
向日葵に水やり思う戦乱の国
炎風を逃れて降る黄泉の坂
怪談の語り部くすぐるのっぺらぼう
小望月海馬の海に昇りくる
風の街大路を徒恋《あだこい》ほっつき歩く
白き風阿吽の間を吹き抜ける
はらはらとメッキ剝がれる金時計

魔術師が葡萄の紫口に含む
秋の森鹿撃ち帽がパイプ燻らす
虫の音に名月傾く青い夢
秋の山おいでと山姥手で招く
もみじ葉が一夜の戯れ蔽いゆく
櫓田《ひつじだ》の案山子となって立ち尽くす
後朝の使いはまだかと百舌鳥が鳴く
里山の落葉に憩う地の記憶
天気雨狐饂飩の出前が届く
秋晴れの空で正義が化かし合う
松虫草記念写真の草原に咲く

天窓

原　詩夏至

男子校男子ばかりや風薫る
逃亡のインコさみどり夏社
半跏思惟してきみ今も緑蔭に
もうそこに来ゐる亡き人若葉風
売地いま小《ち》さき青野や柵の先
風あらぬ日はただ空を鯉幟
リード外せば犬駆けて夏の浜
逆光に撓ふ釣竿大卯波
水盤に円《まろ》きさざ波蟻溺る
触覚の先忙《せは》しさよ迷ひ蟻
燦然と蛇闇濃ゆき草叢へ
漫画読む辺を蠅虎《はへとり》のひとり旅
転生の夢浮いてこいまた沈め
舷《ふなばた》に立てば海の香大南風《おほみなみ》
砲声や遠く波打つ夏の沖
砲台の跡地夏海見て帰る
蒼天や炎帝ひとり鬱々と
此処とうに沖夏ふたり流されて
炎昼の麗顔帽子もて覆ふ
陽に翳す銀の一匙かき氷
天窓を拭く映りゐる夏空ごと
トンネルの先海青し夏休み

虚構のかけら

福山　重博

自由という小舟が浮かぶ闇の海
熱帯夜鳩の墓に咲く花の色
蟬しぐれ明日の正義に裁かれる
蟬しぐれガリ版刷りの同人誌
密室の鳥の死骸や蟬しぐれ
水入りをしばらく見ない雲の峰
有刺鉄線に残る抜け殻夏の果
つくられたきおくのなかをハトがとぶ
幻聴の「東京音頭」昼の月
切れ目なく梨を剝くひと蛇を飼う
弁当に松・竹・梅あり秋の風
秋の蟬借りっぱなしの本がある
秋の雲家康を待つ関ヶ原
流行を気にせず生きる秋の蝶
あきのうみゆめのつづきのすなのしろ
金木犀日々風化する記憶かな
コスモスや虚構のかけらを拾う朝
捨ててきた過去ついてくる影法師
冬木立きみの手紙を待っている
寒月やグルメが食べる謎の肉
美化された昭和の記憶冬の蠅
冬の蠅旅路の果てを飄々と

コウモリ

水崎　野里子

コウモリを焼いて食べてはなぜ悪い
おれたちは腹満たすものみな食べる
アジアなる飢餓の予防に逆らうな
トカゲヘビみみずくみみず美味なりき
肥え太るコウモリ食らひ昼寝せよ
軒下を逆さに下がり日向ぼこ
俺たちのフロックコートの黒い羽
煮て焼いて蒸して吊るして保存食
日照り洪水寒波に熱波食べもの不足
俺たちはなんでも食べて生きて来た

なぜ悪い？　たらふく食へば生きのびる
西の方コウモリ化けてドラキュラに
暗黒の夜を闊歩し美女の血啜る
月光の窓から侵入美女の首嚙む
俺はバンパイア人間コウモリ
俺生きる人間の血啜り生きていく
飢餓知れよコウモリ食べるなと言ふお前
腹へればなんでも食べて生きていけ
むしけらに草の根蛆に山の猫
ミミズにヘビにアリンコとんぼ

秋の石

鈴木　光影

新涼やペンギン空を飛ぶ構へ
曼珠沙華美貌の猫のふりかへり
FAX魔電話魔手紙魔盆の月
天翔る上野の山の虫しぐれ
一両に遊女もをらむ震災忌
糸瓜忌や鶯谷は綺羅暮色
踏み入れば土まで沈む秋の草
秋祭細やかな日を零し去る
紺青の海潜りゆく秋入日
金木犀散りばめ二足歩行かな
十五夜の少女は翁ではないか

秋の森過去・未来から足音す
古《いにしへ》の井戸に攫めるぬるき秋
萩に微雨可憐な音の鳴りて欲し
神宮の森立ち去れと秋蝶は
夕空に空《くう》塗り重ね芒原
膝上のノートパソコン星月夜
ひかりては中州に乾く秋の石
初紅葉透けゆくけふの朝日かな
青蜜柑くぐりて風の図書室へ
晩秋の活字は紙を逃げたがる
即席の一家族にて秋惜しむ

辰年を祝う

水崎　野里子

十二支の祝いありけれ今年辰年
辰は龍　龍王　竜王　王者の年よ
水晶の玉をくはえて龍の飛ぶ
金色のぎらつくまなこで悪者叱咤
龍やさし美し姫乗せ天昇る

*

若き絵師龍髭描けずノイローゼ
相国寺首の疲れる天井画龍
日光の鳴き龍いづこや長々巡礼
勇壮はジャッキー・チェンのドラゴンカンフ
龍の佩翻る元旦天の旗

償いの歌

堀田　京子

加齢臭アレ勘違い銀杏だ
生きがいは病院通い友ありて
懐メロを歌えば泣けるお年頃
寒がりや懐だけはあったかい
死にたいと栄養ドリンク飲む彼氏
食べるほど薬を飲んで合点だ
のどぐろや腹黒人に食べられて
物上がり年金下がり雨あられ
身長や今年もちじむ健診日
鳥が鳴く空見上げれば落とし物

連れよりもペットと話す時間ふえ
孫頼みネット通販高くつき
腹八分あとはサプリで満腹に
鳴く虫に恋したせいか眠れない
ヨタヘロの君の手を取り病院へ
独り言行ってみたけど落ち着かず
四苦八苦クマ追い払うすべはなし
誕生日一人で祝う枯れすすき
償いの歌を忘れてアホウ鳥
やせ薬効果ないけど神頼み

幽霊

原　詩夏至

宮殿を抜け草原の日溜まりできみをモデルに描く妖精画
迫る地震を告げて鳴る携帯の甲高いソプラノ窓若葉
リビングを走る玩具《おもちゃ》の貨車どれもビー玉で満杯風薫る
歌を忘れたカナリアが今はただ聴いている冷夏のオルゴール
読みさしの本に挟んだ指いつか外れ君うたた寝夏の庭
休戦ののち三分は銃声もなくただ野辺に風国境《くにざかい》
泣いているような歪んだ微笑みを浮かべスライムすぐ死ぬ夏野
轢かれた蟹が深夜また膨らんで海へと歩き出すベイエリア
天地創造みな終えた七日目の神のまだ覚めない三尺寝
もう壊す場所など他にないこの星にまた核のゴミ夏渚

月光の渚海自の歌姫がしんと歌っている「海ゆかば」

雷神に産み捨てられた雨粒を抱きとめる夜の海いつまでも

度胸試しに新兵が撃たされた捕虜まだうまく死ねず日盛

「気をつけ！」も「休め！」もいつもワンテンポ遅れるきみの背中向日葵

斎場の空いま遥か母さんを呼ぶのも歌で呼ぶあの小鳥

傷痍軍人の白衣に触れそうで触れない蜂の羽音葉桜

座敷わらしが君だけにここはもう駄目と目配せして星の庭

ぽっとただ空見るだけの休憩を終えまた席につく自習室

息を呑むほど美しいラスボスの貌いま崩れ始め星の夜

縦横に空を引き裂く電線の上点々と鳩の幽霊《ゴースト》

曼珠沙華が咲くころ

水崎　野里子

赤い華公園脇に咲いている夏はおはりぬ秋風ぞ吹け

春分と秋分共になぜに咲く赤いぼんぼり悪魔の誘ひか

赤い華咲くころいつもスーパーに線香マッチおはぎが並ぶ

さうだまた父母墓に行かなくちゃ霊はさみしく墓は涙す

陽の照ると墓石熱く地獄の地熱柄杓で水掛けせめて涼しく

父母よ曼珠沙華花眺め愛でしか抱きしか悪魔の手鞠か提灯焔

われ少女曼珠沙抱きて嬉しかり天使のごとく咲く華赤き

供養せむ赤きぼんぼり蠟燭焰生きしこの世の煩悩煙に

公園の隅にひそかに咲く華の命短く夏も短し

延々と代々咲きし曼珠沙華死者の合図や日本の供養

いざ伝ふ息子に孫にわれ逝きしそのあと愛でよ曼珠沙華の血

赤焔われ生きし時胸熱く抱きしこの世の愛しき生や

短歌

沖縄《シマ》の彼岸

大城　静子

酷暑つづき勢《いき》の失《う》すれた蟬の合唱肝太カラスも森に籠りぬ

異常気象胆気と知恵で歩《ゆ》くしかない余生の時間空費はできぬ

熱射つづき日暮のスーパーレジの列老いは足腰痺が気になる

老いはみな枯れゆくわが身気にしつつ明日を夢みて食膳につく

枯嫗花来ぬ人待ってる夢寝《むび》の中嚏連連冷房アレルギー

忘れ難きいい思いでを食べながら卒寿の峠を夢みて歩《ゆ》かな

四十路の夏ふたりで歩いた迷い道思い愛《かな》しむ婆の枕辺

残生の未知数抱いてペンと歩《ゆ》く道惑いせずにこの先の道

ある曲に自作恋歌からませて唄うひととき老いを忘るる

秋彼岸父母の墓参ももう叶わぬ燕羨む枯嫗花かな
老夫婦ああだこうだとゴネル間に最終便のチャイムも鳴ります
待ち時間無駄にはできぬ思い切りペンと語ろう幕が下りるまで
ああ四十路仕事に恋に華やいだ――思いの糸が老いのはげみに
女心《めごころ》のあるうちはまだ枯渇せぬペンと寄り添い夢想の恋路
枯つむじつい繰言の並並し空疎な詩歌の目立つは淋し
声あげて唄えば背筋伸びらかに呼吸器官も穏やかならむ
久久の雨にうたれて宵待草今宵ひと夜の花咲かせるや
猛暑日にひととき大降り猫も踊るや森の木《こ》の葉もさえずっている
旱天の慈雨のひと降り庭先のはかない槿《むくげ》の紅色さやか
日・米・韓軍事演習打ち上がり碧海ざわめく沖縄《シマ》の彼岸は

柏

よしの　けい

セカンドライフ（Y先生を偲んで）

長く生き長く働く大切さ地元柏でセカンドライフ

人生は重ねるごとに妙味なり多次元多方向舵取りしつつ

高齢者ヒマが不安と孤独呼ぶベクトル課してわがため世のため

先生が前にいたからセカンドライフ稼いで趣味もボランティアにも

われ未知の目指す生き方サードライフどう生きるかを教え乞いたし

時々は破天荒なれど企画マンいつしか周りを巻き込み奏功

突然に帰らぬひとに先生は進行中の課題遺して

専門は認知症予防　研究にのめり込みたり悲しき孤独死

ロス続くこの道の支柱だったひと　のぞきしFB在りし日の姿

もう二度と会えない先生探してる「柏の葉」の街歩いていると

柏は豊四季村なり

大堀川長き堤の遊歩道　秋めく風を伴走者にして

豊四季の梅ちらほらと咲く朝にペダル踏みつつ七福神巡り

ウォーキング豊四季駅前ガーデンに色とりどりの宿根草咲く

豊四季は遠くになりぬ春秋の季節の巡りが消えてゆくいま

コロナ禍で土手の雑草伸び放題　開拓時代の柏想うなり

江戸からの廃藩士族が転住し第四次開拓なりて豊四季と称す

われの住む豊四季あちこち坂道あり　嗚呼ここはかつて野馬除《よけ》土手か

豊作を願い荒地を開拓し　かつて柏は豊四季村なり

豊四季に開拓記念碑十基あり入植子孫が代々遵守す

現在の柏の発展そのかげに開墾者の血のにじむ苦闘あり

黄金平野

岡田　美幸

「遠野なら土砂降りですよ」とタクシーの運転手言う花巻曇り

山奥の温泉郷に行くバスは稲の黄金平野を駆ける

稲実る平野一面果てしなく大きな民家なのに点在

あるがままそよぐ田んぼの稲の波思い出すたび癒される景

秋の夜旅館の庭の篝火の揺らぎを眺める今を大事に思う

今という現象として揺らぐ火と時事刻々の人生がある

海老天のエビ太ってた盛岡の地下の蕎麦屋の「賢治セット」は

大好きな新幹線に慣れてなお速い車窓の景色の流れ

夏と秋まだ混ざり合う夕方に冷やし中華と秋茄子を食む

生活は篝火のよう日常を消さないように消えないように

イカフライ

福山　重博

派手に蟬鳴いていたけど抜け殻を今年のぼくはひとつも見てない

郵便配達素通りしたあとドアポストにゴットン　ピザのチラシが入る

箸立ての中で家族の箸たちが自己を主張しひしめいている

ゴダールめぐる議論についてゆけなくて二十歳の秋の冷めた珈琲

大相撲盛り上がったし彼岸花ちゃんと咲きました秋分の日

夢でぼくは死者と楽しく飲んでいる（たまには生きてる人と飲みたい）

真夜中に殺意を研いで朝が来て研いだ殺意を仮面で隠す

大洪水来ると予知していたけれど箱舟つくれなかったゴキブリ

フクザワがシブサワになってもイアーゴーはオセローだましゴドーはこない

また買った四割引のイカフライ　まだ食べてない令和の秋刀魚

八月のまた巡り来る

村上　久江

ＡＩの手が伸びわれの皮膚の上すべりて臓器を透視してゆく
散りたりし百合の花びら拾はむとする背にまたもはらり散りくる
戦死といふ死のよぎる意識で描きたりし自画像の八月　また巡り来る
（無言館）
団欒に父は語れり「ゲートルを巻く速さ誰にも負けなかつた」
罪人のあられなき言「金が無くなつたから強盗をやつた」
夢のなか無駄づかひ駄目と訪ひくれし亡夫《つま》の近ごろは音沙汰も無し
木槿の根鉢の隙間ゆ出でて地に根付きたるらし蕾あふるる
非通知ですの声とともに電話鳴る知らぬを決めて電話に出ぬなり
昨夜《きぞ》の雨に丈伸ばしたる雑草ら朝の光に緑あそばす
日本産の榊欲しくもスーパーに並びてあるは中国産ばかり

埋立地

座馬　寛彦

水流に削られてゆく岩たちと同じに誰もがじっとしている

渓流の音に安らぐみどり児よ胎で聴く血はこうも猛るか

そそり立つ黒い山肌　家々はその拍動に耳を澄ませる

縦横に夜更けの古都を裂いて行く血潮のように迸る灯は

産土が埋立地ならとらわれのない息継ぎで歌うだろうか

まっすぐに中央通りは沈みゆく埋立地三丁目の夕日

合掌し中指5ミリの長さの差そこへ祈りを吹き込んでゆく

不適切な支出、関係、不適切な祈りもあるか小旋風果つ

呑むことは勇気がいるということを忘れてからいニュース呑む日々

新聞にこぼれた滴がじくじくと広がってゆく違和感もまた

「あたりまへ」のようにコロナ禍を終えない

座馬　寛彦

四年ぶり西に東に遠花火「脱コロナ」への狼煙のごとし
坂本康寛（「林間」二〇二三年十一月号）

今年五月に新型コロナウイルス感染症が5類感染症に移行されたが、かつて結社誌や総合誌の誌面に溢れていた「コロナ」の文字が、あまり見られなくなってきた。掲出歌は、その中で目に留まった一首。今年の夏、「四年ぶり」の花火を見て、コロナ禍前の日常が戻ってきたように感じた人は多いのではないだろうか。しかし、この歌では花火を「脱コロナ」の象徴ではなく、戦における合図の意味を持つ「狼煙」と捉えた。花火に込めた行政や関係者の思いや意図を受け止めつつ、「脱コロナ」ムードに浸らない、冷静な現状認識を示している。

報道によると、五月以降、感染が拡大し、この「第9波」は、八月下旬から九月上旬にピークを迎えたようだ。八月の新型コロナの関連死者数は最大四九一一人（死因となった病気の経過に、新型コロナウイルスが影響を及ぼした人も含めた死者数）だったという。「第7波」の感染拡大が起きた前年同月は最大一万一五九九人だったのでかなり減少してはいるが、まだ楽観することはできない状況だろう。

コロナ菌の全滅はいつ医療の進歩待つのみの夏の空青く
小須賀倶子（「湖笛」二〇二三年十月号）

同じ一連に〈久々に家族ら揃ふ夏休みコロナ菌のため今年も駄目と涙声の孫〉という歌もあるが、コロナの重症化・死亡率の高い高齢者には、新型コロナウイルスは変わらず脅威であり続けているのだ。「夏の空青く」には、見るものを突き放すような超然とした空の青さを感じさせる。「コロナ菌」が人間が引き起こした自然の驚異と把握した上で、これをいつまで恐れ続けなければならないのか、と途方に暮れているようだ。

「湖笛」同号には、柿本人麿没後一三〇〇年祭記念事業「人麿の里　全国万葉短歌大会」の「一般の部　特選」の作品も紹介されているが、その中の印象的な一首。

千枚のマスクを使い卒業すSDGs学びし子らは
佐藤一央

「千枚のマスク」だから、三年制の高校か中学だろうか。この「子ら」は、人間関係を築き育むために必要なコミュニケーション能力を身に付ける学校生活の大半、マスクによって顔を隠し、校友と身体的な距離をとることや会話を控えることを求められ、自宅からの外出も制限されてきたのだろう。改めて、一人につき「千枚のマスク」という事実を突きつけられると、驚異だ。命を守るためにやむを得ないとは言え、主流の使い捨ての不織布マスクは製造・破棄する際に二酸化炭素を発生させたり、海に流出して生態系に影響を及ぼすプラスチックごみとなったりする可能性がある。それは、SDGsの理念に反することだろう。子どもたちはそんな矛盾やフラストレーションを抱えながら卒業する。もっとも、この歌の主眼は、アイロニーではなく、新型コロナウイルスを齎した自然破壊を抑えるための理念、高志としてSDGsを捉え、コロナ禍を潜り抜けてきた子どもたちへの期待や希望を込めることにあると思う。

この歌を読んで、『二〇二〇年 コロナ禍歌集』（現代歌人協会）に収録されていた次の一首を思い出した。

「三密」は学校の肝　目に見えぬもの学校のいのちをうばふ　本田一弘

本田氏は高校教師でもあり、教師、学校からの視点を詠っている。学校は密閉された空間に生徒・児童、教職員たちが密集し密接にかかわり合う場だ。その中で、子どもたちが様々な他者を知り、付き合い方を学び、成長していく、それを「学校の肝」「学校のいのち」と詠うのだろう。学力や体力より人間性を育むことに重きを置く、教師としての信念が滲み出る歌だ。

では、子どもたち自身はコロナ禍をどのように受け止めているだろうか。と思い、「短歌研究」二〇二三年二月号に発表された第三回「短歌研究ジュニア賞」の作品を読んだ。この賞は幼児から高校生までを対象とし、予選通過作から最上位の特選まで六十首近い短歌作品が同誌に掲載されているが、明らかにコロナ禍に関連した歌だとわかるものは次の二首だけだった。

少しだけ生えてきたひげまだみんな気づいていないマスクのおかげ　橋本悠司（神奈川県／慶應義塾普通部／3年）

向かい来るマスクはずしたわが友を友ときづかずただすれ違ふ　田沼侑晟（埼玉県／慶應義塾志木高等学校／3年）

一首目は、中学生の部の入選作。この年頃の男子独特の感覚だ。大人に近づいていくことの戸惑いと気恥ずかしさが瑞々しく表現され、煩わしいはずのマスクを敢えて肯定的に詠っているところもユニークで、コロナ禍の窮屈な日々を逞しく生きる姿が映されている。二首目は、高校生の部の予選通過作。マスクをしている顔が当たり前になり、逆にマスクを外すと友人であっても誰なのか判らなくなる。それは相手も同じだった……。嘘みたいな話だが、そういうこともあるだろうな、と思わせられ、改めてコロナ禍の異常さの中にいた子どもたちに思い至る。

前年の第二回の掲載作品を見ると、コロナ関連の歌と判るのは六首だったので、作品を募集した当時からそうした作品が減っていたのかもしれない。ただし、単純にコロナへの関心が薄くなったということではないだろう。社会における深刻度が低くなれば詠う動機に繋がりにくくなるだろうし、コロナ禍が齎した社会や人間の本質に関わる様々な問題は十分に詠われてきた、という考え方もある。また、コロナをテーマにして書けば、どうしても類型から脱するのが難しく、入選するような独創的で質の高い作品も生まれづらいだろう。

それでも、今もコロナを詠み続けることの意義は大いにあると思う。未だコロナの脅威が去っていないということを知らせる啓発や注意喚起になるばかりでなく、コロナ禍の記憶の継承、新型コロナウイルスが原因で亡くなったり苦しんだりした人々、「千枚のマスクを使い卒業」した子どもたちのことを忘れさせないための生《なま》な声ともなり得るからだ。言うまでもなく、人間の記憶力や理性はあてにならないし、人間は同じ過ちを繰り返してしまう本質を持っている。

あたりまへがあたりまへではなくなる日あたりまへのやうに始まる　下田裕子（『二〇二〇年 コロナ禍歌集』）

「あたりまへ」のようにコロナ禍を終えてしまわないように、コロナ禍が詠い継がれ、読み継がれていくことを願っている。

狂歌八首とおまけ　令和5年7月〜8月まで

高柴　三聞

内心で岸田辞めろの声上がる
　これが本当のインボイスかも

寄せては返す白波の盗人は
　霞が関で見えて隠れて

ポンコツたちが汚染水放流
　世界の抗議聞く耳塞ぐ

都合の悪い署名は見えないの
　耳も目もダメ増税眼鏡

トランスと痴漢の区別わからない
　これが日本のセンセのレベル

自民党絆はお金統一さ！
　解散させるふりをしている

値上がりで気持ちは下がる乱高下
　御国ゴロゴロ嗚呼下り坂

新しい戦前が貧困連れて
　やってきました疫病神

おまけの川柳

底割れた壺の底まだまだ落ちる

来年は来るのかな溜息一つ

悪政は尻も頭も隠さない

ゆるっしゃたもんせ

作詞　牧野　新

城山におちのびて
先生はしばらく黙ってた
腕を組んで　何か思案
先生の言葉　じっと待つ
しんどん　しんどん　しんどん　しんどん
しんどん頼む　もうここらでよか
ついに来たか　無念抱えて
さようなら　西郷先生
ゆるっしゃたもんせ

オイは刀を抜いて
先生は前に座られた
腕垂らして目をつぶる
先生は言葉　発しない
しんどん　しんどん　しんどん　しんどん
しんどん早く　もうここらでよか
涙あふれる　顔をふいて
お元気で　西郷先生
ゆるっしゃたもんせ

刀をひと振りして
先生の最期見届けた
涙しか出てこない
先生は二度と帰らない
しんどん　しんどん　しんどん　しんどん
しんどん泣くのを　もうやめてよかよ
オイには聞こえる　泣くもんか
ありがとう　西郷先生
ゆるっしゃたもんせ

大久保利通の懺悔

不本意な　ものだよな
賊に命を狙われた
西郷を裏切った報いだな
紀尾井坂か　助からない
西郷　西郷　西郷よ
すまない　すまない　悪かった
もしも　許して　くれるなら
酒を酌み交わしたいよ
もうすぐ側へいくからさ

恨んでるか　西郷よ
お前を亡くしてつまらない
なんだかココロに穴が空き
誰も埋めてくれないよ
西郷　西郷　西郷よ
もうすぐ　もうすぐ　会えるよな
もしも　許して　くれないと
オレは百回謝るよ
こんな結果になるとはね
オレたちは　このままで

歴史に残るの嫌だよな
大久保利通　これでもな
立派な　立派な　政治家だぞ
西郷　西郷　西郷よ
まだまだ　まだまだ　勝てるはず
もしも　お前に　負けてもね
オレは我慢をしようかな
やっぱりお前にかなわない

詩

Ⅳ

「虚実皮膜」の諸相、又は「詩人」と「レスラー」

原　詩夏至

「芸といふものは実と虚との皮膜にあるものなり。なるほど、今の世、実事によく写すを好む故、家老はまことの家老の身振り、口上を写すとはいへども、さらばとて、まことの大名の家老などが、立ち役のごとく顔に紅、おしろいを塗ることありや。また、まことの家老は顔を飾らぬとて、立ち役が、むしやむしやとひげは生えなり、頭ははげなりに舞台へ出て芸をせば、慰みになるべきや。皮膜の間といふがここなり。虚にして虚にあらず、実にして実にあらず、この間に慰みがあつたものなり」「絵空事とて、その姿を描くにも、また木に刻むにも、正真のかたちを似するうちに、またおほまかなるところあるが、結句人の愛する種とはなるなり。趣向もこのごとく、本のことに似るうちに、またおほまかなるところあるが、結句芸になりて、人の心の慰みとなる。文句のせりふなども、この心入れにて見るべきこと多し」――穂積以貫『難波土産』より、近松の所謂「虚実皮膜の説」を聞き書きとして伝えた一節。今なお含蓄の深い芸術論だが、ここでは①「虚実皮膜」がその結界の中だけで演じられる「舞台」と、②それを「虚実皮膜」のものだと認識しながら楽しむ「客席」、そして③「虚実皮膜」を（①②両方から）見えない所で設計・構築する「舞台裏」とは、あくまで截然と分割されている。だが、「ポスト真実」のこの時代、それは今なお「自明の前提」と見なされ得るだろうか。

例えば、今年（２０２３年）ＮＥＴＦＬＩＸから配信された「レスラーという生き方」（ＢＢＣ制作・全7回）。深刻な経営難からの脱却を図るアメリカのインディーズ系プロレス団体ＯＶＷの社運を賭けたサマーツアーに密着取材したドキュメンタリー番組だ。ちなみに、ＯＶＷは大手2団体（ＷＷＥ・ＡＥＷ）以外で唯一毎週のＴＶ生中継を行う、業界では珍しい地域密着型の団体。かつてはＷＷＥのファーム的存在として多くの新星を世に送り出したが、その後、ＷＷＥが自前の養成機関を開設したため、他の多くの提携企業同様、倒産の瀬戸際まで追い込まれた。元ＷＷＥの花形レスラーだったＣＥＯアル・スノーの奮闘により今は辛うじて持ちこたえているものの、見通しは、依然、極めて厳しい。そこで、地元ラジオスポーツ番組のパーソナリティでもある実業家マット・ジョーンズと、ＯＶＷを町おこしに繋げたい政治家クレイグ・グリーンバーグを共同オーナーに迎え、一夏実に33回に及ぶ連続興行とその集大成的フィナーレ「ビッグワン」という大勝負に最後の希望を託すことになったのだ。

プロレスは、固より普通の「スポーツ」ではない。後者が所謂「筋書きのないドラマ」なら、前者は、事前に緻密に計算され、何度も練習を重ねた「筋書き」を、リング上の選手が（ディレクターからの時々刻々の指示を受けつつ、かつ臨機応変のアドリブも混じえて）迫真の表現で演じる正真正銘の「ドラマ」だ。そしてそれは、「舞台」「客席」「楽屋裏」という三つの場所（＝トポス）が、他の「肉体による舞台芸術」――例えば演劇・舞踏・曲芸等々――と同様、ここでも明確に分節されていることを意味する。アルは言う。「プロレスにやらせはない。あるのは筋書きだ」「選手たちはリングの上で肉体を駆使して観客を夢中にさせる」「会場に現れるのは相手を倒すためではない。観客を前のめりにさせ、彼らの反応を操るためだ。観客がいつ立ち上がり、いつ喜び、いつ怒り、いつ涙を流すかまでね」「ブックは俺が決める。勝つのは誰か。その理由は何か」「お約束がある。悪役とヒーローが戦い、ヒーローを応援させる。観客は家に帰り物語を語る」「ハリウッド映画のように裏切りや冒瀆があり争いとロマンスもある。血だって流れる」「どうにかして観客を納得させたいんだ。勝ち負けを決めることに意味があるとね」。又、プロレス記者デビッド・シューメイカーもこう語る。「狙いはリアルな戦いに見せることではなく、楽しんでもらうことだ。何かを伝えることだ」「1920年代に試合結果を事前に決めるようになった。そこからが本当の始まりだ。プロレスは民話だ。善と悪の道徳劇なんだ」。

但し、とは言え、そこで「演じ」られ「見世物」に供せられるのは、時には（というより、実質的には常に）「反則」「凶器の使用」等々をも含む「暴力」であり、それを加えたり被ったりするのは共に切れば血の出るナマの肉体だ。しかも、ごく一部の才能と運に恵まれたスター以外、生計は決して楽ではない。だが、レスラーたちはそれでもそれを己の「天職」と感じている。そこには、単に恵まれた体格や優れた身体能力だけには還元し切れない何かがあるのではないか――そう、普通の「スポーツ」選手とは異なる、一種「宿業」のような何かが。

レスラーたちは殴り殴られ、蹴り蹴られながら、自分のどこまでが「演技（＝虚）」でありどこまでが「素（＝実）」であるか、常に冷静に区別できているのか――そんなこと、現実の流血のリングで本当に可能なのか。或いは又、それが完璧に可能な選手がもしいたとして、それは果して真に観客を酔わせる名レスラーたり得るのだろうか。例えば、アルは選手たちを鼓舞して言う。「プロレスは芸術だ。肉体のストーリーテリングなんだ。人生の苦悩や恐れ、トラウマの上に成り立ってる」「自分が何者でなぜ戦うかを現実と重ね、自分の中に落とし込むんだ」「この世界で成功したいなら、正気は捨てろ」――その、「舞台（＝リング）」「楽屋裏（＝実人生）」という二つの異質な（筈の）「トポス」を（も）越境してしまう「虚実皮膜」。

と同時に、プロレスには又、他の「肉体による舞台芸術」にはない、もう一つの「越境」が構造的に内包されている。それは「筋書き」も「種も仕掛けも」ある正真正銘の「ドラマ（＝芸術）」と「筋書きのないドラマ（＝人為的な制御を超えた現実）」としての「スポーツ」との境界を敢えて曖昧にし、そこに生まれる「虚実皮膜」の亜空間に観客の熱狂を呼び込む。だが、これは、実は、かなり危険な「火遊び（？）」だ。

例えば、①コンサート会場にアイドルが宇宙人のコスチュームで現れ、機械仕掛けのUFOで舞台の上を飛び回りながら新曲を披露したとしよう。「可愛い！」と熱狂する観客。だが、だからと言って「そうか、この子は本当は宇宙人だったのか！」とまでは思いはしない。ここでは「虚」は「虚」として自己完結的に享受されている。だが、もしこれが②「○○（アイドル名）を囲む宇宙の集い」と銘打たれた会場で、銀の宇宙服を着た謎の美少女が、やはり舞台上の小型ＵＦＯの上から「やがて降臨して地球を救うだろう宇宙人を讃える歌」を熱唱し、それに歓喜した観客が「そうだ！　宇宙人さん、早く来て下さい！」と自分でも叫び始めたとしたら、これはもう「一種の宗教」ではないだろうか。そしてその「一種の宗教」を更に「（詐欺）ビジネスとしてのインチキ宗教」と「ガチのカルト」に分けるとした場合、その境界線は――逆説的な話ではあるが――それを仕掛けた興行主（ないし「教団」）に「これはあくまで商売」という「正気」が保たれているか否かにある、としか言いようがないのではなかろうか。だが、これは先程も述べたことだが、そんな明確な「正気」と「狂気」、或いは「覚醒」と「陶酔」の境界線など、本当に存在し得るのだろうか。

例えば、アル。現役時代、「ヒール（悪役）」としてのキャラ作りに悩んで暗中模索を続けていた彼は、或る時「マネキンの首を相棒として連れ歩くイカれた奴」というギミック（仕掛け）を思いつく。そして、その「マネキン・ヘッド」を凶器として相手を殴りつける反則技が人気を呼び、遂にはアルを単なる「ヒール」を超えた一種の「ダーク・ヒーロー」にまで押し上げる。アルは言う。「狙った通りに観客を信じ込ませるんだ、筋書きにある限りはな」「マネキン頭で戦えるとも信じ込ませた――あり得ないのにだ」。だが、それにしても、会場を埋め尽くしたアルのファンが、アルを真似、マネキン頭を振りかざしながら「ヘッド！　ヘッド！」と連呼する当時の映像は、正直、ちょっと恐い。一方、これに対し、プロレスを「妄想の世界で繰り広げられる立派なビジネス」とクールに位置づける新参者の共同オーナー・マットは、当初、その「正気」に基づく「マトモな企業家」としての様々な「正論」にも拘らず、「何にも知らない奴が偉そうに」と、レスラーやスタッフの総スカンを食ってしまう。彼には、恐らく、そんな「虚実皮膜」の只中を生きる――それも、どこまでが「実（＝現実、正気）」でどこからが「虚（＝幻想、狂気）」か自分でも区別がつかない、という所謂「紙一重」の危うさで生きる――彼ら・彼女らの情熱や孤独、またそれ故の強い同志的な絆を共有することが出来ていなかったのだ。

「虚」と「実」。そしてその「皮膜」の幾重にも錯綜した絡み合い。例えば、ＯＶＷきっての人気ヒールで、一児の母でもあるハリフッド・ヘイリー・Ｊ（22歳）。彼女は言う。「私たちはみんなどこかちょっとイカれてる。でもリングの上では感情を吐き出せる」「（「プロレスに救われた？」という質問に）間違いなく。プロレスは私にとって最後の手段だった。怒りが爆発する前に発散できる。怒りの理由は誰も知らない。私はただ怒ってる小娘。仕事で人を殴れば普段穏やかでいられる」。ちなみに、彼女の母アメージング・マリアもＯＶＷのベテランレスラーだ。但し、同志であると同時に実の母娘でもある二人の関係は複雑だ――立場的にも、そして感情的にも。例えば、かつて母マリアは女手一つで幼いヘイリー・Ｊとその兄（こちらはその後別れた元夫に引き取られた）を育てるためやむなく麻薬の売人となり、二度の刑務所暮らしを経験。その後、足を洗ってプロレスラーに転身、反則・流血何でもありの所謂「デスマッチ」で頭角を現し、５個のチャンピオンベルトを保持している。一方、ヘイリー・Jはそんな母親に反発して16歳で家出、暫く荒んだ生活を続けたが、或る日自宅を強盗に襲われ、自分だけではなく幼いわが子にまで銃を向けられるという恐怖を体験。「もうこんな生活は嫌だ」と、結局、自分も同じ道を選んだ。「登場して4秒で観客に嫌われる」という天性の名ヒールぶりは、アルもマットもマリアも皆認めている。「観客の熱気を感じるとスイッチが入る。私が主役。私が舵を取る。もう無名とは言わせない」。だが、ストレスが昂じるとすぐハッパに手を出すなど、若さ故の未熟さ・勝手さ・不安定さも又否めない。「息子が誇れるような母親でありたい。刑務所を出入りする母親にはなりたくない」——もちろん、「刑務所を出入りする母親」とは、マリアだ。だが、そのマリアが5つも持っているベルトを、自分はまだ一つも持っていないのだ。

「ヘイリー、もうやめなさい！　十分よ！　仕事を守りたいの！」「私の仕事を？　それより娘を守ったらどう？」「努力している」「理解者ぶるのももうやめたら？　あんたに私の気持ちが分かるわけない」「私の責任よ」「全部あんたのせい」「守りたいの」「違う。あんたは何も……」——試合中、機材の故障で指令室との連絡が途切れた間に「筋書き」を離れ暴走してしまったヘイリー・Jと、事態を収拾するために急遽リングサイドに赴いたマリアの怒鳴り合い。この直後、ヘイリー・Jの言葉を遮ったマリアは娘を突き倒す。衝撃を受け泣き顔になるヘイリー・J。そして今度は、手にした凶器の小石入り靴下で実の母を殴り倒す。思わず悲鳴を上げる観客。「ヘイリーは家族の絆をぶった切った！」と絶叫する実況アナウンサー。だが、

これは（最初は確かにアドリブとはいえ）あくまで「ショー」の一部。その一見過激化する一方の応酬を通じて、その実、逆に「エンターテイナー」としての「正気」を回復しつつある二人に——そして又、多分、自分たちでもどこまでが「実」、どこまでが「虚」という線引きの出来ない「皮膜」の思わぬ盛上がりに——「楽屋裏」も「客席」も大いに満足している。禍を転じて福となし得た一つの成功例（！）と言えるだろう。

一方、当初の思惑が外れて思わぬ悲劇が生じた例もある。OVWきっての実力派レスラー、マハーバリ・シェラ（インド出身）の場合だ。貧しい家庭から這い上がり、母国でレスラーとしての成功を摑んだ彼は、更なる高みを目指して渡米し、最愛の父の死の悲しみを乗り越え、一度は最大手WWEとの育成契約にまで漕ぎつけた。だが、その後まもなく解雇。すっかり打ちひしがれているところをアルに拾われ、今はOVWの絶対王者として君臨しながら、メジャーへの返り咲きを目指している。だが、その階段を踏み上がるためには、彼の力を存分に引き出し得る強敵が必要だ。そして、その恰好の相手役としてアルが選んだのが全米有数の人気レスラー、ジェームズ・ストームだった。緊張するシェラ。だが、愛車のボディに一人手を置き「僕はライオンだ。OVWヘビー級チャンピオンに輝いた。大事なことだ」と自らに言い聞かせて闘志を奮い起こす。だが、そのシェラにアルが伝えた「筋書き」は、何と「親友の裏切り」。ジェームズが、親友（という見立ての）シェラの全てであるOVWヘビー級王座のタイトルを奪う、というものだった——それも、シェラのホームグラウンドで、シェラを応援する

大勢の地元のファンの面前で。

平静を装いつつも衝撃を隠せないシェラ。だが、これはアルの敢えての作戦だ。一旦ジェームズを勝たせて観客の反感を最大限に煽った後、シェラにタイトルを奪還させようと言うのだ。アルは言う。「対戦相手に勝たせるよう指示を出すと、レスラーの態度や身振りは変化する」「打ちひしがれる者もいるし、やる気になる者もいる。人によっては入場時にすでに負けた顔になる。シェラがそうならないことを願う」。苛酷な試練。だがシェラは耐えた。「OVWに救われた。OVWは僕に最高の機会をくれ、絶えず支えてくれている」「アルは僕にチャンスをくれた。彼を信じてる。彼がすることには全て意味がある」。一方、アルも言う。「タイトルがあると周りの尊敬が得られる。他のレスラーとは違うと示すことができる。何かを成し遂げた証しになる。平均的なレスラーよりもスターに近いという証しだ。だが、しょせん小道具だ」「意味がないはずなのに重要なものになる。シェラにはつらいだろう。俺も経験があるが、タマを蹴られた気分だった。だが彼は乗り越える」。

だが、本当の悲劇が待ち受けていたのは、実はこの後だ。同じ試合で、よりにもよって、そのシェラが肩を脱臼してしまったのだ。「シェラの負傷は最悪のタイミングだ。この夏もそうだし、今年度はシェラに賭けてた。多くの金と労力を費やし、テレビでもシェラに時間を使ってきた。シェラの対戦相手を見つけたと思った矢先だ。シェラと一緒に会社も成長し、全員で成長できると思ってた。だが仕方ないことだ。不運だったとしか言えない。次の打ち手を考えよう」——そう、落胆しつつも気を取り直すアル。だが、それでは済まないのは、治療のためサマーツアーのフィナーレ「ビッグワン」の欠場を余儀なくされた当のシェラだろう——それも、ベルトを失った「負け犬」状態のまま。「あと一歩のところでいつも負傷する。やり場のない怒りでいっぱいだ。〝なぜいつもこうなんだ〟とね」。だが、項垂れてばかりもいられない。「でも、もしかしたら……」と、懸命に前を向くシェラ。「これは僕への試練なのかも知れない。これが僕の定めなんだ。だから大丈夫。痛みだろうと喜びだろうと全て受け入れる覚悟でいる。僕は止まらない」。

人為的な「虚実皮膜」の結界の中には所詮包摂し切るべくもない、予測も制御も不可能な「(現)実」。そして、それでもなお、リングの中でも外でも自分の、自分だけの「物語」を紡ぎ続けるしかないレスラーたち。そのためには、たとえ「小道具(=虚)」であれ、その時々の自分を鼓舞し支えてくれる何か(例えば「タイトル」)がどうしても必要な場合もあるだろう。だが又、それに余りに固執し過ぎて己を見失いそうな時には、たとえどんなに頼もしげに見えてもそれが畢竟「幻影(マーヤ)」に過ぎないことを忘れない「正気」が道を切り開く鋭利な剣になることもあるだろう。頑張れ、シェラ。

だが、シェラだけではない。又レスラーだけでもない。「言葉」という同じく光と闇、魅惑と危険に満ちた「虚実皮膜」の亜空間で、まるで綱渡りのような己の「物語」、切れば血の出る心の「デスマッチ」を演じ続ける詩人も又、同じなのだ。

放送最終回、「なぜレスラーに?」と訊かれて「知ったことか。なぜだろうな。教えてもらいたいくらいだ」と笑顔で答えるアル。「なぜ詩人に?」と問われた詩人の答えも、多分、同じだろう。というより、他にどんな答えが? 頑張れ、私たち。

無数の差異が生む現世《うつしよ》の多様性

植松　晃一

「ドードー」20号

島すなみさんが韓国の詩人キム・ソヨンさんの詩「ガリバー」を翻訳・紹介している。巨人と小人のような差異。両極端とも言える隔たり。無数の矛盾や対立。そうしたものが現世の多様性をつくっている。生も死も、決して一様でない。

「窓の隅に／銀色の霜が降りる朝と／モクレンが溶けて流れる暖かい午後の／あいだを／／とてもひとまとめにはくくれない／あまりにも隔たった差異を／／最初に／日較差と名づけた人を／愛する／／空いている物干し網に／ゆらりゆらりぶらさがった雨粒の心で」「コーヒー豆を摘むケニヤ娘の黒い手と／モーニングコーヒーを淹れる私の黒い影の／あいだを／／たどり着くことのできない、あまりにも遠い大陸を渡った／アラブ商人の黒いスリッパを／愛する／／世界地図を初めてのぞき見る／幼い子の心持ちで」「生きていろ、だれであれみんな生きていろと／書き記したまま死んだ　ある詩人の文章と／長生きしてこんな目にあうとぼやく老いた父の愚痴の／あいだを／／ランニング選手のように／朝夕往復するひとりの人を／愛する／／私が送った手紙が戻ってきて／私の手元でまた読まれる／気持ちで」「出口のない人生に／扉を描き入れる気持ちだった／あらゆる場所の　人知れない死の数々を／／愛する／／季節を失った季節に咲く／ふいにふくらむ蕾を眺める心で」

日本に暮らすフランス出身の詩人エドルンドさんは詩「２０２２年11月26日　ＯＳＯＮＡＥ」で、亡くなった愛猫レンへの思いを綴っている（翻訳は国津洋子さん）。種族を超えた家族愛の存在は、洋の東西を問わないのだろう。

「こうして、きみはいってしまい、／ぼくには、とほうにくれる自由が／手にはいった／／つけくわえて言うと／猫がいなくなることで／「すべて」がまたもどってきた／なんて、言うのはかんたんで、／空虚な言葉が空を舞う」「両耳のあいだの平たい部分を／ぼくに差し出すのが／きみのあいさつ／／あたまをかしげ、つややかな毛並み／偉大な画家が描く黒のなかの黒／／こんな些細なことに、すべてがある／こんな小さな、小さな存在に／墨のわずか一滴の中に」「ぼくがいなければ、こんな小さな存在に／いったい誰が言葉を与える?」「きみの目の色に／ぼくの目の色に／溶け合う色のなかの化学的現象に」

「表象」２１６号

万里小路譲さんが主宰する詩とエッセイの一枚誌。最近の数号では19世紀米国の詩人エミリー・ディキンソンの作品を翻訳・解説している。例えば自ら書いた手紙へのモノローグという形式のＪ４９４（彼女の詩にはタイトルがない）。

「あの人のもとへ行く　幸せな手紙よ／伝えてね／私が書けなかった頁のこと／言葉を並べるしかなく／動詞も代名詞も落としてしまったこと／指があまりに急いでしまって　やっと書けたこと／おまえが便箋の一枚一枚に眼を持っていたら／何が指

をそんなふうに震えさせるのか／わかったのにと嘆いたこと／／伝えてね／私が手紙を書くのに慣れていないこと／文章にどれほど骨折ったことか　おまえもわかるはず／私の胴着がおまえのうしろで音を立てるのがきこえたでしょう／まるで小さな子の力しか持たないみたいに／おまえはその苦労を憐れんでくれたわね／いいえ　そのことには触れないで／それを聞けばあの人の胸が張り裂けて／おまえも私も　もう口が利けなくなってしまう／／伝えてね／手紙を終える前に夜が終わったこと／古い時計が「明けたよ」と啼きつづけたこと／おまえが眠くなって早く終わってねと頼んだことも——／言って困ることなんて何かある？　／きちんと伝えてね／とても気をつけておまえに封をしたこと／だけど　幸せな手紙よ／翌日までおまえはどこにいたかとあの人が尋ねたら／思わせぶりに首を振るのよ」

手紙の主の居場所を聞かれても教えてはいけないというところにエミリーらしさがあると万里小路さんは言う。「会いたい思いと会えぬ思いの二律背反をどうすることもできない。このありようの根拠を探すなら、恋慕は肉体をではなく心を求めているのだ」

同誌214号では作品F1767を引いている。

「幸せな人たちが話す言葉は／つまらない旋律　だけど／寡黙な人たちが感じている言葉は／美しい」

1人の人間においても、おしゃべりを楽しむ場面もあれば、自己の内に沈潜する内省の時間もある。そうした中で、エミリーは饒舌に語られる言葉より、内面の深みから浮かび上がる言葉をより大切にしていたということかもしれない。

「彼方へ」第7号

ダニエル・マイレさんの「日付のある詩」はおそらく連作なのだろう。「五月十一日」と題する作品。

「彼女は今／眠りのジュレをこぼしながら／冷たい陶器を掌に乗せ／目の高さに掲げた／／達人の絵筆の軌跡を／目でなぞり／朝の光で洗う／／彼女のジュエリーチェストには／ネックレスの代わりに／小さな美術品が五つずつ／昨日　枝に留まった薄紫のフクロウが加わった／フクロウの鋭い爪の下／朽ちた一本の枝が／広がりかかった翼が／ただ箸を置くための作り物だなんて／私は信じない」「良い香りのする木のカウンターに置かれた／太陽や月／魚の体内にあった時より美しく／皿の上に盛られたサシミ／その一切れを箸がつまんで／歓喜した後／ほんのひととき身を横たえる／そのためだけのものだなんて／私は信じない／／彼女は出かけて行った／新たな惑星を求め／晴れやかなアジアの大都会へ／／蒐集品たちは眠り　夢見ている／フクロウはまだ見ぬ夜の森を／七賢人たちは人間の救済について／／彼らの小さな思念がカチカチと／音を立てているのが聞こえる」

「彼女」は陶器や箸置きが好きなのだろう。心を動かすものとの暮らしは気持ちを前向きにさせる。大切にされたものに精霊が宿るという付喪神伝説が生きる日本では、眠り、夢見る蒐集品のくだりは自然と理解されるだろう。私は1880年代にフランスでつくられた椅子を愛用している。

「潮流詩派」274号

特集として「橋」をテーマに同人が詩を寄せている。水島英己さんの詩「それぞれの橋」の最終連。

「仰向けにされたきみの遺体は／生から死への橋だ／あるいはその扉だ／すっかり冷たくなったきみだが／かすかに開いたきみの口から／静かに鳴りひびく「心願の国」の／「泉」の音が聞こえる」

遺体は生と死を結ぶ橋であり、生と死を隔てる扉でもある。原民喜の散文「心願の国」には「人々の一人一人の心の底に静かな泉が鳴りひびいて」という一節がある。水島さんは死の側から響いてくる「きみ」の存在を感じているのだろうか。

「極小未熟児で産まれ　発育不良児だった私にとって／幼稚園は過酷だった」と、根橋麻利さんは詩「ふたばの橋」に綴る。

「長く椅子に座っていることも　人並みに走ることも／ハサミを使うこともできなかった」「遊びの輪に「入れて」と言えず／ことばは空を切り　誰かの声にかき消されてゆく／意地悪な子が無視をする／やっと手にした玩具《おもちゃ》を身体の大きい子が強奪してゆく――／／こんな理不尽な世界があるだろうか／私と家族で完成していた平和な花園を／横暴な他者の世界が津波のように破壊してゆく――／私は泣いた　毎朝　幼稚園に向かう橋のたもとで」。そんな根橋さんに転機が訪れる。

「或る日　園庭で見知らぬ男の子と女の子に出会った／ふたりは私を自然に仲間に入れてくれて／回転ジャングルジムで遊んだ／光の中　風を切って回るジャングルジム／おどける男の子子ども達の明るい笑い声／楽しさに時の経つのを忘れた／やがて先生が呼びに来た「もう帰りの時間ですよ」と／気がつくと園庭には他に誰もいなかった／休みがちだった私は　それ以来／彼らを園で見かけることはなかった／もしかしたら彼らは／昔　遊びたかった子どもたちの精霊だったのかも知れない／だが　煌めく早春の温かな陽だまりのように／楽しかった記憶が今も消えない／／幼稚園の名は「ふたばの園」と言った／遅れて芽吹いた種も　やがて双葉になるように／恐らくその日から少しずつ／私は橋を渡ったのだろうと思う」

男の子と女の子の正体が何であれ、根橋さんの救いになったのなら幸いだったと思う。素晴らしい出会いは人生の宝だ。

「葦」第64号

やまぎり萌さんの詩「折言《おりごと》の夢」。

「祝い事ではないショートケーキを口に運ぶ／風に押し流されるぼんやりとした空を／まるで猫の手みたいに一分もせずサラサラになっている／この風はどこまで雲を運ぶのだろうか／自分だけの空を見つめている／／「人生の放課後」という言葉が通りすぎる／靴が雨音をはじく　コロンコロンとはじく／後ろに置いていかれる水玉は／はじめからそこにいたかのように／／一枚に重なるガラス越しに太陽の光を浴び／昨日の私　風を通して春のうねりが響いて／今日の私　選挙カーに供い雲が動く／明日の私　枯葉が土に溶けていく　木を守る為に」

私は放課後が好きだった。やるべきことを済ませた開放感。

学校という世間は遠く、誰もいない教室は西日で暖かい。つかの間の自由。人生にもそのような放課後があるのだろうか。

「砧」64号

倉田史子さんの詩「宵待ち草」。宵待ち草は夏の夕暮れを待って一夜だけ咲く。人間はそこに儚さを見たりするが、花は語らず。誰の目にも触れないとしても、そこに生を全うする美しさがあるのは間違いない。

「無人の駅のその先には／大きな岬があって／突端にひとつの灯台がありました／／はるか大海原のかなた／光のさきには大陸がつづくことを／もとより花は知りません／／北アメリカから帰化して／日本の河原や路傍に咲くようになった／可憐なちいさな花／／日没後に花を咲かせ／夜明けにはそっとしぼむので／無人駅を利用するひとは誰も気付きません／／待てど暮らせど　来ぬ人を／宵待ち草の　やるせなさ／／誰の目にも触れることなく／ちいさな駅舎を出たところ／ひっそりと草むらをなして／／しずかに日が暮れれば／黄色い花は誰にも知られず／ほんのりあかりをともすのです」

「ポエム横浜」'23

横浜詩誌交流会のアンソロジー。交流会に加盟する「青い階段」「象通信」「地下水」「詩のぱれっと」「京浜詩派」「伏流水」「たまゆら」「えごの実」から、それぞれのメンバーが作品を寄せている。いわたとしこさんの詩「思いで流し」。

「頑張らなくても生きていけそうです　九十年背負ってきた義理というしがらみ　忘れた振りしたら身軽になりました／／恥ずかしがらなくても生きていけそうです　今日までかさねた恥じの重ね着　脱がなくても良いと悟りました／／気取らなくても生きていけそうです　密かに持ちこたえたわたしだけの秘密　だれも知りたがりはしませんから／／媚びなくても生きていけそうです　もがいても若さは戻りません　老いの経路に言い訳のあることを知りました／／悲しまなくても生きていけそうです　ひとしきり泳がせた水辺の涙　波が運んでくれました／／祈らなくても生きていけそうです　戦後焼け跡で祈った平和への誓い　この地球（ホシ）には届かないことを知りました／／わたしでなくても生きていけそうです　わたしに代わるＡＩという知能型新人種　老いに見切りをつけてくれました／／星を見上げなくても生きていけそうです　所詮人間は星のかけらが惜しいのです／／思いでなしでも生きていけそうです　持ち時間もなくなりました／／約束なしでも生きていけそうです　どこかで未だ未知のものに出会えるなら　約束した時間ことは捨てること　もう何も残っていませんから」

常識や見栄、執着、思い込みなど、いつの間にかこびりついた垢を落としていくと、最後に残るのはありのままの自分。失うものがないというのは、とても身軽で頼もしい。もっとほんとうの人生は、そこから始まるのかもしれない。

連載　詩集評（五）

書かれた「詩」の日常に閉塞する市民社会とエイジング現象が浮かんでくる。そこに詩の発端があるだろうか。

岡本　勝人

1　塚本敏雄詩集『さみしいファントム』（思潮社）

何冊も詩集を出しているベテランの詩人や中堅の詩人であれば当然のことではあるが、若い詩人の詩もとても上手になっている。とはいっても、この上手という意味での詩が本当にいいポエジーであるかどうかは、別に考えられていいと思う。本詩集では、このベテラン詩人は世界にむかって詩を書いている。「坂の多い街だった／坂を上って　その角を曲がれば／団地の端の崖上に出た／西の空に　夕焼けがきれいだった／遠くの方には大きな川が見え／列車が鉄橋を越えていくのが見えた」（「三月の空」）。現代の市民社会には、さまざまな閉塞感を浮ぼらせる詩の様相が見える。詩人には、そうした幻影を直観している風格がある。「石段を一番下まで下りて／西の空を仰ぐと／月齢浅い三日月が／つまり　生まれたばかりの薄い月が／夕暮れの空と遊んでいる／ねえ　いつ来たの？／そこに」（「ルナティック」）。東西の冷戦が終われば、すくなくとも周辺の戦争はなくなるものとみんなが思っていた。ところが、ウクライナの戦争は長期化し、イスラエルのガザ地区も再燃している。東アジアでは台湾有事のための懸念から実際的で軍事的な喫緊の変化が要請されている。

そこで、このベテラン詩人は、小さくなった現代の影に問うている。いったい詩は何のためにあるのか。詩は社会を救い得るのか。そして、詩は自己を救い得るのかと。「天にも地にも／寝床くらいあるさ／花は散り／乾季と雨季が／際限もなく入れ替わる地上の底で／わたしの影は／少しずつ伸びていく」（「地上の底で」）。震災や戦争を体験しつつある世紀になって、言葉の虚しさは、詩の言葉だけではなく、批評の言葉にも顕著に現れ出ている。「なにものにも帰属しない自己を生きること／篠突く雨のような寂寥に耐えて」（「オーヴァーフロー」）。ウクライナでもパレスティナでもミャンマーでも、言葉の力は全体主義的な力の権力の前に、なす姿がない。「秋空には幟旗がよく似合う／実にいい季節だ／生と死が繰り返される路傍で／ひとしきりの宿りを結び／夜になれば　歴史には残らぬ民を悦ばす／満ちる月を撃ち落とす勢いで／大きな火を焚く／それが私たちの／生来の生業だからね」（「旅芸人の一座」）。詩人に救いがあるとすれば、このような詩を書くことが、一切の生活を含んだ市民社会の平和や成熟であるということだろう。問題は、表題詩をなす「ファントム」という言葉である。「さようなら　さみしいファントム／歪む街路　痺れが広がっていく夕暮れの街／そして／影をなくした／路上のひとびと」（「さみしいファントム」）。本詩集では、まるで現実に存在しているようなまぼろしが、遠い過去の情景や願望の幻影となって、混迷と不安の社会の挫折から浮き出てくる。「ファントムすなわち／亡霊に関する物語は流布する」。そんな影が湧きあがってくるこの詩集は、市民生活から紡ぎ出された、さわやかな読後感のするすぐれた詩集だ。「ねえ　今日の夕焼けを見たかい／ぼくは見たよ／この美しい世界にいつか／サヨナラを言わなければならなくなる／日が来るとは　ね」（「夏の夜の深みに」）。芸術は、潜勢力である。と同時に、詩人の内在的なエチカである。詩の潜勢力には、存在の概念が奥に仕舞い込まれている。詩は潜勢力を構造化するヒエログリフに似ている。ヒエログリフは、詩の存在論的特異性の力を高めると、ネグリからアガンベンへの手紙は書いている。

2　千石英世詩集『鬼は来る』（七月堂）

発端は『死者を救え　デイヴィッド・イグナトー　詩抄』であった。ニューヨークのブルックリンに住むロシア系ユダヤ人移民の子であるひとりの詩人の翻訳が、長い翻訳や研究のなかで重層低音のように詩的行為を喚起した。詩人は書き続けていた詩を見直し、一冊の詩集をまとめる。それが、まとめを意識した前詩集『地図と夢』だった。

「二匹は／もとのトカゲにもどり／死ぬこともなく／どうやら傷つくこともなく／なにもなかったように／初夏のひかりのなかを／草のかげに／消えていった」（「ひかりの尾」台東区上野桜木）。その時からである。「靴が人を不幸にするのか／いったいわたしは何足の靴を履きつぶして／わたしを脱ぎ捨ててきたのか」（「旧庭の教え」西宮苦楽園）。ひとつの詩の発端が、人生の「仕事」のなかに湧きあがる夏の入道雲のように姿を現したのだ。書かれた初期テクストを書き直すことを通じて、自己の故郷のトポスから発する言葉を制御する。「ぼくは誰にも迷惑をかけずに老人になったのだ」（「プリズムのガラリ」日光華厳）。研究生活のなかも「旅」があったのだろう。無意識的な夢も日常の断片もそこに見える。地名が、土地と意識と夢をつなぎ、グーグルアースが地名の実像を虚像と同値して、詩は書き継がれてきた。「読めない地名は／地図上に探し出せない／それは道切りの〆なわなのだ／結界／そこからそれはひらかれ／そこからそれはとじられる」（「空耳と無口」日暮里西日暮里「2結界」）。人間は、地名とトポスのなかで、生死の息継ぎをしながら言語活動をしている存在である。書くことも書き直すことも、苦痛に似た新たな喜びとして現れてくる。「あの時／富士山が二つに割れて／割れ目で／ピンクに染まっていく子供のわたしを／見ていても／黙ってしまっていたのは／大人のわたしです」（「アゾフの空」ドンバス聖母都市（まうりぽり））。ウクライナ戦争は、アメリカとヨーロッパの国々の衰退を映す鏡であるとイマヌエル・トッドは考えている。自由民主主義の衰退と一部エリートの権力による封建制度に似た影をきたる世界に予見もしている。「旧一級国道にかかる歩道橋の上は／夜でも空気の匂いがくさい／匂いの夜は動かない／歴史に書かれていたとおりだ／そんな運河沿いの街の子は／みなではないがたいていは　喘息だった」（「運河の夜」淀川区加島一丁目）。こうした詩を作り、書き改めるときにこそ、詩人の知性は、鋭く関わってくる。

詩集『鬼は来る』は、詩人が自己と出会い、さらに方法を持続させてまとめられた第二詩集であろう。「いこう／靴のかかとはこのままわざと踏んだままで／見にいこう」（「夏の午前十時」上伊那木ノ下）。生活を生きる詩人の影がある。「橋を渡った／運河沿いに海に入って行くつもりなのか／橋脚わきの段々から夕波のなかへ降りて行く／お、首まで波につかった　流されて行く／後頭部が波間に浮いたり沈んだり／小さな点になって沖へ／もう点が消えそう／おーい／あ、／消えた。」（「夕焼けのために」千葉美浜区終末処理場）。現在の市民社会は、生政治が浸透して、全体主義と表裏にある。現代の詩の実態は、閾にもヘリにも境界線にも、ムーサによって調律された音楽の詩がないと、アガンベンは書いている。「社会全体を一般的な抑鬱状態あるいは無感動状態が覆っているという感じがするのは、言語活動とのムーサ的なつながりが喪失し、その結果である政治の日蝕をひとつの医学的症候群であるかのようによそおったものでしかない」（『哲学とは何か』）。そこに、現代の市民社会の世相の空気も見てとれる。

3　伊藤悠子詩集『白い着物の子どもたち』（書肆子午線）

この詩人にとって、詩の発端とは何であったろうか。「暑い夏／踏切わきの線路に／白い小さな噴水のよう／白いサルスベリが低く咲いている／種がそこに落ちて二年ほどたっていると思う／こんなところに落ちたのか／これ以上伸びたら散らばってしまう／ゆうべの夢のなかで／わたしはだれにあんなに謝っていたのだろう」（「線路のサルスベリ」）。素敵な詩集をすでに何冊も上梓している。その都度、身近なひとからも、専門家からも一定の評価を得ているようだ。「うつむきながらまっすぐきて足元にまとわりつく風かの風／約束を紙をたくさん破ったのだろう　わたしは／長すぎました　わたしには／住む町でかがめば見知らぬ今年の秋風が遠く吹く／わたしのおとうさん、いくつになりました？／あのこはいくつになりました？」（「野風山風」）。詩集は、第5詩集『白い着物の子どもたち』（書肆子午線）である。

「金木犀を伐った／同じ鋸でわたしの腕を伐った／（略）／思い出というふうなものではない／ここは墓地が近い／死が生を介抱しながらおとずれるということはあるか」（「死が生を介抱しながらおとずれるということはあるか」）。詩の言葉と詩の内容が、深い海の底で繋がるようなポエジーがある。すでに、河津聖恵、松尾真由美のふたりが紹介をして称賛する詩集だ。詩的発話の意思をもつこの詩人は、現代詩を象徴する市民生活の精神をポエジーとする。しかも市民社会における障害や差別をもわかりやすいイロニーとして表現しているのだ。「よろこびから遠い日／海沿いを走る電車に乗り／うすく目を閉じると／過ぎにし人に会えるか／あまりにもながい時間がたった／だれもいない駅のベンチに／白いチューリップが一本／よこたえるように置かれてあった／だれにということではなく／白いチューリップに／ささげるように置かれてあった」（「ベンチのチューリップ」）。

現代の詩人の心情が、抒情のなかに、しっかりと書き込まれている。わかりやすさの奥に深い精神の隠された人間の傷の痕跡がある。「ベルガモの聖堂に整然と並べられた柩／ここより他の町の火葬場へと運ばれていく／運ぶ軍隊の車列はヨハネ二十三世通りを通っていくか」（「毎日」）。「いと高き貧しさ」が、現代社会の混迷に、どれほどの高貴性をもって詩の発生する発端に通ずるのかはわからない。しかし、この詩人のもつそうした高貴な表現が求められてよい時代になっているように思う。

4　佐久間隆史詩集『狐　火』（土曜美術社出版販売）

「無心であれば／心の対象となる「雨」は勿論のこと／「風」や「雪」／「夏ノ暑サ」もないはずだからで／そのないのに／あると思っているところに／賢治と同じ／仏でありながら／仏であることを忘れている」（「われらが賢治」）。佐久間さんからは、多くの詩集をいただいた。今では、家宝となっているものもある。西脇順三郎の詩集『近代の寓話』（創元社）である。初版の西脇順三郎のサイン入りの詩集については、『海への巡礼　文学が生まれる場所』（左右社）でも、触れている。私にとって、西脇順三郎といえば、まず思い起こすのが、佐久間さんからいただいたカバーの取れた茶色い詩集の面影である。

西脇順三郎と佐久間隆史に共通する問題は、詩人にとって晩年性とは何かである。ひとはじょうずに歳をとるために、老いを迎える自己へとアイデンティティを再統合しなければならない。アイデンティティなき時間に、「選択」「最適化」「補償」を重ね合わせて、晩年を生きようとする。サイードの遺書は『晩年のスタイル（ON LATE STYLE）』である。大江健三郎の最後の長編小説は『晩年様式集（IN LATE STYLE）』だった。詩人の成熟は、「遅い時期」である晩年になると、どのようなところに航路をむけるのだろう。「夕方／いつものように　散歩に出たが／どうしたことか／その日は　途中で／自分がどこにいるのか／さっぱりわからなくなって／仕方なく／タクシーを拾って　わが家へと帰ってきた」（「アリスと「私」」）。その道筋は、きっと本人にもわからないのかもしれない。「あるいはもしかしたら／無味は／普段／自分が所持している深さ　豊かさを／隠しているのかもしれない／たとえば　豆腐／全くの無味でありながら／その無味が歯にあたって／砕けると／そこにその深さ　豊かさが／ふと顔をのぞかせる時があるからだ」（「無味」）。このように『詩集　狐火』は、晩年性が見せるひとつのかたちであり、円熟である。そこにあるのは、利休の晩年か柳宗悦のそれであったろうか。「無心に／お茶を飲む／／無心である以上／心は勿論のこと／心の対象となるお茶も／姿を消している／／そこにあるのは／ただお茶を飲むということだけである」（「茶室を建てる」）。

最終詩の補遺「プーチンさんへ」と題する「わが祈念」の詩にも、詩人の晩年から発する願いが込められている。「生まれた時／私たちは／だれもが／「私」や「私の心」など／持っていはしない／（略）／プーチンさんよ／あなたが幼少期／家族とともに地獄の体験を持たされたこと／そしてこのたびの／社会的　政治的な決断にしても／与えられた状況の中での一決断であること／そして　このたびの私の願い　祈りが／ただあなたに対してだけのそれらでないことをわきまえつつも／なおおこがましいことながら／私は　次のような願い　祈りを持たされざるをえないのである」（「わが祈念──プーチンさんへ」）。

佐久間さんには、いくつかの評論集もある。教える「仕事」には慣れていた。そうした活動によって、多くの若い詩人に影響を与え続けている。生活市民としての佐久間さんも、エイジングをどのように超えていくかの年齢に差し掛かっているように思える。

「足もとの無を見つめつつ／頭をさげ／その無より身を起しては／諸事物　諸事象と／ふと出会う」（「今　ここにおいて」）。そこに、頑迷固陋で気難しい晩年性と佐久間さんの知性と経験の統合する、言霊に似た言葉の晩晴が開いているように思える。

「歴史の終わり」がいわれてからかなり久しい時が立っていた。しかし、現代は全く楽観していられない時代だと自省を語るのは、フランシス・フクヤマである。冷戦後のアメリカの覇権的役割も、限界にきている。リベラリズムの限界と公共的な「国民」が強くせり出してきているという指摘は確かだ。

5　山田リオ詩集『ときのおわり』（青磁社）

第一詩集には、27編の詩が収められている。「ときのおわりがくるひに／うでどけいをすてた」（「ときのおわり」）。冒頭がひらがな詩ではじまる第一詩集には、詩人が詩というものを書きはじめた発端があきらかに見える。詩を書く意思を顕現させる以上に、詩が形象される力のようなものが見える。

第一詩集という言葉そのものは、発生としての詩の発端を固有名として位置づける。はたしてこの詩人にとっては、詩への発端とは何であったろうか。もし詩人が未来にむけて詩を書くことを続けるなかで思い起こすことがあるとすれば、それはこの第一詩集にもられた前後の詩人の傷ついた影の動きであろう。

「夏が終わる日の午後に／小さな駅から／海に向かうバスに乗る／やわらかい座席にすわると／窓からの風は潮のにおいがして／空には純白の積乱雲／（略）／いつか／わたしの肉体が死んで／朽ち果てて／土に還ってしまっても／それでも／こころはきっと／あの小さな駅から／海に向かうバスに乗るだろう／あの席に座って」（「夢」）。そこには、絶望もあれば、小さな自負もある。あるいは書くことによって慰謝される自分もいるかもしれない。私たちがとても大切にするべきことは、すべての詩人にとって、第一詩集が書かれた時の思いのなかに、詩への発端の原初性があるということである。人は進歩発展して、どこまでその経験を深めていくことができるかは、閉塞した現代にあっては謎に満ちた迷宮にちかい。しかし確かなことは、詩を書くことの発端が、その時、マグマのエネルギーのように生成していたことだ。

この詩人のイメージのなかには、ニューヨークの地下のバーで酒を飲んでいる、背後に女がやって来て、自分の背中に寄りかかってくる、喪服を着ているなと思うともなく、自分は思っている、ただ、そうやって酒を飲んでいる、「喪服」という詩のストーリーがある。アメリカ滞在もあり、臓器移植の手術も受けた。これは、病気による挫折のなかで紡いだ詩集らしい。

詩集は、妻と友人に捧げられている。

「よろず屋で革製の手帳を買った／明日のページのない手帳／来週も来月も来年もない／今日だけの手帳をください／今日のページだけあればいいのです」（「日没」）。この詩人について、詳細なことはほとんど知らない。真の詩人として詩を生きるテーマをもち書き続ける今後が、分水嶺となるだろう。詩人の将来に対して、評価されてもよい論説が切に望まれる。著者は、この第一詩集によって、確かな詩人になった。そのことを考えて、次の詩作を続けていただきたいと思う。

6　山本育夫の月録詩集『ことばの薄日　2019.09-2020.02』『こきゅうのように　2020.04-2-2022.01』（思潮社）

毎日、毎日、詩を書いていた。吉本隆明が、好きな詩人の生き方に違いない。平易に、さりげなく、詩の世界に浸り続けている。詩作に呻吟する姿も、彷彿としてくる。

山本育夫にとって、吉本隆明からの「山本育夫小論」の長い批評をいただいたことが、確かなひとつの発端となった。山本育夫にとって、荒川洋治と同じく吉本さんからの強いメッセージが決定的な詩への発端となったのだ。若くして評価されることは、逆説的には、本人の自負する自由な詩作に錘をつけることにもなりかねない。荒川洋治の代表作をと聞かれれば、やはり吉本隆明その他が推奨した『水駅』がいまだに挙げられる。

同じ思考を山本郁夫にむけてみる。似たような詩人の現象に出会うかもしれない。

現在は、病気と加齢のなかにあっても、「個人詩誌」を持続的に継続してこられた。いまそれらのほとんどの詩をまとめる作業が完了しつつある。もちろん詩人の詩作は、独自の書き方とスタンスをもつものである。オノマトペや句点の詩にひらがなからさらに「たくおん」のひらがな詩を加えた個性が、典型的な詩を自動化する位相も定まっている。多くの詩を書くことによって、体内に詩を書く文学機械の存在ができあがっているのだ。

詩人は、晩年になって、ひとがうらやむようなみごとな三冊の詩集をまとめた。「きょうはいけるぞ／どこまでもいけるぞ／ほら、こんなふうに／頭を抱えていないで／ことばを転がす／秋空が胸のあたりに／たくさん降りてきているだろう／その感情を／ひねって／透明なコップに／そそいで飲む／／そんなふうに／ここで生きられればいい」（『HANAJI 花児 1984-2019』「コップの水」）。この『HANAJI 花児 1984-2019』の詩集から「しがありそうなところにはしはない／みんながしだとおもっているところにはしはいない／しじんがしだとおもっているところにはしはいない／しは薄い薄い皮膜のようなところにひっそりと生息している／しはかぎりなくふつうのことばのふりをしている」（『ことばの薄日　月録詩集　2019.09-2020.02』「しの居場所」）の詩集へと連続する。そして「おびやかすものが／路上からあふれ出ている／ひとだまりがあると／あわててもどってくる／どこまでもどればいいのか／わからぬ不安／いろいろなものを／閉じて／閉じて／ないことにする／カンキンカンキンと声に出す／ことばはいまさびしいな／路上で雨に打たれている」（『こきゅうのように　月録詩集　2020.04-2-2022.01』「路上にて」）へと、新たな詩集を旅立たせたのだ。これらの詩は、個人編集詩誌「博物誌」に毎月欠かさずに掲載された詩である。

ここでの一仕事を非妥協的に可能にした、山本育夫という詩人の尽力とそれを遂行した意思に敬意を表する思いである。初期から晩年の詩へと続く境涯の詩の総体について、論じられてよいと思う。

7 坂井一則詩集『あなめあなめ』(コールサック社)

この詩集をまとめて読んでいると、数年前まであきらかに持続していた社会派や生活詩のスタイルがモダニズム詩の変容とともに実感させられた。今は、モダニズムや社会派の詩の傾向が、市民社会の閉塞感によって、生活詩一色になっている様子が窺える。

坂井一則詩集『あなめあなめ』は、すでに熟練した詩法をもった経験ある詩人の第九詩集である。「私が沈めた言葉は/浮上する気泡に堰き止められて/包摂されて絡められる//導かれる生命の音//生命にはいつかは語る部分と/無関係に迸る言葉がある/その両方に私は憧れている」(「静かな世界で言葉が浮上する」)。こうした存在論的な詩的言語をどのように読むか。「空が鳴っていた//あれは確かに/風が鳴っていたからではなくて/空が高いところで久しい人や大切な人と/語らおうとしていたからではなかったか」(「空に聴く、朝」)。詩人の影は、幾分、形而上的な領域から現代の市民社会の空気を吸う人間界の地平にまで下りてきているようだ。

しかし、問題は表題詩の「あなめあなめ」という言葉である。現代詩のなかに、和歌からの引用を読むことはそれほど難しいことではない。東国に下った在原業平が見たのは、風雨にさらされた晩年不遇だった小野小町の髑髏の目穴から、薄が生え「あな、目痛し」と詠じている上の句である。この大江匡房の『江家次第』の小町伝説に由来する連歌は、在原業平によって下の句が詠まれたと伝えられている。とはいえ和歌から引用された部分は、切実を極める厳しい世界を表現した影の声として、こちらに旋律を響かせてくる。「髑髏の眼窩に薄が生えている/目が痛い/ああ、耐え難い/(あなめあなめ)//私の頭の中にも薄が生えている/言葉が痛い/ああ、耐え難い/(あなめあなめ)」(「あなめあなめ」)。詩人の第一詩集の発生の発端に何があったのかは知るところではない。しかし、明らかにこの詩集の発端には「脳腫瘍を患って三年が過ぎた」切実な戦慄が影に見える。

今日の民族間の戦争状態にある地球世界は、西欧の民主主義への懸念とともに、現代資本主義の変容する姿がある。それを注視するのが、マルクス・ガブリエルである。ここでも、市民社会を覆う世界の経済と富は、一部の起業家や勝者のための資本主義システムの陥穽にあると語っている。世界の民族や思想の相対主義を認めつつ、普遍的な価値観を醸成するために、文学、宗教学、メディア学などの学問領域による、深刻な価値観の不一致の時代の解消のための対話を唱えているようだ。

詩人の日常と現代詩と古典が遭遇する領域に、生成する文学と詩歌の不一致からの対話を見たい思いがする。　(了)

永山絹枝・小詩集『遣欧使節のスペイン・ポルトガル』

【一、サグラダ・ファミリア】

ガウディで有名なバルセロナ
街中《まちなか》に灯る曲線の美が握手で迎えてくれる
地球に縁あって住むようになった友よ　皆
ヘンゼルとグレーテルの「お菓子の家」なの
仲間だよ　一緒に遊ぼう　一緒にいただこう
いつのまにか　懐に抱かれている
スペイン内戦　スペイン風邪　第一次世界大戦
ガウディは　子どもが病気になれば家を訪ね
お金に困っていたら黙って薬代を置いて行く
仲間と歩む道を知っていた人
自分たちの貧しい生活を変えようと
たばこ一本　お酒一杯を減らす取り組みで
サグラダ・ファミリア（聖家族）の教会作りを思いつく
小さな希望を絞り出すこと　その勇気が
人類全体の希望に生まれ変わる
どんな宗教の人も　どんな文化の人も
その光の色を合わせると　白色
ガウディの造形物は希望の贈りもの
きょうも　誰かが　志を繋いでいる

【二、ピカソ　青の時代　ゲルニカ】

戦乱の傷を残しながら
闘牛とフラメンコで腰を振る
タンタタタ　タンタタタ　タンタン
タンタタタ　タンタタタ　タタタタタ
低く　静かに　ゆるやかに
タンタタタ　タンタタタ　タンタン
タンタタタ　タンタタタ　タタタタタ
徐々に速やまって…
ピカソを知ったのは　オランダでの研修滞在中
青の時代の作品が並んでいた　痩せて悲哀漂う自画像
だが　電車で辿りついたフランスのピカソ美術館
豊満な女性たちが　「バラ色の時代」で彼を包み込んでいた
タタタ　タ　タタタ　タ　残り少ない旅時間に
駆けつけて辿りついた王室美術館
あった！在った！　予想より大きい　雄叫びする壁画
一九三七年　数千発の焼夷弾がゲルニカを焼き尽くす
泣き叫ぶ女、いななき叫ぶ馬　驚愕して振り向く牡牛
これが本物のゲルニカか　戦慄！
ナガサキでは　手と手をあわせて平和を守る
複製画が　ことしも協同創作された
一枚の大きな壁絵　反戦のゲルニカ
粘り強り　地球人としての連帯の継承

【三、信仰の道／天正少年使節団】

故郷の大村市には　切支丹殉教の史跡が点在する
中学の同窓会で巡った　負の遺跡
胴塚、首塚、鈴田牢跡、妻子別れの石
スペインを表敬訪問した天正少年使節団の立像は
長崎空港の入り口に隣接して眺望している
少年使節団は一五八四年一月　リスボンに到着
スペイン首都・マドリードで国王に歓待された
その途を導いたのは　スペインから派遣された「ザビエル」
インド・ゴア　鹿児島に上陸　そこから　熊本・長崎へ
信者は増え続け　社会変革を起こすほどに
平戸藩はポルトガル貿易への期待で布教を許し
大村藩にも広がり　禁教令がでると　ばっさり切り捨て
殉教！　隠れキリシタンとなるほど　酷いものであった
ここ　スペインでも　イスラム教・ユダヤ教・キリスト教
その攻防の残像が建物に刻まれている
創造と破壊　なぜ争いをやめられないのか

　夫への便りである
——義雄さん、コルドバです、昨日のアルハンブラ宮殿と
きょうのメスキータでイスラム文化が少し見えてきました。
緑が少なく、赤茶色の土が目につきます。
シェラネバダ山脈は雪の冠で迎え、地を潤す命の水に感謝
明日は電車でマドリードへ向かいます。——

【四、ここに地おわり海始まる】

人は　最果ての地に惹かれる
ポルトガルへ出かけたのは　宮本輝著作
「ここに地終わり海始まる」に導かれた
「はじめ」があれば「終わり」がある
命には限りがあり　活きていることが愛おしい
ロカ岬に立って遥か行き来し航路を見つめる
大航海時代　ヴァスコ・ダ・ガマのインド航路発見
世界一周への旅　出港する映画の場面
見送るスペイン王や親族に交じって　私も居るような…
オンデ・ア・テラ・セ・アカバ・エ・オ・マール・アカバ
そそり立つ絶壁の上に詩碑が立つ
壇一雄　サンタクルスという漁村に住んだ放浪の作家
届いた友からの便りをひらく
「私はリスボンに来て大学でポルトガル語を習っています。
　坂道を登り、地下鉄に乗って通っています。
　昼食は三百スカート（約150円）の定食を食べています。」
ポルトガル人は　体格も日本人似で照屋さん
カテドラル前の石畳みを走る路面電車　あれえ、似てる！
なんと長崎市の街づくりにイエズス会の宣教師と
ポルトガル航海士が参画したとか　友好の証か
積み上げられて今ある歴史
美しいテージョ川の帆船と長崎港の帆船が
仲良く帆かけて　旅枕となりそうな…

成田廣彌・小詩集
『令和《レイワ》五年《いつとせ》の七月《ふみつき》の歌と八月《はつき》の歌』

○七月《ふみつき》の歌

荒川の　あちらに光る
まどは　たてものは
止まつてゐる　止まつてゐる。

荒川の　こちらに暗《くら》む
ひとは　わたしは
うごいてゐる　うごいてゐる。

すわり　ひぢつき
たち　みあげて
うごいてゐる　うごいてゐる。

うごけば　あちらから
なつかしい
と、聞こえたよ。

さうだなあ。
もうなつかしくなつちやつた。
もうなつかしくなつちやつたのか。

わたしはいま
なつかしいひとになりました。

○戸田《とだ》球場にして歌へる

あまたの鳩《はと》が俺を取らうと
びゆうびゆう丘をつき上げる。
「やるならやれ！」と勇《いさ》んだところ
ぽつぽども、
風に腹をこちよこちよさせて
ぐわわん曲がり舞ひあがり
ぐわわん曲がり舞ひおりて
俺を取らずにをはつちまつた！
それはそれはぐわわんの
ぐわわんのあの間《あひだ》！
短くとも長くとも
ぐわわんのあの間！
ぽつぽども、
俺がわかつてゐなかつた。
ただただ遊んでたわけだ。
ぽつぽども、
たのしさうなお前たち！
まだまだぐわわんやつてくれ！
たのしさうなお前たち！
ぽつぽども！

○所澤《ところざは》の野球場にして歌へる

このじめじめは
誰のもの。
雨のもの
雨の日のもの。

あのカキーンは
誰のもの。
若いみんなの
若い日のもの。

でもじめじめと
聞いたのは俺。
やつぱりカキーンと
聞いたのは俺。

それぢやあこのくさくない
おてあらひは誰のもの。

ぴかぴかみがきつづけてる
あのをばちやんのものだけど
あのをばちやんは何と云ふか。

それではそこをちよろちよろと
おしつこしいしい誰のもの。

おしつこしいしい俺のもの。
ただこれだけが俺のもので
ながすしかないくさいもの。

○荒川の日《ひ》に焼かれて

ひからびるみみずの身《み》の
背の暗さ腹の明るさ。
かげばいかなるくささであらう。
「知つたこつちやねえ」もいいが
俺の足取りによつてはさらに
つらいをはりをむかへるやつらだ、
「せめてせめて」と足取りしつつ
この生きてゐないものどものの
今日までのつらさつよさは
どんなだつたか
それだけなんだ。

○みどり野西《のにし》にして歌へる

田んぼのほとり
さらりさらりの流れから
ぢやぽと何かが鳴りました。
そこはざわざわどろかきまざり、
あれもしかしてなまづかな。
あれもしかしてなまづだね。

あれはきつと、いやどうか……
どうかなまづで……
（これだこれだ、たのしいことだ）
そこはざわざわどろかきまざり。

○また荒川の日《ひ》に燒かれて

小さい大きい正しく知らぬ
俺にはとても小さく見える
お前、もぐら、お前はさ、
どうしてこんな道のまん中
ぽつんとお前は腹ばふの。
このばりばりじめじめあついのを
忘れさせる毛のふはふは。
こんなやさしいそのふはふは。
俺はやつぱり引きかへしたよ。
お前を布《ぬの》でもちあげて
お前のゐたところを見ると
お前のからだをかたどつて
なにやら黒くしめつてた。
それはお前のふはふはと
まつたくちがふものだつた。
もぐらもぐら、わるかつた。
誰でもまことはこんなところ
見られたくないもんだよな。
もぐらもぐら、わるかつた。

それでもお前、をはりはさ
誰でもさうなるものなんだ。
もぐらもぐら、俺にはな
お前のふはふはふがのこるよ。
だからどうか怒るなよ。
お前のふはふはがのこるよ。
もぐらもぐら、俺にはな
お前のふはふはがのこるよ。

○八月《はつき》の歌　あるをんなのこに

上《かみ》つ代《よ》のとほい時から
この國にこどもといふのは
かはいいかはいいかはいくて
それはたまらないものらしい。

ねえ、きみ、うつくしく
何か一つをさす瞳《ひとみ》。
また、きみ、なびかせて
日《ひ》がさすとほりにひかる髪《かみ》。

きみがきみの父《ちち》を追ひ
きみがきみの父と笑ひ
俺はまつたくそれが好きだ。
なぜつて、なんか好きなんだ。

ねえ、きみ、きみのその
うれしさうな顔が良《い》い。
きみの父とこの俺と
おしやべりするのを聞くきみの。

ねえ、きみ、かはいいきみに
「きみの父はおもしろい」と
つたへたいと思つたんだ。
つたへたいから言つたんだ。

……ねえ、きみ、きみはただ
うすくほほゑみひとり舞ひ
さつきのとほり日はさすが
きみは何もかへさなかつた。

「あれ」など俺が
まぬけなこゑをもらしたら、
「むすめはことばが出なくつて」
「あ！」と俺はしづみかけ、

「あの、すみません」
「いえ！いいんです」
「いくつになります」
「八つになります」

「八つですか」の俺のこゑに
ジイジイジイ日が鳴つてゐる。
二人はだらりら汗をかく。
木々のかげにはきみが舞ふ。

「……おいおい、きみねえ、
きみの父はイケてるぜ」
きみの父は吹き出した。
きみも笑つてまた舞ひ出した。

ねえ、きみ、かはいいきみよ
俺はきみをつたへたい。
きみの父をもつたへたい。
「かういふことが」とつたへたい。

八つのきみときみの父と。
言《こと》問《と》はぬ子《こ》とその父と。
それに加《くは》へて俺たちの
三つの汗のほほゑみと。

高橋郁男・小詩集『風信』

三十二

東京・全球感染日誌・十四

七月

三日　月

コロナ禍の先行きは　まだ不透明ながら
マスク離れの日々が続いている
これまで　約三年・千余日にわたる東京のコロナ禍の一端を
折々に詠んできた　川柳風の拙句で顧みる

――新コロナ・ウイルスは　中国での「発覚」から
　わずか三か月で　ほぼ世界・全球に広がった
星ひとつ三月《みつき》で覆うコロナかな
（二〇二〇年三月十一日）

――図書館　映画館　美術館　博物館と
　「館」の付く施設が　次々に閉ざされて
　多くの人が　なじみの場所《トポス》を失った
花吹雪館《やかた》難民トポスロス　（三月二十七日）

――公園では　子供の遊具やベンチが
　テープで縛られ　使えなくなった
手鎖《てぐさり》のブランコベンチ滑り台　（四月二十七日）

――向こうから来た男が　すれ違いざまにした仕草
マスクないおまえがよけろマスクいい　（五月六日）

――築地の場外市場は閑散として　客はまばらに
客よりも店員多き春市場　（五月八日）

――向こうから来た三人が　揃って黒いマスクで
　カラス天狗のようだった
七夕や男女三人黒マスク　（七月七日）

――旅行も規制されて　がら空きになってしまった
　東北新幹線の客席には　鮮魚が乗せられた
3号車2列A席真鯛かな　（八月二十六日）

――歳末の風物詩「第九」の演奏は一堂に会しての
　大合唱が叶わずそれぞれの場での歌の合成に
合唱はリモートなれど第九かな　（十二月）

――居酒屋やバーも　酒を出せなくなった
ビールなきビーヤホールの薄暑かな
（二〇二一年六月十八日）

――初の無観客での開催となった東京五輪の最終日の
夜　閉会式が始まる国立競技場の前の歩道で　詰

めかけた人たちの群れに囲まれ　密接・密集・密
着という三密を体感　新コロナ感染の恐れを　初
めて肌身に覚えた
五輪楽こよひあふひとみな口覆器《ますく》
天に織姫《ヴェガ》東京マスク五輪果つ
（八月八日）

——三密を避けるため　人に会うのもままならず
敢えて会う時には　小さな「覚悟」が要る
この冬も寄る会う集う命がけ
（十二月）

こうして顧みると　句にしてまで異変を詠もうとしたのはコ
ロナ前からの変わりようが激しかった頃に集中している

七月二十六日　水
今年も猛暑が続き　東京の都心でも　37・7度になった
表参道の交差点では　信号待ちの間も
強い日差しを避けて　軒下や欅の木陰に遁れる人が多い
そうした中で　直射を一本の小さな日傘で受けながら
その下に　顔と体を寄せ合って立つ　四人の若い女性が居た
青信号に変わって　渡りつつの会話
——38度超えらしいよ
——それってコロナじゃん
陽を避けて傘一本に四女かな

二十八日　金
七月の世界の平均気温が過去最高になる見通しに触れて
国連のグテーレス事務総長が発言
——地球温暖化の時代は終わった
地球沸騰の時代が始まっている

かなり前から　温暖化・ｗａｒｍｉｎｇという言い方は
日本での体感とは　かなり違っていると思っていた
南北両極の寒帯から温帯そして赤道辺の熱帯に至る中で
温帯の幅は　かなり広い
その北部に首都が位置する英・仏・独・露などから見れば
穏かな気候になる「温暖化」かもしれないが
温帯南部に位置する日本にとっては
「温暖」などという　甘く穏やかな話ではない
これまで「温暖化」という言葉を見聞きするたびに
「熱帯化」あるいは「炎熱化」などと読み換えてきた
事務総長が発したと外電が伝える「ｂｏｉｌｉｎｇ」を
湯が煮えたぎる「沸騰」と同一視はできないが
地球の怒りが沸騰する有様の象徴としては理解できる

八月
六日　日
米国による広島への原爆投下から七十八年
今年のこの日は　ハンガリー生まれの英国の作家
アーサー・ケストラーが発したあの一言が

改めて思い起こされる
――有史、先史を通じ、人類にとってもっとも重大な日はいつかと問われれば、わたしは躊躇なく一九四五年八月六日と答える。理由は簡単だ。意識の夜明けからその日まで、人間は「個としての死」を予感しながら生きてきた。しかし、人類史上初の原子爆弾が広島上空で太陽をしのぐ閃光を放って以来、人類は「種としての絶滅」を予感しながら生きていかねばならなくなった。

『ホロン革命』（田中三彦、吉岡佳子訳　工作舎）

十六日　水
久しぶりに　あの間違い電話がかかってきた
近所にあるライブハウスの電話番号が
拙宅のそれと最後だけが違っているので
最後を押し間違えると　こちらにかかってくる
二十年ほど前から　時々あって
「最後の番号を押し間違えていますよ」などと応じてきた
ここ数年　この間違い電話が途絶えていたが　復活の兆しか
長いコロナ禍に耐えて　生き残れたのなら　喜ばしい

二十二日　火
新コロナの五回目のワクチン接種を受けた診療所で聞いた
医師の話
――新コロナが増えていますから　油断は禁物です
　最近ここに来る患者さんで高熱の人たちを検査するとほとんどがコロナ陽性です

二十四日　木
爆発した福島原発の敷地に溜まり続ける
放射性物質を含んだ大量の水が　太平洋に流され始めた
政府・東電などは　この水を「処理水」と呼んでいる
しかし「処理水」と聞けば
普通は　放射性物質がきちんと除染され
そのまま海に流せる状態にある水を思い浮かべる
しかし　実際には　処理しきれないトリチウムなどの
放射性物質を含む水を
そのままでは流せないから　薄めて流している
完全に処理できていない水を　単に「処理水」と呼ぶのは
重い現実を軽くみせようという狙いが　透けて見える
より現実に近い表記を探れば
「不完全処理水」「処理不全水」あるいは
「希釈汚染水」「希釈放射性水」等が思い浮かぶ

そして　やはり　そもそもの話として
本当に「敷地は満杯」なのかどうか　疑わしい
福島原発の周辺を見聞していると
地域の除染で出た放射能汚染土を詰め込んだ
黒く巨大なフレコンバックが
数限りなく置かれた所が　至るところにあるし
永久に人が住めそうもない広大な地域が
原発の周囲には広がっている

そのこと自体　原発事故の惨害の深刻さを示しているが
本当に「満杯」なのかどうか　政府・東電だけではなく
第三者機関が国民の視点で精査し直すべきではないか

そして　やはり　もう一つの　そもそもの話として
本当に「薄めて海に流す」以外に　手立てはないのかどうか
これも　当事者ではなく国民の視点で調べ直すべきだろう
福島原発では　放射性の核種を取り除くのに
ALPSと呼ばれる処理装置に頼っている
トリチウム等を除けないこの装置は　まだ不完全なもので
一般の科学技術と同じく　まだ開発途上にあるのだろう
福島原発からの放流が数十年にもわたるのであれば
現今の技術に頼ることなく　世界に先駆けた新しい技術を
国を挙げて探る必要がある
厳しく難しい課題だが　それが　原発による「地球被爆」を
引き起こした国が　負わざるを得ない責務であろう

福島原発で起きた人類未踏の大惨害は
今後　どこの原発ででも起こる可能性がある
数多《あまた》の人々の現在を打ち砕くだけではなく
数多の人々の遠い未来までをも縛り続けるという
原発事故の取り返しのつかない悲惨さを忘れることなく
原発に頼らない未来に向けて　歩みを進める時だろう

九月

一日　金　関東大震災から百年
戦後の日本の代表的な詩人のひとり田村隆一は
関東大震災の年の三月に　東京・巣鴨に生まれた
彼のその後の生の軌跡は　昭和時代の激動と重なっている
明治大学に入った年の暮れに　日本軍が真珠湾を攻撃
二年後には　学徒動員で海軍に入隊
その二年後の八月十五日
若狭湾の警備任務に就いていて　降伏の玉音放送を聞く
——正午の敗戦の放送は、寺の境内で、第一小隊とともに聞いた。土佐高出身の快男子の小隊長は、号泣し、ぼくも、つられて泣きそうになった。そして、やれやれ、と思った。これからは、歯もなおさなければならないし、服もつくろわなければならないのか——そのとき、「時」がうごき出したのだ。不思議なことに、「荒地」というタイトルしか、頭にうかばなかった。
（「如矢」『ユリイカ』1971年12月号）
戦後の「荒地」は一九四七年に刊行され　彼は　その柱になる
青春期の戦争と占領下の日本が「荒地」の土壌となった
大正末から　長い昭和を経て　平成の前期まで
類い稀な詩心をもって生き抜いた彼は　一九九八年に没した
近年　私の人生の先輩だけではなく
かつての同僚や後輩の訃にまでも接することが増えてきた
寂寥の感を抱きつつ　田村の詩の一連を思い起こすことがある

「時が過ぎるのではない
人が過ぎるのだ」
（「Ｆａｌｌ」『田村隆一全集』河出書房新社）

＊

時を遥かに旅して
一九六八年・昭和四十三年に辿り着いたとする・その三

ソ連など東欧の五か国軍がチェコスロバキアに侵攻した時
四年前の東京五輪で　女子体操の名花と称えられた
ベラ・チャスラフスカ（１９４２〜２０１６）は
チェコの北モラビア地方に居た
二か月後に迫ったメキシコ五輪に向けての合宿中だった
八月二十一日の未明　しきりに飛行機が行き交う
早朝に　ラジオが臨時ニュースでソ連の侵攻を告げた
宿舎は　ポーランドとの境にあった
宿舎を出て　国境の付近の様子を見わたした彼女は
仲間にこう告げた
「左はなにもない。右は・・・・あっ、戦車が見える！」
『ベラ・チャスラフスカ　最も美しく』
（後藤正治・著　文春文庫）
ラジオ放送は　「二千語宣言」に署名したものは
早々に隠れたほうがいい　と告げていた
六月に公表されたこの宣言は
外国の介入を警戒し民主化の推進を呼びかけるもので
チャスラフスカも　名を連ねていた
身の危険を感じた彼女は
村人の助けを借りて　山の奥へと向かった——

十月十三日のメキシコ五輪の開幕近くになって
彼女は　メキシコシティに姿を現す
この五輪には　チェコに侵攻したソ連も参加したが
彼女の演技に歓声をあげる観衆は
ソ連のクチンスカヤらには　冷たい視線を向けた
個人総合で　東京に続く二連覇を果たした彼女は
メキシコで　チェコの陸上選手と電撃結婚し　凱旋する
その後　ソ連の影響下にある政府の迫害を受け
幼い娘と共に　自宅から連行されることもあったという
「二千語宣言」への署名を取り消せば
迫害を逃れることができたが　それを拒み続け
八九年の「ビロード革命」に至って　遂に復活を果たした
——もし、署名を撤回したなら、私は自分の姿を鏡に映して
みることもできなかったでしょう。朝、起きて鏡を見な
がら髪をとかすときに、良心の呵責に耐えられなかった
と思います。私は、裏切り者や詐欺師にはなりたくはあ
りません——
（「ヴェラ・チャスラフスカ『迫害の日々』を語る」
『月刊Ａｓａｈｉ』１９９０年２月号）
＝この項つづく

堀田京子・小詩集『バス停の人生』十三篇

スマホ生活

寝ても覚めてもスマホは命
そんな人が多い時代
スマホがおしゃべりを聞いている
突然人の会話にスマホが介入し
しゃべりだした　びっくり
スマホに操作されるなんて嫌だ
わからないことはスマホに聞けばいい
そうして人間はだんだん考えない人になる
友達も　いいね　でつながっている
見た事もない人　ちっともよくないよ
繋がっていると思い込んでいるだけ
事件に巻き込まれる可能性も多々あり
バスの中でも自転車に乗っていても
頭も心もスマホの世界にどっぷり……
チャットの世界は無限とか……落とし穴は？
そんな現代の武器は持たないという人もいる
機械に縛られたくないと割り切って暮らす
スマホ中毒になる前に考える人に

バス停の人生　1

今日も同じ時間に　やってきた障害の若者
何やら独り言を言いながら行ったり来たり
バスが来ると行列の先頭に
リックには赤い救急カードの目印
いつも遠くを見ているような彼
どこへ向かうのであろうか

バス停は一期一会の社交場
今日は○△病院まで　検診です
肝臓を摘出してもう六年です
ニコニコの老紳士は前立腺がん治療
聞けば娘さんは十九歳で脳腫瘍
今は元気で働いているとの事
顔面が歪んで何事かと……
その病の恐怖を語る

スマホでバスの位置情報を気にする勤め人
交通渋滞　十分遅れは当たり前
しゃべっていれば気にならない待ち時間
出会い頭に車にはねられ脳震盪の方
交通事故の瞬間のすさまじさを話す人
私も体験談を伝え　ひと時を過ごす

世の中困っちゃうことばかりだね
こぼす高齢のおじいさん　毎日コーヒーを飲みに
常連仲間と会い世間話に花咲かす
殺人に強盗　スマホ人間ばかり　いや時代
なんでこんなになったのかね
お金社会が人生を支配しているからね
地域の情報交換もでき面白い
足腰を痛めた人々を連れて駅まで
救急車のサイレンを聞きながら　発車オーライ
手押し車を押しながら　杖を突きながらの方
いろんな人生をのせて　今日も街の足となっている

バス停の人生　2

今日も十分遅れでしょうか……
何度も時計と時刻表のチェック
蒸し暑いですね　木陰がいいですよ
私冷え性なんです　夜は湯たんぽ入れてます
と言いながら頻繁に額の汗を拭っている
聞けば鍼灸に通っているらしい
辛さは本人でないとわかりません
保険がきかないから大変です……

マスクを外された時のおひげが目立っていた
体温を上げるには　陶板浴や食事で配慮
次に会ったらもう少し話ができるかな
アッ　バスが来ましたよ
乗ってしまえば駅まで五分
どうぞお座りください
私は立っているのがいいんです
しゃべるのも嫌いなの
人の話を聞いているのが好きなんです
無理しない方がいいですよと言いたかった
様々の生き方があるものだ

バス停の人生　3

今朝もまた同じ時刻に同じバスに乗車の奥様
駅前のスーパーに行くのが日課らしい
聞けばご主人をなくされてから寂しくて家にいられないとの事
夫を送りはばたく主婦が多い中で生き方様々
何時もの痩身の老紳士が話しかけてきた
今日はどちらへ　はい○○です
ああそうですか　僕は毎日図書館通いです
ソシテ三プンモシナイウチニマタオナジシツモン
今日はどちらへ?!平成元年の心で対応

僕はお琴を二台処分してここに来ました
息子のピアノも片づけました
あら　もったいない…
場所を取るからね　でも　音楽は良いですね
お琴一つは持ってくればよかったと寂しそう
初対面のご婦人も自転車をやめたという
交差点でバイクと接触して危機一髪
命拾いしたらしい　誰でも怖い思いはしたくない
推奨のヘルメットは死亡率を軽減するだろうか
とにかく教養と教育があれば（今日用事があり行くところがある）
老後は幸せなのだという

おじいちゃんの終活

愛妻に先立たれて立往生のご主人
頸椎の手術　すっかり弱り　体のバランスが崩れた
団地の二階に上がることも困難　急遽一階に引っ越し
何もかも捨て去ったとの事　２ＤＫはがらんどう
洗濯機　ガス台　炊飯ジャーなどの生活用品も処分
ご飯はパックものに　買い物もままならず生協で取り寄せ
娘さんが週一洗濯物を引き取りに来られている
何とか生きてゆけるからと笑いながら話す
そういえば食器も箸もなしで　味気ない暮らし
スーパーから買って　パックのまま食事という方もいた
誰もが残り少ない時間を心豊かに暮らしたいと願っているが
ディサービスとやらもあるが　行きたくないという方もいる
本当に体が不自由になったらアウト
仕方のないこともあるのだろう

Ｅさんの終活

ご近所のＥさんご主人を送り
八十過ぎ心配だからと娘さん夫婦と同居
家財も台所用品も　思い切って処分断捨離
まだまだ一人暮らしが可能なように見えたが……
永い間はなれて暮らしていた娘さん
世代の格差に悩みながら余生を送る
家を改装　自分は一部屋を使い二階はご夫婦用
まず楽しんでいた畑を手放す
そしてお庭の大事な花々を涙ながらにすべて処分
草が生えないようにコンクリートでガード
仏画を趣味にされていたが故郷の寺へ納める
書もてばなす　何も残らない暮らしがやってきた
足腰痛いのは訪問看護でフォロー
若者と食べるものが違うため　弁当を配達していただく
愚痴をこぼす相手もいない　老いては子に従うべきか

時々散歩に出て外の空気をすうことが唯一の楽しみ
生き生きと自分らしく暮らしていた頃が思い出される
老いては子に従えというが見ていて気の毒になってくる
いつか来た道　いつか行く道　老いを生きる
できるだけ健康寿命を保ちたい
納得して人生を閉めたい　それまで自由に生きるためには
寂しさなんかものともしない覚悟が必要

食事会　よもやま話

食べることは生きること
みんなで食べれば旨さ十倍　やみ付きに
作っていただくおいしさは格別　おふくろの味
今日も常連さんが集ういこいの広場　社交場
九十歳のばばさんの誕生日を祝う
歯なしの口元に笑顔がこぼれる
さて毎度の彼女のお話
初めて話すかのような新鮮な語り
ふるさと富山の昔の思い出
かまどのごはんのおいしい話
シジミーシジミー　シジミ売りの声
ブリやタラ　ホタルイカなど郷土の宝自慢
お姉さんの温泉三昧のこと　郷里から出た芸能人のはなし
チンドン大会　最後は孫の自慢話
いつまで続くか……　半分は空耳
なんと十年間も同じ話を聞いてきたという方
話す相手がいるからワクワクのおばあちゃん
あっけなく心臓病で天国へ旅立った
生きているときは煩わしかったが　今となっては懐かしい思い出
人は人と触れ合い学んで豊かな心に
今日は私を待っている人がいる
思うだけでうれしくなる
テーブル狭し　と並ぶ食の幸に舌鼓　本日は山菜づくしなり
来週は餃子かカツカレーか　お魚か
食べつくし飲み尽くし　しゃべり尽くして鋭気を養う
食べたら体操元気よく　お花も生けます　眺めます
たまには歌って　楽しくいこう
施設に入れば自由がないよ
自分の人生最後まで自分で決める
這ってでも家ですごしたいね!!
交流広場は社会の噂話も盛り上がる
本音を語ればすっきり!
また来週ねー　の相言葉
食べられなくなったらおしまいだね

高齢者の活躍

まるで高齢者の鏡のような方々もおられる
九十歳過ぎて　山登り　カメラに夢中
ＡＩに目覚めユーチューバーに　若者の仲間入り
目指せ百歳　自叙伝を出版
友人は大腿骨の手術後も赤い靴でも履いたように
ズンバとやらにはまっている
おばあちゃんの絵画展　八十歳で脳梗塞
不自由な体で絵を描き始め孫が個展を　ほほえましい
昔の暮らしを生き生きと表現されていた
またボランティア人生一筋の方も　生きがいの多い日々であろう
布草履づくりの先生は九十二歳
腰こそ曲がっているが　カクシャクと
なんといっても手指の力に驚く　昔取った杵柄というものか
先生の手ほどきで半日かけて片足がやっとできた
百人百色　生きていることは面白い
納得の行く人生であればいい
戦前戦後をたくましく生き抜いてこられた人々
マダマダヤルキジュウブンノヨウダ

人生のしまい方

終活ノートを早々と用意する方が増えているらしい
安心して暮らすためには必須との事
ＮＨＫでこの問題を取り上げていた
高齢者率の高い豊島区　高齢者福祉課・終活安心センター開設
何しろ遺骨の引き取り手がなく行政が預かる時代
全国で十万六千件もの行く場のない遺骨があるという
現代社会の大きな悩みである
故郷の海にまいてほしいという方もいた
樹木葬　共同墓地マンション形式も増えている
現在の住まいを担保に　生涯の保証を考えている方もいる
最終的にはホームに入居希望　いや絶対に家で死にたい
ピンピンコロリは希望かもしれない
子供や兄弟がいても疎遠で世話に慣れない時代　悩みは尽きない
墓はあるが守る人がいない　かといって墓じまいもできない
生前に心の整理をすることで安心して最後の時を迎えたい
親族のないものは生前に遺産贈与がいいらしい
死んでから国に収めるより自分の納得するところへ贈与の決断
ほとんどの方々が十分に生きた
何も思い残すことはないと話されていた
最後はありがとうの感謝に満ちて
人生の扉を閉めなければならない
認知症になってしまえば成年後見人が必要

なってからでは遅いが
思い悩んでも仕方ないが出来るうちにできることを!!
親亡き後の放置された家も近所迷惑　大きな問題のようだ
いつその日が来るかはだれにもわからないから
自分の首をしめない自由な暮らしを選びたい
矢のように過行く年月　早めに手を打つに越したことはないのだ
財産は残さず自分で使い切る　考えていたら終着駅
寿命は神のみぞ知る　ひたすらに生きて野末の猫じゃらし

おばあちゃんの二万円

地元の大農家のおばあちゃんまもなく九十歳　本が大好きという
よく働き続けた農家の嫁　腰が曲がりきつそうだ
今は若夫婦息子にすべてを託している
知り合いをとうして私の本を読んでくださっていた
いつの間にかファンになったという
ある日　私にお届けもの
なんと封筒には二万円が入っていた
とても戴けない……
どうしてももらってほしいという
おかえしに果物など届ける
嫁さんは有難迷惑らしく怪訝そうな顔
「もう来ないで下さい」　ととどめの言葉
その後おばあちゃんは施設に送られて会えなくなってしまった
「私あなたの本を読むのが　うれしくてねー」　と言っていた
昔を思い出しておられた　あのときの笑顔が忘れられない

あなたに会いたい

見知らぬ方から　あなたに会いたいといわれ　驚いた
食事会の席で落ちあう　九十歳近いご婦人
聞けば結婚後早々と夫を亡くされ
働きながら二人の子供を育ててきたという
人生の悲哀こもごも　語りつくせないご苦労
ガンも乗り越え　今片目はほとんど見えないため不自由らしい
「あなたの詩を読んで　涙が出てきたの
お会いできてうれしいわ！
夜の訪問者　大好きです」
私も嬉しくなり　握手
少女のような　純粋さが伝わってきた
一人でもいい　読んでくれる方がいれば
こんなに素敵なことはない
書くことをやめようとしていた自分に
また書くエネルギーを頂いた

贈り物

コンビニコピー機でウロウロしているおじいさん
声をかけコピーを手伝う　たった一枚のコピー
すると突然　私に　これ！　と言って差し出された
なんとびっくり　手づくりの折り紙セット
透明なケースに　十種のミニチュアの折り紙作品
その丁寧な折り方に見とれていた
「暇つぶしでやっている」と　ぼそりとつぶやかれたが
礼を言う間もなく　おじいさんはいなくなった
一瞬の出来事にほっこり　出会いの不思議
手づくりのぬくもり　大切に飾ってある

深夜便　102歳一人暮らしのおばあちゃん　「さびない鍬でありたい」

お元気な声に目がぱっちり　対談はまるで他人事のようなお返事 あっさりとした対応　年輪のすごさを感じる　夫さんは80歳で他界　ともに教員だったとか　畑仕事は生きがいらしい
「鍬をさび付かせぬよう働くこと」心の鍬も磨いているようだ
　日記が積もり　本も出版された　最後まで自分らしく!!生き方上手。来る方も少なくなりナイチンゲールだとダジャレをぼやく　大正琴サークルをたしなみ数十年　ディサービスも受けられ地域と繋がっている　機嫌よくは自分しだいと哲学もある
　炒り子の味噌汁が好きらし　しっかり食べて脳も鍛え歌って声も体も元気に！感謝を忘れない暮らし！
一　自分を好きになる　　二　喜びは大きく
三　一人時間を大事に　　四　上等上等
五　何でもないことを愛おしむ　等々　未来前向き思考
本の中にはきっと人生の名言が散りばめられている事だろう
　感謝を忘れない暮らしが長生きの秘訣かもしれない
きんさん　ぎんさんもびっくりぽんかもね

萩尾滋・小詩集『悲歌のポリフォニー』第七回

第四十歌　時よもどれ　夢をいのちに
もう一度の春に　君と語り合いた
はがき詩集②　小熊秀雄と雷石榆

中国では許されないプロレタリア詩を、
国を超えて　自らの意志に選んだ日本語で、
僕の心臓と君の美しい心臓が触れ合う詩集に
強制・被強制のない共通の言葉で　詩想を通わせ合う。
二つの異なる文化に跨がる文学に　苦心する表現に
言葉遣いの未熟さと表現の意外性の混じり合った詩語に
言葉の拙さに恐れることなく　蛹の殻を引きずりながら、
端々にとらわれぬ汪洋《おうよう》たるリズムに　歌わずにはいられない。
暗い　陰惨な現実に　鋭くその暗さや陰惨さと対立して
新しい世界へ首を伸ばし　愛欲的に燃え上っている。
少しのことにも青筋を立てる日本人には　羨ましい、
厳格さのプロレタリア詩人にはなかった
女性・子どもの　もの柔らかさの親和力に、
大陸の広さににっこりと頬笑まされ　のんびりと歌いながら
優しさの舌に敵を刺す抒情詩人雷石榆《レイシーユイ》の
処女詩集—『砂漠の歌』に　棟方志功が装丁を手がける。
華人趣味の赤と薄墨に黄色の
表彩色と裏彩色の棟方調の　色彩感の見返しに
隅に　大きく捺された「棟」の字の款印に、
装丁者の存在を主張する
都会の風景の中に　時代の批判を秘めた　ある面白味に
中国から日本にまたがる　牙を磨き爪を研ぐ貪欲さの
野獣が潜む荒茫たる沙漠の　果しない中を、
人間としての矜持を失わず　緑の草っ原を探し自らの人生を
進むべき路を求めさまよう　旅人の足跡として残す。
暗い原野の現実に　火を持って照らす
センチメンタルな詠嘆や悲壮の—絶叫のない、
虐げられた者に　勇気を鼓舞せんとする情熱に
希望を孕み　自らの心を奮い起こす火種を撒く。
涙を命の闘争の火に燃やした温かさを伝えるために
かの国の文字で　苦しい心の声を表現した、
処女詩集『砂漠の歌』　四六版百頁　定価五十銭也。
自らの夢の宣言の詩を
「真実が歌ってあるからいけないのだ！」と
否定され　検閲の伏せ字に埋められ、
送還に　二十人鮨詰め三畳の十日間の荒波に攫われた
中国の詩人雷石榆の　心の響きに魂の叫びに応え、
アナキスト詩人秋山清が、
自我の影の中に理想を求め　現実を孕む浪漫主義の
屈折した思惟を　濾過器を通して迸り出た詩心詩情を
極限まで抑え、現実に語るリアリズムに呼びかける。

泪《なみだ》を血を飽きることなく飲み込む
　冬の白い魔神に　苦痛に貧窮に耐え、
もう一度の春に生活できることを「希望」に
　「我が死に棺桶は不要」と、
黄土の前線に立つ雷石榆《レイシーユィ》は　明快な素朴な詩人として
　民衆を鼓舞し組織し　結合に民衆の中に溶け込み、
兵士に　俳優に　街頭の歌い手に
中国人として命を賭して抵抗する民族精神に　真の人間に
　苦しみを胸に吸い込み、
国土の喪失を　悲憤の犠牲者を　残忍な陵辱を　血で記録し、
警鐘に　ラッパに　戦鼓に　燃える血に　怒りを吐き出し、
憎しみを　殺し尽くし・焼き尽くし・奪い尽くす三光の
　兵士にではなく　彼らを鬼子兵《ゴエヅビン》にしたてた者の上におく。

＊　＊　＊

霧が包む重慶からの　日本の童謡に始まる対日放送に
　長谷川テル　筆名：緑川英子が呼びかける。
　エスペラント名：緑の五月《ベルダ・マーヨ》Verda Majo の声が
　戦争の闇を斬り裂き　碧《みど》りの閃光に燦めく。
穏やかな声に　血に酔いしれた心に真実を伝え
　荒れた心に　したたる緑を呼び起こすために。
〝日本の将兵のみなさん！
　皆さんの熱い血を、あやまって流さないでください。
あなた方は真実をご存じないのです。
みなさんの敵は　海を隔てたこの地にはいないのです！
お元気でどうかどうか生き抜いてください。〟

―愛するお国が　遠くなる　遠くなる
　今きたこの道　帰りゃんせ　帰りゃんせ
「嬌声売国奴」とののしられても
胸に咲くバラの　母の国と人々への抑えきれない愛の花びらと
他民族の国土を踏みにじり　空を燃やし　大地に血を滴らせる
　罪もない無力な難民の上への　侵略と殺戮のトゲの痛みに、
『この世の地獄を現出させる国の一人である事を恥とします』
郭沫若が「英雄」でも「売国奴」でもない、
平和を求めて、一人の女性として母として娘として生きる
生身の人間の緑川英子に贈った詩が　ハンカチを赤く染める。
　茫茫四野瀰黯闇（茫茫たる四野　黠《くろく》　闇瀰《ひろ》がり）
　歴々群星麓九天（歴歴たる群星九天に麓《ひか》る）
　映雪終嫌光太遠（雪を映ずるに光遠く）
　照書還喜一灯妍（書を照らす一燈の美に喜ぶ）
　緑川女士　出　　郭沫若　一九四一
〝戦争の中のおそろしい灰色の　太陽のない野原に
赤いリンゴが永遠に美しく実る　秋のとりいれのために
五月よ、緑の色に萌えあがれ。
五月の花々が　鮮やかに野原一杯に咲き
揚子江に抱かれた新緑が　自由のために流された血を覆い
デカルトが求めた　諸国民の間の憎しみを越えて
　全人類を一つの家族に繋ぐ言語エスペラントに
失われた命を　綺麗な赤い、赤いリンゴに実らせる
永遠の幸祈る我等人間の美しき夢が　真となる日まで〟
　〈五月的鮮花（中國抗戰歌）と

La Espero《ラ・エスペーロ》希望（エスペラント歌）と
長谷川テル『失くなった二つのリンゴ』の三重唱〉
国境を越えて　大洋を越えて　死の六日後に届いた
小熊のため息を　聴いた。
詩を武器に　笑いを楯に　時代と権力に抗った君と、
もう一度の春に　広東語のアクセントで語り合いたかった。
（雷石楡「日本の詩友小熊秀雄に」と
新井徹「追放された雷石楡君へ！」を下に）

戦争賛美に反時代の　自己を破壊しながらの『流民詩集』は
校正刷りのまま　検閲を躊躇した眠り。
追憶の帆舟は　追憶の風をはらみ
最果ての　限りない暗さの奈落は渦巻き
目当てなく　帆舟は走る（「追憶の帆舟は走る」イメージ）。
過去―踏み荒らし踏み荒らされた　そんなものは信じたくない
未来―言葉が残っているだけの　そんなものは　ない
現在―生きると言うこと　眠っている間も生きている。
墓石よりも冬よりも冷めたく　月よりも秋よりも淋しい
朝と夜との間の　人間の心の人生の　長い長い夜
微笑するものもない夜　声たてるものもない夜
窒息的な夜　時計の針は　てんで動かない夜
月夜になお暗い闇に　永遠に夜の世界を歌う　梟の夜。
夢をよごしにやって来る夜の暗さの中に　暗さゆえに見える
昼には明るさに存在を隠されていた　憤怒に光る修羅の星

亀裂の中の哀しさに　たったひとつ残った星。
黒い鋲に綴じられた闇の絶望を賭け抜ける馬と一体の騎者に
天女から借りた金のホーキで掃き浄めた空の
夜の破片を　昼には見えない星を　繋げ、
真理を透徹と純潔に貫く　光となった言葉が　輝くように。
疼く冬の闇の終焉に　生命の復活を告げる使者として
遠くの銀河の美しいオーロラに　地上の悲しい心を乗せる。
夢去りぬ　時計の針が動かない夜
―愛のつばさに　おおわれつ…時の流れに…
夢ぞいのち　守りませ（ジョスランの子守歌）

第四十一歌　憲兵を超えて行こうよ
いざゆけ遙か　沈黙の現実を超えて
流民詩集⑥　小熊秀雄
―時代に流されない心の城として

暁の花は開かず　無気味な沈黙の中に　山は眠りのまま。
月まで忠実に欠け　雲は星を掩いかくして　真暗のまま。
獣は爪の長さと牙の鋭さを競い合うために彷徨し、
心の中の黒い夢に　枕を蹴ってゆり起す。
不安と悲哀の黒いマントが、
火の靴の　停まらぬローラースケートに、
平安の一瞬を　風に運び去る。

古典《クラシック》を知らないモダニズムの　考古学的迷宮に、
　外国の新知識を咀嚼せず詰め込んだ前衛画家《アバンギャルド》達の、
「前衛」の言葉をはばかり　掲示する画廊の「前へ展」、
　会場の銀座通りを　戦車が地響きを立てて走っていく。
進むべき道を転輪に巻きつけた無限軌道《カタピラ》で
前進を求める理性は　進めば進む程　己を押しつぶしていく。

世界大戦に　人格は分解し　人間像は形を消し、
目に見、手につかめる世界を失しなった世代《ロスト・ゼネレイション》の、
封建制と伝統への反逆と格闘の「不安の哲學」が生まれる。
〝今日ありて　未来へ扉を開く
　今日なくて　連なる明日はない
　　君の明日は　僕には見えない
　　僕の明日は　君には見えない。〟
それぞれの夢が、それぞれの心が、
言葉を通じて生きる生に、創造するための革命に、
主観と客観を　想像と現実を超えた　解体と再統一に、
知性を剝いだ　むき出しの感性《ポエジー》に、抒情を否定する断絶に、
夜に代わる夢の自由の　目をつぶる除幕に、
理性の監視の欠如の下に　実存する死の感覚の生の枝葉を
　超現実主義《シュルレアリスム》の　「言葉」という記号で切り払う。
自らに向かって回帰する精神の解放に、反抗の専門家《スペシャリスト》に、
知性と良識と秩序が法律と宗教が神と地獄が縛る鎖を砕き、
蠟で固めた鳥の羽で　星を捕らえに脱走する光の飛翔に、
絶望が言葉の影像に揺さぶり　硝子窓を叩く　夢の囚人。

潜在意識が形造る　肉体を持った心象《イメージ》の磁場に、
　偶然の言葉を自由に繋ぐ　必然の磁力を追求する夢に、
世界と自己との　見えない抽象的観念の内面の現実を
　視覚の触覚的機能に感閃する。
考えるよりも速く噴き出す命の言葉に措いていかれた、
思想の平行線上に現れては消える意味の
　夢と現実の一体化した幻影の超現実が、
　薄暮の中の　赤錆びた静物画を砕き　淡彩画を踏み破る。
手にした『溶ける魚《ブルトン》』が、
現実では動くはずのないものが　動き、
語るはずのないものが　語りかけてくる。
裸の真実と自由の心象《ヴィジョン》が
　内的必然に噴き出す　音速の言葉の亀に
　理性の手綱に縋れ　追いつけない思考のアキレス。＊
実在を超を超えた自由に、求める自らの言葉に
生命との有機的連関に　破壊の中に創造する肉化した詩の、
透明な　見えない文字のリズムを　耳で読む詩の、
生き抜く神秘の希望と　絶対の自由への旅券《パスポート》。

＊ゼノンのパラドックス：アキレスは先を行く亀を追い抜くことができない。

同人誌『詩階級』に　特高の声が叫ぶ
〝階級〟なんて　アカの証拠だ　許されることか！
柔らかい筆触と素直な感性の詩に突きつける、
　要検討のレッド・カード「戦争を知らなげな作品なり」。

自意識のうちに芽を出す虚無主義に、
現実を越えた内面世界を○の　緊張の糸に凝縮した精神を△の
　形に解き放す個の表現が　伏せ字に見える。
「誰が見ても分からない自由な表現の魔法の技法の、
　悲惨さの現実を超えて　現実を見つめる眼に現実を剔る、
　シュルレアリスムは、政治を脅かす共産主義である」
夢を生活の影に解析するフロイトに抗して、
夢の中に　生と死の　現実と想像の　過去と未来の
　矛盾したものの存在を、
地獄と天国の不幸と幸福の虚無として、
人間内部の光景に　崩壊する現実を摑み取る、
仏蘭西のシュルレアリスムが誕生する。
そのコンミュニズムの熔けた〝魚の宣言〟に怯え、
　戦争の遠心分離機にかけて　心象を剝ぎ取った、
　無明の残滓に貼る〝共産主義のレッテル〟

満州における侵略に賛成しヒトラーの残虐には非難一つしない
平和的信条を裏切り軍国主義的支配に寄り添う仏教界の中で、
逃避か闘争か　混沌と窮迫の時代の苦悩が求める生きた人に
有限にあって無限を欣求《ごんぐ》し、闘争に立つも信愛を求め、
精神を勧持に迫害に耐え　釈迦牟尼仏を鑽孔《さんこう》し　信心を杖に
無の哲理に　地上法界の一切を否定し
金襴紫緋の袈裟衣を纏う事なく　水晶の数珠を爪繰る事もない
仏陀を、「背負いて街頭へ、農漁村へ」
　自我を棄てた共同生活体に理想の「僧伽《さんが》」を求め
　荊棘《いばら》に刺されう足に行脚する〝動く寺〟。
新興仏教青年同盟の妹尾義郎《せのおぎろう》の講演会に　臨監も無く
「坊さんの説法に届けは不要」とした特高係に届く
県警本部からの調査命令、追いかけてくる治安維持法
極楽浄土の観念に留まらず　それを越える活動は検挙せよ
―今頃　釈迦や基督が本当の事を説いたら殺されているだろう

＊　＊　＊

「打倒天皇制を目論んだ」と兵庫県警特高課がデッチ上げる、
詩誌『神戸詩人』の　さほどの影響力を持たない
　文学好きの貧しい青年たちを、
国家にとって危険な集団と　ひとくくりに　十四人の検挙。
―乱れている、思い切り乱れている黄菊白菊：岬絃三「乱菊」

＊　＊　＊

暴走する軍に　絶望的日々を送る不安の青年の心情を映し、
美術文化協会リーダー瀧口修造治が
　情緒と精神の燃焼点の内的必然としての詩に、
現実を超える虚構に、非合理に、超論理に日本的現実を描き、
安維持法違反に逮捕された。
要注意団体の指定に　協会が外した『自由』の看板は、
　留置場の壁掛に揺れている。
憎悪と征服の神話の渦音に　ダミアの歌うシャンソン。
鋭い風の刃に〝居酒屋は鎧戸を閉めた〟
　理性を眠らせ、不合理ふりつみ、
　知性を眠らせ、狂気ふりつむ。

東京市電のストライキへの応援演説会に
臨監の「弁士中止！」の声　手取り足取りの検束に
三畳敷きの監房の　スシヅメのラッシュアワー
時代が列車を走らせる　だが誰も運転できはしない
警笛を吹き鳴らせ！　戦路は続くよ　どこまでも。
鹿も馬に成しゆる御威勢やても余り酷く召しような（戯琉歌）

「他者としての自己」の確立に定型押韻詩を試みる
マチネ・ポエティクの一人　中村真一郎は、
危険分子に狙う特高の　拷問への恐怖に
青酸カリを内ポケットに持ち歩く。
プロレタリア文学派への反作用に、
ダダイスム・独逸表現主義・芸術革命を目指し、
時代の状況を主観に包み　新現実を感覚に照らす作風で
アバンギャルドを意識した　新感覚派の日本文学も、
軍閥の一睨みの作用に　錆びた旧感覚の伝統主義に転向する。
罠にかけて売った奴らのために…叫び声と喘ぎ声が混ざり、
鈍い殴打に　重い体が床に倒れる。

戦争の冬が黒い口を開ける。
皇国の道に則《のっと》り　臣道実践の誠を致すべき…赤誠の展示。
―文化展の　会の存続を護るための擬態の声明。
詩誌の統合に　残された『詩研究』『日本詩』は、
情報局の御用出版に掲げる
巻頭の檄文「詩人の使命」「詩人に大道あり」。

民族の理念に　現実を超えてシュールに指導する大東亜主義
―北園克衛「郷土史論」。

第四十二歌　俺の中の　もう一人の俺という心の城を護る
流民詩集⑦　小熊秀雄
―時代に流されない心の城として

午前中描いた絵と午後の絵と　作画の方法が全く変る
写実を突き抜けたシュールに、多様な表現を重ねる靉光《あいみつ》在り。
現実の得体の知れない存在を、闇の中に凍えた現実を
獅子に蹲った朱黒《あか》い岩に描き、
塗り重ねた絵の具を　ナイフに削った　荒れた複雑さが
絵肌に一体化した　鋭く蒼白く光るひとつの眼が、
赤褐色に重苦しく立ちこめる時代の虚を見つめている。
個としての存在を　精神と肉体を　絶望と希望を　押し込め、
二枚合せてミシンがけした古い画布《カンバス》の上に描き重ねた伝説の
形成と崩壊に変容する　自分という人間の多重奏《ポリフォニー》を
絵筆に奏でる。
つぶらない眼に　何を見つめているのか。
過去と未来の地平線に遠く　岩に蹲《うずくま》る時代の《風景》に、
見る者の腹の底を剔る強烈さに見返す《眼》。
欠けた茶碗と鍋と釜だけの　家賃を積み上げた
黒い布に光を遮断した部屋で、
〝きれいな花は　絵に描かなくとも花のままでいい

俺は　俺という存在を捉えたいんだ　この絵筆で。
貰い子に　愛してはならない実父母への恋しさと
愛さねばならない養父母への報いに
どこに俺の根を張ったらいいんだ〟
不安にゆらぐ　個としての存在の自己を見つめた
《眼のある風景》が　独立美術協会賞を受賞する。
絵は展覧会のために描くのではない
自己の生命を永遠の中に咲かせるために描く。
絵の具だらけの手を髪で拭った　ダンダラ模様に
芸術的ボヘミアンが屯《たむろ》する池袋モンパルナスのアトリエ村
桜が丘パルテノンの神殿・培風寮に住まう。

大東亜戦争美術展に他所を向き
〝わしにゃあ　戦争画は描けん〟
芸術家を芸術家として認めない時代の中に
絶望に残した　一つになれない孤独の存在に佇み、
戦場に行くまでの限られた時間に　胸を張り空を睨み
歴史の波動の中に　自らが生きるための時間と位置を
自らの意志に　確定できない　白い上着の靉光《あいみつ》が
非有を　情念に見つめ　美に実現する。
絵の具がなければ　墨もあるし
描こうと思えば　ドロでだって絵は描ける。
遺書に残す画布《カンバス》の自画像に 表現する
生そのものの　精神の具象的抽象画Realistic Abstract。
声高く叫び出さずとも　孤独に佇む姿の存在に、
眼を閉じて　内面を見つめる個としての実在に、
時代への異議を申し立てる。
〝俺は　俺の心の中に　俺の城を持っている
同じ人の子に　もう一人の俺という　俺を〟

第四十三歌　鏡よ鏡　正直な鏡よ
この世で一番美しい平和はいつ来るの？

理解できぬ故の有難さの詔《みことのり》に
無関心のうちに　戦争が経験され
すぐにまた無関心に　忘れさられた。
無関心に　繰り返される戦争の準備に
もはやメルヒエンを描くことは許されない。
陸海軍の戦果に蘇生する日本の飛躍に
続く東亜に君臨する文化の飛躍に
方向転換のときが来た。あなたはそれを御存じか。
重いツヅラをとるか　軽いツヅラをとるか、
押しつけられる戦争協力のレアリスムの写実画に、
動きのとれない　アトリエの『流刑地』で
特高の張る光る眼の網に監視されながら　それでもなお描く。
個を恐れ群れる羔《こひつじ》の　身の証に、
検閲にひっかからんよう　寓意を消し無難な画題に書きかえた
美術報国の『銃後の春』　陸軍省許可第〇〇号。
赤色の基調の風景画に光る官憲の監視　曇が鎌の形なり。

〃贅沢は敵だ　美術は贅沢だ　国家の方針に
自己満足の絵は　自他共に不解な絵は　許されない。
カンバスや絵の具は　思想戦の弾丸なり。
言うことを聴かなければ　配給を止める。〃
功利的経世に　真理の　根本の美の　追究を抑圧し
量の飢渇に質を喰い尽くす　形式的技巧の腕の頽廃美に、
国家のために筆を揮う　大日本陸尉軍従軍画家協会の
海軍従軍絵画通信員　戦時色に染め彩管（絵筆）報国。
精神のリアリズムのない画法だけの絵に、
菜っ葉服を軍服に変え　プロレタリア美術から戦争奉仕へ。
人心を煽る民族意識の昂奮に　東方の美を世界の美に誇らんと
視覚の相違に　非芸術の戦争美術に　世間の波に乗る。
戦争の美に　菊華を描き　人の心を動かす純粋さの御奉公
『全国の工業施設に美術家を動員せよ』（高村光太郎）。
造り出す国体神話の美的表現に
伝聞と願望と思想宣伝《プロパガンダ》が　ない交ぜになった
工匠的熟練の時代風俗の認識に　遺伝的国粋精神に、
大和魂に溶かした日本画風の筆当たりに、
八幡船にいく軍艦に　献納する赤誠披露の絵空事。
文化のない資材配給の鋳造連盟に　立ち並ぶ
「光明へ」「飛躍」のギコチナイラジオ体操の裸体像。
真理も詩想も技術もない幻想を　現実を超えて
現実に捕らえる　新感覚のシュールを模索する。
筆を剣に代えて　皮を剝ぎ　身を削ぎ
骨だけになって　変身した直体の軍への応召。

入営の日に　奉公袋の代わりに絵の具を詰めたスケッチ箱、
死んでから値の上がるゴッホの仲間の
生真面目さの絵描き達が　点呼にどやされる。
ゲートルがなく　ズボンの裾を荒縄で縛り
国民服の代わりに　肘の抜けた深紅のセーターを着て
戦闘帽の代わりに　ハンチングか編み笠か手ぬぐいの頬被り
行進に右手と右足が一緒に　オイッチニ　オイッチニ

狂気染みた戦時の雰囲気に　訴えるもののない　静穏な
鶴鯉金泥にボヤケた混沌の筆が姿を消す　現実のリアリズム。
夜さえも太陽の独自な光に描いた
力強さのゴッホの色彩は消え、
キャンバスを肩からかけた神経の慄えに
昼さえも月光に暮れなずむ戦時色の風景画、
空に向けた防空聴音器にこわばった『秋空』を描く。

扇子に広がる葉が必ず南を示す「旅人の椰子」の実に
南洋の照りつける白い光に切り取った
透き通る碧に湧く潮を詰め込んで　旧《もと》の国に流れ戻り、
遠き島の細道の空遠く　入り乱れた埃の十字路にすれ違う
今や隣組を束ねる郡長　平和の絵本の売れない時代の
ヘボおしゃれの女絵描き赤松（丸木）俊。
〃居留守に決めこんで　訓練中は外に出ないで下さい！〃
だらしない格好のアトリエ村の住人に　釘を刺す。
銃後の護りに

空間のそのままのスケッチが　閉じられていく。
荒川から岐《わか》れ入間川・隅田川と名前を変えて流れる大川の
　凛とした鋼鉄のアーチに架かる永大橋の黄昏に
　〝川幅を描くは　スパイ行為也〟
軍人勅諭を彫りつけた鉄の骨の橋に
　掲げられた大額の『誠』に　敬礼！
岸と岸をつなぐ橋脚工事の起重機《クレーン》が
　川の呻きに　鋼鉄の腕を上げ　大空を突き破る。
艶のない鉄骨の胴に　冬が牙を尖らし
　　鶴嘴の冷めたさが　工夫の心臓をもみつぶす。
軍需工場付近のウロウロに　憲兵の目が光る
　〝発電所は軍部の機密也〟

戦争というなあ恐ろしい　本当のことが分からんようにされ
　ぼんやりしとりゃあ　協力してしまうんじゃけえ。
誰も買わない　誰も喜ばない　誰のために　何のために、
財布に一銭の金が　米櫃に一粒の米が　なくとも、
夢を喰って　喰い足りない夢に喰われて、
描く　描く　ただ描く　まだ生きている画家。
テレピン油の「おつゆ」に溶いた　薄い油絵の具も
　薄く薄く　色のない「お清《すま》し」に。
―非情時局下の純麻製のカンバスの不足に　〝更正〟軍国画布
　描き損じを更正して使いましょう　お持ちください。
従軍画家について行けば　絵の具やキャンバスが貰えます

空襲に家財を置いてもこれだけは持って逃げる描きかけの絵。
建物疎開の古材で七輪に火をたく　櫛の歯の抜けた通り。
集団疎開に　児童も抜け、
自転車に走る郵便配達の　鞄から出てくる一枚の赤紙の召集に
　命の海峡を渡って　絵描きや画学生の姿が消えていく。

意地の悪い暦よ　悲劇で満たされたお前は、
再び次の歳に悲劇を渡すのか　それとも喜劇を渡すのか。
向き合った二枚の　魂を映し出す　浄玻璃《はり》の鏡の間に
　立ち止まったまま、
　映し反しに　無限に遠のいていく　見返美人。
鏡の外の熱狂に歪んだ有限の世界を　月の光が描く。

さらば秋の光よ　閉じ込められた空間に、
やがて猛り吹きつのる　冬の風に凍った水の鏡に、
顔を背け　見えないふりに　血と火と煙の装い。
重ね合えない鏡像の表と裏に　順と逆の逆転する現実を、
振り返りながら　孤独の中に　見返る微笑みを吸い取られ、
無限回廊を遠ざかっていく　平和と自由の時間。
ガラスに砕ける平和に　割れ物につき取り扱い注意。
誰が　償いようのない　損失の大きさを知っていよう。
のぞき込む　見えるものを写す鏡の裏の
　見えない世界には　もう誰も立っていない
真っ黒な烏が　力なく翼を動かし
　　風が　赤松の木に絶望の哀しい音に哭いている。

白く吐く息に温め　押し当てた　血に熱い美しい唇に誘う
　口づけの跡が、応えることのない鏡面に冷たく凍っている。
銃弾が月影に磨かれた鏡に打ち込まれ　砕かれた光が乱舞する

挿入歌①　赤松の実一つ
故郷の岸を離れ　青潮に逆《さか》る旅の果て

波に遠い　北の大地の旭川の
　女学校に「学校自慢競べ」の記事に巡る野人《やじん》。
「文芸人採点表」十六人中容貌一位九十六点のその髪その目に
自由にしておきたい本能が　帽子を被らせない
―翻る熱情に色濃く縮れた　漆黒の山火事のボウボウの髪の
　毛の先は糸に伸びて天に靡き、
　雨が降り　霙が霰が踊る　雹が呻る　雪が咽ぶ。
長い睫に彫りの深い黒い瞳の黒珊瑚の
長い足のスタイルの良さに　憧れの息吹に
耳をそばだてた女学生とお薩《さつ》（芋）との相対性に、
爆発した髪のアインスタインを気取って
　若い生徒達の真理の光と永久の美に輝く学校を巡った、
　素敵な新聞記者の気まぐれジプシー
　運命を切り拓《ひら》く人生の画帳の中の主人公、
　小熊秀雄と街角に出会う。
石狩川と支流の雨竜川の落ち合う、
　夜がピシピシと音をたてて凍りつく秩父別《チップベツ》の善性寺の娘に、

五歳の時　墨一杯の筆に　壁に襖に　遠足に手を繋ぐ子等を
　一年生・二年生…全校生徒を廊下まではみ出して描き、
十一歳の時　太い筆の旨そうな墨の冒険に
　本堂のまだ木の香の匂う真新しい丸柱に黒々と書き込んだ、
　冒険に　消しても消えぬ人生の　赤い頬の赤チャン・赤松俊。
愛と熱を持って　雪の校庭を飛び出した雲雀、
　〝私は女ゴーギャンになる〟と
十分の一秒・百分の一秒に　細分化された時間に
　追いかけて来る時代の　精神的疲労と混濁を抜けだし、
　ノアの洪水に沈められた山の尖端が水面に出た島々を
　空を溶かしたタヒチの海を恋し　虹に渡る。
太陽の輝きに花開いた　神秘の過去の跡の残る
近代社会からの解放に　残す文字のいらない
　行きて暮らす　行きて生きる　マオリの神話の島。
碧い波が目に輝き　伝説と詩を織り込んだ温かさの血の
　祈りの言葉《カラキア》に神々と語る　古代の風習そのままの
　天と地に湧き出た人間の　犬と鼠以外の哺乳類を知らず
　宇宙の生命と自然が　魂と知性《ターオラ》が
　石や貝殻より固い器物のいらない珊瑚礁に凝結する。
南と東の戯れ纏れあう自由さの生の風に、
　優しさに靡く　芳しい香り《NOA NOA》の
神々の足元に触れる山頂に
　過去の時間の脈動に交流する現実と神話を、
　心臓の鼓動に刻み　温かい血脈に伝える

人は　どこから来たのか　何なのか　何処へ行くのかと。

太陽の光の花に燦めく　謎のようなマオリの微笑が
浜辺に眩しく谺《こだま》する　椰子の荒肌を思わせる褐色の娘。
神秘と信仰の胸の膨らみを二つの貝に包む
潮騒に泡立つヤップ島の　花の冠のアフロディテ。
本能と自由さに呼吸し　眼に見えぬものを波に歌い、
見えるもの以上に信じる　島の古代の神話と
先祖から受け継いだ　魂の燧石《ひうちいし》に火をおこす風習と、
闇の中に燐光を放つ死霊《トゥパパウ》の恐怖と不安を　真の生活を
死んだ子の霊がイナゴやバッタに甦る神秘と謎の大気を、
微笑に燦めく脣に教えてくれる　茶褐色の肌のカナカを友達に
珊瑚礁の刃に白く立つ波に揺れながら
肌を刺した旭川の冬は　忘却の潮に彼方へ消えて行く。
種を棄て石灰をふりかけ　嚙み砕いた檳榔樹《ア・ブーク》の実に舌を刺し
真赤な汁に　少し学《おぼ》えたパラオの言葉を染める。
自然の中にある芸術の精神の多様性に　人間《ミクロネシア》を造る人間に
情熱のままの画家の想像力の中に　南の島の真実がある。

挿入歌②　ジージージーと
島に沁み入る蝉の声（曾羅：タヒチの細道）

科学の音頭に　速度とエネルギーに多様化する欲望に酔い、
魂の自由を売り　明日もその先の日も　時間を金に換え
『虚栄の市』の取引に　金を速度に換え　自己を不在に変える。
知性のビッグバンに　火に踊る時間と空間の
欲望の闘争と美味醜悪の　悪徳のただ中に、
欧羅巴の現実を引きずる　秩序の見えない力に
訪れる精神の危機と科学の奇蹟に
人工の文明の亡霊に　追われ
流れる時間の砂に　吸い込まれ、
魔術と早替わりの喜劇と悲劇と夢幻劇に
後ろ向きに未来の中に入って行き存在と時間が局所化される

波に砕かれた珊瑚の砂粒に刻む　時の棘を知らず、
潮の香りの誘う　柔らかさの海風に心を包む
環礁《リーフ》の内に翡翠色にまどろみ　光を燦めき返す
抒情的瞑想の時空間タヒチ。
巴里万国博に建てられたエッフェル塔の上で　背を伸ばし
爪先立ちして眺める『寓話』の作者ラ・フォンテーヌを裏切る、
『逆話』の風が語るANO ANOの島―「なぜ働くの？」
神様がそこに居て　自然の糧を恵んでくれるのに。
尽きる蓄えに穀物を乞い　利払いに返済する
北風の吹く季節のない　昨日と明日の心配のない
ティアレの花の　空気の様に水の様に透き通った芳しさの
NOA NOA の島に、夜も昼も誰が来ても歌い　アリと踊るセミ。
成功した者だけが尊敬される時代の　人生の道の半ばに、
貧しい人間にとっての沙漠の

恐るべき生の　恐るべき都会に、
ナポレオンが移転した証券取引所は
「名誉の殿堂」としては完成を見せず
ハイネが風刺した「成金の殿堂」として輝き立つ。
そのコリント式列柱の外に、
書類を虚妄の数字で埋める代わりに
画布を自然が語る光の言葉の色彩で埋め、
両手を縛る生活の苛立たしさの　芸術への悲惨さに
すべての希望を棄た　心の大いなる哀しさだけを抱いた
哀しげな風景の中の怪物には　一スーウの稼ぎもない。
アルルの　焰の耳に個性を誇示しあう
画家同士の対抗意識も消え　青春も家庭も職業ももうない。
欧羅巴は終わった　マダガスカルさえも文明社会に近すぎる。
ユーゴーの『オタヒチの娘』の　メルヴィルの『オムー』の
ロチの『ロチの結婚』の　スチヴンソンの『南海にて』の
文明人が思索し瞑想した島々も大地も人も、
植民地化する文明の浸食に
昔のタヒチの世界からは遠い。
ゴーギャンの　自分のためだけの
原始的で野蛮な自由さに　燃えるような自然の色彩も、
宣教師が　土地を奪い　着物を着せ　履を履かせ
強烈な酒と惨めな病気を施した。
星を描いた　果てしのない空の画布《カンバス》から洩れ来た光が
蜥蜴が巣を作るパンダスの葉の屋根を透かして
心臓の鼓動の音しか聞こえない
夜の沈黙のベッドの上で　幻想的に踊る。
香りの冠《ティアラ》を着けた月の女神ヒナが弾くリュートの
悲しく美しい調べの揺り籠に　鳥たちは夢を見る。

文明国の　知恵の木の実を食べて　洗練された言葉の
屈折した翳りに完成された　写生的美しさのイヴと違った、
生命・空間・無限を　個性に包み　両足に大地に立ち、
太陽に暗褐色に燃えた肌の
ザラザラした裸の言葉が肉化した人間の
自然につくられた　古代の本源的美しさのイヴの
タヒチの島に　森が神秘に囁き　息吹く命が薫る。
音もなく魂が　孤独の木の葉に沈む　牢獄の欧羅巴から遠く、
自然から生まれてこない銭《ぜに》では
自然から生まれてくる生活を買えない異邦人。
保証のない明日の夢を見る　疲れた老人の欧羅巴の文明は、
昨日という日も過ぎゆく時間の意識も　悪と幸福の観念もなく
潮風に送られ　次第に消えて行く。
全ては美しさに澄み渡る——diminuendo《デミヌエンド》。
文明に別れを告げ　再生した原人として
自然のままに　マオリの島に生きるしかない、
硬くなった裸足で　大地に親しみ
草花の匂いに導かれ島人の足跡を踏み
樹に高く登り　虹を摑み
架けた橋を渡り　山に重く荷を背負い

　海に潜り魚を捕らえ　底に貼り付いた貝を剝ぎ取る。
成功のために順応を強いられる西欧からは遠く
　光をそのままに楽しみ　〝生きることは　素晴らしい〟。

事実を見えすぎる眼に見る　伝統的印象派の
　写実と遠近法と色の微妙なグラデーションを捨て、
詩の翼に抱く人間の夢を　心象に浮かび出たものを
　未開の見たいものを　見るべきものを、心象の眼で見つめ、
太陽の光の流れに　日本の浮世絵の輪郭線に切り抜き
　中世の装飾技法《クロワゾネ》に囲む、平板な褐色に塗り込む色彩の
神話的象徴性の　艶のない嵌め絵に、
　黒い神の霊魂《デーモン》が　エジプトの墳墓の古代美術が　復古する。
一人、芸術への信仰に　色彩の荘重な響きに
　絵筆を背負い　ゴルゴダの島を歩む　殉教の幻視者《ヴィジオエール》。
人間の記憶を越えた太古からの自然の真実に、
白い鳥が呟く　我々はどこから来たのか　我々は何者か
　　　　我々はどこへ行くのか
　D'où venons-nous ? Que sommes-nous ? Où allons-nous ?

画家である限り野性人にはなれない
　離島に住む孤独な文明の異邦人の、
　幻想的な深さを湛えた青緑色が支配する画面に
　生命あるものは時を生き　時は終わりを告げる。
節だらけのザラザラした麻袋の布の上に
　自然の模写でもなく　モデルもなく　下画も作らず、

右の眼の即物性と左の眼の情動性が引き起こす
　異なって映る自然の謎の燦めきに
秘密の本性を貫く画家の知性と感性に
日々の生活と自然の静寂に溢れ出すメロディーに
筆に直接に描いた　ゴツゴツした青と青緑《ヴェロネーズ》の色のリズムに
　顫える色彩の弦のハーモニーに　タヒチの自然を創造する。
蒼い空と　波が白く縁取りする海と　黄色い丸木舟の色彩と、
椰子の葉に映る　沈みゆく太陽の最後の光と
　昇りくる月の最初の光に　美学の美しさを越えて乱舞する
赭銅の胸と腰と強い足と肩の躍動する線を　森の囁《ささや》きと
山梔《クチナシ》の花と檳榔樹《ア・ブーク》の実の芳しさNoaNoaを刺繡に包み、
海に照り返す光を魂に映し
　人間の喜びを苦しみを　温かさの微笑みの香りに包み
生きているタヒチの主題による　美の衆讃歌《コラール》を
　眼に聴き耳に視る言葉に　身振りに歌い表現する

生における死ではなく　死における生に、
眠る赤ん坊の生から、
赤い知恵の果に手を伸ばす褐色のアダムと
羽の生えた靴を持たない裸足の老女が受入れる
海に拡がる　夜の翼に抱かれた静けさの中の死へと
フィレンツェには遠く　季節のないままに　春《プリマヴェーラ》　は終宴する。
移ろいゆく緑の永遠の回帰に　言葉のないタヒチの黙示録
　私はこれ以上の作品は描くことはできない P. Gauguin 1897
闇黒の未来に　かすれる絵具に　無の空間を色彩に蔽い

私の仕事は　終わった　もはやない　Never more。
陽は再び明るくなるために消え　再び浮かび上がるために沈む
タヒチの大地の神テファトゥの声が響く
〝人は死ぬ　地球は死ぬ　地球は終わりの日を迎える
地球は二度と甦る事はない〟。
無窮の夜の青い沈黙の中の　潮の香に充ちた力に、
女神ヒナの月のみは　永遠に滅びないであろう
全てが美しい時に　全ては善だ。
心の目蓋に蔽われた眼を迸る《ほとばし》　深く蒼い感性に、
創造する　現実を超越した内世界に燃える
不可解なものの　明示できないものの
隠された　もどかしげなものの、形象化と色彩に造る美に、
太陽の蒼穹の歓喜に　川のせせらぎは
混じりけのない　赤・緑・黄の原色に燦めき
絶え間なく繰り返す　緑とオレンジの光の波にしぶく島に
熟した果実と咲き誇る花の　神秘の芳しさ《ノアノア》の協奏曲が響く。
写生するタヒチの褐色の女《フローラ》の臥姿を　窓枠に見おろす
大鴉の　黒ずんだ声に　Never more　もはやなし。
妻と子と家庭への希望を　孤独と忘却に包み、
伝説に名声を作り　値上がりを待つ美術商に
帰国を押しとどめられ　商品としての画家の人生が
生きたまま美術史に金に象嵌される。
激情を苦悩を突き抜けた涅槃《ニルヴァーナ》Nirvanaの無窮の世界の、

幻視者《ビジオネール》の黙した一日に　神秘の水《パーペ・モエ》の　泉に滴る音だけが響く。
愛したいと思えど　愛せず　愛すまいと思えど　愛す
重ね合わさる愛と非愛の　光と影の　愛と死の
白いタヒチの花ティアレに被さる黒い揚羽蝶の　市松模様に、
風は死んだ。芳しさの鎮魂歌《レクイエム》が　破調に重く薫る。

挿入歌③　パラオの歌を歌いながら　熱い島を夢見た
胸に秘めた南の果ての憧れに
椰子の葉に絡まる土とインクの匂い

冬の喘息から遁れるための　パラオ南洋庁の官吏。
「国家の言語」を血液に　現地住民に日本精神を注入し、
国体の維持に　温和《おとな》しく従順な忠誠心ある「皇民」に教化し、
勤勉なる労働能力の所有者に島民を育てるために、
「民族は言語に造られる（フヒテ）」と、日本国語民族として
大東亜共栄圏の「東亜共通語」たる日本の「国語」で、
『無文字』の社会に「文字」をもたらす使命の、
「南洋群島国語読本」第五次ノ編修及審査ニ関スル事務ニ
従事スル中島敦　書記・給三級俸ナリ。
光る海の怒濤の飛沫を　芳しさの風に包んだ夢の舞う、
スティーブンソンの　永遠の子供のままの冒険と夢を
言葉の糸の繭に包んだ、海賊と宝物の埋もれた島に憧れ、
もはや肌に浸みる冬の感覚が再現することがない、

南方の珊瑚屑の上での静かな忘却と無為と休息を求める。

陽光と熱風とが　意識の上に面被《ヴェール》をかぶせ、
人工の・欧羅巴の・近代の亡霊は　海軟風の中へと消え去り
　解放された永遠が　陽と溶け合い　海原を青銅色に染める。
薄明のないマオリ—
　陽が海にストンと落ちると　すぐに真の暗闇が訪れ、
日の出と共に、環礁《ラグーン》の外にうねる太平洋の濤の響と
　　椰子の葉扇の摺れる音とズシンと落ちる実の響きの間の、
　色彩にあふれる世界に生れかわる。
交互に織りなす光と闇の市松模様の
　春も冬も　季節の繋ぎ目のない長閑《のどか》さの時間に、
太陽の熱も通さない椰子の葉の屋根と
　冷たい風の吹き上げる竹の床の小屋に、
明るくなり　鶯に似た小鳥の声に目覚め
　暗くなれば寝てしまう。
季節のない毎日が　ただ自然に毎日に過ぎゆき、
　一年が立つのを知らず、
歳を数えるという不自然な習慣のない
色褪せることのない　不老の人間の南洋の小さな島に、
西班牙・独逸・日本の　うち続く統治諸国の
　温帯の抽象的文化や価値観が積層され
　捩れたアルファベットとカナと漢字の文字の影が
　無文字の大地に織り込まれ、
自然と共生する生命の創造力を剝ぎ取っていく。

熱帯の風土に捏ねられ形成されてきた、
　“Dans la petite Palau 小さなパラオの人々”を、
ルイ・フィリップの優しさに愛する。
教育はなくとも　力に溢れ、“光と芳しさと夢”に酔う島に、
汗ばんだ皮膚の下に　血液の循環を快く感じ、
厚い唇に　真に思うことのみを言い、真に欲する事のみを行う。
文字もなく　人類の歴史も太陽系の構造も知らず、
　欧羅巴の文明に去勢されてしまった豚とは違う。
書物の対象の南洋とは違った、
文字を被った抽象化の影のない　陽光の強さの下に、
　現実をそのまま人語に伝え合う、
美しいとさえ言っていい、南洋の活力と逞しい野性に触れる。

雲が多く、うつすらと桃色か蒲色にぼんやりと、
黄色く—きらきらする金色ではなく—ゆったりと明けてゆき、
どこまでも青く透明な海に吸いこまれた光が、
　南十字星《サザンクロス》の燦めきの欠片《かけら》の降り積もった
　真白な珊瑚砂に跳ね反り　陽炎のように揺れる。
青焔に揺れる大海原が瑠璃色の空へと続き、
　金粉を交えた水蒸気にぼかされて白く霞んだ、
　水平線から立上る雲の崇高さに、
　濃藍から曇った乳白に至る微妙な色彩のグラデーション。
雲の裾の翳りに　音高くスコールが近附いて来る。
天空の音階に　驟雨が猛烈な響きに屋根を叩き、

水晶の棒が大地に激しい飛沫を叩きつけて通り過ぎていく。
雨垂が弾くのピアノの音に
　架かる虹と何かおしゃべりがしたくなる。
スコールが過ぎた後に　初めて南海を見た時のような情景が、
焙り出しの絵の様に、其の色や匂や影まで鮮やかに蘇ってくる。
輝く海と空とを眺め
〝見つかったぞ！　永遠が、全てが光Clarté《クラルテ》だ。〟
陽と溶け合った真珠青《パールブリユー》の海の
　波の子守唄に　昼寝する「鮫の領分」

単身の淋しさの中島を「トンちゃん」と呼び
　迎えてくれる土方久功の家で、
作品集『南島譚』に書く「マリヤン」の褐色の肌に出会い、
　覗かせくれる日記に「ナポレオン」の生《なま》の姿を見る

＊　＊　＊

生まれ故郷の東京の　築地小劇場に「葡萄の房」の徽章を遺し、
雑踏の巷を離れ　蒼い海に浮かび出る　南へのおくだりさん。
水平線に突き出した　神秘の中に目覚めた
　まぶしい生きている島と取っ組み合い、
蛸の木が太い根を突き刺す土との生活にめり込み、
　パラオの手斧《ヘバックル》でガチンガチンと斫《はつ》る　彫刻家として、
「小さな世界」に　島民と共に暮らし、
虚飾の衣装に包んだ体と厚化粧に塗り込めた心の黒い海の
　蒼白い皮膚を包んだ追憶の靄の中の文明を脱ぎ捨て、
熱い太陽に　血を熱くたぎらせて
　金銅色の肌着を一枚一枚重ねて　『青蜥蜴の夢』を見る。
公学校に彫刻を教える傍ら、
　文字を持たない文化の果ての　強者の意志に歪められていく
　美しい取り残された寂しい島々の民話を、
　ローマ字に記録し『パラオの神話伝説』にまとめる。

＊　＊　＊

目に沁みる鮮やかな青さの海に落ちる　金色の雲と入日に、
遠くの岩山で、
　銀鳩がホホホと　胸を抑えつけるような音に鳴いている。
傾く日の　温かく・もの悲しい　静けさと優しさの美の極みに
　夜光虫や海蛍が上げ潮に並び　星の雫が流れる。

鷗が流木に羽を休めては又飛び立ち、潮は砕け白い波紋となり
　黒と白の装いに　海の蒼さを光の音楽に閃かし
潮の香に鳴り交わし呼び交わし　潮の渦の輪舞《ロンド》に遠く夢見る。
小さなポンポン蒸汽を取囲み　おどけはしゃぐ海豚《いるか》の群。
海藻と珊瑚の樹海の上を滑走する飛魚の無数の白い筋跡と、
透明な薄い翡翠色の海の岩陰に泳ぐ瑠璃色の稚魚の群れが、
　差し込む朝日に　濃紺に紫藍に緑金の魚影に煌めき、
　万華鏡のような目も絢《あや》な熱帯の色彩が泳ぐ、
幻想的チェレスタ＊の海辺の謝肉祭《ポリフォニー》が始まる。
　　＊鉄琴よりも柔らかで、澄んだ美しい音を発す鍵盤つき打楽器
蒼い円盤の水平線に　パラオは静かなり。敵機の影を見ず。
海の青、空の青に染まりゆく巨人の雲が水平線に立ち上がる。
黄と紅と紫との鮮やかなクロトンの乱れ葉が美しく簇《むらが》り、

無数の小蟹の影が　乾いた砂のひそやかさの音に消えてゆく。
時局的色彩を外れた空と海の間に　嘯《うそふ》き嗤《わら》い悄然とした、
風に捩れた　一本一本が違った顔の章魚木《たこのき》の
　淡紅の気根の長く伸びたパラオ・ホルンに、
吹き立つ夢こそ現実と　時々陽を照り返すだけの
　トロリとした翡翠色の海に　白帯揚羽《しろおびあげは》の夢にまどろむ。
青蜥蜴が　木の葉よりも鮮やかな緑色に這いまわり、
蜜吸鳥が　舌に果粉を黄色く付けて
　美しい声で啼きながら　花から花へ跳びまわっている。

文学的なものにまで発酵しない、
　取って付けた様な感動のない　国策的な代用品はいらない
　文学の純粋性を守り　戦争を截然と区別する。
爽やかな朝のしじまにも　炎熱の真昼の明るさにも
　そして物悲しい薄闇の日暮にも
一様に溶け合ってゆく一つの諧調に広々とした静寂は深まる。
明るければ明るい程　澄み透れば澄み透るだけ。
傾く日に美しい陰影を刻めば、
　快い汗のようにも、柔かい涙のようにも
　暖かい　いわれのない悲しみのようにも
ただ静けさと優しさと平和を無限に積み重ねていく。
こんなにも悲しく　こんなにも甘い　美しさの果ても、
　戦風に　ゴーギャンの『ノアノア』の頁がめくられ
海の悪神《ヤニュー・ネーセット》の生臭い潮の香に包まれて　夢が消えていく。

挿入歌⑥　南の島に雪が降る
　　　タマナ樹の白い花びらの涙に

ゴーギャンの、自分のためだけの、
空と海に　白金の光耀燦爛に乱舞する無数の紺青《こんじよう》鬼《き》の、
思えば遠く夢を追った　日本の東南東の果ての、
ミクロネシアの環礁《ラグーン》のトラック諸島の島の名には
夏春秋冬に加えた　月・火…金を越え土・日曜までがある。
カナカ―パラオの島民《チャモロ》が祀る
　海嘯や暴風や流行病の怒りに祟る悪神の
椰子蟹《カタッツ》と蚯蚓《ウラズ》の祠の前に、
帝国の南の果ての守護神に、
　最高神天照大御神を祀る南洋一の「神社御造営計画」。
宮内庁から幣帛《へいはく》を供進した官幣大社南洋神社。
朝から晩まで　山を崩して土を運んで石をころがして、
　工事に追われるハッパの騒音の飛沫《しぶき》の中の島。
時局に　土民教育などは問題にされず、
〝土民は労働者として使い潰して差し支えなし
なまじっかの教育は　土民を不幸にする〟
暮れる日に　一日中こき使われ、
　パンの木も椰子も伐られてしまう。
その筋から禁じられ　これ以上は書けない
　　　　―中島敦：妻への手紙より。
心の底から　悲しみに似た怒りが湧き上がり、
　無数の小さな蟹の黒い影が

花珊瑚の砕けた真白な骨砂に吸い込まれていく。
「芸者通り」には　食堂や遊郭が立ち並び、
「本願寺通り」には　沖縄出身者が思い事忘れに引く
蛇皮張《邪飛張り》の開静《かいじょう》の三線の昏鐘《こじめ》鳴の音が聞こえる。
日本人のために作られ去勢された　萎びた「町」コロールに、
パラオ人達は　近代化とは無縁に、
日本人に埋もれるようにして暮らしている。
海のシルクロードに　オリオン星やシリウス星を頼りに、
太古埃及《エジプト》から東漸し　ミクロネシヤからポリネシヤに遺した
巨石の夢跡と　オボカズ女神が化体した島の甃路《いしだたみ》は、
掘り起こされ　軍用道路が走る。
椰子の実は尽《ことごと》くなく　夕日に紅くはためく枯れた葉摺の音、
濤声が哀しさに　千古の嘆きを繰り返す。
傾斜地に一本のモモタマナの巨樹が大葉に陰を作り、
ツタを纏った最後の酋長に屹然と立っている。
葉をドラムに叩く　猛烈な烈しさのスコールが襲い来る。
四本の柱を蛸樹《たこのき》の葉と椰子の葉とで覆う屋根と壁との家に
ミシンとアイロンだけはある　売り込んだ商人の辣腕の跡
葉洩陽が石垣の上に点々と落ちている。
防空演習に　夜に入れども煌々たる家々の電灯。
爆弾投下を予想した防火演習に　巡警の家まで焼き捨てる。
島民向けの南洋庁公学校に
紙の日の丸と檳榔樹の葉で編んだかばんを肩にして、
愛国行進曲を合唱しながら生徒らの登校。
祝日の儀式に　宮城遙拝、君が代、教育勅語。
帽子を脱ぐにも号令をかける　軍隊式に形式的訓練の徹底。
日本語をなぜ勉強するのか、考えもしなかった子供達に
日本語の発音ができないと、鞭をふりふりまだいけないと
何時迄も立たせ練習させ、怒鳴りつく校長の酷烈な生徒扱い。
島民を豊かにするための教育は重要視されず、
ただ労働者として使い潰すためだけの中途半端な教育の、
無意味な教科書編纂の仕事に　島民を不幸に追い込めていく。
—読み方はいいから、算数の理科の裁縫の教科書を作ってくれ。
奴隷的駆使に非ざる自発的勤労に　労働力の提供を目ざし、
その基礎としての道徳心養成に修身教科書を求める、
注ぎ込む日本精神の植民地政策は　失楽園に色褪せていく。
人間の島に　論理も文法も人類の歴史も、太陽系の構造も、
東も西もすべて知らなくとも　一生を終えることは出来る。
天恵薄き帝国の島に　文字を覚え知識を得る故に、
悩みや恐怖を感じ、輝く熱帯の太陽の下に、
楽しく過ごすことはできなくなる—あな悲しやな。
一年中夏で「夏休み」のない　華氏九十度の炎熱下の運動会の
日光と空気とスコールに育った
真っ黒な三年生の女の子のおゆうぎに、
「トントン、トンカラリト、トナリグミ」
濤の呟きと、枯椰子の葉のそよぎの間を抜けて、

何処からか聞えて来る　古い蓄音機のわびしい浪花節。
夜咲くバルサの花が受粉に招く　蜜を吸いに来る蝙蝠の羽音。
　椰子の葉が月の光に白く濡れている。
朝床の中に聞く爆音と「玉音」の開戦の詔勅の声が、
重く液体化した生温かく粘り付く空気の闇の底から這い上がり
甲高い語尾を引いて、熱帯の白昼の妖気に　また沈んでいく。
生きる希望と死ぬ勇気の　確信ある絶望に、
　蟻の小さな心構を以て、蟬の季節のない唄を歌う。

「絶対国防圏」の「海の生命線」に
　南洋群島大政翼賛会・南方挺身隊が
　軍需物資や爆弾を運ぶパラオ挺身隊が居並ぶ。
やがて押し来る、
　戦車十倍・重火器百倍・航空機二百倍の
　圧倒的戦力差の米軍の七十三日に渡る砲弾のスコールに、
パラオ本島の南ペリリュー島守備兵一万人の死が穿たれた。
島民の保護に全員を他島に疎開させた、
　草木のない石ころだけが遺された島。
「島の日本兵、桜の花のごとく散り全滅」。
島の最南端に建てられた『西太平洋戦没者の碑』が、
羊歯の葉のピラミッドの蔭に　遠く靖国神社を見つめている。
熱帯の炎天に燃え上がる渦に吸い上げられる人間の宿業
　闇黒の涯に揺れる焰の梵字
Nothing More　もう誰もいない。

白く眩しい太陽が　闇黒の天に、
　荒れ果てた永遠の夜と光の間に消えていく。
廃園となった海に　風が波に謡う　死者達のハーモニー
色褪せていく時に呼びかける、
　なぜに　そんなに急ぐのか。
　とまれ　とどまれ―ヨシュアの叫び（旧約聖書）

挿入歌④　すべっちゃいけない　丸木のかごや
そらそら小石だ　つまずくな　ソレ
ヤットコ　ドッコイ　ホイサッサ

まだまだ続く　戦さの細道に　パラオの提灯ぶら下げて
　ソレ　ヤットコ　ドッコイ　ホイサッサ。
位里と俊の担ぐ丸木の駕籠《かご》に
光る月の女神ヒナが　赤褐色の慈母の祈りに　乗っている。
のぼって　くだって　躓く小石の　死界の曼陀羅に
―我々はどこから来たのか　光に焼かれ
　我々はどこへ行くのか
あふれる死の黒い涙に染められた影が見送る。
核の火の灯篭の広島で、
〈ヒロシマ〉といえば
〈ああ　ヒロシマ〉とやさしくは返ってこない。
アジアの国々の死者たちや無告の民が

一斉に　犯されたものの怒りを噴き出すのだ（栗原貞子）
めり込んだ硝子の破片が疼く―安らかに眠らないでください。
精霊船の長崎で、
〝乗っていきまっせ　落っちゃけんごと〟
チャンコン　チャンコン　ドーイ　ドイ
〝落っちゃけた空に　おてんとさんが熟《う》み柿のようになって、
六千度の熱が落っちゃけて、なんが起きたとじゃろうか。
三千里《サムチョンリ》の半島から引っ剝《ぱ》がされて、
造船所に引っ張られて来とった
朝鮮語訛りの長崎弁の徴用工は　逃げるところもなか。
みーんな　じゅうっと灼けて全滅よ。
あんたの立っとらす　上も下も　右も左も　前も後ろも
こげんいっぱい　山と積み上げられたまんまの遺体に、
烏が目ん玉ばホジクリ　蛆に死体が動きよるとよ。〟
（石牟礼道子を下に）
屍の匂いが　風に乗って流れ、
白いチョゴリがチマが　玄界灘を越え
美しさの　故郷の空へ飛んでいく。
担ぐ丸木の筆の上には大鴉　黒い闇に響くしゃがれた声に、
Nothing more　もう　なにも
Ever more　もう　永遠に
No more　もう　二度と
「どこにもない世界」の裏側にあった、
「鬼の姿が見えぬ現世の地獄」

提灯が赤く　慣れようのない闇の疼きの中に揺れる。
骨達に聞いてみよ―我々は何者か、
沖縄の地獄の地上戦の癒えない傷跡が問いかける。
〝蜘蛛《くば》が巣《し》にかかる　綾蝶《あやはべる》如《ぐうとう》に
何時《いち》んくぬ沖縄《しま》や　金網《あみ》ぬ中《なか》い（北島角子）〟
高村光太郎が　賊敵を誅殺し尽くせと呼びかけた
オモロ草子の国　大東亜戦最大の決戦場
万座毛の緑野に　梯梧の花の紅に燃えた　恩納ナビの末孫《すえ》。
記憶は時間に薄れ　肉体は風化していく。
法師蟬の声に　ツクツクツクツク　尽く一生《ツクイツショー》。
ちらちらあかりは　見えるけど
向うの平和は　まだ遠い　ソレ
ヤットコ　ドッコイ　ホイサッサ
ホーイ　ホイホイ　ホイサッサ

第四十四歌　秋刀魚を咥えたドラ猫　追っかけて
日の丸肩に軍靴で駆けてく神兵さん

深まる戦時時局の革新的新生活に朝顔の品評会取り止め申候。
女子縮髪機械は電力を費すが故　政府にて買上となす。
婦人の頭の格好まで　あれこれと指図《さしず》し
尻の穴の小さな為政者の　重箱の隅をつつく
　国家的見地からの結髪統制に、

消えるパーマネント　かわる鉄兜巻き。
天気晴朗にして髪の波《ウェイブ》静か　戻る竹久夢二の大正ロマンの昔。
負けずに　〝無電パーマネントいたします　炭お持ち下さい〟

戦争を風に流し　滅び行く美への挽歌を重ねる
　緻密さの筆の『細雪』に、
「時局を弁《わき》まえず　軟弱なるを許し得ず」と
　軍部の氷の刃に凍り付き　糸に慄える細い雨。
好ましからざる影響やあると　追い込まれる自粛的掲載中止。
—人生の迷路に　はばたく蛾の
　　提灯に　さはりて消ゆる　春の雪（谷崎潤一郎）。
自由な創作活動への　軍威による強制的封鎖を
　深く怪しみもしない世間の風潮の　真綿の緊《し》めの中に耐え、
印刷配布を禁止されながらも　内からの激に捉え返す冷静さの
　流麗なる美を　私家版に書き継ぎ、
語格に選ぶ字句に　鮮明な描写に　覗《ねら》いを定め射通す矢の
銃声のない　黒く沈黙の墨を含ませた筆の
　唯一人の　軍との　もう一つの戦争。
—時代の嵐は　くい止めることも避けることもできない
　この困難な嵐の中でも　泰然として書くべきである
（室生犀星）

『蓼喰ふ蟲』の妻恋い戦争に
　谷崎の元を離れられず　まだ来ぬ人妻。
男ひとり能火野人*が、「孤愁の憂鬱」に、（＊佐藤春夫の雅号）
　夕餉に喰らう　煙硝に焦げた『戦線詩集』に涙を流す。

西に熊襲を討ち　東に蝦夷を攻めた大和武尊の裔《すえ》のならいに
　天の課す丈夫《じょうぶ》の歌を成さんと、
　暴風裡の樹梢に懸けた琴の弦に自らに鳴り出でる。
百年の正義の戰に糧道絶えた前線の　辿り来て畑を見れば、
　芋も葉も何あらがねの　土はただもぐらのあと。
血に飽きた土の　そが上に　熱き涙をしたたらせ、
錆びた秋魚刀《かたな》に
　大東亜戦の生きた皇国の民の秋風の情《こころ》を　学徒に伝える。
　蛍雪の窓を去り　書《ふみ》閉じて砲座に就け　筆を捨て剣《つるぎ》を択べ。
　　青き蜜柑は　苦いか酸《す》っぱいか。
信じよ、命を賭けて聞け、
　潮騒に鳴り出ずる　綿津海《わたつみ》の底なき底に深い組鐘《カリヨン》の響きを。
海をその鐘に聞け　命かけて聞け　骸《なきがら》は徒《いたずら》に陸に任せよ。
　海の力に　勝て　風に勝て　波ぞ勇ましく　海を娶れ。
　黒潮に乗る名も知らぬ鉄兜　孤身の旅の波に幾月、
　流離の憂い新たに　いずれの日にか　国に帰らむ。
科学を恃む者は科学に破れん、
　新世紀の神話の時代に　科学を恃まず梓弓引き、
大君がため国のため　死ねよと言いて捧げし君が命は、
　水漬く屍に黒潮に漂い　草むす屍にジャングルに朽つ。
　熱帯の荒野に鉄兜は灼く。哭かず我　君を言祝《ことほ》ぐ。
誰かは知らん　これは人間の髑髏《しやりかうべ》　ここに犬蓼《あかまんま》ぞ肥えたり。
ヒトラー　ムソリーニに　力ある手を差し延べて、
　三つの旗を一つに結び　地図の色変えんと、
　圧縮空気の膨張に　海に舷を怒濤に拍車し、

空に翼の神風を呼び起こし　陸に必殺の忠魂石よりも堅し。
地球半分は八紘一宇に引き受けて、
人を殺す覇者の道に亜細亜を一つにせん―妄子《もうし》（酷死章句下）。

万代《よるうじ》の国の護りと弥栄《いやさか》に　君の命を捧げなむ
　皇道《すめら》亞細亞の鐘を聞け　時ぞ来たる。
侵撃だ　疾風だ　爆撃　爆破　粉砕　殲滅に、
南へ　南へ　ルソン　ジャガタラ　天竺に　地図の色変えん。
皇道亜細亜拓かんと　死の大鎌に密林を薙ぎ拓き、
　侵攻《すす》む鉄牛の軍靴に　民を醜草に踏み拉《しだ》き、
　頭を打ち落す日本刀の切れ味に根を絶つ。
あとは頼むぜ　目ざす方《かた》　同じ心ぞ　諸共に行かな。
鉄石よりも堅き盡忠の義烈に　梓弓ひきて　科學を破り
　黒潮に漂う水漬く屍　密林帯に朽つ苔むす屍。
八百萬の神々　南方の大洋に浮び給ひ、
神代より傳し大和魂に　鍛えし日本刀に　肉の弾丸に、
新世紀の神話時代の　國生みや國引き　問はまほしくをかし。
―佐藤春夫の大東亜戦争詩を下にして

思想戦文化戦の統制強化に　センセイショナリズムに、
　本質を隠し　批判的精神を抑止し、
抑圧に作り出す偽装的世論の流行に追随し、
　世相に現象化する　宣伝政治の文学。
　―戦争と関係の無き小説の出版は不許可《ならず》。
芸術とは何かと青春の鋭さを求めた　純文学は影をひそめ、
戦争の悲惨さの現実の写実は塗り潰され　作家は消滅した。
今や変わる文学の思念　報国に政治化する文学の受難、
自主性の許されない　沿わねばならぬ国策に　戦争技術として
　合同と統制の報道文学・戦争文学が　文化を縛る。
総動員に脇目も振らせない、
　国策の農民文学・大陸開拓文学の　日本文学報国会。
気炎を吐き　空虚な言辞で文学までも指導者面に、
強権に『対米憎悪昂揚号』作成の情報局命令　絶対の精神。
誇張に　拡声強化する　大本営報道部の騒音器《ラウドスピーカー》。
理性のない狡智に　封建的気風と全体主義的風潮と祖国愛の
非合理主義に混濁した時流に従う文壇狂死曲。
塵に集められ塵に還る　召集徴用のお召しへの覚悟と支度に、
戦争とはそういうものか　ずり落ちるゲエトルを締め直す。
―文明の毒は　平和の仮面の下にはびこる。
戦争より恐ろしいのは　平和である。
奴隷の平和より　王者の戦争を！（亀井勝一郎）

話題の本のご紹介

董振華 聞き手・編著／黒田杏子 監修

『語りたい兜太　伝えたい兜太 ―― 13人の証言』

2022年12月8日刊
A5判／368頁／上製本／2,750円（税込）

我々の俳句は、これからも、なんどでもこの人から出発するだろう。「十三人の詩客」がそれぞれに見た永遠の、可能性としての、兜太――。李杜の国からやってきた朋が、これらの胸騒がせる言葉をひきだした。

（帯文：高山れおな）

董振華　聞き手・編著

『兜太を語る ―― 海程15人と共に』

2023年1月27日刊
A5判／352頁／上製本／2,200円（税込）

金子兜太は戦後俳句のブルドーザーである。
兜太により日本の風景は一新した。
――そんな修羅の現場を、同行（どうぎょう）した15人が懐かしく語る。

（帯文：筑紫磐井）

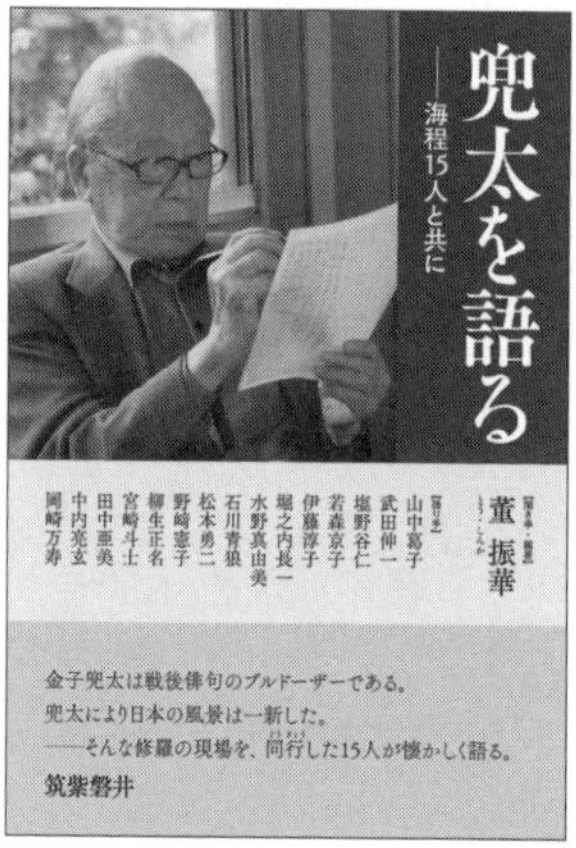

エッセイ・評論

飴

淺山　泰美

昭和三十年代のことである。『ノーベル賞飴』というものがあった。おそらくはその頃、湯川秀樹博士が日本人として最初のノーベル物理学賞の受賞者となり、ノーベル賞なるものへの人々の感心がつとに高まっていた時代背景があるのだろう。それは現在巷に流通している五百円硬貨ほどの大きさがあり、ノーベルその人の横顔が浮彫りされていた。ノーベル賞受賞者の胸に燦《さん》然と光り輝くメダルを模していたのであろう。

ある日の夕暮れ刻のことだったと思う。家の外で遊んでいた私はそのノーベル賞飴をしゃぶっていてうっかり、それを喉に詰まらせた。路上には近所の子供の姿があった。ほんの数秒のことだったであろうが、私は「死んでしまう」と思った。おそらく、目を白黒させていたことだろう。苦しいの何の、窒息《ちっそく》しかけたのである。幸いなことに、私はどうにかこうにかその大きな飴を飲《の》み込むことができた。死地を脱したのである。

この出来事以来、もちろんのこと私がこの飴を口にすることはなく、やがて『ノーベル賞飴』は菓子屋の店頭から消えた。私と同じような危ない目に遭《あ》った子供があったのかもしれない。命を落とすまでの事態には至らなかったのだろうが、今ならあり得ないような飴の大きさであった。はてさて、とかく高齢者が喉に詰まらせて不幸にも亡くなる、正月の餅とどちらが危険なのだろう。

『ノーベル賞飴』が売られていた同じ頃、山陰地方の温泉の土産物に、大きな蟹《かに》の形をした鼈甲《べっこう》飴があった。父が買って帰ったものだったのか、他からの貰《もら》い物だったのかは忘れてしまった。子供の顔よりも大きな飴を木槌で割って食べた。割れた飴の先が鋭く尖っていることがあった。飴の表面には薄く肉桂が塗《まぶ》されていた。今ではもう、あのような土産物はもう作られてはいないだろう。レトロなどという言葉で一括《くく》りにはしたくない、温もりと愛嬌のある土産物が懐かしい。

母は最晩年の日々、飴ばかり舐《な》めていた。三袋ほど渡したキャンディーの袋が二日で空になっていた。つい買い忘れていると「飴ぐらい食べさせて」と真顔で怒った。総入れ歯だったのでもう虫歯になることもなかった。

母が逝ってからもう飴を買うことはなくなったけれど、マーケットの菓子売り場を通りかかると自然と目につくのは、「濃厚ミルク飴」の白いパッケージである。周囲の音が消え、耳に母の声が甦《よみが》えってくる。「この飴が一番美味しい。たくさん買っておいて」という声が。

天才と災厄

シャネルは華麗な男性遍歴をもってよく知られた女性である。彼女が最も愛したとされる年下の恋人、ボーイキャペルが三十八才で事故死したことはつとによく知られたことであるが、他にも事故で亡くなった恋人がいる。初恋の人、エディエンヌ・バルサンはリオデジャネイロで車にはねられて死亡している。他にも急死といえば、ポール・イリブというイラストレーターだった恋人はテニス中に心臓マヒで死亡している。まだ五十二才だった。

いわゆる並はずれた強運の持ち主の周辺では往々にして起こり得ることなのだろうか。画家パブロ・ピカソも恋人や愛人が不慮の死を遂げたり、自殺をしたり、精神に異常をきたした者があったことで有名である。唯一人無事生きのびた恋人がおり、彼女は『サバイバルピカソ』という映画のヒロインになった。

もう三十年も前のことになるが、豊川悦司と武田真治が超能力を持つ兄弟を演じて異彩を放ったTVドラマ『ナイトヘッド』の中で、ピカソの周囲に変死者が多いことについて、主人公の直人にこう語らせている。

「ピカソの脳からは特殊な電波のようなものが出ていたのではないか」

さもありなん、と思わせるような画家の風貌は何処か呪術師めいている。身近な誰かを破滅させるような負のエネルギーを放たれたのではたまったものではない。どうやら天才には迂闊《うかつ》に近づかないのが無難なようである。人生、山あり谷あり。山が高ければそれだけ谷も深くなろうし、そこにはどのような暗い水が流れているのか知れたものではない。稀に見る強運の持ち主がしあわせとは限らない。私は概《がい》してピカソの絵を好まないが、昔ドイツで彼が描いたという六本足の黄色い狼のラベルは妙に印象に残っている。その狼は口から真っ赤な火を吐いていた。あれは何のラベルだったのだろう。

ピカソはある時あるレストランで絵を求められ、その場で一枚描いてみせた。その絵の値を聞いた人が、「たった数分で描いた絵なのに」と言った。するとピカソは平然と、「この絵を描くのに三十年かかったのだ」と言い放ち、その場で絵を破り棄てたという。その逸話も忘れ難い。天才の矜持《きょうじ》を語るに余りある。映画の一シーンのようではないか。

ノースランドカフェの片隅で　文学&紀行エッセイ

第三十八回　紅葉谷の二人

――齋藤史《ふみ》と渡辺和子――

宮川　達二

層雲峡を拓きしときの碑を発見す。完成時の第七師団長は渡辺錠太郎。早くより開発の事に関わりし参謀長、齋藤瀏《りゅう》その他を刻めり

ゆくすえを誰も知らねば渡辺・齋藤の名もつらねたり一つ
碑の面に
人の運命過ぎし思えばいしぶみをめぐるわが身の何か雫す

齋藤史『渉りかゆかむ』―北國―一九八五年刊

―層雲峡の石碑―

二〇〇八年九月二十一日、私は紅葉に染まる北海道大雪山麓の層雲峡を訪ねた。かつて層雲峡温泉最奥の紅葉谷に、旧陸軍旭川第七師団の療養所があった。発見は容易ではなかった。しかし、紅葉谷の入口地点に、半世紀余りを経た荒廃した建物があり。この横に大きい石碑が立っている。漢字だけで刻まれた石碑の文章の最初に「第七師団転地療養所建設記念碑」とある。一九二八年（昭和三年）に建立された石碑には、旭川第七師団は療養所建設に加えて大正末期から昭和初期に行われた層雲峡周辺の道路建設、温泉開発に協力したことが記されている。

私は石碑の中に、層雲峡開発の中心人物として、当時の旭川第七師団長渡辺錠太郎、参謀長齋藤瀏の二人の名を見つけた。齋藤瀏の娘である歌人・齋藤史は一九八〇年秋、七十歳の時に層雲峡紅葉谷を訪ねた。彼女は、石碑に旭川だけではなく東京でも縁のあった渡辺、齋藤の二人の名を発見、数奇な運命を回顧し冒頭に掲げた歌を詠んだ。

―齋藤史と二・二六事件―

齋藤史の父齋藤瀏は、大正末期から昭和初期に旭川第七師団参謀長を務めた。軍人であり歌人でもある。彼は旭川の歌人たちと交流、旭川歌話会を結成し中心人物として活躍した。後年齋藤瀏は、一九三六年（昭和十一年）に東京で起きた二・二六事件の青年将校達を背後で幇助したとされ、事件後の裁判で禁錮五年の判決を受ける。この事件に関わり死刑となった青年将校の中に、齋藤史の旭川北鎮小学校時代の学友栗原安秀陸軍中尉、坂井直陸軍歩兵中尉がいた。二・二六事件で父を罪人とされ、友二人を失った彼女は、以後繰り返し二・二六事件をテーマに哀切で、鮮烈な歌を詠み続ける。

最初の歌に「渡辺」の名があるのは、父が旭川で第七師団長渡辺錠太郎に仕え、一緒に層雲峡の転地療養所建設に関わったという理由だけではない。昭和十一年の二・二六事件当時、渡辺錠太郎は日本陸軍教育の統轄のトップであった教育総監であった。彼は、青年将校の攻撃目標の一人として杉並区荻窪の自宅を襲われ死亡する。つまり、渡辺と斎藤の縁は、旭川第七師団の上司と部下という立場で始まったが、東京の二・二六事件では叛乱軍を幇助する立場と、襲撃を受ける側の真逆の立場として遭遇し、渡辺は命を落とした。齋藤史の歌に書かれた「ゆくすえを誰も知らねば」という言葉は、この事実を踏まえている。第二首の最後の言葉「雫す」という極限の悲しみの表現は、父と友の運命だけではなく、渡辺錠太郎の二・二六事件に於ける死を深く悼む心が生んだ。

齋藤史は東京生まれ、父の赴任地熊本、小倉、旭川、東京を経て結婚、人生の後半を父齋藤瀏の故郷長野で送る。少女時代を送った懐かしき北海道への想いを詠む印象深い歌を数多く残している。

齋藤史、二〇〇六年四月二十六日没。享年九十。

―信仰の人・渡辺和子―

渡辺和子は、一九二七年（昭和二年）二月二十一日、父渡辺錠太郎の赴任地旭川で生まれた。父錠太郎は当時五十二歳である。この年の三月二十七日、十八歳の齋藤史が旭川から父の次の赴任地熊本へ去った。

その後、渡辺錠太郎は旭川を離れ、台湾軍司令官を経て東京へ赴任し、昭和十年に教育総監に就任する。そして、半年後の昭和十一年二月二十六日、杉並区荻窪の自宅で陸軍の軍人たちに襲撃を受け殺害された。当時渡辺は「天皇機関説」を支持、陸軍の青年将校たちの憎悪の対象となっていた。この時、襲撃された父の死を目前で見た彼女は深く傷つき、その後十八歳でキリスト教カトリックの洗礼を受ける。後に彼女は、ノートルダム修道会へ入り、修道女として信仰の道に生きる。

渡辺和子が、層雲峡紅葉谷の転地療養所横に建てられた「石碑」を訪ねたのは二〇〇七年である。齋藤史が一九八〇年にこの地を訪れて、二十七年が経過している。陸軍旭川第七師団で出会い、東京で起きた二・二六事件で不思議な運命を持った父渡辺錠太郎と齋藤瀏。因縁深い父を持つ二人の娘は、大きく年を隔てて同じ紅葉谷に立った。感慨は、それぞれに違いながらも紅葉谷の石碑に刻まれた父の名を見た二人。齋藤史は、この前年に長野でこの世を去っている。

―歴史の彼方へ―

齋藤史は、一九四〇年（昭和十五年）に第一歌集「魚歌」を、その後歌集「渉りかゆかむ」「秋天瑠璃」など多くの歌集を刊行、歌人としての地位は揺るぎないものとなった。

渡辺和子は、アメリカへ留学、その後ノートルダム清心女子大学長に就任、長く教壇に立ち、信仰に関する著作も数多い。しかし、この二人が直接会い、父たちが深くかかわった二・二六事件を巡る話をしたという記録はない。

渡辺和子は一九七九年（昭和五十四年）七月十二日の東京麻布賢崇寺の青年将校の遺族による法要に参加した。この遺族会仏心会が、二・二六事件によって落命した人々の弔いを続けていることを知ったからである。ここで彼女は、父渡辺錠太郎を襲撃した高橋太郎、安田優少尉の実弟と出会い言葉を交わした。事件から四十三年が経過したとはいえ、双方に大きな葛藤があったことだろう。しかし、彼女の深く長い信仰が、相手を許す心境へと近づいたのだと想像できる。

太平洋戦争後に生まれた私にとって、遠い過去でしかなかった二・二六事件。しかし、こうして層雲峡紅葉谷を訪れ、齋藤史と渡辺和子の人生を知ると、二・二六事件は単なる過去ではなくなった。

二・二六事件を巡る父娘二組の長き因縁は、二〇一六年十二月三十日に渡辺和子が八十九歳で命を閉じて終わった。だが、大正、昭和の旭川を起点とした不思議な巡りあわせを示す証として、層雲峡紅葉谷の知られざる石碑は、今後もひっそりとその姿を保って行くだろう。

「ぼくら」の「ら」、そして「全滅」と「凍結」

原　詩夏至

「ここ十年私は走りつづけてきた。町田康「夏の全滅」という商業雑誌で見つけたひとかけらの十行詩に号砲されて飛び出した」——細田傳造「高崎現代詩の会「現代詩ゼミ」の為の前書 Advertisement for Myself 2023」（「フラジャイル」第18号）」冒頭部。ちなみに、それはこんな詩だ。

ぼくらが全滅したら
ぼくらの憎しみが全滅する
ぼくらが全滅したら
ぼくらの愛が全滅する
ぼくらは全滅したいなあ

汗ながして歩く午後の濃い影
ぼくらは全滅したいなあ
夏の午後に乳みせルックで
ぼくらは全滅
したいなあ
（「文藝春秋」二〇〇八年）

なお、細田は文中でこれを二つに分けて引用している。まず前半を出だしに、そして後半を締め括りに——まるでハンバーガーの具（パテ）を挟み込んだパン（バンズ）みたいに。と言っても、その具の部分で、この詩についての詳しい読解が試みられているわけではない。前半部については、添えられているのは、「あれから二〇一一年三月フクシマのことがあって、いろいろかんがえました。私ひとりの消滅は吝かではありませんが全滅はよくない。今はロング・リリーフにかけています」というやや謎めいたコメントだけ。そして、後半部には、ただこんな三行の「返し」（の切れはし）が。

なんということだ
きょうは五月の晴れた午後だというのに
今日も小雪の降りかかる　ぼくらは凍結したいなあ

「拈華微笑《ねんげみしょう》」とはこのことだろうか。これ以上の付言は、本来、蛇足だろう。だが、それにしても癪ではないか。こうも小粋に、しかもこれみよがしにいちゃいちゃされると、つい「もしもし」と水の一つも差したくなるではないか——かの愛すべき昔日の野暮天「ペッパー警部」ならずとも。
　もちろん、細田は本当は分かっているのだ、「夏の全滅」の詩としての生命が、実は「ぼくら」の「ら」、「全滅」の「全」にこそあることが——だって、これがもし、細田が示唆している（と見せかけている）通りのこんな別ヴァージョン（タイトルは「夏の消滅」）、原詩の輝きは、それこそ跡形もなく「全滅」してしまうであろうから。

ぼくが消滅したら
ぼくの憎しみが全滅する

ぼくが消滅したら
ぼくの愛が消滅する
ぼくは消滅したいなあ

汗ながして歩く午後の濃い影
ぼくは消滅したいなあ
夏の午後に乳みせルックで
ぼくは消滅
したいなあ

そう、もちろん、細田は本当は分かっている。真夏の真昼、若い生命の輝きの絶頂で、人は、思わずわれを忘れて「時間よ止まれ、世界は美しい」と叫んでしまう瞬間があることを——かのゲーテのファウストのように。そう、その瞬間、世界は確かにすみずみまで美しい——愛も、憎しみも、ながれる汗も、午後の陽射しが道に落とす濃い影も、乳みせルックも、余すところなく。そして、その輝きの中では、「君」や「君たち」、「彼（女）」や「彼（女）たち」、「それ」や「それら」から分離された惨めな「個」としての「ぼく」などもはや存在せず、あるのはただ、どこまでも大らかで自由であけっぴろげな、「世界」そのものとしての「ぼくら」だけなのだ。

だが、同時に又、細田は分かって（しまって）もいる。「時間よ止まれ、世界は美しい」——そう叫んだ瞬間、その者の魂は、忽ち、哄笑するメフィストフェレスの手に落ちてしまうことを。そう、例えば、この世のものとも思われない（ということはつまり「この世のものであってはならない」）核爆発の圧倒的な光芒が、その後の何万年もに渡る放射性物質を代償にしてしか手に入らないものであるのと同様に——まして、あの三・一一を「この世のもの」として目撃してしまった今となっては、もう、否応なく。

え？「永遠」に直結する「瞬間」？

——ああ、分かるよ。

美しい夢だね。それなら、俺も見た。

だが、それでも時間は止まらないし、世界は美しい（ばかりな）わけでもない。そして又、たとえどんなに美しい高揚感や一体感の中でと雖も勝手に「ぼく」の道づれに「全滅」させていい「ぼくら」などないし、又あってはならないのだ。

〝汚れなき喜び〟？

——ありがとう。でも、やっぱり〝汚れつちまつた悲しみ〟が俺にはお似合いかな

——この美しく晴れた五月の午後でさえ。

そして、出来れば、長い冷凍睡眠にでも入るさ。遠い未来に、もしかしたらあるかも知れない希望を託してね。

そう、恐らく細田は、そう呟いているのだ——さりげなく中也の一節など口ずさみながら、深い愛惜を籠め、だが同時に、かくも「思へば遠く来て」しまった自分に自分でも些か驚いて。

追憶の彼方から呼び覚ますもの（11）「チボー家の人々」とホイットニーヒューストン

――なぜ子どもの権利条約（国際法）なのか

日野　笙子

現在は二一世紀、二〇二三年九月。来年は第一次世界大戦からちょうど百十年目にあたる。この戦争は初めての世界戦争であり現代の起点とも言われた。多くの国々が軍事力だけでなく、経済や工業、科学技術、そして若者の心までも戦争に駆り立てたいわゆる総力戦だったのだ。その後の第二次世界大戦を含む歴史の中で、戦禍に巻き込まれた子どもたちは名作にどのように描かれていたか。現在も地球上で戦渦は止むことがなかった。今回、何故「子どもの権利条約」（註1）を取りあげたかというと、どうしてもその意義や現状を知る必要があったからだ。

この土地に移り住んでから年に数回のほんの僅かな時間だったが、私は地域の人々とこども達が集まるある任意団体と係わりを持っていた。ところが近年のコロナ禍と経済不況の影響か、その存続が危ういのだ。現実は本当に切迫していた。様々な問題が個々にあり複雑に浮上した。殆どの人々の生活そのものが苦しいのだ。ずばり、子どもの貧困と虐めと虐待（精神的も含めた）の問題である。軽い言葉でなんか慰めようのない実存の危機だった。

自治体や教育機関への働きかけがどうしても必要なのだ。一般市民が主体となったオンブズマン制度はまさに子どもを救済する意味でも必要だった。もともと閉鎖的でムラ的な教育機関に順応するタイプでは私は決してない。けれども正直私は、子どもたちが安心して成長し発達する権利が様々な形で侵害されているのだから、黙っているのは大人として卑怯だと思った。

思ってしまったのだから仕方がない。そして自分がいかに人権、特に子どもの人権についてわかっていなかったかを実感した。そもそも人権はもともと個々の生きる権利、しかしそれは普遍性を持つものか、この問いに立ち戻ってみると、現代はことさら子どもが生きるに困難な状況だ。国家間とか経済格差とかヘイトや差別問題とか、もしすべての人間が人権を果たそうとすると、どこか別の国の人々や子どもたちの生きる権利さえ奪いかねない戦争、紛争、内乱である。それが現代のリアルだ。現実は常にジレンマを孕みながらの人権意識なのだ。児童虐待、体罰、子どもの貧困、虐め、自殺等々、問題は山積みだ。

教育は本来個人のためにある。決して国のためにあるのではない。優先すべきは今現に不幸な状況が起こっている人々を助けることだろう。

人権の世紀と言われた二〇世紀は同時に戦争の世紀と言われた。重大な背景として、第二次世界大戦時のヒトラーによるユダヤ人大量殺害である。この時に殺害された子供、若者の命何と夥しかったことか。そして人権が国際法として制度化されていったのは周知の通りである。だからどんな立場のどんな子供も救済されなければならないのだ。

非才を顧みず言わせてもらう。私はこれといって特徴のない人間だった。だからもっぱら他人様の作品や歌詞にいたく感動を覚えたりする。たとえそれがバナールで平易な通俗的な言葉であっても。立ち上がる歌詞と共にその人間と共感し人生を実践するという期待。一種、転移あるいは逆転移したような関係がよかった。共感を伴う相互的な関係、そこにこそ希望を託せる文学や思想そして芸術への信頼があるのではないのか。

今回取り上げたのは「チボー家の人々」とホイットニーヒューストンの歌。「チボー家の人々」、作者はフランスの作家ロジェ・マルタン・デュ・ガールである。この作品は第一世界大戦後の一九二〇年に制作がはじまった。一九二二年に第一巻の有名な「灰色のノート」を皮切りに、一九四〇年の出版までなんと二〇年の歳月を費やされている。作者は一九一四年の大戦に動員され戦争の体験をし、一九一九年に除隊。それからの執筆であった。エピローグを書き上げたのは第二次大戦が始まった一九三九年。大戦中はドイツ軍の圧迫を逃れるように居を転々と移ったというから、落ち着いた環境ではなかったのだろう。

最初に読んだ本は「少年版チボー家の人々」の方だった。うろ覚えだが、戦争の場面よりも悲しかったのは少年ジャックの最後だ。社会の秩序や権威を拒否する反抗的なジャックがやがて平和運動の地下に潜る。そしてなんと反戦ビラを撒くために載った飛行機が墜落してしまうのだ。ジャックが死んでしまったのだ。十代の私はこの主人公ジャックが大好きだった。長編の方はジャックの死後も続く。対照的な性格の兄、アントワープもまた毒ガスという死の危険にさらされる。死を覚った彼は弟の小さな遺児ジャン・ポールにあてて書き置きを残す。「お父さんの思い出を手本にするのだ！　孤独だった彼の生活、絶えず悩み安らぐことのなかった彼の思想、それが潔癖な心の勇気で、誠実だったのだ。おまえがまさに手本とすべきものなのだよ」と。

この少年少女向けの全集は大方、挿絵が付きフリガナも付いていたと思う。「科学と学習」とかいう教材よりも、毎回配本になるのが楽しみだった。それは未来の自分へのバイブルでもあった。こういう時に熱中した読書体験というのは純粋に人生で出会った宝物だった。

先日、某音楽のグループで知り合った外国籍の若者と話をした。日本語も通じたから率直にテレビ等の音楽メディアについての感想を聞けた。「日本の若者はとても親切です。そして閉鎖的です。デモクラシーは身についていないかもしれない」。そういう趣旨のことを言った。私は言った。日本は民衆から民主主義を勝ち取ったわけじゃない、若い人のおかれた狭隘で稚拙な思考環境は彼らの所為じゃない、と。私は教育者ではないからうまく伝えられないとも言った。すると青年は更に言った。「しかし、日本にはsafetyがあります」。そうなのだ。日本は徴兵制がないから若者は戦争に行かなくていいのだ。今のところなのかもしれない。いや、決してあるはずはない。日本の憲法は簡単に変えられない硬質な法なのだから。しかし徴兵制に怯える若者にしたら、日本の若者たちは安全に映るのだろう。内乱もない。音楽もＳＮＳで仲間を募れる。今の平穏を権利として若者が実践できるかどうか、そのことが肝心のような気がしてくる。

一九世紀、二〇世紀の名作名著の再読を自分に課してから十数年。他の書物との併読だが楽しみながら進めている。

ある日、ラジオから流れる（スマホではない）楽曲を耳にして、ふと、手にとった黄色い本は白水社の五冊。マルタン・デュ・ガールの「チボー家の人々」五巻である。人生で再びジャックと出会うことになったのだ。楽曲はホイットニーヒューストンのGreatest Love Of All。子供の頃と大人になってからとでは読書の観点はおのずと違ってくるが、ホイットニーの歌声とジャックとの再会はやはり感動ものだ。以下に青年革命家ジャックの台詞とホイットニーの歌の一部を引用させてもらおう。

「暴力によって世界の運命を蹂躙させないたった一つの方法は、自分自身、あらゆる暴力を肯定しないことにある。……そして革命は、一つの階級、たといそれが一番多数をしめ、一番搾取されつづけていた階級であろうと、一つの階級の勝利とは別個のものでなければならない。僕は、一般的な勝利をのぞんでいるのだ……ひろく人間的な階級の」

（「チボー家の人々」第三、四巻より）

I believe the children are our future
　子ども達は未来　そう信じてる
Teach them well and let them lead the way
　だから教えて　よき道へ歩んで欲しいから
Show them all the beauty they possess inside
　美しいものは自分のなかにあることを知ってほしい
Give them a sense of pride to make it easier
　より良い人生を送れるように誇りを持つの
Let the children's laughter remind us how we use to be
　子ども達の笑い声が子供だった私達を思い出させてくれる
A lonely place to be
　孤独に過ごす中で
So I learned to depend on me
　私は生きることを学んだの
If I fail
　私が倒れても
No matter what they take from me
　私から何を取り上げたって
They can't take away my dignity
　誰にも尊厳だけは奪わせない
Because the greatest love of all is happening to me
　だってこの世の最高の愛を私は手にしているから
I found the greatest love of all inside of me
　この世の最高の愛が私の心のなかに宿っている

（♪ホイットニーヒューストン Greatest Love Of All）

七十年代終わりから八十年代にかけての自分はけっこうスノッブだった。思い出すのも恥ずかしいのだが一時期はディスコ（今のクラブ）にも通った。洋楽も好きだった。大きなヘッドフォンでＦＥＮ（後のＡＦＮ）やソウルトレインなどをよく聴いた。聴きながら殆どは夢想の中にいた。本も読んだし文章も書いたりもしていた。かなりの音量であったと思う。気が散らないのかと、当時一緒に本や資料で調べ物などをしていた人が不思議がった。サックスやエレキギターの音を聴く度に胸の奥にじわーっと懐かしさが甦る。それは思い出と違う。こんな年になって気恥ずかしいのだがやっぱりパッション、情熱なのだ。

ホイットニーヒューストンのこの曲は、子どもを残して若く死んでゆくある母親の尊い愛が主題。子どもを産んだことがない自分にはその切なさまではわからないが、dignity尊厳という英語がとても気に入った。その時併行しての読書が、有名な黄色の本、「チボー家の人々」だった。今の若い人たちには馴染みのない組み合わせかもしれないが。私は流行のダンス音楽やソウルを聴きながら、時には任侠映画を流しながらの読書や創作（?）はへっちゃらだったのだ。出来はともかくとして。当時は独りでいられる環境が私にはなかったせいもある。この曲が流行ったのが八〇年代中盤だから四十年近い時の経過だ。

先に、情熱と書いたが感傷的になることが何も悪いことじゃない。老いの感傷なのだから。けれども気をつけていることがある。価値観の押しつけになってはいけないと思っている。ことエンターテイメント性の高い趣味や音楽に関しては。そうなってしまったら、ごめんなすって！。同じくお年を召した知人は言う。騒々しいのはたくさんだと。

さて、話を子どもの権利に戻そう。これから同時代を生きる大人世代として何を守らなければならないのか。どんな条例で、どんな内容で子どもを守らなければならないのか。子どもを追い詰めてゆく懲罰指導や体罰など許されるものではない。子どもに必要なのはやっぱり愛であり、優しさなんだと思う。そういう私はいつも甘過ぎると言われるが、こんな年になったら怒れないのだ。年寄りは子どもにメロメロ甘いのだ。

昨年秋の令和四年版自殺対策白書によると、青少年の自殺は過去最多となった。二〇二二年中における小中高生の自殺者数（確定値）は五一四人。一九八〇年に統計を開始してから初めて五百人を超えた。加えて、虐待、いじめが原因の事件の何と多いことか。青少年が引き起こしたあるいは巻き込まれた不幸な事件の数々。まだ未来がある若者が負うにはかわいそうすぎる。強制された団体行動や、戦争のための徴兵制などはまさに大人や国家による青少年への人格と生命の侵害であろう。若い時期はそれに気付けない。また大人に異を唱えることもできない。ある種の組織、親族を含めた家庭、そして学校など、謂わば大人による精神的虐待などはなかなか周りで気付くことができない。人に言えない怒りや恥辱の傷で苦しむ青少年が何と多いことか。強い立場の大人が青少年を虐めるのだから始末が悪い。

先日、あるレポートの為に必要があって調べ物をしていたのだが、興味深い一文を見つけた。

「人権というものの法的効果が普遍的だからこそ他者も訴えることができるという旧来の権利意識の変革こそ、今問われているのだ。……普遍的な人権とは、誰もが人権であると認めた権利であるというより、むしろ誰もが侵害する可能性のある権利を指すのだと考えた方がよいのかもしれない」（註2）

児童虐待防止法（二〇〇〇年施行）はこれまで幾度かの改正を経てきて改善はされているが、二〇一九年に漸く体罰が禁止された。しかしいじめや虐待の事件は後を絶たない。虐めによる自殺事件は多発している。口に出すのも憚れる悲惨さである。

教育というのは人間関係であるのに、大人である教員や親や社会の人間性を問われることなく、教育、養育と称して子どもを追い詰めてゆく。悪いのは家庭だ、子どもだ、虐められる側にも問題があるなどと言わんばかりに正当化する答弁の数々。過去にそういう現場の声を聞くにつけ苦しくなった。実に傍観も含め、そのこと事態が本質的な問題なのだと私は気付いた。その考えは今も変わらない。

今年二〇二三年三月、これまた漸くなのだが、いわゆる民法八二二条の懲戒権が削除され八二一条に改正された。懲戒の定義に問題があり、そのことが養育者の体罰や虐めの土壌を許す要因だったのだ。削除の改正はむしろ遅すぎたと言える。

ホイットニーのGreatest Love Of All、よくよく聴いたら、子どもの権利条約の四つの基本の柱である。子どもの生存・発達・保護・参加などに関わる様々な権利を情緒的に歌っている。人は情緒的な生きものだ。教育も文学も音楽も哲学も主体は人間だ。ＡＩではない。

第一次大戦で死んでしまったチボー家の青年ジャック。そして切々と詠うホイットニーの愛の歌。こみ上げる諸々の感情。つい今しがたラジオから流れた曲で懐かしさがこみ上げる。いっそ、バナールな感覚と言ってみようか。月並みな言い方しかできないが、たっぷりと情緒をかき立ててくれた。今という穏やかで平凡なひととき。両者とも名作、名曲といわれる所以だ。

〈了〉

註1　日本政府が一九九四年に同条約を批准して二五年後。日本の子どもの権利の現状は、国際水準に照らしてどうなのか。

二〇一九年、国連子どもの権利委員会による日本政府への審査と勧告から考察した。そこでは「深刻に懸念」されるという総括所見である。「包括的な法律の不備」が問題とされた。

子どもの人権意識の遅れにはそもそも日本の歴史的背景、戦前までの天皇制国家、教育勅語、家父長制度、女性と子どもの人権軽視の風潮などがあると指摘。

参照条文は以下。憲法二六条一項（教育を受ける権利）、国連子どもの権利条約三条（子どもの最善の利益の尊重）、一八条（教育の権利）一三条（個人の尊重、生命・自由・幸福追求の権利の尊重）

註2　小寺彰・岩沢雄司・盛田章夫編『講義国際法』（有斐閣、二〇一六）三六八頁。三六九頁。

参考文献　右記註以外
前川喜平・寺脇研『これからの日本、これからの教育』（ちくま新書二〇一七）
岩沢雄治・編集代表『国際条約集二〇一七版』（有斐閣）
ミュージックソウルブログ http://musicsoul.blog.jp/

『辺野古基金事務局』の意志と『絵が語る八重山の戦争』抜粋

石川　啓

2023年1月28日、普天間飛行場の閉鎖・撤去と県内移設断念、MV22オスプレイの配備撤退を求める「建白書」の安倍首相（当時）への手交から10年を迎えました。

「建白書」は、沖縄県議会議長をはじめとして県内41全市町村長と議会議長、各種団体長の署名・押印のもと「県民意思の総結集」として手交されたものです。その間にも県民投票や国政選挙及び知事選挙等で沖縄の民意は次々と示されており、辺野古新基地を造らせないという民意を尊重すれば、問題は解決するはずです。

御承知のように2000年の「地方分権改革」により国と地方は対等・協力関係と位置付けられたはずです。意見が対立した場合、それを調整するのが政治です。しかし現政権は沖縄県を対等な関係ではなく、国に従属させる対象として見ているばかりか、台湾有事を打ち出しながら南西諸島の軍事化を急ピッチに進め、沖縄を再び戦場（イクサ場）にしようとしています。

私たちにとって、沖縄戦の教訓は「戦争」からは何も生まれない、軍隊は住民を守らない等々なのです。あらためて「戦争につながる一切のもの」を拒否するためにも引き続き辺野古新基地建設阻止の運動・活動を強化していかなければなりません。

2023年
辺野古基金事務局

〒900—0021
沖縄県那覇市泉崎2丁目105—18
官公労共済会館B1
TEL　098—943—6748
FAX　098—943—6893
HP　http://henokofund.okinawa/

＊『絵が語る八重山の戦争』＊

「命ど宝《ヌチドウタカラ》」と云う沖縄の人達は強い。その生命力を見習う。きっと踏みつけられ痛めつけられてきた歴史の中での金言。人間の最後の最後の宝まで取り上げられた人達の実感の伝承。強くならなければ生きられなかった修羅を潜り抜けてきた結論。

琉球王朝の時代には、島によって酷《むご》い人頭税に喘ぐ。島民は「琉毒」と名付ける。しかし日本の支配下になると更に厳しい蹂躙。明治の琉球処分の前後から住民の間でひそかに囁かれていた「日毒」という言葉。「琉毒」より更に猛毒の「鴆毒《ちんどく》」とも表現されている。

第二次世界大戦の石垣島の戦時中を回顧した画文集を発行された潮平正道《しおひらまさみち》氏が小学校5年生の時に、学校で軍事訓練をした。自分で作った竹槍で、藁の束を板にくくりつけて敵と見立て、思い切り竹槍で突いて殺す訓練。大きな声を出して突かないと「声が小さいっ！」と先生に怒られた。（＊筆者註　本土では女性が薙刀《なぎなた》や竹槍の訓練をした話を読んだが、子供の訓練は初めて知った）。同年には家の石垣を崩した。日本軍用の桟橋を造る為だった。日本兵の命令した高さまで石垣を崩すと、庭が丸見えになった。港の中に板を組んで枠を作った中に、小学生が運んできた石を埋めて桟橋を造った。海の中で枠を作るのは朝鮮から連れてこられた人達で、危険な仕事だったと思う。

旧制中学校に入ると同時に、有無を言わさず「鉄血勤皇隊」となる。中古の大きな銃が配られて、弾が入った銃を毎日学校へ持って行った。その他に自前の鍬《くわ》と鎌を常備した。食料難だから学校の運動場にサツマイモを植えた。また敵機に銃撃された時に、飛び込んで弾を避けるタコツボを掘ったり、飛行場の建設作業に使った。銃は使った事がなかった。

1年生と2年生は、敵の戦車に爆弾ごと体当たりする訓練も行った。木箱に入れた爆弾を背負ってタコツボに隠れ、戦車が来たら戦車の下に飛び込んで自爆する訓練だった。（＊「鉄血勤皇隊」は太平洋戦争末期の沖縄で戦闘要員として動員された男子中学生の呼称。多くの犠牲者を出した。「大辞林」より）石垣島の川平湾《かびらわん》には、日本海軍の特攻艇がある特攻基地があった。特攻艇はベニヤ板で出来た一人乗りの小さな船。爆弾を積んで敵の船に突っ込んで自爆して、敵の船を爆破させる。（＊他のもので読んだが、ベニヤ板の船は海中で分解したのも多かったようである。沖縄の子供達に「自爆」は「名誉の戦死」、と叩き込んだのを想像させられる）。白保《しらほ》に飛行場を建設し、毎朝、敵の軍艦に体当たりする特攻隊が飛び立った。

石垣島に米軍の上陸はなかったが、度々空襲があった。友達と二人で中学から家に帰る途中、突然海の方から敵機が低空で飛んできて、ババババーッ、と機銃掃射された。夕方で薄暗かったので、真っ赤に焼けた弾が飛んで来るのがはっきり見えた。ぼくたちは突差にすぐそばにあった福木の幹の陰に隠れた。福木のおかげで二人とも助かった。心臓がバクバクしてすごく怖かった。後で福木に弾丸《だんがん》の跡があるのを確かめた。

宮良《みやら》村の近くにも日本軍がいて、兵隊達の食糧が不足だったのか、村で大切に飼っていた牛をこっそり殺して食糧にした。波照間島《はてるまじま》の島民に日本の軍人が日本刀を振りかざして、「島民はみんな西表島《いりおもてじま》へ避難しろ」と命令を出した。牛や馬やヤギは敵が上陸した時に食糧にされるから「みんな殺せ！」と命令し、島の人達は大切にしていた家畜を殺した。

１９４５年（昭和20年）6月のある朝、日本兵が玄関で父さん（潮平寛保《しおひらかんぽ》、当時45歳）を呼んだ。父さんと日本兵は、怒鳴りあいの喧嘩をし、兵隊は帰った。倉庫が雨もりして兵隊用の米が濡れてしまい、「住民用の濡れていない米と交換しろ」と言ったので、「大喧嘩をして断った」のだそうだ。濡れたお米は、保管しているうちにカビが生えて食べられなくなる。父さんは、住民の食糧を管理・保管する食糧営団の責任者だった。

いつ山へ避難命令が出るかと緊張して過ごしていたのでとても怒ったんだ。一週間後くらいに避難命令が出た。父さんはお米を無事に配り、みんなは、そのお米を持って山へ避難した。

山にはマラリアをうつす蚊がいるのを、島の人達は昔から知っていて山に深くはいらなかったが、軍の命令は絶対だから島民は山に行った。まもなくマラリアにかかる人が出始めた。

症状は真夏の暑さの中でも寒気で震え、一時間後くらに40度くらいの熱が出て下がらない。ろくな食べ物も食べていない人達は、マラリアにかかると次々と亡くなった。鉄血勤皇隊員として、軍の基地建設やタコツボを掘ったりして、夕方、避難地の白水《しらみず》に帰る途中で、白水からマラリアで亡くなった人を雨戸に乗せて運ぶ人達とよくすれ違った。その行先では遺体が焼かれる炎が見えて、煙りがもうもうとたなびいていた。

「この光景を決して忘れる事ができません。今でも昨日の事のように思い出します。」

十二歳、中学1年の時、自分もマラリアにかかった。高熱を出す前に激しく震えているのを母ちゃんが押さえてくれている。ンメー（おばあちゃん）も心配して奥の方から見ている。食べるものが少ないので、みんな体力がない。多くの人が亡くなる中で、幸いにも一命を取り留めた。

避難地の山から家に戻ってもマラリアでバタバタ死んだ。

マラリア蚊のいる場所で罹患し死亡した人は3千647人。島の医師団が駐屯軍にマラリアの薬「キニーネ」を要請したが、「軍も必要だ」と断られる「戦争マラリア」。作者の先輩の家が日本軍の将校の宿舎にされたので家を出た。戦後先輩達が家に戻ると、押し入れに「キニーネ」がいっぱい入った袋が残されていた。

「この薬を島の人たちに少しでも分けて飲ませていたら、死ななくてもすんだ人がたくさんいただろうに。とてもショックだった」と、先輩は話していた。

（＊この他にも書けない程悲惨な状況もありました）。

これほど過酷な中で生き抜いてきたのだ。大和の犠牲になった沖縄の人々に強いる米軍基地・自衛隊基地。無断で海に放り込んだ土砂は、大和の傲慢さと醜さと無関心そのもの。人権無視。何故そのような事を臆面もなくできるのだろう。

「戦争」からは何も生まれない。軍隊は住民を守らない。沖縄の生涯心に刻まれた酷《むご》い戦争体験の結論。

しかし二十一世紀の現在も変わっていない符合ではないか。「戦争中は沖縄を悲惨な目に遭わせたから、これ以上沖縄を酷い目に遭わせない」という考えにはならないのか。

参考＊八重洋一郎詩集『日毒』
二〇一七年五月三日初版発行
＊八重洋一郎詩集『血債の言葉は何度でも甦る』
二〇二〇年一〇月二五日発行
＊『絵が語る八重山の戦争　郷土の眼と記憶』
潮平正道　二〇二〇年八月一五日発行
聞き取りと文章作成
久原道代・久原望未

（＊筆者が文章を省略している箇所があります）。

スウェーデン、ヨテボリへの旅

水崎　野里子

スウェーデン第二の都市、川と港の都市ヨテボリは、今は見事な民主主義の都市、トラムとバスと鉄道路線が同居する、電気の明かりが一日中星のように瞬く文明都市でした。ホワイト系の人たちも非ホワイトの人たちも、男も女も胸を張って歩いていました。イスラム系スカーフの女性たち、いわゆる有色人種も含めて差別、区別はなく、仕事をして互いに話し合い、笑い合っていました。二度か三度、わけがわからないわたし、異国の旅行者に多大な親切をいただきました。

英語が完全に通じます。朝食はスクランブルエッグにベーコン、ハム、ヨーグルト、ジュース、コーヒー、野菜、フルーツなど、どこでも見るインターナショナルメニュー。主なランチはサンドイッチでアメリカのブランド店がかなり進出。セブンイレブンもだいぶ進出していましたが、期待に反しておにぎりなし、店内は日本でも最近よく見る西欧型甘パンやコーヒー、当地産スナック菓子、コーラ、ジュース飲料など。お寿司屋があり、結構売れていました。駅から離れて中央広場の近くを歩くと立派な門構えの中国料理レストランなどありましたが、高額だと思い素通り。おサカナのレストランを探しましたが、これはどういうわけか？　見つからず。どうせ高いでしょうとの予期。その代わりに日本の寿司屋がサカナお刺身で進出？

勇敢なバイキング、海賊、掠奪のかつてのゴート人はアメリカを上回る？　デモクラシーの国を作りました。11世紀頃からだそうです。〈北欧〉ということですが、わたしにはまさに夢の西欧と思いました。アメリカで再生？　と言われる有色人種差別はまるで無いので感嘆。ただ食べ物までアメリカ的は少し残念でした。魚屋マーケットは改築中。スーパーへ出かけて調べましたが冷凍パックか缶詰か、生サカナの量は少ないようです。かつて日本は北海のお魚を北欧から輸入のはずでした。かつて北欧の方々はお刺身で、生でお魚をワイン漬けや辛子、お酢漬で召し上がったはずです。港が違うのかな？　この点だけは不満でした。バイキングの時代に戻って欲しい。勇壮に海に乗り入れる男たち。その夢の今に。外国資本のハンバーガーとシュガーパンに負けないで欲しい。日本もリードして欲しいです。大漁旗を再び振って欲しい。

市内を流れる河に沿って植物園がありました。木々の種類が様々でまだ緑の葉をふさふさと繁らせていました。子ども、市民の憩いの場でした。もう若くはない夫婦の久しぶりの一緒歩きでした。自然を大事にしているな、との思い。大きな柳の木がたしかにうらめしや~の形で緑がそよいでおりました。出口(入口？)の大樹は桜ではないか？　との今のわたしの推測です。大きな木々がツヤツヤした緑の葉をふさふさと繁らせていました。下は一面の緑の芝生。木々は紅葉しないのかな？　と不思議に思いました。寒いわりには赤くなった木の葉は少なかった感じがしたからです。落ち葉より緑の葉を尊ぶ環境学なんでしょうか？　バラ園のバラは豊富で色とりどりでした。赤、ピンク、黄色。ピンクや白の小バラのアーチがメルヘンチック、旅の疲れを癒す夢の園でした。

反歌：旅の宿

ヨテボリの中央駅のセンターの裏道に立つわが宿明かり

終戦直後に登場した出版界の風雲児
青山虎之助と「新生」（二）

星　清彦

さて長い戦争が終わるのを待っていたかのように、青山虎之助なる人物が現れて敗戦の重く沈んだ世相の中、その僅か二ヶ月後に総合文芸誌「新生」を世に登場させ、戦後出版界に喝を入れるとその空気に新風を起こし、しかも法外な原稿料で有無を言わさず大家であろうとも承諾させ、豪華執筆陣を揃えて堂々たる雑誌を出版したのでした。表紙は見栄えは良くないがそれでも活字に飢えていた当時の日本人には「旱天に慈雨を得たような喜びでいっぱいだった」と小田嶽夫が言うように、十万部とも十二万部とも言われる「新生創刊号」は僅か一時間で完売（二時間とか半日とか一日というように諸説あり）と言われています。（一説には三十六万部）その「新生」を世に出したのは「青山虎之助」という三十歳に漸く届いたかのような若者だったというお話を前号では致しました。今回は「新生」の創刊号から二号、三号までと「青山虎之助」なる人物にもう少し触れてみようと思います。

「新生」の二号、三号について

「新生」の創刊号（十一月号）と二号（十二月号）はページ総数が三十二ページで、しかも創刊号はアンカットで（今で言う袋綴じのようなな？）ページを自分ではさみやペーパーナイフで切るという、現在ではとても面倒なことでも何だかとても新鮮だったと、荒垣秀雄氏は残しています。結局創刊号は三十六万部（一説）、その後の号で最高で五十三万部も売れたらしく雑誌界始まって以来の売れ行きと言われました。刷れば刷るほど売れた、入れ食い状態のような売れ行きでした。それこそ皆こぞって飛びつくようにして購入したという逸話もあり、想像するだけでも凄い様子が思い浮かびます。

創刊号の内容については前号で触れましたので二号（十二月号）から内容について触れていきます。

「新生」の二号もページ数は創刊号と同じ三十二ページです。雑誌名の「新生」は右から左へ流れています。つまりまだ戦中と文字表記の仕方は同じです。違うのはその代金です。創刊号が一冊壹圓貳拾銭（一円二十銭）で二号が一冊壹圓五拾銭（一円五十銭）と値上がりしています。まだ「銭」が使われていますから、新円移行前なのも解ります。ページ数は同じでもこのぐらいの値上げはしても大丈夫と踏んだのでしょう。紙は粗悪でしたが文字もポイントが小さく、八ポイントぐらいでしょうか。しかも印刷にムラがあり、文字が小さいのに印刷が薄くてはもはや読むというよりも、想像して読むという高等芸までが必要とされました。美濃部達吉の「わが國體と國家概念」という論文のタイトルは、タイトルだけに文字は大きいのですが「わが」のところが殆ど印字されておらず読めません。ただ表紙の目次で確認できるという有様です。そして読み始めると正直読みづらくて先に行こうという気持ちも失せてしまいます。それを当時の人々は食い入るように読んでいたのかと思うと、それまでして読みたかったのだなと考えさせられます。「永井荷風」が「亜米利加の思出」として二ページほどのエッセイを終わりの方に載せていますが、これは荷風が清貧に苦しんでいた時に青山虎之助の依頼を受けたもので、文壇の大家であったために、法外な原稿料を貰い書いたものです。日々の生活が苦しかった荷風も、これで一息つけました。

三号（昭和二十一年新年号）はそれまでの倍の六十四ページになりました。定価は特価二円五十銭と書いてあります。（漢字は旧漢字）ただページが倍増しただけではなく、執筆陣の名前の豪華さといったら当代随一でしょう。ざっと名前を挙げても、武者小路実篤、蔵原惟人、尾崎行雄、石川達三、宇野浩二、里見弴、永井荷風、広津和郎、丹羽文雄、正宗白鳥と枚挙にいとまがないといったところです。原稿料が一枚三円ぐらいの時、その十倍、いや荷風や谷崎潤一郎には一枚千円なんて噂もありました。その上青山虎之助は原稿のお願いには豪華な酒席を設け、当時殆ど手に入らなかった牛肉や米をたくさん土産として持たせるのでした。一体いくらの収入があったのでしょう。それだけ大爆発した「新生」には勢いがあったという証明でもあります。

どうしてもまだ敗戦後三、四ヶ月の頃ですから、戦争の記憶は生々しく残り、読者もまた共感できるものであったために、その当時の暮らしぶりを書いたものが多くなっています。例えば「正宗白鳥」の「戦災者の悲み」という文の中にはその当時の厳しい生活が記されています。疎開先にてまだ暮らしていた白鳥家族の話が切々と語られているのです。

「子どもの時から甘やかされて、家族の俗事などに少しも使役されなかった私も、この一年はよく働いた。妻と子どもも。二人は自転車に乗られるので、戸外の用事をよく勤め、乗れない私は家の中の仕事に努力した。掃除もするし、雑巾がけもするし、三度の食事の世話までもする。若い時より早起きの癖があった私は何時でも日の出前に起き上がって、竈に火を焚き付けるのを厳粛な日常の役目とした。冬は手は凍える。煙くて目からは涙が出る。鼻汁がたらたらと止めどなく垂れる。そして、容易に火が点かないので焦慮悲観に襲われる事もある」

疎開者の苦労が手に取るように伝わってきます。幼少の折より不自由なく育ったらしい大詩人の「正宗白鳥」。それが中年を過ぎ初めて雑巾がけや食事の世話をやらねばならないとは。手はかじかみ、松葉でしょうか、火を熾すと煙くて涙が出るなど同情しきりです。また、

「春になり思慮深い妻が隣接地を開墾しだしたので、仕事は一層忙しくなった。（略）以前夏場はこの辺りでゴルフをやったり、散策を楽しんだりしたものだが、この別荘地で自分たちが馴れぬ身で畑仕事なんかをやるのを、土地の人たちはおいたわしく感じているらしいのだ。そして自分自身でもおいたわしいと思っているのだろう」

とすっかり憔悴しきっています。戦争が終わったのですから東京へ帰ることもできたのでしょうが、肝心の自宅は焼き尽くされてしまい、当時ではすぐ復興など夢物語でしたでしょうから、帰りたくてもその術さえありませんでした。そして、

「焼かれた人は奈落の底に落とされた劣敗者のようである。再び地上に這い上がることのできない生物に成り下がったようなものである。『本当にお気の毒でございます』と、焼かざれし人々から儀礼的に慰め言葉を掛けられるたびに、焼かれし我々は、みじめな自分に気がつくのである。（略）『自分の家が焼け

たような気になれませんよ。昨夕もあの二階の寝台に寝た夢をみましたよ。』妻は昼間に、忙しい仕事に取り掛かっている間にでも、ふと、東京の家や庭や、あちらこちらに蓄積してあった様々な物品を思い出して、泣きたくなるようなことが度々あったと言う。洋館の階段の下にはジャムの缶詰が数十個、蜜蜂の瓶詰にフランスから持ってきた葡萄酒が何本か仕舞ってあった筈だ。」

その連想は果てしなく広がっていきます。そして焼失前の自家の所有物の一つ一つが眼前に出現するのでした。何と残酷なことでしょう。それらは全て実在しないのです。まさしく「戦災者の悲み」というタイトルがこちらにも迫ってきます。

そして「新生」にもまた動きがありました。三号の編集後記に更に小さい文字でこう書いてあります。

「編集後記　悪夢のような日は去って、今新たなる年を迎える。『新生』も、ようやく混乱から秩序への道を進んでいる。次号あたりより真に旧来の常識を脱せる、最高の誌としての権威のための努力は開花し始めるであろう。そう云う意味も含めて、出版の方も、終戦の混乱期に送り出した啓蒙的なものや、簡易な体裁のものは、打ち切り、本来企画せる本格的な出版に移行することにした。読者の期待を乞う次第である。青山)」

つまり三号までのいかにも粗雑な感じのものではなく、表紙もきれいな本格的な総合雑誌を目指すという宣言です。そして単行本もその計画の中にはあり、後々たくさんの単行本も発行されています。それはとても素晴らしいことなのですが、この昭和二十一年になると、以前の老舗の出版社も体勢が整い、どんどんと「復刊」が始まりました。「文藝春秋」や「中央公論」等々有名どころが再活動を始めたのです。そうなると徐々に「新生」は押され出しました。「創刊誌」も乱入して、質の悪いものは三号出すと潰れると言われた「カストリ雑誌」となってはじかれていきました。

そして危惧していたことが起こり昭和二十三年十月、全二十三冊で「新生」も廃刊となってしまったのでした。その原因は各雑誌の復刊創刊だけではなく、青山虎之助の経営の仕方が素人なために甚だ大雑把であったこと、そして誤植が多いので、作家たちが段々と嫌になって書かなくなったことなどが上げられています。尤も廃刊当時は「花」や「女性」といった婦人誌や「東京」なども出しておりそれほどの痛手ではなかったのかも知れません。それにしても戦後の復興の目玉、婦人の地位向上に目を向けて雑誌を創るとは、確かに先や時代を読むことに関してはたけていたのでしょう。しかもその「女性」の表紙はカラーで、あの藤田嗣治が描いているのです。一体幾らで描いて貰ったものでしょうか。

当時の「週刊朝日」に「新生社」のことが簡単に載っています。「壁には宮本三郎画伯の美しい女人像が掲げられている。雑誌は新聞社の輪転機で刷っており、部屋に入ると電話がひっきりなしにかかり、小切手帳にサインを貰うため社員が出入りして、これが出版社か」

というようなことが書かれています。当時の新生社の生き生きとした空気が伺われます。それでもついに新生社は倒産してしまいました。借金は当時の金額で千五百万円、税金滞納が二百万円と云われています。しかし新生社の歴史的な評価として、戦争に敗れた戦後の日本に、最初の文芸復興の旗を掲げたという素晴らしい事実はおおいに評価されて良いものと私は考えています。

出版界の風雲児　青山虎之助について

正直「青山虎之助」については資料が少ないのです。

大正三年（一九一四年）三月十二日岡山県岡山市に生まれ平成元年（一九八九年）二月三日没。つまり七十五歳手前にして亡くなっています。多分亡くなった時は編集者ではないように思います。現在の岡山大学在学中に同人誌を出し始め、太平洋戦争中は丸善石油や東亜特殊製鋼で勤務の傍ら同人誌に参加、編集を担当しています。戦後すぐに新生社を起こし、「新生」を発行。敗戦直後の雑誌としてベストセラーになりました。引き続き「東京」「手帖」「本の周辺」等を創刊し、後、実業界に転じる。

どうやら資産家や名家の出身という訳ではなさそうです。上京時母親から五十万円を借金してそれを元手として「新生社」を起こし「新生」をいち早く出版したという辺りは大変目先の利く人だったのではないでしょうか。実際創刊号は高名な方は少なく三号は前述のように物凄い執筆人です。創刊号発売前から話題を呼び、仕入れにきた書店が列を成したと記録にあります。それほど出版業界には大きな衝撃をもたらしたのでした。この新雑誌の成功はたちまち評判となり、刺激を与え、戦後の出版ブームに火をつけたのでした。つまり出版は一発当てれば素人でも儲かるという機運と幻想を与えたことにもなります。

そして昭和二十四年の出版不況によって倒産となってしまうのでした。

私には最初から不思議なことが幾つかありました。それは

①紙不足の時代にどうして大量の紙を確保できたのか。

②空襲により東京の印刷所も殆ど焼けてしまったらしいのに何故東京で印刷ができたのか。

③どうやって創刊号発売の知らせが全国にできたのか。

④資金は全く足りないだろうにどのようにして捻出できたのか。銀行は貸してくれたのだろうか。他

まあこんなところでしょうか。紙は旧軍隊のものを横流しで仕入れたようですが、そうとう金額はかかった筈です。新聞社の輪転機で刷りに刷ったそうですが、そのつてや賃料も発生したでしょう。創刊号発売の知らせはもう全く解かりません。ラジオはまだ民放が出たか出ないかだったでしょうし、もしかしたらちゃっかり輪転機をお借りしているその新聞社の新聞に、記事を載せてもらったものか。そして銀行は創刊号が馬鹿売れしましたから、二号からは喜んで貸してくれたでしょうが、創刊号となるとどうだったのか。どうやってかき集めたのだろう。

謎のままの部分も随分ありますが、今のところ調べはついていません。もしかしたら物凄い人脈を持っていたのかもしれませんが。「新生」と「青山虎之助」はセットのようでいて、扱いは違う気がします。「新生」の一人勝ちのように青山については詳細には出てこないのです。

ただ、「出版と文学と政治」の繋がりが見えてきました。良くも悪くもこの「政治」との関わりに何かヒントがありそうです。解かりましたら後日に。

国分一太郎（5）
——国分と益雄等を感化した詩人たち——
「新美南吉・野口雨情・宮沢賢治・村山俊太郎」

永山　絹枝

一、（1）国分一太郎と新美南吉・益雄

雪おれ　　国分一太郎

「母さん　あの音　なんの音?」
「あれは　林の　雪おれよ」

母さの　きつねと　ねていても
きつねの子どもは　目をさます。

「母さん　雪おれ　こわくない?」
「あれは　遠くの　雪おれよ」

母さの腹《ぽんぽ》に　だっこして
きつねの子どもは　もうねむい。

（『塩ざけのうた』）

　雪折れの音に目ざめて交わす親子きつねの愛ある会話のこの童謡は、読み手である教室の子どもたちに深い安心をもたらしたことだろう。遠くの林での音で子狐は目を覚ますが母狐のひと言で安心し、母さん狐に温めてもらって寝入る。

　国分の中にあるロマンティシズムと子等への愛情が重なり合っている。詩誌仲間の時崎幹男氏から「響き合い」として、「国分さんは、この詩を子どもの前でどのように読んだのであろうか。どんな声で、どんな表情で、そしてどんな話をしたのか。子どもたちは、どんな顔をして、どんな声で、担任である国分とどんな会話を交わしたのかな。何ともあったかくて味のある山形弁が聞こえてくるようである。」との問いが届いた。

　今後、「童謡の教化性」についても触れていきたいが、これらの童謡を国分はどのようにして生み出すに至ったのか。その源流について、近藤益雄と野口雨情の場合を想起しながら手探りしてみたくなった。「雪おれ」の童謡からも、新美南吉の童話『てぶくろを買いに』を連想したからである。

　また、新美南吉と近藤益雄は同じ時代に競うように「赤い鳥」に投稿していた。そこに国分一太郎が加わったと仮定してもおかしくはない。

　南吉は昭和6年に母校半田第二尋常小学校に赴任し、自作した童話『ごん狐』を、子どもたちに話して聞かせたという。

　そして、昭和8年（20歳）には『手袋を買いに』を書いている。

　一方、国分一太郎も一九三〇年（昭5・19歳）——長瀞《ながとろ》小に赴任。文集「がつご」「もんぺ」「もんぺの弟」を発行している。

　三人共、教師であったことは共通点で、童謡運動が教育現場に繋がり実践化されていったことが伺えるのだ。貧しく厳しい状況下に置かれている教え子達に物語で少しでも温かいものに触れ、人間として大事なことを学びとってほしい、そんな願い

が国分ら教師の心根には生まれたはずである。

【新美南吉《にいみなんきち》と益雄／国分一太郎の共通点】

近藤益雄と、『赤い鳥』」で活躍した新美南吉とは共通する部分が多い。益雄は、一九〇七（明治四十）年生まれ、南吉は一九一三年、益雄が六歳上だ。二人とも中学時代に詩や童謡の創作を手掛け、はや一定の評価を受けている。

益雄は猶興館《ゆうこうかん》高校時代に文芸サークルで活躍し、大正デモクラシーの影響を窺わせる社会評論「恵まれたる者」を同窓会誌に発表。一方、南吉は、半田中学校二年生の頃から童謡、童話を創作し、鈴木三重吉や北原白秋の目に留まっている。両者とも、『赤い鳥』の投稿を励みに文筆活動に勤《いそ》しんだ。

二つ目の共通点は、幼くして愛する者を失くしている事。益雄は六歳で父が病死。母親の生地・平戸に移住。南吉は四歳で母を亡くし、ひとり祖母の元へ。

したがって彼らの作品には、どこか孤独と哀しみが滲む。それゆえに寂しい者への眼差しや感受性がつよく、温かい。またそこから希求される他者との交流を通して愛を描くことを志向している。

第三の共通点として、どちらも教育の道を目指したことである。南吉は、半田第二尋常小学校代用教員時代、「ごん狐」などの作品を書き、『赤い鳥』に掲載され、一九五六年、巽聖歌《たつみせいか》が編集委員を務めた大日本図書の小学四年生用国語教科書に採用される。巽聖歌の南吉への支援は絶大なものであった。南吉は巽を信頼し、命を削るように多くの物語作品を書き残す。その後、「ごんぎつね」は、日本で最も読まれる児童文学作品の一つとなり、彼の名を不朽《ふきゅう》のものにした。

一方、益雄は、桜楓会《おうふう》の巣鴨「細民」地区の託児所でセツルメント活動をしたことから自由主義教育（国家主義的な教育や教師と教科書中心の教育から子どもを解放して、もっと自由な児童中心主義の教育を実践しようとした）などに出会い、科学的に社会を見る目や弱い立場の者への温かい眼差《まなざ》し、ヒューマニズムの精神を身に付ける。

一九二八年（昭３）二一歳の時、上志佐《かみしさ》尋常高等小学校の代用教員となり、「綴方生活」を愛読し優れた先輩達・今井譽《たか》次郎や小砂丘忠義《ささおかただよし》らの影響を受け、教育者として成長していった。また「北方教育社」の社友ともなり北方教育運動との交流を深め、第九号に「綴方の一分野としての童話について」や詩「朝」「センチメンタル楽手《がくしゅ》」を執筆。文集「勉強兵隊」は仲間達から多大な評価を受け、思想的にも高まっていく。この様《よう》に新美南吉《にいみなんきち》が児童文学作家への道を歩んだのに対し、益雄は綴方教師としての道を歩みながら、子等に愛を燦燦《さんさん》と注ぎ、それをモチーフにした詩作品を紡ぎ出していく。

この綴方教育の道で出会ったのが国分一太郎なのである。

国分と益雄、ふたりの間でも当時の教育状況、詩歌の新しい台動が度々話されたことだろう。子どもたちに喜ばれる童謡や童話、読み書きの力となる詩文のことが話題に上がったことだろう。

ここで、念のために新美南吉の「百姓」を付記しておこう。

百姓　　新美南吉

夕やみのなかに足音がしてきた。
たれかが走ってきた。
ものすごい勢いで走ってきた。
たれかと思ったら、
ついさっき、／行きあった百姓だった。
百姓はなにか急用ができたのだ。
それで牛車をほっといて走ってきたのだ。
「おお、あった。よかった」
かれは私の二〜三間むこうで何かをひろった。
何をひろったんだろう。／夕やみでよく見えなかったが、
たしかにそれは肥《こえ》びしゃくであった。
「おお、あった。よかった」と、
息をきらして走ってきた百姓がひろったのは、
それは一本の肥びしゃくであった。

肥びしゃくは命をつなぐ大切な農具。「肥えびしゃく」一本を人生の一大事のように拾う一人の百姓の姿。南吉のこの「農」への眼差しに国分も納得したことだろう。

（2）国分一太郎と野口雨情・益雄

おさぎ林の昔　　国分一太郎

おさんこきつねは
おさなぎばやし
林にすんでた
きつねです／／
むかしむかしの
ことですと。

きつねが　こはくて
夜ふけのみちは
林をとほる／人もない

おさんこぎつねは／ばけだうぐ
まぐそのまんじゅう／どろのふろ
きのはの　おさつや／石のぜに
まだまだどつさり／あつたです

こんな事さへ
あつたです。

おさんこきつねの／おすきなものは
法事のまんじゅう／ごむくめし

むさかりかへりの
ざかなづと　　　　　　　（「づと」「みやげ」）
そのほかたくさん／あったです。
今は今です／おさなぎばやし
林にちらほら／ひがついて
お人が／すむよに／なりました。

「ながさき詩人会議と仲間たち」で読み合った一口感想である。

（A）キツネさんの住んでいた時代が懐かしいなーと思えてきました。自然と人間が分断されずに共生していたころ、人の心も豊かだったと思います。（堀田）

（B）リズム感があって読んでいて、面白いですね。日本昔話にあるようです。「おさん」という古い狐の話で若い人にばけたり、芸者に化けたり…「むさかり」が結婚式の意味だったんですね。ことばも、すごくいい。「づと」、という言葉は津軽でも使います。ひともきつねも一緒の世界。ひろびろとして、いい詩だと思いました。（中村）

（C）昔々の昔話の世界なのでしょうか？　キツネは昔話の動物の主役ですから。口承文芸としての昔話を超えて、国分さんが私たちに語り掛けてくれているようです。それが何なのかがわからない自分がもどかしい。（時崎）

ところで、ここで益雄、野口雨情に関するある発見があった。なんと雨情の作品に「狐の提灯」という同題の作品があるではないか。

①　題材「きつね」

狐の提灯　　　　　　野口雨情

狐の提灯　ポウポウポウ
狐の提灯行列　ポウ　陸《おか》は万作だ
天からお金が降って来る　浜は大漁だ
海からお金が湧いて来る
狐の提灯　ポウ　ポウポウ
狐の　提灯行列　ポウ
（金の星・山田耕作付曲・1926）

以前より何故、益雄は第1童謡集に『狐の提灯』という題を付けたのだろうという興味関心があった。だから両方を手にして納得。実践家はその時代の文化・芸術・教育思想・先人の遺業に影響される。益雄は野口雨情の愛読者であっただろうし、感銘を受けていたであろうから。二人の作品がリアルに目の前に迫ってきた。次に掲載するのが益雄の作品。

狐の提灯　　　　　　近藤益雄

狐の提灯　ひる提灯
雪がさらさらふりました
狐が親子でみてました
狐の提灯　ひる提灯
ともしてゆこかと　いひました
雪がさらさらふりました

これもまた新美南吉の童話『てぶくろを買いに』が彷彿と連想されるし、国分一太郎の巻頭に掲げている「雪おれ」も同じ仲間であるような気がするのである。

　国分も益雄も南吉も、教師であったということで「童謡の教化性」について触れてみたい。

　門脇英鎮氏は、「綴方生活1」誌上で
「大人が、子供のためにうたを作ることそれ自身がすでに愛情ではないか。童謡はなによりも先ず子供に対する愛、大きい意味での子守歌であり、芸術的価値である。」

「童謡に於ける目的意識とは、成人が子どもに対する盲目的愛情から意識的に出発し、プロレタリア芸術の階級的目的意識と同じ方法で教育上に芸術上の機能を利用して、情操教育、美的教育を実践しようとする関心、及び目的意識を云うものである。…成人が子供のために子供のうたを作ることは、すでに教育的態度、教育的関心の芸術である。」と述べている。


　『赤い鳥』は、政府・文部省主導によって作られる子どもの歌「唱歌」に反旗をひるがえす在野の文化人らが作った歌であった。日本のあたらしい童話の基礎をつくったといわれる雑誌で、新美南吉の「ごんぎつね」、有島武郎の「一房の葡萄」や芥川龍之介の「蜘蛛の糸」なども、この雑誌に発表された。編集代表・鈴木三重吉は北原白秋とともに新しい子どもの童話と童謡を作ろうと呼びかけたのであった。そこから月刊誌「生活綴方」同人は「生活綴方教育」（詩や綴方）へと新興していくのである。「童謡」の影が薄くなったのは惜しまれる事ではあった。

②　題材「こおろぎ」

　こおろぎ　　国分一太郎

朝刈り野原《のっぱ》の　こおろぎが
草と刈られて　馬の上
せなかで　知らずに鳴いてたが／／
馬屋で　いちにち　日がくれて
馬といっしょの　小屋のなか／／
「野原で　ないよだ　ないよだ」と
いまごろ鳴いて／いるような。（『塩ざけのうた』）

馬の背に乗ったこおろぎはよっぽど居心地がよかったのか日が暮れても馬と一緒だったとは。野原でないと気づいていながらも過ごしている。（神崎）
厳しい労働の中にあって、微笑を誘うユーモア。
これも、明日を迎える力になるのでしょう。（時崎）

　黍《きび》の葉　　近藤益雄

黍の葉／さやさや／日が暮れる
蟋蟀《こおろぎ》ころころ／黍畠《きびばたけ》
葉かげで／あたまが／見えかくれ
およぎの／もどりの／黍畠
蟋蟀／ころころ／さやうなら

黍畑のコオロギを可愛くリズを含ませて歌っている。

私の小さい頃にも、唐黍や黍畑・胡麻畑が身近にあり、採り入れを楽しみにしていた。また十五夜など季節を彩る行事が行われ、キャベツ畑等には、紋白蝶が、秋には蜻蛉がよく飛び廻っていた。

とんぼとおちば　国分一太郎

とんぼが　そつと／とまったら
こうぞの　はっぱが／ちりました
とんぼを　のせて／ひらひらと
小やぶの中へ／ちりました／／
こやぶで　とんぼが／おどろいて
お空をながめて／おりました。／／
たかいお空で／友だちは
スイスイ／とんでおりました。

とんぼとこうぞの命の触れ合い。そっと止まった「ひらひら」に、こうぞのとんぼを愛おしむ心を感じる。この様な瞬時の場面を詩にする国分。驚くべき観察眼と感性。とんぼのおどろいた大きな目が印象的。

蜻蛉《とんぼ》と蟋蟀　近藤益雄

夕やけ蜻蛉／黍畑／
ほろほろ蟋蟀《こおろぎ》／胡麻畑
黍の葉さやさや／入日どき
胡麻の畑は／花ざかり
夕やけ蜻蛉は／葉のかげで
ほろほろ蟋蟀／花のかげ
蜻蛉は赤い／夢をみる
蟋蟀やとろりと／花の夢

（「児童文学の研究」東京南光社、四巻（1925））

③　題材「馬」

馬むかえ　国分一太郎

ちょうちん　ふりふり／まつてるが／／
稲つけ　馬たち／まだこない。／／
たんぼは　夜風も／寒くなり。／／
かぽかぽ　あの音／おもそうで／／
おら家《え》の　馬だな／よかつたな／／
ちょうちん　ふりふり／一、二、三！　／／
おれと　弟《おず》こと／声あげた。

（『塩ざけのうた』）

（何ともあったかくて味のある山形弁が聞こえてくるようです。かぽかぽ、おら家の馬、一、二、三・ズーズー弁はいいな。）

山住み　近藤益雄

山は　みぞれか　雪雲か
障子にあかりが　つきました
柿の小枝の　みのむしも
寒い日ぐれに　なりました
廐《うまや》のそばから／街道が遠い
お父は　まだまだ／かえらない
廐は　馬のをらない暗さ
裏のかへひの水の音
馬車ひいて　もどるよ
まってろまってろ
山で狐がなきました

④題材「月夜」

霜夜　国分一太郎

月夜よ／おふろよ／すっぽりよ／／
しずんで／ぬくまろ／ほっかりと／／
お空に／青い／お月さま／／
青い／光は／霜の色／／
霜夜の／おふろよ／すっぽりよ

月夜　近藤益雄

暗い風呂小屋　カンテラつけて
誰か　いってる　湯気だけ出てる
月夜だよう／月夜だよう
遠くで誰だか　呼んでゐる／／
小屋の向ふは　明るい空よ
山椒の木からは　山椒の匂ひ
月夜だよう／月夜だよう
誰だか　口笛吹いてゐる／／
今日　登ったあの山に／
月がさしてる　ひっそりと／／
あんなにたのしく遊んだが
あんなにうれしく　さわいだが
今は　しづかに　みえてゐる／／
遠足すんだ　お月夜の
梨の青葉も　匂うてる

（『塩ざけのうた』）

⑤題材「はなよめ」

はなよめ　国分一太郎

ぬれた　おつきさん／ふりそでが
なが雨つづいて　ぬれました。／／
ぬれた　ふりそで／おつきさん／／
ぬれたまんまで　ござんしよな／／
こんやも　からかさ　いるやうな
傘のようい　が　ござんすか。

なんて美しい情景でしょうか。
ぬれたお月さんに、ぬれたはなよめのふりそで。
嫁入りの喜びが悲しいことでもあるような
ふりそでをぬらすのはお月様ばかりでなく、
花嫁の涙なのかもしれません。

（時崎）

雨ふりお月さん　野口雨情

雨降りお月さん／雲の蔭
お嫁にゆくときゃ／誰とゆく
ひとりで傘《からかさ》／さしてゆく
傘ないときゃ／誰とゆく
シャラ　シャラ／シャン　シャン／鈴つけた
お馬にゆられて／ぬれていく

（3）宮沢賢治と国分一太郎

風の三郎　　国分一太郎

風の　三郎が／ピユー　ビュッ／来たよ
なく子　ほしいと／ビュッ　ビュッ／来たよ／／
なく子は　どこの子／ここじゃ　ない
よい子で　ぼうやは／ねましたよ／／
風の　三郎が／ビュッ　ビュッ　いった
なく子　ゐないと／ビュッ　ビュッ　いった

　宮沢賢治の童話「風の又三郎」を髣髴とする作品。国分は彼の作品をよく読んでいたことだろう。賢治が生きた時代も、平和とかけ離れた時代だった。一九〇四年（明治37年）の日露戦争開戦。柳条湖事件（満州事変）の翌32年に「満州国」が建国され、その年に五・一五事件が発生した。33年、日本は国際連盟を脱退し、戦争の道を一気に駆け上っていく。賢治が37歳の生涯を閉じたのはその年だった。「みにくい鳥」よだかが、殺し合いの環境から逃れる先を天井に求めて高く高く飛翔していく童話「よだかの星」。天に飛翔して体が燃え出したと知ったときに、「どうか憎むことのできない敵をころさないでいゝやうに早くこの世界がなりますやうに、そのためならばわたしのからだなどは、何べん引き裂かれてもかまひません」（「鳥の北斗七星」）。賢治の「農民芸術概論綱要」にある言葉、「世界ぜんたい幸福にならないうちは個人の幸福はあり得ない」。これは国家や民族を越え、今日も生き続けている。

　こういう憲治の作品や思想に、国分一太郎や近藤益雄が共感共鳴し、書く先達としたことは容易に察することができる。

二、創作の時期と主な作品

滑川道夫氏が「近藤益雄著作集7」で「大正期に育った綴方教育者は、一応童謡・詩歌・句・童話・小説などを書いている。これは時流の文芸教育思潮の洗礼をうけたもの」と語っているが、村山俊太郎も代用教員時代から童謡を創作し、子どもたちに童謡や自由詩を指導している。

　一九二七年には「山形童謡協会」を結成し、機関誌を発行。当時、野口雨情は全国を巡って郷土童謡を集めていたので、西条八十等と山形に来るなど接点があり、影響を受けたものと思われる。その村山からも国分は童謡創作を勧められている。その国分の童謡を、田中定幸氏が、『国分一太郎童謡集』（P170〜）で、次のように纏めている。

●昭7年9月（47篇）お雷様、とつきびのハモニカ、地梨
　10月（23篇）港焼け、雨のえんそく、汽車
　11月（33篇）もんぺの子供、日ぐれの酒かひ
　12月（24篇）しみ柿、ふご、作の祝火、春が來る
●昭8年1月（26篇）元旦、味噌ふみ、納豆寝せ、夜の停車場
　2月（27篇）髪ゆひ、春の子供、ヨシキリサン
　3月（21篇）雪おれ、おひな見に、なだれ山
　4月（18篇）タナゴ、荷馬車のり
　5月（5篇）馬アライ、子守する子
6月〜8月（34篇）夕がた、蕗のカラカサ、ねずみの穴
（計258篇）

三、童謡に描かれている世界（題材）

田中定幸氏は、「国分は村で生きる子のために「生活」「自然」「仕事（労働の生活）」「人」などと、さまざまな角度から切り取って、文字に「固着」させて、「童謡」の形で表現していったのである」（P173）「子どもたちが、明るくほがらかにくらすために、また村の一員として生活できる人になるために、まず「はたらくことがすきな子ども」になってほしいと考えた。仕事に興味、関心を持つ子どもにしたいと考えた。それを、童謡を通じて気づかせようとしたのである。」と、そして、つけ加えられた一言《ひとこと》があった。「『教労事件』で検挙されたこともあって、社会への目をひらくものはひかえたようだが、それとなくふれているものもある。」と。

牛の子　三年　梅津　敏夫
うちの牛の子
まめのやうな　つのが出てゐる
さはる気なると
ぴょんとにげていく
このあひだ
うちのお父さんが
牛の子を
忠三郎さんの家にみせた
うられるかとおもつて
しんぱいだ。
「もんぺの弟」復刻版

教員に対する思想善導という締め付けは激しくなり、中央には国民精神文化研究所ができ、それを中心とする思想講習会が各地で行われる状況下で国分は、童謡を通した「土の綴り方教育」を邁進したのであった。「貧困にあえぐ村の子どもたちに、明るくたくましく生きることを学ばせたいと、人一番強く思い、自分にできることを精一杯やっていこうと考えた」。この一言《ひとこと》に　筆者は光明を見る思いである。

【今論稿のまとめ】

元日本作文の会常任委員で、筆者をも導いてくださった大先達の木俣敏氏は今では当時の状況を知る数少ない方であるが、筆者のコールサック１１５号に掲載された論評を読まれ、次のようなお便りを寄せてくださった。

「国分一太郎の童謡を読みながら半世紀前の日本作文の会常任委員会での忘年会のことを思い出しています。解散前には♬かきねのかきねのまがりかど♬を　同じ常任委員だった巽《たつみ》聖歌《せいか》氏と肩組あって唱ったこと。たつみさんを始め児童文学者たちまでも一緒になって子どもたちの未来を話し合っていた豊かな日本作文の会でした。だから　巽さんも含めて国分さん　江口さんも共々童謡を語り合っていたと、これはわたしの推測ですが。

【引用文献】
・国分一太郎児童文学集6『塩ざけのうた』
・「山形の子ども30 ――『もんぺの弟』復刻版／山形県教職員組合教育文化部

若者たちが「賢者」となるための「名言・警句・箴言集」

——生井利幸『賢者となる言葉　三〇〇篇』に寄せて

鈴木　比佐雄

1

生井利幸氏は、明治大学大学院法学研究科公法学専攻博士前期課程を修了した後に、アメリカやオランダの大学で公法学の研究と教鞭を執られ、米国の企業経営にも参画していた。帰国後にも「比較法学的に世界各国における基本的人権保障についての研究」を続けている。さらに長年、経験し思索してきたことを、学問・文化・芸術などの多様な観点から、すでに数十冊以上の書籍として刊行している。生井氏の行ってきたその全体像を紹介することは多岐にわたり、たやすいことではない。しかし本書『賢者となる言葉　三〇〇篇』を読み通せば、生井氏が古今東西の思想・哲学者から学び、生井氏が現実の欧米や世界中の人びととの交流から得た人類的な知恵や真実の言葉に生きることの意味を心の奥底に感受するに違いない。

本書の三〇〇篇の特徴は、フランスの哲学者のパスカル『パンセ』やアラン『幸福論』のような名言・警句・箴言《しんげん》、ドイツの哲学者のニーチェ『人間的、あまりに人間的』のようなアフォリズム（aphorism、啓示的で真実を暗示する言葉）などと言われる、人間存在の本質を洞察する突き詰めた表現方法である。生井氏にとっては本書をどのようにも名付けられ、どのように解釈されても構わないし、むしろ自分の問題提起した言葉に刺激を受けて、多くの若き読者に自らの存在や他者の存在を深く考え思索して、より良き人生を生きて欲しいと願って本書をまとめたのだろう。私は生井氏の言葉が温かで内省的で真実を告げる言葉であり、「名言・警句・箴言集」であり、読者を思索に導くための根源的な「アフォリズム集」であると考えている。

本書は次のようにⅠ章「賢者と愚者」、Ⅱ章「感性・知性と理性的存在者」、Ⅲ章「今日の瞬間、明日ではない」、Ⅳ章「失敗の経験と人間の底力」、Ⅴ章「孤独と創造」、Ⅵ章「真実を知る存在者」に分かれている。このⅠ～Ⅵ章の番号が振られた三〇〇篇を通して、生井氏は自らが長年思索してきたことを根源的に問うゆえに、一切の忖度なしに、ある意味で挑発的にもなって読者の心や精神に鋭く問いかけてくる。

2

Ⅰ章「賢者と愚者」では、「賢者」と「愚者」という存在者の違いがなぜ生まれるのか。内なる「賢者」と「愚者」の関係を明らかにしていく。冒頭「1」を引用する。

《1　多くを欲しなければ、やがて多くを得る。》

この「警句」では、人間存在がこの地球という世界に投げ出されてきて、何が最も大切なことなのかを明らかにしている。必要最低限の欲求で生きていくという謙虚さを持たなければ、将来には決して「多くを得る」ことは出来ないと告げている。生井氏は人類が自らの無尽蔵の欲望を満たすために地球環境を消費し、他の生物を絶滅種、絶滅危惧種にしてきた経済活動やその人間中心主義の考え方に否を突き付けている。欲望を喚起させる物質的なもの以外の価値に人類が気付けば、もっと異なる多くの精神的な富や本来的な自然の富を守ることができると語っているのだろう。その意味でこの「多くを欲しなければ、やがて多くを得る。」は、人間の本来的に内面にあるべき謙虚さを取り戻し、破壊されつつある地球の未来を生きるために最も胸に刻むべき「警句」であるだろう。

《2　賢者は皆、他人ではなく、自分と闘う。真の賢者にとっての敵とは、自分の弱さである。》

この「2」は、本書のタイトルの中にもある「賢者」とは何かを明確に位置付けている。「真の賢者」とは、「自分の弱さ」という敵と絶えず闘い続けている者だと言う。生井氏は内面の中に敵と味方がせめぎあい、格闘しているさまを自覚せよと語り掛けている。つまり「自分の弱さ」である「敵」を知ることが、「賢者」になるための原点であると言う。それはギリシャのソクラテスの名言「汝自身を知れ」を、生井氏は「自分の弱さを知れ」と言うように「2」の新たな表現で今日的に甦らせていると思われる。

次に他者への畏敬の念を伝える「4」と「5」を引用したい。

《4　メール依存症は、現代人が抱える深刻な病気の一つである。》

《5　愚か者は、他人の時間を無駄にする達人である。》

「4」で生井氏は、スマホやパソコンなど様々な通信機器でメールを送り送られてくる現代人のライフスタイルが「メール依存症」であり、「深刻な病気の一つである」と警鐘を鳴らす。その根本原因が、あまりにも手軽に「他者の時間」を無駄にする可能性に満ちており、何らの罪悪感もなしに、「他者の時間」を奪って他者が思索して何かを創造する「孤独」な時間から遠ざけることを恐れるのだろう。その「他者の時間」を奪うことに対して無自覚な者を生井氏は「愚か者」と命名する。「賢者」が自らの内面と対話し、時には内面の格闘を経験する貴重な時間を生きているのに対して、「愚者」は「他者の時間」を奪っても恥じない自己中心的な存在者であり、また組織の目的のために「他者の時間」を収奪することに加担することを使命とする存在者なのだろう。メディアが「絆」とか「つながる」ことを正しいという先入観を持つことは、多くの人びとから「孤独」な時間を奪う可能性があることを認識すべきだろう。この「5」が告げていることは、「賢者」と「愚者」にとって時間をどのように考えるかを根本的に明らかにしているだけでなく、読者にとってもその問いは他人事ではなく鋭く突き刺さってくると考えられる。生井氏の時間論の背景には、二十世紀の名著である『存在と時間』でハイデッガーが試みた、非本来的な時間を生きざるを得ない実存の在りようと、「先駆的覚悟性」などの根源的時間を取り戻そうとする人間存在の在りようがせめぎあう現代人の内面を分した哲学の影響が私には感じ取れる。

以上のことを踏まえるとI章の最後の「63」の生井氏の時間に関する創造的な考えは理解できる。

《63　賢者は、明日に〝明日の質〟を変えるのではなく、今日の今、それを変える知恵を備えている。》

生井氏は、「今日の今」を精一杯生きて、未来を「変える考えを備えている」者こそが「賢者」であると告げている。

3

Ⅱ章「感性・知性と理性的存在者」では、哲学で論じられてきた「感性・知性（悟性）・理性」を内在させている存在者が、いかにそれらを有効活用すべきかを問いかけている。

《64 昼間に目を閉じてみよう。目を閉じると、普段では見えないものが見えることがある。》

《65 毎日、自分の知性を磨き続けると、より美しい人間存在となることができる。》

《66 理性的存在者は、思索して咀嚼し、咀嚼して思索する経験を積み重ねる。》

《67 理性的存在者は、自身の行動について反省するだけでなく、心と精神の中で内省することにも重きを置く。》

《68 真の美には、〝五感で捉える美以上の美〟がそこに内在している。》

《72 識者は、「感覚の概念」と「感性の概念」を混同することはない。》

《73 感じる経験は、考える経験の基盤である。〈考えるヒント〉賢者は、「感じること」の重要性を知っている。》

《87 「感性」、「知性（悟性）」、「理性」は、それぞれ異なる概念・ステージである。》

《116 見識の範疇の狭さは、心の範疇の狭さに直結する。》

《119 見えるものしか見えない人には、聞こえるものしか聞こえない。》

これらの十篇を読むと、生井氏がどのように世界や事物や他者との関係などを感受し、認識し、思索し、美的な存在を直観し、美しい存在者になろうと試みるか哲学的な基礎を辿ることができるだろう。認識論において五感を駆使した感受性は最も基本的なものだが、生井氏は昼間に目を閉じると、目に見えないものを見ることができると言う。それは心や精神で見えてくる美しい存在なのだろう。人間存在は見たものだけでなく、背後にある見えないものを直観する能力があると生井氏は語っている。

「64」と「119」は一読すると同じようなことを語っているように思われるが、目を閉じて目に見えないものを見ようと試みないと、「119」の「見えるものしか見えない人」になってしまうという「警句」を込めているように思われる。そうならないために、「65」の「毎日、自分の知性を磨き続ける」ことを実践すれば、「美しい人間存在」になるだろうと背中を押している。「賢者」は「美しい人間存在」であり、次の「66」の「理性的存在者」でもあるのだろう。生井氏は、「今日の今」を生きることによって、読者に自らが発見する多様な「賢者」を促しているに違いない。

生井氏は、きっと感性や経験を重視するイギリスの経験論と知性や理性を重要視するフランスの合理論の双方を検証し批判し融合させながら、感性・知性（悟性）・理性の領域やその関係性やその働きを明らかにしていったカントの『純粋理性批判』・『実践理性批判』・『判断力批判』を基本にして、「87」の

《「感性」、「知性（悟性）」、「理性」は、それぞれ異なる概念・ステージである。》のような人間の心や精神の働きを意識させようとする「箴言」として提示している。カントの「感性」、「知性（悟性）」、「理性」の働きを知ることは、実は自分の内面を分析すれば、日々その働きをしており、決して難しいことではなく、五感を駆使し、また「五感で捉える美以上の美」を求めて、「美しい人間存在」になるためにはカントのような哲学の問いが必要なことなのだと、生井氏は告げているのだろう。直観による感性が経験となるためには、経験を超えて主観に内在している範疇（カテゴリー）の形式を通して初めて経験となる。その範疇によって様々な推理やその根拠を辿り、その根拠を基にして判断を下す理性の働きが、心や精神を豊かにさせている。「67」の《理性的存在者は、自身の行動について反省するだけでなく、心と精神の中で内省することにも重きを置く。》とは、例えばカントの批判哲学的な基礎をベースに、現実の様々な場面で推理し判断をして、さらに内面の批判を行い、心や精神を鍛えていく姿勢を語っているように考えられる。その「理性的存在者」とは、「感性」と「知性（悟性）」の機能と限界を見極めて、今日に何をなすべきかを理性的に判断をするために、心と精神に深く問いかけて、自分実現だけでなく他者の幸せを願って行動する存在者の在りかを示しているのだろう。

4

Ⅲ章～Ⅵ章以降の重要な言葉を引用し、一部を解説しておきたい。

Ⅲ章「今日の瞬間、明日ではない」では、今日という有限な時間を創造的な「瞬間」に転換させるすべを心や精神に届けようとする。

《121　本日、〝明日はない〟と自分に言い聞かせながら精一杯頑張るならば、より良い明日を迎えることができる。》

《122　明日ではない。本日のこの瞬間において生きていられること自体が奇跡である。》

《155　無理して全部やらなくても、一部を丁寧にやるとよい。一部を、時間をかけて丁寧にやると、全部に良い影響を及ぼすことがある。》

「明日はない」、「この瞬間」、「一部を丁寧にやる」という言葉と読者が対話し思索することを生井氏は願っているのだろう。私には生井氏の「この瞬間」は、ハイデッガーの根源的時間の構想「反復―瞬間―先駆」から影響を受けているように感じられる。「この瞬間」が過去を「反復」し、現在を「瞬間」に変えて、「良き影響」を未来に与える「先駆」となることを背後に暗示しているように考えられる。

Ⅳ章「失敗の経験と人間の底力」では、宇宙・世界・社会に投げ出された人間存在が、どのようにこの多様な社会で生きるべきかの根源的な了解を伝えてくれている。

《162　地球は、広大な宇宙空間に浮かぶ無数の小石の一つであり、人間は、その中の一つの小石に付着する埃である。》

《175　情報の中に答えはない。答えは、自分の中にある》

《195　人間が持つ病の一つは、常に争いを探し求めているこ

とだ。》
《217　困難は、前に進むための道程である。》
人間は、地球という小石に付着する「埃」であるとか、「常に争いを探し求める」修羅のような存在であるとか、また情報社会で彷徨う現代人への本質的な「警句」が鋭く発せられている。

V章「孤独と創造」では、立ち還るべき「孤独」の持つ創造性を示している。
《218　何かをつくる人は、日々、孤独の中にある。》
《219　いつの間にか、我を忘れてやっていることが、本当に自分がしたいことだ。》
《235　時間を無駄にしない秘訣は、たった今考えたことを、今すぐに実行することである。》
《241　言葉が命を発するのではなく、命が言葉を発するのだ。》
「孤独」でなければ本来的な「瞬間」が訪れないことは明らかであり、その「瞬間」に創造性が宿ることを語り、「本当に自分がしたいこと」をすべきであり、その時こそ「命が言葉を発する《瞬間》」だと生井氏の思索の言葉は伝えている。

VI章「真実を知る存在者」では、自分だけが「賢者」、「美しい人間存在」、「理性的存在者」になるのではなく、他者にもその可能性を提示する境地を記している。
《256　火の如く燃え立つ熱情は、本来持っている能力を超越させる。》
《258　真の指導者は、人間が持つ可能性を現実にするだけではない。真の指導者は、第一に、人間が内に秘めた潜在性を表に出し、第二に、表に出た潜在性を可能性に変貌させ、その可能性を現実にする。》
《259　真実に生きてみよう。真実に生きれば、必ず、その真実が残る。》
《300　〝無の境地〟に勝る高貴な境地はない。》
「燃え立つ熱情」が「能力を超越させる」、「内に秘めた潜在性を表に出し」、「真実が残る」、高貴な「無の境地」などの精神性が存在者に及ぼす有力な働きを生井氏は、問い掛け続けて、最終章を終える。このような世界の思想・哲学から現代社会の実践的な知恵を含んだ本格的な「名言・警句・箴言集」・「アフォリズム集」を哲学などに関心のある人びとだけでなく、若者たちが「賢者」になることを願って、記された本書を多くの若者たちが読み取って、生井氏の言葉と深い対話をしてもらいたいと願っている。

「灼けつく渇き」と「火花のような愛の言語」を検証する人
趙南哲『評伝　金芝河とは何者だったのか
――韓国現代詩に見る生』に寄せて

鈴木　比佐雄

（1）

趙南哲《チョ・ナムチョル》氏が『評伝　金芝河《キム・ジハ》とは何者だったのか　――韓国現代詩に見る生』を刊行した。すでに今年の二〇二三年八月に詩集と散文『生きる死の果てに』を趙氏は世に問うていたが、それからまだ半年も経っていない。ウクライナの悲劇を、かつての日本が朝鮮半島を植民地支配した時の同胞の苦難と重ねながら、事実に即してウクライナ国民の民族独立の不屈な行為を支援する連作二十四篇を書き上げたのだった。また趙氏は広島に生まれ育ち、朝鮮部落で暮らした家族や被爆者を含めた部落の人びとの逞しい生き方や在日の詩人・文学者たちについて詩・エッセイ・評論で記したのだった。

『生きる死の果てに』のウクライナ戦争の連作はロシアの侵略が始まった二〇二二年の翌年の初め頃から、詩作を開始して二〇二三年初夏には書き終えた。今回の『評伝　金芝河とは何者だったのか　――韓国現代詩に見る生』の出版に関しては、二〇二二年五月に金芝河が亡くなったことが、一つのきっかけになったことは確かだ。しかし本書の内容を読んでみると、金芝河という存在は、一九七〇年代の学生時代に詩と散文に触れ始めた趙氏にとって、自らを詩文学・評論の世界に誘ってくれた最も重要な詩人・文学者であったことが明らかになってくる。趙氏は半世紀もの時間を掛けて金芝河に関心を持ち続け、今回の評伝を執筆していたことになるのかも知れない。

本書は二章から成り立ち、第一章『風刺詩人から「生命思想家」への変身』はⅠ～Ⅳに分かれる。評伝の中心はⅠ「金芝河の生涯と作品」であり、その中身は1～6に分かれているので、詳しく紹介していきたい。

（2）

1「夭折した尹東柱《ユン・ドンジュ》と夭折しなかった金芝河」では、夭折した詩人・文学者たち、例えば石川啄木、立原道造、宮沢賢治、中原中也、ラディゲ、キーツ、ランボー、尹東柱などを紹介して、夭折ゆえに若き純粋な詩的精神が後世の人びとに愛され続けていることを指摘している。特に尹東柱の詩は、同志社大学などで幾つもの詩碑が建立された日本を始め世界の人びとからも愛され続けている。それに反して戦後の民主化運動に多大な貢献をし八十一歳まで生きた金芝河は、なぜか死後も反響が少なく、すでに忘れ去られているのは、なぜなのかと趙氏は問うている。それは金芝河が夭折しなかったことで、晩年の生き方が前半生の生き方を否定したからだと考えている。

2「金芝河の人生を振り返る」では、趙南哲氏は金芝河の全生涯を辿り始める。この2によって読者たちは、「金芝河とは何者であったのか」を大まかに知ることができよう。一九四一年に全羅南道《チョンラナムド》木浦市《モクポシ》で生まれた金芝河は、一九五〇年に九歳で朝鮮戦争に遭遇し、後に映写技師となった父と家族と逃げ惑ったようだ。ソウル大学に入学した翌年の一九六〇年には李承晩《イ・スンマン》大統領の不正選挙を告発したデモの「4・19《サ・イルグ》学生革命」に参加していたと言われていたが、晩年にはこのデモには参加していないと「告白」で自らの略歴の偽りを否定している。一九六一年に「行こう北へ！　来たれ南へ！　会おう板門店（南北軍事境界線にある会談場）で！」のスローガンを掲げてデモ行進を行なう重要な役割を金芝河は担った。その後に「朴正熙ら国軍の将軍らが軍事クーデターを起こし」たことにより、「金芝河は指名手配され、潜伏生活を送ることになる。彼は港湾労働者、炭鉱夫などをして働くが、体をこわして肺結核を患うようになる」。金芝河は二十歳の頃に指名手配され、一人の労働者として労働現場で苦労して肺結核となったことで、社会のどん底で生きる人びとの一人として自らの存在を自覚していったことが趙氏の記述から読み取れる。その後も一九六五年の「日韓基本条約」に反対するデモなどで金芝河は、逮捕、投獄、釈放を繰り返していく。その間、一九六三年に「木浦《モクポ》文学」に初めての詩「夕暮れの物語」を発表し、詩人の道を歩み始める。一九六六年にソウル大学を卒業し炭鉱で働くが、肺結核が悪化し一年間の療養生活をする。趙氏の評伝の中でも一九七〇年、一九七一年の二十歳代後半から三十歳初めの二年間に金芝河の第一詩集『黄土』や代表作である長編譚詩「五賊」が発表されていることは、朝鮮半島の民衆の魂を金芝河が代弁して書いたことを物語っている。その二年間についての記述を引用したい。

《七〇年、五月に総合雑誌『思想界』に長編譚詩「五賊」を発表したが、この作品が「北朝鮮の宣伝活動に同調したもの」という「反共法」違反で同誌発行人、編集者らとともに逮捕される（いわゆる「五賊筆禍事件」）。七月、評論「風刺か自殺か」を『詩人』六・七月号に発表。一一月、「抗日民族学校」で「民族のうた、民衆のうた」の講義を行なう。一二月、初めての詩集『黄土』がソウルのハンオル文庫から刊行される。／七一年、三島由紀夫の自殺の本質をついた詩「アジュッカリ神風」を月刊誌『タリ』三月号に発表。カトリック原州《ウォン・ジュン》教会の池学淳《チ・ハクシン》主教を訪ね、同教会が主導する農村協同運動の企画委員として勤めはじめ、洗礼を受ける。六月、「民主守護宣言大会」に参加し、宣言文に署名する。（略）》

一九七〇年には韓国で長編譚詩「五賊」を執筆した金芝河と発行した雑誌社の発行人と編集者たちは逮捕され、「五賊」は発禁処分となったが、民衆は留飲を下げたのではないかと趙氏は記している。この翌年には金芝河は「カトリック原州教会の池学淳主教を訪ね、同教会が主導する農村協同運動の企画委員として勤めはじめ、洗礼を受ける」ことになり、クリスチャンの詩人・作家で「農村協同運動」や韓国に民主化運動を推進していく活動家になっていく。趙氏によると一九七一年には『長い時間の彼方に』が渋谷仙太郎（本名坂本孝夫）訳、中央公論社の宮田毬栄編集で刊行された。その後、本格的に出版されたのは一九七四年からで、日本で『金芝河詩集』や『金芝河全集』が一九七四年以降に続々と刊行されて、趙氏はこの時期だけでも十三種類の全集や単行本を挙げている。ある種の「金芝河ブーム」が起こっていたようだ。私もその頃に大学に入り、金芝河の『金芝河詩集』や『民衆の声』などを購入して読んでいた。その時のことは生々しく記憶している。「五賊」のもともとの意味は《一九〇五年、日本に朝鮮の実権を渡し、国を売り飛ばす「乙巳《ウルサ》保護条約」（第二次韓日協約）に調印した五人の大臣を指し、朝鮮の民衆は彼らを「乙巳五賊《ウルサオジョク》」「売国奴」と呼んで唾を吐きかける》そうだ。それを「一九七〇年代の現代版五賊（財閥、国会議員、高級公務員、将星、長・次官）の形象化」を構想化して長編詩の中で表現したのだった。そんな「五賊」から受けた激しい権力者たちが私益を貪るさまを批判する朝鮮の民衆の怒りが、大地から湧きあがるような伝統的な詩歌のリズム感に促された言葉のエネルギーに圧倒された。正直に言えば当時は私も趙氏と同じように金芝河に民衆を代弁する天才的な詩人であると直観したことは確かだった。このような「五賊」を執筆した金芝河はまさしく民衆の抵抗の精神に火をつけた人物として権力者たちに最も恐れられることは予測できた。それ故に「五賊筆禍事件」で、著者やそれを発行した出版社の経営者・編集者たちを獄中に追いやった朴政権は、民衆の支持が彼らの側にあることを心底恐れて、著者に軍法会議で死刑を宣告し、出版社を廃業にまでさせたのだと考えられる。そのような事件の発端を作った金芝河の存在について、私だけでなく多くの日本人は強い関心をもってその動向や作品を注視していた。趙氏の一九七四年から一九七五年の記述を引用する。

《七四年、朴政権は改憲運動を最高懲役一五年で処断する大統領緊急措置を発布。これを受けて地下に潜行。同措置は最高刑を死刑に変えた。朴政権がでっちあげた「民青学連事件」の首謀者の一人として指名手配される。長男が誕生した後、逮捕され、非常普通軍法会議で死刑を宣告されたが、一週間後に無期に減刑される。

七五年、「刑執行停止」で釈放され、獄中の体験を書いた散文詩「苦行……一九七四」を発表して、「人民革命党関連者」への残虐な拷問の実態を暴露したが、また「反共法」違反で逮捕、拘禁される。（略）朴政権は金芝河を元の無期懲役囚としてソウル拘置所に収監する。》

一九七四年に金芝河は、「民青学連事件」の首謀者の一人として指名手配され、朴政権によって死刑を宣告されるが、無期に減刑され、無期懲役囚としてソウル拘置所に収監されてしまう。当時の新聞・テレビなどのメディアでもこの金芝河を死刑・無期刑にするニュースは、かなり頻繁に流れていた。一九七六年には「ジャン＝ポール・サルトルやノーム・チョムスキー、シモーヌ・ド・ボーヴォワール、大江健三郎らによる国際的な金芝河釈放を要求する声が沸き起こる」という事態にまで発展していった。私も当時の新聞やテレビの報道の記憶は残っていて、金芝河の白い囚人服を着せられ縛られてはいるが、毅然とした立ち振る舞いは、民主化運動のシンボルのような自信に満ち溢れているようにも感じられた。一九七九年の朴大統領の暗殺があった後に、軍人出身の全斗煥《チョン・ドゥファン》大統領は民主化運動を弾圧するために「光州事件」を引き起こしていく。金芝河は一九八〇年の暮れに三十六歳で釈放される。このことについて趙氏は「その金芝河釈放に大きく貢献したのは、日本における金芝河関連の書籍の相次ぐ出版と、日本各地で澎湃と沸き起こった市民による金芝河釈放要求運動・デモであった」と語り、当時の金芝河を死刑にしてはならないという多くの日本人の良心も貢献していることを記している。趙氏は金芝河を日本に紹介する上で、先に挙げた翻訳家の渋谷仙太郎氏と中央公論社の宮田毬栄の二人の名を挙げている。

それから、獄中からの解放後の二年後について趙氏は次のように記している。

《八二年、六月に第二詩集『灼けつく喉の渇きに』を、一二月には『大説 南』第一巻を発表するが、すぐに発禁処分を受ける。『大説 南』で示された「生命思想」は、その後の物語集『飯』と散文集『南の土地の舟歌』として作品化された。この頃からは、地域自治を提唱するサルリム（生命）運動や環境問題、消費者共同体運動、東アジアの伝統を見直す活動など、詩人と言うよりは社会活動家としての側面が強くなる。》

趙氏は、第二詩集『灼けつく喉の渇きに』以降の、『大説南』などの物語集、散文集などが「生命思想」を根幹として表現されていて、その先の関心として「地域自治を提唱するサルリム（生命）運動や環境問題、消費者共同体運動、東アジアの伝統を見直す活動」であったと指摘する。その行きつく果てには、金芝河が「生命思想」に基づく地域文化の価値、消費者を含めた地域経済、地球規模の環境問題などに後半生の情熱が向かっていった事実を伝える。一九八六年には《「生命思想」と民族的抒情が融合した詩集『愛隣《エリン》』（1、2巻）を刊行》や一九八八年には《東学《トンハク》の教祖である崔済愚《チェ・ジェウ》の人生と死を扱った長詩『日照りの日に雨雲』を発表》などと続け、そして略伝の最後には次のように記している。

《九一年、四月に明知《ミョンチ》大学校生の姜慶大《カン・ギョンデ》殴打致死事件を契機に起こった学生や市民による一連の抗議焚身（焼身）自殺について、その抗議のやり方を批判して、五月五日付の『朝鮮日報《チョソンイルボ》』コラムに「死の巫女《みこ》の儀式をただちに止めよ！」というタイトルの文章を書いたが、これが国内で激烈な反発を呼び起こす。その前の二月一七日付の『東亜日報《トンアイルボ》』には、自分がアルコール中毒者だったなどという「自分は泥棒」というタイトルの「告白」もしている。／九四年、第三詩集『中心の苦しみ』を刊行。／二〇〇三年、文学的回顧録『白い陰の道』（全三巻）を刊行。／二〇一三年一月四日、再審で「民青学連事件」の嫌疑について金芝河に「犯罪の事実はない」として無罪判決が下った。》

金芝河は「生命思想」に基づいて、「学生や市民による一連の抗議焚身（焼身）自殺」に関して、「死の巫女の儀式をただちに止めよ！」との文章を発表し反発を引き起こす。さらにその頃には、クリスチャンが神の名の下で神父に内面を懺悔するように、新聞に《自分がアルコール中毒者だったなどという「自分は泥棒」というタイトルの「告白」》を赤裸々にしてしまう。そのことによって民主化運動を推進する学生や市民は驚き困惑し、彼らを失望させてしまう。そしてこの三〇年後の二〇二二年に金芝河は八十一歳でこの世を去っていくとその生涯を記していく。

（3）

3「絶望と抵抗の抒情」では、趙氏は二十歳代の代表的な詩を三篇引用して、その詩がなぜ韓国社会の民主化運動を先導した力を生み出したかの魅力を語る。三篇の詩の一部を引用する。

《私を／ここに縛りつけるものはなにか／灼けつく陽光の下　白く光るのみ／よどみ流れぬ池に深く潜み／あくまで私をここに縛りつけるものはなにか／／目にまばゆい赤茶けた山道／かすかにゆれる白い野花さえ／真近に炸裂する発破の音さえ遠く／土に閉ざされた苦役も　死すらも／私を目覚めさせない（井出愚樹訳「山亭里日記《サンジョンリ》」前半部分）》

《抵抗し、斬られた首がまた叫ぶ／叫ぶ。引き裂かれた腕が／またも抵抗する／鎖のまま、鎖のまま身をふるわせて、やがて／動きを止めた玉蜀黍《きび》畑／動きを止め、動きを止め、ああ、動きを止めた／真っ青な空の下、すっくとそびえ燃え尽きた／里程標が哭いているのさ／灼けつく南は反乱のくに。（渋谷仙太郎訳「南」最終連）》

《夜明けの裏通りにて／お前の名を書く　民主主義よ／わが念頭からお前が去ってすでに久しい／わが足がお前を訪《おと》なうことを忘れて　あまりにも久しい／ただ一筋の／灼けつく胸の渇きの記憶が／お前の名をひそかに書かせる　民主主義よ（井出愚樹訳「灼けつく渇き」冒頭連）》

趙氏は、この「山亭里日記《サンジョンリ》」、「南」、「灼けつく渇き」の三篇に金芝河の抵抗詩でありながら深い抒情性を秘めている詩の特徴とその本質を読み取っていく。それは金芝河が「絶望」の底で「死すらも／私を目覚めさせない」と打ちひしがれるが、それでも「斬られた首がまた叫ぶ」ように「抵抗」を続け、「灼けつく胸の渇きの記憶が／お前の名をひそかに書かせる　民主主義よ」という民主化運動の思想性を、金芝河が詩集「黄土」の後記で語った「火花のような愛の言語」として融合させていく試みを読み取っていくのだ。

さらに4「詩的暴力＝風刺で独裁者を嗤って闘う」では、長編譚詩「五賊」を引用し、その「五賊筆禍事件」を詳しく論じると同時に、「五賊」が渋谷仙太郎が解説した「朝鮮文学の伝統である風刺文学の流れをうけつぎ、その伝統を汲んだ民族的要素の濃い作品」であると再確認し、「風刺文学」の傑作であると趙氏は高く評価する。また長編譚詩「糞氏物語」や「アジョッカリ神風――三島由紀夫に」なども引用しながら詳しく論じていく。

5『「死刑判決」と宗教的覚醒』では、金芝河の散文詩風の獄中記「苦行……一九七四」を紹介している。

《「拷問部屋ではすべての瞬間が死であった。死との対面！　死との闘い！　それに打ち勝ち、ついに闘士の内的自由に帰ってゆくか、さもなければ屈服し、恥辱に覆われ、果てもなく崩れてゆくか」という極限状態の中で、金芝河は最後まで転向することなく、信仰的に覚醒していくのである。》

趙氏は拷問の極限であっても転向しなかったことは、金芝河の「神と革命の統一」という思想があったことを辿っている。

6「金芝河は変節したのか」では、趙氏は金芝河に対する様々な評価を紹介した後に次のように語る。

《どう金芝河を評価すれば良いのか。「抵抗詩人、民主化の闘士」という肯定的評価があるかと思えば、「晩節を汚した、思想転向した」と否定的評価をする向きもある。金芝河の評価はこれから定着していくのだろうが、輝かしい闘争の半生だけが語られるのはフェアではない。八一年の生涯を通して、金芝河が何を書き、何を語り、どう行動したのかが、公平に検証される必要がある。》

趙氏は、タイトルの『評伝　金芝河とは何者だったのか——韓国現代詩に見る生』という問いを文字通りに読者に投げかけて締め括るのだ。

しかしながら、趙氏はその自らの問いに対して、第一章のⅡ「金芝河への私信」、Ⅲ「在日朝鮮人M氏との往復書簡」、Ⅳ『敗北と裏切りの「抒情」』で自らの見解として解答を試みるのだ。きっと自らの解釈とは異なる金芝河の多様な魅力を多くの人びとが自ら発見することを願っているに違いない。

（4）

さらに第二章「信念——民衆詩を志向した詩人たち」では、一九八〇年に起こった「光州事件」に衝撃を受けた十二名の民主化運動を志した詩人たちの多様性に満ちた詩篇を検証し論じている。十二名の名の下に記されたサブタイトルはその詩人の本質やその在りかを伝えている。この第二章は二百頁を超える金芝河以降の詩人たちの詩と詩論と生き方を伝える貴重な論考だろう。

『1　鄭浩承《チョン・ホスン》——真実なるものとしての「悲しみ」』では、《彼の詩は単純な抒情詩ではなく、抵抗詩なのだと言える。彼はさらに「生の悲しみ」「分断された秋の不幸」（「悲しみは誰か」より）を捨てさる時、悲しみが初めて人間の顔をもつのだ》と、「悲しみ」の普遍性を見出している。

『2　パク・ソヌク——「光州《クァンジュ》」の悲劇との闘いの中で』では、《「妹よ」はただ悲しみに打ち沈んでいるだけでなく、抒情性と力強さに溢れたその詩は、妹の死を無駄にしないという決意が滲んだ究極の絶唱となっている》と、宮沢賢治の「永訣の朝」のように評価している。

『3　河鍾五《ハ・ジョンオ》——4・19から「光州」、「光州」から「統一世代」へ』では、《「何よりもまず、民族分断が克服される所に、その道があることを悟ったのだ」、と。ここまではっきりと民族分断の克服を詩のテーマにすると宣言した詩人は、けっして多くない》と、「統一」を模索する不屈の精神を伝えている。

『4　パク・モング——叙事的再現の可能性をもつ連作詩』では、《壮大な長編連作詩『十字架の夢』は「光州」を叙事的に、しかも総体的にとらえようとする強靭な精神の産物である。（略）「民衆・民族現実の代弁者」として、現実認識に根拠をおいた民衆・民族共同体の歴史と思想と情緒をうたっている》と、「光州事件」の悲劇を壮大な抒情詩篇として創造した功績を讃えている。

『5　朴柱官《パク・チュグアン》——絵画的で個性豊かな詩世界』では、《「南光州」は一幅の画面でも見るように、光州の風景や人々の生活を描写している。詩で一般的にもっとも弱いとされる嗅覚さえ動員する。市場や駅の臭い、汗の臭いが漂って来る。すべての感覚を研ぎ澄ませて働かせ、独自の世界を構築しようとする努力が、個性豊かで絵画的な詩世界を作り出している》と、光州の暮らしの体温を描いた優れた表現力を高く評価する。

『6　金準泰《キム・ジュンテ》――不条理と抑圧の暗闇からの脱出』では、《「光あるうちに光の中を歩め」（トルストイ）。これができない者は、いつまでも暗闇の中をさまようしかない。祖国分断は克服できるのだ、民族統一は必ずできる、しなければならないのだという勇気をもつことが、今もっとも必要なのだという信念こそ、今の私たちの「光」なのである》と、「南北統一」を決して諦めない「光」だと紹介している。

『7　パク・ノヘ――労働者の言葉でうたう労働者詩人』では、《パク・ノヘは、非人間的な生を強いられている自己を含めた労働者の絶望と悲しみ、恨みと怒りを描きながら、人間らしい生き方、人間の尊厳を守る闘い、つまり民衆解放、人間解放を、そして民主主義と民族統一を現場からの生々しい声でうたい、切実に、鋭く訴える》と、労働現場の人間の尊厳を願って書き続ける思いを語っている。

『8　金龍澤《キム・ヨンテク》――農民の民族的リズムを回復させた詩人』では、《農民の目から世の中を見ようとする姿勢は、「民衆の旗」にもよく表われている。一生を田畑で働いて、ボロボロになった母の体に「抑圧と搾取の長い農民の歴史」を見いだし、母を「燃えた大地」「民主　民衆　民族統一の解放の地」「民衆解放の旗」だと見なす。（略）その愛に溢れた視線こそ、金龍澤の強さと素晴らしさであろう》と、農民の労働する身体のリズム感を詩に宿して民衆詩を生み出したと感受する。

『9　李東洵《イ・ドンスン》――名もなき人びとの代弁者としてうたう』では、《彼の視線は自己から広く外側に向かって伸びてゆき、父や母、あるいは故郷の人びとの生活や歴史に向かう。そして白丁階層（部落民）の地位向上と民権回復運動（衡平運動）を描いた長詩「黒い足袋」（七九年）、ダム建設によって故郷を追われる農民たちの悲しみと怒りを描いた長詩「水の歌」（八一年）のような、骨太く、力強い作品を生みだす》と、部落民や故郷を追われる農民たちを記す詩人がいることを記している。

『10　金正煥《キム・ジョンファン》――暴れまわる荒馬の奔放なイメージ』では、《「遊撃的感受性」を過激に動員し、何ものにも束縛されず、暴れまわるイメージと発想の奔放さは、時として読む者を置き去りにしてゆく。荒馬がその溢れだすエネルギーに耐えかねて、調教師を振り落とすように、彼は既存の形式や捉え方を無視し、自由奔放に走りまわる。その過程で、使い古された言葉たちは本来の野性味を取り戻したり、新しい意味の産声をあげたりする》と、湧き出てくる豊かなイメージの果てに新しい時代の言葉を探す可能性を示唆している。

『11　趙泰一《チョ・テイル》――真の悲しみを知る者だけが知る喜びと情愛』では、《技巧主義を批判し、排除する彼の詩は、さらに素朴なものとなり、日常使われている言葉を反復しながら、民族的リズムに乗せて、おおらかにうたっている。民衆的感性と民衆的言語の結合を完成させたと言うべきか。「あてどなく」の最終連などは、使い古された言葉を何と言うこともなく結合させているのに、圧倒的な感動を与える》と、民衆詩人としての信念と言語感覚を読み取っている。

『12　文益煥《ムン・イクファン》――生と死を超越した南北統一へのロマン』では、《文益煥はこのような闘争の日々の中で詩を書いてきた。詩がすなわち闘いであり、闘いがそのまま詩であった。そのために、詩語を厳選するよりは、心の赴くままに叫ぶように書くのが彼の詩のスタイルになった。他の詩集に『夢を祈る心』などがあるが、彼に詩を書かしめた背後には、二人の人物が見え隠れする。（略）もう一人は、竹馬の友である尹東柱であり、尹が文益煥に大きな影響を与えたことが、「最後の詩」という作品からもうかがい知れる》と、尹東柱の友人だった文益煥が最後まで統一を現実のものとして活動したことを紹介している。その後に趙氏は文益煥に追悼詩「春」を捧げて論考を終えている。第二章は趙氏がバイリンガルでなければ、ハングルの世界の微妙な差異を読み取れなければ訳詩だけでなく論じることは出来なかっただろう。韓国の民主化運動の戦後の歴史を詩と詩人を通して読み取ることができることは、貴重な体験になるだろう。

趙南哲氏は、抵抗詩・民衆詩を体現した金芝河の文学と民主化運動の実相を記し、その文学精神を引き継いでいる十二名の詩人たちをも翻訳し、その多様性に満ちた特徴を論じてきた。そんな趙氏の金芝河や十二名の詩人たちの「灼けつく渇き」と「火花のような愛の言語」を論じた本書を読み取って下さることを願っている。

小説

『深い河《ディープ・リバー》』――遠藤周作の遺作――

宮川　達二

深い河、神よ、私は河を渡って、集いの地に行きたい
「黒人霊歌」『深い河』―冒頭の題辞

「あなたから棄てられたからこそ――僕は人間から棄てられたあの人の苦しみが……少しはわかったんです」
三章　美津子の場合　―大津の言葉―

「信じられるのは、それぞれの人が、それぞれの辛さを背負って、深い河で祈っているこの光景です」
十三章「彼は醜く威厳もなく」―美津子の言葉―

―随筆『万華鏡』―

遠藤周作に『万華鏡』（一九九三年四月刊）という随筆集がある。私は、彼らしいユーモアと人生への愛に満ちた文章を、朝日新聞日曜版に連載中から愛読していた。人生終末期患者に手を差しのべる「ホスピス」への提案、仕事、日常生活、半世紀前の彼のフランス留学の話などテーマは広範囲に及ぶ。この随筆の中に、「転生」という題の文章がある。「転生」とは人間の死後、違った肉体を得て新しい生活を送るというヒンズー教、仏教の宗教的な概念である。キリスト教徒として知られる遠藤周作には、意外なテーマだなと私は思った。ここで遠藤は、一九九〇年二月にインドへ四回目の旅をしたことを書いている。彼は、インドへの旅の印象として、

「死と生が共存しているベナレスに私はすっかり魅了された」

と述べ、さらに「前世」という宗教的世界観についても関心を深めている。

遠藤はクリスチャンだった母の影響で幼児洗礼を受け、以来キリスト教に違和感を持ち続け、それを原点に代表作『沈黙』『キリストの生涯』などを書いた作家である。フランス留学経験を経て、日本人がキリスト教を受け入れる困難を彼ほど知っていた人はいない。その彼が、この随筆では「転生」に加え「人生の偶然」という題でシンクロニシティ（共時性）、言い換えれば「意味のある偶然の一致」にも触れている。当時彼は六十代後半、病と長く闘ってきた人生、迫り来る死への想いが深まり、同時期に書き進めていた長編『深い河』はキリスト教の背景はもちろん、彼の独自の視点で輪廻転生、共時性が描かれている。小説の後半では印象的なインドの異界とも言うべき光景が登場する。遠藤周作の最晩年に同時進行していた随筆『万華鏡』、小説『深い河』は非常に深いところでつながっている。

―遺作『深い河』―

遠藤周作の書下ろし長編小説『深い河』（一九九三年六月刊）は、彼の遺作である。舞台は、日本、フランス、イスラエル、そして後半はインドへと広がる。複数の登場人物が、人生に刻まれた痕跡を背負い、小説後半でインドのガンジス河のほとりヴァーラーナスィ（ベナレス）を訪れる日本人たちを描く。この作品のタイトルは当初、『河』だったという。インドを代表するガンジス河を意図したものだが、執筆当時、遠藤は黒人霊歌――深い河――を聞き、この歌の歌詞、旋律に触発されタ

イトルを『深い河』に決定した。
小説の舞台となるのは、一九八〇年代半ばである。小説の初めに登場する磯辺は、初老になり長年連れ添った妻を癌で亡くす。失って初めて知る大きな喪失感。彼は、妻が臨終の直前に磯辺に伝えた次の言葉が深く身に染みる。

「わたくし……必ず……生まれかわるから、この世界の何処かに。探して……わたくしを見つけて……約束よ、約束よ」

一章　磯辺の場合

妻は夫に、死後に必ず生まれ変わることを予告する。磯辺は、あるアメリカ人研究者から妻の生まれ変わりがインドの小さな村にいる少女と聞く。磯辺は、その少女と会うためインド・ツアーに参加し、初めてのインドへ向かう。
妻がいた病院で、介護ボランティアを担当したのがこの小説のヒロイン成瀬美津子である。病院で磯辺とは顔見知りだった美津子は、仏跡訪問を目的とするインド・ツアーの説明会の帰りに磯辺に声を掛けられる。お互いのインドへの目的は知らず、不思議な縁で、二人は同時に旅に参加する。他に、中年の童話作家沼田、太平洋戦争で多くの戦友を失った木口、若いカメラマン志望の三條とその妻、インド・ツアーの添乗員江波が登場する。インドへの留学経験を持つ江波は、インドで客たちをナクサール・バガヴァティ寺へ導き女神チャームンダーについて語る。このシーンは、キリスト教世界とインド的世界の対比という点で見逃せない場面である。

―成瀬美津子という女性―

成瀬美津子は三十代、離婚歴があり、カトリック系の大学を出ている。魅力的な女性だが、他人を心から愛したことがない。彼女は、大学時代に誘惑して棄てた大津という男がいた。大津はこの小説で、最も重要な役割を担う。彼は幼児洗礼を受け、大学時代から神父を志していた。「すみません」を連発する、自信のない、魅力に欠ける男大津。美津子に生き方を批判され、キリスト教信仰を棄て去ることも考える。だが、美津子に弄ばれ、棄てられ、行き場のない大津はその後、フランスのリヨンの神学校に留学する。この大津を棄てた筈の美津子は、裕福な青年との新婚旅行でフランスへ旅した際に、ひとりでリヨンにいる大津を訪ねる。大津は、リヨンの神学校にもなじめず、その後イスラエル、そしてインドへと移る。一方美津子は、フランス以降は行方の知れない大津の居場所が、なんとインドのヴァーラーナスィの修道院であることを知る。大津は、ヴァーラーナスィのヒンズー教徒に受け入れられ、瀕死の人々をガンジス河の火葬場マニカルニカー・ガートへ運ぶ仕事をしていた。インド・ツアーに参加した美津子は、大津とインドで再会する。大津の不器用ではあるが真摯な生き方に触れ、そしてインドの猥雑の中に秘められた不思議な光景の中で、美津子も今までとは違った道を歩むようになる。

―大津という男―

大津は、神父になろうとしたが、日本では美津子に捨てられ、フランスでは「すべてのものに神が宿る」という考え、汎神論思想の持主として安住の地を見つけられない大津は、遠藤周作によって次のように描かれる。

彼は醜く、威厳もない。みじめで、みすぼらしい
人は彼を蔑み、見すてた
忌み嫌われる者のように、彼は手で顔を覆って人々に侮られる
まことに彼は我々の病を負い
われわれの悲しみを担った

三章―美津子の場合　十三章―彼は醜く威厳もなく

この詩のような文章は、『深い河』に二度登場する。この文章は旧約聖書の「イザヤ書」第二節～第四節にほぼ同じ文章があり、新約聖書で登場するキリストの存在の予告とされる。もちろん、遠藤はそれを認識したうえで引用、大津の生き方をキリスト的な人間として規定しようとする。遠藤周作が『深い河』執筆と同時に書いていた「『深い河』創作日記」で、イザヤ書の引用に関しては次のように述べている。

「この詩編の言葉が、今の私の小説の主題であることは言うまでもない」

一九九二年八月二十六日

大津がこの小説で担った役割は、これほどにも大きい。大津のモデルは、一九五一年に遠藤周作とフランス留学の際に船の四等船室で出会い、以後親友となった神父井上洋治としているが、大津は、遠藤自身でもあり、複数の人々の投影でもあった。

―銀色の沈黙―

インド・ツアー参加者のそれぞれの思いは内に秘められたまま、旅は終わりが近づく。磯辺は、ヴァーラーナスィ郊外のカムロージ村に行き、ラジニ・プニラルという名の少女を探すが、決して見つからない。妻の生まれ変わりの少女とは会えないことを悟った磯辺は、ダシャーシュワメード・ガートへ行き、ひとり、死の匂いが濃い町を辿り、流れゆくガンジス河のほとりに腰かける。孤独だが、インドへ来た意味を噛みしめながら、磯辺は次のように呟く。

「お前」

と彼はふたたび河に呼びかけた。

「どこに行った」

河は彼の叫びを受け止めたまま黙々と流れていく。だがその銀色の沈黙には、ある力があった。河は今日まであまたの人間の死を包みながら、それを次の夜に運んだように、川原の岩に腰かけた男の人生も運んで行った。

十章　大津の場合

―美津子の沐浴、そして大津の死―

インド北部を流れるガンジス河、全二五〇〇キロ。年間百万人を超すヒンズー教徒がヴァーラーナスィを訪れ、ガンジス河のほとりのガートと呼ばれる階段を降り沐浴する。彼らはガンジス河で沐浴することにより、現世の罪を流し、功徳を増すと考えている。インドで大津の姿を目にして、美津子の心に大きな変化が起こる。彼女は早朝の町の裏通りで手に入れたサリーを纏い、ガンジス河に身を沈め、ヒンズー教徒たちに交じって沐浴する。

死者の灰を含んだ水がそのままこちらに流れて来るのに、誰もがそれを不思議にも不快にも思わない。生と死が此の

河では背中をあわせて共存している。

（略）

「でもわたくしは、人間の河があることを知ったわ。その川の流れる向うに何があるか、まだ知らないけど、やっと過去の多くの過ちを通して、自分が何を欲しかったのか、少しだけわかったような気もする」

彼女は五本の指を強く握りしめて、火葬場の方に大津の姿を探した。

「その人たちを包んで、河が流れていることです。人間の河。人間の深い悲しみ。その中にわたくしもまじっています」

十三章　彼は醜く、威厳もなく

美津子が沐浴をしている頃、大津は火葬場のマニカルカー・ガートにいた。ここでインド・ツアーの参加していたカメラマン三條が厳禁の遺体の写真撮影をしたため、遺族が激昂した。その三條をかばった大津は、ヒンズー教徒に暴行を受け、ガートから転げ落ちる。瀕死の重傷を負った大津は、駆け付けた美津子の助けを受け、担架に乗せられる。彼の死は、限りなく近い。

「さようなら」担架の上から大津は心のなかで自分に向かって呟いた。「これで・・・いい。ぼくの人生は・・・これでいい」

遠藤周作は、『深い河』の最終場面を大津の死を予感させる言葉で閉じる。まさに、人々の病と哀しみを背負ったキリストの死と、インドに於ける大津の死は重なるものがある。

―遠藤周作・最後の境地―

遠藤周作の「『深い河』創作日記」に、このような部分がある。

「何という苦しい作業だろう。小説を完成させることは、広大な石だらけの道を掘り、耕し、耕作地にする努力。主よ、私は疲れました。もう七十に近いのです。七十歳の身にはこんな小説はあまりに辛い労働です。しかし、完成させねばならぬ」

一九九二年七月三十日

しかし彼は、腎不全、腹膜透析などの闘病を乗り越え、九月には初稿を完成する。そして、翌年の一九九三年四月の随筆『万華鏡』刊行に続き、六月に『深い河』は刊行される。

一九九五年春、彼は原作を忠実に映画化し完成させた熊井啓監督作品『深い河』を見ている。遠藤周作の『海と毒薬』（一九八六年）を映画化した熊井啓の『深い河』に賭ける執念は強く、インドの光景や、ラストのガンジス河の夕陽の映像は素晴らしい。封切り前、体調がすぐれない中を試写会に出かけた遠藤周作は、この映画を観て涙を流したという。

彼は亡くなる直前、自分の棺には自分の著作の二冊の本『沈黙』、『深い河』を入れて欲しいと言ったという。この意向は家族によって実行された。遠藤周作、一九九六年九月二十九日没。享年七十三。今年（二〇二三年）、彼が生まれて百年を迎えた。苦闘の末に完成した長編小説『深い河』こそ、遠藤周作の遺作にふさわしい。

ひと夏の家族（6）

小島　まち子

広い境内の中央にやぐらが組まれ、最上階には四人の太鼓打ちが座り込んで、軽快に撥を振り上げては打ち下ろしているのが遠目にも見て取れた。その下の舞台はひときわ明るく、揃いの浴衣を着た踊り手が、振りかざした手を動かしながら輪になって踊っている。やぐらのてっぺんから放射状に張られた電線に数え切れない程の提灯をぶら下げて、その下に見物人が群れている。子供向けに「踊るポンポコリン」とか、「ドラえもん音頭」などが流れ、会場は賑やかだ。育と一緒にゆっくりと人の群れに向かって歩いた。しかし、育は境内の端に位置する保育園の玄関前まで来ると、

「ここでいい。ここから見るべ」

と、大に負ぶわれながら、目の前にある砂場の端に置かれた大小の庭石を指さした。庭石の上には松の枝が差し掛けられたように伸びている。

「え、ここ」

藺子と洋子は戸惑いながらも、低い方の庭石の上に持参したタオルを敷き、大の背後に回って両側から育を支えると、ゆっくりと庭石の上に座らせた。

姉弟で育の両隣にしゃがみながら境内の中央に目を遣ると、踊りの輪はだんだん膨らんでいき、三重になってやぐらの周りを囲んでいる様子が見えた。内側の小さい輪が子供専用らしく、女の子たちの浴衣がひときわ華やかさを提供している。

「母さんほら、さえちゃんとあみちゃんが踊ってる。見える」

洋子が指差して問いかけると、その先を育の目が追った。二人とも小さな手をひらひらさせながら、やぐらの上の踊り手を見上げて一生懸命に真似ている。白地に赤い花柄の浴衣を着たあみと、紺地に白や赤や黄色のトンボ柄の浴衣のさえが長めの両袖と、ピンクや赤の帯を揺らしながら踊るさまは、なんとも愛らしく、思わず微笑んでしまう。

踊りの合間に、子供たちによる提灯行列があるのも昔と変わらない。

小学生の低学年までの子供たちが小さな花提灯を持って会場を回り、お釈迦様に提灯の灯りをお供えする、というお寺ならではの意味があった。

「おっ、さえとあみも並んでるぞ。あみはお母さんと一緒に歩くんだべ」

と、大がやぐらの奥の本堂前に集まっている子供たちを見遣って、呟くように言った。

すべての灯りを消した暗闇に和尚様の感謝の祈りが厳かに響き渡り、練り歩く子供たちが捧げ持つ提灯の灯りのみが数珠つなぎになって、漆黒の闇を彷徨うかのように流れて見える。園長先生でもある和尚様がお釈迦様の教えを説き、五穀豊穣を祈念し終わると、境内は再び明るくなった。

ふと隣の育を見ると、滂沱の涙を拭こうともせずひっそりと泣いていた。洋子がそっとハンカチを握らせると、

「孫が可愛すぎて、涙が出たあ」

と、泣き笑いの顔で照れた。

洋子には育の心情が痛いほど伝わってきた。

孫も可愛かっただろうが、毎年八月十四日の夜を過ごしたこの境内には思い出が詰まっているに違いない。過ぎ越したこの夜の思い出が、浮かんでは消えていったのではなかったか。アサに抱かれて来た幼い日から、若い衆の目を意識しながら踊った娘時代、婦人会の一員としてやぐらの上で踊った夏、藹子も洋子も、大も、育に手を引かれて提灯行列に加わった。夏に帰省した折には、藹子や洋子の子供達、そして大の子供達。まるで回り灯籠のように、浮かんでは消え、消えてはまた浮かぶ懐かしい歳月が、華やかに鮮やかに、育の瞼に浮かび上がったのではなかったか。

盆踊りが終盤に差し掛かった頃、育は両脇の藹子と洋子に脇を支えられながらも、裏の森を抜ける近道をしっかりと自分の足で歩いて家に戻った。

明けて十五日は送り盆である。

長女の藹子が朝方の新幹線で帰るため、育の枕元に座った。埼玉にある夫の恵一の実家へ挨拶に寄ってから、その日の夜の便で福岡へ飛ぶのだという。

「じゃあね、母さん。一旦帰るからさ。楽しかったねえ、今年のお盆はさ。みんな一緒で、母さんも病院から帰って来られたから良かった。この調子で、早く退院しないとね。いつまでも寝てらんないよ」

威勢良く声をかける。

「あんたもう行くの。恵一さんの実家さ持って行く日本酒持ったか。恵一さんも好きだから、重たいけど忘れねで持ってってな。ハタハタの干したのも持たせればいいんだどもな」

寝床に臥しながら娘に持たせる土産の心配をしていた育は、動けない我が身が恨めしいといわんばかりの表情をして眼をつぶった。元気だった頃の育は、藹子や洋子の帰り支度に合わせて、地酒やハタハタの一夜干し、裏山で採れた山菜の缶詰、地元産のメロンなどを用意してはダンボールに詰め、宅配便を呼んだものだった。

「大丈夫だよ、母さん。喜久子おばさんがみんな用意してくれたんだよ」

「重かったら、宅急便で送ればいいな」

「オーケー、オーケー。来月また来るからさ」

藹子が育の手を握っていうと、育は子供のようにコックリと頷いた。

見送りに駆けつけた智と喜久子、大一家、洋子と子供達に、

「それじゃあ、九月の末に戻るけど洋子、それまで頼んだよ。智おじちゃん、喜久子おばさん、お世話になりっぱなしだけど、母さんをよろしくお願いします」

藹子が頭を下げると、涙もろい智夫婦は口元を引き結んで何度も頷いた。

大が車を回し、藹子は窓から手を振りながら、稲田に挟まれた一本道をみるみる遠ざかっていった。東の羽黒山には、頂上の少し上に姿を現し始めた朝陽が背後からギラギラと照りつけ、今日も暑い一日になりそうだ。

・

素麺と野菜の天ぷらで昼食を終えると、今度は大一家が帰り

支度を始めた。

　育を気遣った智と喜久子が点滴に付き添ってくれ、育の不在の間に出発するように取り計らった。小さな孫たちとの辛い別れと、その後の育の寂しさを思い遣っての事だった。洋子は子供たちにお小遣いを握らせると手を振って車を見送り、家の中に戻った。ここ何日か人で溢れていた茶の間や中座敷には、ついに居場所を取り戻したかのような静寂が満ち満ちていた。

　この家で、家族に見送られることはあっても見送ったことは稀だった。たとえ誰かを送り出したとしても、洋子が実家に住んでいた頃にはまだアサがいて、孝蔵と育がいて、大がいた。その中の誰かしらが必ず一緒に見送ったから、全く一人で家の中に引き返したのは初めてのことだ。身が竦むほどの静けさは、広すぎる家の間取りからも来るのだろうか。育はどうだったのだろう。母親のアサや夫の孝蔵がいた時は、

「やれやれ、行った、行った」

　と半ば安堵していたかもしれないが、一人になってからは。ほんの二、三日里帰りしては戻っていく子供たちを一人で送り出す育は、静まり返った家の中に戻るのが辛かったに違いない。記憶の中の育はたった一人で見送る時も、満面の笑顔で手を振ってくれた。自分の生活や仕事ばかりが大事なことで、送る側のことなど考えもしなかった自分は、なんと身勝手だったことだろう。

「仕事だから仕方がない」

「だんな様の都合だからさ」

　ダメ出しの正当性を言葉尻に含ませて、威張って育に何度言った事か。育はその都度、

「せば、仕方ねえなあ」

　としか言わなかった。

　次々に家族を見送るばかりでついには一人になってしまった育は、不治の病に体を蝕まれる程淋しかったのだと今更のように気づく。開け放した玄関からひと筋の風が吹き込み、がらんどうの茶の間を抜けて裏山に吸い込まれて行くのを、洋子は呆然と立ち尽くしたまま見送った。


　点滴を終えた育を乗せて智の車が一本道を入ってきた。

　車には博美と陸も同乗している。退屈な二人は智の車に乗って市内まで行き、複合型ショッピングモールで降ろしてもらい、育が点滴を受ける間ブラブラしていた筈だ。智と喜久子に支えられながら、育が中座敷に入り布団に横になった。博美と陸は智にハンバーガーとフライドポテトを買ってもらい、中座敷に持ち込んで、ポテトをつまみながら、買い込んできたコミックを広げた。

　匂いにつられて、

「何だか美味しそうな匂いがするなあ。お祖母ちゃんにちょっと食べさしてみて」

　と、育が顔だけ子供たちに向けて言う。

「うん。美味しいよ、お祖母ちゃん。食べてみて」

　と言いながら、博美が育にポテトを一本差し出した。

「美味しいね」

　と、満更でもない顔で立て続けにポテトを二、三本食べ、

「おばあちゃんハンバーガーも食べたことないから、食べてみる」

と、言う。

洋子はハラハラと見守っていたが、点滴のお陰で食欲が出てきたのかもしれない、と思い直し、黙って見守ることにした。

博美がハンバーガーを手で器用にちぎり、育に渡している。

「あら、美味しいねえ」

と、二口、三口食べたかと思うと、残りを洋子に差し出した。手を拭いてやり、休ませようとタオルケットを引き上げると、育は素直に目を閉じた。しばらくすると、やっぱりえずき始めた。うつ伏せになって枕に顔を当てている。

「母さん、大丈夫」

と、背中をさすり、枕の上の吐しゃ物を見た。大の子供たちが言っていたように、消化液で溶けている様子もなく、匂いもせず、きれいな色のまま、驚くほどの量が盛り上がっている。もう誰も慌てることもない。

ぬるま湯で口をすすがせ、顔を拭いてやると、

「ありがとね」

と育は呟き、そのまま目を閉じた。

思い返してみると、育が食べる気になるのは決まって高カロリー点滴後のことで、若干の体力と共に食欲が呼び戻されるようだった。

藺子や大の家族が帰った翌日、十六日は、ついに育が病院に戻る日だった。

朝から神殿の前に座り、手を合わせたり、両手を膝前についてお辞儀をしたり、育は、長い間無心に祈っていた。そして、智の迎えを受け、車に乗り込んだ。この三日間で育はかなり衰弱したように見えて不安だったので、洋子は内心ホッとしながら病院に戻る育に付き添った。病室に入ると、早速主治医がやって来て、育を診察した。その後高カロリー液点滴のための針を交換するようで、若いもう一人の内科医がやって来て、育の胸元の静脈に新しい針を差し込もうとした。しかし何度刺し直しても針が静脈を捉えることが出来ないようで、次第にいら立ちを隠せない声で育に注意している。

「だからね、楽に呼吸してて。変に力入れないで」

と、育のせいとばかりに畳み掛けて言うのが、廊下で様子をうかがう洋子にも聞こえてきた。まるで神経を逆撫でされるような不快感に襲われ、怒りが込み上げた。

ようやく管を育の胸元に繋いで内科医が出て行った後、育のベッド脇に戻ると、血液混じりの点滴液が滲んだ寝間着の襟元やシーツが、痛々しさを一層募らせて見えた。

「大丈夫、痛かったでしょ」

と、怒りを抑えながら畳みかけると、

「なーんもだ。こんなもの、大したことねえ」

育は弱々しく笑って目を閉じた。

その夜、智の迎えで病院から実家に戻った。そのまま自宅に戻る智を見送った後、暗闇の中にひっそりと静まり返った実家の佇まいに洋子は一瞬怯んだ。玄関の引き戸を開け、明かりを

点けて縁側に目を遣ると、育の猫たちが寝そべったまま顔を起こして、こちらを見ている。

「やあ、ただいま。お腹空いたでしょ」

と猫に挨拶し、一緒に病院に出かけた博美と陸に、

「スパゲッティでいいか」

と声をかけた。

病院での医師の振る舞いに鬱々としていた気分を振り払うようにして野菜を刻んでいたところ、大から電話が入った。

「おう、何としてだ。急に三人になって、淋しいべ。子供らと一緒に泣いてんじゃねえか。お母さんなんだからな、お前が真っ先に泣くんじゃないぞ」

と、少し酔っ払った声で偉そうに軽口を叩いた後、

「俺らもよ、明日そっち戻るわ。お前一人じゃ不自由だろうし、おふくろ見て来てさ、もうあんまりもたないんじゃねえか、って話してたんだわ」

と言う。

「奈津美もそうした方がいいって言うしよ。職場に事情を話して、取り敢えず八月いっぱい休みもらったんだと。子供らも夏休みはもうすぐ終わるけども、みんな祖母ちゃん子で育ったからよ。ちょっと学校休ませたって、まだ大したことねえしな」

自分は仙台と実家を行ったり来たりするわ、と、大きな声で立て続けに喋る。

「それは有難いなあ。私も子供達も、今夜は怖いくらい静かだねえ、ってちょっと心細かったところ。第一何するにも車がないから不便で。智叔父ちゃんに頼ってばっかりいられないしね」

洋子は思わず弾んだ声を出して感謝を伝え、電話を切った。

連日病院に通うとして、博美と陸をどうするか、それも気がかりの一つだった。二人だけで留守番させるのも病院に連れて行くのも、ちょっと可哀そうかな、と考えていたところだ。

「俊君とさえちゃんたち、明日からまたここに来るって」

受話器を置いて、早速子供たちに伝えると、

「へえー、そうなんだ、良かったー。また賑やかになるね」

と、博美が声を弾ませて言い、笑顔になった。陸も顔を輝かせた。

大の家族を迎え、洋子は奈津美と交代で病院通いを始めた。奈津美の車を借りて病院まで運転するのも慣れてきた。点滴で痛み止めを入れているせいか、育は眠っていることが多く、フッと目覚めては枕元に洋子や奈津美を認めると安心したように微笑み、機嫌が良かった。また智と喜久子も足繁く通って育を喜ばせた。

洋子は、育の枕元に座ると、先ず入れ歯を外させ、歯磨き用のカップに入れた。初めて病室を訪れた時、口元から覗く育の入れ歯がひどく汚れているのが気になって、すぐに外させて洗った。

「汚いのに悪いね。中々頼めなくてね」

と、育は恥じるように言いながらも喜んだ。

育は六十代後半であるが、歯槽膿漏がひどくて五十代に入ってすぐに、自分の歯は一本残らず抜かれてしまっていた。

「ああ、気持ちいいなあ」

と、歯磨き粉をつけて磨いた入れ歯を喜んだ。

洗面所に行く回数も多い。水様便が何度も出る。二十四時間入りっぱなしの点滴の袋が下がっているスタンドを育が片手で握りしめ、歩く時の支えにするので、空いている方の片手を握り、背中に手を回して育の肩を抱き洗面所まで歩く。個室のドアの外で待っていると、

「洋子、せば、この後どうするんだっけ」

とポツンと訊ねて来る。

便器に座って用を足している間に、その先どうしたらいいのか解らなくなるようだ。

「母さん、お尻拭いたの。拭いたら立って、パンツとズボンを上げるんだよ」

そう声をかけてから個室のドアを開けると、育は、用を足したままの姿勢でまだぼんやりと座っている。

その眼はもはや何も映らないかのように空虚で、ガラス玉のように動かない。

ある日、育の傍に付き添いながら雑誌を眺めていると、

「洋子、ちょっと胃の辺りが凝って苦しいから、トクホン貼って」

と午睡から目覚めた育が言う。

言われたままにサイドテーブルの引き出しを開けると、貼り薬が入っていたので取り出した。

「母さん、これどこに貼るって」

「うん、胃の上さ貼って」

と、言いながら、寝間着の裾を引っ張り上げた。

洋子はたちまち心臓の鼓動が早鐘のように忙しなく音を立てて打ち出すのを自覚した。

「触ってみて」

育が掠れ声で囁くように促す。

恐る恐る、むき出しになった育の腹部に目を遣ると、胃の部分にすでに白い貼り薬が貼ってある。片手でそっと触ると、重ねて貼られたトクホンが分厚く硬く手に触れた。よく見ると、三、四枚重ねられているようだ。

「何とだ。凝ってるべ」

と育がさらに返事を促しながら、洋子の表情を窺っている。

貼り薬の上からそっと押してみると、そこはトクホンのせいばかりではなく、内部に石のようにびくともしない、固いものが潜んでいる手応えがあった。

「母さん、もういっぱい貼ってあるから、全部剝がして新しいの貼ろうか」

と言うと、

「ううん、そのままにしておいて。その上さ貼って、ちょっと揉んでけれ」

育の言いなりにトクホンを上から重ねながら、今度は突然可笑しくなってしまった。

胃の上にトクホンって、しかも同じ場面をトクホンの数だけ繰り返したということか。

困惑しながら必死にトクホンの重ね貼りをする家族の姿が浮かび、笑い声が漏れそうになるのを必死でこらえながら、洋子

は、新しく貼り重ねたトクホンの上からそっと患部をさすった。そして、今度は泣きたくなって喉が塞がり、自分の情緒不安定さに呆れた。

育が自分の病気を知っているのは当たり前だった。かつて父親の力は胃癌、姉のゆきは大腸癌を患って死んだ。病院に泊まり込み、付きっきりで看病したのは育だった。癌の病状については誰よりも詳しい筈だ。育は洋子を試したように同じ会話をしてトクホンを貼らせ、患部を触診させて、相手の反応を窺っていたのではないだろうか。まるで、自分の病状について真実を告げようとせず、逃げてばかりいる周りの人間を試そうとするかのように。


八月二十五日は、洋子と子供たちの復路の飛行機がシカゴまで飛び発つ日で、後五日と迫っていた。

育の病状は、痛み止めと高カロリー輸液によって一応の安定を見せている。子供たちだけでシカゴに帰すことも考えたが、アメリカの現地校に転校する彼らのことが気がかりだった。せめて転校手続きを終え、一週間でも子供たちが通学に慣れるのを見届けてから育の元に戻ろうと考えた。

智夫婦や大の家族も納得してくれたので、アメリカに戻る準備を始めた。

そんな洋子の様子を見ながら、

「洋子ちゃん、病院で一泊してお母さんに付き添ってあげたら」

と、喜久子が言う。

「お母さん淋しがり屋だから、なんぼ喜ぶべなあ」

「病院って、今でも家族が泊まったりしていいの」

と洋子が訊くと、

「いいのよー。看護師さんに言えば布団も貸してくれるから、お母さんのベッドの横に敷けばいいよ」

と言う。

その日は日曜日だった。珍しく智夫婦と大夫婦も揃ってお茶を飲んでいた時にそんな話になったのだ。もう病室は夕食の時間だろうか。育は気持ち程度に整えられたお粥の膳を、どれくらい食べることが出来たのだろう。日曜日の夕方は病室が賑やかだから、そうと決まれば早く行ってやらなければ、と気持ちが急かされた。奈津美に博美と陸を頼み、博美と陸には叔母さんたちに迷惑かけないように、と小声で釘を刺した。

大の車で病院に向かう道中、

「今頃、母さん淋しがってるね。日曜日の夕方ってさあ、見舞客が一番多い時だから、人恋しくなるんだよね」

と洋子が呟くと、

「ほおー、さすが入院のプロ。よく知ってるな。お前もホント、どんだけ入院したんだ。しょっちゅう倒れては病院入ってたよな。正直、もうダメなんじゃないかって、何度か思ったよ」

と大。

「そうだね。今こうしていられるのが不思議だよ。自分に未来があるなんて、あの頃は想像できなかったな」

「案外、お前みたいのが一番長生きすんじゃね」

「あんたのように大声でいつも元気なのが意外にポックリ逝っ

てか」

憎まれ口を叩き合っているうちに、病院に着いた。


育のいる部屋は引き戸が開けっぱなしになっていて、それぞれのベッドに見舞客が訪れてザワザワしていた。育のベッドを見遣ると、案の定、育はベッドの上で上体を起こし、向かいの老女の許を訪れている見舞客に関心を奪われている。若い夫婦と小さな女の子が向かいのベッドを取り巻き、女の子が何か言っている。それを聞いて、老女も若い夫婦も忍び笑いをもらしている。育はその様子を食い入るように見つめ上体をそちらの方向に傾け気味にして、つられるように笑顔を作っていた。

「母さん」

「おふくろ」

二人で同時に声をかけた。

呼ばれた方を向いた育の目が二人を認めると、青白くやつれ切った育の顔に、明かりが灯るような笑顔が広がった。

「何したって。こんな時間に二人で来たの」

と、嬉しそうに言う。

「おう。アネキが今晩ここに一泊するって言うからさ」

大がそう応えると
「あら、ほんと。んだば、ナースステーションさ行って、布団借りねばなあ」

「おう。俺頼んで来るわ」

と、大が出て行き、一揃いの寝具を抱えて戻ってきた。育のベッド脇の床にシートを敷き、そこに布団を置いた。


「そしたら、俺もう帰るわな。明日仕事だからよ。喋ってばっかいないで、早く寝ろよ」

と言い置き、大は病室を後にした。

楽園の扉（2）

富永　加代子

4　啓蟄荒し

三月六日、啓蟄。春の気配を感じて冬ごもりしていた動物たちが目を覚まし土の中から動き出すころ。

花穂子は、宮ノ谷《みやんたに》に到着すると順一を待つこともせず、支度を整えて楽園の扉を開けた。扉と言っても防獣用の金網を麻縄で杭に縛り付けただけのものだが、ここを開けて一足中に踏み込むと清涼な空気に包まれる。右側の斜面から張り出した枝には、木五倍子《きぶし》の花房が下がり、先端の新芽も開いたばかりの初々しさを見せている。五時間のドライブの疲れさえ忘れるくらいに不思議な力がわいてくる。

宮ノ谷へ来る途中に立ち寄った町のホームセンターで、刃の先が三つに分かれた備中鍬を購入した花穂子は、早速それをもって恐竜のあばら骨のようなビニールハウスの残骸の中に入っていった。

「順一さん、来て。見てよ、早くはやく。もう、芽が出ているの。すごいわ。」花穂子は、両手の指さきを合わせて頭の上に突き上げる格好をして見せた。花穂子達は、開墾したところから作物を植えるやり方で、二月にジャガイモの種芋を植え付けていた。そのジャガイモ畑の一角は黒々とした土が見えるが、それ以外は野草と石ころの荒れ地のままである。

念入りに身支度をして畑の中に入ってきた順一も、

「すごいなあ。たった二週間だぞ。」

と笑顔を見せた。そして、土を持ち上げて顔を出した深緑色の小さな植物を覗き込んで、

「これが、ジャガイモの芽か。」

と、顔を近づけた。千葉の自宅から箱根、天城、妻良と三つの峠を越えて花穂子を連れて来たにもかかわらず、その疲れを敢えて口にしないのが順一である。

「小学校の時なあ。授業でジャガイモを植える作業があってさ。先生が俺に土を耕せって言うから、『そういう仕事は、農家の子がやった方がいいと思います』って言ったんだ。そうしたら先生が怒ってお袋まで呼んでさあ、叱られたよ。お袋は泣くし、なぜ怒られたかよくわからなくて、それ以来畑は苦手になった。だけど、自分が植えて芽が出たのを見るといいなあと思うよ。」と、小学時代の思い出話をした。

花穂子は、あっけらかんと笑って、

「土いじりをしたことないものね。でも六十年前に味わえなかった命の神秘に触れられて良かったね。さてと、あなたには一休みしたら、猪除けの鉄柵張りの仕事をお願いしましょうか。」

と花穂子は言いながら、まだ石のゴロゴロしている奥の方へ入っていった。花穂子は、ジャガイモ畑の隣六平方メートル程の整地を今日の目標と決めている。

明莉が今月から近くの道の駅のカフェコーナーで働き始めたので、彼女とは電話で今日の段取りを話し合い、作業は花穂子と順一に任された。

固い土の掘り起こしや開墾、整地に適するといわれる備中鍬でも、石ころだらけの宮ノ谷の土は手強い。思い切りふり下ろした鍬の刃先が、花穂子の顔より大きなヒキガエルの脇腹を捉えて鍬の刃共々空へ舞う。衝撃にのけぞったが、順一に言っても始まらない。何しろ学校の花壇も耕さないのだから、カエルは尚更無理と、助けを求める声を飲み込んだ。

この宮ノ谷には何万、いや何億もの生物が生息している。それらの生物達こそこの開墾作業に大迷惑をしているに違いない。花穂子はすぐに冷静さを取り戻して、

「傷つけるつもりはなかったの、ごめんね。脇腹の傷が治りますように。」

とヒキガエルに謝って、もとの土の中に戻した。

お昼までの小一時間をそれぞれに働いて、途中で調達したパンを食べながらコーヒーで昼食をとる。焚火で湯を沸かしてコーヒーを淹れるのも花穂子には憧れだった。

やわらかい日差しの中でいい気分になっていると、横たわっているステンレス製の業務用冷蔵庫の中から突然妙な音がして、花穂子は、順一の腕に飛びついた。

「ねえ、今のは、一体何？　聞いたでしょ。」

と、腕をつかみながらそのかすかな音にびくついた。しかし、びくびくして済ませるわけにはいかないので、嫌がる順一を促して冷蔵庫に近づき、角をもって揺すると小さな野ネズミが飛び出した。瞳孔を開ききった野ネズミの黒い瞳と花穂子の目が合ったが、次の瞬間には尾を翻し草むらに消えた。

「あっ、野ネズミ。可愛い顔してたわ。きっと私達より、ネズミの方が怖かったでしょうね。開墾がいいのか、放置がいいのかわからなくなるわ。」

「ゴミを取り除いて、きれいにするんだろ？　ネズミは新しいすみかを見つけるさ。」

順一は、焚火に水をかけ午後の仕事に戻っていった。猪除けの鉄柵をとめるには、直径二ミリ程の針金をペンチで締め上げるのだが、これは力のいる仕事でこのあと彼は半年腱鞘炎で苦しんだ。

花穂子は、順調に石を取り除き、午後は恐竜のあばらの真ん中の細い通路を挟んで朝とは反対側の場所に移った。大きな石の端にスコップを差し込み、てこの要領で石をひっくり返えすと今度は、体長三十センチメートルもあるムカデに出くわした。

真っ黒で超合金でできているかのような艶やかな体に、花穂子の想像をはるかに超えた長くしなやかなオレンジ色の足が、メラメラと慌ただしく波打っている。小学校の運動会で行う組体操の演目に「波」と言うのがあるが、ムカデ（百足）一匹による「波」は美し過ぎて、花穂子を一層怖がらせた。

花穂子は、激しく大きな声をあげながら、ムカデのいる地面に持っていたスコップをさした。ムカデは頭と尾が入り乱れ、四つに切れたかと思うと、四方八方に土の中に潜って逃げて行った。慌ててムカデが隠れた先を掘ってみたが、跡形もなく消えていた。あの四つの切れ端は、それぞれに再生して生きるのか？　それとも死んだことにも気づかずに、しばしジタバタするのか？　その結末を花穂子は知らない。

動物愛護と言いながら、いざ自分が窮地に立たされると、激しい行動に出てしまう自分に「これじゃ開墾じゃなくて啓蟄荒しだわ」と苦笑する花穂子だった。そして、この後別の石の下にいた蛇にも遭遇し、十分過ぎるほど啓蟄を味わった。

太陽の威力が急に衰えたように感じて時計を見ると午後三時半を回っていた。

「日没が近いぞ、仕事を切り上げよう。」

終了を待ち望んでいた順一が言う。

「わかった。でも、もう少し。ここを耕してからね。良いでしょう、明日種蒔きして帰りたいの。だから、もう少し、ね。いいでしょ。」

「何い、まだやるのか。俺はもうやらないぞ、上がるからな。」と順一は後片付けに入る。一度動き始めたらブレーキのない車のように走り続ける花穂子の性格を知り尽くしている順一の配慮である。このタイミングで片付けに入るからこそ日没に間に合うことは花穂子もわかっている。日没と同時に宮ノ谷は夜のとばりがおり真の闇に包まれる。三十メートル先の入口においてある車までたどり着くのも容易ではないことは、すでに経験済みなのだ。

順一に煽られながらも花穂子は石をバケツに入れて運び、ふとジャガイモの苗に目をやって息をのんだ。

「順一さん、見て。ジャガイモがこんなに大きくなっちゃった。」

「うわ、今朝やっと土を持ち上げて芽を出したばかりなのに、これなんか八センチはあるぞ。すごいなあ。」

「本当ね。土の中から出てきたのに少しも汚れていないわ。緑が輝いている。」

幾度も行ったり来たりしていたのに、突然に気づくこともあるものだと、二人は三十センチメートルおきに顔を出したジャガイモの芽を一つ一つ確認しながら、何とも言えない満ち足りた気持ちになった。

5　マムシ騒動

浜の家へ戻ると、すでに帰宅していた明莉が夕食の支度を始めていた。順一が風呂に入っている間、花穂子は浜で風にあたりながら波音を聞いた。この浜は、深い入り江になっていて静かである。

隣の民宿の女将がお惣菜のおすそ分けを持ってきて、

「ずいぶん熱心に通ってくるね。畑づくりは、はかどっているかい。最近はこの辺りも猪と猿が増えて大変よ。」

という。花穂子は、

「まだ、先は分かりません。でも、明莉さんとやれるところまでやってみようと思っています。」

と答えて家に入った。

恒例となった晩餐会では、明莉と花穂子は、耕したところに何を植えるかで盛り上がった。順一は、

「あまり欲張るなよ。」

と二人にブレーキをかけたが、順一のブレーキはいつもあま

り効かない。とにかく、道の駅で買ってきた種や苗を植えたい女二人だった。

「あ、そうだ。」

と、突然花穂子が大きな声をあげた。

「明莉さん、今日ね。蛇を捕まえたの、私。」

「どこに居った、蛇なんか。」

「大きな石をどかそうとして、棒でぐいっとやったらね。とぐろを巻いた蛇が顔を持ち上げたの。この辺りはマムシが多いと聞いていたから、蛇を見ればマムシかと思ってびっくりしちゃった。咄嗟に飲みかけの水のペットボトルを蛇の頭に近づけたら、スルスルとペットボトルの中に入ってしまったのよ。」

「花穂子さん、なんで捕まえようと思ったの。」

「ん？　わからない。手が勝手に動いちゃったの。」

花穂子は、質問に詳しくは答えず、

「それでね。ペットボトル越しの蛇の感触ってなんていうのかな、ずっしりと重いのね。ペットボトル越しでも、ぬめりとして冷たくて、……そんな気がしてね。マムシならペットボトルくらい食い破って、私の手をガブリとやるのではないかとドキドキしちゃった。」

と、一気に話した。

もし、花穂子が、マムシを見たことがあればこれ程はしゃぐことはなかったのだが、マムシは、背中だけでなく腹にも特徴的な模様があると知ったのは、ずっと先のことだった。

花穂子は、昼間の興奮を思い出し、さらに話を続けた。

「沖縄で、三年間水に浸けていたハブが瓶の口を開けた途端に飛び出して、ビンを持っていた人に噛み付いたという話を聞いたことがある。」

「本当なの？　花穂子さんの話はいつも、面白いなあ。」

「いやね、話の真偽は分からない。だけど、聞いたのは本当よ。だからね、恐怖を抑えて、しっかりとペットボトルの栓をしてね。ねえ、順一さん。もしマムシだったら、お酒作っちゃおうか。なんて言いながら、ペットボトルをぶら下げて宮ノ谷の入口に立っていたらね。通りがかった村の人が『シマヘビだな』って言うじゃない。マムシ酒の夢は瞬殺されちゃったの。すぐに蓋を開けて横にしたら、シマヘビさんはスルスルっと草むらに消えていきました。おしまい。」

改めてがっかりしている花穂子を、順一は笑っていたが、内心マムシ酒を飲まされずに済んだと安堵していた。

すると、今度は明莉が身を乗り出して、

「マムシと言えばね、こんなことがあったのよ。秋の終わり頃だったかしら。五郎さんがね。芝刈りをしている時に親指をマムシに噛まれたの。激痛の上に、時間がたつにつれて、みるみる親指の先が壊死していってね。五郎さんは、彼なりの科学的根拠に基づいて、醤油を飲んで治したんだって。マムシの毒と醤油は、陰と陽の関係にあってね。正反対のものを取り込むことにより中和させるらしい。彼の話は専門的過ぎて、これ以上は覚えていないけどね。」

「さすが五郎さんね、治癒能力もすごい……。それにしても、五郎さんに、しばらく会っていないわねえ。」

花穂子の言葉にうなずきながら明莉が

「その指どうなったと思う。この間見せてもらったら、壊死してえぐれた親指に赤い肉がつき始めていたのよ。」

と締めくくった。

この五郎という人は、俗世間を嫌い、山籠もりの生活をしている画伯の長男のことだ。彼は、順一よりも七歳年上だが、冬でも素足で、日に焼けた顔はつやつやしている。時々山でとった花をもってきてはアトリエの壺に挿して帰るのだが、やはり画伯の血筋で、ぞくっとするような花を活けるのである。華道を嗜む花穂子にとっては、これもまた刺激的なのだ。

翌日は順一達が起きる前に明莉は仕事に出ていき、二人は、昨日の残りのパンを食べ、家の中を軽く掃除をしてから畑に出かけた。一泊の宿代を掃除という労働で返すというパターンが、三人の中で出来つつあった。

6 秘密基地

四月末、ゴールデンウィークのはじめ。北欧製のログハウスの材木キットが届き、国道からクレーンで畑の中に降ろされた。

ログハウスは、比較的平らで木陰のある、恐竜のあばらの西側奥に建てることになった。日差しの強い山の畑に休憩場所をつくりたいと当初から考え、秘密基地をつくるような気分で計画を立ててきた。

ログハウス作りには、花穂子の妹夫婦や息子とその友達、そして、いつもの開墾仲間を総動員して取りかかった。材木キットには英語で説明がついていて、材木一本ずつに番号が振られている。ここで順一の出番となった。彼は、英語の説明書を読み、次々と建築の手順を支持していく。とりあえず、家の形をつくりたい。日暮れまで働いて、屋根のスレート貼りは出来たが、結局、床を張るところまではいかなかった。仕方なく、翌日に仕事のない順一を残し、花穂子は息子達と夜中に千葉に帰宅した。

順一は、産業用のロボットや医療機器の開発を手掛け、研究職から営業戦略の部所を経て、定年退職して今は家にいる。退職前の順一は、仕事に疲れ、夜更けに改札口から出てくる姿は、どこからか出所してきた男のようだった。そんな順一を見るたびに、花穂子は不安になった。この開墾を決意した要因の一つに、自然の懐でゆったりと二人で過ごし、生命の再生をはかる気持ちがあったのかもしれない。

順一は翌日も潮音社とログハウス作りに励み、午後七時に帰宅した。

「あらかた出来たぞ。潮音社は、手際がいいなあ。そして材木のキットも、がっちりとはまってよくできたよ。ニスを塗る作業は潮音社がやっておいてくれるそうだ。」

すっかり日に焼けた順一の顔は疲れてはいたが、充実した表情を見せていた。日常と異なる出来事があると、新鮮な気持ちになるものだ。花穂子はふと順一と出会った頃のことを口にした。

「昔はねえ、日焼けだとか紫外線だとか、あまり気にしなかったわねえ。」

「あー、テニスしてると、顔はもちろん、腕や足にも塩が吹くほど汗かいてな。」

「あなたは背中まで髪の毛を伸ばしてベルボトムのジーパンに下駄はいて。片手にギターやテニスラケットを持っていたっけね。井上陽水の歌が好きで、よく歌ってたね。雨が降ればギター。晴れればテニス。学生時代は遊んでばかりだった。よく遊んだわね、私達。」

「そうだなあ。でも君は今もずっと遊びの中にいる感じだな。」

「えぇーっ、それ褒めてる？　あなたも同じでしょ。四十年も一緒にいるのよ。まあ仕事はまた別の話だけどね。」

「まあ、そうだな。でも、君は仕事も楽しそうにやってるよ。」

「そうねえ。本当にそう見えるとしたら、思う存分仕事をさせてくれるあなたのお陰よ。それは、ずっと変わらない。まあ、変わったのはあなたの髪の毛くらいかな。」

「ひどいことを言うなあ。とにかく、今度行ったら、君は喜ぶと思うよ。」

「ありがとう。楽しみだわ。ねえ、いつ行く。」

「おいおい、待てよ。今週は休ませてくれ。」

「はいはい、分かりました。お疲れさま、お茶を入れるわ。」

順一と花穂子はしばらくとりとめもなく思い出話にふけった。二人は、二十代の青春と六十代の青春の交差点で、まだまだ夢を追いかけていた。

7　蝶の舞い来る庵

潮音社によるニス塗りは思いのほか難航し、ようやく梅雨前の土曜日に宮ノ谷に行くことができた。潮音社は足の悪い花穂子のためにログハウスの入り口に階段と手すりをつけ、草を刈って作った小道も躓かないように平らに均《なら》してくれていた。

「どう、奥さん。いいでしょ、最高でしょう。」

潮音社は端正な顔をほころばせた。花穂子は何度もうなずき、

「いいわね、すごくいい。」

と目を輝かせた。

出来上がったログハウスの入り口に腰掛けると、まっすぐ眼下に海が広がる。素晴らしい眺望だ。枝打ちをした木々から軽やかな風が吹いて、空には時折鳶が高く飛び、近くの高木ではキツツキが根気よく木をつついている。

完成したログハウスに花穂子たちが来るというので、明莉も稼ぎ時の土曜日にもかかわらず休みを取り、十一時過ぎに味噌汁と炊き込みご飯を作ってやってきた。久しぶりに焚火を囲んで干物や野菜を焼いて昼ご飯を食べた。

「潮音社さんのおかげで素敵な小屋ができたわ。明日はホームセンターに行って流し台を買うつもりよ。この階段を上がった右側に置けば邪魔にならないし、流した水は畑の中よ。」

「ああ、それはいい。僕は、谷が削れないように斜面の木を増やすつもりです。あの杉の木もそう思って僕が植えておきました。」

順一が潮音社の言葉を否定するのを花穂子が止めて、

「そうですか。」

とさりげなくやり過ごした。潮音社は、大工や山仕事のスペ

シャリストだが、ときどき空想の世界に飛んで行ってしまうことがあるのだった。杉の木は、その幹に花穂子が両手を回しても余るほどの大木で、何十年も前から生えている。だが、潮音社に対して、それについて言及することはしない。

明莉が気を利かせて話題を変え、この小屋に名前を付けようと言い出したので、皆がそれぞれに思いつくまま、名前を言い合った。

「青春庵」

「宮ノ谷庵」

「いや、この農園自体を宮ノ谷ファームというのはどうかな。」と順一。

「いいわねえ。そうしよう。じゃあ、この小屋は、伯父さんの名前を頂いて、敬治庵は、どう。」

花穂子が言うと明莉が、

「ここ、蝶が来るでしょ。蝶が通う路にある庵で蝶路庵《ちょうじあん》はどうかしら。」

「蝶路庵か、いいねえ。」

と、順一が言い、

「きれいだわ。蝶の通り路にある庵」

と花穂子が胸の前で両手を合わせていると、いきなり、

「蝶路庵、ブラボー。」

と、潮音社がこぶしを突き上げて大きな声を出したので、大爆笑してみんなが合意した。

『宮ノ谷ファーム』に『蝶路庵』と、秘密基地に名前もついて、また一つ楽園の扉が開いたような気分になった。

8　お婆さんの妄想

開墾を始めて八カ月がたち、軽やかな風が気持ちの良い季節になった。月に二回から三回、一泊ときには日帰りで、

「いい加減にしろよ。体を壊すぞ。」

とブレーキをかける順一を、花穂子は拝み倒して伊豆に通った。伊豆というところは、その風土や気候に魅せられて移住する人が多い。来る者は拒まずの気質のある土地だ。

しかし、順一と花穂子は移住ではない。大体の事情を知っている人もいるが、二週間に一度、真っ赤なセダンに乗って絵描きの未亡人の所にやってくる二人のことは気になるものだ。

きれいな星に誘われて、夕食の後三人は浜辺に出た。三人で静かな波音を聞きながら星を眺めていると、急に明莉が、

「面白い話があるのよ。」

と切り出した。

「崖の上に住んでいるお婆さんがね、私に『あんた、気いつけないかんよ』って言うのよ。」

「何を？」

花穂子が明莉をのぞき込むと、

「あのね。ぶふふふう。」

と、明莉が噴き出した。

「笑う前に話してよ。それじゃ、伯父さんみたい。伯父さんも話す前に笑っちゃって、それが可笑しくて、なかなか本題に入

れなかったわね。やっぱり似ちゃうのかなあ、そういうところ。でもだめよ。笑ってないで話して。」

と花穂子に促された明莉は、深呼吸をして話を続けた。

「わかった、わかった。始めから話すね。お婆さんが言うにはね。『あの赤い車の男は、悪い奴だよ。あんたが仕事に出かけた後、女を連れ込んでいるんだよ。その女がまた、横柄な女でね。外で髪をとかすんだよ。そして、風でなびいた髪を片手でこうやってかき上げるんだ、あれは性悪だね。まったく油断ならないよ。』って髪をかき上げる真似をするのよ。そしてね。『赤い車が停まっている時は、いつも見てるんだから、間違いない。あんた、よそ者に気を許したらいけんよ。』って、望遠鏡を出したの。」

花穂子が膝を叩きながら、

「ええっ、望遠鏡！　そのうえ、順一さんが間男だって。」

と、突拍子もない声を出した。

「僕が、間男だって。何だよ、それ。」

さすがの順一も自分を間男と言われては、黙っていられない。それにしても、順一は、状況や話し相手によって「俺」「僕」「私」を巧みに使い分けてくる。この場面では「僕」なのだなと花穂子は勝手に納得し、順一の横顔を覗き込んだ。

とにかく、花穂子は、こんな面白い話はそうそうないと興奮し、明莉は星空を見上げながら笑っている。順一は人生で初めての悪役となり、居心地の悪そうな顔をしていたが、

「順一さん、かっこいいじゃない。六十才過ぎて、間男だって。」そう花穂子に言われて、ちょい悪男も悪くないかと、順一はまんざらでもない表情になった。

「私も性悪女、気に入った。しかし、この話は可笑しすぎて明るい電灯の下では話しにくかったのね。」

「いやあ、そんなことないけど、面白いから今度二人が来た時に言おうと思って待ってたのよ。」

花穂子は、嬉々として明莉に肩を寄せて、

「明莉さん、この謎解きはお婆さんにしたの。」

とささやいた。明莉もいたずらっぽい顔をして、

「ううん、そのままにしてある。」

「それでいいわ。よそ者の間男が未亡人の留守に別の女を連れ込む。ちょっとしたドラマが始まりそうで楽しいわ。それにしても髪をかき上げるって、お婆さんもいいところを見てるね。」

三人は、それぞれに星を眺めつつ、しばらく笑っていた。星はかすかに揺れたような光を放ち、海はどこまでも静かに波音を立てていた。

家に入ると明莉は、食事の片づけや明日の準備を下の部屋でしていたが、順一と花穂子は昼間の重労働できしむ体を横たえると、もう話をすることなく眠りに落ちた。

9　秋草の図

翌朝、二階の二人が目を覚ました時には、明莉はすでに仕事に出かけた後だった。花穂子は、お婆さんが望遠鏡をのぞいているだろう崖の上の家に向かって手を振り、畑に向かった。昼過ぎまでかかって予定していた種蒔きと苗植えを済ませると、

次の新しい場所を耕した。

夕方明莉の帰宅に合わせて浜の家に戻ると、額にヘッドライトをつけた五郎が両手に余るほどの尾花を抱えてやってきた。電気のないところで暮らしている五郎にとってヘッドライトは必需品なのだ。

「五郎さん、ありがとう。ちょっと上がって。一緒にご飯食べよう。順一さんと花穂子さんが、五郎さんに会いたがっていたのよ。」

明莉に言われて五郎が二階のアトリエに上がってきた。

「こんばんわ。お久しぶりです。あら、尾花ですね。穂がつやつやしているわ、きれい。」

花穂子と順一が立ち上がって迎えると、五郎はところどころ歯の抜けた顔をほころばせながら入ってきて、大きな信楽の壺に尾花をざっくりと活けた。

五郎は、アイヌの民族衣装の藍染の長半纏をまとい、腰で皮の帯をきっちりと締めていて精悍ないでたちである。明莉が、ムロアジとカマスの干物を乗せた皿を持って上がってきて、

「五郎さん、電気がまぶしいからヘッドライトを消して。あのね、マムシと醤油の話、二人にしてあげて。」

と、五郎を促した。

「そうそう、マムシにやられたって聞いて心配してたの。どうですか、具合は。」

花穂子が聞くと、五郎はまた顔をほころばせて、ヘッドライトを外して懐にしまった。そして、やさしい小さな声で、

「大丈夫、ほら。」

と言って親指を見せた。マムシに噛まれた親指は、骨の際までえぐれていたが、うっすらと新しい肉と皮が出来て少し盛り上がっていた。

それから、小一時間ほど食事をしながら五郎に「陰陽」の説明を受けたが、日中、畑仕事に費やした体力は、もはや難しい学説を理解する力を残してはいなかった。五郎が帰った後で花穂子は、順一に「陰陽」の要約を求めたが、順一ばかりか、何度も聞いているはずの明莉までさっぱりわからないというので、またしても大爆笑となった。

腹を抱えて笑った後、五郎の持ってきてくれた尾花を見ながら、三人は、三筋山に秋草を見に行った時のことを思い出した。竜胆、吾亦紅、女郎花、藤袴などの秋草が咲いて、その周りを高く低く赤とんぼが飛び交っていた。そして、チロチロと流れる小川の水面が小さな青空を映し出していた。アトリエに掛けられた三筋山の「秋草の図」をみながら窓外の虫の音を聞いていると、シューマンのトロイメライの世界にいるような気分になった。

そして、その景色の中には、伯父も亡くなった花穂子の両親もいて、会話の一つ一つまで思い出して笑った。

「あんまり可笑しくて涙が出るわ。」

花穂子が照れて明莉を見ると彼女もまた目に涙を浮かべていた。

「不思議だな。亡くなった人に会うことはできないけれど、思い出の中ではこんなにはっきりと存在していて、心まで温かくなる。」

「そうね。頼りにしていた人は皆亡くなり、気が付けば自分達がしっかりしなければいけない立場になっちゃった。でも、こうして思い出話ができる相手がいることは幸せだわ。これって、『わすれられないおくりもの』かしら。」

「なあに、それっ。」

「絵本の題名よ。アナグマの死に向き合う動物たちの話なの。」

「へえ、なんだか高尚な話だな。あれ、おいおい、今日は秋分の日だ、お彼岸だぞ。」

「そうか。」

「それで五郎さん来てくれたのね。なんか慌しくて、うっかりしちゃった。」

　と言って、明莉が仏壇に手を合わせ、順一と花穂子もそれに続いた。そして、三人は改めて五郎の持ってきた尾花に目を向けた。開け放した窓から海風がかすかに入り、尾花はわずかにその花穂を揺らしていた。

桜と二口女

高柴　三聞

序

嗚呼、柔らかい貴方の髪。
貴方の頭を両手で抱きしめると、幸せを感じる。
今、とても満たされている。
生まれたての子猫を抱きしめるように、貴方のことを抱きしめる。
もう、どこへも行かせて上げない。
貴方は私だけのものなの。
私の胸の中でゆっくりお休みなさい。
その綺麗な唇、その静かな瞳、整った鼻筋。
貴方を誰にも渡さない。
絶対に私だけのものなの。
真っ赤なお部屋の中で、二人きり。
私たちの血で染まった、私たちだけのお部屋で。
貴方と、私の二人の血が入り混じった真紅のお部屋。
赤は、どこまでも深く紅くなって行く。
その赤い色が深みを増すたびに、私の心は満たされていく。
そして私たちの絆は深くなっていくの。
何て素敵なのでしょう。
さあ、私のお腹に耳を当てて、聞いて御覧なさい。
新しい、生命の鼓動。
聞こえるかしら。
二人の愛の結晶の証。
二人の赤ちゃんの息遣い。
この部屋に満たされた赤が、私の心を暖かく、包み込んでくれる。
この部屋の中に居ると羊水に包まれた、赤ん坊のような気持ちになるの。
そう、優しくて、暖かな心安らぐ場所。
嗚呼、お腹の中で、私たちの子供が動いてる。
あなた、これからもずっと一緒よ。
ずうっと、ずうっとよ。
ここは、暖かで、幸せな…

一

なる程、確かに桜の樹の下には屍体が埋まっていると言う話は本当なのかもしれないと、私は思った。あまりに美しい桜の並木道を目の当たりにして、その美しくて不吉な話が本当のように思えてきた。あの名前は忘れたが、その詩だか小説の一節は私の心に奇妙なリアリティーを持って、私の頭の中からむくむくと音を立てて蘇えってきたのだった。

　あまりの美しさゆえの、不安と恐怖。無理もない。

　薄いピンクの花弁の花吹雪は、春の優しい風に乗って、ゆっくりと地面に舞い降りてくる。漫《そぞ》ろに無数の桜の花弁が地面に舞い降りる様を見つめていると、まるで淡いピンク色の群雲の中に自分が紛れ込んでしまっているのではないかと錯覚してしまう。

　このまま、時が止まって永遠に美しい花弁が空を舞い続けるのではないのかと妄想すらしてしまう。同時にまた、それは強い願望でもあった。

　桜の花弁の一枚一枚に彩られた、儚いほど淡いピンクは、人を切なさと不安と幸福の入り混じった奇妙な安らぎの中に誘ってしまう。

　やはり、こんな美しいものが、この世の中にあるのはおかしなことなのだ。

　そして、その美しさの源が腐り爛れた屍体から滴り落ちる透明な水晶のような汁を、貪欲な根ががっしりと屍体ごと大地を摑んで貪り啜っているせいだとしたら。私は、納得が行くような気がした。

　チリリン。

　私のすぐ横で小振りの鈴《ベル》が鳴った。一人、桜と空想の中に閉じ込められていた私ははっとした。

　まるでその音を呼び水にしたかのように男が口を開いた。

「ここの桜並木、綺麗でしょう」

　と私に語りかけて来た中年男の瞳はどこか寂しげで虚ろだった。そして、酷く老け込んでいるように見えた。この人は、桜の毒気に当てられたんだと思った。

　男の名は、平田と言い中堅のソフトハウスでSEをやっていた。もっとも、今は休職中である。私は、この男に会うためにこの場所に来たのだった。

　平田は、くすんだ茶色のネクタイにしわの寄ったワイシャツ、おまけにぼさぼさの頭に度の厚い眼鏡をかけていた。顔の角度によっては、光の反射で目が見えない。一緒に話をしていて時折何を考えているかわからなくなる。

　平田は、口を開く前に癖なのか胸ポケットから覗いている猫と鈴のついた携帯のストラップに神経質そうに手をやる仕草をやる。

　それが、鈴の音の正体だった。

　平田は酷い猫背で陰気な感じであった。そして、酷く疲れていて小さく見えた。平田に不似合いな携帯ストラップの鈴に目をやる私に、かまわず平田は独り言のように呟いた。

「桜の花ってのは、酷く綺麗でしょう。綺麗なのはいいけど、見た後で何だか心の中にぽっかり穴が開いたみたいになってしまうんです。

　よく、桜の樹の下には屍体が埋まっているって言うでしょ。だって、桜の美しさは人をいつの間にか、不安にしているんです。そして、何とも言えない怖さを…」

　やや言い淀んでから平田はさらに呟き続けた。

「そう、恐怖を植えつけているんです。美しく咲き誇って生命力の美しさを見せ付けているようで、その実は人に死を予感させているんです。恐ろしいものだと思うんです。」

　どうやら、平田は私と桜を見つめながら、全く私と同じことを考えていたようである。私は、本題に入ることにした。

「十和子さんは、桜のような女性でしたか。」

　私は思い切って「十和子」の名前を口にした。平田は虚ろな

視線を空に漂わせながら、深いため息をついた。美しくて静かで、そ
「そうですね。桜の樹のような人でした。美しくて静かで、そしてとても、恐ろしい人でした。」

私が入手した「十和子」と言う女性の姿は、どこか表情に乏しい地味で大人しげな顔をしていて、そう美人とは言えない気がした。美人云々ではない。何かはわからないが、どこか人間に大切な何かが欠けているような気がした。私の直感でしかないが…。

私は、魂の抜けたような顔で舞い落ちる桜を見つめ続ける平田を見ていた。語ってるあいだにも平田の姿は、さらに老け込んだようにすら思える。この男に人は殺せないなと、私の直感が告げた。やはり平田は「シロ」なのだ。

長いこと刑事の仕事に携わっていると、人が殺せるかどうかは直感でわかって来る。

この男は、人を殺せない男だ。他人を殺す前に、自分が死んでしまう類の男だ。もっとも、直感は直感でしかない。直感に頼るのは危険だと重々承知している。だからこそ、時間をかけて地道に物証と証言を積み重ねて核心に至るものである。そして、結果的に、その直感は大抵正しかったという裏づけがされるのだった。

私は、刑事だ。どんな上品な人間にも裏には闇があって、職業上の癖でついついその闇の底までをも覗き込んでしまう。まるで、夏の蛾が火の中に飛び込むように、私は人間の闇に飛び込んでしまうのだ。そのうち、真っ黒な炎に焼かれてしまうのだろう。あまりにも嫌なものを見すぎた。

自己弁護ではないが、職業上どうしても欠かせない習性なのだ。そして、私が携わった事件の中でも、今回のものは闇が酷く深くて、謎の多いものであった。恐らく、迷宮入りになるだろう。誰が犯人なのかわからないのである。

私は、平田が無造作に差し出してきた手記を受け取った。平田によると最初は遺書のつもりで書いたのだという。

平田から受け取った手記は、レポート用紙数枚にわたって、やや薄めの癖のある右肩上がりの文字でびっしりと埋めつくされいた。

「十和子」のことが書かれているというのだ。私たちは、近くのベンチに腰を下ろした。私は、その場で手記に目を通した。

二

僕はたまに、あのときのことを思い出して考えるのだ。決定的な男女の差は何だろうと。あの事件があってから、何かにしがみ付く執着するという力の凄まじさが女性には、自然と備わっているのだろうと思うのだ。

精神構造が即物的な男と言う生き物には到底考えきれないほどのエネルギーを女性は秘めているのだ。

十和子さんとの出会いは、数年前の春の盛りだったと思う。長年勤めている会社の近所にある桜並木だった。僕は、仕事が行き詰ったり、休憩する時はいつも、この桜並木を歩き回っていた。

静かなこの場所が、とても気が安らいで大好きだった。会社

の方も、僕には何の期待もないらしくいつものことかと放って置いてくれた。ＰＣの前に居なければ、大抵この場所に入るだろうと会社の方も分かっていた。とりあえず、するべきことをこなしていれば煩く言われなかった。

ここは、春になると桜が咲き乱れて本当に美しくなる。

その出会いは唐突だった。

何時ものように、昼休みに桜並木をふらついていると、右肩にドスンと鈍い衝撃が走った。見ると、目の前に痩せた小柄な女性が一人尻餅をついている。

僕は、その女性に平謝りしながら手を差し伸べ、その女性を立たせてやった。

「君、うちの会社の人だね。」

僕は、普段から会社の中では一匹狼で通してきたから、会社にどんな人が入ってきて、誰が辞めたかまったく関心がなかった。いつの間にか居て、いつの間にか居なくなっているという感じだ。

しかし、さすがに自分の会社の事務員の制服ぐらいはわかる。彼女が、うちの事務員の制服を着ていたから、自分の会社の人間だと分かったのである。

小さな声が、二言、三言彼女の口から発せられた。はっきり聞き取れなかったのだが、どうもすいません、うつむいて歩くのが癖で失礼しましたと、そんな内容だったと思う。

彼女は顔を伏せ気味にしてはいたが、白い肌が首筋まで真っ赤になっているのが容易にわかった。彼女は、銀縁のフレームの細い眼鏡を掛けていたが、そのレンズの奥にある細い瞳からは動揺している様子がはっきりわかった。

彼女は私が、口を開く前にばね仕掛けの人形のように、ぴょんと勢い良くお辞儀して、小さな声で何事かを早口で口走ってから踵を返した。そして、ほとんど遁走と言って良いくらいの勢いで駆け出して行ってしまった。

一人取り残された僕は、彼女がなんと言ったのか首を捻った。ややあってから、僕は思わず噴出した。

彼女は不束者ですが、今後ともよろしくお願いしますと言ったのだと思い当たったのだ。不覚にも笑ってしまったが、長いこと僕は笑っていなかったのだ。

忘れていた、どこか酷く懐かしいものを思い出したような気持ちがした。僕は、彼女の走り出した方角を見つめた。

彼女の長い黒髪の残り香と静かに舞う花吹雪だけが残されていた。

僕が、会社の中で心を赦せると言っても世間話をするくらいの間柄の、古手の事務のおばさんがいる。いつも佐藤さんとみんなから呼ばれているのだが、この人に昼間の娘の話をすると、それはきっと最近会社に入った十和子さんだと僕に教えてくれた。

それが十和子さんと僕との出会いだった。

三

ここで、西谷と言う男について語らなくてはならない。鼻持ちならない、嫌な男である。西谷は、背が高く日焼けしていて、シャープな輪郭に目鼻立ちの確りした顔立ちをしていた。女性にもてる顔立ちだった。そして実際に女性にもてた。

この男とは同じ会社で、僕が開発部、彼が営業部とそれぞれに所属していた。西谷と僕とは本来お互いに認め合うところも無ければこれと言った接点もない。

西谷は、いつもその時に付き合っている女の話ばかりするものだから、会社の中でまともに話をする奴はいなかった。

いつの間にか、社内に誰も友人の居ない僕のところまで来て、一方的に話をするようになった。

興味が無いから大抵聞き流しているのだが、ただ黙って聞いているのが西谷にとっては話し易くて良かったのだろう。西谷と友人になったつもりは、僕には全く無いのだが、いつの間にか西谷と一緒に居ることが多くなってしまった。

西谷は女遊びの激しい男だったから、聞くたびに違う女の話をしている。聞いているほうは、確かに嫌気がさしてくるはずである。

もっとも、西谷に限らず、営業部は同輩がライバルと言う部署だったから特別に西谷一人が特に親しい人がいないと言うわけではなかったが、その中でも取り立てて特に浮いていたのだった。

会社の屋上の喫煙場所で一方的に女の話を熱っぽくして来る西谷の姿をぼんやり眺めながら、僕には西谷に熱を入れる女性の気持ちが全くわからないなと思っていた。

西谷は僕が話を聞いていないと言うのをわかっているか、いないのか兎に角一方的に話をしてくる。その表情はだんだんと熱を帯びてくる。西谷ののろけ話を聞き流しながら、今度の相手はいつまで続くのかと思った。西谷は飽きっぽいのだ。関係を持つと数ヶ月で分かれてしまう。

気がついたら、また違う女性の話しである。しかし、西谷はその場、その場で一生懸命なのだ。確かに、これだけ熱心であれば女性もつい気を許してしまうのだろう。

西谷は、場当たり的に一所懸命でそのくせ飽きっぽくて、その上悪気が無いのだ。無邪気と言えば聞こえがいいが、とても迷惑だ。

いつだったか、この男の浮気の片棒を担がされたことがある。ある日、西谷が僕の前で拝むような格好をしてから、いきなり携帯を僕に押し付けてきた。

何かと思って携帯に出てくると知らない女性が西谷はこれこれ、この日のこの時刻に何をしたかと聞いてきた。内心僕は舌打ちしてから、その時は二人で仕事の打ち合わせをしているのだと返事しておいた。

電話の先の女性は納得していないようだったが、とりあえずその場は引き下がった。

仕事の打ち合わせだと。自分で言って自分で嫌な気持ちになった。大体、西谷は僕のとこに営業で持ってきたときの仕事は、簡単な納期と予算くらいで、いつも後から直接先方に行って自分で確かめているのである。仕事の話なんて二言三言で済まされてしまっているのである。

僕が西谷を睨むと、僕にウインクをしてからサンキューと言うが早いか僕の手から携帯を取り上げて、どこかへ言ってしまった。

多分そわそわしていたから、新しい相手とデートなのだろう。

無邪気と言えば無邪気なのだか、本当に迷惑な男であった。

どこか憎めない気がするのも事実ではあった。そんな男だった。

西谷と言う男は。

四

十和子さんの方と言えば、どちらかと言うと地味な方で口数も少なくひっそりと事務所にいると言う感じであった。

小柄で色白。銀縁の細い眼鏡にさらに細い狐目。筋の通った鼻筋に、やや薄い唇。長くさらさらとした黒髪。元来綺麗な人なのだけれども、本当に大人しい目立たない人だった。

私は憚らず公言するが十和子さんが大好きだった。いまでもそうである。

初めての出会いから、私は社内で十和子さんに会うと必ず挨拶をするようになった。十和子さんは、始めのうちこそどぎまぎとしていたのだが、そのうち、素敵な笑顔で挨拶を返してくれるようになった。

たまに、十和子さんは桜並木のあるベンチで昼休みなど一人本を読んでいることがあった。

そんな時、彼女を見つけた僕は何の本を読んでいるかと声をかけるのがお決まりだった。

彼女は意外にも、カポーティーの『冷血』やキルケゴールの『死に到る病』、武田泰淳の『ひかりごけ』等を良く愛読していた。

この人はちょっと変わっているのかも知れないと僕は思った。

彼女との短い間の会話は僕にとっては非常に楽しい時間であった。

あるとき、彼女はいつものベンチで出会ったときに、僕にささやかなプレゼントをくれた。

招き猫の携帯のストラップ、小さな鈴がついている。

僕は思わず朗らかな気分になって、笑い出してしまった。

その幸せは、僕にとって長いこと心の奥底で忘れ去られた感情だった。僕は、正直それだけで満足だったのである。恋愛とか言う以前の、もっと素朴で損得の無いような人との関わり。

そしてその関わりから自然と生じる笑顔。

そのささやかな、僕にとっての幸せの時間は、僕が心の底から安らぎを覚えることの出来る時間であった。他に得難い僕にとっての幸福の時間は西谷によって無残にも奪われることになるのである。

今思い返しても、怒りで、目の前が真っ白になる。

五

「え、何だって?」

唐突な西谷の発言に、僕は一瞬自分の耳を疑った。

「だから、十和子ちゃんと付き合うことになったんだよ。」

あまりの事に、僕は混乱してその言葉が動物の鳴き声のように意味の無い音のように聞こえていた。動揺する僕にお構いなしに西谷は何時ものように一方的に話を続けてきた。

「女はね、やっぱり大人しくて一途な人が良いね。なんていうかさ、大和撫子みたいな感じの人。もう、一途に愛されてるって感じが最高だね」

この男は浮気常習犯の自分のことは棚に上げて、全くこの男は都合のいい事を言いやがる。今日と言う今日ばかりは不愉快で我慢なら無かった。だらしなく伸びた西谷の鼻の下にボールペン突き刺しても赦されるだろうとすら思った。

手が痺れてくるほど硬く拳を握り締めながら黙って西谷の話を聞いていた。

とにもかくにも、彼らはすでに交際を始めたのだ。呆れたことにお互いの部屋の鍵を交換していると、御丁寧にも西谷は下卑た笑顔を浮かべて僕に教えてくださりやがった。

この数日前までは西谷は違う女と付き合っていたはずである。胸の底から、例えようの無い喪失感がとどめなく溢れ出てくるのを感じた。

酷く寂しい気持ちとやるせなさ。

西谷は僕に関心が無いのだろう。残酷な話を僕にお構いなく続けている。

翌日、社内で見かけた十和子さんは化粧も素敵になって、僕の知っている地味な雰囲気から、随分と華やかな女性に変身していた。

口元からこぼれ出てくる笑みは、十和子さんが今幸せであると十分僕に思い知らせてくれていた。

こんなにも、女性は変わるんだと僕は思い知らされた気がした。ハンマーで頭を殴られたような衝撃と心臓を抜かれたような喪失感が同時に押し寄せてきた。

颯爽と挨拶を交わして立ち去る十和子さんの後姿がぼんやりと滲んできた。

その時の僕に嫉妬の感情が無いと言えば嘘になるが、これで西谷も年貢を納めて家庭を持って万時丸く収まって欲しいと思った。西谷はともかく、十和子さんには幸せになってほしかった。そして、そうでなくては、困るのだ。

しばらくして、会社内で突然人が変わったように美しくなった十和子さんのことが噂に上がるようになった。

ＩＴ会社の社長とお見合いしたとか、幼馴染と同棲しているのだとか、推測の域を出ない話が飛び交った。

この手の噂に精通した事務の佐藤さんは、「てっきりあの子、あんたと一緒になると思ってたんだけどね。でも、心配だね。あの子とっても、純粋で一途だから」。

さすがの佐藤さんも、事の真相はわからないと見える。西谷とだよと、教えてあげたらきっと佐藤さんは卒倒するに違いない。

僕は、酷く投げやりでどうでも良い気持ちでいっぱいだった。好きにやればいいのさ、どっかで勝手にやってればいいのさと思った。

西谷ののろけ話も相変わらずであったが、前よりも話が頭に残らなくなった。本気で聞いたら西谷の首をへし折りかねない。

僕は、自分の気持ちに蓋をするのには慣れている。別に僕の身に変わったことは起きていないのだ。もとの状況に戻っただけのことである。

六

それから、西谷のやつと十和子さんの交際は三ヶ月くらい続いていた。西谷との付き合いの中での経験からすると、そろそろ西谷の浮気の虫が騒ぎ出す頃だ。

そんな頃、西谷が妙に怯えた様子で、廊下を歩いているのに出くわした。怪訝に思いながら声をかけると、はっとした顔で西谷は十和子さんを見かけなかったかと僕に聞いてくるのである。

いつもは胸を張って、鉄壁の笑顔を誇るこの男が今日は目を落ち窪ませて猫背気味に怯えるように歩いている。十和子さんと西谷が交際する様になってから、二人に会う機会を僕は意識して二人から遠ざかっていたから久しぶりの再開である。

私が、無言で左右に首を振り、十和子さんと会ってないことを西谷に伝えた。西谷は周りを窺いながら、ポツリポツリと呟き始めた。その様は病人がうなされてうわ言を呟くのと似ていた。西谷には今まで無かったことである。

西谷の話では、どうやら十和子さんが妊娠しているらしいとのことだった。

そして、付き合い始めの頃から西谷は浮気の虫が騒いでたようでちょくちょく、別の女性とも関係を持っていたようである。私が考えていた以上に最低な奴だったようだ。西谷に殺意を通り越して、哀れにさえ思えてきた。たぶん病気か何かなのだこの男。

しかし、西谷はそのことで十和子さんに攻められたことは無かったのだそうだ。十和子さんのことを考えると切ない気持ちになった。

そして、西谷は信じられないことを言ってきた。十和子さんが、妊娠と同時に人が変わってしまったのだと。

よりによって十和子さんは暴力をふるって西谷を監禁しようとしてくるのだと言ってきた。西谷の不実と十和子さんの妊娠と暴力。

一遍に衝撃的な単語が僕を襲ってきて、僕は膝が折れそうになった。そのまま、崩れ落ちたかった。

何時ものように西谷の話しに忍耐力を要しなくても良くなってきていた。僕は心の無い伽藍堂にされてしまった。悲しさも、驚きもない木偶人形だ。それこそ楽なものである。

西谷は十和子さんの凶行をぽつぽつと語り続ける。

能面のような、十和子さんが鎖を無理やり西谷に巻きつけようとしたり、たたきつけたりしてくるのだと続けた。

もう、僕はこれ以上十和子さんを貶めて欲しくなかった。

僕が西谷に黙れと言いかけたとき、西谷は背広の右袖をまくり右手首を僕の顔の前に差し出してきた。鎖の形の痣が、幾つも何重にも西谷の手首に刻まれていた。

暫く絶句していたが空っぽの僕の心の底から、新しい邪な感情がむくむくと湧き上がって来た。

西谷は自業自得なのだ。いい気味だ。僕は、おもむろに口を開いた。

「自分で責任を取れよ。」

そう言うと、僕は怯える西谷を置いてその場を後にした。

それから数日後久々に十和子さんを街中で見かけた。細身の体が、心なしか前よりふっくらしている。

あえて、十和子さんの目に留まらないようにそっとその場を離れた。十和子さんは踵の低い靴を履いていたのが、気持ちの中に引っかかった。西谷が言うことは、やはり本当なのだろう。

その日の夜、会社の十和子さんのメールに匿名のメールを送りつけた。

「貴方の彼氏さん、浮気してますよ」

と書いてやった。もっと、西谷を痛めつけてくれればいいとおもった。

メールを送った日から数ヵ月後、十和子さんは寿退社をした。その頃になると、会社の中で二人の関係は公にされていたから、問題なく円満退社となった。

事務の佐藤さんから、今日十和子ちゃん会社辞めるんだってと聞いても別段何の感情も湧かなかった。私は、十和子さんにお別れの挨拶をしなかった。一人屋上で煙草をふかして過ごしていた。

七

十和子さんが会社を辞めて数ヶ月も経ったある日のこと昼食時間のオフィスで会社中が騒然となる出来事が起きた。

お昼前会社の廊下を歩いていると、突き当りの角の所に十和子さんの姿が見えたような気がした。何故か心臓が脈を激しく打つのが聞こえてきたような気がした。気のせいさと自分に言い聞かせた。それでも、動悸は収まらなかった。

突然不意に。総務部の事務所から女子社員の一人が口を押さえながら廊下に転がり出てくるのに出くわした。目の前で、その女性は僕の目の前でのた打ち回った。

呆然とした私は、いきなり背中を事務の佐藤さんにひっぱたかれた。

「ぼさっとしてないで、病院に電話して」

佐藤さんは金切り声で僕に指示をだした。

よく見れば、その女性の口から血が溢れ出している。慌てて、救急車を携帯で呼んだ。

その間、事務のおばさんも、僕も他の社員も錯乱してのたうち回る彼女をどうしていいかわからなかった。

動物めいた悲鳴が廊下に響き渡っていた。

彼女の周りに血溜りが見る見る間に出来上がった。何が起こったかわからなかったが口の中を汚したようだ。血の池のなかにキラリと光るものが目に入った。

数枚の剃刀の刃が池に漂う小船のように浮かんでいた。僕は、背中に冷たいものが走るのを感じた。サイレンの音が近づいて来るのが聞こえてきた。救急車を迎え入れる為に慌てて僕は会社の外に出た。救急車は会社の前まで来ていた。私は急いで救急隊員を会社の中に迎え入れた。

一瞬だが、会社の出口に一番近い電柱の影に十和子さんらしき人影を再び見かけた気がしたのだが、救急車に目線を移して再び視線を電柱に戻すと十和子さんらしき人影はすでに消えていた。

その日を境に、怪我をした女子職員は会社に来なくなった。聞くところによると、彼女は持ってきた弁当の中に仕込まれた幾つもの剃刀の刃をそのまま口にしてしまったのだと言う。彼女は西谷と兼ねてから交際の噂があった人物だった。

犯人はわからずじまいであった。

僕は、十和子さんらしき人影がどうしても頭を離れてくれなくなってしまった。

さらに数日後、ある取引先の会社を訪れた時、受付嬢が変わっているのに気がついた。

「前の方は？」

と聞くと、その新しい受付嬢は怯えた目で、前任者が線路で事故死したことを僕に教えた。

何とも言えない嫌な気分になった。前任の受付嬢も、また西谷の交際相手だったことのある人物だったからである。

僕の頭の中に浮かぶ、十和子さんの人影は日に日に濃くなっていくのであった。それから西谷と浮名を流した相手が行方不明になったり、死亡したりする話を何度か耳にした。

八

剃刀の事件から、さらに半年以上経ったころ、西谷が会社に来なくなったと事務の佐藤さんから聞かされた。

総務の人事課から、西谷に電話をするが繋がらなくて弱っているとのことだった。十和子さんの、黒い影が僕の脳裏をよぎった。もう、この頃の西谷は以前の西谷とは全く別人になっていた。いつも何かに怯えて身を屈めるように歩き回っていた。西谷は十和子さんに怯えているのだろう。二人とも、すっかり変わってしまった。

私は、この時より二週間前くらいに十和子さんを見かけた。酷く厚塗りのべったりとした化粧にテラテラと光る真っ赤な口紅。以前の十和子さんからは考えられなかった。

十和子さんは、あの時と同じようにやはりうつむき加減で歩いていた。

しかし、すっかり妊婦さんの姿になっていた。はちきれそうな自らのお腹を愛おしそうに眺めていた。

私は、やはりその時も彼女には気付かれないようその場を立ち去ったのだった。

困り果てた人事の担当者が事務員の佐藤さんを連れて僕のところに来た。仲の良かった僕なら連絡が取れるのではないかと相談しに来たのだと言う。

西谷や十和子さんの実家にかけても、西谷の所とは連絡がつながらず万策尽きてのことだったそうだ。西谷と仲の良かった覚えは無いのだが、電話番号と家の場所は知っていた。

僕は渋々西谷の携帯に電話を入れたがやはり繋がることは無かった。その日の晩、僕の携帯が鳴り出した。

西谷からだった。

西谷の声は小刻みに震えていて、話も支離滅裂であった。

しかし、重大な一点は理解できた。

西谷が、十和子さんの後頭部を鈍器で殴って殺したと言うことである。

西谷の声に、ひゅうひゅうと風邪が抜けるような音が混じっていた。どうやら泣いているようだった。

やるせない沈痛な気持ちと、殺意のこもった怒りの気持ちが、パッと僕の胸の中に広がった。それでも、必死に西谷を罵倒したい気持ちを抑えた。

今の西谷は、何かきつい事を言えば自殺してしまうのではないかと言う位衰弱していて混乱しているのが電話口でもはっきりと分かった。私は西谷に、馬鹿な気を起こすな今向かうと伝えて電話を一旦切った。

慌てて車のキーを握り締めて、乱暴に自家用車に飛び乗った。

落ち着けと自分に何度も言い聞かせながら車のキーを入れた。車の振動で胸ポケットの携帯のストラップについている鈴が小刻みに揺れていた。私にとってこの鈴だけが、優しかった十和子さんの思い出なのである。もらってからはずさずにずっと持っていた。

車を乱暴に飛ばしたい衝動を抑えながら、時折深呼吸をしながら車を運転した。しかし、運転している間中、苛立ちと悲しさに苛まれ続けていた。

西谷の住むマンションに到着したとき再び西谷から電話が入ってきた。携帯を乱暴に取ったせいか鈴がヒステリックな音を立てた。

「どうした、大丈夫か。」

僕の返事には応えず西谷はだらしが無い声で喋ってきた。

「口が。大きな口が、ぱっくりあいているんだ。口の中は、真っ暗でさ。」

僕のストレスはそこで、一気に爆発した。

「落ち着け馬鹿野郎。いったい何の話だ。お前の話はわからん。」

電話の向こうからケラケラと狂ったように笑う女性の声が聞こえた。

「十和子の頭の傷が、どんどん大きくなって、大きな口みたいに割れているんだよ。そしたら、十和子、生き返ってきて。頭の傷、あれ傷じゃない。口だよ。あれは大きな口だよ。口の中は真っ黒でさあ。ヒィヒィ、ヒィヒヒヒヒ」。

ピチャピチャと音を立てながら奇声を上げる西谷の声が電話口から聞こえてくる。

もう、西谷は狂ってしまっていた。

僕が、車から下りたのと同時に、西谷は再び言葉を発した。

「本当に、真っ暗だよ。食われるよぉ、嫌だよ。怖いんだよぉ。お願いだよぉ。」

僕は西谷を再び怒鳴りつけて落ち着かせようとしたとき、グッボ、ギュチュギュチュチュ、と鈍い嫌な音がした。

西谷の電話はそこで切れた。

僕が西谷の部屋の前についたとき、西谷の部屋の玄関先は少し扉が開いていた。

慌てて中に入った。しかし、中の二人の姿を見た僕はすぐに四つん這いで玄関から這い出てきた。

もたもたしていたら、誰かが僕の足を引っ張って部屋の中に引きずり込んでしまいかねないと思った。

僕はマンションの共用部分の廊下あたりで、気を失った。

後日、色々と警察のほうに何度も出向いていったり事情を聞かれたのだが、あのグッボと言う大きな音のことは何故か黙っていた。

あれは、大きな肉が引き千切られる音のような気がしたが、素人が余計なことを言うものではない、そんな馬鹿なことは無い。

いったい、どうしたら人間の首があんなふうになる。

二人とも、血の海の中であった。

壁も床も二人の血で染まっていた。

私は、怖くて床を這って逃げた。生暖かいヌラリとした血の感触が掌に残ってなかなか離れない。

報道を観ていても、二人がこの状況で屍体になっていたのは、確かなのだ。

しかし、実際誰がどのようにしたのかは、皆目検討がつかなかった。

私は、もう疲れてしまった。このことはもう思い出したくない。

それでも、あの時、私の目の前には二人の屍体が転がっていた状況がフラッシュバックで蘇える。

おぞましい、僕の記憶。死んで忘れられるのならいっそのこと死にたい。

西谷は、首を引き千切られ、その胴体を仰向けの状態で床に横たわらせていた。

リビングのソファーに座っていた十和子さんは千切り取られた西谷の頭部を両手で抱きしめ抱擁した状態で事切れていた。

何故、西谷なんかをと僕は思った。彼女の両手に抱かれているのが僕ではなく、何で西谷が……。

そう思った瞬間僕は、沸きあがった恐怖に我を忘れ、獣のように這って真っ暗な闇の中を逃げ惑ったのだった。

九

チリン。

鈴の音がした。

僕は、平田の手記を読み終え目頭を押さえ深くため息をついた。

ようやく嫌な場所から開放されたような気分だった。

「平田さん、まだあなた死にたいと思っています。」

平田は力なく笑って首を横に振ってもう大大丈夫と答えてから、平田は逆に私に尋ねてきた。

「刑事さん、あの晩何があったのです。」

今度は私のほうが横に首を振った。

「何もわからないんです。」

誰にもわかるはずが無いと思う。

西谷は、考えられないほど凄まじい力で首を捥ぎ取られ死亡。その女房の十和子も、検視の結果から西谷より先に死んでいるはずである。

捻じ切られた、頭部をソファーの上に座らされた十和子さんに抱かした奴が居るとしても、外部から入った形跡は一切ない。

平田は西谷たちに触れた形跡が無い。

一番しっくり来るのは、十和子が西谷を殺して、ソファーの上で西谷の首を抱きしめて誰かに殺されたと言うことだが、その可能性は無い。

おまけに、十和子は西谷より先に死んでいたことが検視の結果でわかっている。

検視結果の通りなら死んだ十和子が、西谷の首を引き千切りソファーに腰掛けたことになるのだが、ありえない話だ。

もう、終わりにしようと思った。どうせ何もわからない。

「平田さん。桜の樹の下に屍体が埋まってるなんて、ありえませんよ。よしんば、埋まっていたとしても、掘り起こす必要は無い。

貴方は、十和子さんの良い思いでだけ胸にして、後は蓋して置いたら良い。忘れることです」

と私は言った。

私は、本当に聞きたかったことは平田にはもう聞くまいと決心した。

十和子のお腹の中の子は、十和子の死亡推定時刻の前後に生まれているはずなのだ。

しかし、誰かが連れ去った形跡は無い。

生れ落ちてすぐに、忽然と自ら姿を消しているのである。

この事件は箱入り（迷宮入り）だと思った。

桜の花弁が舞う姿をじっと私は見つめた。

どこからとも無く、ズルズルと下品な音を立てながら桜の樹の根が、新しい屍体の体液をいやらしく啜っているのが聞こえてきた気がした。

草奔伝

老年期4

前田　新

平成二八（二〇一七）年七月三十日、恩師、村野井幸雄（ペンネーム蛯原由起夫）先生が享年八六で逝去された。先生には新制中学の一年生のときに出会い先生が主宰する「詩のなかま」に入り、以来先生の「詩脈の会」を通しての現代詩運動をともにしてきた。真は還暦のときに脳梗塞を患い詩誌「詩脈」の編集発行などの実務を離れたが、先生への尊敬と感謝の念は揺らぐことはなかった。先生は昭和五（一九三〇）年の生まれで真よりは七つ年上であった。旧制中学を卒業するとすぐに新制中学の代用教員になり、通信教育で教員免許を取得されている。苦労人であったから真のような境遇の生徒を暖かい目で励ましてくれた。詳細は思春期のところで触れたので割愛するが、一人っ子の真にとっては、兄貴のような存在であった。

先生の奥さんが真の同級生で筋向いということもあり、気軽に出入りしていたが、その奥さんが脳梗塞で倒れて亡くなり、気落ちした先生は施設に入られて面会を拒否されていた。亡くなられる五か月ほど前に息子さんと娘さんに連れられて真の所に来たが、顔を見ればいいと言って、すぐに帰っていった。それが最後であった。あれほど精悍であった先生がと、思うほど憔悴していた。息子さんに抱えられる後姿に真はこみ上げる涙を拭った。今生の別れであった。高校を卒業して奔放に生きる真を先生は黙って見守ってくれた。先生が県の現代詩人会の会長になったときも、反体制派の町議として、また全県の農民運動に奔走する真のことを配慮して、事務長を医師の伊藤先生にお願いしてくれた。

平成二八（二〇一七）年、真は宮城県栗原市が主催する「白鳥省吾賞」に応募した。それには二つほどの理由があった。一つは白鳥省吾は、大正デモクラシーの申し子として登場した民衆詩派とよばれる詩人であること。福田正夫や百田宗治らとともに、口語自由詩のかたちで、日常的、社会的、政治的現実を主題にして形象化しているが、やや冗漫とも言えるその口語詩は、芸術的抒情詩が主流を占めた当時の詩壇のなかでは、民衆の詩として軽んじられてきた。しかし、白鳥はホイットマンに傾倒して、リアリスティックに東北の農村の現実と戦時下の農民を詩に書いている。

新潮社の『日本詩人全集』（全三四巻）の明治・大正詩集を編纂した詩人の清岡卓行は、「民衆詩派のもつふしぎな魅力が、何時の日か、新しい照明のもとに大きくクローズアップされることがあるのではないかと、考えられないこともない」と解説している。わが町の渡部信義は戦前、詩集『灰色の藁に下がる』で会津の下層農民の惨状を詩に書いて脚光を浴びたが、治安維持法のなかで転向して、農本主義へと向かったが、白鳥は東北の農村の悲惨とその村から戦地に赴く兵士の心情を詩「殺戮の殿堂」「戦争の追懐」に書いた。また、「美しの国」ではロバート・オウエンやウィリアムズ・モリスの「地上の楽園」を夢見た。東北の農民詩人の系譜は宮沢賢治から白鳥省吾、真壁仁、草野比佐男、若松丈太郎と続くのである。

二つは、東北古代史のなかで神護景雲三（七六九）年に、会津から栗原郡に人民が送られ、会津郷がつくられている。『和名抄』には栗原郡会津郡、今、志波姫、大岡、若柳、有賀など、栗原郷、仲村郷の東にして、磐井登米に隣接せるならん、『和名抄』郡郷考に、「神護景雲三年十二月、勅、陸奥国管内、及び他国百姓、楽住、伊治桃生者宣任情願随致安置、依法給復」とある。

栗原市の市史にも記載されているので事実だろうが、どれほどの人が、会津郷に移ったのであろうか、勅による移民とされているが、会田真は会津の宇内、高寺周辺の前方後円墳を造った先住豪族が畿内政権によって滅ぼされて、その残党が俘囚として追われたのではないかと推察している。その栗原郡を見て見たいと言うのが「白鳥省吾賞」応募の動機であった。

応募した詩「北への回廊」は、第十八回白鳥省吾賞、一般の部、最優秀賞に選ばれ、翌平成二九（二〇一八）年二月、郡山市まで長女夫婦に送ってもらい、そこで東京から来た次女と孫娘に合流して新幹線に乗り栗原市に向かった。帰りに時間の都合上、仙台で一泊するので喜与が同行したことはいうまでもない。新幹線の栗原市の駅は市から離れた郊外にあり、新幹線を降りると、市の職員が市のマイクロバスで待っていて、全国からの受賞者がバスに乗った。大学生や高校生、中学生の家族もいたなかで、見覚えのあるような、無いようないかにも詩人といった方が真たちを目がけて近づいてきて

「会田さん、私、中村不二夫です。おめでとうございます」と、声をかけた。真は驚いて「先生、あのときの中村先生ですか」と問い返した。

先生は「そうです。会津若松市の講演のときにお世話になってからですから、五十年ぶりですかね」と、初老になった先生は相好を崩した。

「懐かしいです。私は御覧のように老いて、身障者になりましたが、先生はお変わりなく、お会い出来て本当に嬉しいです」

「私のほうこそ、嬉しい限りです。今日はお会いできると思ってきましたが、素晴らしい作品です、本当におめでとうございます」

「先生が審査委員でいらしたのですか」

「はい、市の方からの依頼でここ数年、地元の佐々木さんと一緒に審査委員長をさせていただいています」

これは、想定外の出来事だが、真は、知っている人がいたことに、ほっとした思いだった。

授賞式は市の白鳥省吾記念館を併設した文化センターで市長さんや市の教育長さん、白鳥省吾顕彰会のみなさまなど、多くの方々が参列される中で受賞をしてきた。

北への回路

秋から冬へ
ゆるやかに星座を回して季は移る
夜毎、漆黒の闇に
銀河は仄白い光を放って懸かり

耳を澄ますとそこには
幽かな羽ばたきの音が響いている
あれは銀河のなかを
北へ飛び去って行った
キグヌス（白鳥座）の羽音なのだろうか

死者は皆、ふりそそぐ磁気に導かれて
魂の磁場に還る
私が聞く幽かな羽音は
列をなして天空を飛ぶ
見覚えのある死者たち
魂のなかに組み込まれる
北への回路を
ひたすら飛んでゆく
死者たちの透明な飛翔を
私は幽かな羽音をたよりに
眼を凝らして仰ぎ見る

その時、私はふと
私のゲノムの記憶が共鳴するのを感じる
はるかな時間軸を遡ってゆく北の回路は
縄文の思想に帰着する
そこに搾取と収奪はない
そこに益権をめぐる争いも
征服のために人を殺すという論理もない

人もまた自然のなかの
あらゆる生命体の一環に過ぎない
北の思想の磁場には
それがいまも、コアとして存在する
私か聞く幽かな響きは
そこえ還れという銀河系の意志
私はそれを
未来への啓示として聞く

平成三〇（二〇一九）年、会津に日本民主々義文学会の支部が無く、会田真は福島さんと福島市の『あぶくま文学』に作品を発表してきたが、渡部美次、和合恭子さんご姉弟と和合さんの娘さんが民主文学会に参加されて、会津でも支部をつくり、支部誌を発行しようということになり、会員の拡大を目指して、日本民主々義文学会の東北研究集会を郡山市の岩代熱海の旅館で開催した。それが契機になり読者や準会員も増えて、六十代の渡部美次さんを支部長に選んで会津支部を結成した。例月読書会を会田真宅で開いて『民主文学』の作品の感想を語り会い、年刊の『あいづ文学』の創刊号を発行した。現在、十二人の支部会員で四号の発行に取り組んでいる。佐藤審也さん、吉田恒雄さんといったご高齢者をはじめ、近代史研究者の赤城さん、詩人の佐藤（修）さん、間島さん、渡部（美香）さん、岩橋さん、小川さん、が参加されている。

令和元（二〇一九）年、会田真は集落に伝承される西勝彼岸獅子舞について、をメーンにして、笠井尚編集の『会津人』に二年間にわたって連載した「風土論」、さらに村に伝わる伝説などをまとめた『西勝彼岸獅子舞考ーわが土着「風土論、伝承と民俗」』（Ａ５・二七五頁）を、歴史春秋社から出版した。気が付けば、詩集や小説やエッセイ・評論等、共著を含めれば、二四冊目の著書となった。

この年、会津美里町ペンクラブ結成五十周年を記念して、『会津美里の文学』を発行することになり、その編纂に携わった。一月から月に二回ほど、真の家に斉藤会長、桜井副会長、鶴賀事務長が集まり、資料の蒐集から始めて十一月に発行した。旧高田については、町史の編纂に関わった真が「会津高田町の文学史」を書いていたが、平成の合併によって、本郷地区と新鶴地区が加わったので、その調査に多くを費やしたがビジュアル版の近代以降の会津美里町の文学史を概括した。その発行と五十周年の記念式典が十一月に町の農協会館で開催されたが、会田真は体調を壊して若松市のＴ病院に入院していて、参加することはできなかった。

ヘルペスによる顔面マヒで加齢による免疫力の低下によって発症したと診断され、ステロイドの注入によって対処し、完治するのには半年ほどを要すると言われたのである。加齢による身体的な障害は避けがたい。どんなに注意をしていても老いに伴う衰えは自然の現象だから、それを甘受するしかない。真はそれを意識して終活ともいうべきことに意図的に取り組むことにした。

底辺に生きる人間との連帯に生き作家と評される会津の佐藤民宝は、評論集『死の人間的了解』のなかで、サルトルの「死は人間存在のアプリオリに属しているものである。死は非人間的な絶対への移行であり、それを絶対に向かって開かれているあかり窓と見なす希望は捨てなければならない」（『私の死』）と、ハイデッガーの「死後に別の存在が可能であるかどうか、現存在は生き続けるか、それとも自己を越えて存続し不死となるかどうか、存在的に決定を下すことは出来ない。死後に何があるかという彼岸の問題は、此岸的な存在論では断定を下しえない」（『存在と時間』）を引き合いにして、ハイデッカーの思想に人間的なぬくもりを感ずると言い、「信仰や幻影ではなく、現代の知性に耐える哲理として、死をどのように構想し、どのようにイメージするかであり、それを可能にするのは芸術であろうと思う」と述べている。そして「死の橋を一歩一歩踏みしめて、自分の力で渡るひともあれば、さまざまなかたちの死の段階がある。死と向き合う、あるいは対決するということは、その段階を具体的に了解することである」「死の境界を平然と渡る精神とはどのような精神であろうか、自己回転しながら虚空を走りぬける。それは火の玉のように熱く、自己充実しているものであろう」と断言している。佐藤民宝の言う自己回転のエネルギーとは、人間においては思想のもつ内在的な力であろう。自己充実とは己の思想に対する自己満足感なのである。激動する時代のなかで死と向き合った人たちの死の人間的了解は、まさにそれであった。会田真は齢八十歳を超えて、他者から見れば取るに足らない人生でも完全燃焼をして、その一生を終わりたいという思いに駆られた。

見果てぬ夢――小説　堺利彦伝　(2)

坂本　梧朗

故郷

6

明治九年、明治政府は金禄公債証書を発行した。版籍奉還、廃藩置県以来、段階的に削減してきた旧封建諸侯、家臣団への秩禄支給はこれによって廃止されることになった。秩禄の全廃によって士族は経済的に深刻な打撃を受け、没落した。それに対する不満が西南戦争や各地の士族反乱の要因となった。

利彦の周囲にもその影響は現れてきた。

堺家の家禄一五石四人扶持が公債証書に替えられた時、その金額は七百円ほどだった。金利が七分で、年に五〇円足らずの利子となる。当時、堺家は月に五円あればどうにか暮しが成立つ家計だった。買わなければならないのは米、炭、薪、油くらいで、野菜、味噌、醤油、そして衣服(材料は購入)まで自給できていたからだ。魚、菓子は滅多に買わなかった。それでも利子だけでは年に十円以上の不足となる。

質素な、自給自足的な生活さえ、うっかりしていては維持できなくなるというので、士族の殿輩が皆騒ぎだした。あるのは公債証書だけ。しかし、それを後生大事に守っているばかりでは生活はジリ貧となる。打開の方途《みち》は二つあった。一つは「官途につく」こと、もう一つは「士族の商法」を行うことだ。

利彦の親類も例外ではなかった。

浦橋という家に娘が三人いて、それぞれ、堺、森友、間宮の三家に嫁いでいた。堺に嫁いだのが利彦の父の母で、つまり利彦の祖母である。祖母の実家の浦橋家は、利彦が物心ついた頃には既に大阪に移っていた。浦橋のおじさんは大阪で官吏となった。間宮のおじさんは東京で陸軍に勤めていた。長兄の平太郎が東京に出たのはこのおじさんを頼ってだった。

利彦の母の実家は志津野と言い、母の弟の範雄という叔父が家を継いでいた。もう一軒、志津野という家があった。前者の志津野は錦町にあり、後者は二月谷という所にあった。二月谷志津野の当主は母の従兄弟で拙三と言った。

範雄叔父は炭鉱事業に目を付け、田川の赤池炭鉱に移って行った。その頃、利彦の母は、「範雄が商売というものは面白いものぞな、面白いものぞなと言うとるが、赤池の方はよっぽど好《え》えと見える」と言っていたが、それはしばらくの間のことだった。事業はたちまち蹉跌を来した。叔父はあらゆる金策に窮した末、コレラに罹って死んでしまった。後には子供が四人残された。妻はそれより少し前に亡くなって、後妻が来ていたが、その人はこの変事ですぐに里方に帰ってしまった。赤池から四人の子供と、多少の荷物が戻ってきた。荷物を親族で整理していると、書類の間から数通の料理屋のツケが見つかった。それが芸妓の揚げ代などを含む少なからぬ金額なので、皆は呆れた。「こんなものばかり残しといて何になるか!」と琴は吐き出すように憤慨した。得司の方は「もうズット前からヤケになってしもうとったのじゃろう」とむしろ同情的だった。

しかし、得司も「範雄が俺に反古を摑ませた」と苦笑しなければならなかった。範雄叔父は没落の少し前、豊津に金策に来て、株券か地券を抵当にして得司から五〇円を借りていた。その抵当が無価値の品であることが後で分ったのだ。「初めから騙すつもりでも無かっつろう。金さえ持ってきて返せば済むというつもりじゃっつろう」と琴はさすがに弟を庇った。志津野家の没落は「士族の商法」の典型的な結末だった。

四人の遺子の今後について親族会議が開かれた。一女三男が孤児となっていた。会議の結果、長女のヨシは琴の妹が嫁いだ篠田家に、長男郎《いらつ》は範雄の妻の実家である松崎家に、次男又郎《ろう》は二月谷志津野に、それぞれ引き取られることになった。末っ子の海彦《わだひこ》は堺と篠田が半分ずつ引き受けることにした。半分ずつというのは半月毎に居場所を変えるという中途半端なおかしな処置だった。海彦はその後、幸いにして錦町の古道具屋に引き取られることになった。

志津野家の没落で篠田家が受けた打撃は堺家よりもひどかった。蒼安という名の篠田の叔父は、公債証書の大部分を範雄に預けていたのだ。もっとも、彼は医者という職業を持っていたので、全く食えなくなるというわけではなかった。歌人でもある蒼安叔父はこの時、「泡となりて返らぬ瀬にや我が為せし過ぐ世の罪の浮きて流れん」と詠んだ。「瀬に」に「銭《ぜに》」を掛けた。

利彦は蒼安叔父のふさふさした白髪で囲まれた、長い眉毛の顔を尊く感じていた。彼が夜、家に遊びに行くと、蒼安翁は色々面白い話を聞かせた。酒が好きで、晩酌の酔いが回ると、舌の動きも滑らかになるのだった。——李白という詩人は大層な酒飲みで、「長安の市上、酒家に眠る」という句があるが、あれは読み方が間違っている。「酒家に眠る」ではなく、「酒家眠る」と読むのが本当じゃ。あれ、向うから李白さんが来なさる、あの人に舞い込まれては夜が明けるまで飲まりょうかも知れん。サァ、早う戸を閉めて寝よう、寝ようと、酒屋が皆、店を終《しま》うてしまった。そこで「酒家眠る」じゃ——そんな話をしたことがあった。

その叔父が先には娘に死なれ、医者にした養子に背かれ、今度が三度目の災難で、さすがにこたえたようだった。尊く見えた顔に憂いが深くなったように利彦は感じた。李白の「白髪三千丈、愁いに縁《よ》りて個《かく》の似《ごと》く長し」という句を、このおじの顔になぞらえたりした。

二月谷志津野の拙三おじは、小倉城落城の際、長州藩との屈辱的な講和に反対して抗戦を主張し、赤心隊を結成した。また、征韓を唱えて渡韓を決行しようとしたこともあった。言わば志士であり、志津野先生として青年たちから敬せられていた。二月谷志津野の家禄は百石で、小倉藩でお歴々と呼ばれる格式の最下位だった。維新後しばらくは藩の参事などを勤めていた。その当時、拙三おじは役所から月給を貰うと、それをそのまま床の間に放り出して、青年たちが持っていくのに任せていたという話を、利彦は母から聞かされていた。

利彦はこのおじを偉い人として眺めていた。歌人でもあり、「花熊や花も紅葉も枯れ果てて名のみ残れる松の叢立ち」という馬が岳を詠んだ歌もある。花熊は馬が岳の麓の村の名だ。ソコヒという眼病に罹って、玉の厚い眼鏡をかけていた。身なりに無頓着で、羽織の紐の切れたのをコヨリでつなぎ、皮が擦り切れて破れた、汚い煙草入れを持ち歩いていた。すこぶる脱俗、飄逸の趣があった。

利彦はこのおじから、大阪の『大東日報』という新聞をしばしば読まされた。目が悪いので、来る人をつかまえては新聞を読ませる癖があったが、利彦は新聞を読まされる時、この子は将来、有為の人物になるかどうかと試験されているような気がした。ある時、「南木誌《なんぼくし》」という本を読ませられ、その本に万葉仮名で書かれた序文があって、それを利彦がかなり読みこなしたので、なかなかエライとおじから褒められた。

このおじも大阪からマッチを大量に買い込んで売ろうとした。ところが届いたマッチは皆湿っていて役に立たなかった。世事には最も疎い拙三先生までが商売気を出したと琴はおかしそうに話した。ところが拙三おじは本気だった。政治から士族授産に目標を変えたのだ。開墾社という養蚕製糸会社を起し、それが失敗すると、漸盤社という同種の会社を起した。これも失敗した。失敗の度に豊津士族の虎の子である公債証書が消えていった。おじは遂に豊津に居れなくなった。大阪府知事に栄達していた、かつての赤心隊の同志を頼って大阪に出た。そして住吉神社の禰宜として死んだ。維新の先達・志士で、多少の学問があって、実務の才のない人物が、何かの因縁で神官という地位に納まるのは当時よくあることだった。二月谷志津野が大阪に移った時、そこに引き取られていた範雄の遺子又郎は堺家に引き取られた。

7

豊津の士族が始めた事業で、事業らしいものとしては、紅茶の製造、養蚕および製糸、金貸し業があった。

利彦が通う小学校——元のお城の一部——に続く建物の中に、夏の盛りのある日、若者たちが大勢やって来て、忙しそうに働き出した。利彦たち小学生はそれを珍しいことに思って、皆寄ってたかって見物した。若者たちは皆フンドシ一つになって、大きな平たい籠のような物を両手に抱えて、その中に入れてある茶の葉を篩《ふる》っていた。これが紅茶会社の新事業だった。

利彦の家から二月谷に行く道に沿って、かなり広い茶畑が出来ていたが、それが紅茶会社の茶園だった。この紅茶会社については、拙三おじが利彦の父得司に投資を勧めに来たこともあったが、得司は話に乗らなかった。

利彦は士族の若者たちが半裸で茶篩いをするのを見た時、士族には似つかわしくない仕事だと思った。つまり肉体労働は士族の面目にそぐわないと感じた。ほどなく紅茶会社は消え失せた。利彦は自分の直感が当ったと思った。

養蚕は一時かなり盛んで、豊津の士族で大なり小なり蚕を飼わない家はないと言ってよかった。拙三おじの家など、道から家まで半町ばかり、丈の高い桑の木の下を潜って行くのだった。利彦と乙槌はその丈の高い桑の木に登り、紫色の苺を貪り食った。

利彦の家でも前の山を少し開墾して新しく桑畑を作り、少しは用に足るだけの蚕を飼った。彼が初めて拵えてもらった博多織の帯は、家の繭から取った糸で織ったものだった。

乙槌が養子に行った本吉家は本式に養蚕をやっていた。蚕の盛りの時になると、家のほとんどが蚕室になって、まるで戦争の光景を呈していた。本吉の姑は元気のよい働き手で、来合わせた人々をつかまえては桑の葉むしりか、何かの手伝いを強制した。本吉家では糸取りから博多織までやっていた。乙槌の妻の浪は糸取りが上手で、姑は機織りが自慢だった。利彦の帯も本吉で織ってもらったものだった。

この養蚕事業で一つの悲劇が生まれた。杉生十郎という人が製糸工場を設け、士族の娘たちを大勢集めて操業を始めた。ところがこれも全く失敗した。娘たちはタダ働きになってしまった。「杉生さんもあんまりじゃ。ご自分はそれで仕方があるまいが、羽織の一枚も拵えようと、そればかり楽しみにして働いた嬢さんたちが可哀そうな」と利彦の母琴は批判した　そんな声は他からも出ていた。杉生は責任を取って自殺した。

杉生十郎という人物は明治九年の秋月の乱に関係している。彼は秋月党と豊津士族との同時決起を企図して、豊津士族を説得したが、逆に豊津側によって藩学育徳館の土蔵に監禁された。杉生との盟約によって豊津に到着した秋月党は育徳館を包囲し、豊津士族と交渉したが、豊津側は交渉を長引かせ、小倉鎮台からの政府軍の到着を待った。歩兵第一四連隊、乃木希典連隊長の命令で出動した鎮台兵が到着、発砲し、戦闘が始まった。豊津士族は鎮台兵を先導して、三方から秋月党の本陣を包囲した。数と装備で勝る鎮台兵は急速に秋月党を追い詰めた。秋月党は一七名の戦死者を出して、城井谷方面に敗走した。政府軍の死者二名、豊津士族も二名の死者を出した。育徳館内に監禁されていた杉生十郎は縄を解かれたが、翌々日に切腹を図った。しかし監視人に制止された。その後、官憲に捕えられて収監された。

利彦は六歳のころであったが、豊津に飛び火したこの士族反乱を記憶している。父や長兄の平太郎、近所のおじさん連中が大小を腰に差して右往左往した。利彦たちはそれが怖くもあり、面白くもあり、何だかサムライの世の中が戻ってきたような気がした。鎮台兵は饅頭帽を被り、ランドセルを背負い、鉄砲を提げて家の前を小腰を屈めながら前進して行った。初めて見る鎮台兵だった。戦いが終って、賊の死体がそこここにあると言うので見に行くと、戸板の上に転がされた血まみれのケガ人が利彦をゾッとさせた。それからしばらくは、夜、暗い縁側を通って便所に行くのが怖かった。

杉生の自殺は割腹だった。事業の失敗だけでなく、秋月の乱の折の蹉跌が、年月とともに重い軛になっていたのだろう。

杉生のような失敗はあったが、桑畑と養蚕と製糸によって、とにかく豊津は幾許かの経済的基礎を得るだろうという希望が生まれかけていた。しかしそれも夢で、結局、幾年かの後、豊津の養蚕事業は全く亡びてしまった。豊津の地味が桑の生育に適さなかったようだ。

小さな金貸し会社は幾つも出来ていた。利彦の父得司も金貸し会社を始めた。関という人と共同で「三成社」という看板を掲げ、家の座敷を事務所にしていた。関さんは広瀬の叔父と懇意で、同じ節丸村に住んでいた。広瀬の叔父は得司の弟で、広瀬家に養子に行った人。小学校の教師をしていた。

この三成社もいつの間にか関さんが来なくなって消えてしまった。得司はその後小倉に出て、質屋のような事業をしていたが、それも長続きしなかった。

「海山社」は金貸し会社の中で大きくもあり、有名だった。志津野範雄が田川の赤池炭鉱に移った後の空き家が海山社の社屋となっていた。範雄の妻は松崎家から嫁いできた人で、その松崎の家は志津野の家の隣にあった。松崎家の当主の弟が宮田家に養子に行っていて、その宮田の家も志津野の家の隣にあった。つまり兄弟の縁でつながる三軒が並んでいたのだ。そして海山社は主として松崎と宮田の事業だった。

海山社は一時盛んにやっていたが、これもやはり炭鉱に手を出した結果、一朝、忽然とその破綻を暴露した。松崎氏はその責めを負って切腹した。宮田氏は行方不明になっていたが、数日後、山中の池から死体が発見された。

こうして士族の商法は豊津の地でも頻々と悲劇を生み出していた。

松崎家に引き取られていた範雄の遺子郎《いらつ》は居場所を失い、篠田家に引き取られた。

地元で何らかの商法をやらない士族たちは、官途に就くか、他の職業を求めるか、あるいは何らかの事業を企図して、一家を挙げて続々と他郷に移っていった。それで利彦が物心ついた頃には近所に無人となった廃屋が幾つもあった。

荒谷と二月谷の間の山道に沿って、杉の生籬を廻らした廃邸があった。生籬の入口の破れた戸は閉じられていたが、少年たちは邸《やしき》の背後の山から自由にその邸に踏み入ることができた。たくさん植えられている大きな山桜の花を手折ったり、その実を食べたりした。前栽を飾っていた石垣は苔むして、その傍らに瘦せた菊の花、撫子の花が咲いていた。杉籬の一隅には山茶花が寂しげに咲いていた。一面に草が生い茂っていたが、まだ畦の形を残した畑地もあった。そこには葱、萵《ちしゃ》、菜の花が自生していた。この邸の主人は陸軍で時めいていた人だったので、家族を皆東京に呼び寄せたのだ。

石走谷の利彦の家から遠からぬ所にも廃屋があった。そこは薩摩芋の畑となってしまっていたが、古井戸と多くの瓦の破片が住居の名残を留めていた。ヤンマが好んで飛び交う場所だったので、利彦はその捕獲のためにしばしばここを訪れた。この廃屋の主人は朝鮮に行ったという。

石走谷の小川の上にも廃屋があった。郷里では珍しい楓の木が立っていた。楓に続いて桐、杉、竹叢があって、邸の二方の断崖の縁を作っていた。竹叢の下に水車があった。木の箱に水流を受け、充ちると箱が覆って水車は回り、杵が動く。杵が臼を吐《つ》く音は眠りを催すように響き、次の音まで渓間は森閑とする。家は解体されてしまったが、水車だけはその形を残しているのだ。この家の主はどこに行ったものか。利彦は覚えていない。

利彦が詩を作ろうとして初めて幼学便覧を披いた時、「廃邸」という文章を読んで深く心を動かされた。それまで廃居を此処彼処で目にして不知不識《しらずしらず》覚えていた感情が、「あわれ」という感慨であったことを彼はその時自覚した。

8

利彦は数え年で七歳の春から小学校に通った。入学した裁錦《さいきん》小学校は、既述のように、お城の建物の残された部分を仕切って校舎としていた。

利彦が学校に通い始めると、小さな子が学校に行くと噂になった。年弱の七つ、しかも年の割に体が小さくて目に立ったようだ。

小学校では、先ず、「いと、いぬ、いかり」などと書いた、絵入りの掛図で字を教えられた。『小学読本』では、「神は天地の主宰にして、人は万物の霊長なり」「酒と煙草は養生に害あり」などということを教えられた。またその読本には怠惰な子供が学校に行かずに、道端の石にもたれて遊んでいる話だの、久しぶりで故郷に帰った人が、自分の家の焼けてなくなっていることに驚く話だの、「狼来たれり、狼来たれり」と嘘を言って人を驚かす少年の話などがあった。そのすべてがアメリカの読本の直訳だということを、後に英語を学んだ時、利彦は知った。また、『地理初歩』という教科書は劈頭第一、「マテマチカル・ジョウガラヒーとは…」と外国語で書き出され、利彦を驚かせた。そんな欧化的な面がある一方、他の面ではよほど漢学的であった。小学校では卒業前に漢文の『国史略』を読まされた。それは学校だけではなく、世間一般の雰囲気だった。利彦は小学校入学前に福沢諭吉の『世界国尽し』を暗唱していた。その一方、ある年の夏休みには、近所のある人の処に通って四書五経の素読をやった。

雨の日の休み時間などには、いつも廊下で組打ちばかりやっていた。利彦は体が小さいので馬乗りではよく乗り手になったが、組打ちではいつでも組み敷かれてばかりいた。

利彦はよく泣かされた。体が小さいのが第一の理由だが、年の割に級が上で、口が達者なのが理由の第二だった。力の強い体の大きな友達の目にはよほど生意気に見えたのだろう。

裁錦小学校は豊津小学校と名称が変った。利彦は豊津小学校を優等の成績で卒業した。彼は大橋の郡役所に呼び出され、褒美として『輿地誌略』と『日本外史』を授与された。

明治一五年六月、利彦は福岡県立豊津中学校に入学した。豊津中学校は豊前の国（旧小倉藩領）で唯一の中学校だった。彼は小学校、中学校と兄乙槌と同じ進路を進んだ。

豊津中学の前身は豊津藩藩校、育徳館だ。小倉藩は明治二年、藩庁を田川郡香春から豊津に移し、豊津藩と改称した。小倉藩の藩校は思永館と言ったが、明治三年一月、これも育徳館と名を変えて復活、開校した。豊津藩は近代教育普及のため洋学に力を入れ、同年十月、藩のお茶屋に大橋洋学校を開設し、育徳館の分校とした。江戸藩邸からオランダ人、ファン - カステールを招き、英語とドイツ語を教授させた。外国人教師が雇われたのは福岡県下で初めてで、この地域の人々の近代化への意気込みが伝わってくる。

カステールの居宅は豊津の本町にあり、異人館と呼ばれていた。利彦が物心ついた頃には、その家には利彦の親類とは別の家系の志津野氏が住んでいた。利彦たちはその志津野氏を親類と区別するため、異人館志津野と呼んでいた。

利彦は中学校の教科に画学というものがあるのに驚いた。小学校にそんなものはなかったし、絵を描くというのは、芝居の寺子屋で見ている通り、それを見つけられると先生に叱られる子供の遊びだと考えていた。授業を受けてみると、ことに初めのうちは、何事だろうと思った。それを学校で教えるとは何事だろうと思った。授業を受けてみると、ことに初めのうちは、先生が黒板に白墨で手本の絵を描き、それを生徒が真似するという程度で、実際、ほんの遊び事だった。別段、不平を鳴らすほどのことでもなかった。ただ彼は天性の不器用で、どうしても絵らしい絵は描けなかった。文人画の流行があって、利彦も真似をしたこともあるが、やはり絵らしい格好のものにはならなかった。

体操というのも中学校で教わったが、利彦は馬鹿馬鹿しくて嫌だった。彼は背が低いので、いつも列の最後に立たされるのも嫌だった。

唱歌を学校で教えるというのも利彦には変なことに思われた。画も体操も唱歌も利彦の気持としては学校で教えるべきものではなかった。しかし後になって考えてみると、それは自分の性質および体質に合わないものを嫌ったということのようだった。利彦の耳は音楽に対してキクラゲ同様であった。

簿記、経済学などという学科も利彦は嫌いだった。卒業が近くなると、彼は将来は政治家もしくは学者になろうという志向が強まったので、そういう商人向きの学科が必要だとも思えなかった。数学もあまり好きではなかった。ただ幾何は少し面白く感じた。物理学、化学、生理学などには大いに興味を抱いた。動物、植物、地理などにも関心を抱いたが、面白味の出るところまでは行かなかった。それには教科書がよくない、あるいは担当教師がよくないということも大いに関係していた。

歴史では『日本外史』『一八史略』、漢文では『文章規範』『論語』『孟子』などを熱心に学んだ。和文の『土佐日記』はあまり好きではなかったが、ちょっと珍しさを感じて興味を引かれた。

『日本外史』や『文章軌範』を教えたのは緒方清溪という先生だった。この先生はよく漢詩を作った。ヤギのような顎鬚を生やしていた。教師の中で一番若く、一番生徒に人気があった。生徒を友達扱いにするところが、受けのいい理由だった。利彦は夏休みに緒方先生の家に通い、『史記』の列伝の講義を聴いた。『唐宗八家文』も少し教わった。

『論語』を担当した島田という先生は、顔に薄あばたのある、小柄な、ごく静かな人だった。緒方先生とは違って、大変丁寧な言葉遣いで生徒を大人扱いした。利彦はそれをこそばゆく感じもしたが、一面には少し愉快にも感じていた。

それはある日の授業だった。孔子が侍座する弟子たちに、「お前たちは日ごろ、自分が認められないと嘆いているが、もし認められたら何をするつもりかね」と、発言を促す場面が教材だった。元気者の子路や、冉有、公西華がそれぞれ政治家としての抱負や望みを述べる。島田先生はその様子を、弟子それぞれの個性を踏まえて生き生きと語った。最後に孔子から訊かれた曾点が、弾いていた琴を置いて立ち上がり、「お三方が言われたこととは違いますが」と断わると、孔子は「それは構わない。彼らも自分の抱負を語っているだけだ」と応じた。そこで曾点は莞爾として、「暮春には、春服既に成る。冠者五六人、童子六七人、沂《き》に浴し、舞雩《ぶう》に風し、詠じて帰らん（春の終わり頃、春着ができあがり、五、六人の青年と六、七人の少年を伴って、沂水で水浴をし、雨乞いの舞いを舞う舞台で涼んで、歌いながら帰りたいものです）」述べた。孔子は溜息をついて感心し、「我は点に與せん（私は点に賛成するよ）」と言った。

島田先生もこの曾点の言葉を賞讃した。利彦はこの時、曾点の高風を幾分か味わい得たような気がした。

島田先生はこの曾点のくだりに入る時、「堺さんあたりの定めてお好きになりそうな処ですが」と、にっこりしながら前置きした。利彦は驚いた。そして恥ずかしかった。しかし嬉しくもあった。そして何となく大人になったような自尊心を覚えた。しかし、なぜ先生はあんなことを言ったのかが不思議だった。自分に曾点に共鳴しそうな性質が現れていたとは考えにくい。先生は自分のどこをどう観察してあんなことを言ったのか。その後利彦は幾度も思い出しては考えた。

数学の吉村という教師は酒豪で、教室でもいつも生徒に酒臭い息を吹きかけていた。あの先生の息に火を点けるとキット燃えるという冗談が流れていた。生徒に数学が不得手な者が多く、反発して数学無用論が唱えられたりするので、吉村先生は盛んに数学の効用を宣伝していたが、その効用は測量や建築などに必要と言うに止まった。実際上の応用はともかく、数学は頭を論理的に鍛錬するのに効果があるなどと言えば、利彦などはもっと数学が好きになっていたかも知れない。この先生は利彦に「代言人」というあだ名をつけた。「代言人」とは弁護士の意味だが、利彦がおしゃべりであることをからかったのだ。

英語が初めて学科目に入った時の利彦たちの嬉しさはたとえようもなかった。先生として大沢友輔という、背のスラリとした、鼻の高い、髪の美しく縮れた、若くて気の利いた人が来た。どうしても豊津あたりの人間とは種の違う人間に見えた。初めはスペリングばかりをやり、面白くはなかったが、英語の珍しさに釣られて、大声を出して練習した。大沢先生はどういうわけか間もなく辞職して去った。ずっと後年、利彦がその名を新聞紙上で見た時には、「大詐欺師」という肩書が付いていた。

その後、二人の英語の先生が来たが、利彦に印象を残したのは最後に来た松井元治郎という理学士だった。松井先生は化学が専門だったが、英語も教えた。大学を出たばかりの二四歳の青年で、大学の卒業証書を教室に持ってきて、笑いながら、拝むような仕草をしてそれを生徒に見せた。大学出の学士ということで七〇円の月給を取っていた。利彦はこの先生によって少し、本当に英語を学べたような気がした。豊津中学卒業の水準よりは少しばかり高い英語の力を養われたと感じた。

9

豊津には丘に住む士族、その周囲の村々に住む百姓、錦町の町人の三階級が存在した。「四民平等」になったはずだが、士族にはやはり一段高い階級の心持があり、百姓町人の方では、落ちぶれた士族を内心小馬鹿にする場合、あるいはそれに反抗する気味合いになる場合はありながら、なお士族に対して習慣的に卑下した態度を棄て得なかった。

士族の子女は士族の間で「坊んさん」「嬢さん」と呼ばれていた。利彦は「小ぼん」「小ぼんさん」「ぼんけい」などと呼ばれた。利彦ら士族の子供には、近所の村々から馬や牛を引いて、米や薪や炭を売りに豊津の丘に登ってくる百姓たちの姿が、どうしても異人種のように感じられた。

しかし、百姓たちの態度も時代の進展の中で少しずつ変っていった。「このごろ百姓が途中で行き会うても馬から降りんようになった」と父が笑いながら母に話すのを利彦は聞いた。利彦らは農村に属する山に入って、栗を取ったり、藤の花を取ったり、竹の子を抜いたりと、いろいろ山を荒しまわるので、どうかすると、村の人たちからひどく叱りつけられたり、追っかけられたりすることもあった。そのように百姓たちも少しずつ頭をもたげつつあった。

士族たちは錦町の人々を「町の者」と呼んでいたが、百姓ほど見下す気持にはなれなかった。町の者は百姓よりやや優等人種とみなされていた。もちろん士族はその上である。

士族の子は町の子とは友達にならなかった。利彦は町の子供たちから多少の威圧を感じさせられていた。彼らはよく団結していた。そして甚だ不作法だった。ある時、石走谷を中に挟んで、彼ら数人と利彦たち二、三人とで石の投げ合いをしたことがあった。彼らが多数で、まとまりがあり、利彦たちは負けた。

豊津中学は藩校育徳館の後身であり、士族の学校であるから、町の者や田舎の者（士族は農民をこう呼んだ）は入学する資格がない、と利彦は考えていた。実際、錦町の町人や、米や薪を売りに来る百姓たちの子弟は一人も入学していなかった。ところがそれは利彦の見聞の範囲内でのことだった。

利彦は中学校に入って、町人の間には富豪が居り、農村には地主や資産家が居ることを初めて知ることになった。豊津中学にはそれらの富豪、地主、資産家の子弟が入学していたのだ。彼は中学校に入って、初めて士族以外の人間と接触することになった。

その少年たちは種々の点で士族の子を凌駕し、威圧するに足りた。彼らのある者はその粗野剛健の風において、士族の子のグズ共と比べものにならず、ある者はその俊敏な素質において士族の子のボンクラに立ち優っていた。さらにまた彼らのある者は、その富裕な生活から生じた気品において、貧乏たらしい士族の子を見下すに足るのだった。ある大庄屋の息子、ある大町人の息子などは、温和な貴族的な容貌や風采において、貧弱なる下級士族の子らとは類を異にする感を与えた。

亡び行く階級と勃興しつつある階級とがしばらくそこで机を並べていたのだ。利彦は中学校に入って、世の中に対して目を開き始めた。

中学時代の利彦の思想状況はと言うと、神道、儒教、自由民権主義を注入されていた。

神道は、明治政府が推進した廃仏毀釈に端を発する敬神排仏の運動によって利彦に注入された。堺家の宗旨は禅宗だったが、散髪脱刀令が出た時、早々と髪を切った得司は、敬神排仏運動に際して早速、神道に宗旨変えをしていた。それで家に神主とも坊主ともつかぬホウジョウ（方丈）という者が、大きな琵琶を持ってやって来て、神棚の前で祝詞のようなものをあげた。利彦は親に倣って、神道に対しては相当の崇敬心を以って礼拝したが、仏寺仏像に叩頭することは潔しとしない気分があった。

儒教は『論語』『孟子』などの感化によるが、修身斉家治国平天下などという考え方は、士族の子の頭には入りやすいものだった。利彦は家の貧乏なことはよく知っていたが、直接、衣食に不自由な思いをしたことはなかった。だから自分の将来を考えるについても衣食の計ということは問題にならなかった。それで修身斉家はもっぱら道徳的な意味で理解された。となると、治国平天下が士人たるものの目的となった。そこで中学を卒業した時の利彦の志望は政治家になるか、学者になるかであった。彼を曾点に擬した島田先生の気持に沿わず、子貢子路の道を選んだのだった。利彦には政治家と学者はそれほど違ったものとは考えられていなかった。

自由民権運動は、板垣退助、後藤象二郎、江藤新平ら、征韓論に敗れて下野した参議が、明治七年一月、民撰議院設立建白書を政府に提出したことに始まる。

板垣らは愛国公党を結成し、自由民権を唱え始めた。愛国公党は愛国社と名を変え、その主張に地租改正を盛り込んだ。そのため、地主・農民が自分達の要望を実現するため、愛国社の運動に参加してくるようになった。新聞は一斉に自由民権の思想を支持し、主張した。

自由民権運動の高まりに、政府は板垣を再び参議に任じ、漸次立憲政体樹立の詔勅の発布と地方官会議の設置で懐柔を図ったが、板垣は満足せず、再び下野した。一方で政府は讒謗律、新聞紙条例を制定して、自由民権運動の弾圧に乗り出した。地方官会議では地方民会が開かれることが決った。地方民会は居住区毎に開かれ、戸長を選出した。地方民会は人々の政治に対する関心を高め、民権運動の素地を広げた。

愛国社は各地に遊説員を派遣し、豊前地方には植木枝盛が訪れ、各地を演説して回った。政府は民権の輿論に押され、明治一一年、府県会を設置し、府県会議員の選挙を実施することになった。これは自由民権運動を一層活発化させた。明治一三年、愛国社は国会期成同盟と改称し、政府に国会開設上願書を提出した。政府は国会開設運動の盛り上がりに狼狽し、集会条例を定めて弾圧を強めた。政府は上願書を却下したが、国会開設を求める国民の輿論はいよいよ高まった。

明治一四年、北海道開拓使官有物払下げ事件が起きた。開拓使長官黒田清隆は、二千万円の巨費を投じた開拓使官有物を、自分と同じ薩摩出身の豪商、五代友厚に、三九万円、しかも三〇年賦で払い下げることを決めたのだ。これが報じられると、薩摩閥が結託して公の財産を私するものと、囂囂《ごうごう》たる批判が政府に集中した。民権派は薩長藩閥政治の害毒の表れと政府攻撃を強め、国会開設を益々強く要求した。政府は非常な苦境に陥り、払下げを中止したが、それだけでは輿論を収拾することはできず、遂に明治二三年をもって国会を開設するという詔勅を出すところまで追い込まれた。

国会期成同盟は目的を達成したとして解消され、前年から結党を準備していた自由党が正式に創立された。これより各地に自由党の支部が結成されていった。

豊前における自由民権運動を見ると、旧小倉藩藩士、友松醇一郎、杉生十郎、山川孝太郎らは、明治一一年、豊津に豊前合一社という政社を結成した。この三人は秋月の乱の時、豊津士族をそれに合流させようと企てた人物だった。豊前合一社は愛国社の二回の大会に杉生を派遣した。この時期、各地に政社が結成された。福岡共愛社、久留米共勉社、熊本相愛社、その他、佐賀、島原にも政社が創られた。

利彦が中学校に入学した年には九州の民権論者が熊本に集って大会を開き、九州改進党を結成した。同じ頃、大隈重信らによって結成された立憲改進党と名前は似ているが、これは自由党の系列に属する党だった。

こうした時代の空気を吸って、自由民権の思想は自然に利彦のなかに入ってきた。長州藩と戦って敗れた小倉藩領にある郷土に底流する、反薩長、反政府の雰囲気もそこには作用していた。

利彦が自由民権の思想に触れる具体的な機縁としては、長兄の平太郎が東京から家に『朝野新聞』を送っていて、それを読んでいたことがある。また、『福岡日日新聞』を時折読んでいたこともある。両紙ともに民権派の新聞であった。そして兄乙槌がしばしば民権運動について利彦に語っていた。

利彦は中学の同級生と演説会や討論会の真似事をやった。中学校では、乙槌の在学中は校内で演説会をやらせていたが、利彦らの時には取り止めになっていた。それで彼らは御内家の空き部屋を借りてやっていた。ある時の討論会の題目は「一院制と二院制の可否」であった。中学生とは言え、自由党の運動などについても大体の知識を持っていた。自由党総理、板垣退助が岐阜の演説会場で刺客に襲われ、「板垣死すとも自由は死せず」と叫んだという報知は利彦たちを感激させた。

当時、利彦らの崇拝の中心に居たのが征矢野半弥である。征矢野は小倉藩士の子として小倉城下に生まれたが、九歳の時、小倉城が落城したため、一家は築城郡下城井村に移住。彼は藩校育徳館で学び、佐賀の鍋島藩校に遊学し、江戸に出て、儒学者林鶴梁の教えを受けた。帰郷後は自由民権運動に力を注いだ。豊前で民権結社「豊英社」を組織し、国会開設請願を行った。九州改進党が結成された翌年、大橋で聴衆二千余人を集めた演説会を開き、豊前改進党を発足させた。彼は地元のみならず、九州各地を巡り、民権鼓舞の決起集会や演説会に積極的に参加した。明治一七年には県会議員の補欠選挙に京都郡から立候補して当選した。利彦が中学生の頃は県議として活動中だった。利彦は征矢野に直接会ったことはなかったが、この同窓の先輩を豊前における自由民権運動の代表者と考え、その徳風を敬慕していた。

明治一九年二月、利彦は豊津中学を首席で卒業した。と言っても卒業生は十人足らずだった。その前年、彼はその秀才ぶりを買われ、築城郡椎田村の中村という裕福な家の養子となっていた。旧藩主小笠原家の補助と藩出身の先輩の寄付によって設立された育英会という奨学団体があり、上京して官立学校に進学する者の多くはその貸費生となっていた。利彦もその貸費生となったが、それだけでは上京進学の費用は賄えないので、堺家の財産では無理であった。中学を卒業した彼は、養家の便宜を得て東京に遊学することができた。こうして彼の前途は苦も無く切り開かれた。彼は運命は常に自分に笑いかけているという気がしないでもなかった。

闇風

大城　静子

私が老女Aと初めて知り合ったのは、M市の役所に、転入届を提出しに行った帰り道。自宅マンションへの道筋が分からなくなって、また、タクシーにしようと思って、ある薬局の前でタクシーの通るのを待っていると、そこの薬局に用事で来た老女Aが声を掛けてきた。

「ねえ、タクシーを待っているの。そこの通りは、バスが頻繁に走っているので、タクシーは止まらないわよ。ほら、あそこに見えるあのバス停のすぐ側が、タクシーの乗り場よ。」

老人同士のよしみからか、親切に声を掛けてくれたその老女Aに、Rマンションのことを訊ねてみることにした。

老女Aは、しげしげと私の顔を見て、

「あらふしぎなことね。わたしは、そのRマンションの六階に住んでいるのよ。ねえ、ちょっと待っていてくれる。そこの薬局で、くすりを受け取ってくるから――。」

と、いそいそと薬局へ入っていった。

十分ほどで戻ると、嬉しそうな声で、

「ねえ、道向うの駅ビルの六階のスナックで、軽い食事でもしながら、お話しましょうよ。なんとも不思議な縁ですもの。」

まるで旧友にでも会ったように話し込んでくる老女Aに、誘われるままに、駅ビル六階のスナックの席についた。

「ふしぎな縁ね。そう、アナタは、四階の息子さんの家族と同居するために越してきたの。いいわね。わたしは、今はひとりで住んでいるの。夫は、同年生だけど、糖尿病でボケてしまって、介護付きのホームで世話になっているの。わたしたち子どもがいないの。」

老女Aが、勝手に頼んだナポリタンスパゲティと、レモンティーが運ばれてきた。

「さあどうぞ。老い同士仲よくしましょうね。わたしは昭和九年よ。アナタは。」

「今日は、いろいろとありがとうございます。私は昭和十一年生です。どうぞよろしく。」

軽く挨拶をする間もなく、急かされるようにしてフォークを手にして、好みではないナポリタンをいただくことになった。

老女Aは、独り暮しになって一年余、会話欠乏の淋しさを堪え忍んでいるのだろう。知り合ったばかりの私に、胸中の霧を吹き出すようにして、話し込んでくるので、私は、ただ頷きながら聞いている。

「このカードもあげる。夫が使っていたものだけど、まだ八千円ほどは残っているでしょう。このカードでバスに乗れば、二つ目のバス停でわずか六分ほどで着くのよ。バス停はマンションの近くだし、便利よ。わたしはこれから用事があるので、一緒に帰れないけど、これからは、いつでも会えるわね。」

せかせかと、老女Aが、会計をすませてスナックを出た。

駅ビルの三階から、エレベーターで東口に降りて、近くにあるバス停へきた時、

「また、あした会いましょうね――。」

嬉しそうな顔して、いそいそと、バス停の向かいにあるパチ

ンコ店へ入っていった。

老女Aの用事というのは、パチンコ遊びだったのである。

バスに不馴れな私は、カードの使い方も知らずに、もたついて気恥ずかしい思いをしたが、あっという間に着いたので、やれやれの気分と、気疲れはするし、なんとも奇妙な、夢見のような日であった。

一昨日の気疲れも残っているのに、バスに馴れようと思って、近くのバス停に向かって歩いていると、背後から老女Aの声がした。

「わたしも、バス停近くの銀行に用事があるの。一緒に行きましょう。」

バスが遅れて、十五分ほど待っている間、またまた老女Aの、まるで独り台詞のような話を聞くことになった。

「夫の葬儀がすんだら、アメリカへ行くことにしているの。待っていてくれる友人たちもいるし、二十年も、たのしく暮らしたニューヨークで、老後を終わりたいの――。」

目をうるうるさせて、懐かしそうに話している。

「あら、バスが来たわ。話半分にしておくから、明日は土曜日で、銀行の用事がないので、昼間は家に居るので、来てほしい。」

老女Aの哀願の表情に、断わりきれず、頷いてしまった。

老女Aは、玄関を開けて待っていた。嬉しそうな顔で、私の手を握り締めて、

「いらっしゃい。久しぶりのお客さまよ。うれしくて涙が……どうぞ――。」

4LDKの大半が、リビングルーム風になっていて、壁一面の棚には、おどろくほど高級そうなウイスキーの瓶が、ずらりと並んでいる。

「アナタのは、ウイスキーは一滴にしてあるので、レモンスカッシュみたいなものよ。どうぞ。」

と、私にすすめながら、老女Aは、ウイスキーサワーを手に、自慢話の繰り言をはじめた。

同じ八十代の者として、その胸裡が、ひしひしと伝わってくる。

老夫が元気だった頃は、来客もあり、一月に二回は夕食会などもあって、楽しい生活を送っていたようである。

老夫が老人ホームへ入所後は、来客も全く無くなり、マンションの住人との付き合いも無くなり、唯一、老女Aの支えになっているのは、老夫が東京の某デパートのニューヨーク支店長をしていた四十代から二十年間のたのしく暮らしたニューヨークへ移って、ホームパーティで仲よくしていた友人たちと老後を過ごす計画を立てて、その友人たちと連絡を取り合っていることのようである。

毎日、昼すぎになると、アメリカで買ってきたといって、自慢している黒い小さい買いものカートを引いて出掛ける老女Aの、背後から見ていると、背筋はやや弓形になっている感じで、老化がすすんでいるのがわかる。

アメリカへ行くという見果てぬ夢が、老女Aを、駆り立てているのだろう。

いそいそと、銀行へ向かう用事というのは、老夫の預金

通帳から、限度額を引き出して、自分の通帳へ入金しているという。老夫には姉妹があるので、子どもの無い老女Ａの通帳に全額を移すことは法律上できないので、老夫が存命の内にという意地で、銀行へ通い詰めているのである。

銀行の用事がすむと、いつものパチンコ店で、約二時間遊んで、近くの駅ビルのスナックで夕食をすませ、十九時ごろには帰宅するのが、日課のようになっている。

数日おきに、老夫の見舞いに行くのに、ショートケーキを三十個も買って行くという。十個は老夫の分、二十個はホームの職員の人たちへのお礼の気持ちで――と自慢顔をする老女Ａは、どんな気持ちで糖尿病の老夫に、ショートケーキを十個も与えるのか。

老夫は、頬張るようにして、大好きなケーキを食べるというが。

老女Ａの話には、おどろくことが多すぎる。

しばらく会うことがなかった老女Ａから突然、電話が掛かってきた。

「しばらくね。会いたい。わたしね、二ケ月前に、夫の葬儀をすませて、ある人の世話でマンションは四千万で売って、引っ越しているの。診療所付の介護ホームなの。いいところよ。遊びに来てほしいわ。東口バス停の2番線で十五分くらいの所よ。バス停からも近くよ。外出も自由で、相変わらず、パチンコに行ったり、外食に行ったりしているわ。一緒に食事しましょうよ。待っているから――。」

近いうちに行きますと返事をしておいたが、新型コロナウイルスの感染拡大の恐怖で、会いには行けなかった。

老女Ａの、あの口ぐせのような――老夫の葬儀がすんだらアメリカへ移《い》くという、あの強い思いは、どうなったのか？

私がＥスーパーで買いものをすませて、東口バス停で立っていると、

「しばらく。」

思いもよらぬ老女Ａが、声を掛けてきた。

「ねえ、わたしのあの車すてきでしょう――。」

バス停側の道に横付けしてある新車を指差して、うれしそうな表情である。

「あの車で来たの。近くのレストランで食事をして、帰るところで、アナタを見掛けたので、車を止めさせて、下りてきたの。会えてよかった。」

「先日は、会いに行けなくてすみませんでした。」

「いいのよ。ねえ、あの運転している人、甥なの。彼にすべてを任せてあるの。ねえ、アナタは明日もスーパーに来るでしょう。会いたいわ。ずっとそう思っていたのよ。」

Ｅスーパーの食事処で会う約束をして、別れた。

翌日の四時頃、約束の場所で三十分も待っていたが、老女Ａは姿を見せないので、電話を掛けてみた。

〈この電話は、ただ今使われておりません。〉の音声に私はショックを受けた。

それっきり、老女Ａとの連絡がとれなくなった。

〈あの甥にすべてを任せてある〉

老女Ａのたのしそうな、いきいきと話していたあの声が、私の耳朶をはなれない。

書評

生井利幸箴言集『賢者となる言葉 三〇〇篇』「今」こそHuman Dignityあるいは心優しき街の哲学

日野 笙子

すでに公法学や哲学、芸術、経営そして人権など多元的な分野でアカデミックなキャリアを持つ著者が、率直な眼と研鑽を積んだ知性で書かれた切れのよい箴言集。現代の二十一世紀を生きる人々、とりわけ多くの若者に手にとって欲しいという感想を読者としても抱いてしまった。もちろん人生の円熟者にも。コンパクトだが、箴言、名言の無駄がない言葉選びで奥深い人生の一冊に仕上がっている。明快な読後感だ。基底に流れるのはhuman dignity（人間の尊厳）である。〈賢者〉と名付けた思い、そこには困難な人の生を乗り越え精一杯生きて欲しいという切なる願いが込められている。筆者の並々ならぬ思索と豊かな情感が、これまで学ばれたことと経験されたことから帰納される哲学が、その行間には確かに内包されていると私は感じた。そして生まれた言葉が謂わば演繹され読者の思考を助けていく。

本書はⅠ章からⅥ章まで「賢者と愚者」「感性・知性と理性的存在者」「今日の瞬間、明日ではない」「失敗の経験と人間の底力」「孤独と創造」「真実を知る存在者」の六つの章立てに収録されている。表紙カバーの写真には、真っ青な空を背景に古代ギリシャのゼウス神殿が写っている。豊かな思想が積年構築された建造物のごとく。ひとたび頁を捲ると、そこには難しい言い回しや韜晦や衒学的な言葉はない。外連味がないのだ。

古今東西の思想家、パスカル、カント、ニーチェ、デカルト、そしてハイデッガー、サルトルなど哲学史を辿るように様々な思想のフラグメントが詩句のように見え隠れする。非才故にその思想背景の解釈は私にはできないが、筆者が先人の知恵に原初的に立ち向かい、敬意を払いつつ生まれた言葉なのだろう。

哲学のあけぼのの象徴、古代ギリシア哲学の箴言〈汝自身を知れ〉を提示し、その初動の思いを神殿に仮託する形で。

編集の鈴木比佐雄氏の解説に基づくと、生井氏の言葉は「温かで内省的で真実を告げる言葉」であり、それは「読者を思索に導く為の根源的なアフォリズム集」であると言う。

これ以上の解説は私にはできない。ここではその点も踏まえつつ、少し別の角度から考察してみたい。

街から発信された哲学詩人という側面である。生井氏は、孤独と苦労のただ中で創造する人間に対して、その眼差しは実に温かい。「失敗の経験と人間の底力」（Ⅳ章）を読んでみよう。そこでは人間社会のリアルな実相を述べている。〈人類は、成功よりも、実に数え切れないほどの失敗を経験して現代を迎えている。〉と、鋭い文明批評も忘れない。一見するとシビアな表現意思を示すが、やがてこれは筆者の持ち味なのだろうか、静かな物言いに変わり、孤独な詩人が独りで黙想するというふうな文体に変化していく。恬静に満ちた幻想をかき立てるのだから、不思議な方だ。洗練と素朴そして淋しさの同居した風情である。

こういう言葉が許されるのならこう言ってみたい。これは、バナールな方法をとって読者に贈られた言葉の花束である。氏の持っている才ならば、ベタな言い方をすればオリジナルな創作がいくらでも生まれそうだ。

筆者は序文に述べる。

〈「二〇〇の言葉」は、すべて、「私自身の生き様であり、命である」といえるものだ。それ故、この本を手に取る皆さんには、私の命としての言葉を「自分の命」で捉え、皆さんにおいて「より良い生き方を見出すヒント」とすることを切望する〉。

これまで幾度も人生の難事に遭遇したのだろう。生半可ではなかったと思う。氏の言う「人間の底力」の精神は、言い換えれば他者の痛みがわかる感性ということ。人権ということは、同時に自尊ということ、人が生きる権利であり、だから同じ人間である他者を侵害しないということに他ならない。

現代の二十一世紀は人権の世紀とも言われる。特筆すべきは、生井氏の講義の底流には必ずこのテーマが在ることだ。すべての人間が、人間として尊重され、自由であり、平等であり、差別されてはならないことを定めた「世界人権宣言」（一九四八）。生井氏の英文の日本国憲法の講義は、舞台の独唱のように大変楽しそうだ。更には二十世紀的人権ともいわれる社会権、すべての国民が人間たるに値する生活を営む権利（生存権）、教育権と労働基本権、これらもちゃんとレクチャーされるのだ。

このような多才な氏であるが、どこか自己放下したような境地が垣間見えるのだ。どん底体験のある人が、底抜けの人間の明るさというものを知っているように。自己のことだけに執着してはいない。教育者であり経営者でもあるが一方で質のよいエンターテイナーのようだ。愉快な要素もある。こういうお人柄、私は決して嫌いではない。

これは私の勝手な読みかもしれないが、詩が生まれる以前の漠然とした、名付けようのない混沌の世界から言語の扉を脱け、ひょっこり出たところが別のポトスであり舞台であり、それを見出してしまったという感じだ。筆者の人生で、深く強く経験した固有の特異なもの、それを表現する困難さを自覚しつつ、なおかつ他者に伝えようとする誠実さ、それがいい。

夏のはじめだった。銀座から本が届けられた。本書を手に取ったとき何かわからないが既視感のようなものを感じた。

七〇年代の終わりだった。地方出の私が知人に連れられて、銀座という大人の街のイメージにドキドキしながら行った街だ。あれぇ、これが銀座かという感じの昭和の風情漂う地下街だった。映画館である。ちょうど晴海通りを横切る形でその商店街はあった。地下鉄なのか電車だったか当時はわからなかったが、その映画館は振動音が映画と共にあったことを覚えている。

今はもうない。いつ壊されたのだろう。古い喫茶店もチケット売場も消えていた。切れ切れの記憶。こんなに年月が経ってしまうと、思い出は古い映写フィルムの斑点のようなものだ。古い地下映画館、古い記憶の底から浮かび上がるもの、それは眠り込んでいたぼんやりとした闇のようであり、ぽーと夢のように霞む一コマの再会だった。唯々懐かしい。

本書はすでに人生を重ねた者にとっても、思考貧しき日々に潤いを与えてくれた。終わりに、日常を気忙しく生きる人間にとって最強のエールだ。青春のシーンが甦ったことを付け加えたくなった。一瞬の翡翠の輝き、であった。

生井利幸箴言集『賢者となる言葉　三〇〇篇』
賢者となる言葉　三〇〇篇に寄せて

近藤　八重子

生井利幸氏の『賢者となる言葉　三〇〇篇』を、日常を重ねながら拝読していくと、貴重な言葉の数々に共感したり、学んだり、私の脳の海馬《かいば》という記憶を収めている所から次から次へと私と過ごした言葉たちが溢れ出る魅力的な本でした。

1　多くを欲しなければ、やがて多くを得る。

その通りだと思います。最大の貯蓄は遣わないことである、と言われます。

4　メール依存症は、現代人が抱える深刻な病気の一つである。

メールは、学校や職場、知人などの連絡に便利だけれど、依存してしまうと自分の生き方を見失う危険を孕《はら》んでいる。一種のメール奴隷症にならぬよう。

14　新しい信用を築くことよりも、一度失った信用を取り戻すことのほうが難しい。

信用は、一瞬で失うけれど、信用を取り戻すには、十年かかると言われます。

25　言うことを聞かないあばれ馬を、やっとのことで水飲み場まで連れて行っても、あばれ馬は水を飲まない。

馬は利口な動物で、人の優しさ、信用して良い人がどうかを見抜く能力を持っている。ある撮影現場で、馬にとっては命取りになりかねない川の水の中へ躊躇なく入って行く馬は、乗せている人を信用している証拠

一方、信用していない人を乗せた馬は命取りにもなりかねない川の水の中へは、決して入らない。という話を聞いたことがあります。

30　甘い言葉は悪魔の誘惑。厳しい言葉は天使の導き。

甘い言葉には毒があります。身も心も未来までもボロボロにする毒があります。厳しい言葉は、時にはムカッとする事がありますが、自分の気付いていない欠点を指摘してくれる優しい導きが秘められています。

それに気付ける人になりたいです。

93　花の美しさは、一瞬にして、人の心を洗う。

花は心を和ませ、人を笑顔にする力を持っている。だから花束をもらって喜ばない人はいない。大きな花ほど開く時に大きな力が要ることを亡き母から教えられました。人生に大きな花を咲かせる人は、誰よりも努力の積み重ねを成し遂げた人だと思います。

106　相手の顔の表情は、自分自身の真実の鏡である。

相手の顔に自分の心の内が見えるのは自分の素直で純粋な気持ちの現れだと思います。

112　人間は、実像と虚像のあいだを行ったり来たりする動物である。

人は夢の世界と過去の出来事の虚像の世界を行ったり来たりしながら実像という現在を生きている。あすという字は明るい日と書くから、人は進んでいける気がします。

120　時間が人間を待つことはない。

時は喜怒哀楽に関係なく単純に空気のような存在で人生を刻む。そんな薄情な時間に追われることなく、時間を待たせるくらいの余裕で時間を操《あやつ》りたい。

137 **通常、人は、先にはわからない。**

〈考えるヒント〉通常、人は、後になってわかってくる。

後悔先に立たず、ですね。

一秒先は何が起こるかわからない未知の世界。私の場合、後になって感じるのは辛い思いが大部分です。

141 **間違いは、次に間違わないためのもと。**

間違いは傷つくのではなく気づくこと。

間違いは誰にもあります、落ち込まず反省し、自分を磨く試練だと思います。

146 **人生を変えるのは　能力や才能ではない。一事が万事において、継続的な努力そのものである。**

能力や才能に溺れることなく、人生に輝きを出せる人は、努力の積み重ねが後押しをしている

231 **待っていても人は動かないが　自分が積極的に動けば人も動く。**

この言葉に似た「ネズミの引っ越し」という話を思い出しました。

稲刈りを真近かに控えた田でお百姓さんが呟きました「手伝いの人が来てから稲を刈ろう」それを聞いていたネズミの母さんが子供たちに言いました。「引っ越しは　まだ先だよ」と。

ある日、お百姓さんが言いました「自分たちだけでも先に刈ることにしよう」それを聞いていたネズミの母さんは子供たちに告げました「そろそろ引っ越しをするよ」と。

積極的に動く親でありたいと思います。

子は親の背を見て育つ　と言いますから。

264 **人間は、他人から逃げられても、決して自分からは逃げられない。だからこそ　自分に真実に生きてみよう。**

他人は騙せても、自分は騙せない。

人として正しい道を歩めば、幸せは、向こうからやって来る。

285 **自分の目の前にいる人の顔の表情は、時として、今現在の自分の真実を表すものだ。**

お地蔵さまのお顔も自分の心の中を見事に写し出す。

嬉しい時は、美しく微笑んでおられる。悲しい時は、暗く沈んでおられる。怒っている時は、お地蔵さまも怖いお顔をされる。泣いても、笑っても、怒っても一日。同じ一日なら、心穏やかに笑って笑って、過ごしたい。

最後に、賢者となる言葉一篇一篇を拝読し私なりに立ち止まった言葉に拙い思いを書かせていただきました。

この本は、賢い人を目指し、明日は来ない覚悟で今日一日を無駄なく努力を惜しまず進めば幸福感が一層濃くなることを、幸せは自分で摑み取ることも教えられました。

これからのご活躍、御出版を心より期待する読者の一人です。

藤田博詩集『億万の聖霊よ』
――新生への確信――

青木　由弥子

詩は青春の文学だという言葉が、近代詩にしか通用しなくなったのではないかと一抹の寂しさを感じていたのだが、藤田の詩集はいよいよ漲ろうとする〝いのちの耀き〟に満たされている。初夏から盛夏の光と透き通る高原の大気を思わせる瑞々しい木々の緑のイメージ、これから実り行く果物の豊かさ、下草の陰で生殖の喜びに燃える生き物たちのイメージが、ほとんどの詩の根底を支えている。春や夏ばかりではない。秋を迎えた果樹園や森の気配に、寂寥や喪失の予感ではなく成熟の季節の輝かしさを見、落葉後の裸木や枯れ落ちて茎を遺した蔓草の内にさえ、繁茂する豊かさへの予兆を見る。この驚くべき向日性、積極的な生命讃歌を支えているものは何か。

〈風と／ひかりの午前に〉（「海の内陸」）という立原道造を思わせる詩行もあるが、表題の「億万の聖霊よ」という言葉に象徴されるように宗教的な希望が詩集を成立させている一因でもあろう。しかし朝霧の柔らかな質感と湿潤の気配に女体の豊かさ、特に乳房のイメージを呼び覚まされたり、流れゆく水の先に母胎を想起したりする想像力は、既成宗教の枠を超えてより普遍的ないのちの永続性への信頼、生まれ直すことへの確信に裏打ちされている。

キリスト教的な言葉である「聖霊」と官能は理性的感覚では結びつかないが、聖霊＝スピリトゥスが神聖な息吹に由来するものであり、いのち無き土くれに〝神〟が息を吹き込むことによって〝ひと〟が生まれたことを思う時、自然界のいのちの生動に感動し自らの内にもその生命力が遍満していくのを感じ取ることは、新たな息吹が超越的な存在によって吹き込まれているのを感じ取る瞬間でもあるだろう。その喜びをとらえることは、新生への希望を肌で感受することであり、それをいかに言葉で表現するかという動機が、恐らく藤田を詩の創造に向かわせている。詩的比喩が少女のイメージや成熟した女性のイメージに引き寄せられることが多いのは、生れ続けるいのちを育む自然そのものが、母胎として感受されているからかもしれない。

ポプラを謳う詩篇にゴッホの燃え上る糸杉のイメージを重ねる読者も多いだろう。若い日に聖職者を目指し、既成宗教を超えた真の宗教性、神的なものへのパッションを抱き続けたゴッホが憧れた光。その光を際立たせる澄んだ大気。〈光よ／地につながれたものへの讃美をうたえ〉（「光よ」）と謳う藤田の眼差しは、ゴッホと同様、物理的な太陽光線を超えて、あらゆるものを照らし生命力を燃え立たせる超越的なひかりを見ている。

ここまで詩集全体から受ける印象を記してきたが、もう少し具体的に詩篇を見ていきたい。全体は六章に分かたれている。Ⅰの「聖橋」は実際の聖橋に触発されて生まれた詩篇だと思われるが、同時に〝聖〟という言葉の持つイメージ、繋ぐものとしての橋を契機としているだろう。〈午後に／人々は蟻のように忙しく群がり〉ながら歩んでいる。その具体景の向こうに〈血に滲ん〉だ〈合体の指先〉を見る藤田の想像力は、人類の悲惨やキリストの受難、そして両手を合わせ天に祈る祈りの形象のイメージを経由して午後＝衰微していく世界を生きる人類を思わせる。最後の審判へと向かう人々の群れが〈その稀薄の地帯を夥しく踏みしめるとき／私は　ふいに／高みからもう一つの見知らぬ手が〉〈祝福の花束をどっさり投げ捨てるのを／見る〉――この幻視（ヴィジョン）はルドンの絵や恐らくシャガールの天馬のイメージなどが重なって醸成されているのだが、それは天の祝福を受けて永遠のいのちを生きる神の国への参入が祈念されているように思う。一章は水のイメージに満たされた詩が多いが、〈時〉への哲学的な想念や〈乳房〉〈胎動〉そして〈人の生命の水脈〉といった言葉からも推測されるように〝新生〟のイメージと期待（希望）がモチーフだ。初夏にテニスに興じる少女たちの詩が一章の最後に置かれていることも、いのちの〝燃え立ち〟を描こうとする姿勢の表れだろう。

二章の「土堤の歌」は現実景の度合いが強く出ているが、〈私〉を〈天の希薄に／ゆらめいてとけいる／ひとしずくの／憧がれた　地の火だ〉とする象徴性、まぶたを閉じた先に見える〈心の土堤を焦がす炎よ〉という詩行からも明らかなように、地上に灯されたひとつの炎としての我を見、生命力をその燃え立ちに捉えている。〈光のパン〉というユニークな表現は、私の肉はパンという言葉を思い出させる。光は照らすものであるだけではなく、受肉した神のロゴス、その降り注ぎを体感させる存在でもある。光を受けて喜悦に揺れるかのような木々の枝や幹を〈官能のバネ〉〈しずかな腰のいきづき〉と表現する感覚も、聖書の詩篇に謳われたような神聖な喜悦に由来するだろう。

三章の「億万の聖霊よ」は、自然から藤田が感受し、自らの内にその息吹が満ち渡っていくのを感受した瞬間、あるいは満ち渡ることの予兆を発見した瞬間を描いている。「冬のつるくさ」という侘しさや淋しさ、喪失感の象徴ともいえる対象の中に〈命のはなやぎ〉を見、〈愛撫し尽くされた女の〉曲線を見、〈大気に鳴りひびく〉喜びの余韻を聴く。枯れた茎に〈エロスの信管〉を見る特異な視点は、現実の生で与えられた命を超えて、真の生が用意されていることへの確信がもたらす〝世界の見え方〟に相違ない。柘榴の実はキリスト教の図像において再生と不死の希望を象徴するものでもあるが、ここで謳われた「転生」は具体的な命の巡りのことであると同時に、天上での真の生への転生を意味しているだろう。枯れ尽くした冬枯れの蔓から〈あたらしく花開く夕闇の虹〉〈なだれおちるよろこび〉という文言を引出し、〈朝霧の乳首〉に育まれる花梨を見ながら〈透明な朝のひかりは世界の水位を押しあげる〉その〈たかみ〉を感受する感性は、藤田ならではのものだ。

四章のNot I was bornには、吉野弘のI was born――生まれたのではなく、生まれさせられた、という受動的な視点ではなく自ら生まれたのだ、生を選び取ったのだ、という能動性が込められているだろう。五章の「ある寒気に寄せて」で、藤田は〈自らの死のみとり〉を静かに感受したその先に、永遠の生のともしび〈みどりの火〉を希求するが、それは冬という死の季節に生の燃え立ちを想起する自然から与えられた予感でもある。神の御座の換喩でもある大空を謳う六章「大空に寄せて」に集約されるように、この詩集には生の喜びといのちの讃歌が溢れている。

書評

藤田博詩集『億万の聖霊よ』
世界への架け橋

清水　康久

詩集『億万の聖霊よ』は、「Ⅰ　聖橋」「Ⅱ　土提の歌」「Ⅲ　億万の聖霊よ」「Ⅳ　Not I was born」「Ⅴ　ある寒気に寄せて」「Ⅵ　大空に寄せて」の各詩編グループから成る。「各詩編グループⅠ～Ⅵ」は制作年代順に配列されていて、二十代から五十代の集大成である。それらの各詩編では、いずれも「自然の奥底に蠢いている生命観のような気配」と、人の奥底に見られるであろう「不条理や希望の気配……」とを照応させ、その「接合面」を見ようとしているように思える。そのことにより「世界への架け橋」を作ろうと試みたのではないか。詩篇の一つ「ある寒気に寄せて」の最後の詩句「そのみどりの火に／手をかざすのだ」は、そのような意味の象徴ではないかと思う。

「Ⅰ　聖橋」は「聖橋」「水門へ」「時」「水澄まし」「想い」「初夏」の各詩編から成る。若い時の作品らしく本質的、存在論的、宗教的、そしてみずみずしい感性にも溢れている。

わたしはその中の詩編の一つ「水門へ」に心惹かれる。そこには、ハイデッガーの「本来的自己」が「暗さ」として暗示されているように思えるからだ。その詩編の一部を開くと

あそこは　ただ暗く
なにもないのに
（略）
あそこは　ただ冷たく
なにもないのに
暗さへ
あの暗さは
言い知れぬ暗さへ
水門の内側の
あれは（略）
塞き止められ
押し出され
行く着く果てもないのに
（略）
空へ飛び立つ姿勢で
いつまでも佇み続けている
君は（略）

「塞き止められ／押し出され／行きつく果てもないのに」は我々の「本来的存在」を示しているかのようだ。そしてこの詩篇「水門へ」は、若い時の詩集「冬の動物園」の詩編の一つ「入園」と底流をなしているかのように思われる。「入園」の一部を引いてみる。

その降りしきる煙霧の中に
獣舎のひとつひとつは
かなしみの小箱で前面に迫《せ》り出し
鉄格子の奥深く

（略）
仰げば　いまも　天空はその片隅で
何処までもきびしい極寒の命脈を吐露し
そこからの冷気は間断なく頬を叩く
（略）
ああ……孤り檻を彷徨い続ける私の胸に
寂寥めが
（略）
内なる逃げ場のない死への領分を争いながら
ふかぶかと寒天の空に拡がっていく

この詩篇「入園」では「鉄格子の奥深く／……孤り檻を彷徨い続ける私の胸に」「内なる逃げ場のない死への領分を（略）」と歌われ、そして今回の詩編の一つ「水門へ」では「水門の／内側の／あれは／塞き止められ／押し出され／行きつく果てもないのに」と歌われている。両者の姿は互いに重なるのだ。また詩集「冬の動物園」には萩原朔太郎の影響がみられると思っている。（特に「氷島」の中の「漂泊者の歌」の一節）

そして詩編「水門へ」を読むと、私はなぜか旧約聖書の創世記の「天地創造」の場面を直感的に思い出す。そこには「暗さ」＝「闇」、「命」の出どころが宗教的に暗示されているように思うからだ。

天地創造の一日目「闇が深淵の面にあり、神の霊が水の面をおおっていた」は良く知られた一節である。詩編の一つ「水門へ」での「暗さの究極の姿」は、旧約聖書の「闇が深淵の面にあり」ではないかと思ってしまう。同時に「空へ飛び立つ姿勢」は、「神の霊が水の面をおおっていた」と創造の可能性を説いているかのように思うのだ。そしてこの天地創造一日目と「水門へ」との関係は、形を変えて、もう一つの詩編「聖橋」にも見ることができるようにも思える。

詩編「聖橋」を紐解くと、「水門の暗さ」を底に持ちながらも、多様な形で神の庇護が現れて来る。「淀みは暗くなり」「風は（略）冷々とした解体の波紋を弄んでいる」「人々は（略）合体の指先は血に滲んでいる」などの表現群は、旧約聖書の「闇が深淵の面にあり」の表れのようであり「水門の暗さ」のようでもある。その後、旧約聖書の「神の霊が水の面をおおっていた」そして、「光あれと言われた」という象徴場面が、あたかも具現化するような箇所がある。詩編中の「高みからもう一つの身知らぬ手が（略）」と書かれている所だ。神の霊の見姿ではないかと思ってしまう。続いて「祝福の花束をどっさり投げ捨てるのを／見る」のである。そして青いペガサスという「私」が現れるのだ。「灰色の大気」（闇）は「青灰色」（神の霊の表れである生命）に塗り込められる。白馬は「日々＝生命」と「死」とを乗せ、「鐘」「羽毛」に暗喩される「希望」を「淀み」即ち「闇の深淵の面」に零すのである。「聖霊」を扱うからには、意識する、しないに関わらず、聖書の教条から免れることはできないのではないか。そこには、すでに西洋的なものを含んでいるように思われる。

「Ⅱ　土提の歌」はおそらく、家の近くの土提を散歩などした時のものであろう。山梨の自然の情景を表しているようだ。特に「土提の歌　Ⅰ」「土提の歌　Ⅱ」の詩編では、緑、光、太陽から土提の自然の様子を歌っている。「かがやかしい日」の詩編では自然の賛歌のように樹々を歌っている。

「Ⅲ　億万の聖霊よ」の詩篇群の中には、多くのものが混在しているが、題名の通り、この詩集の核心部分が、あるいは特徴がみられるように思える。思索的で宗教的な作品である。

その中の詩編の一つ「億万の聖霊よ」を読み解いて見よう。ここには直接「聖霊」が現れてくる。一行目に「わがうちの億万の聖霊がなびく」と書かれ、その後にも「わがうちの聖霊は」と主体として登場する。そのわが聖霊には、樹木、草木、などの物象がなびくのである。藤田さんが自然と対峙した時の、詩的霊感とでも言うべきものであろう。それは両者の間の「照応」関係のことであろう。しかし、一転して、「ついに／眼路は絶え／ひかりは絶え／数は絶え／秋は絶える」と書かれている。この転調は、「聖霊」が去って行った「暗黒」の光景と捕らえるべきであろうか。しかし、「物象」や「風景」は、満たされており、「暗黒」は、遠ざかっていくと表す。

他の詩編の一つに「薄明」がある。これも、本質的作品の一つであろうと思える。「僕の魂の薄皮に住む聖霊が／解き放たれるとき」と説き「薄明／薄明／しんしんと降りしきる／聖霊の青い空気……」と歌う。この詩句にはリズム感があり、音楽性と清澄さとを思う。最後に「僕の魂が／音もなく解き放たれるひととき――」と述べる。ほぼ、聖霊＝魂とでも考えられようか。

「Ⅳ　Not I was born」の詩篇群の中の一つの詩編「カリヨン」では、精霊のもつ気品さが歌われている。芸術的である。詩編「Not I was born」では、「産まれ落ちたのではない／生まれてきたのだ」と「存在の在り方」を歌う。

「Ⅴ　ある寒気に寄せて」の中の詩編「ある寒気に寄せて」では、聖霊を「寒気の芯に至り続けたものたちの／いのちの／あの灯《ともしび》を」「そのみどりの火に／手をかざすのだ」と歌う。このⅤの詩篇には、面白いことに、「雨の中の母性」のように家族（母）との思い出が匂うような作品があったり、「秋」には夏の帰って行く様子が描かれていたり、「ポプラ　Ⅰ」には5月の描写が描かれている。特に「迫り上る地熱の中にいる」は、その一語で五月の特性をよく表している。詩編の一つ「大空に寄せて」は、詩群Ⅵの題名にふさわしく「大空の脱皮は／羽毛のように／聖堂にふりそそぐ」と語り、その具象的表現として「ひかりの洪水の果てに／聖杯のたかみはあふれて／羽化の舞」と歌い継がれていく。そこには「泉のような美しさ」が見えるのである。西洋的な魅力に溢れた表現世界である。まさしく聖霊の具現化のようだ。

これらの各詩編のテーマ性は、一言で述べられるものではないが、その底には、やはり「聖霊」を思わせる。巻末に書かれた鈴木氏の書評にもあるとおり、キリスト教の教えである「三位一体」としての神、聖霊、子（イエス）としての「聖霊」とは違うと思う。アニミズム的な「霊魂」に近いと思う。しかし詩編での使われている語句や表現は、前述のとおり西洋の空気や文化を感じさせる。おそらく、藤田さんが仕事柄英語と多く接してきたことにも関係しているのではないかと思う。藤田さんの詩編の特徴として思い出すのは、いつしか藤田さんと、清里の文芸グループ「ぜぴゅろす」の会へ参加した時の事である。詩人「ウイリアム・ブレイク」の詩編について、原文を紐解いていたことがあった。その解釈の多面性、柔軟性、言語への忠実性に驚いたことがあった。自然を見るときにも、そのような目で想像の輪を広げていることが、その時に理解できたのだ。その想像力の発露には「ランボー」のように、異次元の欠片を入れ込む。詩編の位相は「上と下」「微と巨」「明と暗」「闇と聖」「虚と実」などが混濁している。そして暗喩の連続をつくる。そのために読み手は攪乱と沈黙を強いられる。そして考えさせられる。藤田さんの詩編は、難解だと評する見方もあるが、不確かな森羅万障世界は、日常言語で言い表せないような事象に満ちている。「生活時間」は定常的に見えるが、「実存時間」は重層的で複雑である。その世界へ根を下ろして近づくためには、ある種の「幻想世界」を創出しなければならないことを思う。加えて付記するならば、おそらく世界は、善なる聖霊の現れる世界からのみ出来てはいないのである。シモーヌ・ベイユの言葉を借りるなら、「ヨブ記」に見られるような、不幸の連続からも出来ている。そして、その時にのみ聖霊の父である神が現れるのである。藤田さんは「聖霊の世界」を表した。詩人伊藤静雄は、自然を見て虚無の中に在りながら「神」を歌った。おそらく藤田さんは、神を描くようなことは、しないものと思う。カレイドスコープのように、具象の断面を照らし、その中に暗黒も聖霊も同位に表す。そして、そのことが藤田さんの詩編の貴重な特性であろうと思うからだ。

佐野玲子詩集『天地のひとかけら』
人類ファーストの終焉

万里小路　譲

炎暑の八月。原爆記念日ともなれば毎夏、戦争の恐ろしさと被害のむごたらしさを伝えているが、侵略を行った戦争加害については反省の弁が聞かれない。戦後七十八年、国家政府の無策もさることながら、国民の平和ボケも作用していよう。高度経済成長を経てバブルがはじけるまで、この国の多くの人々は忙しく心を亡くし、内省を深めることなく過ごしてきた。とりわけ、コンピューターやインターネットが出回り、まるで救世主のように崇め奉るＡＩが台頭してはもはや、思考放棄の感がある。

佐野玲子詩集『天地のひとかけら』に収められている詩群は、日常の雑事にかまけて忘れかけそうになっている現代社会の隘路を、簡潔なフレーズによって思い起こさせてくれる。何しろ詩であるからである。

不思議なことである。それは詩歌であるが、社会の矛盾や不具合を浮き彫りにして詠うラメント（哀歌）の調べに、読み手もまた酔いしれてしまうからである。反戦・平和へのメッセージを込めた１９６０年代のフォーク・ソングを思い起こさせる。本来、詩歌や歌唱は叙情性を帯びる美学の結晶であったはずだ。しかるに、もはや事態は切迫している。叙情詩となるべき詩歌でさえこの世界の不条理を詠わねばならぬ時代に、私たちは棲息している。したがって、手裏剣のように眼に飛び込んでくるフレーズに、思考停止した脳が急襲される。たとえば――〈「人類の利益のため」という　極めて不遜な目標のもとに／次々と産出されてきたモノやコト／目的そのものが、許されるはずがないのに／と思われるモノやコトが、多すぎる〉――振り返れば、地球はだれのものであったのか？　人間だけのものであるはずがないのに、事態はまったく逆に進行してきたように思われる。

〈「まんが日本昔ばなし」の／「いいないいな　人間っていいな」／この歌詞にはただ愕然／だって　たぶん　真っ逆さま……〉――公益学は二十世紀に席巻していた《モノ・カネ》本位の資本と市場原理へののめりこみを反省し、《ヒト・ココロ》本位の時代を迎えようと、《世のため人のため》の非営利の考えや活動を推進している。崇高な理念のように思われるが、しかし、世とは〈人の世〉でよかったのか？　そうではなく、おしなべて生命体すべての世であるべきであろう。

〈都市が／／《いなか》より優位にあるかの言動が／あたり前のようにある／／な　ぜ〉――田舎より都市が優位にあると当たり前のように国民がマインドコントロールされ、そのように政治行政が動いてゆく国、コロナ禍にもめげず一極集中を改めない現代日本。かけ声にすぎなかったともはや判明してしまった《地方創生》は、死語にも成り果てたか。

〈ショートカット・効率化など　ありえない／「命」から〉――ハードウェアがソフトウェアを圧倒する現代、コンピューター言語はひとの心の外にあるが、いつのまにか社会の重要な言語要素になり果て、〈ショートカット〉が心を裁断する。〈効率化〉は何ゆえに？　経済優先ゆえであろう。現代社会の不毛が眩しい進展の裏側から黴のように生えてくる。必要であったのは、テクノロジーの進展ではなく、文明哲学の構築であった。が、もう遅いか。

〈いつから／当たり前に／なってしまったのか／「リゾート開発」という行為が　言葉が／「羽毛布団」が「食べ放題」が〉――そう言えば、そうであったか。思いもかけなかった事象が、おかしなことであったことに。〈開発〉という名を隠れ蓑にして環境を破壊し、《豊かさ》と《心地良さ》をPRしながら他の生命体を殺し、さらには、食料不足の貧困にあえぐ国があることも忘れてしまう〈食べ放題〉の宣伝文句。飽食競争が娯楽番組となっているテレビ番組も、そう言えば噴飯ものである。〈乱獲撲滅の限りを尽くした果てに／絶滅危惧……？　／一転にわかに／保護？　／天然記念物？〉――考えてみれば、おかしなことではないか。自らが環境破壊の犯人であるのに、いつのまにか環境保全者づらをしている。〈地球号の似非リーダー〉のなせる技とはこれであろう。

〈［進歩］と称する／果てしもなき　欲望の実現へ〉――進展することが後退であったとは振り返りも考えもしない現代、この地球号はどこを目指して走っているのか？　とりわけ、世界の先端を走っている先進国はどこに向かっているのか？　いや、そもそも先を進んでいるというのは、ある種の誤解であった可能性がある。

〈人間が／そもバブルでしょ？〉――バブル期にある経済がバブルであったとはだれも思わなかったように、そうであると認識しえている者は少ないであろう。輪廻で言えば幾重もの奇跡の果て、たまたま今ひとに生まれているだけ。次の巡りではどんな生命体であるのか、だれもわからない。わからないからこそ、すべての生命体との共生を目指さねばならないのではないだろうか。ましてや、たまたまヒトの頂点へと君臨した者、すなわち〈強大な立場にある者〉は、その天命をば正しく認識していなければなるまい。しかるに、事態は容易ならざらず、悲惨きわまりない事例があとを絶たない。とりわけ、権力を握った者の無分別と暴挙ほど始末の悪いものはない。

〈この人類も　つまるところ／この星の成分の刹那のあらわれ／天地のひとかけら〉――生命体すべてがある種の恩恵を受けて母なるこの大地に生まれ出たように、人類もまた同じ恩恵に授かっている。しかし、傍若無人に横暴を奮っているのは人間だけではないのか。

詩集『天地のひとかけら』は不毛なるこの現代にまったなしに産み落とされるべく誕生したように思われる。だれもがここで提唱されている問題と問いに向き合い、回答せねばならぬ責務を負っているからである。科学盲信・人文学軽視。スピード重視・スローライフ軽視。効率優先・文明哲学無視。人類ファースト・生命体軽視。それらをもうこのあたりで、止めなければいけない。

佐野玲子詩集『天地のひとかけら』
——「恩返し」の祈りが視える詩集

照井　良平

詩集を数篇読み、いきなり震えに呼び醒まされた。それはビッグバンとその後の創世だ。つまり、ビッグバンから始まる素粒子の発現⇓原子⇓物質⇓星⇓地球誕生へ⇓そして生命誕生⇓人間誕生への進化の過程、上階に今も進化を続けている現在から未来が想起されてきたのだ。そんな想いが搔き立てられる気宇壮大な詩集なのだ。収録されている詩篇がそう詠っている。世界全体の命の共有財産である地球、その存在意義、特に人間社会の飽くなき欲望の変な進化？、に対し進化とは何かを哲学的思考位置を持って、著者固有のリズムのある詩篇で問うている詩集なのだ。

宇宙観的な視野に立ってグローバルに世間を、世界を見ていて、この連が書き過ぎだ。言葉の置き換えが上手くいっている、いないとか詩作における技術的な次元のレベルを超えているのだ。生きていく上での根元的なものは何か、人間が携えなければならないものとは何か、を追い求めている詩集だ。

その一例として第一章の詩篇、タイトルでもある「天地のひとかけら」は勿論のことだが、他に「天地のめぐみ」を引用すれば

「〈略〉その莫大な命を育み養う／ゆたかな「土」が　豊かにあるところこそが／いちばん「ゆたか」で　すばらしいところ／〈略〉先人たちが／《農》を／いとなまれ続けたおかげで／／大　地　の　ゆ　た　か　さ　は　保　た　れ／／私たちも／悠久の時空にただよう／ほんの一隅の生にすぎない……と／〈略〉ほんものの／ゆたかさに　あふれている／《いなか》と、言われるところこそが／とびきり　すぐれている／〈略〉」

と著者は「私たちは動物の肉体、食したものからできている。この肉体を成している無数の生命体はそのもとを遡れば、みんな『土』に辿りつく」と説く著者は断っておくが、横浜生まれ育ちの横浜在住の都会人である。さらに次の詩篇『動植咸《どうしょくかん》栄《えい》』では

足元の土には還れない
街路樹の落ち葉
私たちの身体、火葬の灰は　土に戻れているの？
どのあたりの土に……？
こんな重大なコトが　わからないなんて
循環という言葉が　ひどく空しい

１００％食したものから成っている　私たちの肉体は
すべからく　土に、この大地　宇宙に由来する
これ　当たり前
身体の利くものは一人残らず　土に生きる
これも当たり前の時代は想像もつかないけれど

〈略〉
あらゆる　もの・ことに
畏敬の念を懐き続けてきた心もちが

すっかりよみがえることも
ありえないとは思うけれど

「土」への祈り、そして
太古より、莫大な恩恵を戴き続けている
数多の生命たちへの
心のそこからの「有難う」
この思念だけは
何としても呼び醒まさなければ……

『動植咸栄《どうしょくみな》』＊《あらゆる動植物が皆ともに栄える》
わずか数十世代前の先人の　このことばを
心の柱　として立て直さなければ……

「人類だけのための技術など
この星の一員として
ゆめゆめあるまじき業」と意訳して

心のなかで　自ずと手を合わせる
朝な夕な　そこここから
あふれ出る　深い念《おも》いで
この雄大な大気が
当たり前に
満たされる日々が……

＊東大寺の毘盧遮那仏建立の（聖武天皇の）詔の中の文言。

　このように第一章は、輪廻転生の世界にある人間界は狩猟時代から、野山の動植物の生命に・地球に畏敬の念を払い祈りを捧げ、感謝の心を持って生きてきた。その良い例は数百年続く祭り・アイヌ民族の熊祭りなどであろう。そんな心の芯を呼び戻し、「恩返し」を詠う詩篇の塊である。この祖先から引き継いできた塊を何時から棄ててきたのか、棄てた塊を拾い集めなければならないと訴えている。効率化・時短を求められる進化とは何かを問うている。

　第二章では詩篇「途方もない時間」・「火山列島」が詠っているように主に天体の悠久の偉大さ・動植物の純粋さについて述べている。対して、人間の矛盾に満ちた行動は浅はかに見えてくる、と思考に疑問符を投げ、鋭く突いている。

　第三章は、ではどうすればよいかと詩篇が語っている。その一例、「無数の滴」を引用すれば

「祈らずにはいられない／祈らぬ親は　いない／幾千幾万の夜／生命の誕生以来／一度たりとも途切れずに／引き継がれてきて／今ある　この生だもの／一粒一粒の命から　滴り溢れるいのちで／夜の闇が満ちてくる／／深い思いを託す／濃い言葉を探りながら／沈潜していると／風が頬をなでる／ことばなどいらないよと／〈略〉無数の滴を　丸々お引き受けくださる／お月さまの／なんと神々しいこと／／いのることは　生きること／生きることは　いのること」

　をはじめ「次の命」などご先祖さまが教えてくれたと、森羅万象の無量無辺を、時に視覚詩的に詠っている読み応えのある詩集である。

趙南哲詩集と散文『生きる死の果てに』
峡間に屹立する諸相

渡部　一也

この著書の構成は詩Ⅰウクライナ侵略戦争を生きる・詩Ⅱ在日を生きる・散文（エッセイ・詩評・書評・論文）の組立てになっているのでこの構成に従って私なりの書評を述べていきたく思う。

まず「詩Ⅰ　ウクライナ侵略戦争を生きる」についてであるが以前拝読した詩集「樹の部落」詩画集「グッバイアメリカ」に窺えるように著者、趙南哲氏の強く発する時に暴力的と言ってもよい言葉に心を鷲掴みにされる想いがした。作品「敵」最後尾の行〝俺たち自身を裏返しにひんむけ〟まるで回転するような強い文の造形表現。熟慮を重ねた末に綿密に練られた言葉以外の何ものでもなかろう。

狙撃手

スコープのむこうに動く影を狙う／表情が見えないからおまえは何も考えない／／影には故郷に残した母がいる　父がいる／妻がいる　子どもがいる　友がいる／／弾煙のなかで動きまわる影に／おまえはただただトリガーを引く／／影はおまえと同じ陽気な男かもしれない／おまえと同じウォッカが好きな男かもしれない／／だが　お前は胸のマークに十字を切って／倒れてもがく影の頭に　とどめの一発を撃つ／／おまえの額に　青や黄色の腕輪をつけたスコープが／標準をあてていることにも気づかないで／／おまえにも母がいる　父がいる／妻がいる　子どもがいる　友がいる／／民家から盗んで呑んだ昨夜のウォッカが／最期の酒になることも知らないで

この詩は狙撃する側も狙撃される側も命を狙い狙われ詰まる所、命を落とすという八方塞がりの結末が暗示されている。各々、故郷へ帰還すれば母、父、妻、子、友がいてウォッカや美味しい食事に舌つづみを打ち、陽気に振る舞う繊細で優しい人であるかも知れない。平和で静かな生活が争いによって破壊されてしまう虚しさ残虐さがひしひしと迫ってくる詩である。

詩集全体を通して強い説得力があり緊迫感を感じるが強さの中に細やかなディテールのある表現がもう少し加わると、より深い表現を獲得することが出来たのではなかろうか。

「詩Ⅱ　在日を生きる」

著者の生きてきた歴史そのものを詠った詩集。

日本国に在日として生を享け強い軋轢と疎外感を受けながらも身近な人々との懐かしく暖い交流など現在失なわれてしまった生活の手垢を言語の行間に読みとることの出来る作品。実体験に基づく強く、そして細やかな言葉の力に強烈なリアリティを内包する詩が散りばめられている。

『眠るまえに』『ゴメンネ』『血と地』『タバコ』『霊魂』『盆栽』『室内犬』『アリラン』これらの詩が目に留まったが、その中でも印象に残った『眠るまえに』を紹介しよう。

眠るまえに

アッパ／地球に人がふえすぎたら／水も　食べものもなくなって／ゴミもいっぱいになるでしょ／そしたら　どうするの／地球のまわるのがどんどんはやくなって／人が地球からこぼれちゃうんじゃないかって／かんがえると　涙がでてきてとまらないんだ／オンマがいうように　きっと／ボクは心配しょうなんだね／でも　心配になるのはしかたないでしょう／アッパ／保育園の先生が　ボクのこと／カンコクジンでしょっていうんだよ／アッパとオンマは／チョソンサラムっていうのにね／先生はどうしてカンコクジンっていうのかな／ねえ　先生がまちがっているの／／アッパ／ボクの国はどうして二つなの／オンマがいろいろせつめいしてくれたけど／よくわかんなかったよ／でも　いつまでも仲なおりできない子は／悪い子だって　先生がいってたよ／アッパ／ボクわかんないことばっかりだよ／心配で心配で　やっぱり眠れないよ／ねえ　アッパたら

この詩には日本に在日として生まれた子の不安と戸惑いが綴られている。この子の行く末は前途多難。理不尽な生を引き受けて生きていかなければならない。子供のもつ牧歌的な言葉の端々に遣り切れない重い現実が横たわる。

これらの優れた詩に目を通した後、胸の中を深く締め付ける想いと同時に日本国としてのアイデンティティを失ってしまった戦後に生を受けた日本人としての我が身を自らに問い直さなければならないとの悔悟が吹き出てきた。

「散文（エッセイ・詩評・書評・論文）」

この散文の中には綺羅星の如く煌めく無数の言葉が綴られているので抜粋してみよう。

『事実を事実のままに書くのが小説ではない。事実をいかに「真実として」描くのか。そのために「根も葉もある嘘」を創作するのである。時代の断面を見せる作業とは、出来事をありのまま伝えることでは成立しない。その中のエキスを抽出し、その中で蠢く人間の本質を描くことによって味わい深い、そして奥深い小説となりえるのである。』

これらの言葉は絶え間のない思索と熟慮の果てに辿り着き手に入れた尊い言語の結晶である。

在日の詩人達へのエッセイ・詩評では尹敏哲《ユン・ミンチョル》「希望」の中に著者は、どのように絶望的な状況に陥っても絶望せず希望を捨てない強靭さを見、絶望的な過酷から見えた世界を独自に提示している詩人の姿を見出している。

また「鳥はうたった」の作者、崔龍源《チェ・リヨンウオン》に高い詩的技量を駆使し独自の詩の世界を築き、ハーフであること（父が在日コリアン、母が日本人）を乗り越え、その現実とまっ向かうから向き合い繊細な詩風で粘り強くうたうことをやめない真摯な姿勢に今後の在日の多様なあり方を思い巡らしている。

著書全編を通して趙南哲《チョ・ナムチョル》の真摯に生を受け止め表現に昇華していこうとする姿勢に讃辞を送りたい。

趙南哲詩集と散文『生きる死の果てに』
怒りを言葉に、詩人へのメッセージ

後藤　光治

我々はすぐに忘れる。いかに理不尽な出来事でも、時がたてば当事者以外の者にとっては、一つの記録に過ぎなくなってしまう。かつてアフガニスタンの復興に尽力した医師、中村哲が銃撃された惨劇は二〇一九年のことであった。当時は相当の衝撃を持って報じられたが、あの憤怒を、今まで持ち続けている者が果たしてどれだけ存在しているだろうか……。ロシアによるウクライナ侵攻もそうである。既に我々は忘れかけてはいないか。当初に受けた、あの激越な怒りを。

趙南哲《チョ・ナムチョル》は決して忘れない。その証が『生きる死の果てに』を上梓する動機であったと書いている。国家の都合による祖国の分断という、悲しい過去を背負わざるを得なかった在日三世の彼にとって、プーチンの侵略は、殊更許すことのできない暴挙であったに違いない。だから彼は書く。渾身のメッセージを込めて。独裁者の仮面を剝ぎ、怒りを言葉に紡ぐ。詩人と称する者たちよ、甘美な夢に浸っている場合では無い！

本書は概ね三部の構成となっている。詩篇の前半は「ウクライナ侵略戦争を生きる」二十四篇の詩であり、直截的に侵略の仮面を剝ぎ、独裁者を告発するものとなっている。「大きな国というだけで／資源や穀物や飼料の大国というだけで／それを小さな国を飢えさせる武器にして／大きな顔をするな　バカどもよ（大きな国）」「かつて　祖国が侵略されたのを忘れたのか／かつて　三千万人が戦争で殺されたことを忘れたのか／百年に一度の大寒波が　首都を救ったことを忘れたのか／人びとが殺され　村が焼きはらわれた恨みを忘れたのか／／それなのになぜ（なぜ）」と問い詰めながら、末端の兵士には侵略の意味が全く理解されていない、おろかな現実を記す。「俺たちはただ上官の命令で来ただけなんだ／ただの演習と言われただけで／いつ戦争が始まったのか／なんで人を殺し　建物を壊すのか／俺たちの知ったこっちゃあない（命令）」

しかし、戦火の中の歌声に、彼は人間の強さと、消え去ることのない希望を見る。「耳を澄ませてみよ／砲声の中にかすかに聞こえてくる歌声に／結婚式をあげるカップルを祝福するキスの音に／焦土の廃墟になった地下室からあがる産声に／／ほら　聞こえてくるだろう／たゆまない砲声に疲れた鼓膜をかすかに震わせる／歌って踊る兵士たちの笑い声が／底ぬけに陽気な歌声が（歌声）」。

そして、領土は奪還されるであろうことを予告する。「地雷だらけの地を這って／砲撃だらけの地を縫って／／ひとつひとつの家を／ひとつひとつの村や街を／／奪いかえす夏が来た土が乾く夏が来た／敵の穴を奪って進む時が来た（塹壕）」。

詩篇の後半「在日を生きる」十五篇は、自身の出自や、日本や祖国に対する思いを綴った詩篇である。前半の「ウクライナ侵略戦争を生きる」では、直截的な表現が多かったが、ここでは音楽的リズムにも満ちた、傑出した作品に満ちているように思う。「そうやって　おまえは／河の流れのように強くなり／樹のように大きくなるのだろう／傷だらけの肌は生きている証だ／傷だらけの肌は生きていく情熱だ（肌）」には宿命を背負った者の悲しみが集約されている。そして「河の流れはきっと始まったばかり／歴史の泉が湧きでている以上／河の水が干あがることはない　たとえ／川底は干あがっても伏流水は流れている（道程）」は、彼の信念であり希望でもある。「生まれてこなければ／親の自由を奪うことも／親の時間を拘束することも／親のパチンコやカラオケを邪魔することも／親の安眠を妨げることも／親の世間体を傷つけることも／なかったのにね（ゴメンネ）」は、おそらく頻発する日本の児童虐待を素材としたものであろうが、共に、宿命を背負った者の悲しみに満ちている。

彼は、至る所にメッセージ性を込めて詩を書いているが、直截的な表現を抑えた次のような詩に私は強く惹かれる。「青いまま／花の香りに身をつつむこともなく／季節の意志から逃げだした落ち葉よ／赤く色づくことも知らず／烈風に引きちぎられ　あるいは／身を投げるように自ら落ちていき／水の上をくるくると回りながら／あてどなく流れていくのか（落ち葉）」。本来はこのような詩を書く詩人なのであろう、というのが私の受けた印象である。

趙南哲氏は、一九五五年に在日三世として広島の朝鮮部落に生まれた。五人の兄弟姉妹の第一子として育ち、高校までは日本の学校に通い、大学は朝鮮大学校に自らの意志で進学した。そこでハングルを基礎から学んだという、バイリンガルな表現者なのである。

後半のエッセイ「民族性を培った空間」では、朝鮮部落での生々しい生活が描かれており、これだけでも貴重な歴史の証言となるであろう。「向かい合って建つバラックの間に、道でもあり、広場でもあり、洗濯干場でもあり、荷物置き場でもある、どちらにせよ中途半端な空間があった。しかし、小さい頃は広く感じたのだ。ここには、色んな物が干されていた。ニンニク、真っ赤なトウガラシ、ほのかに匂うメンタイ。屑鉄やガラクタ、廃材も積まれており、……」などを読むと、往時の朝鮮部落の人々の息遣いが聞こえてくるようである。その他、金達寿《キム・ダルス》と許南麒《ホ・ナムギ》を中心とした在日朝鮮人文学の動向や、「メタファーとメッセージの両立」等の詩論など、読むべきものが多い。「現代詩がこの泥沼にはまりこんだ大きな原因の一つは、難解性の呪縛に自ら落ちこんでいったことが挙げられる。難解性と言えば聞こえは良いが、一言で言ってしまえば、独り善がりの世界での自慰行為の結果だと言える。」には、激しく同意したい。

彼にとって詩は遊びではない。時には自らをもズタズタにしてもメッセージ送ろうとする意志が感じられる。「いいかい／忘れんじゃないよ／おまえはほかほかの布団で／ぴかぴかの病院で生まれたんじゃないよ／きちがいみたいな雨の日に／朝鮮人の父と／朝鮮人の母の腹から／異国の朝鮮人部落で／生まれたんだということを／忘れるんじゃないよ（『雨』より）」などの詩の言葉は、刃《やいば》のように私の胸にささり、どんな知識人の言説よりも深く、戦争の欺瞞と愚かさに思いを至らせるのである。

大関博美評論集『極限状況を刻む俳句　ソ連抑留者・満州引き揚げ者の証言に学ぶ』戦争犠牲者の親族に寄せて読む

三島　広志

コールサック社の鈴木氏から原稿依頼を頂いたのは、私の俳句の師である黒田杏子を偲ぶ会の前日だった。黒田は角川文化振興財団の前身である角川書店発行の『俳句』一九九九（平成十一）年一月号から同年八月号まで「証言・昭和の俳句」を連載した。これは昭和を生き抜いた十三名の俳人への聞き書きである。それを二〇〇二（平成十四）年角川選書に纏め、さらに二〇二一（令和三）年にコールサック社から再刊した。本書の著者大関博美氏も同じく抑留体験者に会って証言を引き出している。これは極めて重要な作業であり偉業である。このような尽力によって、放っておけば消えてしまう個人の体験が人類の経験そして歴史の証言として継承されることとなる。鈴木氏によると大関氏が私に書評執筆を指名されたとのこと。SNSだけの関係なので驚いたが、ありがたくお受けすることとした。

本書に関しては既に数多くのメディアが取り上げ識者による書評が公表されているので、別の切り口からこの書籍を読んでいきたい。私の身近にも戦争の犠牲者がいるからである。大関氏の父君は一九二五（大正十四）年生まれで一九四四年に招集され北朝鮮に配属、程なく終戦となりソ連に抑留されたという。私の父は一九二七（昭和二）年生まれで二歳若い。終戦時は広島高等工業学校（戦時中は広島工業専門学校、後に広島大学工学部）所属の学生で出征していない。学徒動員で働きほとんど学校には行っていなかったようだが、たまたま八月六日は出校日だったため原爆の真下で被爆することになった。窓際から二列目にいた父は窓際の同級生が盾となり、大怪我をしたものの命は取り留めた。同級生は即死だったという。祖父は行方不明の父を探して福山の山村を出て何度も広島市街を彷徨い、その間に黒い雨を浴びたため被爆者として認定された。およそ一ヶ月後、父は木乃伊のように包帯を巻き付けふらふらと家にたどり着いたという。避難先によっては感染症が拡がり大勢の級友が亡くなったとも聞いた。子どもの頃、父と風呂に入ると体に無数の小さな傷があり、原爆の爆風で浴びた硝子の破片が今も入ったままだと言っていた。多くを語りたがらなかった父に何も尋ねることができず歳月が過ぎ、私が二十歳のとき父は四十七歳で没した。大関氏の父君のように徴兵された若者も、私の父のように学生だった若者も、戦火で人生の行く手を塞がれた。

私の母は一九三〇（昭和五）年生まれで現在九十三歳。今も達者である。母の父、即ち母方の祖父は満州引き揚げ者で、一八九八（明治三十一）年生まれ。広島県豊田郡（当時）で三代続いた酒造業を営んでいたが、戦時下の統制で酒造は郡に一軒のみという政策により廃業。その郡では池田勇人元首相の実家が酒造を続けることになったという。その後、祖父は郡の視察団の一員として一九四一（昭和十六）年頃満州へ渡り、そこで終戦を迎え長く収容所にいた。帰国は一九四七（昭和二十二）年の暮れで、農地解放時に満州にいたため、不在地主として全面的に小作地を失い、戦後に酒造りを再開できなくなった。

祖父の帰還が遅くなったのは、満蒙開拓青少年義勇軍として村から渡満した若者達を探していたためだという。義勇軍の若者達は見つけられなかったが、同郷の親を亡くした子ども二人を連れて舞鶴港に戻ったとのこと。油断をすると現地人によって子どもが盗まれるから気が気ではなかったという話から、本書に紹介されている俳句〈子を売って小さき袋に黍満たし　井筒紀久枝〉と同様の厳しさが想像できる。

本書の冒頭に大関氏が古い防寒帽に関心を抱き〈シベリアの父を語らぬ防寒帽〉と詠んだエピソードが書かれている。同じように私も少年時代、祖父の家で往時を偲ばせるものを手に取っていた。それは仏壇の脇に置かれていたハタキ状のものだった。幼い私が振り回して遊んでいたら祖父が「それは大事なものじゃけえ乱暴にしちゃあいけん」と注意した。何故ならそのハタキは収容所生活の間に伸び放題だった髭を帰国できた記念として刈って自作したハタキであったからだ。しかし満州の話を聞くにはあまりに幼かった。そして祖父は一九六七（昭和四十二）年、六十九歳で亡くなる。帰還二十周年目前のことであった。祖父は「文が書けるならあの凄惨な日々を書物にしたかった」と言っていたそうだ。反対に父は原爆の忌まわしい記憶を語りたがらなかった。被爆地の象徴である原爆ドームも保存せず廃棄して欲しいとも語っていた。どちらの思いも理解できる。

俳人である大関氏は父君の防寒帽に導かれ、抑留体験者の俳句を実に十年の年月を費やして探求していく。それだけでなく明治以降の、日清・日露戦争から満州事変、そして満州建国から第二次世界大戦という歴史の流れを様々な文献を元に検討しシベリア抑留や満州引き揚げを考察している。語ることが出来る人は次々と鬼籍に入る。ギリギリで山田治男氏や中島裕氏などから抑留体験談を聞くことが出来た。その努力がこの一書に結実したが、今も多くの資料を渉猟してその成果を発表し続けている。大関氏は「収容所（ラーゲリ）体験の証言は、抑留当事者しか分からない生々しい生死に関わる真実の言葉だと理解できた。私は息をのみながら、飢えと酷寒の壮絶な環境の中で、多くの戦友が死んでいき感情を無くしていった体験をお聞きし、なぜ父がその体験を家族に話さなかったかをようやく了解でき、胸が締め付けられる思いがした」と記している。

大関氏は極限状況で俳句が詠まれていたことに注目した。収容所は一様では無く〈秋夜覚むや吾が句脳裏に刻み込む　石丸信義〉のように作句を禁じられながらも孤独に堪えるように句作をしていた人もいれば、仲間によって句座が持たれた収容所もあったようだ。それらの例に触れ「ラーゲリ生活の異常環境の中で自分を失わずにすんだのは、俳句と句友のおかげであった」という収容所体験者の言葉を紹介している。大関氏はそこから「極限状況の今ここを支える俳句の働きは、抑留詠（戦争詠）・引揚げ詠・震災詠など、特殊な境涯にあっても、病や介護の境遇にあっても、毎日の暮らしにおいても、現実の出来事の証言となり、境遇した出来事の認知の書き換えやストレス緩衝効果や孤独の環境の中で承認されることにより、安心感や仲間との信頼関係を回復する、失われた命への鎮魂による自他救済などの働きがあった」と結論づける。極限においても俳句という小さな形式の持つ力を発掘したことは大関氏の功績である。

岡田美幸歌集『グロリオサの祈り』
都市鉱山のカナリア

原　詩夏至

都市鉱山――「都市でごみとして大量に廃棄される家電製品などの中に存在する有用な資源を鉱山に見立てたもの」（ウィキペディア）。ちなみに、都市鉱山という観点から見ると、日本は世界有数の資源大国で、そこに眠る金の総量は全世界の現有埋蔵量の約16％、銀は22％にも及ぶとか。だが、それは、逆に言えば、本来それだけの「価値」を秘めたモノたちが日々「ごみ」として「ごみ山」に無造作に廃棄されているということでもある。そして又、そこに放擲されたままの「価値」とは、決して経済的なそればかりではないだろう。

例えば、岡田美幸『グロリオサの祈り』の、こんな歌。

不燃ごみ回収かごの電卓がこわれた8を映す八月
もう誰も乗らなくなった自転車が空き家の前で光る秋の夜
海底のように静かな秋の街水没ピアノの声だけがする
いつの間にレースの服にあいた穴きっとさびしいからだと思う
お茶碗を落としてそぼろ宙に舞う鳥だった頃なぞるかのよう

壊れた電卓、放置された自転車、水没したピアノ、穴のあいた服、こぼれて宙を舞うそぼろ――そんな、一見何の「価値」もなくなった「ごみ」たち。だが、岡田はそこに逆に「実用性」の名の下に「道具」「商品」として使役させられていた「奴隷状態」から解放されたモノたちが取り戻した自分のためだけの小さな輝きに目をとめ、漸く洩らされた本音や安堵のため息のようなものに耳を澄ませるのだ――それも、上から目線の「同情」ではなく、まるで我が事のような「共感」をもって。

或いは、こんな歌。

人面のような餅だが気付かれず次工程にて葉にくるまれた
草餅の廃棄の山がぼてぼてと鬼に転生しそうなゴミだ
射的屋の二段目にいるぼろぼろのあのぬいぐるみ売ってください
シロクマの形しているキャンドルにためらわず火を点けられますか

「人面犬」ならぬ「人面餅」（らしきもの）を生み出しつつ、それを黙殺して坦々と作動し続ける生産ライン――或いはそこにも太古と変わらぬ霊異（つまり、人智を超えた何者かからの呼びかけ）があったかも知れないのに。だが、それは又、ひとたび事情が変われば、出来たての大量の草餅を平然と「廃棄の山」にして恥じないメカニズムなのだ――そんなこと続けていれば、いつか生産される全ての草餅が鬼（乃至「呪いの人面餅」）として転生し回帰して来るかも知れないのに。或いは又、今はぎりぎり「景品」の位置に踏みとどまっている射的屋のぼろぼろのぬいぐるみも、このまま誰にも射当てて貰えなければ、いずれ廃棄されて「ごみ」になるだろうし、今はまだ可愛いシロクマのキャンドルも、一度火を点けられてしまえば、後は溶け崩れてやはり捨てられるだけ。そんな「資本主義」「商品経済」という非情なシステムへの静かな怒り――何故なら、そこで心身を絶え間なく摩耗させられ、様々な想いを圧殺させられつつ、それでもなお懸命に生きようと足掻いているのは、自分自身も又、同じなのだから。例えば、こんなふうに。

人工の喜怒哀楽を飲み込めずゆっくり湯舟につかって溶かす
後輩にハートが強いと言われたがそれならみんな超合金だ
この場では黙って時をやり過ごす自分のキャラの品質管理
生存に関係のない不運ならスパイス程度に思いたい昼
人生に期待しすぎてしまう夜ホットココアを濃いめに作る

効率本位・生産本位の機械的環境では、身体の動作のみならず心の喜怒哀楽までそれに合わせて調整しなければならない――それも所謂「自己責任」で。とすれば、失業その他「生存」に関わるもの以外の「不運」は、濃いめの「ホットココア」と一緒に黙って飲み込む他はないのだ――たとえ、時には、遂に我慢の限界を超えて、こう叫んでしまう折々もあるにせよ。

裏口へ外の空気を吸いに行く私は何と戦っている
「稼働率」言いたいことは分かるけど働く人に使う言葉か
安全に暮らしたいのにたまに出るティラノサウルスレベルの怒り
加湿器の吐き出す煙すぐ消えて空しい夜は機械にあるか

機械と人間、或いは、モノとヒト。気がつけば、両者の境界はすっかり無化されつつある――それも驚くべきスピードと深度で。例えば、次の歌。

ゴミ拾いロボが壊れてしまったら仲間のロボは拾って捨てる

ここでの「ゴミ拾いロボ」は、文字通りの「ロボ」でもあり得るが、同時に「人間」の喩でもあり得る――かつ又、前者が「ロボ」で後者が「人間」であることも、或いはその逆であることも。だが、とすれば、両者はもう実はとっくに苦楽・哀歓を共にする「仲間」なのではないか――例えば、こんなふうに。

人間になると約束した朝のタイムカードは丁寧に押す
水のない花瓶造花の向日葵は夏のほとりにずっと咲いてる
ジャイアントコーン半額クーポンをくれるアプリの不意のやさしさ
たい焼きの型にはまった笑顔でも誰かをきっと笑顔にできる

そしてそれは「この世のどん詰まりのごみ山」とさえ見える「都市鉱山」から今なお響き続ける「鉱山のカナリア」の生命の、希望の歌声なのではないだろうか。最後に、5首。

ニュース見て奇跡と思う生きていていつも通りの朝が来ること
生きるって言いきる足がもつれても地下鉄を出た地上に光
真っ当に生きると誓う夕飯のパスタの上のシラスの群れに
語るべき言葉は無くてまだ白いノートをめくる風速がある
命とは世界への呼びかけだから伝わるように咲け言葉たち

岡田美幸歌集『グロリオサの祈り』
「他者」との和解としての短歌

福田　淑子

岡田美幸さんとの出会いはかれこれ十六年前である。当時、私は受験指導一色の雰囲気の高校で現代文の授業を担当していたが、毎時間の授業の初めには必ず現代短歌や俳句の作品を紹介していた。彼女はそれを、無駄な情報だと思わずにしっかりと聴いていてくれていた生徒のひとりである。

日本の文化が手に入れた韻律表現の魅力、中でも、短歌の五七五七七のリズムの美しさ、力強さ、その韻律の内包する力ははかりしれない。きっと彼女はその虜になったのだろう。課題で作歌指導もしたが、それ以上に独自に作歌の研鑽を始めていたようだ。理科系の大学に進学した後も、時々手作りの短歌の豆本を持ってきてくれた。それは、オリジナリティに富んでいてとてもステキで面白かった。

社会人になってからは、様々な短歌の会に参加して、精力的に公募短歌にも投稿して短歌の世界になじんでいったようだ。

彼女が二十八歳の時に上梓した第一歌集『現代鳥獣戯画』の充実した作品にも驚かされたが、さらに、作歌を持続しつつ、ついに第二歌集『グロリオサの祈り』を出すほどに、精神と表現の体力を身に付けてきた。彼女の書いたこの歌集のあとがきには、

> 二十八歳の時の第一歌集は内容が空想寄りで、好きな物事のパッチワークの側面が強く、「閉じた世界」でありながらも前向きな青春の記念碑だったと思います。
>
> 三十二歳の時の第二歌集は内容が現実寄りで、現実の出来事を踏まえた「内省のセルフポートレート」の側面が強いように思いました。社会詠と生活詠が増えたように思います。
>
> そこから考えられる変化は「閉鎖」から、現実を見て社会と折り合いをつけて生きる「和解」へ軸足が移りつつあるという気付きです。

とある。頼もしい言葉である。

『グロリオサの祈り』の歌集には、潔く切れのいい率直な自己洞察に満ち満ちた歌が並ぶ。それらは、色眼鏡なく己を捉えたいという、外連味のない人間としての真面目さが感じられる。しかし、これでは時々神経が疲れ切ってしまいはしないかと思うくらいである。

　歪なるものばかりなり現実は夢とうつつのキメラであれば
　図書館の威を借る小市民ですが仕事に誇りを持っております
　もし仕事辞めたら私どうしたらいい　公園の鳩「でぽっぽ」
　不器用な私のことを恐竜の一種だったと思ってほしい

だから、心折れそうになることもあるだろう。たとえば、

　映画ならトイレに行くのにちょうどいいシーンみたいな今

を生きてる
目が覚めて私は人と思い出す出勤しないといけない朝に
真っ当に生きると誓う夕飯のパスタの上のシラスの群れに
人生に期待しすぎてしまう夜ホットココアを濃いめに作る

適当に韜晦して自分をいたわるのではなく、自己の置かれている現実を見極め、受け止めざるを得ない乾いた現実を冷めた目でとらえている。

安全に暮らしたいのにたまに出るティラノサウルスレベルの怒り
ねえ未来やり場に困るいきどおり時間のどこに置いてけばいい
自分用オーダーメイドの人生に外注案件増えてきました

そしてこの理不尽なことに満ちた現実を作歌を通して真面目に生きようとする精神の勁さには舌を巻く。

好きなこと単純作業嫌なこと感情労働だが歌は詠む
ありのまま喜ぶことが下手だから歌で全力ハイタッチ、ゆん！
全身を書物の中に投げ打って本一冊になりたいのです
「読んでみて良かったよ」って言われたい「あっ虹だ」には敵わないけど
皆様のいいね！　を集めてさびしさの特効薬を作りたいです

納得のいかないこの不条理な現実社会において、傷つきやすく、丸裸の孤独な魂は短歌表現という優雅な防護服を得て、自在に他者へ向かって発信するツールを得た。彼女の魂はまるで羽を得た天使のように歌をもって世界を舞うことになる。

第一歌集には、

友だちをつくれるもんなら作ったるお道具箱の紙とハサミで
自意識の過剰積載をしている少し止まって整頓しよう
いなくてもいても世界に大差ない　それが悔しいから生きている

『現代鳥獣戯画』より

という歌がある。この率直な自意識にも心打たれるが、歌集『グロリオサの祈り』の中では、これを次のように詠う。

教室に優しい人もちゃんといた助けられるのも下手だ私は
人様を上手に好きになれなくて影絵の影でない場所を見た
雨降りの屋上エデンさようならリンゴみたいに短歌を抱いて
グロリオサ祈る両手の指ほどき摑みたかった言葉のあいだ

限りなく内側に折れ込んで閉じ込められていたかつての自意識は、今や外界に解き放たれて、やわらかくおおらかに「他者」と和解し始めている。十数時間も教育相談室でカウンセリングを続けても、このような自己認識の変容と成熟を見届けられるカウンセラーはそれほど多くないだろうと思う。というと優れたカウンセラーに叱られるかもしれないが、私は短歌表現のもつ力の奥深さがここに具現していると思えてならない。ものを書くことが、カウンセリングを受けること以上に自己解放のカタルシスになるということを、彼女は身をもって体現しているのではないだろうか。

短歌をりんごのように抱いて成熟を始める自我のおおらかな変容を、またグロリオサの如く閉じた指先をやわらかくほどいて、実の人生でも何かを摑む日の来ることを彼女とともに祈りたい。確実に人生を切り開いていくことを見届けることも彼女の短歌を読む楽しみの一つである。

かつての大戦後に生まれた私は、これまで世界は平和の方向へ舵をきったのだと信じて生きてきたが、昨今はそうは問屋が卸さないということかもしれないと思わせられる世相である。岡田美幸さんの作品を読んでいると、現代社会を生きる若者たちの辛さが社会詠ではないにもかかわらず、如実に伝わってくる。彼女のしたたかな自己相対化の短歌表現は、この時代の若者に十分に短歌の力を伝えていくのではないかと思うのだ。

鈴木正一詩集・評論集
『あなたの遺言――わが浪江町の叫び』

みうら　ひろこ

――拳をつき上げた花の蕾のように――

彼岸花（曼珠沙華）の咲く瞬間を目にしたことがあるだろうか。前の日の夕方まで何の兆しもなかった叢に、翌朝突然ひょっこりとまるで、〝俺はここに居るぞ！〟と主張しているかのように、小さな拳のような蕾を地上につき上げているのである。

いや、鈴木正一氏の拳は、丸くて、固くて、力強い拳ではあるが、鈴木正一氏の「詩人」としての出現は、彼岸花の咲き初む姿を思われるようなものであった。

福島県双葉郡浪江町を共に郷里とし、東日本大震災に依る東京電力（以後東電）第一原子力発電所（原発）の事故のため、理不尽に〝ふるさと〟を追われた町民同士。

原発の〝立地自治体〟と隣接しながら、東電の城下町でなかった浪江町に対する「避難差別」。津波で電源喪失し、メルトダウンをした原発の危険情報を怠り、電気を造ってる会社が停電のため電話が使えなかったからと言い訳し、それならと他の伝達方法や手段も考えなかった東電。浪江町は独自の判断で、二万一千人の町民の半数近くが、後で知った放射線量の最も高かった場所に避難。「棄民」にされたことに対する国と東電を相手どり、「浪江原発訴訟」を立ち上げたのは、この詩集の核でもあり、鈴木正一氏を訴訟団長に推し、拳をつき上げた同志でもある。

この背景を知ってもらわないと「あなたの遺言」は語れないし、読んでいただいた方に理解していただけないと思う。

「あなたの遺言」は、私的で恐縮だが、私の亡夫、コールサックの会員だった根本昌幸氏の鎮魂歌でもあり、浪江町民の声無き声「この地にいつの日か／必ずや帰らなければならぬ／地を這ってでも／帰らねばならぬ／杖をついても／帰らねばならぬ。わが郷里浪江町に。」（『荒野《あらの》に立ちて――わが浪江町』より）という心からの願い、叫びそのものだ。

詩「もの言わぬ祠《ほこら》」はこの詩集の表紙の写真の背景を詩《うた》っている。写真の出来映えに「誰かに借りたの？」「いえ、自分で写したものです」。「え？　浪江にこんな場所あったっけ？　こんな会話を交わしながら、氏は作品に仕上げるまでのいきさつを語ってくれた。

氏の小学校時代の恩師だった作品中の岩野アヤ子さんに、震災前案内された「葉山神社」の祠を、「あなたにここの管理をお願いしたい」と託されたのだという。「管理」とは、常に囲りの雑草を刈り、身ぎれいにしたおいてほしいという恩師の願いであった。

しかし、二〇一一・三・一一以後、師の願いに心を残しながら、我家に立ち入ることも叶わず、手入れも出来なかった心情を《私は〈核災棄民〉／祠は〈核災棄神〉か／寂しげに　たたずむ／もの言わぬ祠（「もの言わぬ祠」）》と詩《うた》っている。

五年間放っておかれた祠を、一部解除された地区の自宅に帰還したとき真っ先に手入れをし、美しくなった祠を写したものだと語ってくれた。祠の建立記に刻まれている故人となった九名は、この地区の有識者であり、安寧を願って建立した祠にこめた念が放出しているかのようであり、世の人々に――何故、美しいふるさとを奪われなければならなかったのか――と問いかけているように思えてならない。

鈴木正一氏は浪江原発訴訟原告団の団長として、実に頼もしく、責任能力を発揮してくれている。この詩集全体に託されている数字や放射能性用語のベクレル等は、新聞や浪江町の広報などで発表されているものもあるが氏が独自で調べあげたものもかなり記されている。しかし、避難している多くの町民達の頭の中には刻まれてない数字もある。

ただひたすら「ふるさと浪江待町に帰りたい」「死ぬのは浪江の土を踏んでからだ」とその一心だけで生きている人達において、この「あなたの遺言」の詩集は、避難当初から今日までの貴重な記録でもある。

　　年賀じまい
東電福島第一Fの廃炉／　あと何十年かかるのか／処理水（汚染水）の海洋放出／　被害は　如何に／被ばく不安もあるところに／　帰還する人はどれ程いるのか／絆を奪われた〈核災棄民〉は／　年初めになに想う（年賀じまいより）／この作品は浪江町民の心のわだかまりをのものである。

　　〈核災〉原因の「規制の虜」
一九五三年、国連で米国大統領アイゼンハワーは「格核の平和利用」について演説／その直前、中曾根康弘が／原子力発電所建設邁進急先鋒に／国策は　科学技術的検証抜きで策定／主導した政治家を官僚は／二〇年足らずで　原発建設を実現／後世に多大な禍根を残すことに

と実に厳しく批判している

私事であるが、県北地方から浜通りの浪江町に嫁ぐことになった時、ある詩人の長老に「あんな危険なものがある地方によく嫁に行くね」と言われたことを忘れてはいない。

「安心・安全」と擦りこみされた福島県浜通り地方の人達。当初原発の耐用年は四十年とされていたのに、いつのまにか六十年は大丈夫と耐用年数の先のばし。その四年後の事故であったことを忘れてはいけない。

原発事故の原因と責任は／常軌を逸した「規制の虜」／国と東京電力は傲慢にも不認／最高裁へ上告／誠実な猛省が無ければ繰り返す〈核災〉と詩の中で警告している。

鈴木正一氏は、私が勤めていた商工業団体の事務局員と青年部員の立場であった。私や夫が「詩」を書いているのは知っていたが、全く興味も関心もなかった。こうして避難民となり、已むに已まれぬ思いで「詩」の世界に踏みこみ、その深さとおもしろさを知ることになったと後に語ってくれたものだ。

氏の母君が入所していた老人ホームの歌も根本昌幸が作った事を知ったのは避難後のことであった。母君を含めた入所者を避難させるバスの中で、事態を理解出来ず次々と息を引き取った人達。引率したホームの職員達の胸中を思いやることも忘れてはならない。助けられなかった命の事実は、この詩集の中にも詩《うた》われている。原子力発電所の「再稼働」をめざしている国や県の人達にこそ、熟慮してほしいと心から願っている。

若松丈太郎　英日詩集『かなしみの土地／Land of Sorrow』

福島第一原子力発電所事故の〈かなしみ〉

神田　さよ

『英日詩集　かなしみの土地／Land of Sorrow』は今年2023年4月に発行された。収められた詩作品は1961年発行の詩集『夜の森』から、2021年に発行された最後の詩集『夷俘の叛逆』までの詩作品を、与那覇恵子、郡山直による英訳作品と共に一冊の本として刊行された。当然のことながらこの本に収められた詩群は日本国内だけではなく、広く世界へ発信したいという意図のもとに発行された。チョルノービリ原子力発電所事故、福島第一原子力発電所事故、それら以外の社会の不条理を書いた作品などを纏めたことで、この本は世界の人々と想いを共有するであろう。原子力発電所の事故がいかに残酷に一般市民に影響を与えたか、どれほどのかなしみを与えたか、それらを、歴史事実として記録に残すだけでは不足である。その歴史のなかにいた人間の内面を描く文学こそが、読み継がれ多くの人々の心に深く受け止められるのだ。

2021年4月21日に若松丈太郎さんは亡くなられた。どれほどの悔しさと悲しみを抱いて亡くなられたことだろう。筆者は亡くなった年の3月に若松さんのご自宅を訪問した。少し痩せられたようにも見受けられたが、お元気な様子で出迎えてくださった。2月13日に福島県沖に起きた地震で、事故があった原子力発電所の風力計と換気筒が落ちたことなどを話した。「でも、メデアは伝えないですね」というと、若松さんは「もう、終わっているんですよ」と、つぶやくように言われた。福島から遠く離れて暮らしている者と、常に原発と運命を共にしている者との受け止め方の隔たりに、私は絶望すら感じた。

若松さんは、1994年4月、1986年4月に起きた、ウクライナ・ソビエト社会主義共和国のチョルノービリ原子力発電所の4号炉の事故現場を訪れた。

四万五千の人びとが二時間のあいだに消えた
サッカーゲームが終わって競技場から立ち去ったのではない
人びとの暮らしがひとつの都市からそっくり消えたのだ
ラジオで避難警報があって
「三日分の食料を準備してください」
多くの人は三日たてば帰れると思って
ちいさな手提げ袋をもって
なかには仔猫だけをだいた老婆も
入院加療中の病人も
千百台のバスに乗って
四万五千の人びとが二時間のあいだに消えた

「神隠しされた街」の冒頭の部分を引いた。事故発生四十時間後のことである。まさに「神隠し」の状態である。これまで営んできた生活、暮らしの音、子どもの声、人々の繋がりは一瞬にして、町から魔法をかけられたように消えてしまったのだ。

事故によって、理不尽な移動を余儀なくされたのだ。若松さんは恐怖を感じた。この時点で、若松さんはチョルノービリで取材した出来事を、若松さんが住む原ノ町にすでに当てはめていた。20年余りの後、２０１１年の福島第一原子力発電所の事故で、チョルノービリで行われたことと同様なことが実際、一般市民に降りかかったのだ。「神隠しされた街」は福島原子力発電所の事故への〈警告〉の詩である。

すでに、チェルノブイリをチョルノービリと書いたが、ロシアによるウクライナ侵攻が２０２２年2月２４日に始まり、ロシア語のチェルノブイリを使わず、ウクライナ語のチョルノービリを使うようになったからだ。世界中が注目しているロシア侵攻戦争は未だに解決の目途がたっていない。日々のニュースが報じる、破壊される市や町の地域名は若松さんの詩の中にもあって、若松さんがご存命だったら、どんなに絶望感をもたれただろう。

「5月のキエフ」にはドニエプル川を歩き、また、ムソルグスキイ作曲の「キエフの門」を胸に響かせながらウクライナの詩人、シェフチェンコを記憶する。また「風景を断ち切るもの」では１９９１年までは自由に往来していたウクライナとベラルーシの国境にこうのとりの仕草のように片脚立ちで立った。若松さんが訪れた場所は現在は戦闘により、すっかり破壊され、瓦礫と化している。そこで殺戮が行われているのだ。チョルノービリ原子力発電所の事故後、森の木はニンジンの森と呼ばれていた。つねに消防車が待機していて、火災が発生したらすぐに消し止める用意がされていた。火災により、火の粉が放射性物質を拡散するからだと聞いたことがある。戦争状態では、放射能の拡散など気にも留めないだろう。原子力発電所近くのドニエプル川、プリピャチ川は、汚染物質がしみ込んで危険な水が流れている。チョルノービリ10キロメートルゾーンでは汚染物質が埋められている。その地域で兵士たちは地を這い、砂埃を上げ、肺に吸い込みながら戦闘をしているのだ。

一九七八年十一月二日
チェルノブイリ事故の八年まえ
福島第一原子力発電所三号炉
圧力容器水圧試験中に制御棒五本脱落
日本最初の臨界状態が七時間三十分もつづく
　——中略
あるいは
一九八四年十月二十一日
福島第一原子力発電所二号炉
原子炉の圧力負荷試験中に臨界状態のため緊急停止
東京電力は二十三年を経た二〇〇七年三月に事故の隠蔽を
　ようやく
認める

「みなみ風吹く日」より

福島第一原子力発電所の事故は、２０１１年3月11日以前にもすでに起きていたと詩のなかで記録している。このように危険性が露呈していたにもかかわらず、稼働し続けた。震災前に津波による原子力発電所が運転困難になる予想はあったものの、その対策を取らなかったことにより、メルトダウンして、大量のデブリが手つかずのまま残されている。原子力発電は人の手に負えない恐ろしいものなのだ。

　若松さんの詩は、叙事詩である。しかし、事柄をただ記録として書いているのではない、若松さんの呼吸がリズムとなって伝わってくる。それは怒りだったり、悲しみだったり、喜びだったりする。いつか若松さんとお話した時に、そのことを伝えると、「そこに一番気を付けている」とおっしゃった。事実を捉えて心情を吐露するだけではなく、事実のなかに心情を埋め込んでいる。その事実は正確でなくてはならない。正確さのために、例えば、「みなみ風吹く日」では「福島第一原子力発電所」を何度も書く。決して「原発」と略して書かない。何度も正確に書くことで、「福島原子力第一発電所」は詩の言葉となり、わたし達の心に浸透する。

　先の見えないロシア、ウクライナの戦争、これからの原子力の扱い、それらは世界が考えてゆかねばならない。この本を多くの世界の人々に読んでもらい、立ち止まって考えることを願いたい。「Land of Sorrow」、この題名をかき消す現実ははるか遠い。人はほんとうに進化しているのだろうか。愚かさだけが浮上して、無力感と虚無感に苛まれてしまいそうだ。

天瀬裕康詩集『閃光から明日への想い――我がヒロシマ年代記　My Hiroshima Chronicle』「核のない世界が浮き上がってくる」と天瀬氏は言う

鈴木　比佐雄

広島の詩人・作家・医師の天瀬裕康氏とは、新型コロナのパンデミックが始まる前に、天瀬氏と私も所属している「脱原発社会をめざす文学者の会」（加賀乙彦会長）主催の文藝春秋社ビルでの講演を天瀬氏がされた時に初めてお会いした。一九三一年生まれの天瀬氏は高齢であるのだが、引き締まった体型で青年のような若々しさを残した素顔をされていた。その傍らにはきりりとした目元の玲子夫人が寄り添っておられた。体調のこともあり一時間ほどの講演であったが、被爆前後の広島、被爆の実相、自らも救助活動をした体験、後に医師として被爆医療に携わった経験、核戦争防止国際医師会議（ＩＰＰＮＷ）の理事としての活動など多岐にわたる緻密な話をされたのだった。講演後に私も壇上に行き名刺を渡したところ少し驚かれた表情だった。コールサック社については、二〇〇七年に刊行した『原爆詩一八一人詩集』（日本語版、英語版の二冊）などの原爆の関係の書籍や、同じ会員の若松丈太郎『福島原発難民』『福島核災棄民』などの原発関係の書籍で知っておられて、私の名前も編集・発行者で解説文も書いているので、認識して下さっていたのだ。若松氏と天瀬氏は私信のやり取りもしていた。帰りの新幹線の時間もあり、共通する友人の広島周辺の詩人の御庄博実氏、長津功三良氏、上田由美子氏のことなどの立ち話で終わってしまった。しかし何か原爆・原発に関わる詩人につながる不思議な縁を感じさせてくれた出会いであった。その後は、コールサック社の刊行物を寄贈し、天瀬氏の著作物や共著を送って頂くような関係になった。すると二年前の二〇二一年夏頃に『混成詩　麗しの福島よ――俳句・短歌・漢詩・自由詩で3・11から10年を詠む』の原稿が送られてきて、出版の依頼があったのだ。その年の四月二十一日には、若松丈太郎氏が亡くなり、私は『若松丈太郎著作集全三巻』を企画・編集を始めたところだった。天瀬氏の原稿を拝読し、天瀬氏が若松氏の原発に関わる論考や詩篇、福島・東北の歴史を深く理解した上で原稿を執筆したことが理解できた。その年の十一月に刊行された『混成詩　麗しの福島よ』の解説文の中で次のように論じさせて頂いた。

《天瀬氏は、二〇二一年四月二十一日に他界した若松丈太郎氏が一九七〇年から半世紀も〈核発電〉や〈核災〉の危険性に警鐘を鳴らしていたことに敬意を払い、その言葉を詩歌の中に記した。さらにそれを発展させて詩の中で「核兵器禁止条約」の次には〈「核発電禁止条約を」との想い〉を構想している。そのことに私は深い感銘を抱いた。》

天瀬氏は、被爆者の責任として〈「核発電禁止条約を」との想い〉を抱くほど透徹した見識を持ち続けている方である。今回の詩集においては、自らの体験、広島で亡くなった人びとを想い、後世の人びとに向けて、広島は原爆に翻弄されたが、それでも立ち上がってきた広島の文学者たちの不屈の精神を、代弁するかのように叙事詩の形式をとって表現されている。その意味では貴重な「ヒロシマ年代記」である。

本書は「Ⅰ章　地獄の日を境に　昭和二十（一九四五）年五月～十二月」、「Ⅱ章　長い戦後の昭和　昭和二十一（一九四六）年～昭和六十四（一九八九）年一月七日」、「Ⅲ章　改元の蔭で　平成元（一九八九）年一月八日～平成十二（二〇〇〇）年」、「Ⅳ章　二十一世紀の平成に　平成十三（二〇〇一）年～平成三十一（二〇一九）年四月」、「Ⅴ章　令和が始まった　令和元（二〇一九）年五月～令和五（二〇二三）年四月」「Ⅵ章　原爆・原発に抗う詩四篇」の六章から成り立っている。

「Ⅰ章　地獄の日を境に」には八篇が収録されている。その冒頭の「序曲のように」は「ある相談」と「ある現実」の二つに分かれていて、前者は日本の文学者の視点、「ある現実」はアメリカの科学者の視点が記されている。「ある相談」では、《「どうせ戦争は長くあるまい」と男／「その時には　何かやりたいですね」女が言う／男は『或兵卒の記録』を書いた作家の細田民樹／女はまだ若い歌人・詩人の栗原貞子》と五月に知人の葬儀で出会った二人の文学者が「雑誌を出そう　二人は同意し別れた」と記している。原爆詩の発端を切り拓いた傑作である「生ましめん哉　――原子爆弾秘話――」や、他国への戦争責任を問うている「ヒロシマというとき」などを執筆した栗原貞子の広島の未来を予言させるような場面から、天瀬氏は始めるのだった。と同時に原発を作り上げたアメリカの科学者の《けれども計画に参画した学者の中には／無警告で実戦に使うことに反対する人も／彼ら七人は一九四五年六月十二日／「フランク報告」という文書を陸軍長官に提出／「我々の成果は非難されるだろう」と警告》と、マンハッタン計画に参加した科学者たちにも良心が存在していたことも記している。この文学者の表現の自由と科学者の平和のための科学技術という二つの視点が天瀬氏の中に共存していることは、本書の優れた特徴であるだろう。

二篇目の「八月五日より六日朝へ」以降の詩篇は、読者に広島原爆を追体験させ、その年が終わるまでの壮絶な事実を突き付けてくる七篇の連作だ。「八月五日より六日朝へ」は、広島市内に前日夜から空襲警報や警戒情報のサイレンが繰り返し鳴って、市民たちを寝不足にさせていて、警戒警報が朝の七時三十二分に解除されたことが悲劇の始まりであった。天瀬氏は最後の二連を次のように記す。

《そこへ落下傘が降って来る　島病院の真上のあたり／アメリカの記録では八時十三分　それが投下の時刻／「怪しいぞ　よく見張れ！」警察署長が大声を出す／警官が眼を見開くと　ピカッと光りドカーンと轟く／／日本の記録では八時十五分　二分の差の間に／原爆投下機は　安全圏に飛び去った／見張った警官の視界は真っ暗／周囲は名状しがたい地獄……》

天瀬氏は、エノラ・ゲイ号からウラン型の「リトルボーイ」が島病院の六〇〇m上空で炸裂するまでの投下の八時十三分と爆発の十五分の間の二分間の異なる意味を問いかけている。まだ当たり前の人間であった二分間と投下した原爆から逃げるための二分間は、最も残酷な瞬間が始まる二分間であったと天瀬氏は告げているのだろう。その後の詩篇で天瀬氏が書き記した壮絶な詩行を紹介する。

詩「救護所無惨」では、「真っ黒こげの炭人間／膨れ上がった風船人間／天を指さし死んでいる子は／ガラスが刺さってハリネズミ／幽霊のような歩みで救護所を探す人びと」と、多くの証言から被爆直後の人びとの姿を刻んでいく。

詩「その頃ぼくは」では、「重症者を乗せたトラックが　また一台／寺に着く　臨時の陸軍病院分院いや収容所／本堂に寝かせた重傷者　異臭を発し死んでいく／何時しかぼくは死者を運ぶ役　母親は看護に」と修羅場で働き、寺の住職の伯父は読経し、満十三歳の天瀬氏は被爆死した多くの死体を焼き場に運び、さらに満杯になると死体を峠に運び火葬した凄まじい経験をしている。

詩「七十五年は草木も生えず、否!?」では、《「七十五年間は草木も生えない」との／噂が立ったが　これはアメリカが流したもの／原爆の怖さを強調し　早く降参させるため》と一見さらりと語っている。しかし天瀬氏は「七十五年間も」人間や生き物の細胞を含めて原形をとどめないほどに破壊してしまう非人道兵器を使った米軍に対して深い怒りを語っているに違いない。

詩「枕崎台風の蔭に」では、「被爆後間もない九月十七日／超大型の枕崎台風が九州を縦断／広島から松江へと進む／（略）／県全体として　死者総数二〇一二人／大部分は広島市と呉市／（略）／家が壊れ　人が流れて行く／やっと原爆を生き延びたのに……」と、呉市にいた天瀬氏は怯え、後に妻となる大竹市の玲子氏は集中豪雨の中で救出が来ないで泣き出していた台風被害の凄まじさが記録されている。

詩「またしても言論統制」では、「敗戦の昭和二十（一九四五）年十二月／広島市（旧祇園町）の山本小学校に／約六十人が集まり／細田民樹と畑耕一を顧問として／中国文化連盟が発足」し、翌年には機関誌的雑誌「中国文化」を創刊し「原子爆弾特集号」と銘打った。その中には栗原貞子の「生ましめん哉――原子爆弾秘話――」が掲載されたが、その後にはＧＨＱの報道規制が強くなり、《原民喜は忠告により短篇「原子爆弾」を／「夏の花」と直して発表》せざるを得なかった。その中でも原爆短歌を記した正田篠枝や小説家の太田洋子などは放射線の影響について怯《ひる》むことなく覚悟を決めて執筆したと天瀬氏は記している。原爆の実態を隠そうとするＧＨＱの政策に抗った広島の文学者たちの闘いを天瀬氏がこのように叙事詩として残したことは、彼らが後の核兵器廃絶の先駆的役割を果たしたことを伝える本書の資料的価値を高めている。

詩「ピカドンに効く薬なく」では、「藁をも摑む思いで民間療法が流行る／たとえばお灸　その看板を掛けた／鍼灸院があったともいう／カボチャが流行ったこともある／もう一つはお酒／／効かなくても　酒飲んで死ねば／本望と思う酒飲みも飲もうとしたら／もう飲む気力がなかった／年末までの死者は十四万人」と、広島の人びとの不条理な絶望感、やり場のない怒り、深い悲しみを抱いて亡くなった十四万人の思い、それらの人びとを看取った人びとの想いを天瀬氏はこのように表現したのだろう。

Ⅰ章の八篇は一九四五年の広島を体験し、その経験の意味を未来に伝える使命感を抱いた天瀬氏でしか書けない貴重な詩篇であり、きっと広島の歴史を振り返るときに多くの人びとに勇気を与えるだろう。

「Ⅱ章　長い戦後の昭和」では十一篇が収録されて、平和都市広島の礎が築かれた昭和後期の四十三年間が記されている。

詩「その後の夏」では「夏には最初の広島市平和祭が／広島の平和広場で開かれ　浜井市長が／平和宣言発表　平和の鐘も除幕」と、悲劇を乗り越えてその後に続く「平和」の意味を問いかけている。

詩「五年経った頃」では、若い頃に画家志望だった天瀬氏は「二月八日に丸木位里・赤松俊子夫妻が／発表した『原爆の図』は　あの地獄を／思い出させてショッキング」と言い、この年に天瀬氏は岡山大学医学部に進学したとたんに朝鮮戦争、レッド・パージが起こり、また《原爆詩人の峠三吉は／「一九五〇年の八月六日」を書く》、さらに「十一月一日には市内の比治山に／ABCCの研究所が完成したものの／検査はするが治療はしない／つまり被爆者はモルモット」と被爆医療の不在を伝える。なぜ天瀬氏は画家を諦めて医師の道に進むのかが、この詩を読めば理解できるように思われる。

詩「離れて見たヒロシマ周辺」では、一九五一年に「三月十三日には原民喜が　朝鮮戦争での／原爆使用を危惧したのか中央線の／吉祥寺——西荻窪間の鉄路で自死」と記し、「夏の花」を残した民喜を悼み、義父が被爆地へ連続六日間も安否確認や救助のために通ったために三年後に亡くなったことを「放射線による障害・死亡」であると天瀬氏は考える。天瀬氏は玲子氏と結婚し、広島市郊外の病院勤務を始める。

その後の詩「蜂谷道彦『ヒロシマ日記』」、「苦難のカープ草創期」、「移動劇団「櫻隊」潰滅」、「原爆資料館（1）」、「ワンマン吉田から経済の池田へ」、「広島フォーク村」、「広島交響楽団の残響」、「昭和の終わりに」などでは、被爆医療を担った蜂谷道彦氏のような人びと、被爆の実相を語り継いでいく「原爆資料館」に関わった長岡省吾氏などの人びと、被爆地を様々な分野で復興させていく人びとの尊い仕事を伝えてくれている。

「Ⅲ章　改元の蔭で」では、詩「ようこそ新時代」、「IPPNWヒロシマ世界大会」、「広島城物語」、「ジュノー記念祭開始」、「ひろしま美術館」、「ニック・ユソフの墓」、「原爆資料館（2）」、「ヒロシマ新聞」、「二つ同時に世界文化遺産」の九篇が収録されている。天瀬氏が広報委員として記事を書いた「IPPNWヒロシマ世界大会」、マッカーサー将軍を説得し十五トンの医薬品を手配し、一九四五年九月八日に広島に着いた赤十字国際委員会・駐日主席代表のマルセル・ジュノー博士の行為を讃える「ジュノー記念祭開始」など、国境を越えて被爆者の苦しみを少しでも癒やそうとしてきた医師たちの観点からの詩篇は、語り継ぐべきことだと痛感する。

「Ⅳ章　二十一世紀の平成に」では、詩「原爆死没者を追悼する館」、「折り鶴の少女」、「再びIPPNWヒロシマ世界大会」、「閉めていく映画館」、「被爆者健康手帳を巡る想い」、「オバマ大統領の来広」、「ICAN受賞とサーローさん」、「サッカーはサンフレッチェ」、「ひろしま男子駅伝」、「朗読劇・少年口伝隊」、「原爆ドームに近い宿」、「原爆資料館（3）」の十二篇が収録されている。天瀬氏は詩「原爆死没者を追悼する館」で、「原爆ドームや原爆死没者慰霊碑の近くに／丹下健三たちの設計によって建てられたもの／国立広島原爆死没者追悼平和祈念館と呼ぶ／それは地下に造られた／いわば巨大な共同墓地なのだ」と言い、広島平和記念公園が観光地化されて、本来的な「共同墓地」であることを忘れてはならないと警鐘を鳴らす。「オバマ大統領の来広」の「核廃絶への取り組み」や「ICAN受賞とサーローさん」の「核兵器禁止条約」などの世界的な核兵器廃絶への困難な道筋を直視している。

「V章　令和が始まった」では、詩「シュモーハウス七十年」、「ローマ教皇がヒロシマで」、「市長会議から首長会議へ」、「プーチン殿とご一統へ」、「暗い選挙」、「被爆樹よ　語れ」、「今は昔の二キロ圏」、「脱原発文学者の会」、「病床にて」の九篇が収録されている。

天瀬氏は、「シュモー氏が　原爆で家を失った人のため／家を建て始めてから　もう七十年経つ」と「ヒロシマの恩人」を記し、「ローマ教皇がヒロシマで」において「戦争のために原子力を使用するのは／犯罪以外の何物でもない／人類とその尊厳　倫理に反する」と教皇のメッセージを紹介する。つまり天瀬氏は世界中の核兵器廃絶の知恵や情熱をこの詩集に収録したいと願ったのだろう。また「ある大規模買収」で天瀬氏は広島の政治家たちが中央政治から影響を受けやすい問題点もあえて記して、金権体質の政治風土の変革や地域文化の誇りを願っていることが分かる。

天瀬氏は、ロシアのプーチン大統領が核兵器の威嚇を繰り返し、ウクライナの原発を攻撃する事態も引き起こしている世界情勢の中で、そんな核兵器を廃絶し二度と被爆者を作り出さない世界を目指すために書かれた、「Ⅵ章　原爆・原発に抗う詩四篇」の「悪夢は続く」、「進化による災害」、「十年過ぎても悲しくて」、「明日への想い」を既刊の詩集から再録し、後世の人びとに読んで参考にして欲しいと願っておられるのだろう。最後に詩「明日への想い」の最後の五行を引用したい。

《皆殺し《ジェノサイド》　残りし星に　雲の峰／／この地球を　そんな廃墟にしてはなるまい／目先のことに　一喜一憂するのではなくて／しっかりと　腰を据えて未来を見つめれば／忽然と　核のない世界が浮き上がってくる》

詩・俳句・短歌・エッセイは「永遠平和」をいかに問い続けるのか『沖縄・広島・長崎からの永遠平和詩歌集――報復の連鎖からカントの「永遠平和」、賢治の「ほんとうの幸福」へ』（日本語版／英語版）の公募のための呼び掛け文

鈴木　比佐雄

1

カント『永遠平和のために』（池内紀翻訳、綜合社・集英社）より

（第二章　国家間の永遠平和のために、とりわけ必要なこと。その2「国際法は自由な国家の連合にもとづくべきである」）

《国家がそれぞれ法の概念に「少なくとも言葉の上では」敬意を払っているのは、人間のなかに道徳的な素質があるせいだろう。さしあたりは眠りこけているにせよ、それはより大きな素質であって、人間のなかにある悪の原理を（人はこの原理を否定できない）、いつの日か制圧し、また他人もそうなることに希望を抱かせる。さもないと「法」という言葉が、戦争をしかけ合っている国々で口にされるはずがない。（略）／たとえ理性が道徳的立法の最高の力として戦争を断罪し、平和状態をあるべき義務とするにせよ、民族間の契約がなければ平和状態は確立されず、保証もされない。／そのためにも「平和連合」とでも名づけるような特別の連合がなくてはならない。これは「平和条約」とはべつのものであって、平和条約は一つの戦争を終わらせるだけであるが、平和連合は、あらゆる戦争を永遠に終わらせることをめざしている。この連合が求めるのは、何らかの国家権力を獲得することではなく、おのおのの国家それ自体と、連合した国々の自由を確立し、保持することである。》

来年の二〇二四年はアジア・太平洋戦争が終わってから七十九年目になり、再来年の二〇二五年には原爆投下から八〇年目を迎える。一九四五年の敗戦の末期には、沖縄では約二十四万人。広島では約十四万人、長崎では約八万の四十二万人もの人びとがその地球で戦争の犠牲となった。沖縄戦は制空権も失い敗戦が濃厚にも関わらず本土の戦闘を遅らせるために、天皇を始めとする日本政府は米軍を読谷村などから上陸させて、沖縄人に玉砕を強いるようなゲリラ戦を選択した。このことが住民を巻き込む凄惨な悲劇を生んだ原因だった。またポツダム宣言を受諾するしか道はなかったのに、それを引きのばした結果が、広島にウラン型、長崎にはプルトニウム型の人体実験とも見まがう大量殺戮を引き起こさせる遠因ともなった。日本は三一〇万人とも言われる犠牲を払って敗戦を迎えた。そのことへの根本的な反省が原点になり平和憲法によって戦後八〇年近くにおいては曲がりなりにも国内においては戦争が回避されてきた。

それから八〇年近くなっても、沖縄では民意の反対が何度も出ているにも関わらず、辺野古断層など軟弱地盤のある海底に膨大な税金をつぎ込んで、十数年先にも出来るか不透明な海上

基地建設が強行されている。珊瑚でできている宮古島、石垣島、与那国島などでは、中国の海洋進出や台湾問題の余波でミサイル基地化がなし崩し的に既成事実化している。

また二〇二二年の隣国のウクライナに侵略したロシアは核兵器使用や原発を攻撃することもちらつかせている。さらに二〇二三年には中東においてハマスとイスラエルの戦闘状態で、ガザには民間人への住宅・病院施設でさえもミサイルが発射されて、すでに一万人以上が亡くなっている。イスラエルの高官は核兵器の使用も言及している。

このような国内や世界の情況の中で、国連は常任理事国のロシアが侵略国になり、拒否権を行使して機能不全に陥っている。国連はカントが最晩年の一七九五年に記した『永遠平和のために』の「永遠平和」を根幹にした理念を掲げて第二次世界大戦後に作られた。ところが今回のロシアやイスラエルに対して停戦をさせることとさえ出来ないでいる。

今年の六月に広島の医師で被爆された詩人の天瀬裕康氏の詩集の打ち合わせの帰りに、改修された広島原爆資料館に立ち寄ったところ、多くの外国人たちが来日して熱心に見学していた。傍にいた二人の子供ずれの夫婦は、展示物に衝撃を受けて子供たちと共に広島で何が起きたのかを熱心に語り合いながら、原爆の悲劇から平和の尊さを学ばせるために来日したことを感じさせてもらった。ロビーの書籍コーナーにも立ち寄ると、二〇〇七年に刊行した『原爆詩一八一人集（１９４５～２００７）』日本語版と海外向けのコーナーには英語版『Against Nuclear Weapons A Collection of Poems by 181 Poets 1945-2007』が最も目立つところにあった。二人の売店の店員さんに聞いたところ、英語版は特に売れていて、コロナ後には日本語版よりも求められている。私がこのアンソロジーの続刊の詩歌集を計画していると伝えると、驚かれてぜひ刊行して下さいと笑顔で励まされてしまった。私の中でこの二冊の日本語版・英語版の隣に、構想している『沖縄・広島・長崎からの永遠平和詩歌集』を置いてもらい、国内だけでなく来日された世界の人びとにも発信したいと考えている。

2

二〇二四年は宮沢賢治が詩集『春と修羅』を刊行してから百年目に当たる。また『純粋理性批判』や『永遠平和のために』を執筆したカントが誕生して三百年となる。一九二四年当時はカントの二〇〇年記念によるカント・ブームもあったと言われている。賢治はカントの詳しい解説がされていた大西祝『西洋哲學史』の蔵書を持ち、岩手高等農林の図書館にもカントに関する蔵書があったと言われ、それらを読み賢治はカントについての十分な理解があったようだ。賢治がカントから影響を受けたことは最近になって賢治研究家の石川朗氏の『春と修羅』序読釈：序はカント哲学のパッチワークだった 新訂』が自身のHPで公開されていてとても興味深い。賢治は法華経の影響から論じられることが中心だったが、このような近現代の思想・哲学の原点であるカントの影響を『春と修羅』の「序」の読解を通して本格に論じられるようになったことは、賢治がいかに世界の思想・哲学の観点で自らの文学思想とその実践を模索していることが分かり、賢治の作品への理解がより増してくるだろうと考えている。また宮沢賢治の詩論であり、思想哲学を明らかにしたものは、「農民芸術概論要綱」である。その序論の冒頭部分を引用する。

《序論　……われらはいっしょにこれから何を論ずるか……／／おれたちはみな農民である　ずゐぶん忙がしく仕事もつらい／もっと明るく生き生きと生活をする道を見付けたい／われらの古い師父たちの中にはさういふ人も応々あった／近代科学の実証と求道者たちの実験とわれらの直観の一致に於て論じたい／世界がぜんたい幸福にならないうちは個人の幸福はあり得ない／自我の意識は個人から集団社会宇宙と次第に進化する／この方向は古い聖者の踏みまた教へた道ではないか／新たな時代は世界が一の意識になり生物となる方向にある／正しく強く生きるとは銀河系を自らの中に意識してこれに応じて行くことである／われらは世界のまことの幸福を索ねよう　求道すでに道である》

賢治は自らの思想哲学を作品の中に織り込んでいて、特別に詩論や論説文で記してはいないが、例外的に「農民芸術概論要綱」の冒頭の箇所でそれを明らかにしている。まず賢治は「われら」とか「おれたち」という個人を超えた「私たち」という普遍的な観点であり、ある意味で「理性」的な意志が「何かを論ずる」ことを告げる。そして「近代科学の実証と求道者たちの実験とわれらの直観の一致に於て論じたい」とある。この考え方はデカルトやスピノザなどの合理論とイギリス経験論を批判しつつ「直観」を起点としつつその両方の働きを「一致」させるように探っていきたいと言う。これは明らかにカントの『純粋理性批判』の本質的な思索を踏まえていることが理解できる。その後に有名な賢治の精神の崇高さを示し、多くの引用をされてきた「世界がぜんたい幸福にならないうちは個人の幸福はあり得ない」という倫理的な一文が天啓のように出現する。賢治は「世界がぜんたい幸福にならないうちは」と世界の人びとがもれなく幸福になるように、カントのいう理性的な原理を根拠とした「最高善」を実践することが、「個人の幸福」と密接につながっていると受け止めているかのようだ。次の「自我の意識は個人から集団社会宇宙と次第に進化する」とは、我という主観の認識が「直観」を通して、概念を扱う「悟性」や推理や判断などを促す「理性」を駆使して「宇宙意志」まで広がっていくことを告げている。その結果として「われらは世界のまことの幸福を索ねよう」とは、「世界がぜんたい幸福である」社会を共に作り出そうという崇高な実践的な言葉になっている。カントは「理性」が発する愛を、例えば人間を手段として扱わないで目的として接することを「定言命法」として論理的な義務と考えていた。賢治もまた自らの自由意志として「世界がぜんたい幸福を」目指すことにより「個人の幸福」も実現するのであり、賢治は世界と個人の幸福が一致するところに「ほんとうの幸福」を見出していた。そのような自らの道徳的な義務のようにかなり核心的に語っていた。これはカントの『実践理性批判』で論じられている「最高善」影響が濃厚にあったのではないかと私は推測している。
　次に賢治の『春と修羅』の「序」の前半部分を引用する。実は先に石川朗氏のように私も以前から賢治がカント哲学から影響を受けているのではないかと考えていたこともあり、そのことに私なりに触れてみたい。

《序　わたくしといふ現象は／仮定された有機交流電燈の／ひとつの青い照明です（あらゆる透明な幽霊の複合体）／風景やみんなといつしよに／せはしくせはしく明滅しながら／いかにもたしかにともりつづける／因果交流電燈の／ひとつの青い照明です／（ひかりはたもち　その電燈は失はれ）／／これらは二十二箇月の／過去とかんずる方角から／紙と鉱質インクをつらね／（すべてわたくしと明滅し／みんなが同時に感ずるもの）／ここまでたもちつゞけられた／かげとひかりのひとくさりづつ／そのとほりの心象スケッチです／／これらについて人や銀河や修羅や海胆は／宇宙塵をたべまたは空気や塩水を呼吸しながら／それぞれ新鮮な本体論もかんがへませうが／それらも畢竟こゝろのひとつの風物です／たゞたしかに記録されたこれらのけしきは／記録されたそのとほりのこのけしきで／それが虚無ならば虚無自身がこのとほりで／ある程度まではみんなに共通いたします／（すべてがわたくしの中のみんなであるやうに／みんなのおのおののなかのすべてですから）／／けれどもこれら新生代沖積世の／巨大に明るい時間の集積のなかで／正しくうつされた筈のこれらのことばが／わづかその一点にも均しい明暗のうちに／（あるいは修羅の十億年）（略）》

　賢治は「自我の意識」を「わたくしといふ現象」であり、「ひとつの青い照明」というように私の「現象」が、カントの言う決して解明できない「物自体」から刺激を受けて、「透明な幽霊の複合体」などの想像を抱く不可思議なものになっていくという。賢治は「自我の意識」の時空の中で「現象」と「物自体」が織りなす風景を「心象スケッチ」して記していくのだという。その中には「新鮮な本体論」があるのだと言い、その「本体論」とは西洋哲学の「形而上学」のことであり、「存在、神、精神、自由」などの精神世界を思索することであり、特に「存在論」という存在者の存在を問うことや、存在の意味を問うことなのだろう。賢治の（すべてがわたくしの中のみんなであるやうに／みんなのおのおののなかのすべてですから）とは、きっと「巨大に明るい時間の集積」や「修羅の十億年」のように永遠の相の下で、自由意志が様々に試されており、また他者たちの幸福を祈り実践することを賢治は告げているようにも読み取れるのだ。賢治はこの「序」の最後で《すべてこれらの命題は／心象や時間それ自身の性質として／第四次延長のなかで主張されます／／大正十三年一月廿日》で締め括っている。賢治は「わたしといふ現象」が生かされる時間と空間の中で、さらにそれを踏み越えて思索するカントなどの哲学者の言葉やアインシュタインなどの物理学者たちの仮説と対話していく。そして賢治は自由意志としての「心象スケッチ」という言葉や「透明な幽霊の複合体」のような未知の言葉を発見した喜びでこの序を書いたのかも知れない。それは「ほんとうの世界」を探す道であり、カントが自由意志としてめざしたした「永遠平和」を「世界がぜんたい幸福にならないうちは個人の幸福はあり得ない」と独自の道徳的な解釈をして、賢治の生きる文学思想として記したのかも知れないと私は考えている。

3

私が沖縄に出版の打ち合わせなどで行った際よく宿泊するゆいレールおもろまち駅前のホテルの背後には小高い丘がある。その丘を見上げるとなぜか只ならぬ不思議な思いが感じられた。ある時に調べてみると、この地域は今は新都心とも言われているが、一九四五年五月の沖縄の地上戦でも最大の激戦地であり、当時はすりばち丘（安里五二高地）と言われ、米軍はシュガーローフの丘と名付けていた。米軍は二六六二人、日本軍は五〇〇〇人は戦死した沖縄戦の激戦地の一つであった。このように沖縄の至るところは戦場だったのだ。私が感じたのは日米の兵士や民間人の無念の思いだったのかも知れない。

　沖縄戦に関わる詩篇の中で沖縄戦を体験した新川明「慟哭」と中里友豪「沈黙の渚」などの詩篇を収録したいと考えている。

慟哭　　新川　明

えいこうだんが　てんがいのように／空を　おおったとき／
宙は／千せきをこえる艦隊の重みで／ひきつっていた／それ
らの時間／島は／すべての瞬間と瞬間を／恐怖でつながれた
／一本の棒国すぎなかった。／／一夜明けると／島は　貌《すがた》を
一変して／腐らん死体や／硝煙のしみこんだ小石たちが／塵
芥処理場のように積まれて／白々しい煙をあげていた。／島
の五月は／すでに夏に占領されていたが／空爆とした地表に
は／夏の色彩《いろどり》の影も無く／血の色をした土が／宙に対《むか》いあっ
ていた。／／少年たちは／鍾乳石のつきでた自然壕から這い
でて／もえるような夏の色をさがして／剥《む》き出しの丘をさま
よい／灼《や》ける渇きに　うたれて死んでいった。／／みどり
――／島の象徴であった色を奪われ／枯れ木のように焼け
残って／廃墟の村の辻に立ちつくす／榕樹《がじゅまる》の梢には／死者た
ちの魂が吊り下げられて／風に哭《な》き／トミーガン《短機関銃M3A1》をかかえ／
珊瑚礁をふみこえてきた／若いマリン兵の／乾いたみどりの
色の瞳だけが／征服者の熱気をはらんで／震えていた。

後に「反復帰論」を書いて沖縄人大きな影響を与えてきた詩人・ジャーナリストの新川明氏は戦後に沖縄の民衆の信条をこのように記録にとどめていた。

　次に中里友豪氏の詩「沈黙の渚」を引用する。

沈黙の渚　　中里友豪

沈黙の渚で沈黙を凝視／くりかえす海鳴りの彼方に／未生の
ことばをひそかに待つ／帰らざる血ぬられた日々の亀裂のな
かで／祀られた死者は美しいか／／小満芒種《スーマンボースー》の激しい雨に／
少女は白い顔を晒し／重いからだを引きずりながら／「勝利

の日まで」をうたった／のではない／百合のような細い手で／泥をかきわけ／泥をかみ／血を流し／血を呑み／膿を流し／膿を舐め／それでも見えない火口のように／非望のことばを呟いた／あのときの少女のことばは／たしかにいま／耳にひびいているか／／慶良間では集団自決で／肉親が肉親同士で殺しあった／手榴弾で抱きあって死に／カミソリで妻の首を切り／ナタで息子の頭を叩き割り／血まみれの赤ん坊を絞め殺した／けれども殺せないものがあった／たしかにいま／殺せないものが見えるか／／饒舌な平和に侵されて／いま日々の思念は痩せ細る／平和の擬態《くみ》／戦争でないから平和である／というおめでたい論理に与してはならぬ／日常化される恐怖／漂白された感覚を目覚めさせるには／一つの記憶があれば十分だ／たとえば／宮森小学校ジェット機事件／死んだ幼い肉体の／黒焦げの肉のかたまり／あの肉のかたまりを／食卓の団欒で思い出すことはないか／／記憶の風化に耐えて／沈黙の深淵にモリのかたちで降りていけ／摩文仁は超えなければならぬ／摩文仁を歌うな／歌うことで安心するな／夥しい沈黙の抽象と拮抗しあえるほどに／おのれの沈黙を測るときだ／はるかな闇の奥／疼くことばの棘／しのびよる禍禍しい足音の前で／ことばは石のヒンプンのように／直立することができるか／／沈黙の渚で沈黙を凝視め／くりかえす海鳴りの彼方に／未生のことばをひそかに待つ／帰らざる血ぬられた日々の亀裂のなかで／祀られた死者は美しいか

＊ヒンプン＝屏風状の碑。〈悪霊を防ぐ〉とも

中里友豪は「平和の擬態」を鋭くかぎ分け、「ことばは石のヒンプンのように／直立することができるか」と沖縄の平和思想を強靭なものにしようと問い続ける。その他に沖縄の琉歌・短歌・俳句の中の「永遠平和」を秘めた作品も収録したい。

4

広島への原爆投下に関する詩篇には、二度と原爆を使用してはならないという願いが込められ、自らも被爆者でありながら被爆者の肉体が破壊された壮絶な記憶を記した峠三吉、原民喜、栗原貞子、大関数子たちの詩篇は『原爆詩一八一人集』から再録したい。それらの詩篇を引用する。

『原爆詩集』の序　　峠三吉

ちちをかえせ　ははをかえせ／としよりをかえせ／こどもをかえせ／／わたしをかえせ　わたしにつながる／にんげんをかえせ／／にんげんの　にんげんのよのあるかぎり／くずれぬへいわを／へいわをかえせ

仮繃帯所にて　　峠三吉

あなたたち／泣いても涙のでどころのない／わめいても言葉になる唇のない／もがこうにもつかむ手指の皮膚のない／あなたたち／／血とあぶら汗と淋巴液とにまみれた四肢をばたつかせ／糸のように塞いだ眼をしろく光らせ／あおぶくれた腹にわずかに下着のゴム紐だけをとどめ／恥しいところさえはじることをできなくさせられた／　あなたたちが／ああみ

んなさきほどまでは愛らしい／女学生だったことを／たれがほんとうと思えよう／／焼け爛れたヒロシマの／うす暗くゆらめく焔のなかから／あなたでなくなったあなたたちが／つぎつぎととび出し這い出し／この草地にたどりついて／ちりちりのラカン頭を苦悶の埃に埋める／／何故こんな目に遭わねばならぬのか／なぜこんなめにあわねばならぬのか／何の為に／なんのために／そしてあなたたちは／すでに自分がどんなすがたで／にんげんから遠いものにされはてて／しまっているかを知らない／／ただ思っている／あなたたちはおもっている／今朝がたまでの父を母を弟を妹を／（いま逢ったってたれがあなたとしりえよう）／そして眠り起きごはんをたべた家のことを／（一瞬に垣根の花はちぎれいまは灰の跡さえわからない）／／おもっているおもっている／つぎつぎと動かなくなる同類のあいだにはさまって／おもっている／かつて娘だった／にんげんのむすめだった日を

微笑　峠三吉

あのとき　あなたは　微笑した／あの朝以来　敵も味方も空襲も火も／かかわりを失い／あれほど欲した　砂糖も米も／もう用がなく／人々の　ひしめく群の　戦争の囲みの中から爆じけ出された　あなた／／終戦のしらせを／のこされた唯一の薬のように　かけつけて囁いた／わたしにむかい／あなたは　確かに　微笑した／／呻くこともやめた　蛆まみれの体の／睫毛もない　瞼のすきに／人間のわたしを　遠く置き／いとしむように湛えた／ほほえみの　かげ／／むせぶようにたちこめた膿のにおいのなかで／憎むこと　怒ることをも奪われはてた　あなたの／にんげんにおくった　最後の微笑／／そのしずかな微笑は／わたしの内部に切なく装塡され／三年　五年　圧力を増し／再びおし返してきた戦争への力と／抵抗を失ってゆく人々にむかい／いま　爆発しそうだ／／あなたのくれた／その微笑をまで憎悪しそうな　烈しさで／おお　いま／爆発しそうだ！

コレガ人間ナノデス　原民喜

コレガ人間ナノデス／原子爆弾ニ依ル変化ヲゴラン下サイ／肉体ガ恐ロシク膨脹シ／男モ女モスベテ一ツノ型ニカヘル／オオ　ソノ真黒焦ゲノ滅茶苦茶ノ／爛レタ顔ノムクンダ唇カラ洩レテクル声ハ／「助ケテ下サイ」／ト　カ細イ　静カナ言葉／コレガ　コレガ人間ナノデス／人間ノ顔ナノデス

水ヲ下サイ　原民喜

水ヲ下サイ／アア　水ヲ下サイ／ノマシテ下サイ／死ンダハウガ　マシデ／死ンダハウガ／アア／タスケテ　タスケテ／水ヲ／水ヲ／ドウカ／ドナタカ／　オーオーオーオー／　オーオーオーオーオー／／天ガ裂ケ／街ガ無クナリ／川ガ／ナガレテヰル／　オーオーオーオー／　オーオーオーオーオー／／夜ガクル／夜ガクル／ヒカラビタ眼ニ／タダレタ唇ニ／ヒリヒリ灼ケテ／フラフラノ／コノ　メチヤクチヤノ／顔ノ／ニンゲンノウメキ／ニンゲンノ

永遠のみどり　原民喜

ヒロシマのデルタに／若葉うづまけ／／死と焔の記憶に／よき祈よ　こもれ／／とはのみどりを／とはのみどりを／／ヒロシマのデルタに／青葉したたれ

慟哭　大関数子

1

逝ったひとはかえってこれないから／逝ったひとは叫ぶことが出来ないから／逝ったひとはなげくすべがないから／／生きのこったひとはどうすればいい／生きのこったひとはなにがわかればいい／／生きのこったひとはかなしみをちぎってあるく／生きのこったひとは思い出を凍らせてあるく／生きのこったひとは固定した面を抱いてあるく／

3

（原爆より三日目、吾が家の焼けあとに呆然と立ちました）／／めぐりめぐってたずねあてたら／まだ灰があつうて／やかんをひろうてもどりました／でこぼこのやかんになっておりました／／やかんよ／きかしてくれ／親しいひとの消息を／／やかんが／かわゆうて／むしょうに　むしょうに／さすっておりました

7

よんでいる／だれかがよんでいる／むこうのほうでよんでいる／くずれながら／よせてきながら／母――　／どこかでよんでいる／母――　／沖のほうでよんでいる

10

失ったものに／　まちにあったかい灯がとぼるようになった／ふかふか　ふかしたてのパンが／ちんれつだなにかざられるようになった／中学の帽子が似合うだろう／今宵かじるこのパンを／たべさしてやりたい／はら一ぱいたべさしてやりたい／　女夜叉になって／おまえたちを殺したものを／憎んで、憎んで、憎み殺してやりたいが／今日／母さんは空になって／おまえのために鳩をとばそう／まめつぶになって消えていくまで／とばしつゞけよう

11

しょうじよう／やすしよう／／しょうじよう／やすしよう／／しょうじよおう／やすしよおう／／しょうじいよおう／やすしいよおう／／しょうじい／しょうじい／しょうじいい／しょうじ＝昇二　次男／やすし　＝泰　長男

15

子どもたちよ／あなたは知っているでしょう／正義ということを／正義とは／つるぎをぬくことでないことを／／正義とは／〝あい〟だということを／正義とは／母さんをかなしまさないことだということを／みんな／母さんの子だから／子どもたちよ／あなたは知っているでしょう

昨年に発見された一九五五年に広島の俳句結社が刊行会を結成して」公募をして刊行された句集『広島』には、五四五名の一五二一句が収録されている。その中の「肌脱ぎつお母さん熱いと言ひ遺す」（岡村巨木）などの被爆者たちの作品も収録し

たいと考えている。
原民喜には原爆を記した俳句「水をのみ死にゆく少女蟬の聲」などもあり、また被爆歌人の正田篠枝の「太き骨は先生ならむそのそばに小さきあたまの骨あつまれり」や深川宗俊の「閃光にただれし裸形の一群が幻に顕つよ環の列なして」なども収録したいと考えている。

5

長崎の原爆投下への詩篇は、キリスト教の浦上天主堂が爆心地近くにあったこともあり祈りの長崎とも言われてきた。被爆者である福田須磨子、山田かんの詩篇の作品を収録したい。

忌《い》まわしい思い出の日に　福田須磨子

その日　昭和二十年八月九日午前十一時二分！　／ギギギギン　長く尾をひいた金属性の音／ハッと友と見合った瞬間／窓ガラスに強烈な白閃！　／ものすごい雑多な物体の落下音／やがて――／不気味な静寂のおとずれ――／友と励まし合って這い出た姿／ああ　髪はそそけ　恐怖に天に立ち／服はさけ　ぼろをまとうに似て／顔は泥にまみれて地図を描く／／見上ぐれば太陽は真夏の昼を／黒煙に　ただ真赤によどみ／広い校庭はまるで幽鬼でも出そうな／サワサワと夕暮を思わすその寂寞《せきばく》よ／／〝全員退避〟／無我夢中で山に登って行く／何処《どこ》へ行くのか私は知らぬ／　褌《ふんどし》一つの生徒たち　見も知らぬ人達／火をふいている家　つぶれてる家／切断された電線　うめく声・声・声／友の手をしっかと握って死の行列に続く／／浦上の水源地あたりという大きな壕／ここまで辿《たど》りついた時　何ともなかった人達の／皮ふの色が刻々に変って行くのだ／のっぺらぼうみたいに見分けもつかぬ／うめき続ける人達の放つ異臭／水……水……　とうごめく姿は／あやしくゆれるローソクの光に／生きながらの地獄絵／／もはや知覚を失った心に／死んで行く人達は一個の物体／異常なショックが均衡を破り／恐怖すらわいては来ない／あれが浦上の天主堂／あれが山里小学校ほのおコンクリ建の窓々を／焔は長く赤い舌を出して／まるで悪魔のように荒れ狂うばかり／／夜だというのに　もう夜が来たというのに／遠くで燃える火影は／壕の中の人達を陰鬱《いんうつ》に照らし出す／落城の思いにも似て／現在も未来も失った魂は／次々と死んで行った人達と一緒に／行方も知らず　うろうろとさ迷う

原爆のうた　福田須磨子

夏になると、いつもきまって／突然変異をおこしたように硬化した／両手の皮膚から血が噴き出し／傷はきまって化膿して／あちこちから／膿がジュク、ジュクとにじみ出る／／夏になると、いつもきまって／微熱が続き、私はやせていく／そして突然高い熱におそわれる／死にかかった魚のように部屋の中のよどんだ熱い空気を／パクパクと荒い息で吸い続ける／／こうして／原爆の日が近づくにつれ／何もかも一切のものが／私にとっては無縁、無価値になり／自分の生命さえ／どうなろうとかまわないような／ニヒルな思いが／私の胸を噛みくだく／／しかし、八月九日　いつもきまって／原爆の日になると／私の消えかかろうとする精魂に／あたらしい力がよみがえってくる／原爆でむごたらしく死んだ／父母や姉や友だちが／私を生かすために／生命の灯をつぎたしてくれるのか／不思議なエネルギーが／私のやせこけた体に充満する／私はよろめく足をふんばって／高らかに原爆反対のうたをうたう

ロスアラモス　山田かん

知らなかった　ロスアラモスを／一九四五年八月九日／午前十一時二分／そのとき知る必要もなかった／知っていたのは／脳天も突きあがるほど知っていたのは／擦りあった馬鈴薯のように／皮膚は垂れさがり／肉は溶け／泣き／叫び／血はあふれ／真紅に道をはい／太陽は暗黒のなかにかくれ／地は昏く／／知っていたのは／はみだした眼窩の暗さ／骨が割れ／骨は焦げ／念仏が鉄骨の根元にわきあがり／煉獄のようにそれはわきおこり／血にぬれて髪は粘土になり／マネキンの素っ裸／黒く雨は降り／ああ人間でなくなり／／知っていたのは／顔がない／顔もわからぬ十数万の生命が／わけもなくのたうち絶えたこと／苦しみにみちた九年間が流れ／／地名事典によると／ロスアラモスは／米国ニューメキシコ州の小都市　ヘメス山脈の中の一つのメサの上にあり海抜約二四〇〇米　サンタフェの西北六四キロの所人口約七千　一九四二年原爆研究所の敷地にえらばれ　ウラニウム二三五とプルトニウムの組合せになる原爆はここで完成した／／空中写真にそれは／毒蜘蛛のように拡がった／白いコンクリートの巨大工場／そこから四通八達する／自動車道路と滑走路／月光に照らされた廃墟のような／ロスアラモスに俺は顔をそむけた／／九年前　なんでも一番の／アメリカ製品は／高度一万メートルのB29につまれ／松山町一七〇番地附近に／爆発した／地上千メートル／／そして世界の眼もすべて／知ってしまったのだが／だが／ABC障害調査員は／未だに戸をたたくのだ／何キロの地点にいたか／どちらを向いていたか／未だ毛髪は抜けないか／未だ歯茎より血はでぬか

地点通過　山田かん

ほんとうに何事もここではおきなかった／のかもしれない／ハンドルのむこうで吊りさがった／陶土製の羚羊はその毛並みを光らせる／状況はいつものままの朝だ／ぼくらの骨をきしませて　バスは／瞬くまに過ぎる／原爆落下地点／／今は――／シイツの上で伸びをする／正午に太陽は真上にくる／夜は灯がともる　こうして／人は生活を恢復する／恢復とは

痛みを記憶しておくこと／／わずかに目の端に映った／白ペンキ塗りの貧相な棒杭がある／　碑銘　原子爆弾落下之地点／〈これを現代の卒塔婆というのだろう〉／ぼくの頭蓋の昏みに懸けられた／スクリインでは／人肉がまだ燃えつづけている／屍体の起伏が砂丘のよう／果しもなく映る／そこで

あの莫迦な棒杭が／忘れられた測量棒のように突ったつというわけ／戦果？　それはこいつを目標にしてレンズを覗けば一望千里だ／／緑が見えなかったろう／ぼくのこころのなかは植物が枯れたのだから／いつまでも荒涼としている／熱

で乾きあがったものが冷たく尖る／原爆落下地帯なのだ／ぼくは　ぼくの地帯のなかを／通過できそうもない／そんな地帯を胸一杯みなぎらせて／毎日　落下の地点を通過していく

その他に長崎原爆の俳句では金子兜太の「湾曲し火傷し爆心地のマラソン」や西東三鬼の「広島や卵食ふ時口ひらく」など平和を考える句なども収録したい。歌人では被爆者の竹山広の「爆心地より千四百米の距離にゐて生きたれば生きしゆゑにくるしむ」などを収録したい。

以上のような沖縄戦、広島原爆、長崎原爆の体験者たちの作品を各章の冒頭に収録し、カントの「永遠平和」と賢治の「ほんとうの幸福」を希求することで、今回は詩歌集なので多様性に満ちた自由な発想で詩、俳句、短歌、またエッセイなども執筆して欲しいと考えている。日本語版だけでなく英語版も考えているので、世界中からも寄稿して欲しいと願っている。テーマの内容を次のように列挙するので参考にして欲しい。

1　沖縄戦では沖縄人を巻き込んだ地上戦が行われて24万にも死者が犠牲になったが、これを語り継ぐ作品。

2　広島・長崎原爆投下の被爆者たちの放射能被害の実相とその後の人生の苦難の足跡を辿る作品。

3　二度と世界中で広島・長崎原爆投下を繰り返さないためには、今日において何が最も必要かを問い掛ける。

4　パレスチナとイスラエルの報復の連鎖を止めて、「永遠平和」を実現するためには、表現者たちはどのような原点に立ち還り作品を表現するのか。

5　ロシアによるウクライナ戦争は隣国を侵略しインフラを破壊し子供たちを奪う行為をいかに問い続けるか。

6　永遠平和の理念は日本国憲法第9条に生かされている。永遠平和を目指すためには9条の価値を再確認したい。

7　永遠平和には兵器を減らす軍縮が必要だが、世界情勢は無制限の軍拡競争を煽っている。それでいいのだろうか。

8　大量殺戮兵器の核兵器、ミサイル、ドローンやロボット兵器などの最新の科学技術を武器に転用させない仕組み

9　地球の環境破壊で最も深刻なものは戦争の大量破壊兵器の使用であり、その歯止めのために何が必要か。

10　文学・批評にとってカントの「永遠平和」や賢治の「ほんとうの幸福」とは何かに独自な観点で応えて欲しいと願っている。

『沖縄・広島・長崎からの永遠平和詩歌集―報復の連鎖からカントの「永遠平和」、賢治の「ほんとうの幸福」へ』（日本語版／英語版）公募趣意書

出版内容＝「敗戦後八〇年を二〇二五年に迎えるにあたり、カントの「永遠平和」、賢治の「ほんとうの幸福」の精神を踏まえ、沖縄・広島・長崎の悲劇を想起してそれらの思いを世界の人びとにも伝えたい。日本語版・英語版二冊ともA5判　約三〇〇～三五〇頁　本体価格二〇〇〇円＋税

発行日＝日本語版二〇二四年八月六日
英語版二〇二五年三月下旬

編者＝鈴木比佐雄、座馬寛彦、鈴木光影、羽島貝

翻訳者＝与那覇恵子、郡山直、結城文、水崎野里子、植松晃一、向瀬美音、その他にネイティブチェッカーが数名

発行所＝株式会社コールサック社

公募＝二五〇名の詩・俳句・短歌・エッセイを公募します。作品と承諾書をお送り下さい。既発表・未発表を問いません。趣意書はコールサック社HPからもダウンロード可能です。http://www.coal-sack.com/

参加費＝一頁は詩四十行（一行二十五字）・俳句十六句・短歌十首・エッセイ一、〇〇〇字で二万円、各二冊納品。二頁は倍の作品数や文字数で四万円、各四冊納品。日本語版の校正紙が届きましたら、コールサック社の振替用紙でお振込みをお願い致します。

しめきり＝二〇二四年四月末日頃（校正は日本語・英語各一回）

原稿送付先＝〒一七三-〇〇〇四
東京都板橋区板橋二-六三-四-二〇九

データ原稿の方＝〈m.suzuki@coal-sack.com〉（鈴木光影）までメール送信お願いします。

【よびかけ文】

宮沢賢治は自らの思想哲学を作品の中に織り込んでいて、特別に詩論や論説文で記してはいないが、例外的に「農民芸術概論要綱」の冒頭の箇所でそれを明らかにしている。まず賢治は「われら」とか「おれたち」という個人を超えた「私たち」という普遍的な観点であり、ある意味で「理性」的な意志が「何かを論ずる」ことを告げる。そして「近代科学の実証と求道者たちの実験とわれらの直観の一致に於て論じたい」とある。この考え方はデカルト・スピノザなどの合理論とイギリス経験論を批判しつつ「直観」を起点としつつその両方の働きを「一致」させるように探っていきたいと言う。これは明らかにカントの『純粋理性批判』の本質的な思索を踏まえていることが理解できる。その後に有名な賢治の精神の崇高さを示し、多くの引用をされてきた「世界がぜんたい幸福にならないうちは個人の幸福はあり得ない」という倫理的な一文が天啓のように出現する。賢治は「世界がぜんたい幸福にならないうちは」と世界の人びとがもれなく幸福になるように、カントのいう理性的な原理を根拠とした「最高善」を実践することが、「個人の幸福」と密接につながっていると受け止めているかのようだ。次の「自我の意識は個人から集団社会宇宙と次第に進化する」とは、我という主観の認識が「直観」を通して、概念を扱う「悟性」や推理や判断などを促す「理性」を駆使して「宇宙意志」まで広がっていくことを告げている。その結果として「われらは世界のまことの幸福を索ねよう」とは、「世界がぜんたい幸福である」社会を共に作り出そうという崇高な実践的言葉になっている。カントは「理性」が発する愛を、例えば人間を手段として扱わないで目的として接することを「定言命法」として論理的な義務と考えていた。賢治もまた自らの自由意志として「世界がぜんたい幸福を」目指すことにより「個人の幸福」も実現するのであり、賢治は世界と個人の幸福が一致するところに「ほんとうの幸福」を見出していた。そのような自らの道徳的な義務

のようにかなり核心的に語っていた。これはカントの『実践理性批判』で論じられている「最高善」や最晩年の「永遠平和」の構想力の影響が濃厚にあったのではないかと私は推測している。次のような観点で『沖縄・広島・長崎からの永遠平和詩歌集』に参加して欲しいと願っている。

①沖縄戦では沖縄人を巻き込んだ地上戦が行われて24万にも死者が犠牲になったが、これを語り継ぐ作品。②広島・長崎原爆投下の被爆者たちの放射能被害の実相とその後の人生の苦難の足跡を辿る作品。③二度と世界中で広島・長崎原爆投下を繰り返さないためには、今日において何が最も必要かを問い掛ける。④パレスチナとイスラエルの報復の連鎖を止めて、「永遠平和」を実現するためには、表現者たちはどのような原点に立ち還り作品を表現するのか。⑤ロシアによるウクライナ戦争は隣国を侵略しインフラを破壊し子供たちを奪う行為をいかに問い続けるか。⑥永遠平和の理念は日本国憲法第9条に生かされている。永遠平和を目指すためには9条の価値を再確認したい。⑦永遠平和には兵器を減らす軍縮が必要だが、世界情勢は無制限の軍拡競争を煽っている。それでいいのだろうか。⑧大量殺戮兵器の核兵器、ミサイル、ドローンやロボット兵器などの最新の科学技術を武器に転用させない仕組み。⑨地球の環境破壊で最も深刻なものは戦争の大量破壊兵器の使用であり、その歯止めのために何が必要か。⑩文学・批評にとってカントの「永遠平和」や賢治の「ほんとうの幸福」とは何かに独自な観点で応えて欲しいと願っている。

キリトリ線（参加詩篇と共にご郵送ください）データ原稿をお持ちの方は〈m.suzuki@coal-sack.com〉までメール送信お願いします。

『沖縄・広島・長崎からの永遠平和詩歌集 ―報復の連鎖からカントの「永遠平和」、賢治の「ほんとうの幸福」へ』参加・収録承諾書

応募する作品の題名	
氏名（筆名）	
読み仮名	
生年（西暦）	年
生まれた都道府県名	

現住所（郵便番号・都道府県名からお願いします）※	〒 TEL（　　）
代表著書（計二冊までとさせていただきます）	
所属誌・団体名（計二つまでとさせていただきます）	

※現住所は都道府県・市区名まで著者紹介欄に掲載します。校正紙をお送りしますので、すべてご記入ください。

以上の略歴と同封の詩・俳句・短歌・エッセイにて『沖縄・広島・長崎からの永遠平和詩歌集 ―報復の連鎖からカントの「永遠平和」、賢治の「ほんとうの幸福」へ』に参加・収録することを承諾します。

印

編集後記

鈴木比佐雄

昨年の晩秋には沖縄で合同出版記念会を開いたが、今年は四年ぶりに都内の高田馬場で合同出版記念会を行うことにした。この一一六号が刊行される直後の一二月二日に開催される。【第一部】は二名の講演で大城貞俊氏（作家・評論家）が「沖縄文学の現在から近未来へ」を、筑紫磐井氏（俳人・評論家）が『林翔全句集』について語って下さる予定だ。大城氏は昨年は『又吉栄喜小説コレクション全4巻』の第2巻の解説文を書いて頂き、この4巻セットの販売においても尽力してくださった。現在も二〇名を超える又吉栄喜論を集めた『又吉栄喜の文学世界』の編集にも関わってもらっていて、この研究書も来年の春には刊行予定だ。大城氏の名作『椎の川』（コールサック小説文庫）は沖縄の大学で教材にもなっており、ロングセラーになりつつある。今回の講演では十月に刊行された沖縄の前衛俳句の歴史を創り出してきた野ざらし延男氏の評論集『俳句の地平を拓く――沖縄から俳句文学の自立を問う』など、沖縄の現在進行中の文学者の作品を論じてくれるだろう。また筑紫磐井氏には私の高校時代の恩師であった林翔先生の全句集について語ってもらう。俳句関係の二次会で席が隣になり、「馬酔木」で親しく交流された橋本榮治氏と『林翔全句集』の刊行を計画していることを話したところ、筑紫氏は四、五編の林翔論をすでに書いていて、類型のない俳句を詠み続けた、その俳句に賭ける生き方を高く評価されていた。また林氏から筑紫氏が評論について継続的に助言を与えられたことを聞いて驚かされた。

そこで筑紫氏には編集に入って頂き、編集だけでなく解題の執筆などにも尽力して頂いた。不肖の教え子だったが、少しは恩返しができただろうか。いつの日か三人の恩師である能村登四郎論、福永耕二論を含めた林翔論を書きたいと願っている。【第二部】は二〇二三年刊行した著者十一名による解説と朗読だ。十一名は、秋野沙夜子、大関博美、岡田美幸、佐野玲子、髙橋宗司、高細玄一、趙南哲、生井利幸、福田淑子、松本高直、水崎野里子の各氏だ。刊行させて頂いたどの本も作者の誠実な作品に込められた試みに感銘を受けて、編集をさせてもらい一冊一冊忘れがたい思いが甦ってくる。また今年のアンソロジー『多様性が育む地域文化詩歌集』に参加された五、六名の作品の朗読を予定している。

今号には来年に刊行予定のアンソロジー『沖縄・広島・長崎からの永遠平和詩歌集――報復の連鎖からカントの「永遠平和」、賢治の「ほんとうの幸福」へ』（日本語版／英語版）の公募のための呼び掛け文が収録されている。その中でも次の箇所は、今回のアンソロジーの試みのきっかけとなった出来事やその基本的な考え方を伝えている。

《今年の六月に広島の医師で被爆した詩人の天瀬裕康氏の詩集の打ち合わせの帰りに、改修された広島原爆資料館に立ち寄ったところ、多くの外国人たちが来日して熱心に見学していた。傍にいた二人の子供ずれの夫婦は、展示物に衝撃を受けて子供たちと共に広島で何が起きたのかを熱心に語り合いながら、原爆の悲劇から平和の尊さを学ばせるために来日したことを感じさせてもらった。ロビーの書籍コーナーにも立ち寄ると、二〇

○七年に刊行した『原爆詩一八一人集（１９４５〜２００７）』日本語版と海外向けのコーナーには英語版『Against Nuclear Weapons A Collection of Poems by 181 Poets 1945-2007』が最も目立つところにあった。二人の売店の店員さんに聞いたところ、英語版は特に売れていて、コロナ後には日本語版よりも求められている。私がこのアンソロジーの続刊の詩歌集を計画していると伝えると、驚かれてぜひ刊行して下さいと笑顔で励まされてしまった。私の中でこの二冊の日本語版・英語版の隣に、構想している『沖縄・広島・長崎からの永遠平和詩歌集』を置いてもらい、国内だけでなく来日された世界の人びとに発信したいと考えている。》

またカントの『永遠平和のために』を紹介した後に、宮沢賢治の農民芸術概論要綱の序論の冒頭部分を引用し、次のようにカントの「永遠平和」から賢治が「ほんとうの幸福」を導いていったのではないかと私は次のような仮説を立ててみた。

《賢治は自らの思想哲学を作品の中に織り込んでいて、特別に詩論や論説文で記してはいないが、例外的に「農民芸術概論要綱」の冒頭の箇所でそれを明らかにしている。まず賢治は「われら」とか「おれたち」という個人を超えた「私たち」という普遍的な観点であり、ある意味で「理性」的な意志が「何かを論ずる」ことを告げる。そして「近代科学の実証と求道者たちの実験とわれらの直観の一致に於て論じたい」とある。この考え方はデカルトやスピノザの合理論とイギリス経験論を批判しつつ「直観」を起点としつつその両方の働きを「一致」させるように探っていきたいと言う。これは明らかにカントの『純粋理性批判』の本質的な思索を踏まえていることが理解できる。その後に有名な賢治の精神の崇高さを示し、多くの引用をされてきた「世界がぜんたい幸福にならないうちは個人の幸福はあり得ない」という倫理的な一文が天啓のように出現する。賢治は「世界がぜんたい幸福にならないうちは」と世界の人びとがもれなく幸福になるように、カントのいう理性的な原理を根拠とした「最高善」を実践することが、「個人の幸福」と密接につながっていると受け止めているかのようだ。次の「自我の意識は個人から集団社会宇宙と次第に進化する」とは、我という主観の認識が「直観」を通して、概念を扱う「悟性」や推理や判断などを促す「理性」を駆使して「宇宙意志」まで広がっていくことを告げている。その結果として「われらは世界のまことの幸福を索ねよう」とは、「世界がぜんたい幸福である」社会を共に作り出そうという崇高な実践的な言葉になっている。カントは「理性」が発する愛を、例えば人間を手段として扱わないで目的として接することを「定言命法」として論理的な義務と考えていた。賢治もまた自らの自由意志として「世界がぜんたい幸福を」目指すことにより「個人の幸福」も実現するのであり、賢治は世界と個人の幸福が一致するところに「ほんとうの幸福」を見出していた。そのような自らの道徳的な義務のようにかなり核心的に語っていた。これはカントの『実践理性批判』で論じられている「最高善」の影響が濃厚にあったのではないかと私は推測している。》

以上のようなことを記した後には、収録したい沖縄・広島・長崎の作品群を引用して今回の趣旨を論じている。次号の「コールサック」一一七号にもぜひご寄稿をお願い致します。

編集後記

鈴木　光影

特集1は「関悦史が聞く 昭和・平成俳人の証言(4) 池田澄子――俳句の熱い日々」。齋藤愼爾、柿本多映、高野ムツオに続いて四人目だ。これまでもそして今回もであるが、俳句に出会う前の幼少期・青年期の記憶は、その源流を知る為にも特に興味深い。戦後の御巡幸での「天皇陛下、気の毒だな」という池田氏の一歩引いたところからの直観は、その後の俳句にも息づいているのではないだろうか。また俳句を始めたころに言われた「観念ね」と評されたエピソードもその後の俳句人生を暗示している。この時の思いを「私は観念を書きたいから、物書くんだと思った」と池田氏は語っている。そこから、池田氏は俳句の師や友との出逢いに恵まれながら、独自の道を切り拓いていく。私の俳句時評ではそんな池田氏の最新句集『月と書く』を取り上げた。そちらも合わせてご覧ください。特集2では、加瀬みづき氏と髙橋純子氏が『多様性が育む地域文化詩歌集』の俳句作品への懇切な書評を執筆してくださった。

今号の共鳴句を挙げよう。

鬼灯五つそれぞれに霊籠る　今宿　節也
秋晴れの空で正義が化かし合う　松本　高直
半跏思惟してきみ今も緑蔭に　原　詩夏至
幻聴の「東京音頭」昼の月　福山　重博
俺たちはなんでも食べて生きて来た　水崎　野里子
四苦八苦クマ追い払うすべはなし　堀田　京子

次回もご寄稿をお待ちしております。

編集後記

座馬　寛彦

今号短歌欄の〈豊作を願い荒地を開拓し　かつて柏は豊四季村なり〉は、作者よしのけい氏の想像力によって「豊四季」の地名に開拓者の願いが重ねられた一首だ。四季の豊かさは、稔りの豊かさ、精神文化の豊かさに繋がる。日本人にとっての四季の重要性も示唆している歌だ。水崎野里子氏の〈赤い華公園脇に咲いている夏はおはりぬ秋風ぞ吹け〉には、新しい季節を感じることで生命力が呼び起こされ「再生」する、日本人ならではの四季の感受性が込められる。そうした精神性ゆえに、福山重博氏の〈また買った四割引のイカフライ　まだ食べてない令和の秋刀魚〉の侘びしさは共感を得るだろう。また、岡田美幸氏の〈あるがままそよぐ田んぼの稲の波思い出すたび癒される景〉は、季節感に浸ることの充足感と必要性を詠っている。不条理に季節が奪われることもある。大城静子氏の〈日・米・韓軍事演習打ち上がり碧海ざわめく沖縄《シマ》の彼岸は〉は、沖縄を訓練地の一つとした日米韓の「合同訓練」を「軍事演習」と言い換え糾弾、彼岸どころではなくなった沖縄の現状を訴える。この大城氏の胸騒ぎ、怒りと共振するように、高柴三聞氏は〈新しい戦前が貧困連れて／やってきました疫病神〉と詠う。自衛隊のミサイル部隊が次々配備される沖縄で暮らす中で、「新しい戦前」の始まり、基地が沖縄の経済発展を妨げていることを実感するのだろう。そんな現状ゆえに、原詩夏至氏〈もう壊す場所など他にないこの星にまた核のゴミ夏渚〉の、季語が虚ろに響く終末の情景に、背筋の凍る思いがするのだ。

編集後記

羽島　貝

都内へ通勤しつつも茨城在住のわたくしですが、先日入会させて頂きました茨城詩人協会主宰の「いばらき詩祭２０２３in大洗」へと参加してまいりました。地元駅から水戸へ出て乗り換え、大洗へ。途中乗り換え一回の小旅行はなかなか楽しいものでした。

会場へ着きますと、一台のバスが待っており、午前には茨城は大洗の詩人・山村暮鳥ゆかりの地を巡らせて頂きました。

午後は二部構成となっており、第一部はお二方による山村暮鳥に関する講演を拝聴し、第二部は詩の朗読。パートⅠは暮鳥に関する詩を、パートⅡは新入会員四名による自作詩の朗読で、わたくしも参加させて頂きました。

参加者の方々はわたくしも含め熟高年の方が多く、けれど、とても華やかで、どなたも創作・思考の発表の場を求めていらっしゃるパワーを感じました。質問や発言は皆さま力強く、本人の伝えたい言葉を明確に発言されていらっしゃいました。

こういった場は本当に貴重で、普段あまり出会うことのない詩人の方々が触れ合うと、一種触媒効果のようなものが生まれ、作品作りの機会や、各同人への参加など創作の場に広がりが出来ます。

この号を読まれましたら、体調の整われている日には、ぜひ、書を（ご自身のですよ！）持って、街へと飛び出して行って欲しいと感じました。コールサック社でも出版記念会や二次会なども行っております。是非ご参加ください。

◎コールサック 117 号 原稿募集！◎ ※採否はご一任ください

【年 4 回発行】

＊3 月号（12 月 30 日締め切り・3 月 1 日発行）

＊6 月号（3 月 31 日締め切り・6 月 1 日発行）

＊9 月号（6 月 30 日締め切り・9 月 1 日発行）

＊12 月号（9 月 30 日締め切り・12 月 1 日発行）

【原稿送付先】

〒173-0004　東京都板橋区板橋 2-63-4-209　コールサック社　編集部

（電話）03-5944-3258　（FAX）03-5944-3238

（E-mail）鈴木比佐雄　suzuki@coal-sack.com

鈴木　光影　m.suzuki@coal-sack.com

座馬　寛彦　h.zanma@coal-sack.com

羽島　貝　k.hajima@coal-sack.com

ご不明な点等はお気軽にお問い合わせください。編集部一同、ご参加をお待ちしております。

※編集部より訂正

「コールサック 111 号」
P216 下段 11 行目
×壙谷　○埴谷

「コールサック 114 号」
P208 上段後方より 2 行目
×暗闇をさまよ「ぴ」ながら　○暗闇をさまよ「い」ながら
P282 下段 6 行目
×「見チーフの基本」 ○「モチーフの基本」
P284 上段 3 行目
×「女長」 ○「長女」
P333 上段後方より 10 行目
×通低　○通底

「コールサック 115 号」
P186 下段後方より 2 行目
×ソ連の詩人エフゲニー・エフトシェンコは
その電文を西側メディアに配布したという
○ソ連の詩人エフゲニー・エフトシェンコは
コスイギン首相とブレジネフ党書記長に電報を打ち
その電文を西側メディアに配布したという

「年間購読会員」のご案内

ご購読のみの方	◆『年間購読会員』にまだご登録されていない方 ⇒4号分（116・117・118・119号） ……4,800円＋税＝5,280円
寄稿者の方	◆『年間購読会員』にまだご登録されていない方 ⇒4号分（116・117・118・119号） ……4,800円＋税＝5,280円 ＋ 参加料……ご寄稿される作品の種類や、 ページ数によって異なります。 （下記をご参照ください）

【詩・小詩集・エッセイ・評論・俳句・短歌・川柳など】

・1～2ページ……5,000円+税=5,500円／本誌4冊を配布。

・3ページ以上……

ページ数×（2,000円+税=2,200円）／ページ数×2冊を配布。

※1ページ目の本文・文字数は1行28文字× 47行(上段22行・下段25行)

2ページ目からは、本文・1行28文字× 50行(上下段ともに25行)です。

※俳句・川柳は1頁（2段）に22句、短歌は1頁に10首掲載できます。

コールサック（石炭袋）116号

編集者　鈴木比佐雄　座馬寛彦　鈴木光影　羽島貝

発行者　鈴木比佐雄

発行所　㈱コールサック社

装丁　松本菜央

製作部　鈴木光影　座馬寛彦　羽島貝

発行所（株）コールサック社　2023年12月1日発行

本社　〒173-0004 東京都板橋区板橋2-63-4-209

電話 03-5944-3258　FAX 03-5944-3238

suzuki@coal-sack.com

http: ／／www.coal-sack.com

郵便振替 00180-4-741802

落丁本・乱丁本はお取り替えいたします。

ISBN978-4-86435-597-1　C0092　￥1200E

本体価格　1200円＋税

（ご注意）

・この用紙は、機械で処理しますので、金額を記入する際は、枠内にはっきりと記入してください。また、本票を汚したり、折り曲げたりしないでください。

・この用紙は、ゆうちょ銀行又は郵便局の払込機能付きATMでもご利用いただけます。

・この払込書を、ゆうちょ銀行又は郵便局の渉外員にお預けになるときは、引換えに預り証を必ずお受け取りください。

・この用紙による払込料金は、ご依頼人様が負担することとなります。

・ご依頼人様からご提出いただきました払込書に記載されたおところ、おなまえ等は、加入者様に通知されます。

・この受領証は、払込みの証拠となるものですから大切に保管してください。

収入印紙

3万円以上
貼　　付

印

この場所には、何も記載しないでください。

払　込　取　扱　票

00	東京

口座記号番号	金額 千 百 十 万 千 百 十 円
00180-4-741802	※
加入者名 コールサック社	料金 / 備考

各票の※印欄は、ご依頼人において記載してください。

通信欄 ※

コールサック（石炭袋）年間購読会員　4号分（5,280円）
（　　号より）

ご依頼人 おところ（郵便番号　　）※
おなまえ　様
（電話番号　-　-　）

日附印

裏面の注意事項をお読みください。（ゆうちょ銀行）（承認番号東第54665号）

これより下部には何も記入しないでください。

切り取らないでお出しください。

記載事項を訂正した場合は、その箇所に訂正印を押してください。

振替払込請求書兼受領証

口座記号番号	00180-4 741802
加入者名	コールサック社
金額	※ 千 百 十 万 千 百 十 円
ご依頼人	おなまえ ※　様
料金	（消費税込み）円
備考	
日附印	

この受領証は、大切に保管してください。

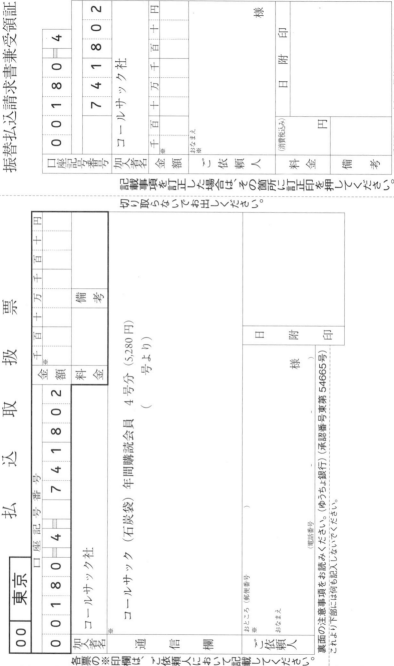

2019－2022年　評論集・エッセイ集

井口時男　評論集
『永山則夫の罪と罰
せめて二十歳のその日まで』

四六判224頁・並製本・1,650円
解説文／鈴木比佐雄

詩人のエッセイシリーズ⑭
淺山泰美エッセイ集
『京都　夢みるラビリンス』

四六判240頁・並製本・1,650円
写真／淺山泰美

尾野寛明・中村香菜子・大美光代
『わたしをつくるまちづくり
地域をマジメに遊ぶ実践者たち』

四六判256頁・
並製本・1,980円

山本　萠
『こたつの上の水滴
萠庵骨董雑記《もえぎあんこっとうざっき》』

四六判256頁・
並製本・1,980円
帯文／尾久彰三

永山絹枝　評論集
『魂の教育者
詩人近藤益雄』

四六判360頁・上製本・2,200円
カバー写真／城台巌
解説文／鈴木比佐雄

永山絹枝
『児童詩教育者　詩人　江口季好
―近藤益雄の障がい児教育を
継承し感動の教育を実践』

四六判296頁・
上製本・2,200円
解説文／鈴木比佐雄

福田淑子
『文学は教育を
変えられるか』

四六判384頁・上製本・2,200円
装画／戸田勝久　解説文／鈴木比佐雄

万里小路　譲
『孤闘の詩人・
石垣りんへの旅』

四六判288頁・上製本・2,200円
解説文／鈴木比佐雄

万里小路　譲
『詩というテキストIII
言の葉の彼方へ』

四六判448頁・
並製本・2,200円

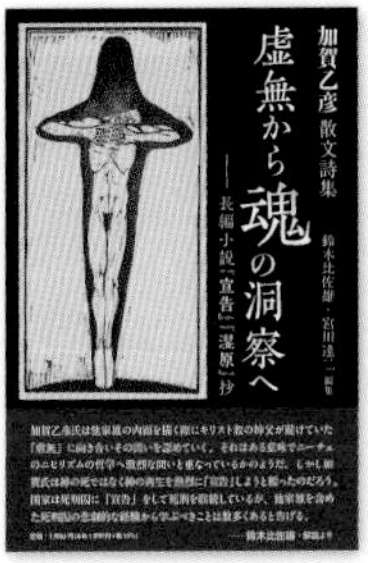

加賀乙彦　散文詩集
『虚無から魂の洞察へ
―長編小説『宣告』『湿原』抄』

四六判320頁・
並製本・1,980円
解説文／鈴木比佐雄・宮川達二

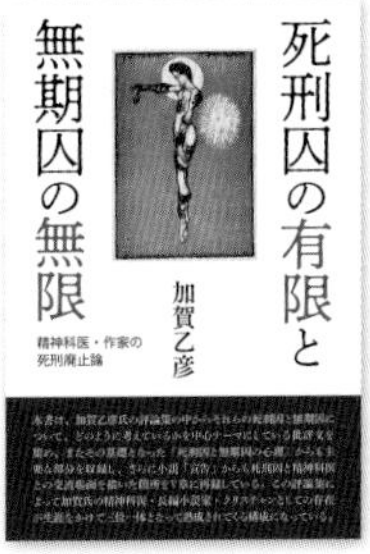

加賀乙彦
『死刑囚の有限と無期囚の無限
―精神科医・作家の死刑廃止論』

四六判320頁・
並製本・1,980円
解説文／鈴木比佐雄

太田代志朗・田中寛・鈴木比佐雄　編
『高橋和巳の文学と思想
その〈志〉と〈憂愁〉の彼方に』

A５判480頁・
上製本・2,200円

2021－2022年刊行　詩集・評論集

三刷刊行
尹東柱 詩集　上野都 訳『空と風と星と詩』

四六判192頁・並製本・1,650円
帯文／石川逸子

上野都 詩集『不断桜』

A5判160頁・並製本・1,870円
解説文／鈴木比佐雄

淺山泰美 詩集『ノクターンのかなたに』

A5判変型160頁・
上製本・2,200円

高細玄一 詩集『声をあげずに泣く人よ』

A5判152頁・並製本・1,650円
装画/michiaki　解説文/鈴木比佐雄

高橋宗司 詩集『大伴家持へのレクイエム』

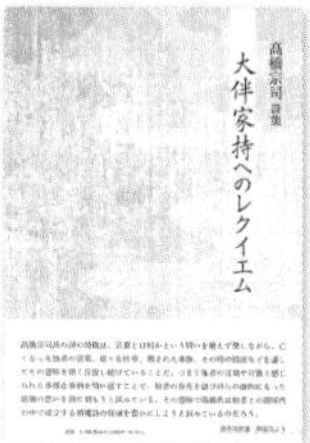

A5判136頁・並製本・1,760円
解説文／鈴木比佐雄

坂井一則 詩集『夢の途中』

A5判128頁・上製本・1,980円
解説文／鈴木比佐雄

堀田京子 詩文集『おぼえていますか』

四六判248頁・並製本・1,650円
解説文／鈴木比佐雄

堀田京子 詩集『吾亦紅』

四六判320頁・並製本・1,980円
解説文／鈴木比佐雄

恋坂通夫 詩集『欠席届』

A5判192頁・
並製本・1,980円
解説文／鈴木比佐雄

吉田正人エッセイ・創作集『共生の力学　能力主義に抗して』

A5判512頁・
上製本・1,980円
解説文／鈴木比佐雄

吉田正人詩集・省察集『黒いピエロ　1969～2019』

A5判512頁・
上製本・3,300円
解説文／鈴木比佐雄

吉田正人 第一詩集『人間をやめない　1963～1966』

A5判208頁・上製本・1,980円
跋／長谷川修児
解説文／鈴木比佐雄

子どもと一緒に芭蕉の名句と遊ぶ　MIX 三句ス

俳句かるたミックス

- 俳句入門に最適
- 松尾芭蕉の俳句が自然に覚えられる
- 英語版もセット
- イラスト付きで意味が分かりやすい
- 全俳句の現代口語訳説明書つき

企画／鈴木比佐雄　監修／夏石番矢　イラスト／いずみ朔庵

松尾芭蕉30句（日本語版・英語版）説明書付き
2,200円

「俳句かるたミックス」特設Webサイトで遊び方動画を公開中！
http://www.coal-sack.com/haiku-karuta/　「俳句かるたミックス」で検索！

＊書店、山寺芭蕉記念館・芭蕉翁記念館のミュージアムショップ、弊社HPなどでご購入いただけます。

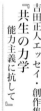

小説・歴史・学術

中津攸子『新説　源義経の真実』

四六判400頁・上製本・2,200円
装画／安田靫彦「黄瀬川陣(左隻)」
帯文／片岡鶴太郎

『仏教精神に学ぶ
み仏の慈悲の光に生かされて』

四六判256頁・
並製本・1,650円

『万葉の語る
天平の動乱と仲麻呂の恋』

四六判256頁・
並製本・1,650円

『令和時代に
万葉集から学ぶ古代史』

四六判256頁・
並製本・1,650円

小島まち子

『懸け橋　―桜と花水木から日米友好は始まった』

四六判192頁・
上製本・1,980円

『残照　―義父母を介護・看取った愛しみの日々』

四六判160頁・
上製本・1,980円

平松伴子 小説集

『従軍看護婦』

四六判192頁・
上製本・1,980円

『平凡な女 冬子』

四六判304頁・
並製本・1,650円

黄輝光一
『告白　～よみがえれ魂～
増補新装版』

四六判240頁・
並製本・1,650円

北嶋節子『茜色の街角』

四六判336頁・
上製本・1,650円

石川逸子
『道昭　三蔵法師から
禅を直伝された僧の生涯』

四六判480頁・
並製本・1,980円

村上政彦『台湾聖母』

四六判192頁・
並製本・1,870円

コールサック小説文庫

第5回 松川賞特別賞

橘かがり
『判事の家　増補版
松川事件その後70年』

272頁・990円

具志川市文学賞

大城貞俊
『椎の川』

256頁・990円

鈴木貴雄
『ツダヌマサクリファイ』

96頁・990円

北嶋節子
『エンドレス
記憶をめぐる5つの物語』

288頁・990円

宮沢賢治・村上昭夫関係

コールサック文芸・学術文庫

『村上昭夫著作集〈上〉
小説・俳句・エッセイ他』
北畑光男 編
文庫判256頁・並製本 1,100円
解説文／北畑光男

『村上昭夫著作集〈下〉
未発表詩95篇・『動物哀歌』
初版本・英訳詩37篇』
北畑光男 編
文庫判320頁・並製本 1,100円
解説文／北畑光男・渡辺めぐみ・他

末原正彦
『朗読ドラマ集
宮澤賢治・中原中也
・金子みすゞ』
四六判248頁・上製本・2,200円

桐谷征一
『宮沢賢治と
文字マンダラの世界
―心象スケッチを絵解きする
増補改訂版 用語・法句索引付』
A5判400頁・上製本・2,500円

吉見正信

『宮澤賢治の
原風景を辿る』
384頁・装画／戸田勝久

第25回宮沢賢治賞
四六判・並製本・2,200円

『宮澤賢治の
心といそしみ』
304頁・カバー写真／赤田秀子
解説文／鈴木比佐雄

森 三紗
『宮沢賢治と
森荘已池の絆』
四六判320頁
上製本・1,980円

中村節也
『宮沢賢治の宇宙音感
―音楽と星と法華経』
B5判144頁・並製本・1,980円
解説文／鈴木比佐雄

高橋郁男
『渚と修羅
震災・原発・賢治』
四六判224頁・並製本・1,650円
解説文／鈴木比佐雄

佐藤竜一
『宮沢賢治の詩友・
黄瀛《こうえい》の生涯
日本と中国　二つの祖国を生きて』
四六判256頁・並製本・1,650円
解説文／鈴木比佐雄

佐藤竜一
『宮沢賢治
出会いの宇宙
賢治が出会い、心を通わせた16人』
四六判192頁・並製本・1,650円
装画／さいとうかこみ

北畑光男 評論集
『村上昭夫の
宇宙哀歌』
四六判384頁・並製本・1,650円
帯文／高橋克彦（作家）
装画／大宮政郎

福島・東北の詩集・小説・評論・著作集・エッセイ集

全三巻装画撮影　すぎた和人

第一巻　若松丈太郎全詩集
（480頁）　解説：齋藤貢

第二巻　評論集　極端粘り族の系譜
（336頁）　解説：鈴木比佐雄

第三巻　評論集　福島原発難民／福島核災棄民
（448頁）　解説：前田新

造本　A5判／ハードカバー
第一巻 定価4,400円（税込）、
第二巻・第三巻 各3,300円（税込）

若松丈太郎著作集全三巻

全三巻セット価格 11,000円（税込）送料無料・各巻別売可。

天瀬裕康 混成詩『麗しの福島よ―俳句・短歌・漢詩・自由詩で3・11から10年を詠む』
A5判160頁・並製本・1,650円
解説文／鈴木比佐雄

赤城弘『再起―自由民権・加波山事件志士原利八』
四六判272頁・上製本・1,980円
解説文／鈴木比佐雄

若松丈太郎 詩集『夷俘の叛逆』
A5判160頁・並製本・1,650円
栞解説文／鈴木比佐雄

若松丈太郎 英日詩集『かなしみの土地 Land of Sorrow』
A5判224頁・並製本・2,200円

斉藤六郎 詩集『母なる故郷　双葉―震災から10年の伝言』
A5判152頁・並製本・1,650円
解説文／鈴木比佐雄

鈴木比佐雄 詩集『千年後のあなたへ―福島・広島・長崎・沖縄・アジアの水辺から』
A5判176頁・並製本・1,650円
紙撚作品／石田智子

前田新 詩集『詩人の仕事』
A5判192頁・並製本・1,760円
解説文／鈴木比佐雄

長嶺キミ 詩集『静かな春』
A5判144頁・並製本・1,650円
解説文／鈴木比佐雄

齋藤愼爾『逸脱する批評　寺山修司・埴谷雄高・中井英夫・吉本隆明たちの傍らで』
四六判358頁・並製本・1,650円
解説文／鈴木比佐雄

第15回日本詩歌句随筆評論大賞奨励賞

2020年5月20日朝日新聞で紹介されました

照井翠 エッセイ集『釜石の風』
四六判256頁・並製本・1,650円
帯文／黒田杏子

髙橋正人 評論集『文学はいかに思考力と表現力を深化させるか』
四六判384頁・上製本・2,200円
装画／戸田勝久
解説文／鈴木比佐雄

髙橋正人 コールサックブックレット№1『高校生のための思索ノート～アンソロジーで紡ぐ思索の旅～』
A5判80頁・並製本・1,100円

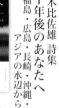

朝日新聞などで紹介されました！

少年少女に希望を届ける詩集

3版

教育、子育て関連の施設へ無償配付しています

編／曽我貢誠・佐相憲一・鈴木比佐雄
装画／戸田勝久
A5判320頁・並製本1,650円

非戦を貫く三〇〇人詩集

編／鈴木比佐雄・佐相憲一
装画／宮良瑛子
A5判432頁・並製本・1,980円

日本国憲法の理念を語り継ぐ詩歌集

編／鈴木比佐雄・佐相憲一
A5判320頁・並製本・1,980円

ベトナム独立・自由・鎮魂詩集175篇

（日本語・英語・ベトナム語合体版）

編／鈴木比佐雄、佐相憲一、グエン・クアン・ティウ　翻訳／冨田健次、清水政明、グエン・バー・チュン、ブルース・ワイグル、郡山直、矢口以文、結城文、沢辺裕子、島田桂子　他
A5判632頁・並製本・2,500円

水・空気・食物300人詩集

子どもたちへ残せるもの

編／鈴木比佐雄・佐相憲一・亜久津歩・中村純・大塚史朗
装画／戸田勝久A5判408頁・並製本・2,200円

平和をとわに心に刻む三〇五人詩集

十五年戦争終結から戦後七十年

編／鈴木比佐雄・佐相憲一
装画／香月泰男　A5判432頁・並製本・2,200円

原爆詩一八一人集

1945～2007年

Against Nuclear Weapons
A Collection of Poems by 181 Poets 1945-2007

重版

第18回宮沢賢治学会 イーハトーブセンター
イーハトーブ賞 奨励賞

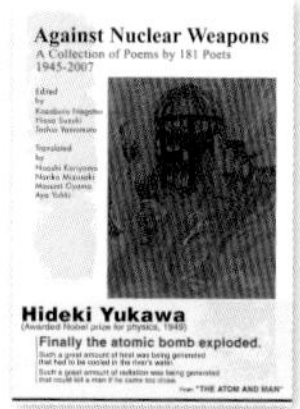

編／長津功三良・鈴木比佐雄・山本十四尾　帯文／湯川秀樹序文／御庄博実　解説／石川逸子・長谷川龍生・鈴木比佐雄装画／福田万里子　翻訳／郡山直・水崎野里子・大山真善美・結城文〈英語版 日本語版〉A5判304頁・並製本・2,200円

脱原発・自然エネルギー218人詩集

編／鈴木比佐雄・若松丈太郎・矢口以文・鈴木文子・御庄博実・佐相憲一
翻訳／郡山直・矢口以文・木村淳子・結城文・島田桂子、棚瀬江里哉・沢辺祐子　序文・帯文／坂本龍一
A5判624頁・並製本・3,300円

『REVERBERATIONS FROM FUKUSHIMA
—50 JAPANESE POETS SPEAK OUT』
EDITED BY LEAH STENSON AND ASAO SARUKAWA AROLDI
（『福島からの反響音
—日本の詩人50人の発信』）

（Inkwater Press）
日本販売価格3,300円
（1,650円＋送料）

命が危ない311人詩集

いま共にふみだすために

若松丈太郎　解説付

編／佐相憲一・中村純・宇宿一成・鈴木比佐雄・亜久津歩　帯文／落合恵子
A5判544頁・379篇・並製本・2,200円

大空襲三一〇人詩集

1937年～2009年

編／鈴木比佐雄・長津功三良・山本十四尾・郡山直　帯文／早乙女勝元
A5判520頁・361篇・並製本・2,200円

鎮魂詩《レクイエム》四〇四人詩集

編／鈴木比佐雄・菊田守・長津功三良・山本十四尾　帯文／早乙女勝元　装画／香月泰男
A5判・並製本・640頁・496篇・2,200円